백경 2

백경 2

허먼 멜빌 지음 | 현영민 옮김

좋은 책 좋은 독자를 만드는 —
㈜신원문화사

차 례

백경 2

63장 | 크로치

나무줄기에서 가지가 뻗고 또 그 가지에서 다시 작은 가지가 뻗어 나가듯 풍부한 주제에서 많은 장(章)이 생긴다.

앞에 쓴 크로치라는 것도 장을 새로이 마련하여 쓰기에 충분한 주제이다. 이것은 칼자국을 낸 특수한 모양의 막대기로, 길이는 약 2피트이며 뱃머리 가까이의 우현 쪽에 수직으로 꽂혀 작살의 한쪽 끝 목재 부분을 안치시켜 두는 데 쓰인다.

작살의 다른 한쪽 끝인 칼날이 선 끄트머리는 뱃머리에서 앞으로 비스듬히 밑을 향하게 된다. 따라서 작살은 쉽게 그 투척자의 손에 잡힐 수 있게 되어 있으며, 마치 산 사나이가 벽에 걸린 총을 거머쥐듯이 즉각 작살을 놓인 자리에서 집어 들 수 있는 것이다. 흔히 두 자루의 작살이 크로치에 걸려 있게 되어 첫 번째 작살, 두 번째 작살이라 불리는 것이 통례이다.

그런데 이 두 자루의 작살은 그 각각의 줄에 의하여 포경 밧줄에 연결되어 있고, 그 목적은 될 수 있으면 두 자루 모두를 잽싸게 같은 고래에게 찔러 넣는 데 있다. 다시 말해 고래를 끄는 경우, 하나가 빠져도 다른 하나로 고래를 붙잡아 둘 수 있는 구조이다. 즉 기회를 두 배로 늘리자는 것이다.

　그러나 참으로 자주 일어나는 일이지만 고래는 첫 번째 작살을 받자마자 순간적으로 광포하게 달리기 시작하기 때문에 작살잡이의 움직임이 아무리 번개 같아도 두 번째 작살을 던질 수 없을 때가 많다. 그럴 경우에는 이 두 번째 작살도 무슨 수를 써서라도 보트에서 재빨리 던져 버려야만 한다. 그렇지 않으면 오히려 더욱더 무서운 위험이 선원들에게 밀어닥칠 수 있다.

　대개의 경우 그것은 바닷속으로 떨어져 버리는데, 그런 경우 축(軸)에 감긴 예비 밧줄(앞에서 언급한 바 있다)이 십중팔구 그것을 교묘하게 처리해 주도록 되어 있다. 그러나 이 위험하기 짝이 없는 재주 노름은 때로 슬프고도 무서운 재난을 수반하기 쉽다.

　두 번째 작살이 바다로 떨어지게 되면 그 날카로운 날 끝이 물속에서 도약하며 무서운 일들을 일으킨다. 즉 보트와 고래 주위에서 뛰놀아 밧줄을 엉키게 하기도 하고, 그것을 자르기도 하고, 사방에 굉장한 소동을 일으키기도 하는 것이다. 더욱이 대개의 경우 고래가 보기 좋게 잡혀 죽게 되기까지 그 작살을 다시 돌아오게 할 수는 없는 것이다.

그러니 이제 네 척의 보트가 유달리 힘이 세고 활발하며 지혜가 넘치는 고래와 격투하는 경우를 상상해 보라. 상대방이 보통내기가 아니고, 게다가 이 대담한 모험에는 숱한 사고가 뒤따르는 것이고 보면, 여덟 개나 열 개 정도의 두 번째 작살이 제멋대로 날뛰기 시작하여 한꺼번에 고래 주위에서 장난을 칠 때도 있을 것이다. 왜냐하면 어느 배에서나 잘못 던져진 첫 번째 작살을 다시 끌어 올 수 없는 경우를 대비하여 몇 개의 작살을 밧줄에 매어 놓도록 준비해 두었을 것임은 말할 나위도 없으니 말이다. 지금까지 충실하게 이야기한 사정은 귀찮기는 하겠지만 앞으로 묘사될 광경에 있어서 중요한 부분을 만날 때 그 이해를 돕는 데 도움이 될 것이다.

64장 | 스텁의 저녁 식사

스텁의 고래는 모선에서 상당히 떨어진 곳에서 잡혔다. 바람이 없었으므로 우리는 세 척의 보트를 의장대처럼 나란히 하여 천천히 수확물을 피쿼드 호로 끌어가는 작업을 했다.

그러나 우리들 18명의 인원이 36개의 팔과 180개의 손가락으로 축 늘어진 그 주검을 상대로 몇 시간이나 일했지만, 그 고래는 그 자리에 못박힌 듯 움직인 흔적조차 보이지 않았다.

그런 점에서 미루어 보더라도 우리가 끌고 가려고 하는 물체의 거대함은 증명될 것이다. 중국의 한하(漢河)인지 뭔지 하는 대운하에서는 양쪽 길에서 45명의 노동자가 한 시간에 1마일의 속도로 짐을 잔뜩 실은 큰 정크를 끈다고 했는데, 우리가 끌고 있는 거선(巨船)도 마치 납덩이를 가득 실은 것처럼 참으로 무겁게 서서히 움직였다.

어둠이 몰려왔다. 그러나 피쿼드 호의 큰 돛대에 상하로 켜 놓은 세 개의 등불이 어렴풋하게나마 뱃길을 밝혀 주고 있었다. 가까이 가 보니 에이허브는 몇 개인가의 각등(角燈)을 뱃전으로 내리고 있었다. 그는 상하로 흔들리고 있는 고래를 잠시 멀거니 내려다보면서 밤이 되었으니 잘 매어 두라는 평범한 명령을 내리고는 각등을 선원 하나에게 건네준 후, 선실 안으로 걸어 들어가 아침이 될 때까지 다시는 모습을 나타내지 않았다.

고래를 추적하고 있을 때는 에이허브 선장도 평소의 활동성을 유감없이 발휘했지만, 그 고래가 쓰러지고 나면 이렇다 할 이유도 없는 불만, 초조, 또는 절망감이 그를 우울하게 만드는 것 같았다.

아마도 고래의 시체를 보면 저 모비 딕 녀석을 아직 쓰러뜨리지 못했다는 생각이 다시 새로워지는 것이었고, 또 설사 1천 마리의 다른 고래가 피쿼드 호에 매인다 해도 자신의 장대한 편집광적인 목적은 조금도 이뤄진 게 아니라고 생각하는 것이리라.

얼마 후에 피쿼드 호의 갑판에서 일어난 소리를 듣는다면 사람들은 누구나 이 깊은 바다에 닻을 내리려는 것일까, 하고 의아하게 생각할 것이다. 무거운 쇠사슬이 갑판 위에 끌리고 굉장한 소리를 내며 뱃전의 구멍을 통해 바깥으로 내려지고 있었다.

그러나 이 울려 퍼지는 소리를 내는 쇠사슬은 배가 아니라 거대한 주검을 정박시키기 위한 것이었다.

머리 부분은 선미에, 꼬리 부분은 선두에 매여 고래는 그 칠흑의 체구를 배에 찰싹 붙인 채 누워 있었는데, 하늘을 찌르는 돛가름대와 삭구의 그림자를 지워 버리는 밤의 어둠 속에서 볼 때, 배와 고래의 두 그림자는 서로 붙들어 매인 두 마리의 거대한 황소가 하나는 웅크리고 하나는 서 있는 것 같은 양상이었다.

여기에서도 약간 설명을 더해 보자. 고래를 뱃전에 붙들어 두는 경우, 가장 견고하고 안전하게 배에 붙들어 매는 데는 꼬리지느러미나 꼬리보다 더 좋은 곳은 없다. 그런데 그 부분은 몹시 묵직하여 옆지느러미를 제외하고는 다른 어느 부분보다도 무겁고 또 죽은 뒤에도 극히 부드럽기 때문에 수면 아래로 깊이 잠겨 있다. 그러니 그것을 쇠사슬로 묶으려 해도 보트에서 손을 뻗쳐 닿게 할 수는 없는 노릇이었다. 그러나 이 곤란함도 교묘하게 처리된다. 가늘고 긴 밧줄의 끝에 나무로 된 부표(浮標)를 달고 중앙부에는 무거운 추를 단 다음, 다른 한쪽 끝은 배에 매어 둔다. 숙련된 솜씨에 의해 나무 부표는 고래 동체의 저쪽에 떠오른다. 즉 고래를 한 바퀴 감은 셈이므로 쇠사슬은 그 밧줄을 따라 쉽사리 달리게 되고, 고래 동체를 미끄러져 내려가 마침내 꼬리의 가장 가느다란 부분, 즉 폭이 넓어진 꼬리지느러미와의 연결점을 단단히 붙들어 매게 되는 것이다.

우울한 에이허브는 적어도 갑판에서 본 바로는 매우 침착했다. 그러나 이등 항해사 스텁은 승리에 취한 나머지 기뻐서 어쩔 줄을 몰라 하고 있었다. 그렇게 그가 기뻐 날뛰는 것을 보고 침착한 상관인 스타벅은 잠시 동안 아무 말 없이 모든 사무를 자기가 맡아서 하는 것이었다.

그리고 잠시 후 스텁의 이 기쁨을 더욱 부채질하고 있는 한 가지 일이 있다는 사실이 밝혀졌다. 스텁은 미식가였다. 그는 그 미각의 기쁨으로써 고래를 그 첫째로 삼고 있었다.

"스테이크야! 스테이크! 자기 전에 스테이크를 한 점 먹잔 말일세! 이봐, 대그, 배에서 내려가 꼬리 부분을 조금 잘라 가지고 오게!"

여기서 언급해 두겠는데 이렇게 거친 어부 생활의 관습으로서, 또 전쟁의 대교훈으로서─적어도 그 항해의 결산을 명백히 끝낼 때까지는─적으로 하여금 전쟁 중에 소요된 경비를 그때그때 배상케 하지는 않는다. 그러나 때로 난터케트 사람들 중에는 지금 스텁이 지명한 향유고래의 특수 부분, 즉 동체의 가늘어져 가는 끝머리에 대하여 순수한 기호(嗜好)를 가지고 있는 이들이 있다.

한밤중 향유기름을 켠 두 개의 등불 아래서 늠름하게 버티고 선 스텁 앞에 고래 스테이크가 놓였다. 그는 교반(絞盤)을 식탁 삼아 그 고래 요리를 먹으려는 것이다. 아니, 그날 밤 고래고기의 향연을 마음껏 즐긴 것은 스텁뿐만이 아니었다. 그가 고기를 씹는 소리에 맞춰 수없이 많은 상어들이 푸득푸득 이를 갈면서 죽은 고래 주위에 몰려들어 그 기름진 고기에 입

맛을 다신 것이다.

배 밑바닥의 침상에 누워 있던 몇몇 선원들은 자기 심장에서 불과 몇 인치밖에 떨어지지 않은 곳에서 상어들이 꼬리로 뱃전을 때리는 날카로운 소리에 몇 번씩이나 잠이 깼다. 그 상어들이 음산한 검은빛으로 빛나는 물속에서 뒹굴며 사람의 머리통만큼이나 크고 둥근 고래고기를 물어뜯고 몸을 날렵하게 뒤척이는 것이 눈앞에 선했다.

이 상어의 특기에 대해서는 기적이라고 하는 수밖에 없다. 아무리 보아도 이빨이 들어갈 것 같지 않은 고래의 가죽에, 어떻게 저토록 보기 좋게 이빨 자국을 남기며 물어뜯느냐 하는 문제는 그저 우주 대섭리의 일부를 이루는 것일 뿐이리라. 그들이 고래의 몸에 남기는 그 구멍은 목수가 나사못을 죄기 위해 뚫는 구멍과 같다고밖에는 비유할 바가 없을 것이다.

처참하고 흉포하기 이를 데 없는 해상 전투가 초연(硝煙) 속에서 한창일 때 상어들이 황홀한 눈초리로 갑판을 올려다보는 모습은, 마치 고기를 자르느라 피가 뚝뚝 떨어지는 식탁 주위를 맴도는 굶주린 개와 같았다. 그 상어들은 바다로 던져지는 죽은 시체가 있을 때마다 번개처럼 덤벼들며, 갑판 위에서 용맹한 도살자들이 방울 달린 도금한 식칼을 휘두르며 자기 몫의 날고기를 식인종처럼 잘라 내고 있을 때, 자신들 역시 그 보석을 잔뜩 박은 듯한 입으로 식탁 밑의 시체를 격렬하게 다투어 뺏고 있으니, 이 아래위의 광경을 거꾸로 비쳐 본들 거의 같은 그림일 것이다. 왜냐하면 그 어느 쪽이나 참으로 소름끼치는 행위이기 때문이다.

그리고 상어란 녀석은 대서양을 건너는 모든 노예선의 충실하기 이를 데 없는 수행원이다. 다시 말해 정확하게 뱃전을 따라 달리면서 만일 어떤 소포라도 운반하게 되는 날이면, 즉 죽은 노예라도 매장하려 할 때면 즉시 도와준다.

그 밖에도 그들이 화기애애하게 모여들어 그야말로 유쾌하게 잔치를 벌이는 데 대해서는 몇 번이고 더 예를 들 수 있다. 하지만 뭐니 뭐니 해도 야간의 해상에서 포경선에 매인 향유고래의 시체만큼 그들을 많이 출석시키는 것은 없다. 그 광경을 보지 않은 이상, 여러분들은 악마 숭배의 타당성이나 악마융화의 방법에 대해서 논하지 않는 편이 좋을 것이다.

그러나 지금 스텁은 이토록 가까운 곳에서 벌어지고 있는 맛있는 향연에 대해 신경을 쓰지도 않았고, 또 상어들도 이 미식가의 식사에는 무관심했다.

"요리사! 요리사! 양털 영감, 어디 있나?"

그는 좀더 편히 앉아서 맛있는 음식을 먹어야겠다는 듯이 두 다리를 더욱 넓게 벌리고 서더니 얼마 뒤 큰소리를 지름과 동시에 마치 창을 쓰는 것처럼 접시를 향해 포크를 내던졌다.

"요리사, 이봐, 요리사! 어서 이리 나와!"

흑인 영감은 조금 전 당치도 않은 시간에 따뜻한 해먹에서 불려 나왔기 때문에 그다지 기분이 좋지 않았다. 주방에서 걸어 나오는 그의 발걸음이 비틀거리고 있었다. 왜냐하면 늙은 흑인에게 흔히 있는 일이지만 무릎 관절의 상태가 나빠서 그가 자랑하는 식칼 솜씨처럼 훌륭하게 움직여 주지는 않았던 것이다.

어쨌든 이 양털 영감이라 불리는 늙은 흑인은 쇠테를 두들겨 편 지팡이로 다리를 의지하면서 비틀비틀 다가와 명령에 따라 스텁이 있는 식탁 반대쪽까지 와서는 정확한 동작으로 멈춰 섰다. 그러고는 두 손을 앞에 모으고 양각(兩脚)으로 된 지팡이에 몸을 기대며 굽은 등을 더욱 구부리면서 고개를 비스듬히 기울여 들리는 쪽의 귀를 쫑긋거리는 것이었다.

"요리사!"

스텁은 약간 지나치게 붉은빛인 고기를 성난 듯이 들어 올리면서 말했다.

"영감, 이건 좀 지나치다고 생각지 않나? 영감은 이 스테이크를 좀 지나치게 다진 모양이야. 너무 부드러워서 못 쓰겠네. 내가 언제나 말하지 않던가? 고래 스테이크는 딱딱해야 맛이 있다고 말이야. 뱃전에 상어들이 있지? 저 녀석들도 단단하고 설익은 걸 좋아한단 말이야. 녀석들 너무 좋아 날뛰고 있군! 이봐, 요리사, 저 녀석들한테 가서 말하게. 아무리 먹어도 괜찮지만 적당히 하라고. 그리고 떠들지는 말라고 말이야. 제기랄, 내 목소리가 들리지도 않을 정도군. 좋아, 상어들에게 가서 말하게. 자, 이 등을 가지고 상어에게 가서 말하게나."

이렇게 말하며 그는 선반 위의 자기 각등을 건네주었다.

흑인 영감은 무뚝뚝하게 갑판 위를 걸어 뱃전으로 갔다. 그는 자기의 회중(會衆)들이 잘 보이도록 한쪽 손으로 각등을 낮게 해면을 향해 내리고는 다른 한쪽 손으로 쇠지팡이를 으쓱대며 휘두른 다음, 뱃전에서 몸을 앞으로 내밀며 입 안에 뭔가 들어 있는 것 같은 목소리로 상어 떼를 향해 설교를 시작했다. 스텁은 그 뒤로 가만가만 다가가 한 마디도 빠뜨리지 않고 듣고 있었다.

"이봐! 친구들, 명령이다. 너무 멋대로 떠들지 말아 주게. 알았나? 혓바닥을 날름거리지 말란 말이야. 스텁이 말했는데, 실컷 먹는 건 자유지만, 제기랄! 조용히 해!"

여기서 스텁은 갑자기 그의 어깨를 쿡쿡 찌르며 설교에 끼어들었다.

"이봐, 요리사. 이봐, 바보 영감! 설교를 할 때 제기랄이라고 하면 엉망이 되잖아! 죄인을 회개시켜야 할 게 아니냔 말이야."

"무슨 소리요? 그렇다면 자신이 설교를 하면 될 텐데."

요리사는 못마땅해서 돌아가려 했다.

"안 돼, 더 해야 해."

"좋아! 녀석들에게 가르쳐 줘라. 어서 해 봐."

스텁은 고개를 끄덕이며 외쳤다.

"너희들은 말이야, 즉 상어란 건 말이야, 태어날 때부터 아귀처럼 허겁지겁 처먹는 것만 알게 마련이지만, 내가 말해 두겠는데, 아귀처럼 구는 것은…… 이봐! 꼬리를 철벅거리지 마라! 그렇게 철벅거리고 쩝쩝거린다면 내가 하는 말이 들리지도 않을 게 아닌가, 이 못된 것들 같으니! 제기랄!"

"요리사! 욕설은 하지 말라고 했잖아. 신사처럼 말해야 해."

스텁은 상대방의 목덜미를 잡으며 외쳤다.

설교는 다시 계속되었다.

"이봐, 친구들. 소리를 내는 건 어쩔 수 없다고 치자. 하지만 너희들의 저주받은 천성에 고삐란 걸 걸지 않으면 안 된다는 게 문제야. 너희들은 말이야, 뭐니 뭐니 해도 상어지. 하지만 너희들의 그 상어 근성에 고삐를 걸어 준다면 그게 바로 천사가 되는 길이란 말이야. 왜냐하면 천사란 건 말이지, 모두 그 근성에 고삐를 맨 상어임에 틀림없을 테니까 말이야. 안 그래? 그런데 이봐, 친구, 좀더 고상하게 그 고래를 먹을 수는 없을까? 옆의 녀석 입에서 기름 덩어리를 빼앗을 필요까지는 없지 않은가 말이야. 어느 상어든 그 고래를 먹는 데 대해서는 같은 권리를 가지고 있단 말이다. 아니지, 하느님께서도 굽어 살피소서. 너희들에겐 그 고래를 먹을 권리가 없을지도 몰라. 고래는 말이야. 너희들 것이 아니란 말이야, 너희들 가운데는 다른 녀석보다 입이 큰 녀석도 있겠지? 하지만 입이 큰 녀석은 기름 덩어리를 삼켜 버리기 전에 약한 녀석들한테 조금 나누어 줄 의무가 있단 말이다. 약한 녀석은 힘센 녀석에게 밀려서 고래를 먹을 수가 없으니 말이야."

"양털 영감, 참 잘했어. 그야말로 그리스도교 정신이군. 좀더 하라고!"

스텁이 큰 소리로 추켜세웠다.

"해도 소용이 없습니다, 스텁. 이 괘씸한 녀석들은 밀치며 싸우는 걸 절대로 그만두지 않을 겁니다요. 타이르는 말은 하나도 듣지 않습니다요. 이런 욕심으로 꽉 찬 녀석들한테 설교를 해 봤자 하나도 효과가 없습니다요. 배가 터지도록 처먹어야 그만둘 테고, 게다가 녀석들의 배는 밑 빠진 독입죠. 그러니 배가 터지게 처먹은 뒤에나 어떻게 해야겠지만, 그렇게 되면 또 말을 듣지도 않고 바닷물 속으로 기어 들어가 산호 속에서 잠이나 썩썩 잔단 말입니다요. 이것이든 저것이든 이야기 같은 건 쇠귀에 경 읽깁니다요."

"제기랄, 나도 자네 의견에 동감이야. 기도라도 해 주도록 하게, 양털 영감. 난 다시 저녁 식사를 들기로 할 테니까."

그러자 양털 영감은 상어 폭도들 위에 두 손을 높이 들어 올리며 목청을 돋우어 외친다.

"자, 저주받은 친구들이여! 아귀처럼 멋대로 떠들어 대 봐. 뱃가죽이 터지도록 처넣고 그러고 나서 어서 죽어 버려라."

"이제 됐어, 잘했어."

스텁은 교반 위의 만찬장으로 다시 돌아갔다.

"영감, 아까처럼 거기에 서서 나를 바라보고 차렷 자세를 하고 있어."

"차렷 말입니까?"

양털 영감은 지시된 곳에 쇠지팡이에 기대어 구부정한 자세로 마주 섰다.

"좋아."

고기를 열심히 삼켜 대며 스텁이 말했다.

"자, 그럼 이제 스테이크 문제로 다시 돌아가겠는데, 우선 먼저 영감은 도대체 몇 살인가?"

"그게 스테이크와 관계가 있습니까?"

양털 영감은 기분이 좋지 않은 기색으로 말했다.

"닥쳐라! 나이를 말해라."

"아흔쯤이라고 하더군요."

무뚝뚝하게 대답한다.

"그렇다면 영감은 거의 백 년 가까이 이 세상에 살아 있었으면서도 고래고기조차 구울 줄 모른단 말인가?"

거기까지 말한 스텁은 그 질문의 계속이나 되는 듯이 바쁘게 한 덩어리를 입 속으로 쑤셔 넣었다.

"그럼 어디서 태어났나?"

"로아노크 강(대서양으로 흘러 들어가는 강)의 운반선 해치 뒤입니다요."

"운반선에서 태어났다고! 그것 참 기발하군. 하지만 영감이 어느 나라에서 태어났는지 그게 듣고 싶단 말이야, 요리사."

"로아노크 강이라고 말하지 않았소?"

화난 듯 큰 소리가 나온다.

"아니야, 그게 아니야. 내가 말하려는 건, 요리사 영감은 고향으로 돌아가 다시 태어나는 게 어떻겠는가 하는 거야. 어쨌든 고래고기도 구울 줄 모르니까 말이야."

"이제 절대로 스테이크 따위는 만들지 않겠소!"

화가 나서 내뱉으며 그는 몸을 돌려 떠나려 했다.

"이리 와. 자, 지팡이를 이리 주게. 자, 이제 이 스테이크를 한 번 먹어 보게. 그리고 '이게 스테이큽니다.' 하고 말할 수 있는지 어떤지 대답해 보게. 이봐, 어서 맛을 보라니까."

양털 영감은 그 힘없이 늘어진 입술을 잠시 우물우물하며 고기를 먹더니 중얼거렸다.

"난 이렇게 맛있는 스테이크를 먹어 본 적이 없습니다요. 둘이 먹다 하나가 죽어도 모른다는 건 이걸 두고 한 말 같습니다."

"이봐, 요리사."

다시금 공격 태세를 취하며 스텁이 말했다.

"자네 교회에 다니나?"

"케이프 타운인가 하는 곳에서 한 번 가 보았습니다요."

심술이 나서 양털 영감은 대답했다.

"평생에 단 한 번 케이프 타운에서 교회에 가 보았단 말이지. 그래서 거기서 신부가 회중들에게 '사랑하는 성도님들이여.' 하는 것을 들었겠군. 그렇지, 요리사? 그런데 자네는 왜 조금 전에 그처럼 무서운 거짓말을 했냔 말일세."

스텁이 말했다.

"도대체 자넨 어디로 가려는 건가?"

"어서 침대로 가고 싶소."

중얼거리며 양털 영감은 반쯤 몸을 돌렸나.

"멈춰! 움직이지 마! 내가 어디로 가려는 거냐고 물은 건,

자네가 죽은 뒤의 이야기야. 겁나는 질문이겠지만, 자, 대답을 할 수 있으면 어서 해 봐라, 어서!"

"이 다 늙은 검둥이가 돼지게 되면……."

양털 영감은 그 태도를 별안간 바꾸며 천천히 말했다.

"나 자신이 어디로 가고 싶다는 생각은 해 본 적이 없소. 고마우신 천사님이 오셔서 데려가 주실 뿐이지."

"데려간다고? 어떻게? 엘리야(《구약성서》〈열왕기 하〉 2장. 엘리야는 큰 바람을 타고 승천했다고 함)를 데려간 것처럼 네 마리 말이 끄는 마차로 말인가? 그래서 어디로 말인가?"

"위쪽입죠."

양털 영감은 쇠지팡이를 머리 위에 수직으로 벌떡 들어 세우며 극히 엄숙하게 그 자세를 유지했다.

"그렇다면 자네는 죽어서 모선의 큰 돛대 꼭대기로 올라가겠다는 건가? 하지만 말이야, 높은 곳에 올라가면 그만큼 추워진다는 건 알고 있겠지? 큰 돛대 꼭대기라, 젠장."

"그런 높은 곳이 아닙니다."

양털 영감은 여전히 무뚝뚝하게 대답했다.

"자네는 아까 위쪽이라고 했잖나. 이봐, 분명히 해, 자네 지팡이는 어느 쪽을 향하고 있는 건가? 틀림없이 자네는 저 다락 입구로 기어 올라가 천국으로 숨어들려는 속셈이겠지. 하지만 그건 안 돼, 요리사. 정해진 곳을 지나지 않으면, 다시 말해 돛줄을 타고 가지 않으면 거기엔 못 간단 말이야. 그건 위태로운 짓이지만 그것밖에는 방법이 없거든. 그쪽이 아니면 올라갈 수가 없단 말이야. 하지만 우리 같은 녀석 중에 아직 천국에 올라간 녀석은 하나도 없어. 그러니 그 지팡이를 내리고 내 명령이나 잘 들어. 한 손으로 모자를 잡고 다른 한 손으로는 심장이 있는 곳 위를 두들기란 말이야. 더 위야. 자네 심장은 그런 데 있나? 거긴 배잖아. 더 위야 더 위. 좋아, 거기야. 이제 됐어. 거기에 잘 두고, 차렷 자세를 하게."

"차려엇!"

양털 영감은 스스로 호령하고, 명령받은 대로 두 손을 모자와 심장에 얹어 놓고 마치 두 귀를 나란히 모아 앞으로 내밀기라도 하려는 것처럼 백발이 성성한 머리를 무리하게 움직이고 있었다.

"자, 요리사, 알겠나? 자네가 만든 이 고래 스테이크는 맛이 엉망이어서 난 보기도 싫다네. 그래서 빨리 먹어 치워 버린 걸세. 알겠나? 그러니까 이제부터 내가 이 내 전용인 교반 식탁에서 잡수실 때 자네가 고래 스테이크 요리를 만들게 되면 말이야, 미리 잘 일러두겠는데, 너무 구워서 못 먹게 만들지 말란 말일세. 한 손에는 고기를 들고 다른 한 손으론 석탄불을 갖다 대란 말이야. 즉시 접시에 놓게, 알겠나? 그리고 내일 말인데, 우리가 고래를 처치할 때 자네는 잊지 말고 거기에 지켜서 있다가 지느러미의 앞끝을 잘라서 식초에 절여 두게. 꼬리 지느러미의 끝은 소금에 절이는 거야, 알겠나? 반드시 그렇게 해야 하네. 그럼 이제 가도 좋아. 가 보게."

그러나 양털 영감은 세 발짝도 못 가서 다시 불려 왔다.

"이봐, 내일 밤 심야 당직 때 커틀릿으로 밤참을 내오게. 알아들었나? 그럼, 가 보게. 아니 잠깐, 거기 서! 가기 전에 경례를 해야지! 아, 그리고 아침 식사에 고래 만두를 내게. 잊지 말도록."

"하느님, 저 녀석이 고래를 먹지 말고 고래가 저 녀석을 먹는 편이 좋겠습니다요. 난 아무래도 상어 양반보다 저 녀석이 훨씬 더 상어처럼 생각되니까."

절룩거리며 돌아가면서 양털 영감은 투덜거렸다. 그리고 그 비꼬는 말을 벗 삼아 그는 해먹 속으로 들어갔다.

65장 | 맛있는 식품으로서의 고래

사람이라는 생물이 자신에게 등유(燈油)를 공급해 주는 동물을 탐내어 먹고, 특히 스텁과 같이 그 동물의 기름을 태우는 불 밑에 앉아서 그 고기를 먹는 행동은 참으로 야만스럽기 짝이 없는 것으로 생각되기 때문에 여기서 잠깐 그 역사와 철학에 대하여 생각해 볼 필요가 있을 것 같다.

기록에 의하면 3세기 전의 프랑스에서는 참고래의 혓바닥 고기를 대단한 진미로 여겼으며, 따라서 값이 매우 비쌌다. 또 헨리 8세 때 어느 궁정 요리사가 절묘한 소스를 발명하여 그것을 고래의 일종이라 여겨지는 구운 돌고래고기에 곁들여 내놓아 굉장한 상을 받았다고 한다.

물론 돌고래는 현대에 이르기까지 내단히 맛있는 음식으로 정평이 나 있다. 돌고래고기를 대략 당구알만한 크기로 빚어

조미료로 맛을 돋운다면 바다거북 또는 송아지 완자와는 비교도 안 될 정도로 훌륭하다. 옛 던펌린(스코틀랜드의 피라샤 거리)의 수도사들은 그것을 매우 좋아했기 때문에 왕실에서 특별히 다량의 돌고래를 하사받아 왔다고 한다.

결국 적어도 포경자들 사이에서는 고래가 귀중한 물고기이긴 하지만 분량이 많은 것이 다만 옥에 티라는 평을 받고 있는 것이다. 그도 그럴 것이, 여러분이 만일 100피트나 되는 고기만두 앞에 앉게 된다면 식욕이 싹 없어져 버릴 것은 사실이 아니겠는가? 스텁처럼 아무것이나 가리지 않고 먹어 대는 자 이외에는 오늘날 고래고기 요리는 먹지 않는다.

그러나 에스키모 인들은 과연 신경이 무디다. 주지하는 바와 같이 그들은 고래고기를 주식(主食)으로 하며 극상의 고래기름으로 향기 높은 술을 빚기도 한다. 옛 의사 중에서도 이름이 높은 조그란다(프랑스 소설 《질 브라스》에 나오는 산그란드를 본뜬 이름일 것이라는 멜빌 연구가들의 고증이 있다)는 기름기가 많은 고기는 특히 맛이 좋고 양분도 많으며 유아에게 알맞다고 했다.

그러니까 생각 나는데, 훨씬 예전에 포경선 사고로 그린란드에 남아 있게 된 영국인들이 기름기를 빼낸 뒤 해안에 내버려진 고래의 썩어 가는 고깃덩어리로 아무튼 몇 달인가 살아왔다는 이야기가 있었다.

네덜란드 포경업자들은 이 기름 찌꺼기를 '튀김'이라 불렀는데, 이것은 신선할 때면 갈색으로 아삭아삭하다. 암스테르

담의 아낙네들이 만드는 도넛이나 과자와 매우 흡사하고 또 매우 맛있어 보이므로 아무리 사양을 잘하는 손님이라도 그만 손을 내밀지 않고는 못 배긴다고도 한다.

그러나 고래고기를 문명의 맛있는 식품으로 부르기를 꺼리게 하는 큰 원인은 그것이 너무나 기름기가 많다는 데 있다. 바다의 최상급 고기로서 그 뛰어난 맛을 칭찬하기에는 너무 양이 많은 것이다.

그 혹 부분의 고기만 하더라도—진미라 여기고 있는—물소의 고기 맛 못지않지만 아무튼 피라미드 같은 기름 덩어리이므로 진저리가 나고 만다.

그리고 경랍(鯨蠟)만 하더라도 그 말랑거리는 보드라움은 마치 석 달밖에 안 된 야자 열매의 흰 살 부분처럼 투명한 젤리와도 같지만 그렇다고 그것을 버터 대용으로 하기에는 자양분이 너무나도 풍부하다.

그러나 많은 고래잡이들은 그것을 다른 식품에 배어들게 하여 맛있게 먹는 방법을 알고 있다. 긴긴 밤의 고래기름 당번을 할 때 대개의 선원들이 하는 방법인데, 비스킷을 커다란 기름통에 넣은 뒤 기름 절임으로 해서 먹는 것이다. 나도 그런 방법으로 맛있는 야식을 먹어 본 적이 종종 있었다.

작은 향유고래의 경우에는 그 뇌 부분이 맛있는 곳으로 여겨지고 있다. 두개골을 도끼로 깨고 두 개의 둥글고 하얀 뇌엽(腦葉 : 바로 두 개의 커다란 푸딩인 셈이다)을 꺼낸 뒤 그것을 밀가루와 섞어 반죽함으로써 마침내 최우수 식품이 되는 것인데, 그 맛은 미식가들 사이에 명성이 자자한 송아지 뇌와 비슷한 데가 있다. 그런데 그들 미식가들 중에서도 내로라하는 친구들은 줄곧 송아지 뇌만 먹고 지내므로 나중에는 자신의 뇌가 차차 줄어들어 송아지의 두뇌와 자신의 두뇌를 구별하려 해도 남다른 지혜가 없으면 하지 못하게 되는 지경에 이르는 것이다.

그러므로 젊은 식도락가가 현명해 보이는 송아지 머리를 앞에 놓고 있을 때보다 더 비통한 정경은 없는 것이다. 그 머리는 마치 그를 나무라듯이 "아아 그대도 또한⋯⋯." 하고 말할 것 같은 표정을 짓는 것이다.

육지 사람들이 고래고기를 먹는 것을 혐오스럽게 여기는 까닭은 반드시 그 고기가 너무나 기름졌기 때문만은 아닐 것이다. 어느 쪽이냐 하면 그것은 결과론에 불과하며, 그 원인은 앞에서 말한 것처럼, 소위 인간이라는 존재가 해상에서 갓 죽인 것을, 더욱이 그 기름을 켜 놓은 등불 아래에서 먹는다는 점에서 오는 것이리라. 그러나 의심할 여지도 없이 소를 최초로 죽인 사람은 살인자와 마찬가지로 간주되어 아마 교수형을 받았을 것이리라. 더욱이 만일 소의 무리에 의해서 심문을 받았다면 꼼짝없이 살인자로 처형되었을 게 틀림없다. 토요일 밤에 우육(牛肉) 시장으로 가 보라. 그 얼마나 많은 두 발 달린 무리가, 줄지어 서 있는 네 발 달린 시체를 지켜보고 있는가. 그 광경이야말로 식인종조차 소름끼치게 하기에 족하지 않은가? 나는 감히 말하겠는데, 피지 섬의 야만인들이 야윌

대로 야윈 선교사를 다가올 기근에 대비하여 죽인 뒤 소금에
절여 동굴 속에 넣어 두었다 하더라도 그 조심성 많은 피지 섬
사람들은 뒷날의 대심판 자리에서 여러분들과 같은 문명 개화
된 식도락가들 — 거위를 땅 위에 못 박아 놓고 그 부풀어 오
른 간장을 파테 드 푸아그라로 만들어 맛있게 먹는 사람들 —
보다도 죄가 가벼울 것이다.

자, 그런데 스텁이 고래고기를, 그 고래기름을 태우는 불빛
아래서 먹는다는 것이 과연 잔학함 위에 모욕을 더하는 일이
되는 것인가? 문화의 화려한 불빛 아래에서 살고 있는 식도락
가 여러분이여, 지금 여러분이 스테이크를 베어 먹고 있는 그
나이프를 보라. 그것은 무엇으로 만들어진 것인가. 지금 여러
분이 탐내어 먹고 있는 소 형제의 뼈로 만들어진 것이 아니고
무엇인가. 그리고 저 거위의 기름진 고기를 먹은 뒤, 무엇으로
이쑤시개를 할 작정인가? 그 새의 깃털이 아닌가? 또 거위학
대방지협회의 비서는 어떤 깃털 펜으로 그 선전 팸플릿을 또
박또박 썼단 말인가? 철제 펜 이외에는 사용하지 말자고 협회
가 결의한 것은 불과 한두 달 전의 일이었잖는가?

66장 | 상어 퇴치

남해 어업에서는 향유고래를 잡아 장시간에 걸친 고생 끝에 밤이 되어서야 모선의 뱃전에까지 끌고 온 경우에는 즉시 그것을 처치하지 않는 게 일반적인 관습이다. 왜냐하면 그 작업은 몹시 힘이 들며 단시간으로는 불가능한 데다가 또한 전원이 들러붙어야 하기 때문이다. 그렇기 때문에 통상적인 관습으로는 모든 돛을 내리고 키를 바람 아래쪽으로 조정해 놓은 뒤, 모든 선원을 새벽이 될 때까지 배밑 잠자리에 들어가게 한다. 단 밤새도록 정박(碇泊) 당직만을 남기는데, 두 사람이 한 조가 되어 한 시간씩 교대로 갑판에 나가 망보게 한다.

그러나 때로, 특히 태평양의 적도 위에서는 이 방법이 잘 적용되지 않을 때가 있다. 묶어 놓은 주검을 향해 달려드는 상어 떼 때문에, 만약 여섯 시간을 그대로 방치해 두는 경우 아침이 되어 보면 거의 해골밖에 남지 않는 것이다. 그러나 그다지 상어가 우글거리지 않는 다른 태평양 지역에서는 예리한 고래 절단 삽(강철로 만든 사람 손바닥 크기만한 삽)으로 심히 놀라게 함으로써—그것이 때로는 오히려 그들을 더 한층 활기 있게 만드는 경우도 있지만—그 탐욕스러움을 현저하게 위축시키는 예가 가끔 있다. 그러나 지금의 피쿼드 호의 경우는 달랐다. 그날 밤 모선 뱃전에서 처음으로 이런 광경을 바라본 자의 눈에는 주위의 해면이 하나의 커다란 치즈이며 상어는 거기에 몰려드는 구더기처럼 보였을 것이다.

그렇다고 해서 그대로 버려둘 수도 없었다. 스텁이 저녁 식사를 끝낸 뒤 정박 당직을 배치하고, 그 배치에 따라 퀴퀘그와 앞돛대 선원 한 사람이 갑판으로 올라온 그날 밤, 상어들 사이에는 굉장한 소란이 일어났다. 그 두 사람의 선원은 곧 고래 절단용 발판을 뱃전에서 내리고 등불을 낮게 걸어서 바다 멀리까지 불빛이 이르게 한 뒤, 기다란 고래 절단 삽을 투척하여 그 날카로운 칼날을 녀석들의 유일한 급소로 생각되는 두개골에 박아 넣으면서 끔찍한 상어 학살을 시작했다. 그러나 부글부글 끓어오르는 그 혼란과 소란 때문에 사수(射手)는 정확하게 표적을 명중시킬 수는 없었다. 그리고 그것이 또한 그 적들의 예사롭지 않은 흉포함을 더욱 발휘케 하는 결과가 되었다. 녀석들은 악마처럼 서로의 삐져나온 내장을 물어뜯을 뿐 아니라 마치 유연한 활처럼 몸을 구부려 자신의 내장까지도 물어뜯고 그 결과 그 창자들이 삼켜져 한 입으로 들어가면 크게 벌어진 상처에서 계속 빠져나오곤 하는 형편이었다. 그러니만큼 녀석들의 시체나 망혼(亡魂)을 간섭하는 것은 위험하기 그지 없는 노릇이었다.

녀석들의 몸은 생명이 떠나고도 마디마디 또는 뼈마다 천성에 의해서인지 여러 신의 가호에 의해서인지는 몰라도 정기가 넘치고 있는 것으로 보였다. 가죽을 벗기기 위해 죽은 녀석을 갑판 위로 던졌더니, 그 중의 한 마리가 그 흉악한 입을 막아 주려 했던 퀴퀘그의 손을 물어뜯었던 것이다.

"어느 하느님이 상어 녀석을 만들었는지 퀴퀘그는 알 바 아니지."

야만인은 아픔을 못 이겨 손을 위아래로 흔들면서 말했다.

"피지의 하느님인지 난터케트의 하느님인지 모르지만, 이 상어 녀석을 만든 하느님은 정말 너무했어."

67장 | 고래 자르기

 이상의 이야기는 토요일 밤에 있었던 일이다. 자, 이제 날이 밝아 안식일이 되면 과연 어떤 일이 벌어질 것인가? 모든 고래잡이들은 공공연히 안식일을 깨뜨리기 일쑤이다. 고래의 이빨로 장식된 피쿼드 호는 지금 바야흐로 도살장으로 변하고 선원들은 모두 도살자가 되었다. 그것은 1만 마리의 피에 물든 소를 해신(海神)에게 바치고 있는 것 같은 경관이었다.

 우선 대개 녹색으로 칠해진 거대한 기구—그것은 도저히 혼자서 들어 올릴 수 없다—그 중에서도 특히 웅대한 포노송이 같은 모양의 거대한 고래 절단용 고패가 큰 돛대 위로 올려져, 배의 갑판 위에서 가장 견고한 장소인 뒷돛대 위에 묶인다. 이 복잡한 기구 사이를 꿰뚫고 있는 닻줄 모양의 밧줄 한쪽 끝은 양묘기로 이어지고, 도르래에는 무게가 대략 백 파운드는 될 듯한 고래 절단용 갈고리가 부착된다. 그러고 나서 항해사 스타벅과 스텁은 뱃전의 발판을 딛고 긴 고래 절단 삽을 휘둘러 고래의 몸에 구멍을 뚫은 다음, 두 개의 옆지느러미에 가장 가까이 늘어져 있는 갈고리를 집어넣는다.

그 작업이 완료되면 폭넓은 반원형의 선이 구멍 주위에 그어지고 거기에 갈퀴를 찔러 넣고 전 선원이 그 야만스러운 목청을 돋우어 합창하면서 양묘기에 달려들어 감아올리기 시작한다. 그러면 갑자기 배가 한쪽으로 기울며 배의 모든 빗장이 마치 혹한 때 낡은 집에서 못이 튀어나오듯 삐져나오려 하고, 배는 크게 진동하며 전율한다. 배는 점점 고래 쪽으로 기울고 헐떡이는 듯한 양묘기가 한 바퀴 한 바퀴 닻줄을 감을 때마다 파도의 한 굽이 한 굽이가 호응하더니 마침내 일대 충격이 일어나며 배는 굉음과 함께 자세를 바로하면서 고래에서 떨어지고, 고패는 승리감에 취해 위용을 가다듬으면서 기름고기의 첫 번째 조각으로 베어 낸 반원형으로 생긴 것의 끄트머리를 들어 올린다.

이 기름고기 부분은 마치 귤껍질처럼 고래를 싸고 있으므로, 귤껍질이 빙글빙글 돌아가면서 껍질이 벗겨지듯이 기름이 고래 몸에서 떨어지는 것이다. 즉 양묘기가 쉴 새 없이 잡아당기고 있기 때문에 고래는 바다 위에서 자꾸만 뒹굴고, 한편 기름고기는 항해사 스타벅과 스텁이 삽으로 동시에 자르는 '줄 홈 자국'에 따라 한 조각씩 일정하게 벗겨지고, 계속해서 그 동작에 맞추어 높이 매달려 올라가게 되며, 그 위쪽 끝은 돛대 꼭대기를 스치게 된다. 그러면 양묘기에 매달린 사람들은 잠시 휴식하게 되고 피가 뚝뚝 떨어지는 거대한 고깃덩어리는 마치 매달려 있는 듯 전후좌우로 흔들리는데, 거기에 있는 자들은 모두 그 동요를 피하기 위해 세심한 주의를 기울인다. 만일 주의를 기울이지 않으면 머리를 세게 얻어맞고 바닷속으로 곤두박질하게 될 수가 있다.

이윽고 거기에 있던 작살잡이 하나가 갈고리 도끼라 불리는 길고 날카로운 연장을 들고 나와 흔들리는 고깃덩어리 밑부분을 솜씨 있게 도려내어 커다란 구멍을 만든다. 이 구멍에 두 번째의 예비용 큰 고패가 갈고리로 고정됨으로써 이 기름고기는 단단히 고정되고, 이어서 다음 작업이 시작된다.

칼을 손에 든 선원들이 다른 사람들을 비켜서게 하며 고깃덩어리에 대하여 다시금 정밀한 공격을 가해 그것을 멋지게 둘로 절단한다. 짧은 밑부분은 아직 움직이지 않는 위치에 있지만 상부의 잘린 부분, 흔히 모포(毛布)라 불리는 부분은 그때 완전히 유리되어 내려지기만을 기다리게 된다. 닻줄 감기는 다시 시작되고, 구령에 맞추어 한 고패가 고래로부터 두 번째 잘라 내기를 하고 있는 동안에도 다른 그것은 서서히 늦추어져 중간 해치를 지나 아래쪽의 기름고깃간이라 불리는 빈 선창으로 내려진다. 이 어두컴컴한 헛간 속을, 몇 사람이 뱀의 무리가 도사리고 있는 것처럼 보이는 모포를 재빠른 솜씨로 감으며 들어간다. 이렇게 작업은 진행되고, 두 개의 고패가 교대로 올라갔다 내려갔다 하는 가운데 고래와 양묘기는 회전을 계속한다. 감아올리는 사람은 노래를 부르고, 기름고깃간의 사람들은 여전히 고기를 말아 놓고, 항해사는 잘라 낼 줄홈 자국을 찍고, 배는 긴박감에 쌓이는 가운데 전 선원은 이런저런 마찰이 배 안에 가득 차는 것을 막고 분위기를 부드럽게 하기 위해서인지 가끔 서로 고함을 지르고 욕설을 퍼붓곤 한다.

68장 | 모포 조각

　나는 여러 가지로 이론이 분분한 제목, 즉 고래의 가죽에 대하여 적잖이 골치를 앓아 왔다. 나는 바다 위의 경험이 풍부한 포경자와도, 또 육지의 박학한 학자와도 논쟁을 해 왔다. 그러나 내 기본 자세는 지금도 역시 변함이 없다. 그것이 한낱 의견에 불과하긴 하겠지만.

　문제는 고래의 피부란 무엇이며 어디에 있느냐 하는 점이다. 여러분은 이미 기름고기란 무엇인가를 알았다. 그것은 단단하고 팽팽한, 쇠고기와도 같은 육질(肉質)인데, 쇠고기보다도 탄력이 있고 쫄깃쫄깃하며, 그 두께는 약 8~10인치로부터 12~15인치 정도에 이른다.

　그러나 어떤 생물의 가죽이 그런 두께라고 한다면 누구든지 처음엔 엉터리라고 생각할 것이다. 그러나 사실상 이 가정에 대해서는 반박할 여지가 없다. 왜냐하면 고래의 몸에서는 이 기름고기 이외에는 밀도를 지닌 아무런 층도 발견할 수 없기 때문이다. 그러니 상당한 밀도를 가지고 생물의 가장 바깥쪽을 둘러싼 층이 있다면 그것을 가죽이라고 할 수밖에 없지 않은가? 사실 상처가 없는 고래의 시체에서는 극히 얇고 투명한, 가장 얇은 운모(雲母) 같은 것, 마치 비단처럼 탄력성과 유연성이 풍부한 것을 손으로 벗겨 낼 수 있을 것이다. 그러나 그것은 마르기 전의 일이며, 건조하게 되면 수축되어 밀도가 높아질 뿐 아니라 부서지기 쉬울 정도로 다소 딱딱하게 된다. 나는 그 건조한 것을 몇 개인가 가지고 있어서, 고래 책의 책갈피 사이에 끼워 두고 있다. 앞에서도 말한 것처럼 투명하기 때문에 인쇄된 페이지 위에 놓으면 어쩐지 확대경의 작용을 하는 것 같아서 마음이 즐거워진다. 아무튼 고래의 안경을 통해 고래의 책을 읽는다는 느낌은 퍽 즐거운 것이다. 하지만 지금 내가 말하려는 것은 다음과 같은 점에 대해서이다. 즉, 이 극히 얇은 운무와 같은 양상의 물질이 고래의 온몸을 덮고 있는 것은 사실이지만, 그러나 이것은 고래의 피부라기보다 그 피부의 피부라고 생각해야 옳을 것이다. 저 무섭고 거대한 고래의 가죽이 갓난아이의 피부보다도 얇고 부드럽다면 얼마나 우스꽝스러울 것인가. 그러나 그 점은 우선 덮어 두자.

기름고기가 고래의 가죽이라고 할 경우 매우 큰 향유고래의 가죽으로부터는 백 통이나 되는 막대한 양의 기름을 산출할 수 있다. 더욱이 그 양, 또는 무게로 볼 때 그 산출된 기름은 그 가죽의 전량이 아니라 불과 4분의 3을 차지하는 데 불과할 뿐이다. 그러고 보면 고래라는 생물은 그 가죽, 즉 껍질의 일부로도 호수처럼 많은 액체를 산출하게 되는 셈이 되는데, 측량할 수 없는 그 웅장함을 상상할 수 있다. 열 통을 1톤으로 계산한다면 고래 가죽의 4분의 3이 보통 10톤의 중량을 가지고 있는 셈이 된다.

살아 있는 고래에 있어서 우리가 보게 되는 그 표피는 고래가 보여 주는 수없는 경이 중에서도 가히 무시할 수 없는 부분이다. 거의 예외 없이 고래의 전 표면에는 종횡무진으로 달리는 직선이 엇갈려 있어 마치 굉장한 이탈리아 선조(線條) 조각판을 보는 것 같다. 그러나 이들 선들은 앞에서 언급한 운모 양상의 것에 새겨져 있는 것이 아니라 그것을 통해 보이는 것으로, 몸 그 자체에 새겨져 있는 것으로 생각된다. 아니, 그것뿐이 아니다. 예리하고 관찰력 있는 사람은 가끔 보겠지만, 이런 선들은 진짜 조각판과 다를 바 없으며, 보다 더 깊은 창의를 나타내고 있다고 느낄 만한 데가 있는 것이다. 만일 여러분이 피라미드의 벽에 새겨진 불가사의한 그림을 상형문자라고 부른다면 이 경우에도 당연히 그렇게 불러야 할 것이다. 특히 어느 향유고래의 상형문자에 대한 내 기억에 의하면 나는 그것을 보았을 때 미시시피 강의 상류 기슭에 있는 어느 벼랑의 고대 인디언 문자를 나타내는 벽면을 떠올리고 놀랐던 것이다. 더욱이 그 신비한 암벽과 마찬가지로 고래의 이상한 무늬는 전혀 읽을 수 없다. 이 인디언 암벽에 대한 기억은 또 다른 사실을 생각나게 해 준다. 향유고래가 보여 주는 외관은 가지각색이지만 가끔 그 등에서 옆구리에 걸쳐 거의 규칙적인 선들이 긁힌 상처에 의해 거의 없어지는 경우도 있다. 그래서 나는 꼭 이야기하고 싶은데, 저 뉴잉글랜드 해안의 바위들, 거대한 빙산의 흐름과 부딪쳐 난폭한 상처를 입고 있다고 아가시스 족(族) 인디언이 믿고 있는 그 바위들이 그런 점에서는 고래의 이런 상처와 적잖이 닮은 것이 아닐까? 또는 아마도 저희들끼리 서로 강하게 부딪친 데서 생긴 게 아닌가 싶다. 왜냐하면 내가 아는 바로는 충분히 성장한 수고래에게서 그런 현상을 흔히 볼 수 있기 때문이다.

고래의 피부, 즉 기름고기에 대해서는 한두 마디 더 언급해 두어야 할 것 같다. 이미 말한 것처럼 그것은 모포 조각이라 불리는 기다란 모양의 조각으로 벗겨진다. 대개의 해상 용어와 마찬가지로 이 낱말 역시 매우 적절하고 의미가 깊다.

사실 고래의 몸을 둘러싸고 있는 기름고기는 마치 모포나 홑이불 같은 것, 아니 좀더 적절히 말한다면 인디언이 머리에서부터 발끝까지 뒤집어써서 늘어뜨리는 망토와 같은 것이다. 그 몸에 이토록 상쾌한 모포를 뒤집어쓰고 있기 때문에 그야말로 고래는 어떤 기후, 어느 해양이나 조류 안에서도 쾌적하게 지낼 수가 있는 것이다. 저 춥고 사납고 얼음투성이인 북양에서 사는 그린란드고래가 그 따뜻한 외투에 감싸여 있지 않다면, 그 운명이 어떻게 될 것인지는 뻔한 일이다. 물론 그 북극의 바다에는 매우 원기가 좋은 다른 어족들도 있기는 하다.

그러나 잊지 말아야 할 것은 그들 어족은 냉혈이며 무폐(無肺)인 데다 냉장고 같은 배를 가졌으며, 빙산이 흘러가는 대로 그 밑에서 몸을 데우는, 마치 여관 난로에 몸을 녹이고 있는 겨울 나그네처럼 뻔뻔스러운 친구들인 것이다. 그러나 고래는 인간들과 마찬가지로 폐를 가진 온혈동물이다. 피가 얼게 되면 죽고 만다. 그러니까 설명을 듣지 않으면 이 큰 괴물, 몸의 보온을 인간과 똑같이 필요로 하는 동물이, 저 북극양 한가운데서 그야말로 입언저리까지 물에 잠기면서 태연하게 있을 수 있다는 것은 참으로 이상한 일이라 생각되지 않을 수 없으리라. 그곳은 물속에 떨어진 선원이 몇 달이 지난 뒤에도 마치 호박(琥珀) 속에 박힌 곤충처럼 빙원(氷原) 속에 수직으로 선 채 동결되어 있을 정도의 기온이다. 게다가 더욱 놀라운 것은 극지의 고래 혈액이 여름날의 보르네오 흑인의 피보다 따뜻하다는 점이다.

내가 생각하건대, 바로 이 점에 강성한 생물의 활력과 두꺼운 벽과 널찍한 내면이 갖는 평가할 수 없는 가치가 있다. 오오, 인류여, 고래를 존중하고 그들처럼 살아갈 수 있는 방법을 배워라! 그대들도 얼음 속에서 따뜻해져라. 적도에서 차고 서늘하게 지내며, 성 베드로 대성당처럼, 또 거경처럼, 그 어떤 계절에도 그대 자신의 체온을 지키고 유지하도록 하라!

그러나 이런 미덕을 가르치는 것은 쉽지만 부질없는 일이기도 하다. 성 베드로와 같은 건축물은 이 세상에 거의 없고 고래와 같이 거대한 생물이 또 어디 있단 말인가?

69장 | 장례식

"쇠사슬을 챙겨 넣어라. 그리고 시체를 흘려보내라!"

거대한 고래의 작업은 이미 완료되었다. 목이 잘리고 가죽이 벗겨진 고래의 흰 몸은 대리석 무덤처럼 빛나고 있었다. 비록 빛깔은 보이지 않았지만 여전히 거대했다. 그것이 서서히 배로부터 떨어져 나가며 떠올라 표류할 때, 그칠 줄 모르게 탐욕스러운 상어의 무리는 그 주위의 바닷물을 튀게 하고, 소리 높이 울어 대는 해조(海鳥)들도 탐욕스럽게 몰려와 단검 같은 부리를 고래 몸에 찔러 넣으며 그 주위의 공중을 소란스럽게 하고 있었다.

산더미 같은 희고 머리가 없는 환영은 배로부터 차차 멀어져 흘러갔고, 조금씩 움직여 감에 따라 평면으로 밀집하는 상어 떼와 입체적으로 밀집하는 해조류는 더욱더 그 악귀 같은 소란의 도를 더해 갔다. 몇 시간 동안 거의 정지해 있는 거나 다름없는 배 위에서 그 광경이 한눈에 들어왔다. 구름 한 점 없이 푸르른 하늘 아래 즐거운 파도가 물결치는데, 상쾌한 미풍에 실려 그 생명 없는 거대한 덩어리는 언제까지나 흘러가더니 마침내 무한한 저 너머로 모습을 감추고 말았다.

이토록 슬프고 또 무자비한 장례식이 어디에 있을까? 하늘의 독수리들은 참으로 예절 바르게 검은 옷 또는 무늬 옷을 입고 있었다. 생전에 가령 이 고래가 구원을 청했다 한들 누가 그를 도와주었겠는가? 그런데도 그 장례식에는 참으로 기특하게 몰려들었던 것이다. 오, 이 몰인정한 세상 윤리여! 비록 가장 강한 고래일지라도 거기서 자유로울 수는 없다.

아니, 그것으로 모든 게 끝나지는 않는다. 내버려진 더러운 몸일망정, 그래도 집념 강한 유혼(幽魂)이 달라붙어 사람들을 두렵게 한다. 겁 많은 군함 또는 길 잃은 탐험선 등, 거기에 몰려든 새 떼의 그림자도 보이지 않을 만큼 멀어졌지만, 아직도 하얗게 햇빛에 반사된 거대한 덩어리는 여전히 물 위로 떠돌고, 흰 물보라는 높게 흩어져 뽀얀 안개를 이루고 있다. 그러면 곧 항해 일지에 이 위험이 없는 고래 시체를 두고 '얕은 여울, 암초, 쇄파노가 이 근해에 많음. 주의 요망!'이라고 떨리는 손가락으로 써 둔다. 그러면 그 후 몇 년을 두고 배들은 그 지점을 피해 간다. 마치 선두의 양이 땅에서 튀어나온 막대를 뛰어넘자, 그 뒤를 따르던 어리석은 양들도 아무것도 없는데도 불구하고 뛰어넘는 동작을 하게 되듯, 뒤도 안 돌아보고 그

근해를 달려 지나가 버리는 것이다. 그것이 선례(先例) 준수의 법칙이라는 것이고 또 전통의 고마움이기도 하다. 그것은 또 지난날 지상에 뿌리를 박은 적도 없고, 지금 하늘나라에 떠돌아 다니지도 않는 낡은 신앙을 새삼스럽게 부활시키는 것이기도 하다. 즉 정통 정신인 것이다!

이렇게 살아 있는 거대한 고래의 몸뚱이는 그 적에 대하여 생생한 공포를 주고, 그 죽은 뒤의 망령은 세계에 대하여 허무한 공포를 준다.

여러분은 유령에 대하여 어떻게 생각하고 있는가? 코크 가(런던의 코크 거리에 유령이 나온다는 소동이 일어나 존슨 박사까지 동원되었으나, 나중에는 그것이 장난임이 판명되었음) 이외에도 유령은 나오고 존슨 박사보다 더한 지식인들도 그것을 믿는 것이다.

70장 | 스핑크스

거경의 몸을 완전히 벗기기 전에 그 머리를 잘라 낸다는 것을 빼놓아서는 안 된다. 그 향유고래의 참수야말로 과학적 · 해부학적인 작업이어서, 경험 많은 고래 의사들이 몹시 자랑하는 바이지만, 그것도 무리가 아니라고 여겨진다.

생각해 보라. 고래에게는 정확하게 목이라 부를 수 있는 부분이 전혀 없을 뿐만 아니라 그 머리와 동체가 이어진다고 보이는 부분, 그 부분이야말로 몸뚱이 중에서 가장 굵은 것이다. 그리고 또 생각해 보라. 참수인은 그 목적물로부터 8내지 10피트나 떨어져 서서 작업을 하는데, 그 목적물은 더러운 색깔의 굽이치는, 아니 때로는 노도가 포효하는 해양 속에 거의 모습을 감추고 있는 것이다. 그것뿐이 아니다. 그런 불리한 조건 속에서 고래의 살을 몇 피트 깊숙이까지 잘라 내야 하며, 게다가 또 쉴 새 없이 수축하는 깊은 상처를 거의 들여다볼 수도 없는 상황임에도 불구하고 주위의 잘라선 안 될 부분을 교묘하게 피하여 등뼈가 바로 시작되려는 그 아슬아슬한 지점을 정확하게 잘라 내야 하는 것이다. 그렇다면 여러분은 스텁이 향유의 참수쯤은 10분이면 끝낼 수 있다고 자랑삼아 떠들어대는 것에 놀라지 않을 것인가?

우선 절단된 머리는 선미 쪽으로 옮겨져 몸통 부분의 벗기기가 끝날 때까지 거기에 밧줄로 묶여 있게 된다. 그 뒤에 만일 작은 고래의 머리라면 갑판으로 올려져 꼼꼼하게 처리된다. 그러나 충분히 성장한 거경의 경우는 그것이 불가능하다. 향유고래의 머리 부분은 그 전신의 거의 3분의 1을 차지하므로, 포경선의 거대한 고패로도 그렇게 무거운 짐을 완전히 매단다는 것은 보석상의 저울로 네덜란드의 풍차 방앗간 무게를 달려고 하는 것과 같다.

자, 이제 피쿼드 호의 고래는 머리가 잘리고 껍질이 벗겨져 해면으로부터 반쯤 올려진 채, 다시 말해 그 대부분은 아직 물의 힘으로 떠 있는 상태에 있다.

배는 돛대 하부로부터 무서운 힘으로 견인되어 그 고래의 머리를 향해 심하게 기울고, 그쪽의 돛가름대는 모두 바다 위에 기중기처럼 뻗쳐 나오고 있었다. 그리고 피가 뚝뚝 떨어지는 그 머리는 피쿼드 호의 허리 부분에 마치 유디트(《경외성서》에 등장하는 유대의 아름다운 과부)의 허리에 매달린 거인 홀로페르네스의 머리처럼 매달려 있었다.

이렇게 모든 일이 끝난 것은 정오가 다 되어서였다. 선원들은 모두 식사를 하러 아래로 내려갔다. 조금 전까지 시끄럽기 짝이 없던 갑판 위에는 사람의 그림자라곤 볼 수 없었고, 다만 적막함이 감돌고 있을 뿐이었다. 온 우주를 뒤덮은 노란 연꽃처럼 구릿빛으로 가득 빛나는 적막함이 소리도 없이 바다 위에 하염없이 꽃잎을 펼치고 있었다.

얼마쯤 시간이 지났다. 이 무거운 정적을 깨고 에이허브 혼자 선실로부터 그 모습을 나타냈다. 그는 뒷갑판을 두세 바퀴 돌아다닌 뒤 뱃전에 멈춰 서서 내려다보고는 큰 돛대의 밧줄이 매인 뱃전의 철구(鐵具) 있는 곳에 천천히 걸어와 스텁이 사용하던 긴 삽―고래 목을 자른 뒤에도 거기에 놓여 있었다―을 손에 들고 그 한쪽 끝을 지팡이처럼 겨드랑이에 끼고는 바다 수면 위로 매달려 있는 고깃덩어리의 아랫부분을 툭툭 치고 격렬한 시선으로 고래의 머리를 응시하고 있었다. 에이허브는 검은 두건을 머리에 쓰고 있었다. 그것은 마치 사막 한가운데의 스핑크스를 방불케 하는 모습이었다. 그가 중얼거렸다.

"이봐, 입을 열어라, 무섭도록 큰 머리야. 수염은 나지 않았지만 여기저기 이끼가 껴서 마치 노인 같군. 위대한 머리여, 말하라. 그대 안에 있는 비밀을 나에게 말해 다오. 그대만큼 바닷속 깊이 잠겨 드는 자는 없다. 지금 이 머리에는 저 하늘의 햇빛이 비치고 있지만, 얼마 전만 해도 이 머리는 세계의 밑바닥을 두루 헤엄쳐 다니고 있었지. 거기에서는 세상에 잊혀진 사람이나 함대가 썩어 가고, 사람들이 알지 못하는 희망과 닻이 썩어 가고 있다. 거기에는 이 지구라는 배의 사악한 선창에 빠져 죽은 몇백만 명의 뼈가 쌓여 있다. 이 무서운 물밑의 나라야말로 그대의 정든 집이었다. 그대는 종소리도 잠수부도 미치지 않는 곳을 보고 왔다. 거기서 수없는 선원들을 데리고 잠자리에 들곤 했는데, 그들의 어머니들은 잘 수만 있다면 목숨도 바치겠다고 한다. 또 그대는 화염에 싸인 배에서 서로 끌어안고 뛰어든 연인들도 보아 왔겠지만, 그들은 마음과 마음을 한데 묶어 거짓 많은 하늘을 등진 채 승리감에 취해 있는 바닷속으로까지 서로의 진실을 고집하며 가라앉아 있었다. 또 그대는 심야의 갑판에서 해적이 내던진 항해사의 시체도 보아 왔을 것이다. 그는 몇 시간이나 걸려 끝없는 암흑의 뱃속으로 들어갔을 것이다. 더욱이 그들을 죽인 놈들의 배는 지아비가 돌아오기를 두 팔 벌려 기다리고 있는 아내들에게 그 남편을 데려다 줄 배가 벼락을 맞고 덜덜 떨고 있을 때에도 상처 하나 없이 항해를 계속하고 있다. 오오, 고래의 머리여! 그대는 별이 부서지고 아브라함께서 신앙을 잃으실 정도로 무서운 일들을 보아 왔다. 그러면서도 아무 말도 하지 않는단 말이다."

"저런, 돛이다!"

큰 돛대 위에서 기운찬 목소리가 들려왔다.

"뭐라고? 좋아, 재미있게 됐군."

에이허브는 그렇게 외치며 곧 몸을 꼿꼿이 세웠다. 그 이마에 서렸던 검은 구름은 어디론가 사라져 버렸다.

"이 견딜 수 없는 무풍 상태 속에서도 기세 좋은 구령을 들으면 그 누구든 기운을 되찾을 것이다. 어디냐?"

"우현 뱃머리. 3도 위치. 바람이 이리로 불어오고 있습니다."

"더욱더 잘됐군. 성 바울도 그쪽에서 오셔서, 바람이 없어 꼼짝 못하고 있는 우리에게 바람을 보내 주었으면 좋겠군. 오오, 자연이여! 사람의 영혼이여! 말로는 도저히 나타낼 수 없을 만큼 비유적이군. 사물의 아무리 작은 원자 하나하나의 움직임도, 생명도 정말 신기할 정도로 마음속의 것을 비추어 내는군."

기장 | 제로보옴 호의 이야기

배와 미풍은 서로 함께 다가왔다. 아니, 바람이 배보다 먼저 왔기 때문에 피쿼드 호는 흔들리기 시작했다.

망원경으로 본 상대의 보트와 돛대 위 감시원으로 보아 그것이 포경선임을 알 수가 있었다. 그러나 바람이 불어오는 위쪽에 있었으며, 어딘가 다른 어장으로 가려는 것인지 빠른 속도로 지나가려 하고 있었으므로 우리 피쿼드 호가 따라잡을 가능성은 없었다. 그래서 신호를 보내고 그 답변을 기다려 보기로 했다.

여기에서 미리 언급해 두겠는데, 해군 군함과 마찬가지로 미국의 포경선은 각각 저마다 고유의 신호를 가지고 있으며, 그 모든 신호는 각 배의 이름과 함께 한 권의 책으로 되어 있고 각 배의 선장이 그것을 가지고 있다. 따라서 포경선의 제독들은 바다 위의 상당히 먼 거리에 있어도 쉽사리 서로를 인식할 수가 있는 것이다.

피쿼드 호의 신호를 본 상대방이 신호를 보내와서, 상대방의 신호에 의하여 회답되었고, 그 배가 난터케트의 '제로보움 호'임을 알게 되었다. 그러자 그 배는 돛가름대를 직각으로 하고 바람이 불어오는 쪽에서 달려와 피쿼드 호의 바로 옆에 보트를 내렸다. 내려진 보트는 곧 다가왔다. 스타벅의 명령에 따라 이쪽에서는 내방하는 선장의 편의를 위해 뱃전 사다리를 준비해 두었는데, 그쪽의 선장으로 보이는 사람은 그런 절차가 전혀 불필요하다는 것을 알리기 위하여 그 보트의 뒷자리에서 손을 흔드는 것이었다.

제로보움에는 악성 전염병이 퍼지고 있었으므로 그 선장 메이휴는 피쿼드 호의 선원에게 전염될까 두려워하고 있는 것으로 보였다. 그 자신과 보트의 선원들은 건강하며, 그 본선은 사정거리의 절반 정도의 거리를 유지하고 있었고, 병들지 않은 바닷물과 공기가 그 사이에 흐르고 있긴 했지만, 그는 양심적으로 육지의 격리법에 따라 피쿼드 호와 직접 접촉하는 것을 단호히 거절했다.

그러나 그것으로 일체의 교섭이 불가능해진 것은 결코 아니었다. 우리 배와 몇 야드인가의 거리를 두고 제로보움의 보트는 가끔 그 노를 저어 물결을 밀어 보내면서 ─ 그 무렵에는 바람이 무척 강해지고 있었다 ─ 가운데 돛대의 중간 돛을 뒤로 한 피쿼드 호와의 평행선을 유지하려고 했다. 물론 금세 덮쳐 오는 큰 파도 때문에 보트가 얼마간 앞으로 밀려갈 때도 있었지만 그럴 때마다 곧 보트를 조정하여 정확한 위치로 돌아오곤 하는 것이었다. 그 밖에 이와 비슷한 여러 가지 방해가 있었지만, 서로의 대화를 계속할 수는 있었다. 그렇기는 했지만 또 때로는 매우 성질이 다른 방해가 일어나기도 했다.

포경이라는 거친 직업에서는 개인의 특색 같은 것은 전체의 구성 속에 묻혀 버리는 법인데, 제로보움의 보트를 젓고 있는 선원 중에 기묘한 모습의 사나이가 눈길을 끌었다.

그는 몸집이 작달막하고 나이가 젊어 보이는 사나이로, 얼굴 가득 주근깨가 있었으며, 숱이 많은 노랑머리를 기르고 있었다. 옷자락이 길고 신부 냄새가 나는 빛이 바랜 호도 빛 외투로 몸을 감싸고 있었는데, 그 길게 늘어지는 옷소매를 손목 언저리에서 걷어 올리고 있었다. 그의 눈에는 깊고 광신적인 열정이 담겨 있었다.

그 인물을 발견하자마자 스텁이 외쳤다.

"저 녀석이다! 저 녀석이야! 타운호 호에 있던 자가 가르쳐 주었잖아. 그 긴 옷 입은 허풍쟁이 녀석 말이야. 그게 바로 저 녀석이야."

사실 스텁은 피쿼드 호가 타운호 호와 만나기 조금 전에 제로보움 호에서 일어났던 기묘한 이야기와 그 선원 중의 한 인물에 대하여 언급했던 것이다.

그 이야기와 또 나중에 들은 이야기에 의하면 이 허풍쟁이 선생은 제로보움 호의 선원들 사이에 괴이한 힘을 휘두르고 있었던 것이다. 그 이야기는 이렇다.

그는 처음 네스큐너(뉴욕 주의 지명)의 미치광이들 같은 퀘이커교도 사이에서 성장하여 거기서 비교적 지위가 있는 예언자가 되었다. 그들 광신자의 비밀 집회에는 하늘에서 강림했다는 자가 가끔 천장의 구멍으로 내려와 조끼 주머니에 감추었던 제7비약병(秘藥瓶)이란 것을 그 자리에서 열어 보이곤 했다는 것이다. 그러나 그것은 화약 같은 것이 아니라 아편이 들어 있는 모양이었다. 이렇게 그는 기괴한 사도적(使徒的) 광신에 들떠서 네스큐너를 떠나 난터케트로 갔는데, 거기서는 미친 사람 특유의 교활한 지혜로, 겉으로는 정직하고 평범한 사람인 것처럼 가장하여 시골에서 제로보움 호의 포경 항해에 갓 나온 남자로 꾸며 지원했다. 배에서는 그를 고용했는데, 배가 육지에서 보이지 않는 먼 바다로 나오자마자 그의 열광은 둑이 터진 듯 쏟아져 나왔다. 그는 스스로 대천사 가브리엘이라 칭하며 선장에게 바닷물 속으로 뛰어들라는 명령을 내렸다. 그러고는 자기가 대양에 있는 섬들의 구세주이며 전 대양주의 총감독이라고 선언했다. 그런 것들을 설명할 때의 흔들리지 않는 광기, 밤잠도 이루지 못하고 흥분된 환상 속에 잠긴 암울하고 분방한 표현, 그리고 참다운 광기에 대한 초자연적인 공포감, 이런 것들이 한데 어울려 이 가브리엘을 무지한 선원들의 눈에 신성한 기운에 싸인 자로 비치게 했던 것이다. 아니 그들은 그를 두려워하기까지 했다. 그러나 그 사나이는 내키지 않으면 일하려 하지 않았으므로 그를 신망하지 않는 선장은 그를 어서 쫓았으면 하고 있었다. 그러나 가장 가까운 항구에 가서 육지로 내보내려는 선장의 속셈을 알아차린 그 대천사님은 즉시 그 봉인(封印)과 작은 병을 꺼내어 들고, 그런 계획을 실천하기라도 하는 날이면 배와 전 선원의 전면적 파멸을 초래할 것이라고 으름장을 놓는 것이었다. 그는 배 안의 신도들을 단단히 쥐고 있었으므로 마침내 그들은 한 무리가 되어 선장한테 나아가 만일 가브리엘을 내쫓는다면 우리는 한 사람도 남지 않고 배에서 내리겠노라고 선언하기에 이르렀다. 선장은 어쩔 수 없이 계획을 포기했다. 게다가 그들은 가브리엘이 어떤 언행을 하든 그를 학대하는 것은 절대로 허락지 않는다고 했으므로, 결국 가브리엘은 배를 완전히 자기 마음대로 움직이게 되었던 것이다.

그 결과, 대천사는 선장이나 항해사는 애당초 문제 삼지 않았으며 전염병이 발생한 뒤로는 더욱더 그 권위를 휘둘러 이 악질이야말로 다름 아닌 자기가 불러들인 것이며, 자기의 의지가 없이는 이것을 물리칠 수도 없다고 주장했다. 뱃사람이란 대부분 어리석은 자들이어서 그 중에는 그에게 아첨하는 자가 있는가 하면, 그가 지시하는 대로 마치 하느님 대하듯이 그를 숭배하는 자도 있었다. 이런 이야기를 믿기는 어려울 것이다. 그러나 과연 기괴하기는 하지만 이건 사실인 것이다. 사실, 광신도의 역사에 있어서는 그 광신도가 자기 스스로를 기만하는 기괴함보다도 숱한 사람들을 속이고 타락시키는 힘이 그 갑절이나 기괴한 것이다. 어쨌든 피쿼드 호 이야기로 다시 되돌아가자.

"자네의 병을 두려워하지 않소. 올라오시오."

에이허브는 뱃전에서 보트 뒷자리에 있는 메이휴 선장에게 말을 걸었다.

그러자 가브리엘이 벌떡 일어났다.

"열, 열이란 말이오. 싯누렇게 타오르오. 소름끼치는 그 악병이 두렵지 않단 말이오?"

"가브리엘! 가브리엘!"

메이휴 선장이 외쳤다.

"넌 결국……."

그러나 그 순간 왈칵 밀려온 사나운 파도가 배를 밀어내고 그 소음이 모든 소리를 지워 버렸다.

"백경을 보지 못했소?"

에이허브는 다시 다가온 보트를 향해 질문했다.

"추적 보트가 깨어져 가라앉을지어다. 그 꼬리지느러미가 두렵지도 않단 말인가?"

"이봐, 이봐, 가브리엘, 넌 정말……."

그러나 보트는 악마에게 끌려가듯이 다시금 밀려갔다. 잠시 동안은 아무 말도 하는 자가 없었으며, 그저 끊임없이 몰려오는 사나운 파도만이 바다의 변덕스러운 장난으로 말미암아 굽이친다기보다는 튕겨져 날고 있었다. 그동안에도 매달린 향유고래의 머리는 심하게 흔들렸으며, 그것을 바라보고 있는 가브리엘은 그 대천사의 심성에 어울리지 않게 겁먹은 눈빛을 하고 있었다.

이 막간극이 끝나자 메이휴 선장은 백경에 대한 무시무시한 얘기를 들려주었는데, 그 이름이 나올 때마다 가브리엘은 귀찮게 참견을 했고 바다도 또한 그와 맞장구를 치며 사납게 날뛰었다.

제로보움 호가 모항(母港)을 떠난 지 얼마 되지 않았을 때 어느 포경선과의 정보 교환에 의해 선원들은 모비 딕의 존재와 그 포악함을 분명히 알게 되었던 모양이었다. 그리고 그 정보를 탐욕스럽게 주워들은 가브리엘은 선장에게 만일 그 괴마를 만날지라도 절대로 공격해서는 안 된다고 경고했는데, 그 광기에 어린 헛소리에 의하면 백경이란 퀘이커교도 신의 화신 그 자체이며, 성서의 계시를 받은 퀘이커교도임에 틀림없다는 것이었다. 그러나 한두 해 뒤에 그 모비 딕이 돛대 위에서 분명하게 보였을 때, 일등 항해사 메이시는 그것과 한번 부딪쳐 보고 싶어서 견딜 수가 없었다. 대천사가 시끄럽게 욕설을 퍼붓고 말렸지만 선장도 한번 솜씨를 겨루어 보고 싶어졌다. 그래서 메이시는 다섯 선원을 설득하여 보트에 올랐다. 모두 힘을 합쳐 돌진하고 아주 지쳐 버릴 만큼 노를 젓고 또 저으며 따라가, 위험하기 그지없는 공격에 몇 번인가 실패하기는 했지만 그래도 마침내 한 개의 작살을 찔러 넣는 데 성공했다. 그동안 가브리엘은 큰 돛대의 꼭대기에 올라가 한쪽 팔을 미친 듯이 흔들어 대며, 우리 신(神)을 습격하는 무례한 자에게는 즉시 신이 천벌을 내릴 것이라고 신의 계시를 외쳐 대고 있었다. 그런데 메이시가 보트 뱃머리에 서서 뱃사람답게 난폭한 외침을 고래에게 던지며 겨냥하고 있는 창을 찔러 넣을 기회를 잡으려 하고 있을 때였다.

보라! 바닷속에서 크고 흰 그림자가 불쑥 솟아 나와 눈부시게 흔들리는 것이었다. 다음 순간, 가엾게도 날쌔고 용감한 항해사의 몸은 허공으로 높이 떠오르더니 커다란 원을 그리며 낙하하여 약 50야드쯤 떨어진 바닷속으로 가라앉고 말았다. 보트의 나뭇조각 하나, 노잡이들의 머리카락 하나 상처를 입지 않았지만 항해사는 두 번 다시 돌아오지 않았다.

여기서 염두에 두어야 할 것은 이러한 끔찍한 참사는 향유고래잡이에 있어서 결코 보기 드문 일은 아닌 것이라는 사실이다. 때로는 이렇게 희생된 사나이 이외에는 누구 하나 다치지 않는 때도 있지만, 가장 흔히 일어나는 일은 이물이 부서져 날아가 버리기도 하고 지휘자가 선 판자가 그 장소에서 부서져 몸과 함께 날아가 버리는 것이다. 그러나 경탄하지 않을 수 없는 것은 그 몸이 발견되었을 때 그 사나이는 일격에 죽어 있으며 거기엔 아무런 상처 자국도 없는 일이 한두 번이 아니라는 것이다.

메이시의 몸이 낙하하기까지의 그 재난의 광경은 모선에서 명료하게 보였다. "비약! 비약!" 하고 소리 높여 외치면서 가브리엘은 공포에 떠는 선원들에게 추적을 중지하라고 외쳤다. 이 무서운 사건은 대천사의 권위를 한층 더 높여 주었다. 왜냐하면 미신적인 선원들이고 보니 그가 일찍이 이 사건을 경고

했으며, 따라서 넓은 공간 속의 수많은 표적 중 하나를 쏘아 맞추는 식의 막연하고 누구나 할 수 있는 예언을 한 것은 아니라고 믿게 되고 만 것이다. 그는 말할 수 없는 두려움을 온 배에 퍼뜨렸다.

메이휴가 이 이야기를 끝냈을 때, 에이허브가 여러 가지 질문을 퍼부었으므로, 메이휴는 에이허브에게 자네는 혹시 백경을 만나면 해치울 셈인가, 하고 묻지 않을 수가 없었다. 에이허브는 그 말에 "그렇고말고." 하고 대답했다. 그러자 가브리엘은 또 불쑥 일어나 노인을 노려보며 손가락으로 아래를 가리키면서 미친 듯이 외쳤다.

"생각해 보라. 모두 죽어서 가라앉았도다. 신을 모독한 자의 말로를 조심하라."

에이허브는 무뚝뚝하게 옆을 보며 메이휴에게 다시 말을 걸었다.

"선장, 지금 생각이 났는데, 내 우편 주머니 속에 분명히 당신 배의 고급 선원에게 보내는 편지가 있는 것 같았소. 스타벅, 주머니를 찾아보게."

모든 포경선은 이 배 저 배로 보내는 편지를 잔뜩 싣곤 하는데, 그 편지가 보내려는 인물의 손에 들어갈 수 있는가 하는 것은 4대양 속에서 우연히 만나게 되는 기회에 달려 있다. 즉 그 대부분은 끝내 목표에 이르지 못하는 것이며, 또 흔히는 2, 3년 또는 그 이상의 세월이 지나서야 간신히 전해지게 되는 것이다.

스타벅은 곧 편지를 손에 들고 나왔다. 선실 안의 어두운 선 반에 있었으므로 그 편지는 몹시 낡았고 축축했으며, 더러운 녹색 곰팡이가 펴 얼룩덜룩했다. 이런 편지는 죽음의 신이 배 달하는 게 더 어울릴 것 같았다.

"못 읽겠나?"

에이허브가 외쳤다.

"이리 내라. 과연 글자가 번져 버렸군. 무슨 자일까?" 하고 그가 조사하고 있는 사이에 스타벅은 기다란 고래 절단 삽의 자루를 들고 그 끝을 주머니칼로 조금 쪼갠 뒤, 거기에 편지를 끼워 넣음으로써 배를 가까이 하지 않아도 그 보트에 건네줄 수 있도록 연구를 하고 있었다.

그동안에도 에이허브는 편지를 손에 든 채 중얼거렸다.

"뭐라고 쓴 거냐, 이게? 오라, 해…… 그래, 해리에게라. 여 자의 부드러운 글씨군. 틀림없이 부인일 거야. 제로보움 호의 해리 메이시 앞이라. 이봐, 이봐, 메이시란 친구는 벌써 죽었 다고 했잖소?"

"저런, 저런, 새색시로부터군. 하지만 받아 두겠소."

메이휴는 한숨을 지으며 말했다.

"아니요, 당신이 가지고 계시오. 이제 곧 당신이 전달하러 갈 테니까."

가브리엘이 에이허브에게 외쳤다.

"뒈져 버려라, 짐승 같은 녀석!"

에이허브는 악을 썼다. 그러고는 "메이휴 선장, 이걸 받으시오." 하며 스타벅으로부터 저주받은 편지를 받아서 막대기 끝에 끼우고 보트 쪽으로 내밀었다. 그러나 그때 보트 선원들이 일시에 손을 멈추었기 때문에 보트는 약간 고물 쪽으로 흘러가 마치 마술처럼 그것을 받으려고 내민 가브리엘의 손끝에 닿았다. 가브리엘은 곧 그 편지를 빼어 들고는 자기의 주머니 칼을 꺼내어 편지를 꽂은 뒤, 다시금 피쿼드 호의 갑판 위로 내던졌다. 편지는 에이허브의 발밑에 떨어졌다. 그러자 가브리엘은 선원들에게 노를 저으라고 외쳤고, 결국 그 공포의 보트는 화살처럼 빠르게 피쿼드 호로부터 멀어져 가고 말았다.

그동안 작업을 쉬고 있던 이쪽 선원들은 다시금 고래의 기름고기 처리 작업을 시작했는데, 이 괴기한 사건에 대해서 이러쿵저러쿵 불길한 말들을 속삭이고 있었다.

72장 | 원숭이 밧줄

고래를 절단하여 처리하는 격렬한 작업을 할 때 선원들은 줄곧 이리저리 뛰어다녀야 한다. 여기서 사람이 필요한가 하면 곧 또 저쪽에서 필요하게 된다. 어디든 한 군데에 머무를 수가 없는 것이다. 동일한 순간에 모든 곳에서 모든 일이 이루어져야 한다. 그러니 이 광경을 묘사하고자 하는 사람에게도 같은 작업이 요구된다. 아무튼 다시 조금 더 뒤로 되돌아가 생각해 보자. 앞에서 언급했으리라 생각되는 바이지만 처음에 고래의 등을 갈라서 벗길 때에는 미리 항해사들이 삽으로 파놓은 구멍에 기름고기 갈고리가 끼워지게 되어 있었다. 그런데 그 갈고리 같은 못생기고 무거운 물건이 어떻게 그 구멍에 쉽사리 끼워지는 것일까? 사실인즉 그것은 내 둘도 없는 친구인 퀴퀘그가 작살잡이의 의무로서 그 작업을 하기 위해 괴물의 등으로 내려가 갈고리를 구멍에 끼워 넣은 것이다. 사실 많은 경우, 기름고기 벗기기가 완전히 끝나기까지 작살잡이는 고래 위에 있어야 한다. 하지만 고래는 현재 직접 작업을 하고 있는 부분 외에는 거의 모조리 물속에 잠겨 있다는 것을 잊어서는 안 된다. 그러니 불쌍한 작살잡이는 갑판에서 거의 10피트나 아래에서 거대한 고래의 몸집이 발밑에서 물방아처럼 회전하는 데 따라 반은 고래의 몸 위, 반은 물속에 잠겨 계속 비틀거려야 하는 것이다. 지금도 퀴퀘그는 셔츠에 짧은 양말을 신은 산골 사나이와 흡사한 옷차림이었지만 그러나 내 눈에는 훨씬 멋져 보였다. 나중에 곧 알게 되듯이 나 이상으로 그를 잘 관찰할 기회를 가진 사람은 없었을 것이다.

나는 이 야만인의 1번 선원, 즉 그가 타는 보트의 뱃머리에서 노를 저어야 하는 역할—그러니까 앞에서 두 번째 노를 저었던 것이다—이었으므로 지금 그가 엎드려 허우적거리며 죽은 고래의 등 위로 기어 올라갈 때에도 그를 도와야 하는 영예로운 의무를 가지게 되었다.

여러분은 이탈리아의 거리에서 구경꾼들 앞에 조그마한 꼬마 소년이 춤추는 원숭이를 매어 놓은 기다란 끈을 가지고 있는 것을 본 일이 있으리라. 마치 그 광경과 흡사하게 나는 깎아지른 듯한 뱃전에 서서 아래 물속에 있는 퀴퀘그의 허리에 감은, 흔히 포경계의 용어로서 '원숭이 밧줄'이라 불리는 강한 천으로 만든, 밧줄을 붙잡고 있었다.

우리 둘 중 어느 쪽에게든 그것은 우스꽝스럽고 또한 위험한 노릇이었다. 왜냐하면 어차피 이야기를 진행해 나가기 전에 말해 두어야겠지만, 이 원숭이 밧줄는 양쪽에 단단히 매어져 있는 것이었다. 그러므로 우리 두 사람은 잠시 동안 슬프든 즐겁든 간에 운명을 함께하는 셈이었다. 만일 퀴케그가 운 나쁘게 바다에 빠져 익사한다면 관습에 따라 명예를 걸고, 그 밧줄을 끊는 대신 그와 함께 나는 끌려 들어가야만 했다. 그러니 그렇게라도 되는 날이면 두 사람은 길게 늘어난 샴쌍둥이 같은 유대로 묶여 있는 셈이 되는 것이다. 퀴케그와 나는 떨어질 수 없는 쌍둥이인 것이며, 어떤 일이 있든 나는 이 삼베 밧줄이 몰아넣은 운명에서 빠져나올 도리가 없었던 것이다.

이 경우에 있어서의 내 인식은 견고하면서 심령적인 것이었으므로, 그의 일거수일투족을 열심히 응시하고 있는 동안, 나의 주체는 두 사람의 합동 회사 속에 빨려 들어가 버린 것을 분명히 깨달았다. 내 자유의사는 치명적으로 분쇄되고 내가 아닌 존재의 과실이나 불운은 무고한 나를 까닭 없는 재난과 죽음 속으로 밀어 넣을 것이 분명했다. 그렇다면 신의 섭리란 무사 공정하며 이런 바보 같은 무도(無道)함을 인정해 줄 리 없으니 이것은 그 섭리의 일시적 정지라고 생각했다. 그러나 그를 사이에 넣고 눌러 버리려는 고래와 배 사이에서 가끔 그를 잡아당겨 주면서 내가 곰곰이 생각해 보니, 실은 내 경우야말로 목숨을 지니고 살아 있는 모든 것의 경우와 조금도 다를 바가 없는 것이었다. 다만 대개의 경우, 이것저것에서 오는 원인으로 인해 이 샴쌍둥이 같은 연관이 복수(複數)의 다른 인격과 연결되어 있는 것에 불과한 것이었다. 만일 그대가 거래하는 은행이 파산한다면 그대도 역시 그만이다. 만일 그대가 거래하는 약방에서 잘못하여 독약을 조제해 준다면 그대는 죽고 말 것이다. 물론 극도로 주의를 기울인다면 숱한 인생의 비운(非運)으로부터 피할 길도 있기는 할 것이다. 하지만 내가 아무리 주의를 기울여도 때로는 퀴퀘그에게 너무나 세차게 끌려 아차하면 바다로 미끄러져 떨어질 뻔한 적이 있었던 것이다. 여기서 잊지 말아야 할 것은 내가 아무리 곤경에 빠져 허우적거려 봐도 내가 자유롭게 할 수 있는 것은 다만 밧줄의 한 쪽 끝뿐이라는 것이다.

조금 전에도 말했지만 나는 가끔 불쌍한 퀴퀘그가 고래와 배 사이에 끼여 눌리려는 것을 밧줄을 당겨 줌으로써 구해 주었다. 왜냐하면 고래도 배도 쉴 새 없이 흔들리고 있었으므로 그는 자주 굴러 떨어졌던 것이다. 그러나 그를 엄습하는 무서운 위험은 그 한 가지만은 아니었다. 밤새도록 있었던 무서운 살육에도 겁내지 않고 상어 떼는 고래의 시체 속에 괴어 있던 피가 유출함에 따라 새로이 격렬한 충동을 받아 미친 듯 날뛰면서 벌집 속의 벌 떼처럼 모여들었기 때문이다.

그리고 그야말로 그 상어 떼의 한가운데 서서 퀴퀘그는 가끔 비틀거리는 발길로 그 녀석들을 걷어차 버리곤 하는 것이었다. '살'이라는 이름이 붙기만 하면 무엇이든 탐내어 삼키는 상어가 인간에게 달라붙으려 하지 않는 것이 참으로 이상하게 생각되겠지만, 그것은 녀석들이 죽은 고래의 굉장한 맛에 매혹되어 있었기 때문이다.

그러나 먹을 것을 준다면 조금도 사양하지 않는 녀석들이니만큼 충분히 경계해 두어야 하는 게 현명한 일일 것이다. 그러므로 나는 가끔 원숭이 밧줄를 잡아당김으로써 불쌍한 이 사나이가 특히 흉악해 보이는 상어 한 마리의 턱에 너무 가까이 가지 않도록 배려하고 있었는데, 그 이외에도 그를 보호할 길은 강구되어 있었다.

뱃전 밖의 발판에서 몸을 내리고 있는 태쉬테고와 대그가 퀴퀘그의 머리 너머로 끊임없이 두 자루의 고래 절단 삽을 휘둘러 손길이 닿는 한 상어들을 죽이고 있었던 것이다. 그들의 이 행동은 의심할 여지도 없이 전혀 사심이 없는 퀴퀘그를 위한 행동임을 인정해 주어야 한다. 그러나 그 우정이 지나치게 열렬하기 때문에 또 그와 상어 떼가 한꺼번에 핏빛으로 물든 바닷물 속에 잠겨 드는 바람에 그들의 마구 내려치는 삽날이 상어의 꼬리보다는 그의 다리를 자를 위험도 있어 보였다. 그러나 우리 퀴퀘그는 내가 생각건대, 큰 쇠갈고리를 휘두르고 허우적거리며 오직 하나 그의 요조 님에게만 기도하고 그 목숨을 그의 신들에게 맡기고 있었던 것이 아닐까?

나는 바나의 파도가 높아졌다 낮아졌다 함에 따라 밧줄을 당기기도 하고 늦추기도 하면서 생각했다.

"좋아, 좋고말고. 내 친구, 내 쌍둥이 형제여. 이게 도대체 어쩼단 말인가? 글쎄, 자네야말로 이 포경 세계에 있는 우리 모두의 거룩한 표상이 아닌가? 자네가 발버둥 치고 있는 깊은 바다는 바로 '삶'인 것이다. 저 상어들은 자네의 원수, 그 삽은 자네의 친구, 그리고 그 상어와 삽의 소동에 말려들어 가련한 자네가 재액과 위난의 한가운데 빠져 들고 있는 것이다. 하지만 퀴퀘그여! 힘을 내라! 기쁜 일이 기다리고 있다네. 뭐냐고? 글쎄, 두고 보게."

이윽고 이 야만인이 지칠 대로 지쳐서 입술은 창백하고 눈에는 핏발이 선 채, 마침내 쇠사슬을 잡고 올라와 온몸에서 물을 뚝뚝 흘리며 자기도 모르게 덜덜 떨고 있을 때, 급사가 달려 나와 정다운 위로의 눈빛을 하면서 무엇인가를 내밀고 있는 것이 아닌가. 무엇을? 뜨거운 코냑이라도? 아니, 아닐세! 건네준 것은, 오오 신이여! 이 무슨 일이람? 미지근한 생강차한 잔이라니?

"생강차? 생강 냄새가 아닌가?"

스텁이 이상하다는 듯이 가까이 왔다.

"정말 이건 생강차가 틀림없어."

스텁은 아직 마시지 않은 잔을 들여다본다. 그리고 잠시 망연자실한 듯 서 있더니, 이윽고 조용히 놀라는 급사 쪽으로 다가가 천천히 말했다.

"생강차, 생강차? 이봐, 찐빵 꼬마야, 제발 부탁할 테니까 생강차에 어떤 효험이 있는지 가르쳐 주지 않겠나? 생강차! 이봐, 찐빵 꼬마! 네 녀석은 떨고 있는 식인종 사나이의 뱃속에 불을 붙이는 데 생강차가 불쏘시개라도 되는 줄 알고 있는 거냐? 생강차! 제기랄! 생강차가 도대체 뭐란 말이냐? 석탄

이냐? 장작이냐? 유황성냥이냐? 부싯돌이냐? 화약이냐? 이
봐, 우리 퀴퀘그에게 한 잔 마시게 하려는데 생강차라니, 나쁜
자식. 어쩔 셈이란 말인가? 이건 말하자면 음험하고 능청스럽
게 금주협회 운동이라도 하는 모양이군."

그러고는 지금 막 이물 쪽으로 오고 있는 스타벅에게 바싹
다가서면서 급히 말했다.

"저 깡통을 한번 들여다봐 주시겠소? 될 수 있으면 냄새도
좀 맡아 주세요."

그리고 일등 항해사의 얼굴을 말똥말똥 바라보며 말을 계속
했다.

"스타벅, 저 급사 녀석은 너무 능청스럽군요. 물속에서 막
올라온 퀴퀘그에게 캐러멜, 자라바 같은 약을 먹이려 한단 말
이오? 급사는 약종상인가요? 글쎄 말씀 좀 해 주시죠. 죽어
가던 사나이의 숨을 되살아나게 하는 데는 이런 씁쓸한 약을
쓰게 되어 있는 건가요?"

"그럴 리 없지. 이건 쓸데없는 음료수인걸."

스타벅이 대답했다.

"이봐, 이 급사 녀석! 작살잡이한테 부어 주는 건 말이야,
잘 기억해 둬. 이런 약방에서 파는 따위가 아니란 말이야. 네
녀석은 우리한테 독약을 먹일 작정이군. 우리의 보험금이 탐
나서 우릴 몰살한 뒤, 그 돈을 가로챌 셈이냐?"

스텁이 외쳤다.

"제가 그런 게 아니에요. 그 자선 아줌마가 생강 장수를 배

에 실었단 말이에요. 그리고 작살잡이한테는 술을 먹이면 안
돼, 이 생강차를 먹이란 말이야, 하고 말씀하셨던 거예요. 생
강차라고 말이에요."

진빵 꼬마가 외쳤다.

"생강차를 먹이라고! 야, 이 생강차 녀석아! 자, 어디 한 방
먹어 봐라! 자, 또 한 방! 자, 어서 잽싸게 달려가 선반에서
좀더 나은 걸로 가져와. 스타벅! 내가 하는 짓이 잘못인가요?
선장의 명령이오. 작살잡이에게는 그로그 술이란 말이오."

"알았어, 알았어. 어쨌든 때리는 건 이제 그만하게, 그리
고……."

스타벅이 대답했다.

"아니! 난 말입니다요, 고래라든가 그런 것을 때리는 일 말
고는 거칠게 굴지 않소. 저 녀석은 그저 다람쥐 녀석이거든요.
그런데 아까 뭐라고 하시던 것 같았는데……."

"아무것도 아닐세. 함께 내려가서 자네가 좋다고 생각되는
것으로 가져오게나!"

스텁이 다시 나타났을 때, 그는 한 손에는 거무스름한 병을,
다른 한 손에는 깡통 같은 것을 들고 있었다. 병에는 강한 술
이 들어 있었는데, 퀴케그에게 그것을 건네준 뒤 깡통에 들었
던 자선 아주머니의 선물은 그 자리에서 깨끗이 바다로 버려
졌다.

73장 | 스텁과 플라스크가 참고래를 포획하고
그것에 대하여 논의하다

 그동안 향유고래의 거대한 머리는 줄곧 피퀴드 호의 뱃전에
매달려 있었다는 것을 기억해 주기 바란다. 그러나 어쨌든 나
중에 다시 언급하기로 하고 지금은 당분간 거기에 매달려 있
는 채로 두자. 좀더 다급한 다른 일이 다가왔으니 거대한 머리
에 대하여는, 제발 밧줄이 끊어지지 않게 하소서, 하고 신에게
기도드리는 수밖에 없다.
 한편, 어제저녁부터 아침에 걸쳐 피퀴드 호가 서서히 미끄
러져 들어간 해면은 마침 노란 물고기알로 얼룩이 지기 시작
하고 있었다. 이것은 신기하게도 참고래가 가까이 있다는 것
을 나타내는 현상이었지만, 실은 이 고래의 한 족속이 이 계절
에, 이 근해에 출몰하고 있으리라곤 아무도 상상하지 못했던

일이었다. 그러나 선원들은 모두 한결같이 그 2류 고래를 잡는 일은 경멸하고 있었으며, 또 피쿼드 호는 그런 것을 쫓는 것은 전혀 임무로 삼지 않아 왔고, 따라서 크로제트 군도 앞바다에서 많은 참고래를 보았지만 보트도 내리지 않고 그대로 지나쳐 왔던 것이다. 그런데 지금, 향유고래가 목이 잘린 이 시점에서, 오늘 혹시 기회가 있으면 참고래도 하나 잡으라는 명령이 내려졌으니 모두들 놀라고 말았던 것이다.

오래 기다릴 것도 없이 기회는 왔다. 바람이 불어오는 쪽으로 물 뿜기가 보였던 것이다. 스텁과 플라스크가 지휘하는 두 척의 보트가 내려져 그것을 뒤쫓았다. 멀리멀리 저어 나가 이윽고 돛대 위에 있는 자의 눈에도 거의 보이지 않게 되었다. 그러자 곧 바다 끝에서 흰 파도가 날뛰듯 일어나는 것이 보였으며, 돛대 위에서의 보고에 의하면 한쪽 배, 또는 양쪽 배가 고래에게 작살을 찌른 것 같다는 것이었다. 잠시 후에는 두 척의 보트가 달아나는 고래에 끌려 모선의 바로 정면을 향해 오는 것이 똑똑히 보였다. 괴경(怪鯨)은 모선에 아주 가까이 스치듯 다가왔으므로 처음에는 습격할 의사라도 있는 것인가 하고 생각되었다. 그러나 갑자기 배에서 몇 길밖에 안 되는 곳에서 소용돌이를 일으키며 물속으로 스며들어 배의 용골 밑에라도 들어갔는지 아주 모습을 감춰 버리고 말았다.

"줄 끊어! 끊어!" 하고 모선에서 다급하게 외친 그 순간, 보트는 막 모선 뱃전에 부딪쳐 부서지려 했다. 그러나 통 속에는 충분한 포경 밧줄의 여유분이 있었고, 고래의 잠수도 그다지 신속하다고 할 수 있는 것은 아니었으므로, 보트에서는 밧줄을 길게 풀어 내고 동시에 힘껏 노를 저음으로써 겨우 이물 쪽으로 돌 수가 있었다. 몇 분 동안의 격투는 정말 위험천만이었다. 한쪽에서는 밧줄을 늦추려 했고 다른 한쪽에서는 동시에 노를 저으려 했으므로 그 모순되는 힘의 불균형 때문에 배는 거의 뒤집혀 침몰할 뻔했던 것이다. 다만 겨우 몇 피트 전진하기 위해 싸우는 것이다. 그리고 가까스로 그것을 얻을 수 있을 때까지 견디어 냈다. 그 찰나, 모선의 용골에 번개 같은 급진동이 일어났다. 즉 팽팽하게 당겨진 밧줄이 배 밑바닥을 박박 긁어 대면서, 또 연이어 소리 내어 떨면서 뱃머리 밑에서 떠오른 것이다. 그때 밧줄에서 떨어져 내리는 물은 해면 위에 유리 파편처럼 흘러 떨어지고 그러는 한쪽으로 고래도 또한 모습을 나타내게 되었으며, 보트 또한 화살처럼 질주하기 시작했다. 그러나 빈사의 고래는 속력을 떨어뜨리기 시작했고, 이리저리 마구 진로를 바꾸어 두 척의 보트를 끌면서 고물 쪽으로 돌아갔다. 결국 그들 셋은 완전히 모선을 한 바퀴 돈 것이었다.

그러는 동안에도 보트는 점점 밧줄을 잡아당겨 마침내 양쪽에서 고래에게로 육박했고, 스텁과 플라스크는 서로 창과 창을 거머쥐고 소리를 질러 댔다. 이리하여 피쿼드 호를 중심으로 빙글빙글 돌며 전투는 계속되었고, 지금까지 향유고래의 시체에 몰려들었던 무수한 상어는 새로이 쏟아져 흐르는 핏줄기 쪽으로 돌진했다. 그리하여 그들은 마치 부서진 바위에서 솟아 나온 샘물로 갈증을 달랬던 이스라엘 사람(《구약성서》

〈민수기〉 20장. 목마른 이스라엘 사람을 위해 모세는 바위를 쳐서 물이 나오게 했음)처럼 한 방울의 피도 남기지 않고 정신없이 삼키는 것이었다.

마침내 고래는 피를 뿜어 올리며 뒤틀고 구토하다가 시체가 되어 뒤집히고 말았다.

두 보트장은 고래의 꼬리에 밧줄을 묶고, 즉 고래를 끌어가기 위한 준비를 하면서 이런저런 이야기를 서로 주고받고 있었다.

"저 영감, 어째서 이 기름 찌꺼기 덩어리 같은 게 갖고 싶어졌을까?"

스텁은 이토록 하등인 고래를 상대로 하는 것에 혐오를 느끼며 플라스크에게 말했다.

"어째서냐고? 자넨 그 이야기를 들은 적이 없는 모양이군. 우현에는 향유고래의 머리를 매달고, 좌현에는 참고래의 머리를 매달아야 한다더군. 그렇게 하면 그 배가 가라앉지 않는다더군."

플라스크는 남은 밧줄을 이물에 감으면서 말했다.

"왜?"

"왜인지 알게 뭐람. 저 노란 유령 녀석 페댈라가 그런 소릴 하고 있더군. 녀석은 배에 대한 재액 예방이라면 뭐든지 알고 있는 모양이야. 하지만 녀석이 나중에는 이 배를 저주해서 멸망시키게 되지 않을까 몰라. 스텁, 난 말이지, 아무래도 녀석이 마음에 안 들어. 자넨 모르고 있었나? 녀석의 작살은 뱀 대가리 모양으로 깎았다고들 하던대?"

"제기랄! 꺼져 버려라! 녀석의 낯짝도 보기 싫어. 만일 캄캄한 밤에 만난다면, 그리고 녀석이 뱃전에라도 서 있고 주위에 사람도 없다면 말이야. 이봐, 플라스크, 나 좀 봐." 하며 스텁은 두 손을 이상스럽게 움직여 물을 억세게 가리킨다.

"암, 하고말고, 플라스크. 난 말이지, 저 페댈라라는 놈은 악마가 변신한 것은 아닐까 생각하고 있어. 자넨 그 녀석을 몰래 배에 태울 때에 있었다는 그 도깨비 같은 이야길 믿나? 녀석은 다름 아닌 악마야. 녀석의 꼬리가 안 보이는 것은 감아 올려 숨겼기 때문이야. 둘둘 말아서 주머니에 넣어 두었단 말이지. 제기랄! 죽일 녀석 같으니! 놈이 언제나 물 새는 데를 막는 헌 솜을 찾아다가 장화 끝에 쑤셔 넣고 있는데 그 까닭도 이제 알았어."

"녀석은 장화를 신고 잔다네. 해먹은 필요가 없지. 난 녀석이 둘둘 말린 밧줄 속에서 잠자는 것을 여러 번 보았어."

"틀림없어. 꼬리 때문일 거야. 말아 놓은 밧줄 속에 쑤셔 넣고 다니는 거야. 그래 틀림없어."

"영감은 어째서 녀석을 그렇게 애지중지하는지 모르겠어."

"아마 어떤 거래 같은 걸 하고 있을 거야."

"그래? 무엇 때문에?"

"영감은 백경을 뒤쫓기에 정신이 없거든. 그래서 저 악마 녀석이 영감을 잘 구슬려서 영감이 갖고 있는 은시계나 영혼, 뭐 그런 것을 먼저 받고 나중에 백경으로 갚는다 그 말이지."

"후우, 하하하! 스텁! 사람 놀리지 마, 페댈라에게 그런 재주가 있을 게 뭐야."

"나도 모르지 그건. 플라스크, 하지만 말이야, 악마란 건 몹시 호기심이 많은 데다 그 위의 악당이니까 말이야. 이런 이야기도 있다네. 옛날, 악마가 기함(旗艦)에 몰래 들어와 꼬리를 태연하게 흔들어 대며 제독님은 계시냐고 물었다네. 마침 제독이 거기 있었으므로 악마에게 무슨 일이냐고 물었네. 악마는 발굽으로 한 번 뛰어오르며, '존을 내놓아라.' 하고 불쑥 말했지. 그러자 '왜 내놓으라는 건가.' 하고 늙은 제독이 말했다네. '네가 알 바 아니야.' 하고 악마가 화를 내며 말했네. '그 녀석이 필요하단 말이야? 데려가게.' 하고 제독이 말했다네. 그리고 신에게 맹세코 말하겠는데 말이야, 플라스크, 악마는 존에게 일이 끝나기 전에 아시아 콜레라를 전염시켰을 게 틀림없어. 그게 거짓말이라면 난 이 고래를 한입에 삼켜 보이겠네. 이봐, 조심해서 하게. 그쪽 작업은 아직 끝나지 않았나? 됐어? 그럼, 노를 젓게, 고래를 배로 끌고 가세."

"그 이야기를 어디선가 들은 것도 같은걸. 하지만 어디서 들었는지 잊었어."

두 척의 보트가 수확물을 끌고 천천히 모선으로 향하기 시작할 때 플라스크가 말했다.

"《세 명의 스페인 사람》 아닌가? 그 악당 병사의 모험 이야기 말일세, 플라스크? 그 책에서 읽었지? 그게 틀림없어."

"아니야, 그런 책은 본 적도 없어. 들은 적은 있지만 말이

야. 하지만 스텁, 말해 줘. 아까 이야기한 악마와 지금 피쿼드
호에 있다는 녀석이 같다는 거지?"

"아까 자네를 도와서 이 고래를 죽인 사나이와 내가 다른
사람이란 말인가? 악마란 언제까지나 살아 있게 마련이거든.
악마가 죽었다는 소릴 들은 적이 있나? 악마를 위해 상복을
입은 신부를 본 적이 있나? 제독의 방에 들어가는 열쇠를 손
에 넣을 정도의 악마라면 현창(舷窓)으로 스며드는 따위는 할
수 있을 게 아닌가? 안 그래, 플라스크?"

"페댈라의 나이는 어느 정도라고 보나? 스텁."

"거기 큰 돛대가 보이나?"

스텁이 모선을 가리키며 말했다.

"알겠나? 저게 1일세. 그리고 선창에 있는 통을 모두 갖다
가 그걸 밧줄로 묶어 저 돛대 옆에 나란히 놓은 뒤, 그걸 0이
라고 해 보게, 알겠나? 그래도 페댈라의 나이에 비하면 아무
것도 아닐세. 온 세계의 나무통을 모두 모아도 그 0으로 쓸 만
한 동그라미는 되지 않는다네."

"하지만 말이야, 스텁, 아까는 기회만 있으면 페댈라 녀석
을 바다에 떨어뜨려 버리겠다든가 뭐라든가, 큰소리쳤는데 만
일 녀석이 그토록 나이가 들었고 또 언제까지나 살아 있다면
바다에 떠밀어 봤자 아무것도 아니잖아, 그렇잖나, 스텁?"

"어찌 됐든 물속에 처넣을 걸세."

"헤엄쳐 돌아올걸."

"또 떠밀어 버리지. 몇 번이고 해 주겠네."

"하지만 녀석 쪽에서 자네를 물에 빠뜨려야겠다는 생각을 하게 되면…… 그리고 자네를 빠져 죽게 하려 한다면 어떡하지?"

　"그 못된 녀석이 부디 그런 생각을 해 주었으면……. 그렇게 되면 난 그 녀석의 눈자위가 시커멓게 되도록 한 대 단단히 먹이겠네. 그러면 녀석은 부끄러워서 당분간은 두 번 다시 제독한테 낯짝을 내밀지도 않을 게고 또 물론 저기 아래 갑판에 자리 잡고 있거나 이쪽 윗갑판을 어물대거나 하지 않겠지. 악마가 어쨌다는 건가, 플라스크? 내가 그따위 짐승 같은 걸 두려워할 줄 알았단 말인가? 겁을 내는 건 기껏 그런 늙은이 선장 정도지. 악마를 붙들어 당연히 이중 수갑이라도 채워야 하는데 그것도 못했을 뿐 아니라, 결국 악마는 사람까지 유인해 갔단 말일세. 아니, 계약을 한 거지, 악마가 유괴한 인간은 모두 스테이크로 만들어 버리기로 말이야. 정말 형편없는 선장 아닌가."

　"페댈라가 에이허브 선장을 유괴라도 할 거라고 생각한다는 건가?"

　"생각이고 자시고가 있을 게 뭔가? 두고 보게, 이제 알 테니까, 플라스크. 하지만 난 이제부터 녀석을 두고두고 감시할 테야. 조금이라도 수상쩍은 데가 있으면 목덜미를 꽉 붙들고 말해 주어야지. '이 악마 녀석, 가만히 있어. 발버둥 치면 네 녀석 주머니에 손을 집어넣고 꼬리를 거머쥐고 교반 있는 데로 가서 실컷 졸라 주기도 하고 매달기도 할 테니까. 나중에는

78

꼬리가 몽땅 빠져 버릴 걸.' 알겠나? 그 짐승 같은 녀석이 그
렇게까지 혼이 난다면 말이야, 사타구니에 꼬리가 와 닿는 즐
거움은 체념해 버리고 우물쭈물 달아나 버릴 걸세."

"그래서 스텁, 그 꼬리를 어떻게 하려나?"

"어떻게 하다니? 돌아가게 되면 소 채찍으로 팔지. 달리 쓸
데가 없는걸."

"이봐 스텁, 그거 진심으로 하는 건가? 지금까지 줄곧 자네
가 지껄인 것 말이야."

"진심이고 뭐고…… 이봐, 배에 다 왔네!"

보트는 환호 속에 영접을 받았고, 고래는 좌현으로 끌려갔
다. 거기에는 꼬리를 묶기 위한 쇠사슬, 그 밖의 것이 이미 준
비되어 있었고 곧 고래는 묶였다.

"내가 그랬잖아. 두고 봐, 이 참고래의 머리가 저 향유고래
와 반대쪽에 매달리게 될 테니까 말이야."

플라스크가 말했다.

잠시 뒤, 플라스크의 예상대로 되었다. 지금까지 피쿼드 호
는 향유고래의 머리가 매달려 있는 쪽으로 몹시 기울고 있었
는데, 지금은 두 머리의 균형에 의하여 — 말할 것도 없이 애
서로울 만큼 긴장을 하면서이긴 했지만 — 선체의 균형을 되찾
았다. 여러분이 한쪽에 로크(영국의 철학자)의 머리를 매단다
면 그쪽으로 기울겠지만 반대쪽에 칸트의 머리를 매단다면 똑
바로 서게 되는 이치였다. 하지만 너무나 고생스러운 일이다.
많은 사람의 정신은 균형을 잡을 것만을 추구하고 있다. 아아,

어리석은 사람들이여, 모든 괴물 머리를 바닷속으로 던져 버려라. 그때 비로소 가볍게 똑바로 뜰 수가 있을 것이다.

배 옆으로 끌려온 참고래의 몸을 처리하는 데에도 향유고래의 경우에 흔히 취해진 것과 같은 준비가 이루어진다. 다만 후자의 경우에는 머리 부분이 몽땅 절단되지만 전자의 경우는 입술과 혀가 잘리고 왕관이라 불리는 머리 부분의 융기에 달라붙은 잘 알려진 검은 뼈와 같이 갑판에 올려진다. 그러나 이번 경우에는 그런 조치가 취해지지 않았다. 양쪽의 시체는 뒤로 내버려지고 머리 부분을 짊어진 배는 마치 커다란 바구니 짐을 한 쌍 짊어진 당나귀와 비슷한 모습이 된다.

그러는 동안, 페댈라는 유유히 참고래의 머리 부분을 쳐다보고 때때로 그 깊은 주름살로부터 자신의 손에 팬 주름살로 시선을 옮기곤 하고 있었다. 우연히 에이허브가 거기 서 있었기 때문에 이 배화교도는 그의 그림자 속에 서 있게 되었다. 아니 혹시 배화교도의 그림자가 거기 있었다손 치더라도 그것은 에이허브의 그림자와 한데 섞여 그것을 길게 늘이고 있었을 것이다. 선원들은 작업을 계속하고 있었지만 이런 미심쩍은 현상에 대한 미신적인 말들이 수군수군 오가고 있었다.

74장 | 향유고래의 머리—비교론

자, 여기에 두 마리의 거대한 고래가 그 머리를 나란히 하고 누워 있다. 우리도 그 사이에 끼어들어 머리를 그쪽으로 돌리도록 하자.

당당한 2절판 거경족 중에서도 향유고래와 참고래는 특히 이름이 높다. 그래서 인간들은 원칙적으로는 그들만을 추적한다. 난터케트 인에게 있어서 그들은 고래 종족의 양 극점을 이루는 것이다. 그리고 양자 간의 외관상 차이는 주로 그 머리 부분에서 볼 수 있는데, 지금 그 두 가지가 각각 피쿼드 호의 뱃전에 매달려 있는 것이다. 그래서 우리들은 집판을 약간 걷기만 하면 이쪽 것과 저쪽 것을 자유로이 볼 수 있는 것이다. 감히 내가 말한다면 이곳 이상으로 실험 고래학 연구에 편리한 곳이 또 어디에 있을 것인가?

우선 첫째로 여러분은 이 두 머리의 형태의 차이에 크게 놀랄 것이다. 아무리 뜯어보아도 양자 모두 실로 거대하다. 그러나 향유고래의 머리에는 어떤 수학적 균형이 있는 데 비해서 참고래의 머리에는 슬프게도 그것이 결여되어 있다. 향유고래의 머리에는 보다 강렬한 성격이 드러나 있다.

보면 볼수록 여러분은 거기에 위엄이 가득 차 있는 것을 느끼고, 저절로 그의 절대적 우월을 인정하지 않을 수 없을 것이다. 더욱이 지금은 그 앞꼭대기 부분의 희고 검은 무늬가 그 연륜과 경험의 풍부함을 나타내며 한결 더 위엄을 높이고 있는 것이다. 이것은 포경자들이 '흰머리고래'라는 전문 용어로 부르는 바로 그것이다.

둘째로 이 두 머리 부분 중에서 가장 차이가 적은 점, 즉 눈과 귀의 두 기관을 조사해 보자. 머리 옆의 훨씬 뒤쪽 아랫부분, 턱의 모서리 부분을 자세히 살펴보면, 가까스로 속눈썹이 없는 어린 망아지의 것과도 같은 눈을 찾아볼 수가 있을 것이다. 머리의 크기에 비해 참으로 어울리지 않는다고 할 수밖에 없다.

고래의 눈이 이처럼 엉뚱한 측면에 달려 있는 이상, 그가 똑바로 앞에 있는, 즉 정면에 있는 것을 볼 수 없음은 바로 뒤쪽, 즉 후면에 있는 것을 볼 수 없다는 것과 마찬가지로 명백하다. 한마디로 말해서 고래의 눈이 있는 위치는 인간의 귀가 있는 위치에 해당하는 셈이다. 여러분이 만일 귀로 옆에 있는 것을 본다고 하면 어떻게 될 것인지 생각해 보면 이해가 될 것이다. 똑바로 옆에서부터 약 30도 정도 앞을 볼 수 있고, 또 약 30도 정도 뒤를 볼 수 있을 뿐이다. 여러분의 불구대천의 원수가 백주대낮에 칼을 휘두르며 정면에서 달려온다 해도 볼 수 없다는 것은, 뒤에서 몰래 다가오는 것보다 나을 게 없다. 요약해서 말한다면 후면이 둘 있는 것이나 마찬가지지만 정면(횡적 전면)도 둘 있는 셈이긴 하다. 하기야 인간의 정면이란 그 눈이 있음으로서 비로소 존재하는 것이 아닌가.

이것뿐이 아니다. 내가 알고 있는 한, 다른 동물들의 두 눈은 자각 없이 그 시력을 통하여 두뇌에게, 두 개가 아니라 한 개의 화면을 제공한다. 그러나 고래의 두 눈의 기이한 위치가 크고 든든한 머리 부분의 큰 덩어리에 의하여 엄격하게 가로막혀 있는 이상, 즉 그것은 마치 두 골짜기의 호수 사이에 거대한 산이 솟아 있는 것이나 같은 것이므로, 그 하나하나의 기관이 제시하는 인화(印畵)는 전혀 별개의 것이 될 수밖에 없을 것이다. 그러니 고래가 한쪽으로 어떤 명확한 광경을 보고 또 다른 한쪽으로도 명확한 것을 보긴 하지만 그 중간은 모두 참다운 어둠일 것이고 허무일 것이다. 인간은 사실상 두 개의 창틀이 나란히 있는 창문이 달린 감시초소에서 세계를 본다. 그러나 고래의 경우, 그 두 개의 창틀은 서로 동떨어져 부착되어 독립한 두 개의 창문이 되는 것이며, 그 시야는 엉망이 되고 있는 것이다. 고래 눈의 이 특수성은 어업에 있어서 늘 특기되어야 할 일이지만, 독자들 역시도 이제 앞으로 일어날 몇몇 장면에서 그 점을 꼭 상기해 두기 바란다.

거경의 시각이 그런 것이라면 기이하고 어려운 문제가 거기서 발생하게 된다. 그러나 여기서는 그것을 암시하는 것만으로 그치겠다. 인간의 눈은 빛 속에서 열려 있는 한, 무자각적으로 작용한다. 즉 전면에 있는 물건을 기계적으로 보게 된다. 그러나 다른 한편, 누구나 그 경험으로 알 수 있듯이, 언뜻 보기만 해도 무엇이든 한번에 받아들일 수는 있지만, 그러나 두 개의 물건을ㅡ아무리 큰 것이든 또 작은 것이든ㅡ같은 순간에 주의 깊게, 완전하게, 자세히 볼 수는 절대로 없다. 두 물건이 서로 나란히 접촉하고 있는 경우는 예외지만 말이다.

그러나 만일 그 두 물체를 서로 분리시켜 각각 캄캄한 테로 둘러싸, 그 어느 쪽인가만을 자신의 정신을 집중해서 보려고 한다면, 다른 것은 그 순간의 의식 속에서 완전히 사라져 버리고 말 것이다. 그러나 고래의 경우는 어떠한가? 우선 그 두 눈이 각각 그 자체로서 동시에 작용할 것임은 쉽게 짐작할 수가 있다. 그런데 그 두뇌가 과연 인간의 그것보다 훨씬 유능하고 복잡하고 미묘해서 동일한 순간에 몸의 한쪽 측면에 보이는 것과 그 정반대의 측면에 보이는 것을 두 개의 명확한 광경으로 주의 깊게 바라볼 수 있을까? 만일 그렇다면 고래에게야말로 찬사를 보내지 않을 수 없을 것이다. 이것은 인간의 경우, 유클리드의 별개의 두 문제를 동시에 증명한다는 것과 같은 셈인데, 이 비유는 아무리 엄밀하게 검토해 보아도 아마 잘못은 아닐 것이다.

그리고 아주 엉뚱한 생각일지도 모르지만, 내가 언제나 느끼지 않을 수 없는 것은, 어떤 고래가 3, 4척의 보트에 쫓기고 있을 때 참으로 기이한 안절부절함을 나타낸다는 점이다. 그 고래들이 겁쟁이가 되거나 이유를 알 수 없는 두려움에 사로잡히기 일쑤라는 점, 이런 점들은 모두 따로 떨어져서 반대로 달리는 시력의 작용 때문에 자신도 모르게 의지가 혼미해지는데 그 원인이 있는 것이 아닐까? 비록 간접적일망정 말이다.

그리고 또 고래의 귀 역시 색다르다는 점에선 눈에 못지않다. 고래족에 대하여 아주 문외한이라면 이 두 머리를 몇 시간 살펴보아도 그 기관을 발견할 수는 없을 것이다. 귓바퀴 같은 것은 전혀 밖으로 나와 있지 않으며, 그 구멍은 깃털 펜을 집어넣을 수도 없을 만큼 놀랍도록 작다. 위치는 눈의 약간 뒤이다. 그 귀에 대해서 말한다면 향유고래와 참고래 사이에는 중대한 차이가 있다. 전자의 귀는 밖을 향해 열려 있지만, 후자의 귀는 막으로 온통 뒤덮여 밖에서는 전혀 볼 수 없게 되어 있다.

고래와 같이 웅대한 생물이 그처럼 작은 눈을 통해 세계를 보고 토끼보다도 작은 귀로 소리를 듣다니 참으로 신기한 일이 아닌가. 그러나 만일 그의 눈이 허셸(영국의 천문학자. 대망원경을 완성함)의 대망원경에 달린 렌즈처럼 크고, 귀도 사원의 입구처럼 컸다면, 과연 그 시력이 멀리까지 이르고 그 청각이 더욱 예민해졌을 것인가? 결코 아니다. 그러니 여러분은 무슨 까닭으로 여러분의 정신을 '넓고 크게' 하려고 하는 것인가? 오히려 미묘하게 할지어다.

자, 이제 다음에는 지렛대든, 증기기관이든 닥치는 대로 이용하여 향유고래의 머리를 뒤집어 놓아 보자. 그리고 사다리를 타고 꼭대기까지 올라가 그 입을 들여다보자. 아니, 만일 동체가 완전히 절단되어 있는 것이 아니라면 우리는 초롱을 밝혀 들고 켄터키의 맘모스 종유동과도 같은 배 안까지 들어갈 수 있을 것이다. 그러나 이빨이 있는 곳에 멈춰 서서 우리들 주위의 사물을 바라보기로 하자. 이 얼마나 순결하고 아름답게 빛나는 입인가? 그 바닥에서 천장에 이르기까지 마치 새 색시의 비단옷처럼 반들반들 빛나는 새하얀 막질(膜質)을 둘러쳤다고 할까, 늘어 세웠다고나 할까? 아름답고 신비한 느낌을 주는 고래의 입이다.

　이번에는 나와서 이 강대한 아래턱을 보자. 마치 웅대하기 그지없는 코담배 상자의 좁고 긴 뚜껑 — 한쪽 면이 아니라 한쪽 끝에 경첩이 달린, 바로 그것 — 과 같다. 그리고 그것을 비틀어 열고 머리 위로 들어 올린 뒤 그 치열을 바라보면 바로 성곽의 엄청난 내리닫이 창살문 같은 모습이다. 사실 많은 가련한 고래잡이 사나이에게 있어서 그 창끝은 세차게 굴러 오는 함정이나 다름없는 것이다. 그러나 좀더 처참한 광경을 보이는 것은 바다 밑 깊은 곳에서이다. 때로 우울한 고래가 거기에 표류하며 15피트나 될 그 괴이한 턱을 동체와 직각으로 하여 마치 배의 제2돛대처럼 축 늘어뜨리고 있을 때가 있다. 이 고래는 죽은 것이 아니다. 다만 기분이 울적한 것이다. 기분이 나쁜 것인지, 아니면 우울증에 빠진 것인지 모른다. 아주 맥없이 축 늘어져 버리고 턱의 경첩은 늘어날 대로 늘어난, 꼴사나울 정도로 비참한 모습이다. 한패인 고래들도 이를 치욕으로 생각하고, 비탄에 빠진 그 동료를 위해서 턱에 경련이 일도록 기도하지 않을 수가 없을 것이다.

많은 경우 이 아래턱은 솜씨가 정확한 기술자라면 쉽게 떼어 낼 수가 있으므로 결국 갑판 위로 올려진다. 그리고 그 상아 같은 송곳니를 빼내어 그 단단하고 흰 골질(骨質)로 지팡이나 우산의 손잡이, 승마용 채찍의 손잡이 등등 갖가지 공예품을 만든다.

오랫동안 애쓴 끝에 턱은 마치 닻처럼 갑판에 올려지고, 적당한 시기가 오면, 즉 다른 작업이 모두 끝난 며칠 뒤에 퀴퀘그, 대그, 태쉬테고와 같은 고명한 치과의사의 손으로 이빨이 뽑힌다.

퀴퀘그가 예리한 삽으로 잇몸을 찍으면 턱은 고리 달린 볼트에 꽉 매이고, 또 위쪽에는 고패가 장치되어 마치 미시간의 소가 원시림의 오랜 떡갈나무 뿌리를 빼듯이 이빨이 뽑히는 것이다. 모두 합쳐 42개가 있는 것이 보통이다. 늙은 고래의 경우에는 꽤 마멸되어 있기는 하지만 썩어 분드러지지는 않는다. 또 사람처럼 의치(義齒)를 한 경우는 없다. 그런 작업들이 있은 뒤 턱은 얇게 썰어져 가옥의 마루 귀틀처럼 쌓인다.

75장 | 참고래의 머리—비교론

갑판을 가로질러 이번에는 참고래의 머리를 천천히 검토해 보자.

그 형태를 대략 말한다면 기품 있는 향유고래의 머리는 로마 전차의, 특히 커다랗고 둥그스름한 앞면에 비유할 수 있을 것이다. 그리고 참고래의 그것을 대충 말한다면 끝의 모양이 그리스의 군선 같은 모양의 거대한 신발과 약간 닮았다고 할 수가 있다. 2백 년쯤 전에 네덜란드의 늙은 항해업자는 그 머리의 형태를 구둣방에서 쓰는 목형(木型)에 비유하기도 했다. 그리고 이 참고래의 목형 또는 구두 속에서는 옛날이야기에 나오는 할머니가 아들들, 손자들을 모두 데리고 들어가 편안히 살 수도 있었을 것이다.

하지만 이 커다란 머리에 더욱 가까이 가 보면 사람들은 각자의 관점에 따라 좀더 다른 모습을 거기에서 발견할 수 있을 것이다. 만일 그 꼭대기에 서서 F자형으로 된 두 개의 분조(噴潮) 구멍을 내려다본다면 여러분은 엄청나게 큰 비올라라 볼 것이고, 그 구멍은 음향판에 뚫린 구멍으로 오인할 것이다. 또 그 거대한 덩어리의 꼭대기에 있는 기묘한 관(冠) 같기도 하고, 빗 같기도 한 껍질부―그 녹색의 조개껍질로 덮인 것. 그린란드 사람이 참고래의 '왕관'이라 부르며 남해 어부가 '모자'라 부르는 것―을 들여다본다면 가지에 새 둥지를 튼 거대한 참나무 줄기처럼 보일 것이다.

아무튼 이 모자의 여기저기에 살아 있는 게가 움직이는 것을 보면 자연히 그런 생각이 떠오를 것이다. 하지만 거기에 붙여진 '왕관'이라는 전문용어에 의하여 여러분의 상상력이 발동됨을 느꼈다면 여러분은, 이 거대한 괴물이 어째서 바다의 참다운 제왕이 되고 어째서 이 녹색의 왕관이 이토록 눈부시게 달려 있는 것일까, 하는 생각에 잠길 것이 틀림없다. 그러나 만일 이 고래가 왕이라고 한다면 왕관을 머리에 쓴 자로서는 너무나도 찡그린 얼굴을 하고 있는 셈이다. 저 축 늘어진 아랫입술을 보라. 그 무슨 심통스러운 얼굴이란 말인가? 목수가 재 본다면 길이 20피트, 두께 5피트의 심술스러운 얼굴, 5백 갤런 이상의 기름을 지닌 욕심 많고 잔뜩 찡그린 심술궂은 얼굴인 것이다.

불행한 이 고래가 또 언청이라니, 더욱 안타까운 일이다. 아마 그 어머니가 가장 중대한 시기에 페루 앞바다라도 헤엄치

다가 마침 일어난 지진 때문에 금이 가게 된 모양이다. 이 입술을 마치 미끄러운 문턱을 넘어서듯 하여 입 안으로 들어가 보자. 나는 맹세코 말하겠는데, 만일 내가 매키노(미시간 주의 북쪽 지방)에 있었다고 하면 틀림없이 인디언의 오두막 속에 뛰어들었다고 생각될 것이다. 오오, 하느님! 이게 요나가 지나갔던 길입니까? 지붕은 약 12피트 정도이며 규칙적으로 마룻대가 서 있는 것처럼 비교적 예리한 각도를 이루고 있다. 양쪽에는 늑골이 아치형으로 되어 있으며, 거기에는 반쯤 수직으로 반월도형(半月刀形)의 훌륭한 경골판이 한쪽에 3백 개나 줄지어 있다. 그것이 머리 꼭대기 또는 왕관부의 뼈로부터 늘어져 내려와 언젠가 잠깐 이야기한 저 베니스식 덧문을 형성하고 있는 것이다. 그 뼈마디마다 머리칼 모양의 섬유로 끝부분이 장식되어 있는데, 참고래는 그것으로 물을 여과시켜 그 미로 속에서 작은 물고기를 잡기도 하고 섭식기(攝食期)에는 입을 벌린 채 물고기 알을 바다로 밀고 나아가는 것이다. 이 뼈의 덧문 중심부는 생성된 순서대로 늘어져 있는데, 거기에는 이상하게 생긴 줄 자국, 곡선, 패어 들어간 곳, 뾰족하게 나온 곳 등이 있다. 고래잡이들 중의 어떤 자는 떡갈나무의 나이를 연륜으로 찾아보듯 그것으로 고래의 나이를 알아보는 것이다. 그 기준의 정확성은 보증할 수가 없지만 비슷한 종류들을 근거로 미루어 짐작하건대 무언가 신빙성이 느껴지기도 한다. 아무튼 만일 그 기준에 따른다면 참고래는 얼핏 짐작하는 것보다도 훨씬 장수한다는 것을 인정해야 한다.

옛날에는 이 덧문에 대하여 놀랍도록 기이한 상상이 세상에 퍼져 있었다. 퍼처스의 책 속에 나오는 한 나그네는 이것을 고래의 입 속에 있는 '구레나룻'이라고 하여 떠들썩하게 했고, 또 어떤 자는 '억센 돼지털'이라 불렀으며, 또 해클루트의 책에 나오는 노신사는 다음과 같이 우아하게 언급하고 있다. "그의 윗아가미 양쪽에는 약 250개의 지느러미가 나 있는데, 입 양쪽에서 그 혀 위로 구부러져 늘어진다."

누구나 잘 알고 있는 바와 같이 이 '억센 돼지털'이라든가, '지느러미'라든가, '구레나룻'이라든가, '덧문'이라든가 하는 말로 불리는 바로 그것이 여인네들에게 코르셋과 그 밖의 복장 도구를 제공하고 있다. 그러나 그런 점에서의 수요는 오래전부터 줄어들고 있다.

저 속바지용 경환(鯨環)이 한창 유행하던 앤 여왕(영국 여왕) 시대는 고래뼈의 전성기였다. 그 시대에는 귀부인들이 글자 그대로 고래의 아가미 속에서 즐겁게 행동했다. 그와 비슷하게 현대의 사람들은 그 턱의 비호 아래 그야말로 마음도 가볍게 빗속을 걷는다. 즉 우산이라는 것은 바로 이 뼈에 둘러쳐진 천막에 불과하기 때문이다.

그러나 잠시 덧문이나 수염에 대한 것은 잊고 참고래의 입 안에 서서 다시 한 번 둘러보자. 이토록 질시징연하게 숲의 나무처럼 늘어선 뼈를 보는 자는 마치 그 몸이 할렘(네덜란드 북부의 주요 도시)의 파이프 오르간 속에 들어가 그 숱한 파이프를 바라보는 것 같은 느낌이 들 것이다. 풍금에 씌울 융단 대신으로는 더없이 보드라운 터키 융단처럼 혀가 입의 밑바닥에 딱 달라붙어 깔려 있다. 매우 도톰하고 보드랍기 때문에 갑판으로 올릴 때 자칫하면 찢어지고 만다. 이 눈앞의 혀를 보아라. 이건 여섯 통짜리 혀이다. 즉 그 혀에서 그만한 양의 기름이 산출된다는 뜻인 것이다.

이제는 내가 처음에 말한 것 — 향유고래와 참고래는 전혀 다른 머리를 가지고 있다는 것 — 에 대해 충분히 납득했을 것이다. 결론을 말하면 다음과 같다. 참고래에게는 향유고래에게 있는 것과 같은 향유의 원천은 전혀 없으며, 상아도 없고 길고 부드러운 아래턱뼈도 없다. 한편 향유고래에게는 저 뼈로 된 덧문과 거대한 아랫입술 같은 것도 전혀 없으며 혀 같은 것도 거의 없다. 그리고 참고래에게는 두 개의 분조 구멍이 있지만, 향유고래에게는 단 한 개의 분조 구멍이 있을 뿐이다.

두건을 쓴 두 개의 숭엄한 머리가 아직 나란히 있는 동안에 이별을 아쉬워하며 좀더 바라보기로 하자. 이윽고 하나는 남몰래 바닷속으로 가라앉을 것이고, 다른 하나도 곧 그 뒤를 쫓게 되리라.

저 향유고래의 표정을 읽어 낼 수가 있겠는가? 숨지던 때의 모습 그대로이지만 다만 이마의 기다란 주름 몇 개만은 이미 사라져 없는 것 같다. 나에게는 그 넓은 이마가, 마치 명상에 의하여 죽음을 초월한 자가 가지는 대평원과도 같은 조용함과 평안함에 가득 찬 것으로 보인다. 그러나 또 하나의 머리가 지닌 표정은 어떠한가? 저 놀라운 아랫입술이 우연히 뱃전에 밀려 눌러서 굳게 턱을 안고 있는 모습을 보아라. 머리 전체가 죽음에 면한 위대한 실천적 결단력을 말하고 있는 것이 아닐까? 내가 생각건대, 참고래는 스토아 학파와도 같은 금욕파이며, 향유고래는 플라톤 파에 속하는데, 말년에는 스피노자를 숭배하고 반려로 했던 모양이다.

76장 | 큰 망치

이제 향유고래의 머리와 결별을 고하기 전에 나는 잠시 여러분이 현명한 생물학 연구가로서, 특히 그 모든 성격의 복합적 집약으로서 특히 앞부분에 주의를 기울여 주기 바란다. 다시 말해 거기에 얼마나 억센 큰 망치로서의 힘이 숨겨져 있는가에 대하여 과장 없는 명석한 판단을 얻을 수 있도록 검토해주기 바라는 것이다. 이 문제야말로 중요한 점인 것이다. 왜냐하면 여러분이 문제를 완전히 규명하는가, 아니면 유사 이래로 가장 무섭고 더욱이 아무런 거짓도 없는 사건에 대하여 영원한 회의자(懷疑者)가 되는가 하는 분기점에 서 있기 때문인 것이다.

향유고래가 유영하는 자세를 본다면 그 머리의 앞면이 거의 수면과 수직이 되는 것을 볼 수 있다. 또 그 앞부분의 아래쪽은 그 돛가름대 모양의 아래턱을 받치고 있는 기다란 구멍 때문에 몹시 아래로 처져 있는 것을 볼 수 있다. 또 그 입은 사람으로 말하자면 턱의 바로 밑에 달려 있는 것과 똑같음을 알 수 있다. 그리고 더욱이 고래에게는 외면에 나타난 코라는 기관이 없으며, 만일 코가 있다면 그것은 분조 구멍으로, 머리 꼭대기에 달려 있다는 것, 그리고 눈과 귀가 측면에 있으며 몸의 앞쪽으로부터 3분의 1이나 후퇴한 곳에 달려 있다는 것은 이미 알고 있다.

그러므로 향유고래 머리의 앞부분은 아무런 기관도 없으며 아무런 돌출부도 없는 마치 죽음의 덩어리 같은 멋없이 밋밋한 벽인 셈이다. 게다가 또 앞머리 부분에는 훨씬 아래쪽의 뒷부분 경사면에만 아주 조금 뼈 같은 것의 흔적이 있을 뿐, 완전한 두개골이란 20피트나 내려간 곳에 있다는 것도 생각해야 한다. 즉 이 방대한 뼈가 없는 덩어리 전체는 말하자면 한 개의 혹인 것이다. 마지막으로 곧 알게 되겠지만, 이것은 그 일부에 가장 순수한 기름을 포함하고 있다. 그러나 그 우아하고 부드럽게 생각되는 것을 참으로 견고하게 덮고 있는 물질의 성격에 대하여 여러분은 외면하지 말아야 한다. 언젠가 앞에서 기름고기가 고래의 몸을 마치 귤껍질처럼 싸고 있다는 말을 한 적이 있다. 머리도 역시 마찬가지인데, 다른 점이 있다면 이 머리를 싸고 있는 부분이 비록 두껍지는 않으나 뼈가 없음에도 불구하고 그 경도(硬度)는 그것을 다루어 본 자가 아니면 도저히 상상할 수도 없을 만큼 높다는 점이다. 가장 강한 사나이가 던지는 작살도, 창도 엄두조차 못 내고 튕겨져 나올 정도이다. 향유고래의 앞머리 부분은 온통 말발굽이 깔려 있는 것과 다름없다. 따라서 그 밑에 어떤 감각이 존재하고 있으리라고는 거의 생각되지 않는다.

또 하나 생각해 두어야 할 점이 있다. 두 척의 커다란 동인도 무역선이 짐을 가득 실은 채 부두 안에서 충돌하려 할 때 선원들은 어떻게 하는가? 바야흐로 충돌하려던 그때, 그 중간에 쇠나 목재와 같은, 그저 딱딱하기만 한 물건을 매달지는 않는다.

그 대신 선원들은 극히 두껍고 단단한 쇠가죽으로 싸이고 밧줄과 코르크가 가득 채워진 크고 둥근 물체를 거기에 놓는 것이다. 이 물체가 떡갈나무 말뚝과 철봉을 쉽사리 부숴 버릴 만한 충격을 용감하게 받아 내어 손해를 막아 주는 것이다. 바로 이 사실은 내가 말하려는 바를 충분히 설명해 준다. 그러나 여기에 나는 하나의 가설을 더하려고 한다.

보통 어류는 부레라는 것을 가지고 있어 마음대로 팽창시키기도 하고 수축시키기도 하는데, 향유고래는 내가 알기로는 그런 것이 없다. 더욱이 그가 지금 머리를 수면 밑으로 숨겼다가 금방 다시 물 위로 쳐들어 헤엄쳐 가는 것을 생각할 때, 또 그 덮고 있는 부분이 지니고 있는 그 어떤 것에도 방해받지 않는 탄력성을 생각할 때, 결국 다음과 같은 사실, 그 신비로운 벌집 모양의 폐가 아직 세상에 알려지지도 않고 상상조차 힘들지만, 외기와 연관성을 지니며 그 공기의 팽창 수축에 감응

한다는 가설에 이르게 된다. 만일 그렇다면 모든 요소 중에서도 가장 은밀하며 가장 파괴적인 공기의 도움을 받는 그 저항할 수 없는 막강한 힘을 막연하게나마 이해할 수 있을 것 같은 생각도 든다.

생각해 보라. 안으로는 가장 가벼운 공기를 지니고 있으면서도 근접할 수 없는, 단단하고 허물어지지 않는 이 철벽을 막무가내로 추켜세운 채 코드(재목의 체적 따위를 재는 데 쓰는 단위)로나 재어야 할 재목 더미와도 같은 생기가 가득한 큰 덩어리가 가장 미세한 곤충처럼 완전히 하나의 의지에 따라서 헤엄쳐 나가는 것이다.

그러니 앞으로 내가 이 방대한 괴물의 전신에 소용돌이치는 특기, 집중된 힘 따위에 대하여 자세히 언급할 때, 또 그들에 대한 갖가지 기괴한 사건을 이야기할 때, 무지에서 오는 의혹을 모두 떼어 버리고 다음 한 가지만을 지켜 주었으면 한다. 설사 향유고래가 '다리엔 지협(북아메리카와 남아메리카를 잇는 지역)'의 밑을 뚫고 빠져나와 대서양과 태평양이 서로 이어지는 한이 있더라도 눈썹도 까딱하지 않아 주기를 바라는 것이다. 만일 그대가 고래를 키우고 있는 것이 아니라면 그 '진리'에 대해서는 다만 감상적인 시골뜨기에 불과할 것이다. '진리'를 백일하에 드러내는 일은 다만 대화염수(大火炎獸)와 같은 괴물만이 감히 해낼 수 있는 일이지, 시골뜨기가 흉내낼 수 있는 것은 아닌 것이다.

무서운 사이스(이집트 북부에 있으며 고대의 수도이기도 했음)의 여신을 가린 베일을 들어 올렸던 젊은이에게 어떤 무서운 운명이 닥쳤는가를 생각해 보면 그 점을 잘 알 수가 있을 것이다.

77장 | 하이덴베르크의 큰 술통

이제 마침내 큰 통(머리)에서 기름을 퍼내는 작업이 시작될 때가 왔다. 그러나 그것을 바르게 이해하기 위해서는 지금부터 수술해야 할 것의 이상한 내부 구조에 대하여 얼마간의 지식을 가지고 있어야 할 것이다.

향유고래의 머리가 하나의 장방형 고체라고 한다면, 그 경사면을 따라 두 개의 층으로 분리시켜 생각할 수가 있다.

그 하부는 뼈투성이의 두개골과 턱으로 이루어졌으며, 상부는 전혀 뼈가 없는 기름투성이 고깃덩어리이다. 그 폭이 넓은 앞부분은 고래의 이마라고도 할 수 있는 불룩한 모습을 하고 있다. 이 앞부분의 한복판에서 다시 수평으로 이 상층부를 분할한다면 거의 똑같은 두 부분으로 나뉘는데, 본래 이것은 두꺼운 힘줄과 같은 것이어서 자연히 갈라져 있던 것이다.

재분할된 것의 아랫부분, 지방 조직이라 불리는 것은 기름이 가득 찬 하나의 거대한 벌꿀자루 같은 것으로, 흰 섬유질이 전면에 교차되어 있고 수없이 많은 세포가 종횡무진으로 엇갈려 있다.

상부는 케이스(구멍)이라 불리는데, 향유고래에 있어서의 '하이델베르크의 큰 술통'이라 보면 된다. 그리고 저 유명한 큰 술통이 그 앞면에 신비로운 조각을 가지고 있듯이 주름투성이인 고래의 커다란 앞머리도 그의 위대한 통을 수수께끼처럼 장식하게 하는 수없이 이상한 무늬들로 가득 차 있다. 또 저 하이델베르크의 큰 술통은 언제나 지극히 향기로운 라인 계곡의 술로 가득 차 있는데, 이 고래의 큰 통에는 훨씬 더 향기롭고 귀한 기름, 즉 경뇌유라는 귀중물이 아주 순수하고 투명하게 그 방향(芳香)에 숨이 막힐 지경으로 담겨 있는 것이다.

이 지극히 보배로운 기름은 이 고래 몸의 다른 어느 부분에도 그토록 순수한 성분의 것이 담겨 있지 않다. 살아 있는 몸속에 있을 때는 완전한 액체로 있지만, 죽은 뒤 일단 대기에 접하게 되면 즉시 응고하기 시작하여, 마치 겨울을 고하는 첫 무렵에 물에서 갓 언 얇고 섬세하며 아름다운 얼음처럼 아름답게 결정을 이룬 가지를 만들어 낸다. 이 고래의 큰 통에서는 통상 거의 5백 갤런의 경뇌유가 산출되는데, 간혹 불가피한 조건에 의해 새어 나가고, 쏟아지고, 흘러가 버릴 때도 있다. 또는 사람들이 최대한으로 많이 채취하려다가 그 극히 힘든 작업 중에 그만 엎질러 버려 어쩔 수 없게 되는 수도 있을 것이다.

하이델베르크의 큰 술통 내부가 얼마나 아름답고 고귀한 물질에 의해 칠해져 있는지 나는 모르지만 향유고래의 큰 통의 내부 표면을 이루고 있는, 마치 정미(精美)한 의상의 안감 같은 진주 빛의 엷은 막에는 아마도 거의 비교할 바가 못 되리라고 생각한다.

직접 보면 알겠지만 향유고래의 '하이델베르크의 큰 술통'은 윗머리 부분의 전장(全長)에 걸쳐 퍼져 있으며, 그렇기 때문에 ─ 어디에선가 언급했으리라 생각되는데 ─ 고래의 전 길이 중 3분의 1을 차지하고 있는 것이며, 보통 고래의 전체 길이를 80피트라고 가정한다면, 그 고래의 큰 통은 배의 뱃전에 세로로 매달았을 경우, 깊이가 20피트 이상이 된다는 계산이 나온다.

고래의 머리를 잘라 낼 때와 마찬가지로 수술하는 선원의 날카로운 칼날은 다음에 향료통으로 들어가야 할, 중요한 한 점을 겨누어 깊이 찌르게 된다. 그렇기 때문에 그는 부주의하고 엉뚱한 타격으로 인하여 귀중한 내용을 엎질러 버리지 않도록 여간 주의를 기울이는 것이 아니다. 자, 이제 그 잘린 머리 부분은 마침내 수면에서 들어 올려져 절단용의 거대한 고패에 매달리는데, 그 삼베 밧줄의 흩어진 모습이란 마치 밧줄 투성이의 황야가 되어 버린 꼴이다.

여기까지 이야기했으니 이제는 여러분의 주의를 저 경탄해

마지않을, 또 소름끼치는 향유고래의 '하이델베르크의 큰 술통' 퍼내기라는 작업으로 돌려 주기 바란다.

78장 | 웅덩이와 들통

태쉬테고는 고양이처럼 민첩하게 기어올라 뻗어 나온 큰 돛대 아래 가름대 위를 똑바로 서서 걸으며 큰 통이 매달려 있는 곳까지 간다. 그는 채찍이라 불리는 작은 고패를 안고 있었는데, 그것은 바퀴가 하나뿐인 도르래를 중심으로 겨우 두 부분으로 꾸며진 것이었다.

그는 그 도르래를 가름대에서 늘어지도록 고정시킨 뒤, 큰 밧줄의 한쪽 끝이 갑판에 있는 한 선원의 손을 닿을 수 있게 힘껏 휘둘러 댔다. 그리고 이 인디언은 두 손을 재빠르게 움직이면서 밧줄의 다른 한쪽 끝을 잡고 내려가 공중을 낙하하여 아주 멋지게 고래의 머리 꼭대기로 내려선다. 거기서 — 거기는 아직 선원들이 있는 곳보다 높은 곳이었는데 — 그는 모든 사람들을 향해서 마치 터키 회교도의 기도 시간을 알리는 사람이 첨탑 꼭대기에서 선남선녀들에게 기도에 참석하라고 부르듯이 외쳐 대는 것이었다. 그러면 자루가 짧고 예리한 삽이 보내지고, 그는 신중하게 큰 통 어디쯤에 구멍을 뚫을 것인가를 생각한다.

이 작업을 할 때 그가 주의를 집중하는 모습은 흡사 낡은 저택에서 보물을 찾는 자가 그 황금이 어디에 묻혀 있을까 벽을 두드려 보는 것과 같았다.

이 면밀한 탐사가 끝날 때쯤이면 쇠테를 끼운 견고한 들통, 마치 우물 두레박 같은 것이 밧줄 끝에 매달리고, 밧줄의 다른 한쪽 끝은 갑판 위로 당겨져 민첩한 두세 사람의 손에 쥐어지게 된다. 그들은 들통을 인디언이 멋지게 받아 낼 수 있도록 끌어올린다. 그러면 다른 한 선원이 긴 장대를 그에게 건네준다. 태쉬테고는 그 장대를 들통에 찔러 넣어 그 들통이 큰 통의 기름 속에 완전히 사라질 때까지 밀어 놓는다.

그리고 다시 작은 고패 담당의 선원에게 소리를 지르면 들통은 다시, 마치 우유 짜는 아가씨가 방금 우유를 짜 넣은 통처럼 거품을 일으키며 나타나는 것이다. 그 가득 찬 그릇은 높은 곳에서부터 주의 깊게 내려져 기다리고 있던 선원들의 손으로 옮겨지고 즉시 배에 준비되었던 기름통에 부어진다. 그리고 들통은 다시 매달려 올라가고, 이윽고 그 깊은 술통이 텅 비게 될 때까지 똑같은 일이 반복된다. 태쉬테고는 20피트나 되는 장대가 완전히 보이지 않을 때까지 그 장대를 점점 깊숙이 고래 머리의 큰 통 속으로 밀어 넣는다.

이렇게 피쿼드 호의 선원들은 꽤 오랫동안 작업을 했으므로 배 안의 기름통들은 그 향기로운 기름으로 가득 채워지고 있었다.

그런데 그때 기괴한 참사가 일어났다. 즉 야만스러운 인디언인 태쉬테고가 주의를 게을리 하여 고래의 머리에 매단 굵은 밧줄을 움켜쥐었던 손을 그만 놓아 버린 것이었다. 아니면 혹은 그가 서 있던 자리가 몹시 불안정하고 또한 미끄러웠던 탓인지, 그렇지 않으면 악마란 녀석이 특별한 꾀를 부려 그렇게 되기를 바랐는지 정확한 이유는 지금도 알 수가 없지만 아무튼 여든 번째인가 아흔 번째인가의 들통이 기름을 가득 담고 올라왔을 때 순식간에…… 오오, 신들이여! 불쌍하게도 태쉬테고는 진짜 우물에 붙어 있는 한 쌍의 두레박처럼 하이델베르크의 큰 술통 속으로 곤두박질쳐 거꾸로 떨어지고 말았다. 기름만이 기분 나쁘게 부글부글 소리를 낼 뿐, 그의 모습은 전혀 보이지 않았다.

"떨어졌다! 들통을 이쪽으로 밀어라."

전원이 멍하니 서 있는 가운데 먼저 정신을 차린 대그가 외쳤다. 그는 밧줄을 잡은 손이 미끄러지지 않도록 안정을 얻기 위해 한쪽 다리를 들통 속에 집어넣었다. 그러고는 태쉬테고가 그 속으로 떨어지기 직전에 끌어올리던 밧줄로 그를 고래 머리 꼭대기 위까지 끌어올렸다. 사람들은 공포와 당황 속에 어쩔 줄을 몰라 했다. 뱃전에서 보니 지금까지 생기가 전혀 없던 고래의 머리는 지금 수면의 바로 아래서 소리 내어 요동하고 있어서, 바야흐로 그 어떤 위대한 사상에 눈뜬 것처럼 보였는데, 사실 그것은 가엾은 인디언이 허우적거리며 무의식적으로 자신이 추락한 심연의 두려움을 나타내고 있었던 것이다.

그때 대그는 고래의 머리 위에 서서 고래 절단 삽에 얽혀 있는 밧줄을 풀고 있었는데, 별안간 찢어지는 듯한 커다란 음향이 일어났다. 지금까지 고래의 머리를 매달고 있던 거대한 갈고리 밧줄 하나가 끊어지더니 그 거대한 머리가 크게 옆으로 흔들리는 가운데 배는 마치 빙산과 격렬하게 부딪쳐 쓰러지듯 비틀비틀 흔들리기 시작한 것이었다. 전 중량을 지탱하고 있던 나머지 갈고리도 이토록 머리가 흔들린다면 당장이라도 끊어져 버릴는지 모를 일이었다.

"내려라! 내려라!"

선원들은 대그를 향해 외쳤다.

그러나 검둥이는 머리가 떨어져 나가더라도 공중에 매달려 있기 위해 한 손으로 굵은 밧줄을 꽉 붙들었다. 그런 후 얽혔던 밧줄을 모두 풀고 이제는 메마른 우물 속에 들통을 밀어 넣어 속에 있는 태쉬테고가 그것을 붙잡으면 끌어올려 주려는 시도를 하고 있었다.

"이봐, 이봐! 네 녀석은 거기에 총알을 쏴 넣을 셈이냐? 그만둬! 그건 안 돼! 쇠테가 달린 들통을 태쉬테고의 머리에 부딪칠지도 몰라. 그만둬, 그만두라니까!"

스텁이 외쳤다.

"도르래를 치워라!"

대포알이 터지는 것 같은 목소리로 누군가가 외쳤다.

거의 같은 순간에 고래의 거대한 머리는 폭포 밑의 깊은 못으로 떨어지는 나이아가라의 탁자 바위처럼 우레 같은 소리와 함께 바다로 떨어졌다. 그 거대한 것이 갑자기 머리 위를 스치고 바다로 휘익 나가떨어지자, 모두들 숨도 제대로 쉬지 못했다. 대그가 선원들의 머리 위에서 바다 위로 마구 흔들리면서도 짙은 안개와 같은 물보라 속에 진자(振子)처럼 흔들리는 도르래에 매달려 있는 것은 보였지만, 가엾게도 생매장된 태쉬테고는 바다 밑으로 가라앉고 있었다. 그러나 그 뭉게뭉게 솟아오르는 물보라가 아직 걷히기도 전에 벌거벗은 누군가가 창을 손에 들고 번갯불처럼 뱃전을 뛰어넘는 것이 보였고, 다음 순간 세차게 물을 튕기는 소리가 들려왔다. 우리의 용감한 퀴퀘그가 태쉬테고를 구하기 위해 물속으로 뛰어든 것이다. 모두들 깜짝 놀라서 뱃전으로 몰려갔고, 어느 누구 할 것 없이 계속 작은 물결 하나조차 놓치지 않고 들여다보았지만, 가라앉은 사나이도, 구조하러 들어간 사나이도 아무 소식이 없었다. 몇 사람인가가 이번에는 뱃전의 보트를 내리고 바다로 저어 나갔다.

"저기다! 저기!"

높은 곳에 조용히 흔들리며 매달려 있던 대그가 외쳤다. 모두들 그가 가리키는 먼 곳을 바라보니 푸른 파도 밑에서 불쑥 발이 하나, 마치 무덤 벌판의 푸른 풀 사이에서 솟아난 것처럼 무시무시하게 쳐들려 있었다.

"좋아, 좋아! 두 사람이다!"

대그는 다시금 환호를 질렀다. 이윽고 퀴퀘그가 한쪽 팔로 힘차게 헤엄치면서 또 한쪽 손으로는 인디언의 긴 머리칼을 잡고 오는 것이 보였다. 이윽고 기다리던 보트에 올라와 곧 갑판으로 돌아왔는데, 태쉬테고는 퍽 오랫동안 제정신을 되찾지 못했고 퀴퀘그도 역시 기진맥진한 상태였다.

어떻게 이 위대한 구조가 성공했을까? 퀴퀘그는 천천히 침강하는 고래의 머리를 쫓아 물속으로 들어간 뒤, 들고 간 날카로운 창날을 버리고 그 긴 팔을 속으로 집어넣어 위아래로 마구 휘저어 마침내 태쉬테고의 머리를 잡고 끌어낸 것이다. 그가 말하는 바에 의하면 처음 팔을 넣어 휘저었을 때는 발이 잡혔는데, 그것이 적당한 손잡이가 아니라 실패의 원인이 될 것으로 알고 그 다리를 뒤로 밀어 넣고 다시 교묘히 흔들어서 인디언을 한 바퀴 돌리는 데 성공했다는 것이다. 그래서 다음번에는 확실한 형태, 즉 머리부터 나오게 한 것이다. 그리고 고래의 거대한 머리는 대체로 이쪽 주문대로 움직여 주었다는 것이다.

이리하여 퀴퀘그의 용기와 훌륭한 산파술에 의하여 태쉬테고의 구출, 아니 해산이 가장 비참하고 또한 절망적이라 여겼던 위험을 극복하고 보기 좋게 성공한 것은 영원히 잊을 수 없는 교훈으로서 남게 되었다. 그 산파술은 검술, 권투, 기마, 노 젓기와 마찬가지의 청강 과정으로서 가르쳐야 할 것이다.

보기 드문 이곳 사나이 태쉬테고의 재난은 육지 사람들에게는 믿어지지 않는 일일 것이다. 그러나 그들도 육지에 있는 물웅덩이 속에 사람이 빠지는 것을 보거나 들은 적은 있을 것이다. 더욱이 그것은 결코 드문 일이 아닌 데다가 또 향유고래 웅덩이 주위가 몹시 미끄러운 점을 감안한다면, 육지의 경우는 이 인디언의 경우보다 훨씬 필연성이 적은 일인 것이다. 그러나 어쩌면 머리가 좋은 사람은, 그래도 이상한데, 하고 의심할지도 모른다. 우리는 지금까지 향유고래 머리의 기름이 배어 있는 해면체(海綿體)는 체내에서 가장 가벼운 코르크와 같은 것이라 들어 왔다. 그런데 그대는 그것을 비중이 훨씬 큰 물질 속에 가라앉게 했다. 어때, 이제 이해가 가는가? 하지만 천만에. 나는 아직 여러분에게 굴복하지 않는다. 그 태쉬테고가 빠졌을 때 이미 그 고래는 머릿속의 가벼운 내용물이 다 없어지고 다만 벽에 가득 찬 힘줄의 층만 남아 있을 뿐이라— 앞에서도 말한 바와 같이 그것이 차곡차곡 쌓여 이중의 층으로 되어 바닷물보다도 훨씬 무겁기 때문에 — 납덩이처럼 낙하해 버리는 것이다. 그러나 지금의 경우, 이 물질의 급강하하는 힘은 아직 머리 부분에 달라붙어 있는 다른 부분의 견제를 받아 극히 서서히 신중하게 가라앉았던 것이다. 그래서 퀴퀘그는 산파술의 묘기를 발휘하여 이른바 달리면서 끄집어낼 수 있었던 것이다.

그러나 태쉬테고가 만일 그 머릿속에서 죽었다면 깨끗하고 맑은 경뇌유 속에 담겨 성스럽고도 순결한 고래의 비밀 내실에 입관되어 장사지내졌을 테니 그 얼마나 고귀한 죽음이었을

것인가. 하지만 그보다 더 감미로운 죽음이 있다. 오하이오 주
의 벌꿀 채집자가 나무 밑동의 구멍 속에서 꿀을 발견하고 너
무나 굉장한 저장량에 놀라 그만 몸을 앞으로 내밀다가 오히
려 반대로 그 속에 빠져 버려 향기롭고 달콤하게 죽어 갔던 것
말이다. 또 있다. 플라톤의 꿀이 담긴 머리에 빠져 거기서 감
미롭게 죽어 간 사람은 또한 얼마나 될 것인가?

79장 | 대초원

이 거대한 고래의 머리에 달린 혹을 만져 보고 머리의 근육을 찾아본다는 것은 아직 어느 인상학자나 골상학자도 시도하지 못한 일이었다. 이 일이야말로 지브롤터의 바위주름을 검토한 라바터(스위스의 신학자이자 인상학자), 그리고 판테온의 지붕에 올라가 조사한 갈(오스트리아의 골상학자)의 그것 못지 않게 유명한 일이리라. 더욱이 라바터는 그 유명한 저술에서 다만 인간의 얼굴을 다루었을 뿐 아니라, 말이나 새, 그리고 뱀과 물고기의 얼굴까지 면밀하게 연구하고 거기서 얻어지는 표현 양식의 변화에 대해서도 상세히 말하고 있지 않은가? 또 갈과 그 제자 스프르츠하임만 해도 인간 이외의 생물이 지닌 골상학적 특징에 대하여 언급하는 것을 잊지 않고 있는 것은 왜인가? 그러므로 나에게 어떤 선구자로서의 자격이 있으리라고는 생각되지 않지만 아무튼 최선을 다해 이 두 가지의 반과학적 방법을 고래에게 응용해 보려고 한다. 나는 최선을 다해 이 두 가지 방법을 시도할 수 있는 데까지 해 보려 한다.

인상학적으로 보면 향유고래는 참으로 괴상한 존재이다. 코라고 할 만한 것이 없다. 그런데 코란 용모의 중심을 이루는 주요한 역할을 하는 것이며, 얼굴의 모습에 변화를 주면서도 궁극적으로는 통일점이 되는 것이므로 눈에 보이는 기관으로서의 코가 전혀 없다는 것은 고래의 얼굴에 심한 영향을 주리라 생각된다.

조경술에 있어서도 첨탑, 원기둥, 비석 등 그 어떤 두드러진 것이 없으면 그 풍경이 완전하게 될 수 없는 것처럼, 어떤 얼굴이든 코라는 종탑이 버젓이 솟아 있지 않으면 인상학적으로 말이 되지 않는다.

페이디아스가 만든 주피터의 대리석상에서 코를 뜯어내 보아라. 그 뒤에 얼마나 비참한 모습만이 남게 될 것인가. 그러나 거대한 고래는 말로 다할 수 없을 만큼 웅대하며 그 풍채도 참으로 당당하기 때문에, 주피터 상을 엉망으로 만들었던 결함도 그에게는 아무런 흠이 되지 않는다. 아니 오히려 그 장엄함을 더할 뿐이다. 고래에게 코 같은 건 그저 장식에 불과하다. 그 거대한 머리의 주위를 보트를 타고 항해할 때 잡아당길 수 있는 코가 있다고 해서 그에 대한 존경심이 사라지지는 않을 것이다.

위풍당당하게 왕좌에 앉은 자를 보고도 무엇인가 트집을 잡지 않고는 못 배긴다는 것은 썩어 빠진 근성인 것이다.

부분적으로 말한다면 향유고래가 보여 주는 경관 중에서 아마 그 머리의 정면이 가장 위엄한 풍모를 나타내는 것이리라. 그야말로 숭엄하다고 할 수밖에 없는 것이다.

사색에 잠긴 위대한 대장부의 이마는 서광이 비치기 시작한 동쪽 하늘과도 같다. 목장에서 양육하고 있는 황소 이마의 곡선은 웅대하고 아름다운 느낌을 준다. 산속 비탈길로 중포(重砲)를 밀어올리고 있는 코끼리의 이마에는 장대한 빛이 난다. 사람에게 있어서나 짐승에게 있어서나 신비한 이마란 독일 황제가 그 조서에 붙이는 황금 봉인 같은 것이다. "신들이여! 오늘 내 손으로 이를 이루었도다." 하고 말하는 것이다. 그러나 많은 생물, 아니 다름 아닌 인간에게 있어서 이마는 다만 눈에 덮인 산비탈에 한 줌 드러난 흙 정도의 것밖에 안 된다. 다만 극히 드물게 셰익스피어나 멜란히톤(독일의 종교 개혁자)의 그것처럼 높이 솟아오르기도 하고 또는 낮게 가라앉기도 한다. 그 눈은 영원히 물결 하나 일지 않는 깊은 산속의 호수와도 같고, 그 위에 수려하게 솟아 있는 이마의 주름살 속에서 사람들은 마치 고시의 사냥꾼이 눈 위의 사슴 발자국을 쫓듯이, 사슴뿔 모양의 사상이 물을 마시기 위해 달려 내려오는 것을 볼 수 있을 것이다.

그러나 향유고래의 경우에는 그 이마에 깃든 위대하고 고매하며 거룩한 위엄이 너무나 거대하기 때문에 그것을 똑바로 정면에서 올려다보는 자는 다른 그 어떤 생물에서 볼 때보다 훨씬 강렬한 신성과 또 두려운 힘을 느낄 것이다. 즉, 사람은 그에게서 어느 한 점이나마 확실하게 파악할 수가 없는 것이다. 코, 눈, 귀, 아니 얼굴―그는 그렇게 불릴 수 있는 것을 가지고 있지 않다. 다만 한 개의 방대한 언덕 같은 이마가 수수께끼의 주름이 잡힌 채 묵묵히 보트, 배, 인간의 파멸을 숨기며 흐르고 있다. 또 그 옆얼굴에 있어서도 이 놀라운 이마는 그것을 바라보는 사람으로 하여금 앞면에서 볼 때처럼 근엄함을 갖추고 있지는 못하지만, 결코 미약한 것이라곤 할 수 없다. 옆면에서 분명히 알아볼 수 있는 것은 그 이마의 한가운데에 반원형으로 우묵 팬 곳이 있다는 점인데, 그것은 인간에게 있어서 라바터의 천재선(天才線)에 해당되는 것이다.

그런데 뭐라고? 향유고래가 천재라고? 향유고래가 글을 쓰거나 연설을 한 적이 있는가? 아니, 그의 천재성은 그런 것을 증명하는 일 같은 것은 일절 하지 않는다는 데 선명하게 드러난다. 그 금자탑과 같은 침묵에 계시되어 있는 것이다. 그러므로 내가 생각건대 만일 대향유고래가 저 여명기의 동방에 알려져 있었다면 아마 그들의 신비스런 사상에 의하여 신격화되어 있었을 것이리라. 그들은 나일 강의 악어가 말이 없기 때문에 그것을 신격화하지 않았던가? 향유고래도 혀를 갖지 못했다. 아니 갖고 있을지라도 몹시 작기 때문에 끄집어낼 수 없는 것이다. 만일 앞으로 어딘가에 문화도가 높고 시적인 어느 민족이 옛날의 즐거운 오월제(五月祭)의 신들을 다시금 생각하여, 오늘날의 이기주의적인 하늘 아래, 신들이 사라져 간 산마루에 생명 있는 것을 모시려 한다면 그때는 향유고래에게 주피터와 같은 왕위가 주어져 모든 것을 주재하게 될 것이리라.

샹폴리옹(이집트의 어학자)은 울퉁불퉁한 화강암에 새겨진 상형문자를 판독했다. 그러나 이집트의 모든 인물 및 모든 생물의 면을 판독한 샹폴리옹은 존재하지 않는다. 다른 모든 인간 연구와 마찬가지로 인상학도 어쩌다 생긴 우화에 지나지 않는다. 30가지 언어에 능통했던 윌리엄 존스(영국의 언어학자. 특히 동방 언어에 권위가 있었음)도 가장 교양이 없는 농부의 얼굴에서 심원 미묘한 의미를 읽어 낼 수 없는 이상, 나 이스마엘 같은 배우지 못한 인간이 향유고래의 이마에 새겨진 경외해야 할 칼디어 문자를 읽으려는 것은 너무나 외람된 일이다. 나는 다만 그 이마를 여러분들 앞에 내어 놓겠다. 할 수 있다면 어서 읽어 보라.

80장 | 호 도

향유고래가 인상학적으로 스핑크스라 한다면, 그 뇌수는 골
상학자에게 있어서 면적을 구할 수 없는 기하학적 분야에 속
한다고 하겠다.

성장한 것의 경우 두개골은 적어도 2피트의 길이를 갖는다.
아래턱을 떼 내고 그 두개골을 측면에서 본다면 그것은 평평
한 바둑판 위에 놓인 완만한 경사면이 되는 셈이다. 그러나 이
미 이야기한 바이지만, 살아 있을 때 이 경사면은 늠름하게 솟
아오르고 거대한 중층(重層)을 이루는 기름고기와 향유의 덩
어리로 거의 가득 차 있다.

상층부에서 이 두개골은 그 덩어리를 넣는 분화구 같은 모
양으로 되어 있지만, 이 길고 커다란 구멍의 밑바닥에는 또 하
나의, 길이와 깊이가 10인치를 넘는 일이 거의 없는 구멍이 있

어 거기에 불과 한 줌밖에 안 되는 이 거마(巨魔)의 뇌수가 들어 있는 것이다.

살아 있는 고래의 이마를 본다면 그 뇌수가 20피트의 길이는 되리라고 누구나 생각할 것이다. 그러나 사실은 그 웅대한 겉모양 속 깊이 퀴벡의 복잡하고 거대한 성곽 속 가장 깊숙한 요지 같은 것이 숨겨져 있는 것이다. 그야말로 비밀 보석 상자와 같이 놓여 있으므로 고래잡이들 중 몇몇 사람은 단호하게 향유고래에게는 저 몇 야드 입방의 경뇌유 이외에는 뇌수 같은 것이 존재하지 않는다고 말하기도 한다.

그들은 그 향료가 괴상한 형태로 겹쳐져 쌓여 얽힌 것을 보고 이 고래의 신출귀몰하는 재주를 생각할 때 이것이야말로 그의 지능을 결정짓는 것으로서 그 역량의 정도를 이야기하기에 적합하다고 생각한다.

그렇다면 이 거대한 고래가 살아 움직이고 있을 때, 그 머리는 골상학적으로 보아 완전히 무의미하다는 것이 분명하다. 따라서 그 참다운 뇌수가 어디에 있는가는 찾아내기도 상상하기도 매우 어려운 것이다. 모든 강력한 자들과 마찬가지로 고래도 역시 세상의 눈을 피해 살아가고 있는 것이다.

그 두개골에서 향기로운 고깃덩어리를 제거하고 뒤쪽 끝의 꼭대기 부분을 같은 위치에서 같은 각도로 보았을 때, 인간의 두개골과 너무나 흡사한 것에 또 한 번 놀라지 않을 수가 없다. 만일 이 뒤에서 본 두개골을(인간의 그것과 마찬가지로 축소하여) 인간의 두개골 도판(圖版) 속에 놓고 본다면 여러분은 자기도 모르게 혼동해 버릴 것이다. 그리고 그 꼭대기의 우묵하게 팬 한 점을 발견하고는, "이 사나이는 조금도 자존심과 존경심을 가지고 있지 않다."고 골상학적으로 평가할 것이다. 그리고 이 결함과 그의 월등하게 큰 체구와 적극적인 역량이라는 뚜렷한 사실을 아울러 생각한다면 여러분은 가장 걸출한 권력자에 대하여, 가장 진실한―그러나 가장 바람직하다고 할 수는 없는―관념을 훌륭하게 파악할 수가 있을 것이다.

그러나 고래의 뇌수가 본체에 비해 지나치게 작다는 것을 도저히 납득할 수 없다는 사람에게는 다시 이런 설명을 해 보기로 하자.

대체로 어떤 것이든 네 발 짐승의 척추를 살펴본다면 그 척추골이 작은 두개골을 목걸이 만들듯 끈으로 꿴 것처럼 되어 있는 것에 놀라며, 그 하나하나가 근본적으로 두개골과 닮은 것을 알 수 있을 것이다. 독일인의 말을 빌면 척추골이란 절대 성장하지 않는 두개골이라 한다. 그러나 이 외관상의 신비한 닮은꼴을 발견한 것은 독일인이 처음은 아니었던 모양이다. 어느 이국인이 자기가 죽인 적의 해골에서 그 척추골을 빼내어 자기 통나무배의 뾰족한 뱃머리에 조각품처럼 끼워 넣으면서 나에게 그 사실을 가르쳐 보여 준 일이 있었다. 그러나 골상학자들이 그 연구를 소뇌에서부터 다시 척추골의 범주로 밀고 나가지 않았다는 것은 그들의 중대한 과오로 생각된다. 왜냐하면 인간의 성격은 흔히 그 척추골 속에 나타난다고 믿기 때문이다. 나라면 여러분이 누구든 간에 그 두개골보다는 척추골을 만져 보았으면 한다. 밑동이 가냘픈 척추골이 웅대하고 고상한 영혼을 지탱해 온 예는 없다. 나는 지금 세계의 절반을 향해 나부끼게 하려고 하는 저 깃발의 단단한 깃대와 더불어 나 자신의 척추를 자랑스럽게 여긴다.

골상학의 척수 부분을 향유고래에 적용해 보자. 그 뇌수의 구멍은 첫째 경추골에 이어져 있는데, 추골(椎骨), 즉 척추골은 밑부분이 직경 10인치, 높이 8인치이며 밑바닥을 밑변으로 하여 삼각형을 이루고 있다. 그리고 차례차례로 다음 척추골로 옮겨 감에 따라 구멍은 점점 작아지는데, 상당한 거리까지 이르도록 그 용량은 변함없이 크다. 그리고 물론 이 구멍에는 그 뇌와 마찬가지로 이상한 섬유상(纖維狀) 물질인 척수조직이 가득 차 있으며 뇌와 연결되어 있다. 뿐만 아니라 뇌의 구멍에서 나와 몇 피트에 이르도록 그 물질은 조금도 가늘어지지 않고 거의 뇌수와 같은 정도로 계속된다. 이런 상태에 있다고 한다면 과연 고래의 척수를 골상학적으로 검토하고 탐사하는 것이 부질없는 일일까?

어쨌든 이렇게 연구해 보면 그의 진짜 뇌가 이상하게 작다는 것은 그 척수가 굉장히 거대하다는 것으로 보충되고도 남음이 있지 않을까?

그러나 이 암시는 골상학자 여러분들의 손에 맡기기로 하고, 나는 다만 이 척수 학설을 향유고래의 혹과 연결하여 생각하고 싶다.

이 위대한 혹은 내가 보는 바에 따르면, 어느 대척골 위에 부풀어 올라 있는 것으로, 말하자면 외면적으로 돌출되어 있는 셈인 것이다. 그래서 나는 그 위치 상태로 보아 늠름한 혹은 향유고래의 굽힐 줄 모르는 완강함을 관장하는 기관이라 부르고 싶은 것이다.

자, 이 거마의 난폭함, 굽힐 줄 모르는 완강함에 대하여는 이제부터 이야기할 것이다.

81장 | 피쿼드 호, 버진 호와 만나다

그 이튿날, 운명이 이끄는 대로 우리는 브레멘의 데릭 드 데르 선장이 이끄는 '버진 호'를 만나게 되었다.

지난날, 세계 최대의 포경 민족이었던 네덜란드 인과 독일인은 오늘날 가장 빈약한 포경 민족이 되어 버렸다. 그러나 가끔 먼 위도와 경도를 지나가는 동안에 태양 이곳저곳에서 그들의 깃발을 볼 수도 있다.

이떤 영문에서인지 버진 호는 우리들에게 경의를 나타내는데 매우 적극적이었다. 선장은 피쿼드 호에서 아직 멀리 떨어져 있을 때부터 바람 부는 쪽으로 뱃머리를 돌려 보트를 내리고는 뱃머리에 서서 침착함을 잃은 채 이쪽으로 다가왔다.

"저 사람, 무엇을 들고 있는 건가?"

스타벅은 독일인이 손에 무엇인가 높이 들고 있는 것을 가리키며 큰 소리로 외쳤다.

"거 참, 기묘하군! 기름 칠 때 쓰는 통 아냐?"

"아니요, 저건 커피 끓이는 그릇이오. 스타벅, 저 독일 녀석들이 우리에게 커피를 대접해 주러 오는 거란 말이오. 옆에 커다란 통도 보이죠? 저게 뜨거운 물이죠. 독일인들은 참 기특하군."

스텁이 말했다.

"집어 치워! 기름 치는 그릇과 기름통이라네. 기름이 떨어져 구걸하러 오는 거야."

플라스크가 외쳤다.

기름 채취선이 어장 안에서 기름을 구걸하러 오다니 참으로 기이한 일이며, 그야말로 '뉴캐슬(영국의 석탄 채굴 중심지)로 석탄 나르기' 같은, 옛 속담을 뒤집어 놓은 듯한 괴이한 일이긴 했지만, 그러나 이런 일이 가끔 현실로 일어나곤 하는 것이다. 바로 지금 데릭 드 데르 선장은 플라스크가 단언한 것처럼 기름통을 가지고 오는 것임에 틀림없었다.

그가 갑판으로 올라오자 에이허브는 그가 손에 들고 있는 것은 거들떠보지도 않고 대뜸 질문을 퍼부었다. 그러나 독일인은 서투른 영어로 백경에 대하여는 전혀 아는 바가 없다고 말하고, 곧 이야기를 기름 치는 그릇과 기름통으로 돌려, 브레멘에서 가지고 떠난 기름이 이제 한 방울도 남지 않게 되었고, 보충을 하자니 날치 한 마리 잡히지 않아 밤에도 캄캄한 어둠 속에서 자게 되었노라고 했다. 그리고 그는 자기의 배야말로 포경자들 사이에서 말하는 '깨끗한 배(즉 빈털터리이며, 바로 버진 호라든가 하는 이름 그대로)'라고 말을 맺었다.

필요한 기름을 나누어 주자 그는 떠났다. 그러나 그가 아직 모선 곁으로 가기 전에 두 배의 돛대 위에서 거의 동시에 고래가 보인다는 외침이 들려왔으므로 고래에 온 신경을 쓰던 선장은 그 기름 치는 그릇과 기름통을 배에 옮겨놓을 틈도 없이 뱃머리를 돌려 거대한 바다의 '기름통'을 뒤쫓기 시작했다.

그러나 그 목표물이 바람이 부는 쪽에 떠 있었으므로 그는 다른 세 척의 독일인 보트와 함께 급히 추적하여 피쿼드 호의 보트를 훨씬 앞지르게 되었다. 고래는 여덟 마리로 아주 적당한 무리였다. 그들은 추적해 오는 위험을 알아차리고 맞바람을 받으면서 뒤도 안 돌아보고 마치 수레를 끄는 여러 마리의 준마처럼 서로 옆구리를 스치듯 하여 전속력으로 파도를 헤치면서 달리고 있었다. 그 뒤로 넓고 긴 항적이 생겼는데, 그것은 마치 쉴 새 없이 해면으로 퍼져 나가는 광범위한 양피지 같았다.

그 자국의 급한 소용돌이 한복판에 훨씬 떨어져서 한 마리의 기대한 혹이 달린 늙은 수고래가 헤엄쳐 가고 있었다. 그 속도가 느린 것으로 보더라도, 또 이상스럽게 누런 피부를 보더라도, 그는 황달 또는 그것과 비슷한 병에 걸린 것 같았다. 그 고래가 앞서 가고 있는 무리에 속한 것인지 아닌지는 이런 늙은 고래의 성질이 극히 완고하여 남과 잘 어울리지 않는 특성으로 볼 때 몹시 의심스러웠다. 하지만 아무튼 그 늙은 고래는 그 무리의 뒤를 쫓고 있었는데, 그들에게서 튕겨져 밀려오는 거센 물결은 늙은 고래가 전진하는 것을 막고 오히려 뒤로 밀어내려 하고 있었다.

넓고 큰 입언저리에 흰 거품을 뿜어내며 부딪치는 바닷물은 상반하는 급류가 서로 만날 때 일으키는 파도처럼 극히 격렬해졌다. 그 뿜어 올리는 물보라는 짧고 완만했으며, 숨이 차서 뿜어 올린 듯 사방으로 하늘에 흩어져 버리고, 그 몸 속 깊이 기괴한 고통과 몸부림을 수반하고 있었다. 또 그녀석은 비밀 출구를 몸의 다른 부분에 가지고 있는지, 그의 뒤로 파도가 부글부글 끓고 있었다.

"진통제 가진 사람 없나?"

스텁이 말했다.

"아무래도 저 녀석, 복통을 일으키고 있는 모양이야. 반 에이커나 되는 배에 복통이라니, 정말 굉장하군. 녀석의 뱃속에서 태풍이 서로 부딪쳐 야단법석이야. 저 고물 쪽에서 정말 썩은 냄새가 불어오는걸. 이렇게 불쾌한 냄새는 맡아 본 적이 없어. 난생 처음이야. 그런데 저렇게 주정뱅이 걸음을 하는 고래를 본 적이 있나? 녀석은 방향을 잃은 모양이군."

만재한 인도 항로선이 힌두스탄 기슭 앞바다에서 갑판에 미친 말을 가득히 태운 채 기우뚱거리고 비틀거리고 흔들거리며 가고 있는 것과 같이, 이 늙은 고래는 늙어 빠진 거구를 출렁거리면서 때로는 병든 옆구리를 드러내어 그 구불거리는 항로의 원인이 무참하게도 밑뿌리밖에 남지 않은 낡은 지느러미에 있다는 것을 보여 주었다. 그 지느러미를 격투에서 잃었는지 아니면 타고날 때부터 불구였는지 그런 것은 알 수가 없었다.

"이봐, 잠깐 기다려, 영감. 영감의 그 부러진 팔에 감아 줄 게 있단 말이야."

잔인한 플라스크는 옆에 있는 포경 밧줄을 가리키면서 외쳤다.

"네 녀석이야말로 그 영감이 밧줄을 너에게 감지 않도록 조심해라. 기운을 내지 않으면 독일인이 선수를 치고 말 걸세."

스타벅이 외쳤다.

서로 겨루는 두 배에서 내려진 보트 무리가 모두 같은 목적을 가지고 그 고래 하나를 향했다는 것은 그 고래가 최대의 것이며 따라서 가장 값있는 수확물이었기 때문만이 아니라, 그가 가장 가까이 헤엄치고 있었고, 다른 고래들은 따라갈 수도 없을 정도의 전속력으로 달리고 있었기 때문이다. 이때 피쿼드 호의 보트 무리는 버진 호에서 나중에 내려진 세 척의 보트를 앞질러 돌진하고 있었는데, 데릭의 보트만은 아무튼 출발이 빨랐던 탓으로 미국의 보트에 쉴 새 없이 추적을 당하면서도 아직 선두를 달리고 있었다. 그러니까 미국인들이 걱정했던 것은 이미 목적물 가까이에 육박하고 있는 데릭이 미국 보트들이 앞지르기 전에 그 쇠살촉을 찔러 넣지나 않을까 하는 그 한 가지였다. 데릭은 어쨌는가 하면 그것이 당연하다는 듯 자신에 넘쳐, 가끔 그 기름통을 다른 배들을 향해 모멸적인 솜씨로 흔들어 대곤 하는 것이었다.

"은혜도 모르는 더러운 개 같으니! 내가 겨우 5분 전에 넣어 준 기름통을 흔들어 나를 놀리고 있어."

스타벅이 외쳤다. 그러고는 예의 그 강렬하고 분명치 않은 목소리로 외쳤다.

"힘을 내라! 힘을 합쳐 몰아가자! 앞지르자!"

"이봐, 내 말 들어."

스텁 역시 그 선원들에게 외쳐 대고 있었다.

"난 말이야, 웬만해선 흥분하지 않는데, 하지만 저 독일 악당 녀석은 물어 죽이고 싶은걸. 자, 가자! 어서! 악당한테 지고 싶지는 않겠지! 브랜디를 싫어하는 녀석은 없겠지? 좋아, 제일 많이 애쓴 녀석에게는 브랜디 한 통을 줄 테다. 이봐, 한 사람쯤 피를 토할 만하잖아? 어느 녀석이 닻을 내렸나? 배가 1인치도 움직이지 않는걸. 배가 섰잖아! 이봐, 이봐, 배 밑에 풀이 나기 시작했어. 아니, 제기랄, 돛대에 싹이 나겠군. 안 돼, 안 돼. 저 독일 녀석 좀 봐! 좌우간 너희들 불을 토할 거냐, 토하지 않을 거냐?"

"이봐, 저 거품 좀 봐!"

플라스크도 춤추듯 뛰어오르며 소리 지른다.

"굉장한 혹이야. 산더미 같은 쇠고기가 재목처럼 뒹굴고 있군. 자, 힘을 내라. 저녁 식사에 틀림없이 구운 과자하고 조개 요리를 대접할 테니까. 구운 과자에 조개 요리란 말이야. 이봐, 기운을 내라, 기운을 내. 저 고래, 백 통은 나오겠는걸. 놓치면 가만 안 둘 테다. 놓치지 마라, 놓치지 마. 독일 녀석, 노려봐 줘라. 이봐, 이봐, 한턱 낼 테니까 노를 저어 주지 않겠나? 굉장한 고래지, 그렇지? 너희들 향유고래 좋아하잖아! 저건 3천 달러어치야. 저건 자체가 은행이야. 은행이 헤엄치고 있는 거야. 잉글랜드 은행이다. 자아, 가자, 가! 어서! 독일 녀석 뭘 하고 있는 거야!"

그 순간 데릭은 따라오는 보트를 향해 그 기름 치는 그릇과 기름통을 던지려 했다. 아마 이것은 경쟁자의 진로를 방해하는 동시에 물건을 던지는 반동에 의해 자신의 추진력을 최대한으로 증대시키려는 이중의 목적을 지니고 있었으리라.

"치사한 놈, 은혜도 모르는군."

스텁이 외쳤다.

"자, 저어라. 전투함에 올라탄 5만의 도깨비 같은 기세로 몰아라. 이봐, 태쉬테고, 어때? 네 녀석은 말이야, 게이 곶의 명예를 위해서라면 그 등뼈를 부서뜨릴 용기가 있어? 어때, 대답해 보게."

"도깨비처럼 노를 젓는다네."

인디언이 말했다.

독일인의 조롱에 모두 한결같이 격분해서 피쿼드 호에서 내린 세 척의 보트는 지금 거의 평행으로 나란히 서서 시시각각 데릭에게 가까이 갔다. 목표물에 접근할 때의 보트장들은 언제나 멋지게 제 맘대로 용감하게 행동하는 법이지만, 이 세 항해사 역시 자랑스럽게 일어나 때로는 후미의 선원을 기운찬 외침으로 격려하는 것이었다.

"저런, 달아나는군! 노여, 바람을 헤쳐라. 어서! 독일 녀석아, 꺼져라, 녀석을 앞지르자!"

그러나 데릭은 다른 보트들보다 압도적으로 일찍 출발했기 때문에 우리가 아무리 용기를 내어 분투한들 이 경주에서는 그가 승리를 차지할 것이 틀림없는 것으로 보였다. 그러나 그때 하늘의 심판은 데릭의 보트에 탄 가운데 자리의 선원이 노를 놓친다는 형태로 내려졌다. 그 솜씨가 서투른 풋내기가 노를 다시 잡으려고 허우적거리고 그로 인해 데릭의 배는 자칫 전복할 뻔했다. 데릭은 격노하여 부하들에게 소리를 질러 댔다. 이것은 그야말로 스타벅, 스텁, 플라스크에게 있어서는 절호의 기회였다. 그들은 함성을 지르며 필사적으로 돌진하여 독일 보트를 거의 따라잡았다. 그리하여 다음 순간 네 척의 배는 횡대로 고래의 후미에 육박했으며, 고래가 일으키는 거품 파도 속에 말려들기 시작했다.

무시무시하고 더없이 애처로운 광경이었다. 고래는 이제 머리를 쳐들고 끊임없이 고통에 뒤틀며 그 바닷물을 앞으로 뱉어 냈고, 한쪽 지느러미는 공포의 밑바닥에서 자신의 옆구리를 때리고 있었다. 비틀거리고 달아나면서 이쪽저쪽으로 계속하여 몸을 뒤틀었고, 커다란 파도를 넘어설 때마다 경련이 이는 듯 밑으로 숨어 보기도 하고 펄럭이는 한쪽 지느러미를 물 위에까지 쳐들어 보이기도 했다. 마치 언젠가 한 번 본 적이 있는, 날개가 부러진 작은 새가 흉포한 매로부터 빠져나갈 방법이 없어 당황하여 공중을 마구 이리저리 빙글빙글 돌고 있는 그런 형국이었다. 그러나 새는 소리를 낼 수가 있어 그 슬픈 외침으로 공포를 호소하겠지만, 이 거대한 벙어리는 그 공포를 자신의 몸 속에 삭인 채 쏟아 놓을 길도 없는 것이다. 그 분조 구멍의 고통스러운 숨소리 말고는 아무 소리도 없었고, 그처럼 산더미 같은 체구와 함정 창날 같은 턱, 아무리 사나운 사나이일지라도 두렵게 만드는 강한 꼬리를 지녔으면서도 말할 수 없는 연민의 정을 불러일으키는 것이었다.

얼마 후에는 피쿼드 호의 보트가 앞서게 되고 마침내 목표물을 잃게 될 것이라고 판단한 데릭은 최후의 기회를 영원히 잃지 않으려고 그로서는 예외적인 장거리 투척을 시도하기로 결심했다.

그러나 그의 작살잡이가 일어나는 것보다 더 날렵하게 퀴퀘그, 태쉬테고, 대그, 이 세 호랑이가 본능적으로 뛰어올랐다. 그들은 비스듬히 열을 지어 서서 일제히 그 쇠살촉을 독일 작살잡이의 머리 너머로 투척하여 그 세 자루의 난터케트 작살을 고래 몸 속에 찔러 넣었다. 흰 물보라와 거품이 눈앞을 가렸다. 격노한 고래의 갑작스러운 질주 때문에 세 척의 보트가 꽝 하고 독일 보트의 뱃전에 부딪혀 데릭과 당황한 작살잡이는 바다에 빠지고 말았으며, 화살처럼 날아가는 듯 달리는 세 척에게 추월당하고 말았다.

스텁은 달려 지나가며 두 사람에게 힐끗 시선을 보낸 뒤 외쳤다.

"버터 자루여(네덜란드 인을 경멸하는 말), 두려워할 것 없어, 곧 주워 올릴 테니까. 어? 뒤쪽에 상어 녀석이 나타났군. 이봐, 그 녀석들이 세인트버나드처럼 위험에 빠진 나그네를 도와줄지도 모르네. 만세! 자, 이 상태로 달리자, 배가 광선처럼 빠르군. 만세! 미친 호랑이 꼬리에 달린 깡통처럼 우리는 날아가네. 이건 마치 들판을 달리는 코끼리에 매 놓은 마차 같은걸. 그렇게 하면 마차는 허공을 달리게 되지. 하지만 언덕에 부딪치면 내던져지고 말 테니까 목숨을 걸어야겠지. 만세! 해신을 만나러 갈 때는 이런 기분일 거야. 깊고 깊은 맨 밑바닥까지 떨어지는 거야. 만세! 고래 녀석은 저승까지 우편 마차를 끌고 갈 모양인데!"

그러나 괴물의 질주는 곧 끝났다. 고래는 갑자기 헐떡거리기 시작하더니 거칠게 바닷속으로 가라앉아 갔다. 세 개의 밧줄은 바드득 소리를 내며 밧줄 기둥에 깊은 홈을 팔 만큼 굉장한 기세로 끌려갔으므로 작살잡이들은 이 급격한 잠수 때문에 밧줄을 모두 내보내게 되지나 않을까 걱정하기 시작했고, 모든 능력을 다 발휘하여 밧줄을 지탱하고 지지직거리며 연기를 내고 있는 그 밧줄을 몇 번씩이나 기둥에 다시 감곤 했다.

이윽고 납으로 싼 밧줄 기둥에서 수직으로 당겨진 세 줄의 밧줄이 똑바로 해저를 향해 끌려들고 있었으므로 세 척의 뱃머리는 수면과 거의 맞닿게 되고 뱃고물은 하늘 높이 치솟아 버렸다.

얼마 뒤 고래는 잠수를 그쳤으므로 배는 잠시, 다소 위험하기는 했지만 밧줄을 이 이상 써서는 안 되겠기에, 그 자세를 유지하게 되었다. 대체로 많은 보트가 이렇게 침몰되어 사라졌는데, 아무튼 '끌어당기기'라 불리는 작업이야말로 — 날카로운 갈고리로 고래의 등을 찍어 걸어 두는 작업 — 거경을 몹시 괴롭히고 끝내 인간의 날카로운 창끝을 박는 것이다.

그러나 그 위험은 덮어 두고라도 그 방법이 언제나 최선인지 어떤지는 의심스럽다. 왜냐하면 이치로 따져 보아도 창을 맞은 고래가 바닷속에 있는 시간이 길면 길수록 그의 피로가 더하게 분명하기 때문이다. 즉 고래 표면의 광대함이 성장한 향유고래의 경우에는 거의 2천 피트 가까이 되기 때문에 수압이 매우 커지는 것이다. 우리는 우리가 이 지상의 공기 중에서 있어도 우리 몸에 받고 있는 기압이 굉장히 크다는 것을 잘 알고 있다. 그러니 그 등에 2백 길이나 되는 바닷물 기둥을 짊어지고 있는 고래가 받는 중압이란 얼마나 크겠는가? 적어도 기압의 50배는 될 것이다. 어느 포경자는 그 무게가 대포와 식량과 인원을 가득 실은 전투함 20척의 중량은 된다고 계산한 일이 있다.

세 척의 보트가 부드럽게 파도치는 해면에 정지하여 그 영겁의 시간 속에서 한낮의 푸른 반짝임을 바라보고 있을 때, 그 밑에서는 단 한 마디의 신음 소리도, 비명도, 아니 단 하나의 잔물결도, 거품도 떠오르지 않았다.

바다를 모르는 사람이라면 이 적막한 고요의 밑바닥에 웅대하기 그지없는 괴수가 단말마의 괴로움에 뒹굴고 있으리라고는 상상도 할 수 없으리라.

수직으로 내려간 밧줄은 뱃머리에서 8인치도 못 되는 곳에 보이고 있었다. 이렇게 가는 세 가닥의 밧줄에 커다란 고래가 괘종시계의 무거운 추처럼 매달려 있으리라는 걸 믿을 수 있겠는가? 그리고 무엇에 매달려 있단 말인가? 겨우 석 장의 판자가 아닌가? 이것이 지난날, "그것이 일어나면 용사라도 두려워하며, 칼로 칠지라도 쓸데없고, 창이나 살이나 작살도 소용이 없구나. 그것이 철을 초개같이, 놋을 썩은 나무같이 여기니 살이라도 그것을 도망치게 못하겠고 물맷돌도 그것 지푸라기같이 여기는구나. 몽둥이도 검불같이 보고 창을 던짐을 우습게 여기며(《구약성서》〈욥기〉 41장)" 하고 자랑스럽게 이야기된 생물이란 말인가? 정말로 그럴까? 아, 예언자의 말은 이렇게도 배신당하는 것일까? 왜냐하면 이때 커다란 이 고래는 피쿼드 호의 창으로부터 몸을 숨기기 위해 꼬리지느러미에 온 힘을 모으면서 해양의 심연 깊숙이 머리를 처박아 넣고 말았기 때문이다.

　"준비! 나온다!"

　스타벅이 소리쳤다.

　그때, 물속의 세 가닥 밧줄이 갑자기 진동하며, 자력이 통하는 쇠줄처럼 생사의 갈림길에 놓인 고래의 몸부림을 위로 전달해 왔다. 노를 젓는 선원들 역시 모두 자리에 앉은 채 그것을 느꼈다. 다음 순간 뱃머리를 밑으로 끄는 힘의 대부분이 사라졌으므로 보트가 갑작스레 튀어 올랐는데, 그것은 마치 백곰의 무리가 당황하여 바다로 뛰어들었을 때 작은 얼음 덩어리가 튀는 것과 같았다.

"당겨라! 당겨! 떠올라 온다!"

다시금 스타벅이 외쳤다.

조금 전까지만 하더라도 손바닥 폭만큼도 끌어당길 수 없었던 밧줄은 물에 흠뻑 젖은 채 빠른 속도로 배 안으로 당겨졌다. 마침내 고래는 사냥꾼들로부터 배 두 척의 길이만 한 거리에 모습을 드러냈다.

그 동작은 분명히 그가 지칠 대로 지친 피로의 극에 달하고 있음을 나타내 주는 것이었다. 대부분의 육상 동물에는 그 혈관 여러 곳에 판막(瓣膜) 또는 수문(水門)이라 할 수 있는 것이 있어서 부상을 입었을 경우, 적어도 몇 갈래의 핏줄기는 즉시 특정한 방향에 대하여 차단된다. 그러나 고래는 다른 것과 달리 혈관의 전 계통에 걸쳐 판막 조직이 없으며, 따라서 작살과 같은 미세한 날 끝으로 찔렸을지라도 전 동맥계에 치명적인 유출이 생겨나고, 특히 그것이 수면 밑 깊은 곳의 큰 수압 아래 강한 압력을 받게 되면 그 생명은 끊임없는 분류가 되어 그 몸에서 빠져 나가는 것이다.

그러나 아무튼 그 피의 양은 막대하며 내부의 분샘 또한 깊은 곳에 무수히 존재하므로, 꽤 긴 시간에 걸쳐 마치 아득히 먼 산간에 원천을 가지는 강이 가뭄에도 마르지 않고 흐르듯이 그 출혈이 계속되는 것이다. 지금도 보트들은 고래에게 육박하여, 그 흔들어 대는 지느러미의 위험을 무릅쓰고 다가가 창을 찔러 꽂았다. 새 상처에서 핏줄기가 왈칵 쏟아져 나왔다.

그러나 머리 부분에 있는 본래의 분조 구멍은 간헐적이기는 했지만 가끔 물보라를 공중으로 뿜어 올리는 것이었다. 그 구멍에서 핏줄기가 솟아오르지 않는 것은 아직 그 급소가 한 군데도 찔리지 않았기 때문이다. 말하자면 그의 생명에는 아직 지장이 없는 것이다.

보트들이 더욱 포위망을 좁혀 감에 따라 평소에는 수면 밑으로 가라앉아 있던 부분까지도 포함하여, 그 체구의 상반부가 분명하게 떠올랐다. 눈이라고 하기보다는 눈이 있었던 장소가 보였다. 쓰러져 있는 기품 높은 떡갈나무의 마디 구멍에 보기 흉한 것이 싹트는 것처럼, 지난날 눈이 있던 곳에서는 한눈에도 무참해 보이는 빛 없는 둥근 응어리가 튀어나와 있었다. 그러나 동정할 필요는 없었다. 늙어 빠지고 한쪽 팔은 비틀렸고 눈이 멀었을지라도 이 녀석은 즐거운 잔치와 그 밖의 인생의 즐거운 생활을 밝히는 등불이 되기 위해, 또 만물은 만물에 대하여 절대로 해를 끼치지 말라고 설교하는 엄숙한 교회의 등불이 되기 위해 죽임을 당하고 그 생명을 거둬야 하는 것이다. 자신의 피바다 속에서 꿈틀거리던 고래는 기분 나쁘게 퇴색한 큰 통 모양의 혹, 또는 솟아오른 고깃덩어리를 겨드랑이 쪽에 힐끗 보였다.

"급소! 내가 저길 한 방 먹이겠다!"

플라스크가 외쳤다.

"안 돼! 바보 같으니! 쓸데없는 짓을 하면 안 돼!"

스타벅이 되받아 외쳤다.

그러나 스타벅의 걱정은 이미 늦었다. 한 방 맞은 찰나에 그 애처로운 상처에서는 궤양성의 피가 솟아오르고, 창으로 휘저어지는 그 고통에 못 이겨 고래는 금방 짙은 핏물을 토하는가 싶더니, 격노에 치를 떨며 번개처럼 맹목적인 돌진으로 그 용감한 선원들 위에 핏물로 된 비를 뿌리며 플라스크의 배를 뒤집어엎었다. 그것이 빈사의 마지막 일격이었다. 그러나 놈은 이때 이미 출혈 때문에 완전히 기진맥진하여 기껏 파괴해 버린 배를 힘없이 남겨 둔 채 몸을 뒤틀며 멀어져 가는 것이었다. 이윽고 고래는 옆구리를 드러내고 헐떡이며 나무 그루터기 같은 지느러미를 가볍게 펄럭이더니 천천히, 마치 사멸하는 지구처럼 흐느적거렸다. 그러고는 아무에게도 보이지 않던 그 흰 배를 위로 드러낸 뒤, 나무토막처럼 뻣뻣하게 죽어 갔다. 숨이 끊어질 때의 물 뿜기는 더욱 애처로웠다. 보이지 않는 어떤 손길에 의하여 분수의 물길은 차차 쇠약해지고, 질식하는 듯한 희미한 소리와 함께 물보라 기둥은 낮게 낮게 바닥으로 가라앉았다. 이윽고 고래의 단말마 같은 긴 물 뿜기는 그렇게 꺼져 갔다.

보드 선원들은 모선이 오기를 기다렸는데, 이윽고 고래의 몸은 그 소장한 보물이 휘어지는 것을 기다리지 못하고 해저로 가라앉으려는 징조를 보였다. 즉시 스타벅의 명령에 의하여 몇 군데에 밧줄이 묶였다. 그래서 보트는 부이, 즉 부표를 대신한 꼴이 되었고, 가라앉은 고래는 그 아래 몇 인치 되는 곳에서 밧줄로 지탱되었다. 모선이 가까이 오자 극히 신중한 작업에 의하여 고래는 뱃전으로 운반되고, 가장 강한 쇠사슬로 단단히 묶였는데, 만일 이처럼 기술적으로 작업하지 않았다면 금시 해저로 침몰해 버렸을 것이다.

삽으로 잘라 내기가 시작되자마자, 앞에서 말한 솟아오르는 살덩어리의 밑부분에 이미 썩어 버린 한 자루의 작살이 살 속 깊숙이 박혀 있는 것이 보였다. 그러나 포획한 고래의 시체 안에서 작살의 잘린 부분이 발견되는 것은 흔히 있는 일이며, 그 위에 살이 완전히 아물어 붙어 그 소재를 나타내는 아무런 불거짐도 볼 수 없는 것이 상례이다. 그러니 앞에서 말한 그 궤양 상태에 대해서라면 뭔가 발견하지 못한 이유가 더 있을 것이라는 이야기다. 그러나 더욱 불가사의한 일은 이 쇠작살이 살을 뒤집어쓰고 박혀 있었다는 사실이다. 이 돌창을 던진 것은 누구란 말인가? 언제였단 말인가? 아메리카가 발견되기 훨씬 이전에 어느 북서부 인디언이 한 짓일까?

이 밖에도 괴수의 내부에서 어떤 놀라운 물건이 발견될는지 예측할 수가 없었다. 그러나 이때 고래의 몸이 더욱더 밑으로 가라앉으려는 경향을 보여, 배가 지금껏 없었을 정도로 수면을 향해 끌려가며 기울어졌으므로, 더 이상 탐사를 계속할 수는 없었다. 다만 작업을 지휘하고 있던 스타벅은 끝까지 고래한테 매달려 있었다. 정말 고집스럽게 물고 늘어졌으므로 만일 배가 아직도 고래와 팔을 걸고 껴안고 있다면 더불어 침몰해 버리게 되었을 것이다. 그래서 결국 떼어 내라는 명령이 내려졌지만, 그때는 이미 쇠사슬과 밧줄이 묶인 가름대에 걸리는 긴박력이 움직일 수 없는 무게를 보이고 있어 도저히 풀어서 떼어 내기란 불가능했다. 그러는 동안에도 피쿼드 호의 모든 것이 기울어져 갔다. 갑판을 횡단하는 것은 가파른 박공지붕을 기어오르는 것과 같았다. 배는 신음하며 헐떡였다. 배 앞머리 선실의 고래뼈 장식은 부자연스러운 위치 이동으로 말미암아 제자리에서 튕겨져 나왔다. 나무지렛대, 쇠지렛대로도 꼼짝도 않는 쇠사슬을 가름대에서 떨어지게 하려고 갖가지로 연구해 보았지만 모두 허사였다. 고래는 매우 깊숙이 가라앉고 있었으므로 쇠사슬의 다른 한쪽 끝을 물속에서 더듬어 찾아가는 것도 매우 어려운 일이었다. 쉴새없이 침몰해 가는 고래 몸에 몇 톤인지도 모를 무게가 자꾸 더해지는 것으로 생각되었으며 배는 이제 막 전복되려는 찰나에 있었다.

"기다려! 기다려! 이봐!"

스텁은 시체에게 말했다.

"그렇게 서둘러 가라앉지 않아도 되잖아. 제기랄, 바보 같으니! 그런 지렛대로 아무리 톡톡 건드려 봐도 소용없어. 누구든 뛰어가서 성서를 가져와. 그리고 칼도 가져와. 저 사슬을 잘라 버려야 해. 어서!"

"칼 여기 있소, 좋아."

퀴퀘그가 외치며 선박 목수용인 큰 도끼를 집어 들고 현창(舷窓)에서 몸을 내밀고는, 쇠한테는 강철이 최고라는 듯 쇠사슬을 향해 찍어 댔다. 불꽃이 튀는 몇 번의 타격이 주어지자 극도의 긴장감이 그 뒤로 밀어닥쳤다. 무서운 꽹음과 함께 모든 밧줄이 끊어지자 배는 바로 서고, 시체는 바다 밑으로 가라앉았다.

그러나 죽은 향유고래가 가끔 불가항력으로 말미암아 가라앉는다는 것은 기이한 일이며, 어떤 포경업자도 만족할 만한 설명을 해 주지는 못한다. 보통 죽은 향유고래는 강한 부력을 가지고 있어, 그 옆구리나 복부가 수면 위로 떠오른다. 그런데 만일 이렇게 가라앉는 것이 기름고기의 층은 감소되고 뼈는 병들어 무거워진, 나이 들고, 야위고, 병든 녀석들뿐이라면 이 침강현상이야말로 체내의 부유력(浮遊力) 감소에 의해 비중이 이상하게 커진 데 원인이 있는 것이다. 그러나 실상은 그렇지 않다. 젊고 건강에 넘치며 한창 원기 왕성한 고래가 생명이 불타는 5월의 한창 시절, 기름이 터져 나올 것 같은 때에 잡혔다 해도, 그 튼튼하고 명랑한 젊은 영웅마저도 가끔 침강하곤 하는 것이다.

그러나 여기서 향유고래에 대해 말해 두겠는데, 그들은 다른 어떤 종류보다도 그런 변사를 일으키지 않는 것이다. 한 마리의 향유고래가 침강한다면 참고래의 경우 20마리가 침강한다. 그러나 종족 간의 이 차이는 참고래의 골격이 특히 큰 데에 적지 않게 기인하는 것이다. 참고래의 베니스식 덧문만으로도 때로는 1톤 이상이나 되지만, 향유고래는 그런 필요 없는 것을 전혀 가지고 있지 않다. 그런데 몇 시간이나 며칠이 지나면 가라앉았던 고래가 생선보다도 더 큰 부양력(浮揚力)을 가지고 다시금 불쑥 떠오르는 예도 있다. 이유는 명백하다.

그 몸에 가스가 가득 차오르기 때문이다. 몸은 엄청나게 확대되어 이른바 고래 풍선이 된다. 전투함으로도 감히 누를 수가 없다. 뉴질랜드 만 앞바다의 얕은 여울에서 연안 포경업을 하는 경우에 참고래가 가라앉을 징후를 보이게 되면 그 몸에 많은 부표를 밧줄로 매어 두는데, 그것은 그 고래가 가라앉았다가 다시 떠오를 때, 그 위치를 부표로써 알아내기 위해서다.

고래의 시체가 가라앉고, 그로부터 그다지 시간이 경과되지 않았을 때, 피쿼드 호의 돛대 위에서 버진 호가 또 보트를 내렸다는 외침이 들려왔다. 그러나 시야에 들어오는 유일한 물보라는 정어리고래의 것이었고, 그 녀석은 상상할 수 없는 주행력을 가지고 있어서 도저히 잡기가 어려웠다. 그러나 정어리고래의 물 뿜기는 참으로 향유고래의 그것과 흡사하므로 풋내기 고래잡이들은 가끔 잘못 판단하는 수가 있다. 그리하여 데릭과 그 휘하 일동은 그 가까이 갈 수 없는 짐승을 용감하게도 뒤쫓기 시작했다. 버진 호는 모든 돛을 올리고 네 척의 새로 내려진 보트로 뒤쫓게 하고, 바람이 불어 가는 쪽 저 멀리로 과감하고도 희망에 넘치는 추적을 위해 사라져 갔다.

오오, 세상에는 정어리고래노 낳고 우리의 친구 데릭 같은 인물도 많은지고.

82장 | 포경의 명예와 영광

　세심한 분방함이야말로 참다운 비결이라고 여기는 기업이
있다.

　나는 포경의 문제를 깊이 생각하고 내 탐구를 그 중심 문제
로 집중해 가면 갈수록 차차 더 절실하게 그 위대한 영광과 전
통에 감탄하지 않을 수 없었고, 특히 이토록 많은 반신(半神)
들과 영웅과 예언자들의 무리가 갖가지 형태로 그것에게 경의
를 표해 왔음을 알았을 때, 하찮은 존재에 지나지 않는 나 자
신도 그 빛나는 일단에 끼는 것이 말할 수 없이 영광스럽다.

　주피터의 아들인 용감한 페르세우스는 최초의 고래잡이였
다. 그리고 우리들의 직업에 대한 불멸의 영예를 위해 말해 두
겠는데, 우리의 동료에 의해 최초로 공격받은 고래는 결코 영
리의 목적 때문에 죽임을 당한 것은 아니었다. 그 나날이야말

로 우리들 직업의 가장 화려한 때였다. 우리는 고통받는 자를 위해 무기를 잡기는 했을망정 세상살이의 등불 기름을 위해 한 것은 아니었다. 사람들은 누구나 페르세우스와 안드로메다(그리스 신화)의 이야기를 알고 있을 것이다. 왕의 딸인 아름다운 안드로메다가 바닷가의 바위에 묶여 이제 막 거대한 고래에게 탈취되려 하는 찰나, 포경자인 왕자 페르세우스가 용감하게 돌격하여 작살을 괴물에게 찔러 넣고 그 미녀를 구출하여 결혼했던 것이다. 참으로 숭고하고 아름다운 예술적 행동이었으며, 그 거경이 바로 첫 번째 일격으로 쓰러진 것은 감히 현대의 작살잡이들이 해낼 수 없는 일 같다. 아무도 이 오래된 이야기에 대하여 의심을 품어서는 안 된다. 왜냐하면 시리아의 바닷가, 오늘날 야파라 불리는 옛날 욥파 거리의 한 이교도 사원에는 커다란 고래뼈가 벌써 몇 대에 이르도록 안치되어 오고 있으며, 주민들은 모두 이것이야말로 페르세우스가 죽인 괴물의 뼈라고 굳게 믿고 있는 것이다. 그 뒤 로마인이 욥파를 점령했을 때, 그 뼈는 전리품으로 이탈리아로 옮겨졌다. 자, 이야기에서 가장 영묘하고도 암시에 넘치는 점은 다름이니라 저 예언자 요나가 이 욥파에서 바다로 떠났다는 그 사실인 것이다.

페르세우스와 안드로메다이 모험과 흡사하며, 물론 많은 근거에 의하여 간접적으로 거기에 기초를 두었다고 생각되는 것은 저 유명한 성 조지와 용의 이야기인데, 나는 그 용이 고래였다고 주장하고 싶다. 왜냐하면 많은 옛 연대기에서 고래와

용은 기묘하게 혼동되었고, 가끔 동일한 존재였기 때문이다. "그대는 물에서의 사자와 같고 바다에서의 용과 같도다." 하고 에제키엘이 말한 것은 바로 고래를 의미한 것이며, 실제로 몇몇 성서판에서는 고래라는 말을 사용하고 있기도 하다. 그뿐만이 아니다. 만일 성 조지가 심해의 대괴수와 싸운 것이 아니라 육지를 기어 다니는 뱀과 싸운 데 지나지 않는다면, 그의 빛나는 공훈은 크게 줄어들고 말 것이다. 누구든지 뱀 정도는 죽일 수가 있다. 그러나 오직 페르세우스와 같은 사람, 성 조지와 같은 사람, 코핀(난터케트에 와서 학교를 세움)과 같은 사람만이 고래에게 도전할 담력을 가지고 있다.

그 광경을 그린 근대의 회화에 속지 않도록 하자. 저 옛날의 용감한 고래잡이가 싸움을 걸었던 생물은 애매하게도 머리는 원숭이, 몸은 호랑이, 꼬리는 뱀과 비슷한 형태로 그려지고, 격투 역시 육상에서 한 것으로 그려졌으며, 성자는 말을 타고 있는 것으로 되어 있다. 그러나 그림쟁이들이 고래의 참모습을 모르던 무지몽매한 시대임을 감안하고, 또 그것은 페르세우스의 경우와 마찬가지로, 아마 성 조지의 고래는 바다에서 육지로 기어올라 왔을지도 모른다고 고찰하며, 또 성 조지가 타고 있던 동물은 사실인즉 바다표범이나 해마였을지도 모른다는 점을 감안하면, 소위 이 용이란 바로 거경임에 틀림없다고 주장하는 것은 저 신성한 전설 및 가장 오래된 격투로 보건대 조금도 모순되지 않을 것이다.

사실 엄격하고도 가차 없는 진실의 빛에 비추어 볼 때, 이

이야기에 나오는 것은 저 팔레스타인 사람들이 숭배한 바 있는, 물고기로서 짐승이며 새인 것, 즉 '용'이라 불리던 것을 가리키고 있는 듯하다. 자, 그런데 이 용은 대홍수 때의 방주 앞에 놓였을 때, 그 말과 같은 머리, 그리고 손바닥이 떨어져 나가 버리고 다만 물고기 같은 부분만이 나무 그루터기처럼 남게 되었다. 이리하여 우리 동료의 거룩한 대표자 성 조지는 고래잡이이면서도 잉글랜드의 수호신이 된 것이다. 그리고 당연한 권리로서 우리들 난터케트의 작살잡이들은 영예로운 성 조지 기사단 가운데 끼게 되는 것이리라. 따라서 이 영예로운 단체에 속하는 기사들이여, 당신들 중 어느 누구도 당신들의 수호천사가 싸운 것 같은 고래와 조우하지는 못했다고 나는 감히 말한다. 여러분은 난터케트 사나이를 멸시해서는 안 되는 것이다. 왜냐하면 비록 우리들이 모직 선원복과 얼룩투성이 바지를 입고 있기는 하지만 성 조지 훈장에 상당하는 것은 여러분들과 비할 바가 아니기 때문이다.

헤라클레스를 우리들 일당에 넣을 것인가 아닌가에 대하여 나는 오랫동안 망설여 왔다. 왜냐하면 그리스 신화에 따를 때, 저 크로케트(미국 개척 시대의 영웅)나 키트 카슨(미국 개척 시대의 모험탐험가)의 고대판이라고도 할 수 있는 이 명랑하고 선량한 호걸은 고래에게 삼켜지고 또한 날아가 버린 것으로 되어 있기 때문이다. 그러나 그것이 엄밀하게 따져서 그가 포경자임을 증명하는 것인지 아닌지에 대해서는 신중한 고려를 필요로 할 것이다.

그가 고래를 작살로 찔렀다는 것은—뱃속에서 했다면 모르지만—그 어디에도 기록되어 있지 않다. 그건 그렇다 치더라도 그가 고래를 잡지는 못했지만 고래에게 잡히기는 했으니까 자신의 의사와는 관계없이 고래잡이의 한 사람으로 봐도 좋을지도 모른다. 나로서는 그를 우리 일당의 한 사람으로 생각하고 싶다.

그러나 여기에 서로 상반되는 견해가 있다. 즉 이 그리스의 헤라클레스와 고래의 이야기는 더 옛날인 히브리의 요나와 고래에 대한 이야기에서 비롯되었다는 자와, 또 그 반대라고 하는 자가 있는 것이다. 분명히 양자는 몹시 흡사하다. 그러니 만일 내가 반신 헤라클레스를 동료로 친다면 당연히 예언자 요나도 동료로 간주해야 할 것이다.

어디 그뿐인가. 우리들 기사단의 모든 명부를 형성하는 것은 다만 영웅, 성자, 반신, 예언자만은 아니다. 우리들 최고의 군주는 아직 소개되지 않은 것이다. 바로 고대의 왕자들과 마찬가지로 우리들 동포의 원조는 다름 아닌 위대한 신들, 바로 그들인 것이다. 그러기 위해서는 샤스트라(인도의 경전)로부터의 경이에 넘치는 동양의 이야기를 인용해 와야 하는 것이다. 그 문헌에 의하면 힌두의 최고 신 삼체(三體) 중의 하나인 무시무시한 비시누 신이 바로 우리들의 신인 것이다. 비시누 신은 그가 지상에서 섬기는 열 가지 화신 중에서도 유독 고래만을 특별히 성스러운 것으로 여겼던 것이다.

또한 그 책에 의하면 신 중의 신인 브라마가 세계를 주기적

괴멸 뒤에 재창조하려고 결심했을 때, 그 일의 주재자로서 비시누를 낳은 것으로 되어 있다. 그런데 신비로운 책《베다》(베티크 말로 쓰인 네 가지 책. 힌두교에서 가장 소중히 여기는 경전)가 있는바, 그것을 읽지 않고는 비시누로서도 천지 창조에 손을 대기는 불가능했을 만큼 젊은 운명의 개척자에게 주는 필요불가결한 교훈이 포함되어 있었다. 그런 책이 바다 밑에 있었던 것이다. 그래서 비시누는 스스로 고래로 화신하여 그 모습으로 바다의 가장 깊은 곳까지 들어가 그 신성한 책을 손에 넣었다고 한다. 만일 말에 오른 사나이를 마인(horseman)이라 부른다면 비시누 신은 고래잡이(whaleman)정도가 되지 않을까?

페르세우스, 성 조지, 헤라클레스, 요나, 비시누, 이것이 명부이다. 고래잡이 이외의 그 어떤 그룹에 이와 같은 창시자 명부가 있을 것인가?

83장 | 요나에 대한 역사적 고찰

앞 장에서 요나와 고래에 대한 역사 이야기가 나왔다. 그런데 난터케트 사람들은 그 요나와 고래의 이야기에 의심을 품기 일쑤이다. 그러고 보면 고대 그리스나 로마에도 회의적인 인물이 있어 당시의 이교(異敎) 정통파를 배신하고 헤라클레스와 고래에 대한 이야기, 아리온(그리스의 전설적 시인)과 돌고래 이야기에 불신을 표명했다. 그러나 그들의 전설에 대한 의혹은 손톱만큼도 진실을 왜곡할 수가 없었다.

사그 항(港)의 한 늙은 포경자가 히브리의 고전을 의심하는 주된 근거는 다음과 같은 점이다. 사실 그는 좀 색다른 골동품 성서를 가지고 있었는데, 거기에는 참으로 기묘하고 비과학적인 그림이 붙어 있었다. 그 하나에는 요나의 고래가 머리에서 두 줄기의 물을 뿜는 게 그려져 있었는데, 그와 같은 특성은 다만 어느 종류의 고래에게만 해당되는 것으로, 그들의 경우 포경자들 사이에서 한 푼어치 과자로 목이 멘다는 말이 있을 정도로 그 식도가 아주 좁다. 그러나 제브 주교(가공의 인물)는 그 문제에 대하여 답안을 준비하고 있다.

그의 설에 의하면 요나가 고래 뱃속에 삼켜졌다고 생각할 필요는 없고, 다만 그 입의 한쪽 구석에 잠시 들어가 있었다고 보는 것이 더 타당하다는 것이다. 주교 각하께서는 그것으로 이유가 충분히 설명되었다고 생각하신다. 사실 참고래의 입은 트럼프 테이블 두 개쯤은 그 놀이꾼과 함께 쉽사리 수용할 수가 있다. 그리고 아마 요나는 이빨이 빠진 그 구멍에라도 편히 앉아 있었으리라 생각되는데, 그러나 사실 참고래에게는 이빨이 없잖은가?

'사그 항'이라는 사나이(그는 그 이름으로 통했다)가 예언자의 말을 믿을 수 없다고 하는 두 번째 이유는 뱃속에 갇힌 몸이 고래의 위액에 의해서 어떻게 되는가 하는 데서 연유된 모양이었다. 그러나 이 의문도 역시 쉽게 해결된다. 왜냐하면 독일의 한 고증학자가 상상하는 바에 의하면 요나는 마치 러시아 원정을 갔던 프랑스 병사가 죽은 말의 뱃속에 들어가 그것을 천막 대신으로 했던 것처럼 떠 있던 죽은 고래 속에서 잠시 쉬었던 것임에 틀림없다는 것이다. 아니 유럽의 성서 해석학자 중에는 욥파 항에서 출범한 배로부터 바다로 던져진 요나가 즉시 헤엄쳐 도망가 가까운 배로 가는데, 그 배가 고래를 뱃머리 장식상(像)으로 하고 있었을 것이라고 말하는 이들도 있다. 그 설에 내가 또 사족을 더한다면, 그 배는 오늘날 많은 배들이 상어, 갈매기, 독수리 등으로 이름 지은 것처럼 '고래'라고 이름 지었던 모양이다. 아니, 더 심원한 고증학자도 얼마든지 있다.

그들의 주장에 따르면 요나서에 적힌 고래란 단순히 구명구(救命具)―공기를 넣은 자루―에 지나지 않으며 물에 빠져 죽게 된 예언자는 헤엄쳐 그것을 붙들어 익사를 면했던 것이라고 한다. 그래서 무식한 사그 항 사나이는 사면초가에 빠지고 마는 것이다. 그러나 그는 또 하나 불신의 근거를 가지고 있다. 그것은 내가 들은 바로는 다음과 같다.

요나는 지중해에서 고래에게 삼켜진 뒤 사흘 만에 니네베로부터 약 사흘 정도 걸리는 지점에 토해졌다고 했는데, 그 니네베란 티그리스 강변의 도시로서 지중해 기슭의 아무리 가까운 곳에서라도 사흘은 고사하고 며칠 동안에 갈 수 있는 곳이 못된다. 그러니 이상하지 않은가?

그러나 고래가 예언자를 니네베 가까운 곳으로 보내는 데 다른 방법은 없었을까? 있었다. 그는 희망봉을 한 바퀴 돌아서 운반했는지도 모른다. 그러나 전 지중해를 종단하고 페르시아 만과 홍해를 항해하지 않았다 치더라도 이 여행은 말하자면 아프리카 대륙을 사흘 만에 완전히 일주했다는 이야기가 된다. 게다가 니네베 가까이까지 티그리스 강을 거슬러 올라감은 물이 얕아서 고래로서는 불가능하다고 생각할 수도 있다. 게다가 만일 요나가 그토록 옛날에 희망봉을 돌아 항해했

148

다고 하면 그 큰 곳의 발견에 대한 명예를 바르톨로뮤 디아스 (포르투갈의 항해자. 희망봉의 발견자)로부터 빼앗는 것이 되고 그렇게 되면 근대사를 거짓으로 만드는 결과가 되고 만다.

그러나 이 사그 항 사나이의 이론은 그의 억지 트집이 얼마나 어리석은가를 나타내는 것에 불과하며, 게다가 그의 학문이 태양과 바닷물에서 배운 것이 거의 전부이고 보면 천벌을 받아 마땅한 셈이다. 이건 그 영감의 몽매하고 불경스러운 거만함과 성직에 대한 저주스럽고 악마적인 반항으로 보아야 할 것이다. 왜냐하면 어느 포르투갈의 천주교 신부는 이 요나가 희망봉을 돌아 니네베로 이른 그 사실이야말로 천지간에 일어난 기적의 뚜렷한 증거라고 주장하고 있는 것이다. 그야말로 그 말이 옳을 것이다. 게다가 터키 인 중 높은 교양을 지닌 자는 요나의 이야기에 대한 역사성을 경건하게 믿고 있다. 또 약 3세기 전의 해리스의 항해기에 의하면, 한 영국 여행자가 요나를 모신 터키 사원이 존재하며 거기에는 기름 없이 불타는 신비한 등불이 있다고 말한 것으로 알려져 있다.

84장 | 창 멀리 던지기

수레가 지장 없이 잘 달리게 하기 위해서는 바퀴 축에 기름을 친다. 같은 목적으로 고래잡이 중에는 보트 바닥에 기름을 바르는 비슷한 준비를 하는 자가 있다. 의심할 여지도 없이 이 조작은 전혀 무해할 뿐 아니라, 적잖이 이익을 줄 것으로 간주되고 있다. 왜냐하면 기름과 물은 정반대의 성질이며 잘 미끄러지게 되므로 이런 경우 보트를 빨리 달리게 하는 데 효과가 있기 때문이다.

퀴퀘그는 자신의 보트에 기름을 바르는 데 몹시 열심인 사나이로, 독일 배 버진 호가 가 버린 지 얼마 되지 않은 무렵, 꽤 많은 애를 쓰며 그 작업에 착수하여 뱃전에 매달아 놓은 보트 바닥을 기어 다니며 매끄러운 선체에서 기름을 발라 대고 있었다.

어떤 특별한 예감이 그를 부추겨서 그렇게 하는 것처럼 보였는데, 이윽고 얼마 뒤 한 사건이 그것을 입증해 주었다.

정오경에 고래 떼가 발견되었다. 그러나 배가 돌진해 가자마자 급하게 허둥지둥 방향을 바꾸어 악티움 해전에서의 클레오파트라 선단처럼 흩어져 달아나기 시작했다.

그러나 보트의 추적은 시작되고 스텁이 선두에서 돌진했다. 마침내 고심 끝에 태쉬테고가 한 자루의 투창을 찔렀지만 상처를 입은 고래는 바다 밑으로 숨어 들어가지 않고 속력을 더욱 내서 물 위로 도주했다. 꽂힌 창은 이렇게 쉴새없이 끌어당기게 되면 얼마 안 가 빠져 버리게 된다. 이런 경우에는 질주하는 고래에게 창을 하나 더 찌르든가 아니면 달아나는 것을 감수하는 수밖에 없다. 하지만 신속 광포하게 헤엄치고 있는 고래에게 보트를 가까이 한다는 것은 도저히 불가능한 일이었다. 어떻게 해야 좋을까.

숙련된 고래잡이가 최후의 수단으로 취하는 경이로운 갖가지 술책과 재주와 곡예 중에서도 창 멀리 던지기만큼 훌륭한 것은 없다.

아무리 크고 작은 칼을 갖가지 익숙한 솜씨로 다룬다 할지라도 여기에 견줄 수는 없다. 집요하게 도주하는 고래의 경우에는 이 방법을 쓸 수밖에 없는데, 그 주목할 만한 특징은 무서운 속도로 달리며 격렬하게 동요하는 보트에서 놀랄 만큼 먼 거리임에도 불구하고 정확하게 긴 창을 투척한다는 데 있다. 강철과 목재의 부분을 합치면 창의 전체 길이는 10~12피트가 되는데, 그 자루는 작살자루보다 가늘 뿐만 아니라, 가벼운 소나무 목재로 되어 있다. 그리고 당김줄이라는 비교적 길고 가느다란 밧줄이 달려 있어서 투척한 뒤에 그것을 도로 끌어당긴다.

그런데 이야기를 더 진전시키기 전에 여기서 말해 두어야 할 중요한 점이 있다. 즉 작살도 창과 마찬가지로 멀리 던져질 때가 있지만, 그것은 극히 드문 일이며, 또한 던져졌다 하더라도 창에 비해 훨씬 무겁고 또 짧은 것이 결정적인 약점이 되어 성공률은 매우 낮다. 그래서 일반적으로 멀리 던지기를 할 경우에는 우선 고래에게 가까이 접근하는 것이 무엇보다 중요하다.

자, 이제 스텁을 보자. 위기에 처했을 때도 명랑, 침착, 냉정을 잃지 않는 이 사나이야말로 바로 타고난 멀리 던지기의 적격자이다. 그를 보라. 나는 듯이 달리는 배의, 한시도 쉬지 않고 흔들리는 뱃머리의 하얀 물보라에 휩싸여 서 있다. 앞에서 달리는 고래는 40피트나 떨어져 있다. 그는 긴 창을 가볍게 흔들어 대며 그 창이 똑바른지 어떤지 두세 번 살펴보고, 그리고 휘파람을 불면서 한쪽 손으로 당김줄의 고리를 잡아당기며 풀어진 한쪽 끝을 잡은 뒤, 나머지는 자유롭게 해 둔다. 그리고 창을 허리띠의 한가운데 앞쪽에 단단히 고정해 두고 고래를 향해 겨냥한 다음, 겨눈 그대로 손에 잡은 창자루의 뒤쪽을 서서히 낮춤으로써 창끝을 높이 세워 간다. 마침내 창은 그의 손바닥에서 거의 수직으로 서며 공중 15피트의 높이에 머문다. 마치 턱에 긴 장대를 세운 곡예사를 연상시키지 않는가? 다음 순간, 번쩍이는 창은 말할 수 없는 급속도의 추진력으로써 물보라를 일으키는 저편으로 멋진 포물선을 공중에 그리며 마침내 고래의 급소에, 그 생명의 급소에 떨면서 꽂힌다. 이제 고래는 물보라를 뿜어 올리는 대신에 피를 뿜어 올린다.

스텁이 이렇게 외친다.

"녀석의 통이 열렸다! 7월 4일의 축제 같군. 오늘은 말이야, 어느 구멍이든 모두 술을 뿜는 거야. 올리언스의 위스키냐, 오하이오 것이냐, 그 맛 좋은 모농거힐라(펜실베이니아에 있음)라면 정말 못 견디게 좋겠는데 말이야. 이봐, 태쉬테고, 이제 슬슬 분조 구멍에 잔을 대고 둘레에서 한잔 해 볼까? 암, 그렇고말고. 넓은 분조 구멍 속에서 국산품 술이라도 만들어야지. 그 살아 있는 술통에서 정력의 근원이 되는 걸 한잔 들이켜야지."

이런 농담을 지껄이는 동안에 솜씨 좋은 투척이 몇 번씩이나 되풀이되고, 창은 교묘하게 조종되는 그레이하운드(이집트 원산의 수렵견)처럼 주인의 손 가까이로 돌아오곤 한다. 결국 고래는 고통에 못 이겨 몸을 뒤틀기 시작한다. 포경 밧줄은 늦추어지고 멀리 던지기의 명수는 뱃고물로 옮긴 뒤, 팔짱을 낀 채 괴미의 죽음을 바라본다.

85장 | 분천

6천 년 동안—아니 그 이전에 몇백만 년인지도 모르는 세
월이 흘러가 버렸지만—거대한 고래들은 세계의 해양 곳곳에
서 물보라를 뿜어 올렸고, 무수한 신비의 항아리에서 나오는
성수처럼 바다의 꽃밭에 신비의 물을 뿌려 왔다. 수 세기가 지
나도록 그 옛날부터 수많은 사냥꾼들이 그 고래의 성수반(聖
水盤) 가까이에 접근하여 뿜어 올려졌다가 흩어지는 물보라를
바라보았다. 그리고 이건 참으로 이해할 수 없는 사실인데, 축
복받은 오늘 이 순간(1851년 12월 16일 1시 15분 15초)까지 도
대체 이 물보라가 결과적으로 물인지 아니면 수증기에 불과한
지 밝혀 내지 못한 채 의문으로 남아 있다는 것은 생각해 볼
만하지 않은가?

그러니 이 문제를 그와 관련되는 몇 가지 흥미 있는 일과 함

께 알아보기로 하자.

누구나 알고 있겠지만 물고기 종류는 아가미라는 교묘한 장치에 의하여 그들이 유영하는 물속에 언제나 섞여 있는 공기를 호흡한다. 그러므로 청어든 대그든 설사 백 년을 산다 할지라도 머리를 수면 위에 들어 올리는 일은 한 번도 없다.

그러나 고래는 특수한 체내 구조에 의하여 인간과 마찬가지로 정상적인 폐를 가지고 있으며, 대기 중에 있는 공기를 호흡함으로써만 생명을 유지할 수 있다. 그래서 고래들은 정기적으로 대기 속에 나올 필요가 있다. 그러나 그 입으로는 아무리해도 호흡을 할 수가 없다. 왜냐하면 보통 자세일 경우 향유고래의 입은 적어도 수면 아래 8피트 정도에 위치하게 되며 게다가 입은 기관(氣管)과 연결되어 있지도 않기 때문이다. 그러므로 그들은 그 분조 구멍으로써만 호흡하는 것이며, 그것이 머리 꼭대기에 위치하고 있는 것이다.

어떤 생물이든 호흡이 생명에 절대 불가결하다는 것은 그것으로 공기 중의 어떤 원소를 들이마시고 이어서 그 원소가 혈액과 접촉하여 그 생명 요소를 혈액에 주입하기 때문이라고 설명한다면 — 좀더 그럴듯한 과학적 용어를 쓰지 않더라도 잘못되었다고 할 수는 없을 것이다. 그래서 이 설을 인정한다고 하면 — 만일 인간이 한 번의 숨쉬기로 온 혈액에 공기를 녹여넣을 수 있다면 콧구멍을 막더라도 퍽 오랜 시간 동안을 견딜수 있는 것이다. 즉 호흡을 하지 않아도 얼마 동안은 살아갈수 있는 것이다. 기이하게 들릴는지도 모르지만 고래는 바로 그런 방법으로 한 시간 또는 그 이상이라도 바다 밑에서 숨 한 번 쉬지 않고, 즉 공기를 조금도 들이마시지 않고 생명을 유지하는 것이다.

고래에게는 아가미가 없다. 그럼 이건 무슨 영문인가? 그 늑골 사이와 등뼈의 양쪽에 크레타 섬의 미로처럼 복잡하기 그지없이 얽힌 국수 모양의 관이 무리지어 있는데, 그 관은 그가 수면 밑으로 잠길 때 산소를 품은 혈액으로 가득 채워지게 되어 있다. 그러니까 한 시간이나 또는 그 이상일지라도 천 길 물속에 생명력의 축적된 여분을 가지고 가는 것은 마치 물 없는 사막을 가는 낙타가 그 네 개의 보조 밥통 속에 미래를 위한 여분의 음료를 운반하는 것과 같은 것이다. 이 미로에 대한 해부학상의 사실은 움직일 수 없는 것이며, 그 위에 수립된 가설이 합리적이며 진실하다는 것은 내가 긍정하지 않을 수 없다. 만일 그렇지 않다면 어부들이 말하는 '물 토해 내기'를 고래가 자꾸만 하려는 것을 어떻게 설명할 수가 있단 말인가? 내가 알고 있는 바는 다음과 같다.

향유고래가 만일 쫓기지 않고 있다면 다시 물 위로 떠올랐을 때는 평상시 자유로이 떠올랐을 경우의 부양(浮揚) 시간과 똑같은 시간 동안 수면에 머무를 것이다. 가령 2분 동안 떠 있으면서 70번 물을 뿜었다고, 즉 호흡을 했다고 하면, 어느 때 떠올라 와도 틀림없이 70번 호흡을 하는 것이다. 만일 여기서 그가 몇 번밖에 호흡을 하지 않았을 때 놀라게 하여 물속에 잠기게 했다 할지라도 그는 반드시 다시 떠올라 와 정량의 공기

보충을 할 것이다. 그리고 그 70번의 호흡이 끝날 때까지 잠수하는 일은 결코 없으리라. 물론 각각의 고래에 따라 이 호흡률이 다르다는 것은 잊지 말아야 하지만 대체적으로는 모두 비슷하다. 그런데 고래가 무엇 때문에 이토록 철저히 물 토해 내기를 하는가 하는 문제는 아주 길게 잠수하기 전에 공기 저장을 충분히 해 둘 필요가 있다는 것 이외에는 설명되지 않을 것이다.

그러므로 분명히 고래는 떠오르지 않으면 안 된다는 그 한 가지 때문에 어쩔 수 없이 추적에 의한 치명적인 위험 앞에서도 자신을 드러내게 되는 것이다. 만일 햇빛도 미치지 못하는 천 길 물속을 가고 있는 한에서는 제아무리 갈고리든 그물이든 거경을 잡을 수는 없는 것이다. 그러니 고래잡이들이여! 여러분들이 개가를 올리는 것은 기막힌 솜씨에 의해서가 아니라, 공기의 저장이라는 절대 필수적인 생리적인 현상 때문이라는 것을 명심하기 바란다.

인간의 경우, 호흡은 쉴새없이 연속되고 한 번의 호흡은 두세 고동 간격밖에 안 된다. 그러니까 깨어 있을 때도 잠잘 때도, 또는 어떤 일을 할 때에도 반드시 호흡을 하지 않으면 안 된다. 그렇지 않으면 죽는다. 그러나 향유고래는 그 시간의 7분의 1, 말하자면 일주일 동안에 일요일만 호흡을 하는 셈인 것이다.

고래는 다만 그 분조 구멍에 의해서만 호흡한다. 그리고 또 그 뿜어내는 숨이 물과 섞여 있다는 사실로 볼 때, 후각이 기능을 발휘하지 못하는 것은 명백한 것 같다. 왜냐하면 그 몸에서 코에 해당하는 것이 있다면 그것은 바로 이 분조 구멍인 것이며, 그것이 공기와 물의 두 가지 원소로 이토록 메워져 있으니, 냄새를 맡을 힘을 요구하는 것은 무리가 아닐까? 그러나 이 물 뿜기의 신비 ― 그것이 물인가 수증기인가 하는 문제 ― 에 대해서는 아직 절대적인 진실은 파악되어 있지 않지만 어쨌든 향유고래에게 어엿한 후각 기관이 없다는 것은 사실이다. 그러나 그렇다고 무슨 불편이 있겠는가? 바다에는 장미꽃도 제비꽃도 콜로뉴 향도 없으니 말이다.

그리고 그 기관은 오직 그 분조 구멍으로 열려 있는데, 그 기다란 분조관이야말로 이어리 대운하처럼 자동문 같은 장치를 갖추고 있으며, 그것이 공기를 아래쪽에 보존하고 물이 밀려올라 가도록 되어 있으므로, 고래는 목소리도 내지 못한다. 그가 꾸르륵거리며 기묘한 소리를 내고 있을 때, 그것을 듣고 고래는 콧소리밖에 못 낸다고 생각한다면, 그것은 그를 모욕하는 것일 뿐이다. 하지만 고래가 무슨 이야기를 할 필요가 있단 말인가. 깊이 있는 사람이라면, 먹고살기 위해 어쩔 수 없이 쓸데없는 무엇인가를 중얼거리는 것을 제외한다면, 세계를 향해 이야기할 무엇을 가지고 있을 경우는 별로 없을 것 같다. 참으로 행복한 일이다.

이제 향유고래의 분조관에 대해서 살펴보자. 이것은 주로 공기 운반을 위한 것인데, 수평으로 몇 피트가량 머리 부분의 상피부(上皮部) 바로 아래에 약간 한쪽으로 치우쳐 뻗어 있

158

다. 이 기묘한 관은 도로의 한쪽에 묻혀 있는 가스관과 매우 흡사하다. 그러나 이 가스관은 동시에 수도관인가 하는 의문, 다시 말해서 향유고래의 물 뿜기란 내쉬는 숨의 수증기인가, 아니면 그 내쉬는 숨이 입으로 마신 물과 섞여 구멍으로 방출되는 것인가, 하는 의문으로 다시 되돌아온다.

구강이 간접적으로 분조관에 연결되어 있는 것은 사실이지만 그렇다고 해서 그것이 물을 그 구멍으로 토하기 위한 것이라고 단정할 수는 없다. 왜냐하면 그가 먹이를 먹을 때면 반드시 물과 더불어 마시기 때문이다. 그러나 향유고래의 먹이는 물 밑 깊은 곳에 있으므로 거기서는 뿜어내려 해도 뿜어낼 수가 없다. 또한 만일 여러분들이 시계를 손에 든 채 그를 가까이에서 관찰한다면 평상시의 경우, 그 물 뿜기와 정상 호흡과의 사이에 참으로 규칙적인 율동이 있는 것을 발견하게 될 것이다.

그런데 왜 이런 문제에 골치를 앓는가? 분명히 하라. 물 뿜기를 보았으면 어떤 것이었노라고 말하면 되지 않는가? 물과 공기를 구별하는 것쯤은 할 수 있지 않는가? 선생들이여, 이 세상에서는 이런 긴단한 문세소자 해결하기 곤란하단 말이오. 나는 선생이 말씀하신 가장 간단한 문제가 가장 어려웠소. 이 고래의 물 뿜기만 해도 그 한가운데에 버티고 서 본들 그깃이 무엇인가를 정확하게 판단할 수는 없을 것이오.

그 중심부는 뿜어 나오는 하얀 안개에 싸여 앞이 보이지 않는다. 그러니 거기서 떨어져 내리는 것인지 어떤지 알 길이 없다. 언제 어디서 고래의 물 뿜기를 아주 가까이 본들 그는 경천동지(驚天動地)할 만큼 사납게 날뛰고 있으니 물은 그 사면에 폭포수처럼 쏟아져 내리고 있는 것이다. 그리고 그때 여러분이 그 물보라 속에 물기가 맺혀 떨어지는 것을 보았다 하더라도 그것이 수증기가 응고한 것인지 아닌지 알 도리가 없는 것이다. 혹은 그것이 고래의 머리 꼭대기에 접혀 있는 분조 구멍의 주름살에 일시적으로 깃들었던 물방울인지 아닌지도 알 수 없을 것이다. 왜냐하면 그가 바람도 없는 한낮의 잔잔한 바다 위를 사막의 낙타처럼 그 혹을 햇빛에 말리며 유영(遊泳)하고 있을 때에는 이따금 뜨거운 햇볕 아래 드러내 놓은 바위 구멍에 빗물이 남아 있듯이 그 머리 위의 넓적한 곳에 얼마간의 물이 남아 있곤 하는 법이기 때문이다.

대개의 고래잡이가 고래 물 뿜기의 진상에 관해 심한 호기심을 가진다는 것 자체가 어리석은 이야기이다. 그런 곳을 들여다보고 머리를 디밀어 본들 무슨 소용이 있겠는가? 물병을 그 샘 옆으로 가지고 가서 물을 채워 가지고 돌아올 수도 없는 노릇이 아닌가. 흔히 일어나는 일이지만 그 물보라 바깥 둘레의 뿌얀 물기에 약간 접촉하는 것만으로도 여러분의 피부는 엄습해 오는 짠 기운 때문에 찌릿찌릿 화상을 입은 것처럼 통증을 느끼게 될 것이다. 나는 어느 사나이가 과학 탐구를 위해서인지 어째서인지는 모르지만 물 뿜기에 바짝 접근했다가, 그의 볼과 팔의 피부가 벗겨져 버렸던 것을 알고 있다. 그러므로 고래잡이들 사이에서는 물보라에 독이 있는 것으로 알려지고 있으며, 모두들 물보라를 만나면 달아나곤 한다. 또 하나 내가 들은 바로는 ─ 설마 거짓말이라고 생각되지는 않지만 ─ 만일 그 뿜어 오른 물보라가 자칫 눈에 들어가면 눈이 먼다고 한다. 그러니 연구자로서 가장 현명한 길은 이 무서운 물보라를 상대하지 않는 것밖에 없다.

하지만 증명하고 학설을 수립하기는 불가능할망정 가설을 말할 수는 있는 것이다. 그런 의미에서 내 가설을 말한다면 고래의 물보라란 분무와 다름없다. 나로서는 다른 이유야 어쨌든 향유고래의 천성적인 숭고함을 생각할 때, 그런 결론에 이를 수밖에 없다. 오직 그가 다른 종류의 것들이 하듯이 얕은 여울이나 기슭에는 절대로 나타나지 않는다는 점으로 보더라도 그가 세상에 흔히 있는 천박한 존재와는 다르다는 것을 알 수 있다. 세상의 장중 심원한 것, 즉 플라톤, 피로(그리스 철학자), 악마, 주피터, 단테 등의 머리 부분에서는 그들이 심각한 사념에 잠길 때 반쯤 눈에 보이지 않는 증기 같은 것이 피어오른다. 나만 하더라도 언젠가 '영원'에 대한 소논문의 원고를 쓰면서 호기심에서 거울을 앞에 놓았던 적이 있는데, 그때 내 머리 위의 공기가 묘하게 굴절되면서 파동치는 것을 보았던 것이다.

8월의, 그것도 태양이 한창 작열하는 대낮 같은 때 얇은 판자로 된 내 다락방에서 뜨거운 차를 여섯 잔 마신 뒤에 깊은 명상에 잠기면 그럴 때마다 내 머리카락이 축축해 오곤 했다. 이것도 앞에서 말한 가설을 추가로 증명하는 것이 될 것이다.

이 위대한 것이 고요한 열대의 바다를 유유히 달려가는 것을 볼 때, 우리는 그 웅대하고 신비로운 느낌에 감동되어 이상하게도 가슴이 뛸 것이다.

보라, 그 거대하고 온화한 윗머리 주위에는 남에게 전할 수 없는 명상에서 비롯된 자욱한 기(氣)가 사람들이 때때로 목격하듯이 일곱 빛깔 무지개로 빛나는 것이다. 투명한 기운에는 무지개가 서리지 않으며 곱게 흩어지는 물기에만 서린다는 점을 생각해 보라. 내 경우에도 마음속의 어두운 회의의 자욱한 공기를 뚫고, 때로는 예기치 않은 영감이 번개처럼 번쩍이며 달려 올라가 그 농무(濃霧)를 하늘나라의 광채로 불태울 때가 있다. 그 점에 대해서 나는 신에게 감사한다. 만인은 회의하고 다수는 부정한다. 그러나 회의든 부정이든 그것과 함께 직관을 갖는 일은 극히 드물다. 지상의 모든 것에 대한 회의, 천상적인 무엇인가에 대한 직관, 이 양자의 결합은 신자도 이단자도 낳지 않으며, 사람은 그로써 양자를 공정한 눈으로 볼 수 있게 되는 것이다.

86장 | 꼬리

많은 시인들은 영양(羚羊)의 다정한 눈동자와 지상에 내려오는 일이 없는 새의 아름다운 날개를 찬양했다. 나는 천상적인 것이 되지 못한 꼬리를 찬양하고 흠모한다.

가장 큰 향유고래를 조사해 보면 우선 동체의 끝부분, 거의 사람의 허리 정도로 가늘어진 점에서부터 꼬리가 시작되는데, 그 상부 표면의 넓이만 아마 50평방피트는 될 것이다. 둥그스름하고 단단한 밑뿌리에서 시작하여 두 갈래의 단단하고 폭넓은 꼬리날개가 되고, 그것이 또한 서서히 얇아져 결국엔 1인치도 못 되는 두께의 것이 된다. 또 밑뿌리 가까운 곳에서 이꼬리날개는 약간 겹쳐져 있지만 이윽고 옆으로 날개처럼 서로벌어져 가며 그 사이에 넓은 공간을 둔다. 이들 꼬리 날개의초승달 같은 절묘하고 정미한 선은 다른 어떤 동물에서도 찾아볼 수 없을 것이다. 성장이 끝난 고래의 경우, 벌어진 곳이 꼬리의 이쪽에서 저쪽까지 20피트를 훨씬 넘기도 한다.

그 전체가 힘줄로 조밀하게 짜인 한 조직인 것처럼 보이지만 이것을 절단했을 때 분명히 다른 세 개의 층—상, 중, 하—으로 되어 있는 것을 알 수 있다. 상부와 하부층의 조직은 길게 수평으로 뻗었고, 가운데 층의 것은 극히 짧게 바깥 두 층 사이에 십자형으로 달리고 있다. 이 삼위일체적 구조야말로 특히 꼬리를 강력한 것으로 만들고 있다.

고대 로마의 성벽 연구자라면 이 가운데 층과 이상하리만큼 닮은 것으로서 저 놀라운 고대의 유적 중 언제나 돌과 엇갈려 놓여 있는 얇은 기와 층을 상기하겠지만, 사실 그것이야말로 그 석조물을 강력하게 받쳐 주는 중요한 원인이 된다는 데 의심할 나위가 없는 것이다.

그러나 이 근육질의 꼬리 자체의 힘만으로는 아직 부족하다는 듯이 고래의 몸 전체가 종횡으로 엮인 근육으로 조직되어 있는데, 그것이 허리 부분의 양쪽을 통해 꼬리지느러미로 갔으며, 무늬도 알 수 없이 엇갈려 꼬리의 힘을 더욱 강대하게 한다. 그러므로 고래 전체의 측량하기 어려운 힘은 서로 합쳐져서 그 끄트머리에서 만나 응결되어 있는 것처럼 생각된다. 만일 물질의 전면적 파괴라는 것이 야기된다면 이것이야말로 그것을 이루는 것이리라.

더욱이 이 놀라운 역량은 그 우아한 몸가짐을 조금도 손상시키지 않으며, 다만 거기에는 어린아이의 몸짓과 같은 경쾌함이 거인적인 강대함 속에 깃들어 있는 것이다. 뿐만 아니라 거기에는 여러 가지 운동의 눈부신 아름다움이 나타나 있다. 참다운 힘은 결코 아름다움과 조화를 해치는 것이 아니라 때로는 그 원천이 되는 것이며, 모든 장대한 아름다움에 있어서 힘이야말로 그 마법의 비밀이 된다.

헤라클레스 상에서 대리석의 전면을 깨뜨리고 폭발할 것만 같이 보이는 그 긴박한 힘줄을 모두 제거해 보라. 매력은 곧 사라지고 말 것이다. 에케르만은 괴테의 벌거벗은 시체를 덮은 천을 벗겼을 때, 마치 로마의 개선문처럼 늠름한 그 가슴팍에 놀라지 않을 수가 없었다(《괴테와의 대화》에 나온다). 미켈란젤로가 아버지인 신을 사람의 형상으로 그릴 때조차 그 얼마나 억센 튼튼함을 부여했던가.

한편 아들 되는 신의 성스러운 사랑에 대하여 저 부드럽게 몸을 구부린 반양반음(半陽半陰)인 이탈리아의 그림들이 무엇을 나타내려 하든 간에 바로 거기에 그 사상이 가장 적절하게 구현되고 있는 것이다. 그 그림들에는 근육, 골격의 튼튼함이 털끝만큼도 없고, 아무런 힘의 암시도 없으며, 다만 순종과 인내의 자기 부정적이고 여성적인 것만이 있어, 그것이 만인에게 인정받고 있는 것처럼 그의 가르침의 독특한 실천적인 덕을 이루는 것이다.

이토록 미묘한 탄력성을 이 기관은 가지고 있으므로 장난삼아, 진지하게, 그 밖에 어떤 기분에서 휘둘러지든 그 운동은 언제나 더없이 우아한 아름다움에 빛나는 것이다. 그 어떤 요정이 솜씨를 부린들 이보다 더 뛰어날 수는 없을 것이다.

독특한 다섯 가지의 큰 운동이 있다. 첫째는 헤엄칠 때의 추진력으로서의 운동이다. 둘째는 전투 시의 창으로서의 운동이다. 셋째는 옆으로 후려치기 위한 운동이다. 넷째는 물을 치고 두드리기 위한 운동이다. 그리고 다섯째는 공중으로 들어 올리기 위한 운동이다.

첫째, 향유고래의 꼬리는 수평의 위치를 유지하며 다른 어떠한 바다의 어족과는 다른 운동을 한다. 절대로 궁상맞게 흔들어 대는 법이 없다. 공연히 궁상맞게 흔들어 대는 것은 사람에게 있어서나 물고기에게 있어서나 열등하다는 징후이다. 고래에 있어서는 꼬리만이 그 추진력의 전부다. 그것을 동체 밑에 두루마리처럼 말았다가 갑자기 뒤쪽으로 튕긴다. 그 동작이 이 괴수가 돌진할 때의, 나는 것도 같고 튀는 것도 같은 일종의 이상스러운 동작이 되는 것이다. 그의 옆지느러미는 다만 키의 역할을 할 뿐이다.

둘째, 여기서 약간 주목해야 할 점은, 향유고래가 다른 향유고래와 싸울 때에는 머리와 턱으로 싸우는 데 반해, 사람과 만났을 때는 모멸적이게도 그 꼬리를 주요 무기로 한다는 것이다. 보트를 때리는 경우, 그는 잽싸게 꼬리지느러미를 말아 올린 뒤, 튕겨 나오는 탄력으로 내리치는 것이다. 만일 공중에 가로막히는 것도 없고 특히 위에서 그것이 명중했다고 하면, 그 타격에 저항하기란 불가능하다. 늑골은 인간의 것이든 배의 것이든 그것을 견디어 내지 못한다. 유일한 길은 이것을 피하는 것뿐이다. 그러나 만일 그것이 물의 저항을 받으며 옆으로 후려쳐졌을 때는 포경용 보트의 경쾌한 부양력과 그 재료의 탄력성 때문에 기껏해야 그 피해는 가름대나 판자가 한두 장 부서질 정도이다. 이와 같이 물속에서 측면으로 때리는 것은 포경 도중에 흔히 있는 일이므로 아무것도 아닌 것으로 여겨진다. 누군가 웃옷을 벗기만 하면 쉽사리 그 구멍을 막을 수 있다.

셋째, 증명할 수는 없지만, 내 생각으로는 고래의 경우 촉각이 꼬리에 집중되어 있는 것 같다. 그리고 이 점에 있어서는 그 꼬리의 섬세함에 필적할 수 있는 것은 다만 코끼리 코의 민감함뿐이리라.

그 섬세함을 느낄 수 있는 것은 옆으로 때릴 때의 행위에서 인데, 그때 고래는 처녀들처럼 다정하게 그 거대한 꼬리지느러미를 부드럽게 천천히 흔드는 것이다. 그리고 만일 그가 살짝이라도 선원의 구레나룻을 어루만진다면, 그 선원은 구레나룻과 함께 화를 입게 마련이지만, 말할 수 없는 정이 그 속에 담겨 있는 것이다. 그런데 이 꼬리에 물건을 거머쥐는 힘이 있었다면 나는 지 다르모노데스(멜빌이 지어낸 작가)의 코끼리가 자꾸만 꽃시장에 나타나 정중하게 인사하면서 꽃다발을 아가씨들에게 바치고 나서 그녀들의 허리띠를 어루만졌다는 그 이야기를 연상했을 것이다. 헤아려 보면 여러 이유로 해서 고래가 그 꼬리에 거머쥐는 힘을 갖지 못했다는 것은 참으로 안타까운 일이다.

어떤 코끼리가 싸우다가 상처를 입자 코를 돌려 꽂힌 투창을 빼 버렸다는 이야기를 들었을 땐 더욱 그런 생각이 든다.

넷째, 적막한 바다 한가운데에서 일시적인 안전한 상태 속에 있는 고래에게 알아차리지 못하도록 가까이 가 보아라. 그 웅장하기 그지없는 위엄을 벗어 버리고 새끼고양이처럼 마치 바다가 화롯가인 양 장난을 치고 있는 것을 볼 수 있을 것이다. 그러나 그 기뻐 장난치는 중에도 강대함은 존재한다. 폭넓은 꼬리날개는 공중에 높이 펄럭이고 그러다가 수면 위로 내리칠 때는 우레와 같은 소리가 몇 마일 밖까지 울려 퍼진다. 마치 거포가 발사되었는가 생각될 정도이며, 그때 몸의 반대쪽 끝에 있는 분조 구멍에서 밝은 빛의 물보라가 힘차게 뿜어 올려지는 것은 마치 포문에서 피어오르는 화약 연기와 혼동될 정도이다.

다섯째, 고래의 보통 헤엄칠 때의 자세는 꼬리가 등보다 낮게 되어 있으며 따라서 완전히 수면 밑으로 가라앉아 있다. 그러나 그가 바야흐로 물속 깊이 잠기려 할 때는 그 꼬리가 적어도 동체 부분 30피트 정도와 함께 공중으로 똑바로 세워진다. 그리고 한순간 거기에 진동하고 있는가 하면 곧 바닷속 깊이 모습을 감추고 만다.

장엄한 도약(그 점에 대해선 다른 대목에서도 쓸 작정이다)을 제외하고는 이 고래 꼬리의 물구나무서기가 모든 동물계에서 볼 수 있는 것 중에서 가장 웅대한 것이리라.

거대한 꼬리는 깊이를 알 수 없는 심연 속에서 쳐들려 올려져 전율하면서도 푸른 하늘을 향해 덤벼들려 하고 있는 것만 같다.

그러고 보니 나는 꿈속에서 대악마가 지옥의 불바다로부터 고통스러운 듯이 거대한 갈고리 손톱을 내밀고 있는 것을 본 적이 있다. 그러나 그런 풍경을 바라볼 경우에는 모든 문제가 그때의 기분 여하에 달려 있다.

단테와 같은 심경에 있으면 악마가 나타날 것이고, 이사야 와 같은 심경이라면 대천사가 보일 것이다. 하늘과 바다를 진 홍으로 물들이는 해돋이 때, 돛대 위에 서서 나는 고래의 큰 무리를 보았다. 모두 태양을 향해 잠시 하늘로 솟구친 꼬리를 일제히 흔들고 있었다. 이토록 장려한 몸짓으로 신들을 찬양 하는 무리는 배화교의 본고장인 페르시아에 있어서조차 지금 껏 본 적이 없었으리라고 그때 생각했었다.

톨레미 필로파터(이집트 마케도니아계 왕조의 4세)가 아프리 카 코끼리에 대해서 증언한 것처럼, 나는 고래에 대하여 모든 생물 중 가장 경건한 것이라 증언하겠다. 유바 왕(소아시아 누 미디아의 유바 2세)에 의하면 고래의 군상은 깊은 침묵 속에 코를 높이 들어 올려 새벽의 동틈을 맞았다고 한다.

지금 이 장에서 뜻밖에도 고래와 코끼리를, 한쪽의 꼬리, 한 쪽의 코에 대해 비교하게 되기는 했지만, 결코 이 양 극단의 기관을, 더욱이 그 주인공을 같은 수준에 놓고 논해서는 안 된 다. 왜냐하면 가장 거대한 코끼리라 할지라도 거경 앞에서는 백합꽃의 줄기만한 존재밖에 안 되기 때문이다. 늠름한 향유고래의 꼬리가 가공할 벼락과도 같은 분쇄력을 발휘해 일격, 또 일격 차례차례로 보트와 노와 선원들을 마치 인도의 마술사가 공을 가지고 놀듯이 공중으로 날려 보내는 그것에 비한다면 코끼리 코의 타격 따위는 그냥 장난삼아 부채로 얻어맞은 것 정도(고래와 코끼리의 크기를 비교한다는 것은 개와 코끼리와의 차이를 비교하는 것과 같은 것이니 우스꽝스럽기 짝이 없다. 그러나 유사점이 없지도 않으며 그 중에서도 물 뿜기라는 유사점이 있다. 아는 바와 같이 코끼리는 가끔 그 코에 물이나 먼지를 빨아들였다가 푸우 하며 뿜어 올린다)에 불과하다.

이 강대한 꼬리를 생각하면 할수록 나는 내 표현력의 부족함을 한탄할 뿐이다. 때로 인간의 솜씨도 미치지 못할 만큼 우아하고 아름다운 동작마저 보이지만 그것을 설명할 수가 없다. 큰 무리를 이루고 있을 때 가끔 눈길을 끄는 신비로운 동작이 있는데, 포경자들 중에는 그것이 프리메이슨 조합의 신호나 부호 같은 것이어서 고래가 그것에 의하여 세계와 심오한 대화를 하고 있는 것이라 단언하는 사람도 있다.

또 고래의 몸 전체로 하는 움직임 중에도 신비롭고 불가사의하며 가장 경험이 많은 사냥꾼일망정 측량할 길 없는 것이 있다. 그러니 아무리 분석해 본들 내 힘으로는 고래의 가죽을 스친 정도밖에 할 수가 없다.

나는 고래를 모른다. 아니 영원히 알지 못할 것이다. 고래의 꼬리조차 모르니 그 머리에 대한 것은 어찌 알 수 있으랴. 더욱이 그 얼굴에 대하여는, 존재하지 않는 얼굴에 대하여는 알

턱도 없다. 고래는 말할 것이다. 너는 내 등을 보기는 했지만 내 얼굴을 볼 수는 없으리라(《구약성서》〈출애굽기〉 33장)라고. 사실 나는 그의 등에 대해서 완전히 이야기할 수도 없으며 또 그가 그 얼굴에 대하여 아무리 뭐라 암시할지라도 나는 고래에겐 얼굴이 없다고 다시금 말하리라.

87장 | 대연합 함대

길며 좁다란 말래카 반도는 버마의 영역으로부터 길게 남동쪽으로 뻗어 아시아의 가장 남쪽 끝에 위치해 있다. 그 반도로부터의 연장선상에 이어지는 것은 수마트라, 자바, 발리, 티모르 등의 섬들이며, 그것들은 다른 섬들과 함께 하나의 거대한 방파제 또는 성채를 형성하여 기다랗게 아시아와 오스트레일리아를 연결하면서 끝없이 망막한 인도양과 가득히 펼쳐져 있는 동방군도(東方群島)를 격리하고 있다.

이 성채에는 배와 고래의 편의를 위해 몇 개의 출격문이 열려 있는데, 그 중에서도 유명한 것은 순다와 말라카의 두 해협이다. 서쪽에서 중국으로 향하는 배는 주로 순다 해협을 지나 중국 해역으로 들어가게 된다.

이 좁은 순다 해협은 수마트라와 자바를 분리하면서 갖가지 섬들이 형성하는 커다란 성채의 중앙부에 있으며, 선원들 사이에 자바 곶(자바 섬의 서남단)이라 불리는 짙은 초록색 곶을 받침벽으로 하고 있다. 그것은 대성벽을 둘러친 제국으로 들어가는 정문과 상당히 비슷한데, 우리가 저 동방 해역의 숱한 섬에 가득 쌓인 향료와 명주와 보석과 황금과 상아의 무한한 부를 생각할 때, 그와 같은 재보(財寶)가 탐욕스럽기 그지없는 서방 세계로부터 지켜지기에는 무력하기는 할망정, 아무튼 지형상으로 자신을 지킬 형태를 취하고 있다는 것은, 그 조화(造化)의 의도에 감탄할 수밖에 없다.

순다 해협의 양쪽 기슭은 지중해나 발트 해, 또 프로폰티스 해의 입구를 지키는 거만한 요새 같은 인공적인 시설은 갖추고 있지 않다.

이 동양인들은 덴마크 인과는 다르다. 그들은 몇 세기 동안인지도 모르는 낮과 밤, 수마트라와 자바의 섬 사이를 귀중한 동방의 재보를 가득 싣고 달리는 배의 무한한 행렬에 대하여, 돛을 내리고 순종의 뜻을 표하라고 강요하지도 않았다. 하지만 그와 같은 예절에 대해서는 깨끗이 기권할망정 좀더 실질적인 공물에 대한 요구는 결코 포기하지 않았다.

아득히 먼 옛날부터 말레이 해적의 쾌속 범선은 수마트라의 무성한 그늘이나 섬 뒤에 숨어 있다가 해협을 통과하는 배에 덤벼들어 창을 들이대면서 강력하게 공물을 요구했다. 유럽으로부터 오는 배들에 의해서 피비린내 나는 징계가 되풀이되었기 때문에 해적들의 대담성도 최근에는 얼마간 감퇴됐다고는 하지만 오늘날에도 가끔 이 근처의 해역에서 영국이나 미국의 배가 무참하게 습격받고 약탈당했다는 이야기를 듣는다.

기세 좋은 순풍을 받으며 피쿼드 호는 지금 바야흐로 이 해협에 다가가고 있었다. 에이허브는 그곳을 지나 자바 해역으로 들어가고, 다시 거기서부터 여기저기 향유고래가 출몰한다는 북쪽 해상으로 달려 필리핀 제도의 기슭을 스치며 일본 앞바다에 이름으로써 그곳에서의 대포경 계절에 때를 맞추어 간다는 계획이었다. 이렇게 되면 피쿼드 호의 대주항(大周航)은 전 세계 향유고래 유영 해역의 거의 전부를 거친 것이 되며, 끝으로 태평양의 적도 선상에 들어서게 되는데, 에이허브는 지금까지의 추적에서 여러 번 그 모습을 숨겨 오긴 했지만 거기서야말로 모비 딕과 조우하여 싸우게 될 거라 믿고 있었다. 왜냐하면 그 해역은 모비 딕이 모습을 가장 잘 나타내는 곳이었고 또 계절로 보아도 그가 틀림없이 출현하리라고 가장 확실하게 추정되는 시기였기 때문이었다.

하지만 그렇다고는 하더라도 에이허브는 이 추적 항해에 있어서 그 어느 고장에도 들리지 않을 작정인가? 아니다. 아무리 그라 할지라도 물이 떨어지면 항구로 가게 마련이다. 그러나 영겁의 옛날부터 오늘에 이르기까지 하늘을 항해하는 태양은 그 화염에 싸인 원주를 달리면서 자기 안에 있는 것 외에는 보급을 받지 않는다. 에이허브도 역시 마찬가지이다. 또 포경선에 대해서는 다음과 같은 점을 명기해야 하겠다. 다른 종류의 배 안에는 외국의 부두로 운반할 물건을 갖가지로 쌓아 올

174

리지만 세계를 방랑하는 포경선의 짐이란 자기 자신과 선원, 또 그들의 무기와 필수품뿐이다. 커다란 선창에는 호수처럼 물이 가득 담겨 있다. 밑바닥 짐도 공연한 납덩이나 무쇠는 절대로 싣지 않으며, 소용되는 것만 싣는다. 몇 년분의 물도 가지고 있다. 그 맑고 질이 좋은 난터케트의 물, 난터케트 사람이라면 3년이나 태평양을 떠돈 뒤에도 여전히 그 물에 달려들지, 불과 어제 페루나 인도의 강에서 통에 넣어 운반돼어 왔더라도 소금기 있는 물 따위는 거들떠보지도 않을 것이다.

그러므로 다른 종류의 배라면 뉴욕과 중국 사이를 왕복하는 동안에 몇 군데의 항구에 들렀을 터이지만 포경선이라면 그 기간에 한 줌의 흙도 보지 못하고 선원들은 그들과 마찬가지로 바다를 떠도는 자 외에는 단 한 사람의 인간도 구경할 수 없는 것이다. 그러니만큼 만일 여러분이 다시금 '대홍수'가 몰려왔을 때의 소식을 그들에게 전해 준들 그들은 그저 '괜찮아, 이게 방주야.' 하고 대답하는 것만으로 그칠 뿐이리라.

많은 향유고래가 자바의 서쪽 바다 밖 해협 가까운 근처에서 포획되어 왔으므로 그곳은 그 주변의 많은 어장과 함께 일반적으로 포경자들에게 가장 좋은 항해 목표가 되고 있다. 그러므로 피쿼드 호가 차차 자바 앞바다에 가까워짐에 따라 돛대 위 감시원은 가끔 큰 소리로 주의를 받곤 했으며, 놓쳐서 발견하지 못하는 일이 없도록 하라는 지시를 되풀이해 받곤 했다. 그러나 열대수의 녹음에 싸인 육지의 절벽이 곧 뱃머리 오른쪽에 떠오르고 신선한 계수나무 향기가 공기 속을 흐르며 콧속을 상쾌하게 자극했을 때도 물 뿜기는 끝내 보이지 않았다. 그래서 이 근처에서 고래를 만난다는 것은 거의 체념하고, 배가 막 해협에 들어섰을 무렵, 뜻밖에도 돛대 위 높은 곳에서 귀에 익은 환희의 외침이 울려 퍼지더니 곧이어 보기 드물게 웅장한 경관이 우리 앞에 전개되는 것이었다.

그러나 여기서 미리 말해 두어야 할 것이 있다. 향유고래들은 근래에 이르러 4대양에 걸쳐 쉴새없이 몰렸기 때문에, 작은 무리로 띄엄띄엄 유영하던 버릇을 버리고 가끔은 거대한 무리를 이루어, 때로는 수를 헤아릴 수 없을 정도로 떼를 지어 다닌다. 그것을 보는 사람들은 그들의 각 국가가 상호 원조와 안전 보장을 위해 굳게 연합한 것이라 생각할 것이다. 향유고래가 이와 같이 방대한 무리를 이루어 집합한 결과, 다음과 같은 사태, 즉 가장 좋은 어장을 항해할지라도 어쩌면 몇 주, 몇 달 동안 물 뿜기 하나 못 보다가 갑자기 떼로 수천, 수만의 물 뿜기를 보게 되는 사태가 일어나곤 하는 것이다.

뱃머리 양쪽에 2, 3마일 저 멀리, 거대한 반원을 그리며 수평선의 반을 덮은 가운데 끊임없는 고래의 물보라가 밝은 햇살이 비치는 공중에 치솟아 빛나고 있었다. 참고래의 두 줄기 수직 물보라가 정상에서 갈라져 두 갈래로 늘어지는 버들가지처럼 되는 것과는 달리, 향유고래의 앞으로 비스듬히 뻗어 오르는 물보라는 깊은 안개 숲을 이루며 쉴새없이 뿜어져 오르다가는 바람이 불어 가는 쪽으로 무너져 내리곤 했다.

피쿼드 호가 언덕과 같은 큰 파도에 올라설 때 그 갑판에서 바라보면 이 뭉게뭉게 피어오르는 물기둥들은 하나하나가 엇 갈리며 하늘로 치솟는데, 물과 공기가 한데 엉킨 푸른 안개 같 은 것을 통해 그것을 보는 것은 어느 조밀한 대도회지의 굴뚝 몇천 개를, 상쾌한 가을날 아침 언덕 위에서 말을 타고 바라보 는 듯한 느낌이 든다.

행진하는 군대가 적군이 숨어 있는 산악 지대의 좁은 길에 접근했을 때, 최대한의 속력을 내서 조금이라도 빨리 그 위험 한 길목을 지나 다시금 비교적 안전한 평원으로 나가 대형을 넓히려고 서두르는 것과 같이, 이 고래의 대함대는 해협을 돌 진하며 서서히 그 반원형의 양쪽 날개를 접고 하나의 밀집체 가 되어, 그러면서도 아직 초승달 모양의 원형을 남기면서 서 둘러 헤엄치고 있었다.

돛을 모두 올리고 피쿼드 호는 그들을 따라잡았고, 작살잡 이는 아직 내려지지 않은 보트 앞머리에 서서 작살을 손에 든 채 커다란 소리로 외치고 있었다. 만일 바람만 계속 불어 준다 면 ― 하고 그들은 믿고 있었다 ― 이 대군이 줄곧 순다 해협에 서 추적을 받고 그러다가 동방의 해역으로 접어들어 흩어지기 만 하면 적잖은 수를 잡을 수 있을 것이다. 게다기 이 몰려든 무리 속에 모비 딕이 태국의 대관식 행렬 중인 흰 코끼리처럼 숭배를 받으며 헤엄치고 있지 않으리라고 누가 장담할 수 있 을 것인가! 그래서 우리는 보조돛에 또 보조돛을 더하여 전방 의 거경 무리를 추적했는데, 그때 느닷없이 태쉬테고가 뱃고 물 앞에 보이는 무엇인가를 가리키며 큰소리로 외쳐 대는 것이 들렸다.

　전방의 반원형뿐 아니라, 그것과 대응하는 또 하나의 모습을 후방에서 본 것이다. 그 사방으로 흩어진 흰 안개처럼 보이는 것은 고래 무리의 물보라가 솟았다가 무너지는 것과 매우 흡사했지만, 다만 물보라처럼 확실하게 솟아올랐다 사라졌다 하지는 않고 부단히 떠돌고 있어, 결코 사라지는 일이 없었다. 에이허브는 그것에 가만히 망원경의 조준을 맞춘 뒤 재빨리 그 다리를 꽂은 구멍으로 한 바퀴 돌며 외쳤다.

　"돛대에 올라라! 돛을 적실 채찍과 물통을 준비해라. 말레이 녀석이 쫓아오고 있다!"

　이들 흉악무도한 아시아 인들은 피쿼드 호가 언제 완전히 해협 안으로 들어올까, 하고 곶 그늘에 숨어서 기다리는 것이 지루했던지, 아니면 그 조심성이 너무 지나쳐서 늦어진 것을 회복하려는지 기를 쓰며 추적해 오고 있었다. 그러나 성능이 좋은 피쿼드 호는 알맞은 순풍을 받으며 필사적인 추적을 하고 있던 참이므로 그 소중한 추적에 한층 더 속력을 더할 수 있었으니, 이 암갈색의 박애주의자들은 그야말로 피쿼드 호를 위한 채찍도 되어 주고 박차도 되어 준 셈이었다. 아무튼 친절한 사람들이라 하지 않을 수 없었다.

　에이허브는 망원경을 겨드랑이에 끼고 갑판을 왔다 갔다 하다가, 앞으로 휙 돌아서서 그가 추적하는 괴물들을 노려보곤 다시 뒤로 돌아서서 그를 뒤쫓는 피에 굶주린 해적들을 노려보는 것이었다. 이것이 바로 진정한 그의 심정이었으리라 생각된다. 그리고 배가 지금 달리고 있는 좁고 험한 길 양쪽의 녹음이 우거진 벽 사이의 문을 통해서 그는 복수의 기회가 왔음을 느꼈다. 또한 지금 이 문을 통해서 무서운 종말을 향해 쫓고 쫓기고 있음을 느낄 때뿐만 아니라 야만스럽고 무자비한 해적의 무리와 신을 모르는 악마 같은 짐승의 무리가 그 지옥 같은 저주를 담고 앞뒤에서 그에게 소리지르고 있는 것이라 느꼈을 때, 이와 같은 모든 상념이 그의 뇌리를 스치며 에이허브의 이마는 빛을 잃고 주름이 잡혔다. 그것은 마치 거뭇거뭇한 모래 기슭을 미친 듯 파도가 물어뜯으면서도 거기에 박힌 견고한 무엇인가를 빼앗아 가는 데 실패한 뒤의 상태를 느끼게 하는 것이었다.

그러나 겁 없는 선원들은 거의 그런 상념에 시달리는 일이 없었다. 피쿼드 호가 해적을 확실히 떼어 놓고 마침내 수마트라 쪽의 코카투 곶을 스치고 달려 순식간에 그쪽 넓은 바다로 나아갔을 때, 작살잡이들은 오히려 배가 말레이 인들을 그토록 멋지게 떼어 놓은 것을 기뻐하기보다는 신속한 고래 무리가 배를 멀리 떼어 놓고 가 버린 것에 더욱 슬픔을 느끼는 것이었다. 그러나 계속 고래 무리를 추적하는 동안 미침내 그들의 속도가 감퇴되는 것이 보였고, 따라서 배는 차차 그들 가까이 다가갔다. 마침 바람도 잦아들었으므로 보트를 타라는 명령이 내려졌다. 그러나 고래 무리는 향유고래 특유의 본능으로 그들을 추적하는 세 척의 보트를 — 아직 1마일이나 뒤쪽에 있는 것이었지만 — 알아차리고, 다시 생기를 되찾으며 긴밀하게 대오를 정돈하고 마치 총검의 섬광이 번쩍이는 긴 열처럼 물을 내뿜더니 한층 배가된 속도로 달리기 시작했다.

우리는 옷을 벗어 던지고 셔츠와 팬티만 입은 모습으로 몇 시간째 노를 힘껏 저어 간 끝에 이제는 추적을 단념해야겠다고 생각했다.

그때 고래 무리 전체가 그 자리에서 빙빙 도는 것 같은 동요를 일으켰다. 그것은 그들이 마침내 기이한 혼란으로 인하여 무력한 맴돌기를 시작했다는 것을 명백하게 나타내는 것이었는데, 포경자들은 고래들의 그런 양상을 볼 때 그 고래가 '쩔쩔매고' 있다고 한다.

지금까지는 긴밀한 대열을 이루고 재빨리 당당하게 나아가던 그들은 대열을 흐트러뜨리며 무너져, 마치 알렉산더 대왕의 인도 전투 때의 포루스 왕의 군상처럼 공황의 극에 이르러 광란에 빠진 것같이 보였다. 거대하고 불규칙한 원주를 그리고 사방으로 흩어져 목적도 없이 이리저리 헤엄쳐 다니며 그 짧고 굵은 물보라를 뿌옇게 뿜어 올리는 모습은 분명히 당황하고 있다는 것을 나타내고 있었다. 더욱이 그들 중의 어떤 것은 그 공황을 너무나 명백하게 나타내고 있었는데, 그들은 마치 혼수상태에라도 빠진 것 같았고, 난파해서 물에 잠긴 배처럼 맥없이 바다에 떠돌고 있었다. 이들 거경의 무리가 만일 세 마리의 흉맹스러운 이리에게 쫓기는 어리석은 양 떼에 지나지 않았다 하더라도 그토록 비참한 혼란을 보이지는 못했을 것이다. 그러나 뜻밖에 이렇게 겁에 질린 모습을 보인다는 것은 거의 모든 군서 동물(群棲動物)의 특징이기도 하다.

서부의 사자와 같은 갈기털을 가진 들소는 몇만이라는 무리를 이루면서도 단 한 사람의 말 탄 사람 앞에서 어쩔 줄 모르고 이리저리 달아나고 만다. 그러나 생각해 보면 인간들 역시 극장이라는 테두리 안에 모여 있을 때 별안간 화재 경보를 듣기라도 하는 날이면 혼란에 혼란을 거듭하며 출구로 밀려들어 밀치고 제치고 눌러 대어 참혹하게도 서로 부딪쳐 죽는다. 그러니 우리들 눈앞에 보이는 기묘하게 '쩔쩔매고' 있는 고래 무리에 대해서 경악하는 것은 그만두기로 하자. 지상의 어떤 짐승류의 어리석음일지라도 인류의 아우성에 비한다면 아무것도 아니니까.

이미 말한 바와 같이 고래들은 격렬하게 움직이며 후퇴하지도 않고 한자리에 가만히 몰려 있었다. 이런 경우, 관례에 따라 보트는 즉시 흩어져서 각각 무리 바깥쪽에 있는 고독한 고래 중의 어느 놈인가를 목표로 삼는다. 대략 3분쯤 지났을 때 퀴퀘그의 작살은 던져지고 부상한 고래는 눈가리개를 해 버리려는 듯 그 물보라를 우리 얼굴에 끼얹고는 무리의 중심부를 향해 곧은 선을 그으며 광선처럼 신속히 도주하기 시작했다. 그러나 이런 입장에 놓인 고래가 그런 동작을 한다는 것은 언제나 예측되는 일이었다. 그렇긴 하지만 그것은 추측할 수 없는 포경의 위험 중 하나였다. 즉 질주하는 괴마가 여러분을 시시각각 광란의 무리 속 깊은 곳으로 끌어갈 때, 여러분들은 생의 질서에는 작별을 고한 상태, 전율하고 진동하는 그 한복판에 존재하고 있는 것이다.

고래가 눈을 질끈 감고 아무 소리도 듣지 않고 몸에 꽂혀 박힌 강철 흡혈귀를 오직 속도의 힘에 의해 떼 버리려는 듯 돌아보지도 않고 돌진할 때, 그리고 우리가 해면에 흰 물자국을 일으키며 나는 듯이 끌려가고, 또 사방에서 우리 주위를 맴돌며 폭주하는 광란의 동물에 겁을 먹고 있을 때, 그 포위 속에 우리 보트는, 배가 폭풍우 속에서 숱한 빙산에 둘러싸여 그 복잡한 골짜기와 해협 속을 헤쳐 가며 어느 순간 밀려 산산조각이 날는지도 모르는 가운데 허우적거리는 것과 다름없었다.

그러나 퀴퀘그는 조금도 당황하지 않고 늠름하게 보트를 전진시키고 우리들 정면에 누워 있는 괴물을 번개처럼 잽싸게 피하는가 하면 또 그 거대한 꼬리지느러미를 머리 위로 쳐들고 덤벼 오는 괴물을 간신히 비켜 달리기도 했는데, 그동안 스타벅은 창을 손에 들고 뱃머리에 서서, 길을 방해하는 고래들에게 긴 투창을 쓸 틈이 없어 짧은 창으로 닥치는 대로 찌르는 것이었다. 또 다른 선원들도 그 본래의 임무는 전혀 필요가 없게 되어 있었지만, 그래도 가만히 방관하고 있지만은 않았다. 그들은 주로 위기의 순간에 고함을 지르는 역할을 맡고 있었다.

"이봐, 비켜!"

한 사나이가 훅 달린 거경을 향해 외쳤다. 그 녀석은 뱃전과 스칠까 말까 하는 곳에서 그 몸 끝의 부채를 흔들며 조용히 바람을 쐬고 있는 것 같았다.

모든 포경용 보트는 '드러그'라 불리는, 본래 난터케트의 인디언이 발명한 기묘한 도구를 싣고 다닌다. 이것은 같은 크기의 두 장의 네모난 나무판자가, 그 나뭇결이 직각으로 교차되도록 단단히 붙여진 것으로, 그 나무 한복판에 꽤 긴 밧줄이 달려 있었다. 그 밧줄의 다른 한쪽 끝은 고리로 되어 즉시 작살에 맬 수 있도록 되어 있었다.

이 드러그는 주로 '쩔쩔매고' 있는 고래들을 상대로 사용됐다. 왜냐하면 그런 때에는 도저히 한 번에 쫓을 수 없을 정도로 많은 고래가 우리를 둘러싸고 있기 때문이다. 더욱이 향유고래는 매일 만날 수 있는 존재가 아니므로 될 수 있으면 만났을 때 전부를 해치워야 했다. 그리고 만일 한꺼번에 모두를 해치울 수가 있다면 그 '날개'를 못 쓰게 해 두었다가 나중에 천천히 죽여야 한다. 그렇기 때문에 그런 경우에 드러그가 필요하게 된다. 우리 보트에는 그것이 세 개 준비되어 있었다.

첫 번째 것과 두 번째 것은 정확히 명중되었다. 고래는 옆구리에 매달리는 드러그의 거대한 힘의 저항에 방해되어 비틀거리며 달아나기 시작했다. 말하자면 쇠뭉치가 달린 쇠사슬에 묶인 범인처럼 괴로워하고 있었다. 그러나 세 번째 것을 던져 그 울퉁불퉁한 나무토막이 바야흐로 바다에 떨어지려 하는 순간, 보트의 시트에 부딪쳐 순식간에 그것을 부숴 버리며 함께 날아가 버리고 말았다. 그 자리의 선원은 시트가 날아가 버린 덕분에 배의 바닥에 떨어져 버렸다. 바닷물이 양쪽에서 배의 구멍을 향해 밀려들려 했지만, 우리는 셔츠와 팬티 두세 개를 쑤셔 넣어 침수를 잠시 동안 막을 수 있었다.

만일 우리가 고래 무리 속으로 돌진해 감에 따라 작살에 찔린 고래의 속도가 몹시 감퇴되지 않았다면 이런 드러그가 달린 작살을 투사한다는 것은 거의 불가능했을 것이다. 그리고 우리가 소란의 주변으로부터 차차 안쪽 깊숙이 들어감에 따라 굉장한 공황도 차차 가라앉으려 하고 있었다. 그리하여 물고 늘어진 작살이 마침내 빠져 버리고 우리를 끌고 가던 고래도 옆길로 모습을 감추어 버렸다. 우리는 그가 떨어져 갈 때의 여파가 차차 줄어듦에 따라 두 고래 사이를 미끄러지며 무리의 가장 중심 되는 곳에 마치 어느 산의 급류 속에서 조용한 골짜기의 호수로 들어가듯 미끄러져 들어갔다. 거기서도 물론 외부에 있는 고래들의 울부짖는 소리는 들려왔지만, 마치 다른 세상 같았다. 이 중심부의 바다는 마치 기름을 부은 것처럼 매끄러운 비단과도 같은 면을 보이고 있었는데, 그것은 고래가 평안한 기분을 맛보고 있을 때 내뿜는 찐득찐득한 점액 때문이었다. 그렇다. 우리는 지금 온갖 중심점에 숨겨져 있다고 사람들이 말하는 바로 그 기이한 정적 속에 있는 것이다. 그렇지만 멀리 바라보면 외곽에서 빙글빙글 돌며 소동을 벌이고 있는 광란이 보였고, 또 차례차례로 여덟 마리에서 열 마리 정도로 보이는 고래의 작은 무리가 둥근 모양의 경마장을 달리는 무수한 말의 무리처럼 질주하면서 원을 그리는 것이 보였는다. 그것은 마치 서로 어깨를 맞대고 있는 모습이었으므로 서커스의 거인 기수라면 가운데 있는 고래 위에 올라타서 그 등을 뛰어다닐 수도 있었을 것이다. 이 대군의 축 부분을 직접 싸고돌며 휴식을 취하고 있는 고래 무리의 두꺼운 벽 때문에 지금으로서는 우리가 탈출할 수 있는 기회를 발견하기란 불가능해 보였다.

우리를 둘러싼 벽, 우리를 유쾌하게 하기 위해 아까 열렸던 벽에 다시금 구멍이 뚫리는 것을 기다리는 수밖에 별 도리가 없었다. 이렇게 호수의 중심점에 있을 때 이따금 작고 온순한 암고래와 새끼 고래가 다가오곤 했는데, 그들은 우리를 초대한 시끄러운 주인장과 아낙네들과 자녀들이었다.

이때 이 고래 무리가 만든 전 영역은, 만일 몇 겹으로 회전하는 외부의 원과 원 사이의 해면을 포함하고 또 이들 원 안의 갖가지 작은 무리 사이의 해면을 포함한다면 그 넓이가 적어도 2, 3평방마일은 되어 보였다.

아무튼 ─ 이런 경우의 증언은 믿을 바가 못 되지만 ─ 우리의 낮은 보트에서 볼 때 물보라는 수평선 끝에서 솟아오르고 있는 것처럼 보였다. 내가 이 상황에 대하여 이야기하는 것은 다음과 같은 이유에서이다. 즉 암컷과 새끼들을 이 가장 안쪽의 울타리 속에 가둔 것은 어떤 목적이 있었기 때문인 것 같았으며, 또 이 대군이 차지하는 해면의 광대함 때문에 암컷과 새끼들은 대군이 정지한 이유를 올바로 알 수가 없었던 것 같았다. 그들은 매우 젊고 의심할 줄 모르며 천진난만하여 경험이 없는 것으로 보이기도 했지만, 아무튼 이들 작은 고래들 ─ 호숫가로부터 가끔 정지해 있는 우리 보트를 방문하곤 했던 것들—의 모습을 보면 그들은 이상하리만큼 우리를 두려워하지 않았다. 우리를 믿고 있었든지 아니면 기적이라 할 만큼 혼란과 상심에 빠져 있기 때문일 것이다. 그들은 마치 길들인 개처럼 콧소리를 내며 우리들 주위에 나타나 뱃전 가까이 접근해 왔는데, 어떤 고래는 뱃전에 닿기도 했다. 나중에는 그들이 어떤 마법에라도 걸려 갑자기 가축이 되어 버린 것이 아닐까 생각될 정도였다. 퀴퀘그는 그들의 얼굴을 가볍게 두드려 주었고, 스타벅은 그 등을 창으로 긁어 주었다. 그리고 후환이 두려워 얼마 동안은 창으로 찌르는 것을 삼가고 있었다.

그러나 이 수면 밑 깊은 곳에 또 다른 기이한 세계가 있다는 것을 우리는 뱃전에서 들여다보았을 때 알게 되었다. 그것은 이 물속의 푸른 하늘 한복판에 떠돌며 표류하고 있는 수유하는 어미 고래들과 그 커다란 몸집으로 보아 가까운 시일 안에 어미가 되려 하는 고래들의 모습이었다.

내가 이미 암시를 주었던 것과 마찬가지로 이 호수는 매우 깊은 곳까지도 놀랄 만큼 투명했다. 또한 갓난아기들이 젖을 빨 때는 마치 거의 동시에 두 가지 생활을 하고 있듯이, 엄마 젖에서 눈을 떼고 조용히 황홀한 눈길로 어딘가 먼 곳을 보면서 육체의 영양을 삼키는 한편, 멀리 버리고 온 전생의 추억에 잠기고 있는 그런 눈으로 우리 쪽을 올려다보고 있었다. 그것은 우리를 지켜보고 있다기보다는 그저 그들의 갓 열린 눈에 기껏 한 줌의 풀 정도로 비치고 있는 것 같았다. 그 옆에 떠다니는 어미들도 역시 조용히 우리를 바라보고 있는 것 같았다.

이들 새끼 고래 중 하나는 신기하게도 태어난 지 하루가 지났을까 말까 할 정도로 보였는데도 그 몸길이는 대략 14피트, 몸통 둘레는 6피트쯤은 되었음직했다. 그는 다소 몸을 구부리고 있었는데, 그 몸은 조금 전까지 어미의 자궁 속에서 취하고 있던 옹색한 자세 ─ 태어나기 전의 고래 태아는 결정적으로 뛰어나갈 한 순간을 대비하여 꼬리부터 머리까지를 자궁 속에서 타타르 인의 활처럼 구부리고 있다 ─ 그것이 아직 전혀 교정되지 않고 있는 것이었다. 나긋나긋한 옆지느러미, 꼬리 끝의 갈라진 조각은 다른 세계에서 도착한 갓난아기의 귀와도 같이 하늘하늘하며 마구 구겨진 모습을 보이고 있었다.

"밧줄! 밧줄!"

뱃전에서 눈길을 떼며 퀴퀘그가 외쳤다.

"녀석을 해치워라! 녀석을 해치워라! 누가 밧줄을 달겠는가! 누가 찔러 넣겠나! 고래 두 마리다! 하나는 크고 하나는 작다!"

"이봐, 뭘 지껄이고 있는 거야?"

"봐, 저기!"

퀴퀘그가 가만히 손가락질을 했다.

작살을 맞은 고래가 보트에서 수백 발의 밧줄을 풀어 대고 있는 것처럼, 또 그 고래가 해저로 잠수한 뒤에 다시 떠올라와 느슨해진 밧줄을 공중으로 가볍게 흔들어 선회시키는 것처럼, 그때 거경 부인의 배에서 탯줄이 아직 조그만 갓난 고래를 어미 몸에 매달고 길게 원을 만들고 있는 것을 스타벅은 보았다. 고래 추적의 어지러운 극 속에는 가끔 이 천연의 밧줄이 모체로부터 끊겨 나와 삼베 밧줄에 얽히고, 그로 인해 갓난 고래가 잡히는 수가 있다. 그리고 또 우리는 해양의 가장 미묘한 비밀 중의 또 한 가지가 이 마법의 못 속에서 우리들에게 계시되는 것을 보았다. 젊은 거경이 바닷속에서 포옹하는 것을 보았던 것이다.

이리하여 공포와 당혹의 몇 겹 윤무에 둘러싸였으면서도 그 중심부에 있는 얄밉기까지 한 고래들은 드러내 놓고 겁도 없이 온갖 다정한 행위에 빠져서 서로 장난치며 깊은 환희 속에 마음껏 취해 있는 것이었다. 그리고 그와 마찬가지로 나 역시 사납게 날뛰는 대서양 한복판에 있으면서도 나의 중심부는 적막을 언제나 유지하고 있었고, 끊임없는 고뇌가 대유성처럼 내 주위를 회전할 때에도 깊은 밑바닥 안쪽에서는 나는 여전히 그 영겁의 온유한 기쁨 속에 몸을 담그곤 했던 것이다.

우리가 이런 황홀경에서 노닐고 있을 때에도 먼 곳에서는 가끔 급격한 광란이 일어나곤 하는 것이 보였고, 그로 인하여 우리는 다른 보트가 아직도 활동을 계속하며, 대군의 변경 부분에서 고래를 끌어당기기도 하고, 또는 첫 번째 원 안에 넓은 장소와 편리한 피난처가 있음을 이용하여 고래와 격투를 벌이고 있다는 것을 알 수 있었다. 그러나 끌려가며 사납게 날뛰는 고래가 가끔 윤무의 열을 엉망으로 뚫고 달리는 광경도 우리 앞에 벌어진 광경에 비하면 아무것도 아니었다. 유달리 힘이 세고 빠른 고래에게 작살이 박혔을 때는 그 거대한 꼬리 부분을 찢거나 자르거나 하여 불구로 만드는 것이 보통이었다. 그렇게 하기 위해서는 손잡이가 짧은 끌을 투사하는데, 거기에는 그것을 다시 끌어 오기 위한 밧줄이 달려 있다. 그런데 지금 그 부분에 상처를 입은 한 마리가(나중에 안 일이지만) 완전히 불구가 되지 않았던 모양인지 보트에서 몸을 비틀어 빼며 작살줄의 반쯤을 끌면서 달렸는데, 견딜 수 없는 아픔에 몸을 뒤틀며 윤무의 열 속을 두루 달려 사라토가의 싸움터에서 말 위에서 고군분투한 아놀드(미국 독립전쟁의 용장)처럼 가는 곳마다 태풍을 일으키는 것이었다.

이 고래는 상처로 고통이 심했고, 그 광경이 처참하기 그지없긴 했지만, 그러나 그가 그 대군의 다른 것들 사이에 불러일으킨 어떤 특수한 공포가 무엇 때문이었는지는 처음에는 알 수가 없었다. 그와 우리들 사이의 거리가 너무나 멀었기 때문이었다.

그러나 잠시 후 우리가 알게 된 바에 의하면 이 고래는 포경 사상 도저히 상상할 수도 없는 대참사를 빚었던 것이었다. 이 고래는 자기가 끌고 가는 작살줄에 얽매여 그것을 달고 달리던 중, 그 끝에 달린 밧줄의 반대쪽에서 나풀거리고 있던 끄트머리가 이윽고 그의 꼬리에 감긴 작살줄의 얽힘에 단단히 꼬여 매이고, 끌날 그 자체는 그의 살에서 떨어져 나와 밧줄 끝에서 날뛰고 있었던 것이다. 이런 고문을 당하고 미쳐 버린 고래는 마침내 바닷물에 소용돌이를 일으키면서 마구 돌면서, 탄력성 있는 꼬리로 사납게 물을 때리고, 날카로운 끌날을 함부로 휘둘러 동료들에게 상처를 입히고 있었던 것이다.

이 무서운 사태가 모든 고래들을 망연자실한 상태에서 깨어나게 했던 모양이었다. 우선 우리가 표류하고 있는 호숫가의 고래들이 조금씩 웅성거리기 시작하고, 멀리서 밀려온 큰 파도의 여운으로 이윽고 호수 자체가 조금씩 굽이치기 시작하자, 해저의 신혼 침실과 육아실은 사라져 버리고 중심에 가까이 있던 고래들은 그 원을 차차 좁히며 작은 무리를 이루어 헤엄치기 시작하는 것이었다.

이제 길고 나른한 휴식은 사라져 가고 있었다. 이윽고 낮은 신음 소리 같은 것이 가까워 오는가 싶더니 봄에 허드슨 강의 얼음이 녹을 때 강물에 뒹굴며 비벼 대고 있는 얼음 덩어리처럼 모든 고래들은 그 중심점을 향해 몰려들었다. 그것은 마치 서로 겹쳐 하나의 거대한 언덕을 이루려는 것 같았다. 그때 재빨리 스타벅과 퀴퀘그는 위치를 바꾸어 드디어 스타벅이 뱃고물에 섰다.

"노를 잡아라! 노를!"

키를 잡으면서 그는 날카로운 목소리로 외쳤다.

"자, 노를 잡아라! 정신 바짝 차려라! 이봐, 저기, 조심해! 이봐, 퀴퀘그, 그 녀석을, 거기 고래를 밀어내! 찔러 버려! 두들겨, 어서 단단히! 자, 어서, 모두들 저어라! 고래들은 걱정마라. 타고 올라 그냥 저어 나가자!"

보트는 지금 거선과 같이 방대한 두 개의 시커먼 동체 사이에 끼게 되었고, 그 사이에는 다만 길고 좁다랗게 다르다넬스 해협이 남겨져 있을 뿐이었다. 그러나 전력을 다한 덕분에 겨우 길을 열 수가 있었다. 그리고 거기서 또 격렬하게 노를 저으며 동시에 눈을 크게 뜨고 다음 출구를 찾았다. 몇 번씩이나 이렇게 아슬아슬한 고비를 넘긴 우리는 마침내 조금 전까지 외곽의 원을 이루고 있던 것의 뒤로 미끄러져 나왔는데, 거기에서는 지금 고래들이 하나 둘씩 중심점을 향해 빠른 속도로 질주하고 있었다. 이 행운의 탈출을 위해 지불한 희생은 매우 값싼 것으로, 퀴퀘그의 모자가 하나 날아갔을 뿐이었다. 그가 뱃머리에 서서 창을 들고 갈팡질팡하는 고래를 찌르려 할 때 폭넓게 두 개로 갈라진 꼬리가 슛 하고 스쳐 가는 바람에 그 공기의 급류가 그의 머리에서 모자를 날아가게 했던 것이다.

이제껏 광범위하게 일어났던 대소동은 혼돈과 무질서였지만, 오래지 않아 질서 있는 운동으로 바뀌어 갔다. 왜냐하면 마침내 하나의 밀집체를 조직하고 그로부터 다시금 전진을 시작하여 점점 속도를 더해 갔기 때문이었다. 더 이상 추적해 보아도 소용이 없는 일이었지만, 보트는 고래가 지나간 언저리를 헤매며 드러그에 걸려 뒤떨어진 고래가 있으면 손을 대기도 하고 플라스크가 죽여 표지를 해 둔 것을 잡기도 했다. 그 표식은 깃발을 단 막대기였는데, 어느 보트나 두세 개는 그것들을 가지고 있었고, 급히 다음 목표물을 쫓아갈 때 그 막대기를 죽어 떠 있는 고래의 몸뚱이에 찔러 세워 해상의 목표로 함과 동시에 다른 포경선의 보트가 다가올 경우에는 소유권의 증거로도 삼는 것이었다.

이 추적의 성적은 포경계의 그 명언, 고래가 많으면 어획이 적다는 말을 증언하는 하나의 실례였다. 드러그에 걸린 고래 가운데 손에 들어온 것은 겨우 한 마리뿐이었다. 나머지는 달아났다. 그러나 머지않아 결국은 피쿼드 호가 아닌 다른 배에 잡히게 된다. 거기에 대해서는 뒤에 다시 말하겠다.

88장 | 학교와 교사들

앞의 장에서는 향유고래의 커다란 집단 또는 군집에 대하여 언급했고 그런 집결의 원인이라 생각되는 것도 말했다.

이런 대집단은 오늘날에 있어서도 가끔은 볼 수 있으며, 20마리부터 50마리 정도의 작은 고래 무리들은 쉽게 볼 수 있다는 말을 해 두어야 할 것이다. 그런 무리를 학교(school이라는 단어에는 어군이라는 뜻도 있다)라고 한다.

그것은 흔히 두 종류로 나뉜다. 거의 모두가 암컷으로 이루어진 것과 다만 허리가 날렵한 수컷―흔히 황소라 불리는 것―만으로 이루어진 것의 두 가지이다.

여자 학교에는 언제나 한 마리의 성숙하기는 하지만 늙지도 않은 수컷이 기사로서 수행하고 있는데, 그는 어떤 위험에 부닥칠 때면 기사도를 발휘하여 집단의 후미로 가 숙녀들의 도주를 비호해 준다. 사실 이 신사는 사치스러운 터키 왕이어서, 바다의 세계를 유유히 거닐며 후궁의 온갖 위안과 쾌락 속에 둘러싸여 있는 것이다. 이 왕은 언제나 가장 웅대한 체구의 소유자임에 비해 비빈(妃嬪)들은 성숙하여 한창 나이가 된 것이라도 수고래의 평균 크기의 3분의 1을 넘지 못한다. 또 섬세하고 매력적이라고도 할 수 있으며, 몸통 둘레가 내 생각으로는 결코 6야드를 넘지 못한다. 하지만 전체적으로 볼 때 그들은 유전적으로 풍만한 체형이다.

이 후궁과 그 왕이 한가롭게 거닐고 있는 모습을 보는 것은 매우 재미있다. 상류 계급의 귀인들처럼 그들은 언제나 시간만 있으면 기분 전환을 위해 몸을 움직인다. 슬슬 적도 언저리에서 먹이를 취해야 할 무렵이 되면 그들은 거기에 나타나는데, 아마도 그들은 북쪽 바다에서 여름의 더위와 불쾌한 나른함을 피하고 있었던 것이리라. 그러다가 이윽고 적도를 거니는 왕래에도 권태를 느끼게 되면 그들은 냉기를 찾아 동쪽 바다로 향하여 다시 다가올 더운 계절을 피한다.

이런 여행길을 유유히 가고 있을 때 만일 무엇인가 이상한 광경이 보이게 되면 왕인 고래는 그의 사랑스러운 가족들을 주의 깊게 감시한다. 만일 어느 건방진 젊은 고래가 허락도 없이 어느 부인 곁으로 다정한 듯이 다가가려고 하거나 하면 대감마님은 참으로 무시무시한 분노에 불타며 그 녀석에게 덤벼들어 쫓아 버릴 것이다. 사실 그런 젊은 놈팡이가 이 성스러운 열락의 장소에 끼어들게 되면 어떻게 될 것인가? 대감마님이 아무리 애써 본들 이 가장 악질인 로사리오(영국의 니콜라스 로가 쓴 희곡 《회개한 여인》에 나오는 정사꾼)가 자신의 침대에 숨어드는 것을 막을 수는 없을 것이다. 왜냐하면 모든 물고기는 혼교(混交)하기 때문이다.

육지에서 부인들은 그녀를 목표로 하는 경쟁자들 사이에 참으로 두려운 결투의 원인이 될 때가 많은데, 고래의 세계에서도 마찬가지로 그들 역시 다만 사랑 때문에 결사적인 싸움을 할 때가 있다. 그들은 길고 큰 턱으로 서로 싸우며 그것을 심하게 물어뜯을 때도 있는데, 마치 뿔을 서로 비비며 싸우는 큰 사슴처럼 우열을 겨루기 위해 치열하게 싸운다. 이 결투에서 얻은 깊은 상처를 가진 고래가 잡히는 일도 드물지 않으며, 거기에서 상처투성이의 머리, 부서진 이빨, 너덜거리는 지느러미, 그리고 때로는 뒤틀린 턱 따위를 볼 수 있다.

어쨌든 사랑의 보금자리를 침범한 자가 후궁의 주인의 첫 번째 공격에서 재빨리 몸을 피한 경우에 그 주인을 관찰하는 것은 참으로 재미있다. 그는 젊은 로사리오에게 보란 듯이 자랑할 수 있는 거리에서 천천히 후궁인 암컷들 속에 다시금 자신의 거구를 들여놓고 잠시 거기서 장난을 치는데, 그것은 마치 천 명의 비빈들에 둘러싸여 경건한 태도로 신에게 기도를 드리는 솔로몬 왕과도 흡사하다. 고래잡이는 만일 시야에 다른 고래가 있는 한, 이런 터키 왕을 추적하는 짓은 절대로 하지 않는다. 왜냐하면 이런 왕은 자신의 정력을 몹시 낭비하여 기름기가 적기 때문이다.

여기서 태어나는 아들이나 딸들은 어떻게 되는가? 그들은 기껏 엄마의 시중을 얼마간 받을 뿐, 그 뒤로는 스스로 자신의 처세를 해 나가야 한다. 이것저것 닥치는 대로 먹어 치우는 사랑의 방랑자와 우리 고래의 대감마님도 닮았는지, 침실은 좋아하지만 육아실에는 흥미가 없고 따라서 위대한 여행가이기도 한 그는 아버지가 누구인지 알지 못하는 자녀를 전 세계에 흩어 놓고 어느 아이나 모두 이방인이 되게 한다. 하지만 시간이 흘러 청춘의 열기도 쇠퇴하고 연륜과 반점만 늘고 사려 분별이 침착성을 가르치면, 즉 하염없는 권태로움이 이제 모든 것에 싫증이 난 터키 왕을 감싸면, 안락과 덕을 지향한 사랑이 아가씨에 대한 사랑 대신 싹트고, 우리들의 왕도 삶에 있어서의 불능, 회한, 설교벽이 어리는 시기로 접어든다. 이윽고 그는 후궁을 모두 해산시키고 도덕적이고 까다로운 노인이 되어 오직 홀로 경도 위도 사이를 방황하면서 기도문을 중얼거리고 만나는 젊은 고래마다 붙들고 정사(政事)의 과오에 대하여 주의를 준다.

그런데 고래의 후궁이 어부들 사이에서 학교라 불리는 이상, 그 학교의 주인이며 대감마님인 자는 일의 순서에 따라 편의상 교사라 하지 않을 수가 없다. 그런 그가 그 학교를 퇴직한 뒤 외계로 나가 거기서 배운 바를 설교하지는 않고 그곳의 어리석음에 대해서만 늘어놓는 것은 그야말로 훌륭한 풍자가 되기는 하겠지만 어딘가 좀 어울리지 않는 이야기이다. 그의 이 교사라는 칭호가 후궁을 학교라 부르는 데서 비롯되었음은 당연한 일이지만, 세상에는 그것에 대해 억측을 부리는 자도 있다. 그들은 이런 터키 인다운 고래에게 최초로 그 칭호를 준 자는 비도크(프랑스의 탐정. 처음에 범죄인이었다가 후에 탐정으로 활약)의 비망록을 읽은 것이 틀림없고, 그 이름 높은 프랑스 인이 젊은 시절에 어떤 종류의 시골 교사였는지, 또 어떤 성질의 비결을 생도들 중의 어떤 여학생에게 가르쳤는지에 대해 알고 있었음에 틀림없다고 말하는 것이다.

교사 고래가 그 말년에 취하게 되는 은둔고적(隱遁孤寂)의 모습은 모든 늙은 향유고래에게 통하는 바이기도 하다. 모든 경우에 있어서 동떨어진 고래, 고독한 거경은 나이가 많다는 것을 알 수 있다. 낡아 빠지고 이끼 낀 수염을 기른 다니엘(변경 탐험가)처럼 노경은 '자연'만을 가까이 하며, 황량한 바닷속에서 자연을 아내 삼아 지내는데, 많은 우울한 비밀을 간직하고 있다고는 해도 그야말로 가장 착한 아내라고 할 수 있을 것이다.

젊고 날렵한 고래만으로 이루어진 학교는 앞에서도 말한 바와 같이 후궁 학교와는 현저하게 대조적이다. 저 암고래들은 본질적으로 겁쟁이이지만, 섦은 수고래 또는 '40배럴 맹우(猛雨)'라 불리는 이들은 모든 고래족 중에서도 가장 투쟁적이며, 아마 우리에게 있어서도 가장 위험한 상대일 것이다.

하지만 가끔 나오는 저 기괴한 회색 머리에 어두컴컴한 빛의 고래는 더욱 사나우며, 천형적(天刑的) 신경통으로 노진하여 미쳐 버린 흉포한 악마처럼 덤벼들 것이리라.

40배럴 맹우 학교는 후궁 학교보다도 크다. 젊은 대학생 무리처럼 그들은 발랄하며 장난꾸러기이고 버릇없이 온 세계를 멋대로 장난치며 돌아다니므로 보험 회사에서도 바보가 아닌 이상 그들에 대하여 예일이나 하버드 대학의 난폭자 이상의 조건으로 받아들이지는 않을 것이다. 그렇긴 하지만 그들도 언젠가는 이 폭풍 같은 생활을 끝내는 것이며, 4분의 3쯤 어른이 되면 해산하여 각자 정착할 장소를, 즉 후궁을 찾아 길을 떠난다.

남학교와 여학교 사이의 또 하나 다른 점은 이렇다. 예를 들어 누군가 40배럴 맹우를 쓰러뜨렸다고 하자. 가엾게도 그의 모든 벗은 그를 저버리고 가 버릴 것이다. 그러나 후궁 학교의 한 마리를 쓰러뜨려 보자. 그녀의 친구들은 그 주위를 매우 슬픈 듯이 헤엄쳐 돌아다니고, 자칫하면 너무 가까이에 오래 머물기 때문에 자신마저 포획되는 불상사를 초래하기도 한다.

89장 | 잡힌 고래, 놓친 고래

88장에서 '표지'와 그 표지 막대기에 대해서 언급한 이상, 이 표지이라는 것이 커다란 상징이 되고 기호가 되는 포경상의 법률과 법규에 대하여 얼마간 언급해 둘 필요가 있을 것이다.

가끔 일어나는 일이지만 여러 척의 포경선이 한데 어울려 유영하고 있을 경우, 고래가 어느 배의 작살을 맞고 달아났다가 결국 나중에 다른 배에 의하여 살해되어 잡히는 경우, 이 하나의 커다란 사태에 부수적으로 따르는 온갖 부차적인 사건들이 간접적으로 발생한다.

예를 들면, 온갖 힘을 다한 위험한 추적과 포획 뒤에 심한 태풍 때문에 고래를 놓치는 경우가 있다. 그것이 멀리 바람이 불어 가는 쪽으로 흘러가 버렸을 경우 두 번째 배가 생명도 밧줄도 위험 앞에 드러내는 일 없이 잔잔한 가운데 쉽사리 자기네 뱃전으로 끌고 가게 되는 수가 있다. 그런 경우 만일 성문율이든 불문율이든 간에, 모든 경우에 들어맞는 보편적인 법이 없다면 가장 귀찮고 격렬한 논쟁이 어부들 사이에 벌어지게 될 것이다.

아마 입법부의 제정에 의하여 권위를 얻은 유일한 포경법은 네덜란드의 것이리라. 그것은 1695년에 의회에 의해 선포된 것이다. 그러나 달리 성문으로 된 포경법이 없다고는 하지만 미국의 어부들은 그 문제에 대해 독립·독자적으로 입법하고 시행했다. 그것은 간결하고도 주밀하기가 유스티니아누스 법전이나 중국의 '남의 일에 간섭함을 금하는' 협회의 부칙보다도 뛰어난 것이다. 분명히 그 법규는 앤 여왕의 동전이나 작살의 날에 새겨 목걸이로 할 수 있을 만큼 짧은 것이긴 하지만 말이다.

1. 잡힌 고래는 찌른 자에게 속한다.
2. 아직 잡히지 않은 고래는 최초에 잡은 자에게 속한다.

그러나 이 훌륭한 법전으로도 잘못이 생겨날 때가 있는 것은 그 간결함 때문으로, 이것을 보충하는 방대한 주석을 필요로 하게 된다.

첫째로, 잡힌 고래란 무엇인가? 무릇 살았든 죽었든 고래가 사람이 탄 배 또는 보트에 돛대, 노, 9인치 밧줄, 전선, 거미

줄, 그 밖에 무엇이든 한 사람 또는 그 이상의 선원에 의하여 조작되는 매체로써 계류되어 있을 때는 실질적으로 잡힌 것이다. 마찬가지로 그 물고기가 '표지'나 또는 그 밖의 무엇이든 공인된 소유권의 표지가 부착되어 있을 때는 그 표지를 부착한 당사자가 그것을 포획할 의도, 그리고 그 능력을 명백히 나타내는 한에 있어서 그 물고기는 실질적으로 잡힌 것이다.

이것이 학문적인 주석이다. 그러나 고래잡이 자신들의 주석은 때로는 강한 분노나 보다 센 주먹질, 코크와 리틀톤(영국의 법률가)의 투쟁으로 나타나는 것이다. 물론 고래잡이들 중에서도 성실하고 정직한 자들은 타인이 추적하거나 죽인 고래를 차지하려고 버티는 것을 용서받을 수 없는 부정과 불의라고 인정한다. 그러나 그처럼 신중한 친구들만 있는 것은 아니다.

50년쯤 전에 영국의 법정에서 특이한 고래 횡령 사건으로 소송이 벌어진 일이 있었다. 원고 측의 진술에 따르면 북해에서 열심히 한 마리의 고래를 추적한 끝에 그들(원고)은 멋지게 작살을 찔러 넣기는 했지만 마침내 생명의 위기에 봉착하여 밧줄뿐 아니라 보트마저 포기하지 않으면 안 되었다. 그 뒤, 피고 측(다른 배의 선원)이 그 고래를 뒤쫓아 죽이고 마침내 원고의 눈앞에서 횡령하고 말았다. 그런데 피고 측이 그 항의를 받았을 때 그 선장은 원고의 얼굴 앞에 손가락을 퉁겨 소리를 내면서 자신이 그만큼 공을 세웠으니까 그 상으로 고래를 잡았을 때 매달려 있던 상대편의 밧줄도 작살도 보트도 가져야겠다고 선언한 것이었다. 그래서 원고 측은 고래와 밧줄과 작살과 보트의 손해배상을 청구한 것이다.

피고 측의 변호사는 어스킨, 재판장은 엘렌보로 경이었다. 재판의 진행 도중, 기지에 넘치는 어스킨은 자기 편의 입장을 변명하기 위해 최근의 한 간통 사건을 언급했다.

한 신사가 부인의 난행을 제어하는 데 실패하여 인생의 사나운 바닷속에 그녀를 버릴 수밖에 없었지만, 몇 해 뒤에 지난날의 그 결정을 후회하고 다시금 그녀를 되찾고자 소송을 제기했던 것이다. 어스킨은 그때 반대 측 변호사였는데, 변론에서 이렇게 말했다. 물론 그 신사는 처음에 그 부인에게 작살을 찔러 넣은 것이긴 하지만, 즉 일시적으로 잡아 두긴 했지만, 그 뒤 난행의 바다로 들어가는 그녀의 힘과 싸울 수 없어 마침내 그녀를 유기한 것이다. 그 결과 그녀는 외로운 고래가 되었으며, 다음에 나타난 신사가 두 번째의 작살을 찔러 넣었을 때, 부인은 자신에게 찍혀 매달린 첫 번째 작살과 함께 다음 신사의 소유가 되었던 것이라고.

자, 이제 이번 소송에 대하여 살펴보건대, 이 고래와 이 부인의 예는 서로 그 진실을 분명히 증명하고 있다는 것이 어스킨의 주장이었다.

이런 변론, 그리고 반대 측 변론을 들은 뒤에 조예가 깊은 재판장은 법이 정한 원칙에 따라 이런 판결을 내렸다. 즉 보트는 원고 등이 그들 자신의 생명을 구하기 위해 포기한 것이므로 이를 원고에게 돌려주지만 논쟁물인 고래와 작살과 밧줄은 피고에게 속해야 한다. 그 이유는 고래에 대해 말하면 그것이 최종적으로 포획되었을 때에는 '놓친 고래'였던 것이며, 또한 작살과 밧줄에 대해 언급하자면 물고기가 이를 달고 도주한 시점에서 당사자(물고기)는 이들 물건의 소유권을 획득했다고 보아야 하는 것이다. 그 뒤에 그 물고기를 포획한 자는 이들 물고기에 관한 권리를 가진다. 그런데 피고는 뒤에 물고기를 잡은 것이므로, 앞에서 말한 물건도 그들의 것이 된다.

일반인은 이 학식 높은 법관의 판결에 대해서 아마 반대하고 싶어질 것이다. 그러나 사태의 근거를 이루는 반석까지 파고들어 간다면 앞에서 인용하고 지금 예를 들어 말한 소송 사건에 있어서 엘렌보로 경이 적용하고 해명한 대로, '잡힌 고래'와 '놓친 고래'에 대한 두 원칙이야말로 인간계의 모든 법률의 근간을 이루는 것임을 알 수 있을 것이다. 왜냐하면 법의 전당도 그 조각이 아무리 복잡한 무늬로 되어 있다고 해도 기대고 서는 기둥은 둘 뿐인 것이다.

누구나 입에 담는 속담에 '가진다는 것은 법률의 절반은 된다.'라는 것이 있는데, 이 말은 그것이 어떻게 손에 들어갔는가는 문제 삼지 않는다는 것이다. 어디 그뿐인가? 가끔 가진다는 것은 법률의 전부가 되기도 하는 것이다. 러시아의 농노와 공화국(미국을 가리키는 것이리라) 노예들의 육체와 혼은 잡힌 고래이며 거기서는 소유가 법의 모든 것을 이기는 것이 아닐까? 과부의 마지막 동전 한 닢이 욕심 많은 지주에게 있어서 '잡힌 고래'가 아니면 무엇이겠는가?

저기 저 아직 죄가 밝혀지지 않은 악당의, 고아를 구한다는 문패를 내건 저택은 '잡힌 고래'가 아니면 무엇이란 말인가? 중간 상인 모르드개(《구약성서》〈에스더서〉에 나옴. 페르시아의 고관이 되어 유태인을 구하기도 했음)가 파산자, 비참한 사람의 가족을 굶주림으로부터 지켜 주기 위한 대부(貸付)에 있어서 터무니없는 할인을 강요당했다면, 그 살인적 할인은 '잡힌 고래'가 아니면 무엇이란 말인가? 대주교인 구혼자(救魂者)님이 등뼈마저 부서진 몇만의 노동자(구태여 구혼자님의 원조가 없어도 모두 확실히 천국에 갈 수 있는 것이다)의 가난한 빵과 치즈에서 10만 파운드의 수입을 긁어 모을 때, 그 송두리째 긁어 모은 10만 파운드는 '잡힌 고래'가 아니고 무엇이란 말인가? 던더 공(가공의 인물임)의 세습으로 받은 거리와 촌락은 '잡힌 고래'가 아니고 무엇이란 말인가? 저 무서운 작살잡이 존 불에게 있어서 아일랜드는 '잡힌 고래'가 아니고 무엇이란 말인가. 저 사도와도 같은 전사 브라더 조나단에게 있어서 텍사스 주는 '잡힌 고래'가 아니면 무엇이란 말인가? 이리하여 이런 모든 것을 종합해 볼 때 가진다는 것은 법의 전부가 아니겠는가?

그러나 '잡힌 고래'의 법령이 비교적 광범위하게 적용된다고 하지만 '놓친 고래'의 법령은 그보다 더욱더 광범위하게 통용되는 것이다. 이것은 국제적으로 전 세계에 통용되는 것이다.

1492년, 콜럼버스가 그의 황제와 황후를 위해 표지를 해 두기 위해 아메리카에 스페인 국기를 꽂았던 것은, '놓친 고래'

가 아니면 무엇이란 말인가? 폴란드는 러시아 황제에게 있어서 무엇이란 말인가? 그리스는 터키 인에게 있어서 무엇이란 말인가? 인도는 영국에게 있어서 무엇이란 말인가? 궁극적으로 멕시코는 아메리카 합중국에게 있어서 모두 '놓친 고래'인 것이다.

인간의 권리와 세계의 자유도 역시 '놓친 고래'가 아니면 무엇이란 말인가? 모든 인간의 마음과 사상도 '놓친 고래'가 아니고 무엇이란 말인가? 그들이 가지는 신앙의 근본 뜻은 또 '놓친 고래' 이외의 무엇이란 말인가? 표절을 일삼는 공허한 미문가에게 있어서 철인의 사상은 '놓친 고래' 이외의 무엇이란 말인가? 이 커다란 지구 그 자체가 '놓친 고래' 이외의 무엇이란 말인가? 그리고 여러분들이여, 자네들은 '놓친 고래'가 아니면 그 무엇이란 말인가?

90장 | 머리와 꼬리, 뭐가 뭔지

"De balena vero sufficit, si rex habeat caput,
et regina caudam."

블랙스톤, 3장 3행

영국 법률에 관한 책에서 인용한 이 라틴어는 그 앞뒤의 글귀와 대조하여 생각해 볼 때 그 나라의 바닷가에서 고래를 잡은 경우에는 그 누구든 국왕이 명예 대작살잡이로서 머리 부분을 취득하고 왕비에게는 경건하게 꼬리 부분이 바쳐진다는 의미이다.

이 분할법은 고래에 있어서는 사과를 반으로 자르는 것과 마찬가지로 중간에 남는 부분은 없다는 결과가 된다. 또한 이 법은 형태를 변화시키긴 했지만 오늘날까지 영국에서는 효력을 지녀 왔으며, 또 이것은 여러 가지 점에서 저 '잡힌 고래'와 '놓친 고래'의 근본 법칙에 대해 기이한 변칙을 가하고 있기 때문에 여기서 따로 한 장(章)을 마련하여 취급하기로 했다. 하지만 그것은 말하자면 영국의 철도가 언제나 왕가의 편의를 위해 특별열차를 마련하는 식의 사치를 하는 그 의례적 정신을 본받은 것이라 생각해 주기 바란다. 우선 앞서 설명한 법칙이 아직 유효하다는 데 대한 기묘한 증거로써 나는 지난 2년 사이에 일어난 한 사건을 여기에 소개하려 한다.

언젠가, 도버였는지 샌드위치였는지 아무튼 5항(영국 동남 해안의 특별 항. 도버, 헤이스팅스, 하이드, 롬니, 샌드위치의 다섯 항구를 말함) 중 하나에 사는 정직한 뱃사람이 먼 앞바다에 훌륭한 고래가 있는 것을 보고 고심하여 추적한 끝에 잡아 죽이고 해안으로 끌고 왔다. 그런데 5항은 부분적으로 또는 어떤 형식에 있어서 감독 장관이라 불리는 일종의 경무 관리의 지배하에 있었다. 그 관직은 왕실 직속이었으므로 내가 아는 바로는 이 5항 지역에 관한 모든 왕실 수입은 그에게 위임된다. 사람에 따라서는 이 관직이 한직(閑職)이라고 주장하기도 하지만, 사실 그렇지 않다. 왜냐하면 이 감독 장관은 사주 그의 부수입을 거두어들이기에 급급하고, 그 부수입이란 대개 속임수로 가로채는 것이기 때문이다.

볕에 그을리고 가난한 뱃사람들이 맨발로 바지를 높이 걷어올린 채 기진맥진해서 살찐 물고기를 해안 높이 끌어올린 뒤, 값비싼 기름과 뼈로 150파운드는 족히 들어올 것이라 미리부터 계산하며 벌써부터 저마다 자기 몫을 주머니에 넣고 아이들과 함께 특별히 정성스레 마련한 차를 마시기도 하고 동료들과 맛있는 맥주를 마실 기분에 들떠 있는데, 학식과 덕망이 높으며 신앙도 두텁고 인자한 신사가 블랙스톤(영국의 법률가)의 저서를 겨드랑이에 끼고 나타나 그것을 고래의 머리에 얹어 놓고 말하는 것이었다.

"손을 떼라! 이봐, 이 물고기는 '잡힌 고래'이다. 나는 감독 장관으로서 이것을 몰수하겠다!"

여기서 가난한 뱃사람들은 참으로 영국인답게, 겸손하게 놀라면서 어떻게 말해야 하는지 몰라 머리를 온통 긁어 대며, 맥이 빠져 고래와 그 사람을 번갈아 바라보는 것이었다. 하지만 그런 행동으로 사태는 조금도 수습되지 않았고, 블랙스톤의 저서를 가진 신사의 완고한 마음 또한 조금도 누그러지지 않았다. 겨우 뱃사람 중의 하나가 지혜를 짜내려고 오랫동안 머리를 긁은 뒤에 용기를 내어 입을 열었다.

"나리, 감독 장관이란 도대체 누구입니까?"

"공작님이시다."

"하지만 공작님은 물고기를 잡는 데 아무 도움도 주시기 않았습니다."

"물고기는 공작님 것이다."

"우린 정말 크게 애써서 죽느냐 사느냐의 갈림길에서 혼이 나기도 하고요, 돈도 들였는데, 그게 모두 공작님 주머니에 들어간단 말입니까? 우린 고생만 하고 얻는 것이라곤 물에 퉁퉁

불은 것뿐이란 말입니까?"

"공작님 것이다."

"공작님은 그렇게 마구잡이로 일을 하시지 않으면 지내실 수 없을 만큼 심하게 가난합니까?"

"공작님 것이다."

"난 늙은 어머님 병을 고래를 팔아서 번 돈으로 치료해 드리려 했는데⋯⋯."

"공작님 것이다."

"공작님의 몫을 4분의 1이나 절반 정도만 가져가 주시면 안 되겠습니까?"

"공작님 것이다."

결국 고래는 몰수되고, 공작이신 웰링턴 후작께서 돈을 모두 차지했던 것이다. 그런데 그 거리에 정직한 목사가 있었다. 그는 모든 상황을 고려해 볼 때 여러 점에서 지나치게 가혹하다고 여겨지므로 공작에게 글을 올려, 이들 불쌍한 뱃사람들에 대해 다시 한 번 고려해 주실 수 없느냐고 탄원했다. 그러자 공작은 분명히 대답을 했는데(쌍방의 서면은 모두 공표되었다), 즉 이미 충분히 고려한 뒤에 돈을 거두어들인 것이며, 남의 일에 참견하는 것을 삼가해 주면 고맙겠다는 대답이었다. 이 후작이란 자는 세 왕국(잉글랜드, 스코틀랜드, 아일랜드)의 길거리에 서서 거지처럼 두 손을 벌리고 적선을 강요하는 늙은 패잔병이란 말인가?

쉽게 이해할 수 있는 것이지만 이 사건에 있어서 고래에 대해 후작이 주장하는 권리는 왕실로부터 위임되어 있는 것이다. 그렇다면 우리는 왕실이 본래 어떤 원리에 입각하여 그 권리를 소유하는가 하는 점을 탐구하지 않으면 안 된다. 법규 그 자체는 이미 인용했다. 그러나 여기에 플라우든(16세기 영국의 법률가)이 이유를 붙여 주고 있다. 그 플라우든이 말하는 바로는 고래가 왕과 왕비에게 속하는 것은 그 '비할 데 없는 존귀함' 때문이라는 것이다. 그리고 가장 신뢰할 만한 주석가들은 그 이후로 이 문제에 대해서는 그것이 가장 정당한 이론이라고 생각해 오고 있다.

하지만 어째서 왕은 머리를, 왕비는 꼬리를 차지해야만 하는가? 법률가들이여, 그 이유를 말하라!

고등법원 왕좌부(王佐部)의 노학자 윌리엄 프린(17세기 영국의 법률가)이란 사람은 왕비의 황금, 즉 왕비의 용돈에 대한 논술 속에서 다음과 같이 말하고 있다.

"그 꼬리는 왕비 것이니, 이는 왕비의 의상, 장롱을 고래뼈로써 풍족하게 하기 위함이다"

이 논술이 씌어진 시대에는 주로 그린란드고래, 또는 참고래의 검고 잘 휘는 뼈가 숙녀의 코르셋으로 사용되었던 것이다. 그러나 그런 뼈는 꼬리에 있는 것이 아니라 머리에 있었으니 명석한 법학자로서는 참으로 슬픈 과오였다. 그렇다면 왕비란 인어(人魚)이므로 꼬리를 바쳐야 한다는 것인가? 이런 우의가 숨겨져 있는 것인지도 모른다.

영국의 법학자들이 말하는 바로는 두 가지의 제왕어(帝王

魚), 즉 고래와 철갑상어가 있는데, 모두 법이 규정한 바에 의해서 왕실 재산이 되며, 이들은 적어도 왕실의 통상 수입 중 10분의 1을 차지하게 되어 있다고 한다. 그런데 나는, 나 이외의 어느 누가 다음과 같은 점을 언급한 일이 있는지는 모르지만, 철갑상어도 고래와 마찬가지로 분할되어야 하며, 결국 왕은 그 물고기 특유의 늠름하게 솟아오르고 탄력적인 머리 부분을 취득해야 한다고 생각한다. 그것은 상징적으로 보아, 그리고 해학적으로 말한다면 양자 사이에 무엇인가 비슷한 부분이 있기 때문이라 하겠다. 이리하여 모든 사물에는 심지어 법률조차도 다 이치가 있다고 생각된다.

91장 | 피쿼드 호가 로즈버드 호와 만나다

그 산더미를 이루는 창자 속에서 견딜 수 없는 악취도 무릅쓰고
용연향(龍涎香)을 찾아 휘저었으나 보람이 없었다.
—토마스 브라운 경(영국의 문학자, 의사, 수필가)

앞에서 말한 포경 소동이 있은 지 한두 주가 지난 어느 날, 우리가 권태로운 아지랑이 같은 것에 싸인 한낮의 해면을 천천히 달리고 있을 때, 피쿼드 호 갑판 위의 많은 선원들의 후각은 돛대 위에 있는 세 사람의 눈빛보다도 예민한 발견을 해냈다. 즉 뭔가 색다른, 그다지 향기롭지 못한 냄새가 저쪽 바다로부터 풍겨 왔던 것이다.

"난 뭐든 걸어도 좋아. 이 근처에 지난번에 던져 놓은 드러그에 걸린 고래가 떠돌고 있어. 오래지 않아 나타나리라 생각했지만 말이야."

스텁이 말했다.

곧 앞쪽의 아지랑이가 사라지는가 싶더니 저쪽 멀리에 한 척의 배가 가만히 서 있는 것이 보였다. 돛을 감아 내린 것으로 미루어 어떤 고래를 뱃전에 붙이고 있는 것으로 짐작되었다. 가까이 가 보니 그 배는 돛대 위에 프랑스 국기를 게양하고 있었는데, 그 주위를 육식을 하는 해조 떼가 구름처럼 날아다니며 급강하하고 있는 것을 보니 뱃전의 고래는 포경자들이 말하는 버려진 고래, 즉 바다에서 혼자 죽은 뒤 어디에도 소속되지 못하고 표류하고 있는 시체임이 명백했다. 거듭 말할 필요도 없이 이런 시체는 뭐라고 말할 수 없이 불쾌한 냄새를 풍긴다. 그 냄새는 악역(惡疫)에 고통받는 아시리아 거리의, 냄새가 지독하여 매장할 수도 없었던 그때의 악취보다도 심했다. 그것은 참으로 견딜 수 없는 것이었으므로 어떤 사람들은 아무리 욕심이 나도 그것을 배에 끌어당길 생각은 도무지 들지 않는다고 했다. 그리고 그런 것에서 채취되는 기름은 매우 질이 낮아서 장미의 기름에는 비할 바가 못 되지만, 그래도 굳이 가까이 하는 자가 가끔 있기는 했다.

사라져 가는 미풍을 타고 더욱 가까이 가 보니 이 프랑스 배는 제2의 고래도 뱃전에 매어 두었는데, 이 두 번째 것이야말로 첫 번째 것보다 더 냄새가 굉장했다. 사실 그 녀석은 곧잘 문제가 되곤 하는 고래로, 일종의 맹렬한 위장병 또는 소화불량으로 인해 빼빼 말라 죽어서 그 시체에 기름 한 방울 남아 있지 않은 녀석임에 틀림없다. 그러나 결국 알게 되겠지만, 진짜 노련한 고래잡이라면 일반적으로 흠이 있는 고래는 거들떠보지 않는다 하더라도 이런 종류의 고래를 업신여기지는 않는 법이다.

피쿼드 호가 그 배에 아주 가까이 다가가자, 스텁은 그 두 고래 중의 한 마리를 보고 그 꼬리에 얽힌 밧줄에 걸린 절단삽이 자기 것임에 틀림없다고 단언했다.

"귀여운 녀석들이지 뭔가."

스텁은 뱃머리에 서서 배를 움켜쥐며 웃었다.

"자카르(여우늑대)가 썩은 고기를 물어뜯고 있군. 난 잘 알고 있지. 두꺼비 녀석들(프랑스 인들)이란 고래잡이로서는 아주 애송이거든. 하얀 파도만 보면 향유고래의 물보라인 줄 알고 보트를 내리는 녀석들이란 말이야. 저 녀석들은 항구를 나설 때 양초 상자와 심지 자르는 가위 상자를 선창에 가득 채워 가지고 떠난단 말이야. 왜냐하면 자기들이 얻는 기름으로는 선장의 양초 심지를 적시기에는 모자란다는 것을 애초부터 알고 있는 거지. 하지만 보게나. 두꺼비 녀석이 우리가 흘린, 그 드러그해 놓은 것을 주워 들고 좋아서 어쩔 줄을 모르고 있잖아. 귀엽잖아. 그리고 저까짓 빼빼 마른 물고기의 뼈를 비벼대며 좋아하고 있단 말이야. 이봐, 불쌍하니 누구든 모자라도 돌려서 기름을 조금 나누어 주는 게 어때? 저 녀석들이 드러그 고래에서 채취하는 기름으로는 감옥은커녕 사형수 방의 등도 켜지 못할 정도일 테니 말이야. 다른 한쪽 고래에 대해서라

면 더 말할 것도 없어. 이 배의 돛대 세 개를 잘라 짜는 편이
저 뼈다귀에서 기름을 짜는 것보다 나을 테니 말일세. 하지만
잠깐 기다리게. 생각 좀 해 봐야겠는걸. 그렇지, 어쩌면 기름
보다 값어치 있는 용연향이라도 나올지 모르지. 도대체 우리
영감은 그걸 알고 있는 걸까? 손을 써 볼 방법은 있단 말이야.
좋아, 내가 한번 해 봐야지."

　이렇게 말하고 그는 뒷갑판으로 뛰어갔다.

　이때 이미 바람은 완전히 가라앉아 있었다. 그러니 좋든 싫
든 이제 피쿼드 호는 그 완전한 악취에 싸여, 다시금 바람이
불어올 때까지는 탈출할 길이 없었다. 선장실에서 뛰어나온
스텁은 자기 보트의 선원들을 불러 모아 프랑스 배를 향해 저
어 갔다. 그 배의 뱃머리 앞을 가로지르며 그는 보았는데, 그
뱃머리의 윗부분은 화려한 프랑스 취향에 따라 크게 휘어진
줄기 모양으로 만들어져 녹색으로 칠해졌으며, 여기저기에는
가시 대신에 구리로 만든 큰 못이 삐죽삐죽 꽂혀 있었고, 전체
의 선단(先端)은 선명한 붉은빛의, 균형 있게 접어 겹쳐진 꽃
잎 모양의 공을 이루고 있었다. 그리고 뱃머리에는 커다란 금
빛 글자로 '부통 드 로즈'라 씌어 있었다. 장미의 단추, 줄장
미의 봉우리, 그것이 이 꽃향기 가득한 배의 낭만적인 이름이
었다.

　스텁으로서는 '부통'이라는 말은 잘 알 수 없었지만 로즈란
말과 공 모양을 이룬 뱃머리 모양을 아울러 생각해 보니 그 전
체의 의미는 잘 알 수가 있었다.

"나무로 만든 장미 봉오리인가? 그것도 좋지만 도대체 왜 이렇게 구린내가 난단 말인가!"

그는 손으로 코를 쥐며 외쳤다.

그런데 갑판 위의 패거리들과 직접 교섭을 하기 위해서는 뱃머리를 돌아 우현으로 가서 버려진 고래가 있는 곳에 이르러 그 고래 너머로 이야기를 해야 했다.

그는 여기까지 와서도 한 손으로는 여전히 코를 쥔 채 외쳐댔다.

"로즈버드, 이봐. 로즈버드 선원 중에서 영어를 할 줄 아는 사람 있나?"

"예스."

건지 섬(영국 해협에 있는 작은 섬) 출신의 사나이가 뱃전에서 대답했는데, 이윽고 그가 일등 항해사임을 알 수 있었다.

"좋아. 그런데 로즈버드의 봉오리여, 백경을 보지 못했나?"

"어떤 고래?"

"백경 말일세. 향유고래지. 모비 딕일세. 못 봤나?"

"그런 고래, 들은 적도 없네. 카살로 블랑슈! 백경…… 노."

"좋아, 그럼 잘 있게. 곧 다시 올 테니까."

그러고 나서 그는 피쿼드 호를 향해 급히 노를 저어 가서 에이허브가 보고를 기다리며 난간에 몸을 내밀고 있는 곳을 향해 외쳤다.

"틀렸어요, 선장, 틀렸어!"

그러자 에이허브는 다시 선실로 들어가 버리고, 스텁은 프랑스 배가 있는 곳으로 되돌아왔다. 돌아와 보니, 건지 섬의 사나이는 쇠사슬에 매달려서 삽을 휘두르고 있었는데, 코를 주머니에 싼 것처럼 붕대를 칭칭 감고 있었다.

"이봐, 그 코는 어쩐 일인가?"

스텁이 외쳤다.

"코가 깨졌나?"

"깨졌으면 하네. 아니 코 같은 건 없으면 좋겠네." 하고 건지 섬의 사나이는 대답했는데, 그는 지금 하고 있는 일이 매우 달갑지 않다는 눈치였다.

"그렇지만 자넨 어째서 코를 쥐고 있는 건가?"

"아무것도 아니야. 이건 초로 만든 코야. 붙잡고 있어야 해. 좋은 날씨군. 아무튼 꽃밭 같은 공기지 뭔가? 부통 드 로즈여, 꽃다발이라도 던져 주지 않으려나?"

"도대체 자넨 무슨 일이 있다는 건가?"

건지 섬의 사나이는 갑자기 화를 내며 외쳤다.

"아아, 진정하게. 진정하라니까. 도대체 자네, 고래 요리를 할 때 어째서 얼음에 담아 두지 않는 건가? 아니, 농담은 그만두세. 장미 봉오리여, 자네 이런 고래에서 기름을 채취하려 하다니 어처구니가 없군. 게다가 저기 저 삐삐 마른 녀석에게서는 온몸을 털어 봐도 한 질도 안 나올 걸세."

"나도 그런 건 알고도 남네. 하지만 말이야, 들어 보게. 아무리 말해도 우리 선장은 그걸 모른단 말일세. 처음 바다에 나왔거든. 전에는 콜로뉴 향수를 제조했다더군. 그런데, 배 위로 올라와 주지 않겠나? 혹시 자네 이야기라면 들을지 모르겠네. 그렇다면 나도 이런 지저분한 고생에서 빠져 나갈 수 있을 테니까."

"자네를 위해서라면 뭐든지 해 주겠네. 자네는 참으로 유쾌하고 좋은 친구니까 말일세."

스텁은 그렇게 대답하고는 곧 갑판으로 올라갔다. 거기에서는 기묘한 광경이 전개되고 있었다. 방울이 달린 빨간 털모자를 쓴 선원들이 고래를 자를 준비를 하기 위해 무거운 고패를 움직이려 하고 있었다. 그러나 그들의 느릿느릿 일하는 모습과 마구 지껄여 대는 것으로 보아, 분명히 마음이 내키지 않는 모양이었다.

모든 선원의 코는 그 얼굴에서 두 번째 돛대처럼 위를 향해 들려 있었다. 그러고는 가끔 몇 사람씩 떼를 지어 신선한 공기를 마시기 위해 돛대 위로 번갈아 올라가곤 했다. 어떤 녀석은 열병에 걸리는 것이 두려워 '노송나무 껍질'을 콜타르에 담갔다가는 코끝으로 가져가고 있었다. 또 어떤 녀석은 조금씩 새어드는 연기가 답답한 듯 파이프의 물부리는 잘라 버리고 굉장한 기세로 연기를 빨아들이고 있었다.

그리고 스텁은 선미에 있는 선장실로부터 빗발치듯 퍼부어지는 규탄과 저주에 찬 욕설에 놀라움을 금할 수 없어 그쪽을 바라보고 있었다. 조금 열린 문 뒤로 굉장한 얼굴이 밖을 내다보고 있었다. 그것은 곧 미칠 것 같은 모습의 선박 의사였는데, 그는 이날의 작업에 강력하게 반대했지만 받아들여지지 않았고, 선장실(그는 캐비닛이라 부르고 있었다)로 몸을 피해 그 악역(惡疫)을 멀리하려 했지만, 그래도 여전히 고통과 불만을 토해 내고 있었던 것이다.

이런 모든 상황을 보면서 스텁은 자신의 계략을 잘 생각하고 건지 섬 사나이에게로 가서 잠시 이야기를 했는데, 이 프랑스 배의 항해사는 자기네 선장을 잘난 체하는 바보라고 경멸하며, 그 덕분에 이렇게 썩은 악취만 풍길 뿐 서푼어치의 소득도 없는 일에 시간과 정력만 낭비하고 있다고 한탄했다. 스텁은 상대방을 더욱 주의 깊게 관찰한 결과 이 건지 섬 사나이가 용연향에 대해서는 털끝만큼도 모르고 있는 것을 알았다. 그래서 그는 그 문제에 대해서는 아무 말도 하지 않고, 그 밖의 문제에 대해서는 털어놓고 이야기를 했으므로, 곧 두 사람은 선장을 속여 놀리고 그러면서도 이쪽의 진심을 조금도 의심받게 하지 않는 계략을 짜기에 이르렀다. 이 두 사람의 자그마한 계획에 의하면 건지 섬 사나이는 통역이라는 역할을 이용하여 선장에게 무엇이든 제멋대로, 자기가 하고 싶은 말을 스텁의 말인 양 꾸며서 지껄이는 것이었고, 스텁 쪽에서는 그 회담 때 자기 머리에 떠오르는 것이면 아무 말이고 마구 내뱉는다는 것이었다.

그때 선장이 나타났다. 그는 몸집이 조그마했으며 가무잡잡한 살갗에 선장이라고 말하기에는 약간 풍채가 없는 몸매였다. 커다란 구레나룻과 수염을 길렀고 빨간 무명으로 된 벨벳 조끼를 입고 있었다. 그리고 허리에는 회중시계의 장식 줄에 달린 구슬이 달랑거리고 있었다. 건지 섬 사나이는 이 신사에게 스텁을 그럴듯하게 소개한 뒤, 즉시 거드름을 피워 가며 두 사람 사이의 통역을 맡고 나섰다.

"처음에 무라고 하면 되겠나?"

"글쎄, 나도 잘 모르지만, 당신, 마치 갓난아이 같구려, 하고 말해 주면 좋겠소."

스텁은 선장의 벨벳 조끼와 회중시계의 구슬 장식을 보면서 말했다.

그 말을 듣고 건지 섬 사나이는 자기 생각을 프랑스 어로 선장에게 말했다.

"선장, 어제 어떤 배와 만나서 신호를 서로 교환했는데, 그 배의 선장과 일등 항해사와 여섯 사람의 선원이 붙잡아 맨 부상 고래에게서 열병이 전염되어 모두 죽어 버렸답니다."

그러자 선장은 깜짝 놀라며 좀더 자세한 이야기를 듣고 싶다고 했다.

"다음엔 뭔가?"

건지 섬 사나이가 스텁에게 말했다.

"대단치 않게 생각하고 있는 것 같으니 이렇게 이야기해 주게나. 내가 선장 나리를 가만히 보니 당신보다는 세인트 제이고 섬의 원숭이가 훨씬 더 훌륭한 포경 선장이 되겠다고 말일세. 정말이지 당신은 성성이라고 말이야. 그렇게 말해 주게나."

"선장, 이 사람은 맹세코 솔직히 말하는데, 말라 빠진 고래는 상처 입은 고래보다 더 위험하다고 합니다. 즉 이 사람은 당신네들 생명이 아까우면 이런 고래에게서 달아나라고 열심히 권하고 있는 거죠."

즉시 선장은 선원들에게 달려가 큰 소리로 고패를 감아 올리는 것을 중지하고 고래를 배에 매어 둔 밧줄과 사슬도 잘라 버리라고 독촉하듯 명령했다.

"이번엔 무슨 말을 할까?"

건지 섬 사나이는 선장이 돌아오자 스텁에게 또 물었다.

"잠깐 기다려. 이번엔 말이야, 그 뭔가 하면…… 꼴좋다, 감쪽같이 속아 넘어갔군, 하고 말하게. (혼잣말로) 또 한 사람도 그렇게 했지만 말이야."

"선장, 이 사람은 여러분을 위해 도움이 되어 참으로 기쁘다고 말하고 있습니다."

그 말을 듣자 선장은 입을 열어 우리(그 자신과 항해사)는 진심으로 감사하다고 하며, 선장실에서 보르도 술을 한 병 터뜨리자고 말했다.

"자네와 함께 포도주를 마시고 싶다고 하네."

통역이 말했다.

"그건 참 고맙다고 전해 주게. 그러나 나는 속여 넘긴 상대와 술을 마시는 건 싫다고 덧붙여 주게. 정말이지 난 이제 돌아가겠네."

"선장님, 이 사람 말은 자기는 술을 안 마시기로 작정을 했답니다. 그리고 만일 선장님께서 앞으로 살아서 한잔하고 싶

다면 네 척의 보트를 모두 내려 배를 끌고 고래로부터 달아나
라고 하는군요. 바다가 잔잔하니 고래가 흘러가지는 않을 거
라는 겁니다."

그때 이미 스텁은 배에서 물러나 보트에 옮겨 타며 건지 섬
사나이에게 다음과 같은 말로 소리지르고 있었다. 내 보트에
긴 밧줄이 있으니 고래 중 가벼운 것을 뱃전에서 끌어내어 조
금이나마 도움이 되어 주고 싶다고. 프랑스 배의 보트는 그때
모선을 한쪽으로 끌어가고 있었는데, 스텁은 친절하게도 고래
를 다른 한쪽으로 끌어가며 보라는 듯이 길게 밧줄을 풀어내
고 있었다.

이윽고 미풍이 일기 시작하고, 스텁은 고래를 내버리는 시
늉을 했다. 프랑스 배는 보트를 거두어 올리고는 잠깐 사이에
멀리로 모습을 감추려 하고 있었는데, 그때 피쿼드 호가 그 배
와 스텁의 고래 사이로 들어왔다. 그러자 스텁은 피쿼드 호에
게 큰 소리로 자기의 계획에 대하여 알리며, 즉석에서 그의 옳
지 않은 간사한 꾀로 얻은 고래를 처리하기 시작했다. 스텁은
날카로운 칼을 휘둘러 동체 옆구리의 지느러미에서 약간 뒤쪽
에 구멍을 뚫기 시작했다. 그 광경을 보는 사람은 그가 지금
바다 위에 동굴을 파고 있는 것이라 생각했을 것이다. 그의 칼
날이 마침내 야윈 늑골에 닿았을 때의 광경은 영국의 두꺼운
양토층에 묻힌 로마 시대의 타일이나 사기그릇을 발굴하는 모
습 같았다. 그의 보트 선원들이 모두 몹시 흥분하여 열심히 자
기들의 대장을 돕고 있는 모습은 황금 채굴자의 열의를 생각

하게 했다.

그러는 동안 수없이 많은 해조가 그들 주위에 급강하고, 물속으로 잠기고, 외치고, 소리 지르고, 다투고 있었다. 스텁은 차차 낙심한 표정을 보이기 시작했고, 특히 무서운 악취가 더욱 심해졌을 때 더 현저했는데, 그때 이 더러움의 한가운데에서 희미한 향내가 속속 풍겨 나와, 마치 어떤 강이 다른 한 강에 흘러들기는 하지만 잠시 동안은 서로 섞이지 않고 평행하게 흐르듯 떠돌고 있었다.

"있다, 있어!"

스텁은 살덩이 속의 무엇인가를 두드리면서 기쁜 목소리로 외쳤다.

"황금이다, 황금!"

스텁은 칼을 내던지고 두 손을 집어 넣고는 무엇인가 물렁거리는, 향료가 든 비누라고나 할까, 아무튼 매우 냄새가 좋고 맛도 있어 보이는 것을 끄집어냈다. 엄지손가락으로 누르면 쉽게 들어갈 것처럼 보였다. 색은 황색과 회색의 중간 정도였다. 이것이 바로 용연향이라 하는 것으로, 어느 약방에 들고 가도 1온스에 1기니는 받을 수 있는 물건이었다. 손으로 여섯 줌 정도가 잡혔다. 그리고 더 많은 양이 바다로 흘러 버렸다. 그보다 많이 채취할 수도 있었지만, 이때 에이허브가 기다리다 못해 스텁을 보고 가 버리겠다고 큰 소리로 외쳤던 것이다.

92장 | 용연향

　그런데 이 용연향은 더없이 이상한 물질이며 상품 가치가
매우 높기 때문에, 1791년에도 난터케트 태생의 코핀 선장이
라는 자가 영국 하원의 재판소에서 조사를 받은 바 있다. 그
이유는 당시, 아니 그로부터 꽤 최근에 이르기까지 용연향은
호박(琥珀 : 용연향의 영어 Ambergris를 프랑스 어로 번역하면
회색빛 호박이 됨)과 마찬가지로 도대체 어떻게 해서 나온 것
인가, 하는 문제가 학자들을 괴롭혀 왔던 것이다. 프랑스에서
는 전자를 회색 호박이라 부르는데, 물론 이 둘은 전혀 다른
것이다. 호박이 때로 바닷가에서 발견되는 것은 사실이다. 또
깊은 오지(奧地)의 흙 속에서 발견되는데 비해, 회색 호박은
바다 위가 아닌 곳에서는 발견되지 않는다. 게다가 호박은 단
단하고 투명하며 잘 부서지고 향기가 없는 물질이어서 파이프

의 빨대나 구슬 장식에 쓰이지만, 회색 호박은 부드럽고 찐득거리며 말할 수 없이 향기로운 것이어서 주로 향료, 선향(線香), 고급 초, 헤어 파우더, 머리 기름 따위에 쓰인다. 터키 인은 이를 요리에 사용하며, 사람들이 로마의 성 베드로 사원에 유향(乳香)을 휴대하고 가는 것처럼 그것을 메카로 가지고 간다. 또 술 장수 중의 어떤 자는 그 몇 방울을 클라렛 주에 떨어뜨려 향미를 더하기도 한다.

그러므로 지극히 고귀한 숙녀와 신사도 병든 고래의 더러운 창자 속에서 꺼낸 향료를 즐기고 있는 셈이다. 사람에 따라서는 용연향이 고래의 소화불량을 일으키게 하는 원인이라고도 한다. 그와 같은 소화불량을 고칠 수 있는 최선의 방법은 — 그건 쉽지는 않지만 — 보트 서너 척에 잔뜩 실은 브란드레스의 알약을 먹이고 나서 석공이 암석을 폭파할 때처럼 죽을 힘을 다해 도망치는 것이다.

한 가지 더 기억을 더듬어 보면, 이 용연향 속에서 동그스름하고 딱딱한 판자 모양의 것이 몇 개 나왔는데, 처음에 스텁은 그것이 선원의 단추나 그런 것이겠지 하고 생각했다. 그러나 나중에 알고 보니 그것은 훈향 속에 갇힌 작은 오징어의 뼛조각에 지나지 않았다.

그런데 이 한없이 향기로운 용연향이 이와 같은 부패의 한가운데에서 발견된다는 것은 우연한 일일까? 여러분은 〈고린도서〉(《신약성서》 15장)에 나오는 성 바울의 부패와 순결에 대한 말을 생각하고 사람은 오욕 속에 던져졌다가 영광 속에 부활한다는 것을 알아야 할 것이다. 또 마찬가지로 최고의 사향(麝香)을 낳는 게 무엇인가 하는 파라켈수스(스위스의 의학자이자 연금술사)의 말도 생각해 보아야 할 것이다. 또 온갖 악취 중에서도 제조의 첫째 과정에 있는 콜로뉴 향수가 최악의 것이라는 기이한 사실도 잊어서는 안 될 것이다.

나는 이상의 설명으로 이 장을 끝내고 싶지만, 내 마음속에는 가끔 포경자들에게 퍼부어지는 비난을 배제시키고자 하는 생각을 억누를 수 없다.

더욱이 그 비난은 원래 편견을 가지고 있는 사람들의 마음속에서는 저 프랑스 배의 두 마리 고래에 대한 이야기로써 간접적으로나마 입증되었다고 할지도 모른다.

이 책의 어디에선가 포경업이란 무질서하고 불결한 일이라는 그 무서운 중상모략이 근거 없음을 입증했을 것이다. 그러나 또 하나 반박하지 않으면 안 될 문제가 있다. 그들은 모든 고래가 언제나 악취를 풍긴다고 감히 말할지도 모른다. 그러면 어째서 이토록 혐오스러운 오명을 뒤집어쓰게 되었는가.

내 소견을 말하자면, 그것은 지금부터 2세기나 전에 그린란드 포경선이 처음 런던 항에 들어왔을 때부터 유래되었다. 그 포경선들은 당시나 지금이나 남해 포경선이 언제나 그래 왔듯이 해양상에서 기름을 채취하지 않고 신선한 지방을 잘게 썰어 큰 통에 쏟아 넣은 뒤, 그대로 본국으로 실어 온다. 그 빙해에서의 어획기가 짧고, 언제나 급격하고 맹렬한 태풍의 위험 앞에 놓여 있다는 등의 이유로 해서 다른 방법을 취할 수가 없는 것이다. 그 결과로 그린란드의 부두로 돌아와 선창을 열고 이 고래의 무덤들을 실어 낼 때는 마치 산부인과 병원을 짓기 위해 낡은 도시의 묘지를 파헤칠 때와도 같은 냄새를 마구 풍기게 되는 것이다.

또 나는 얼마간의 짐작을 섞어 말하는데, 고래잡이에 대한 이 사악한 비난은 다른 데에 원인이 있는 것으로 생각된다.

그것은 옛날 그린란드의 바닷가에 네덜란드 인의 부락이 있었는데, 그 이름은 슈메렌부르그 또는 스메렌베르크라 했던 것 같다. 후자는 석학(碩學) 포고 본 슬라크(허구의 이름. 스코어스비 선장을 놀리고 있는 것 같음)가 향기의 문제에 있어서 권위서가 된 대연구 속에서 사용하고 있다. 그 이름은 또 '스메르(Smeer), 즉 지방, 베르그(Berg), 즉 저장한다'라는 식으로 해석될 수도 있는데, 그 마을은 네덜란드 포경선이 고국 네덜란드까지 가지고 돌아가지 않고 지방을 처리하기 위해 생긴 곳이었다. 그것은 용광로, 기름솥, 기름광 등의 집합체였는데, 작업 진행 중에 사실 좋은 냄새가 나지는 않았다. 그러나 그런 모든 것은 남해의 향유고래 포경선에서는 전혀 볼 수가 없으며, 대략 4년에 걸치는 항해에 의하여 선창은 거의 완전히 유지(油脂)로 꽉 차게 되는데, 그것을 끓이는 데는 50일도 안 걸릴 뿐 아니라 그렇게 해서 통에 담는다면 그 기름은 거의 무취이다. 사실 고래라는 어족은 살았든 죽었든 적당히 취급하기만 하면 절대로 악취를 풍기는 동물이 아니며, 그렇기 때문에 고래잡이는 일찍이 중세 사람들이 군중 속에서 유태인을 찾아

낼 때에 하던 것처럼 코를 써서 고래를 찾아내지는 못하는 것이다. 일반적으로는 고래도 건강에 넘치고, 충분히 운동하고, 맑은 대기 속이라 하지는 못할망정 넓은 곳에서 놀고 있는 경우에는 기분 좋은 냄새가 나는 법이다.

즉 물 위에서 흔들어 대는 향유고래의 꼬리는 사향(麝香)을 잔뜩 뿌린 귀부인이 따뜻한 방 안을 사각사각 소리 내어 걸어 갈 때와 같은 향기를 발산한다. 그러니 이 향유의 큰 체구를 생각할 때, 그 향기를 무엇에 비유하면 좋을 것인가? 저 이름 높은 코끼리가 송곳니를 보석으로 장식하고 몰약(沒藥)의 냄새를 물씬물씬 풍기면서 어느 인도의 거리에서 끌려 나와 알렉산더 대왕을 배알하는 것에 비유한다면 어떨까?

93장 | 바다에서 표류하는 사람

프랑스 배와 조우한 지 겨우 며칠이 지났을 때, 피쿼드 호의
선원 중 가장 보잘것없는 사나이에게 참으로 이상한 일이 일
어났다. 그것은 더할 수 없이 애처로운 일이었다. 때로 미친
듯이 날뛰는 숙명에의 길을 더듬는 이 배에게 이제 결말이 얼
마나 참담할 것인가 하는 생생하고도 집요한 예감을 속삭여
주는 것이었다.

그런데 포경선의 경우, 누구나가 보트에 타게 되는 것은 아
니다. 어떤 자는 배 당번으로 배에 남아 있게 되며, 그 임무는
보트가 고래를 추적할 때 본선의 여러 가지 일을 맡아서 하는
것이다. 일반적으로 배 당번들은 보트에 오르는 선원들 못지
않게 건강한 사람들이다. 하지만 만일 그 어떤 이유로 해서 배
안에 몹시 약하고 느리며 겁 많은 사나이가 있게 된다면, 그

사나이는 반드시 배 당번이 될 것이다. 피핀 종자(種子)라는 별명을 가졌고, 핍이라는 약칭으로 불리는 검둥이 꼬마가 바로 그런 녀석이었다. 가련한 핍! 여러분은 그를 알고 있을 것이다. 여러분은 그 극적인 심야에 참으로 은근하고 명랑한 그의 탬버린 가락을 들은 것을 아직도 기억하고 있을 것이다.

외관으로 본다면 핍과 찐빵 꼬마는 좋은 대조를 이루고 있었다. 형태가 비슷한 검은 망아지와 흰 망아지가 빛깔은 다르지만 좀 별난 한 쌍을 이루어 달리는 것을 보는 듯한 그런 느낌을 받을 것이다. 하지만 불쌍한 찐빵 꼬마가 타고날 때부터 동작이 느리고 머리가 둔했던 것에 비해 핍은 마음이 약한 것이 흠이긴 했지만 머리는 매우 명석했고, 그 종족 특유의 유쾌함, 애교, 명랑함을 갖추고 있었다.

그의 종족은 언제나 다른 어떤 종족도 따를 수 없을 만큼 매우 유쾌한 기분으로 모든 축제를 즐길 줄 알고 있었던 것이다. 흑인들에게 있어서는 달력의 365일이 모두 '7월 4일'이며 '설날'이니 말이다.

어쨌든 내가 이 검은 꼬마의 빛남을 말하더라도 여러분께서는 암흑에도 빛남이 있다고 생각하고 웃지 말아 주기를 바라는 바이다. 제왕의 보석함에서 빛나는 흑단을 보기 바란다. 아무튼 핍은 삶과, 모든 삶의 평화와 안정을 사랑했으나, 그가 모르는 사이에 끼어든 이 경악과 공포에 찬 직업은 애처롭게도 그 광채를 지워 버리고 말았다. 그러나 머지않아 알게 될 일인데, 이렇게 일시적으로 그의 안에서 사라져 버렸던 것은 종국에 가서는 심상치 않게 타오르는 불길에 의하여 대낮처럼 환해지는 운명에 있었던 것이며, 꿈길처럼 그를 빛나게 했던 그 빛은 지난날 그의 고향인 코네티컷 주의 톨랜드에 있는 초원에서 축제에 들뜬 사람들의 흥을 돋우다가 아름다운 저녁놀이 깃들면 그의 자랑인 '하하!'를 명랑하게 들려주어 둥근 지평선 구석구석까지 탬버린 소리로 채우곤 하던, 그때보다 열 배나 더 빛나는 것이었다. 그처럼 순수한 다이아몬드 한 알이 한낮의 투명한 공기 속에서 파랗게 정맥이 비쳐 보이는 목덜미에 걸릴 때에는 그 찬란함은 건강하지만, 만일 교활한 보석 상인이 자기의 다이아몬드를 좀더 인상 깊게 빛내려는 경우에는, 그는 그것을 우선 암흑의 땅 위에 놓고 태양 광선이 아닌 무엇인가 인공적인 가스로 빛나게 만든다. 그러면 이 세상 것으로는 보이지 않는 훌륭하고 불꽃처럼 찬란한 빛이 거기서 나오며 그리하여 이 요사스러운 빛을 띠고 불타는 다이아몬드 ― 지난날에는 투명한 하늘을 거룩하게 상징했던 것 ― 는 지옥 마왕의 왕관 장식에서 훔쳐 내온 것처럼 보이기도 한다. 여기서 아까 하던 이야기를 다시 계속하기로 하자.

용연향 채취를 할 때 스텁의 맨 뒤의 선원이 손을 삐게 되어 얼마 동안은 전혀 노를 저을 수 없었으므로, 임시로 핍이 그를 대신하게 되었다.

스텁을 따라 처음으로 바다에 내려갔을 때, 핍은 적잖이 신경질적이었지만, 다행스럽게도 그때는 고래와 접근하여 싸울 일이 없었으므로 그다지 명예를 더럽히는 일도 없이 모선으로 돌아올 수가 있었다. 하지만 스텁은 그것을 관찰하고 나서 나중에 훈계하기로 하고 우선은 용기가 가장 중요한 것이니 너도 기운을 내라고 말해 주었다.

두 번째로 바다에 내려갔을 때, 보트는 고래 위로 올라가게 되었고, 그 고래는 작살의 일격을 받자 언제나처럼 쿵 하고 부딪쳐 올랐는데, 이때 불쌍한 핍은 바로 그 위에 있었다. 핍은 순간적으로 그만 자신을 잃고 당황하여 노를 잡은 채 보트에서 공중으로 뛰어나가려 했다. 그러자 마침 늦추어진 고래 밧줄의 일부분이 그의 가슴에 부딪쳐 오고 그는 그것을 밀어내듯 하며 보트에서 몸을 내밀다가 그만 그 밧줄에 얽혀 물속으로 떨어지고 말았다. 그 순간 작살에 찔린 고래는 맹렬한 돌진을 개시하고 밧줄은 금세 팽팽해졌다. 눈 깜짝할 사이도 없이 핍은 그 가슴으로부터 목에 걸쳐 몇 겹으로 감긴 밧줄에 무참하게 끌려 거품에 휩싸이면서 보트의 밧줄 거는 기둥을 들이받았다.

태쉬테고는 뱃머리에 서 있었다. 그는 사냥에 대한 본능으로 불타고 있었다. 그는 핍의 용기 없음을 증오했다. 그러고는 나이프를 빼어 들고 그 날카로운 칼날을 밧줄 위에 대고 스텁 쪽을 돌아보며 질문하듯이 외쳤다.

"자를까?"

그때 핍의 창백하고 질식할 것 같은 얼굴은 분명히 잘라 줘요 제발, 하고 말하고 있었다. 모든 것은 갑자기 일어난 일이었다. 30초보다도 짧은 시간에 모든 일이 일어난 것이다.

"제기랄, 끊어라!"

스텁이 소리질렀다. 결국 고래는 잃고 핍은 구출되었다.

이 불쌍한 검둥이 꼬마가 정신을 차리자마자 선원들의 고함과 욕설이 빗발치듯 퍼부어졌다. 스텁은 침착성을 잃지 않으면서 이들이 마구 퍼부어 대는 욕설이 끝날 때까지 기다렸다가, 분명하게 사무적으로 그러나 역시 해학조(諧謔調)를 섞어 정식으로 핍을 나무랐으며, 그것이 끝나자 비공식적으로 많은 유익한 충고를 해 주었다. 그 내용은 절대로 보트에서 밖으로 나가서는 안 된다는 것이었다. 그러나 그 뒤의 이야기는 유익한 충고가 모두 그렇듯이 어물어물 흐려지는 가운데 끝나고 말았다. 일반적으로 보아 "보트를 꼭 붙들어라." 하는 것이 포경에 있어서의 진정한 표어이긴 하지만 그러나 "보트에서 뛰어라." 하는 편이 더 좋을 경우도 있었다. 그러나 스텁은 만일 핍에게 가시가 돋지 않은 양심적인 충고를 해 준다면 장래에 뛰어나갈 기회를 너무 많이 주게 될 것이라는 생각이 떠올랐기에, 갑자기 모든 충고를 중단하고 단호한 명령으로 결론을 내리고 말았다.

"이봐, 핍, 보트를 꼭 붙들어라. 그렇지 않으면 말해 두겠는데, 떨어져 나가도 끌어올려 주지 않겠다. 잘 들어 둬. 너 같은 것 때문에 고래를 놓칠 수는 없단 말이야. 고래 한 마리는 말이지…… 이봐, 핍, 네가 앨라배마 주에서 팔리는 것보다 30배나 더 비싸단 말이야. 잘 알아 둬. 명심해 두란 말이야. 이제 앞으로 다시는 떨어지지 마라."

스텁이 그런 말로써 풍자하려 했던 것은 인간이란 동포를 사랑하긴 하지만 동시에 돈을 버는 동물이므로 인정에만 얽매여 있을 수 없다는 뜻이었으리라.

그러나 우리는 모두 신의 수중에 있다. 핍은 또 바다로 뛰어들었다. 그것은 최초의 그때와 비슷한 방법이었다. 다만 이번에는 밧줄을 가슴에 달고 있지 않았으므로 고래가 달리기 시작했을 때는 매우 당황한 여행객의 트렁크처럼 바다에 내버려졌다. 아아, 그리고 스텁은 자기의 말에 너무나 충실했다. 그날은 매우 하늘이 아름답고 청명한 날이었다. 반들반들 빛나는 바다는 조용하고 선선했으며 사방은 평평했는데, 수평선까지 마치 금박의 얇은 판을 한없이 펴 놓은 것처럼 넓게 퍼져 있었다.

바닷물 속에 떠올랐다 가라앉았다 하는 핍의 흑단 같은 머리는 정향나무의 봉오리처럼 보였다. 그가 갑자기 보트의 후미에서 떨어졌을 때 아무도 나이프를 꺼내 들지 않았다. 스텁의 냉정한 등은 뒤를 보고 있었으며, 고래는 정확하게 찔린 상태였다. 3분쯤 지나자 핍과 스텁 사이에는 1마일의 바다가 가로놓이게 되었다. 바다 한가운데에서 핍은 그 곱슬곱슬한 머리를 태양 쪽으로 향하며 여기에 한 미아(迷兒), 가장 고결하고도 빛나는 미아가 있다는 것을 보여 주고 있었다.

하지만 잔잔한 날씨에 바다에서 헤엄친다는 것은 익숙한 자에게는 지상에서 스프링이 달린 마차를 타는 것처럼 용이한 일이었다. 하지만 무서운 고독감은 견딜 수 없는 법이다. 이 무심(無心), 무정(無情), 광막한 한가운데에서의 치열한 자아 집중은, 오오, 신이여 누가 표현할 수 있겠나이까? 예를 들어 선원들이 바람 한 점 없는 날씨에 바다에서 헤엄칠 때 열심히 모선에 달라붙으려 해도 그 가장자리에서만 맴돌게 되는 것을 생각해 보라.

그렇다고는 하지만 스텁은 불쌍한 검둥이 꼬마를 정말로 운명에 맡겼던 것일까? 아니다. 적어도 그럴 속셈은 아니었던 것이다. 뒤쪽에 두 척의 보트가 있었으므로 그는 물론 보트들이 핍에게 가서 그를 주워 올리리라고 생각했을 것임에 틀림 없었다. 물론 자신의 겁 많음으로 인하여 위험 속으로 빠진 선원에 대하여 고래를 뒤쫓고 있는 자들이 언제나 동정을 쏟는다고 할 수는 없는 것이다. 또 그런 경우는 자주 일어나는 것이어서, 포경계에서는 거의 예외 없이 이른바 겁쟁이는 육해군 특유의 그 무자비한 경멸의 표적이 되는 것이다.

그러나 뒤쪽 보트들은 핍을 보기 전에 갑자기 한쪽 측면에 고래 떼가 있는 것을 발견하고 방향을 전환하여 추적했고, 스텁의 보트는 지금 이미 훨씬 멀리 가 있었으며, 그를 비롯한 그 보트의 선원들은 자기들의 고래에 열중하고 있었으므로, 핍을 에워싼 수평선은 무참히도 확대되어 갈 뿐이었다. 다만 전혀 우연한 일로 해서 마침내 모선이 그를 구출했던 것인데, 그때 이후로 흑인 꼬마는 백치처럼 갑판을 배회할 뿐이었다고 사람들은 전한다. 바다는 그의 유한한 육체를 심심풀이로 삼으며 보존해 주었지만, 그것은 그의 무한한 영혼을 익사시킨 결과이기도 했다. 아니 완전히 익사시켰다고는 할 수 없다. 오히려 살아 있으면서 놀랍도록 깊은 죽음의 나락으로 떨어진 것과 마찬가지였다. 거기서는 그의 힘없는 눈앞에 아직 왜곡을 모르는 시원세계(始原世界)의 이상스러운 물체의 그림자가 이리저리 흐르고 있었고, 인색한 해신(海神)인 '예지'는 그 무진장한 보고의 문을 열어 보였던 것이다. 핍은 기쁨에 들뜨고 슬픔도 모르는 소년과 같은 영원의 세계에서 신성(神性)으로 채워진 수많은 산호충(珊瑚蟲)이 푸르른 물속에서 거대한 머리를 들어 올리는 것을 보았다. 그가 신의 발이 베틀의 발판 위에 놓인 것을 보았다고 말했기 때문에 선원들은 그를 미치광이라 생각했다. 하지만 인간의 광기는 천상의 지혜인 것이며, 모든 인간적인 이성으로부터 방황하여 나옴으로써 그 하늘 위의 사상에 도달하는바, 기쁘든 슬프든 신과 마찬가지로 자유로운 심정이 되는 것이다.

아무튼 그렇게 되긴 했지만 너무 심하게 스텁을 책망하지는 말기 바란다. 이런 일은 포경에서는 흔히 있는 일이며, 또한 이 이야기의 뒤쪽에 나 자신도 역시 바다를 표류했으니까.

94장 | 손으로 쥐어 짜기

그 스텁의 고래는 이처럼 큰 대가를 치르고 얻어진 것이었는데, 이윽고 피쿼드 호의 뱃전으로 끌려와 이미 설명했던 것처럼 살 베어 내기, 끌어올리기, 그리고 저 하이델베르크의 큰 술통이라고도, 큰 통이라고도 불리는 머리 부분의 기름 퍼내기 작업까지도 예정대로 진행되었다.

한 선원이 이 최후의 작업을 하고 있을 때, 다른 선원은 경뇌로 채워진 큰 통을 잡아당기는 작업을 했으며, 이윽고 시간이 흐르면 그 경뇌는 신중하게 기름을 짜내는 장치로 운반되는데, 그 문제에 대해서는 나중에 다시 또 언급을 하겠다.

경뇌는 냉각되어 결정(結晶)을 이루고 있었으므로 이 콘스탄티누스 대제(大帝)의 목욕탕이라고나 할 것의 앞에 앉았을 때, 나는 그것이 기이하게도 덩어리져서 액체 속을 이리저리

떠도는 것을 보았다. 그 응고한 부분을 쥐어 짜서 액체로 만드는 것이 우리들의 임무였다.

향기롭게 찐득거리는 임무! 지난날 향유가 화장 재료로서 크게 대접을 받은 것도 이상한 일은 아니다. 이토록 맑고 감미로우며 부드럽게 해 주는 것, 또 미묘하게 진정시켜 주는 것이 어디에 있을 것인가. 불과 2, 3분 동안 손을 거기에 넣어 두었을 뿐인데도 내 손가락은 뱀장어 같은 감촉이 되어 자칫하면 꾸불꾸불 감기는 게 아닌가 하고 생각될 정도였다.

닻 올리기 작업으로 지쳐 버린 나는 갑판 위에 편히 앉아 머리 위에 조용히 펼쳐진 푸른 하늘을 보고 있었다. 배는 권태롭게 돛을 올린 채, 조용히 물 위를 미끄러져 가고 있었다. 보드랍고 찐득찐득한 향기로운 냄새가 깊이 밴, 불과 한 시간 전에 만들어진 것처럼 생각되는 육조직(肉組職)인 구체(球體) 속에 내 두 손을 놀리고 있을 때, 또 그것이 내 손가락에 허물어져 가면서 마치 잘 익은 포도가 향기로운 술을 떨어뜨리듯 그 풍만함을 드러내고 있을 때, 또 내가 그 순수한 향기 — 글자 그대로 틀림없이 봄날 제비꽃 향기와 닮은 것 — 를 한껏 들이마셨을 때, 나는 감히 말하겠는데, 나는 잠시 동안 향기로운 꽃밭 속의 거주자가 되는 것이었으며, 우리가 다짐했던 그 무서운 맹세도 잊은 채, 그 말할 수도 없는 향유 향기 속에 손을 씻고 마음을 씻음으로써 분노를 가라앉혀 준다는 옛 파라켈수스적인 미신까지도 거의 믿을 지경이었다. 향유 물에 목욕을 하면서 나는 이승의 것이 아닌 자유를 얻어 모든 악의 질투,

사념(邪念)으로부터 해방되는 것이었다.

쥐어 짜고 쥐어 짜고 또 쥐어 짜며 아침은 지나갔다. 나는
자신이 거의 녹아 버릴 정도로 그 향유를 쥐어 짰다. 무엇인가
괴상한 광기에 사로잡혀 향유를 쥐어 짰다. 문득 정신이 들고
보면, 자신도 모르게 동료의 손을 보드라운 구체로 잘못 알고
쥐어 짜고 있기도 했다. 이 작업은 말할 수 없이 풍부한, 사랑
스럽고 친밀한 사랑에 넘친 감정을 자아냈기 때문에 마침내
나는 끊임없이 그들의 손을 쥐어 짜며 그 눈동자를 감상적으
로 들여다보면서 마음속으로 이렇게 중얼거렸다. 오오, 내 사
랑하는 동포들이여, 우리는 어찌하여 늘 가혹한 감정을 품기
도 하고, 어떤 일이 있기만 하면 곧 기분이 나빠지기도 하고,
시기하기도 해야 하는 걸까. 자, 모두들 함께 손을 쥐어 짜자.
아니 모두들 자신을 쥐어 짜서 서로 용해되자. 온 세계의 사람
들이 모조리 자신을 쥐어 짜서 젖과 향유 같은 우애(友愛) 속
에 사랑을 실천하자.

영원히 저 향유를 쥐어 짜고 있을 수 있다면, 그 뒤 내가 오
랫동안 되풀이된 경험을 거쳐 알게 됐지만, 인간이란 모든 사
물에 있어서 자신이 도달할 수 있는 행복에 대한 관념을 실질
적으로 낮춰야만 한다는 것을 알았다. 적어도 변화시키지 않
으면 안 된다는 것이다. 그리고 그것은 결코 지혜나 상상 속에
놓일 것이 아니라, 아내, 심장, 잠자리, 식탁, 안장, 화롯가,
전원(田園)에 놓여야 할 것이다.

그런데 나는 이미 그런 것을 잘 알고 있으므로, 영원히 향유

를 쥐어 짜기를 원한다. 심야의 환상 같은 상념 속에 나는 낙원의 천사들이 저마다 그 경뇌솥 속에 손을 집어넣으며 긴 행렬을 짓고 있는 것을 본 적이 있다.

향유 이야기를 하는 김에 향유고래의 기름을 짜내는 작업 중에서 이와 비슷한 몇 가지 사항에 대해 이야기하는 것이 좋을 것 같다.

우선 '백마(白馬)'라 불리는 것이 있는데, 그것은 물고기의 꼬리 부분, 또는 꼬리 날개의 두꺼운 부분에서 얻어지는 것이다. 그것은 응축된 힘살—근육 덩어리—로 되어 있어, 굳고 단단하며 얼마간의 기름을 포함한다. '백마'는 고래의 몸에서 잘려 분리된 뒤에 우선 손으로 들 수 있는 정도의 장방형으로 잘린 다음 분쇄기에 넣어진다. 그것은 버크셔 대리석재와 매우 흡사하다.

'플럼푸딩'이라는 이름이 붙여지는 것은 고래고기의 몇몇 부분의 단편(斷片)이며, 여기저기 이 지방층이 부착되어 있어서 상당히 미끄럽다. 그것은 극히 느낌이 좋은, 화려하고 아름다운 외관을 가지고 있다. 이름이 나타내듯이 몹시 화려한 무늬를 가지고 있는데, 설백과 황금빛 바탕에 짙은 보랏빛 반점이 나 있다. 그것은 시트론의 모양을 한 홍옥(紅玉)의 플럼으로, 아무리 참으려 해도 먹고 싶어 못 견디게 된다. 솔직히 고백해서 나는 한번 앞돛대 그늘에 숨어서 그것을 먹어 보았다. 그 맛을 비유한다면 루이 황제가 맛있게 먹었던 사슴 넓적다리 살로 요리한 커틀릿, 특히 사슴 사냥이 시작되는 시기의 첫

날에 잡힌 것, 더욱이 그 사슴 사냥이 시작되는 시기가 샴페인 지방의 드물게 보는 좋은 계절과 일치했을 때의 그것이라면 아마 이런 맛이리라 하고 생각될 정도의 것이었다.

또 이런 과정에 따르는 것으로 몹시 색다른 것이 있는데, 그것을 적절하게 묘사하기란 참으로 어렵다. 그것은 '진흙 옷'이라 불리는데, 고래잡이 사이에서 일컬어지기 시작한 이름으로 그것의 성질을 참으로 잘 나타내고 있다. 그것은 처치하기가 곤란할 만큼 찰싹찰싹 달라붙는 흐늘흐늘한 것으로 경뇌를 계속해서 짜내고 통 속에 부어 놓을 때 가장 많이 발견된다. 나는 이것이 유착된 경뇌의 막이 터져서 무척 얇아진 것이라 생각한다.

'찌꺼기 고기'란 말은 본래 참고래에 사용되는 것이지만 가끔 향유고래잡이들이 사용할 때도 있다. 그것은 그린란드고래, 즉 참고래의 등에서 벗겨 낸 것으로서 검은 아교와 같은 상태의 것이며, 저 질이 낮은 고래를 잡는 속물들의 배의 갑판은 온통 그것으로 덮여 있다.

'못뽑이'라는 것은 엄밀하게 말하면 고래에서 유래된 말은 아니다. 그러나 포경업자가 사용할 때는 고래의 것이 된다. 포경업자가 말하는 그것은 고래의 꼬리가 가늘어지는 부분에서 잘리는, 힘살과 같은 성질의 짧고 단단한 살 조각인데, 두께는 보통 1인치 정도이고 그 나머지 부분은 괭이의 철판 부분만 한 크기이다. 미끈미끈한 갑판에 그 가장자리를 대고 끌게 되면 가죽으로 만든 비처럼 잘 쓸리며 그 가는 곳마다 마치 마법에 걸린 것처럼 모든 오물을 신비스럽게 빨아들이곤 한다.

하지만 이런 알기 어려운 사항에 대하여 모조리 소상하게 알려고 한다면 여러분은 당장 지방실(脂肪室)로 내려가 거기서 일하는 사람과 오랜 시간 이야기를 나누는 것이 가장 좋다. 이 장소는 앞에서도 말한 것처럼 고래에서 벗겨 낸 기름고기들이 놓여 있는 곳이다. 드디어 그것들을 썰어야 할 때가 되면 이 방에 처음 와 보는 사람은 특히 야간에 있어서는 처참한 분위기에 휩싸일 것이다. 한쪽으로는 어렴풋한 불빛 아래 작업자들을 위한 장소가 비어 있다. 그들은 대개 2인 1조로 창과 갈고리를 맡은 사람과 삽(고래 절단용)을 맡은 사람이 한 쌍이 되어 일한다. 포경용의 창이란 군함에서 공격용으로 쓰이는 것과 흡사하다. 또 갈고리는 보트를 끌어당기는 갈고리로 된 막대기와 어딘가 비슷하다. 이것을 든 갈고리 담당은 지방 조각에 그것을 걸어 배가 흔들려 기울어져도 미끄러져 내리지 않도록 애쓴다. 그때 삽 담당은 지방 조각 위에 서서 그것을 수직으로 잘라 손으로 들어 나를 수 있게 만든다. 그 삽날은 면도날처럼 날카롭다. 그리고 삽 담당은 신발을 신지 않는다. 신발을 신는다면 자칫 썰매처럼 미끄러지고 말 것이다. 만일 그가 자신의 발가락이나 동료의 그것을 잘라 버린다면 얼마나 큰일이겠는가? 사실 나이가 든 지방실 근무자는 대개 발가락의 수가 적다.

95장 | 법의

　만일 다른 사람이 고래의 이 시체 처리가 진행되는 동안에 피쿼드 호에 승선하여 그 양묘기 가까이 걸어간다면, 무엇인지 알 수 없는 기이한 물체가 배수구 쪽에 기다랗게 누워 있는 것을 보고 적잖이 호기심이 쏠려 조사해 보려 할 것이다. 이 참으로 신비한 원추형을 한번 쳐다본다면 저 웅대한 고래의 머리도, 또 떼어 낸 아래턱의 괴이함도, 그리고 대칭인 꼬리의 기적도 놀랄 만한 것이 못 됨을 느낄 것이다. 이 물체야말로 켄터키 사나이의 키보다도 길고, 밑부분은 직경이 약 1피트는 되며, 빛깔은 퀴퀘그의 흑단빛 우상 요조처럼 칠흑이다. 그야말로 우상이다.

　바로 그 옛날, 이와 비슷한 것이 있었다. 예를 들면 유대의 마카 여왕의 비밀 정원에서 발견된 것이라고나 할까. 여왕이 그것을 숭배했기 때문에 그 아들인 아사 왕이 그녀를 쫓아내고 그 우상을 파괴하고 키드론 강가에서 그 더러움을 저주하며 태워 버린 점은 〈열왕기 상〉 15장에 기분 나쁠 정도로 서술되어 있다.

이제 썰어 내기 담당인 선원이 오는 것을 보라. 그는 지금 두 명의 동료들의 부축을 받아 선원들이 거물(고래의 남근〔男根〕)이라 부르는 것을 간신히 밀고 있다. 양 어깨를 둥글게 움츠리고 마치 싸움터에서 죽은 전우를 운반하는 척탄병(擲彈兵)처럼 비틀거리며 그것을 운반하는 것이다.

앞갑판에 그것을 내려놓으면 아프리카의 사냥꾼이 구렁이 껍질을 벗기듯 그 검은 가죽을 원통형으로 벗기기 시작한다. 그리고 그 가죽을 바짓가랑이처럼 뒤집어 단단히 편 뒤, 직경이 두 배 정도가 되게 늘인다. 마지막으로 충분히 펴서 삭구에 걸쳐 말린다. 그리고 잠시 뒤에 다시 내려 뾰족한 끝부분을 3피트 정도 잘라 내고 반대쪽 끝에 팔이 들어갈 수 있게 구멍을 두 개 내고는 자기 몸을 완전히 그 속에 넣는다. 그리하여 썰어 내기 담당은 그 천직에 어울리는 완전한 법의를 몸에 걸치고 선다. 이 제복이야말로 태곳적부터 그에게 주어진 것이며, 이것만이 그가 그 특이한 임무에 종사할 때 그의 몸을 아무 탈 없이 지켜 줄 수 있는 것이다.

그 임무란 지방 덩어리를 썰어 솥 속에 넣는 일로서, 뱃전을 향해 세로로 끼워 넣어진 기묘한 목마형(木馬刑)으로 된 작업대에서 진행된다. 그 목마형 밑에 있는 커다란 통을 향해 고기

조각을 썰어 넣는데, 그 고기 조각이 떨어져 들어가는 속도는 열이 오른 연사의 테이블에서 원고지 한 장, 한 장이 날아가 떨어지는 것과 흡사하다. 말쑥한 흑의(黑衣)를 걸치고 커다란 설교단에 서서 성스러운 책장(성서의 책장, 그것은 항해사들이 쉴새없이 썰어 내기 담당에게 외쳐 대는 소리이다. 그것은 그에게 주의를 촉구하고 그 작업에 있어서 되도록 얇은 조각으로 썰도록 요구하기 위해서인 것이다. 왜냐하면 그렇게 함으로써 기름을 짜내는 작업은 빨리 진척되고 그 양을 현저하게 늘릴 수 있으며 질도 몹시 양호해지기 때문이다)에 마음을 집중하다니, 이 썰어 내기 담당은 과연 대주교의 후보나 법왕의 후계자로서 어울리지 않을까.

96장 | 기름솥

 미국 포경선의 외관상의 특징으로는 매달아 놓은 보트 외에 기름솥이 있다. 다시 말해 포경선의 구조물로서 떡갈나무와 삼베 밧줄 외에도 가장 견고한 벽돌 공사를 첨가한다는, 세상에도 별난 점을 보이고 있는 것이다. 그것은 들판에 있던 벽돌 가마를 갑판에 운반해 놓은 것 같다.

 그 기름솥들은 갑판의 가장 넓은 부분, 즉 앞돛대와 큰 돛대 사이에 놓인다. 그 밑바닥 목재는 특히 견고한 것으로서, 세로 10피트, 가로 8피트, 높이 5피트나 되는, 거의 벽돌과 모르타르만으로 구성되는 화덕의 중량을 버틸 만한 힘을 가진다. 토대는 갑판을 파고 만든 것이 아니라 그 구조물을 사방으로 무거운 철봉이 둘러싸며 목재에 나사로 죄어 붙임으로써 갑판면에 고정되어 있는 것이다. 측면은 판자로 싸이고 윗면은 크게 기운 판자 승강구로 완전히 덮여 있다. 이 승강구 뚜껑을 열어 보면 각각 두세 통의 기름을 넣을 수 있는 커다란 두 개의 기름솥이 있다. 사용하고 있지 않을 때는 매우 청결한 상태로 되어 있다. 때로는 비눗돌이나 모래로 닦여 그 내부가 마치 은 식기처럼 반짝거린다. 야간 당직을 할 때면 심술궂은 노선원은 그 속에 숨어 들어가 몸을 구부린 채 한잠 자기도 한다. 그것들을 닦을 때는 한 사람씩 줄지어 선 상태로 솥에 들어가는 셈인데, 무쇠 입술 너머로 소곤소곤 이야기를 나눌 수도 있다. 그리고 이곳은 또한 심원한 수리(數理)를 생각하고 연구하는 곳이기도 하다. 피쿼드 호의 좌현 기름솥에서 비눗돌이 쉴새 없이 내 주위를 돌고 있을 때의 일이었다. 나는 비로소 놀라운 사실을 깨닫게 되었다. 그것은 기하학에 있어서 파선을 이루고 움직이는 모든 물체는— 내 비눗돌도 그 예이지만— 어느 점으로부터도 정확하게 똑같은 시간에 낙하한다는 사실이었다.

기름솥의 앞면에서 화덕의 벽을 제거하게 되면 그 부분의 구조가 보이게 되는 셈인데, 솥의 바로 아래에는 두 개의 철제 아궁이가 입을 벌리고 있다. 이 아궁이에는 무거운 쇠문이 달려 있다. 강한 화열이 갑판에 전달되지 않도록 하기 위해서 얇은 저수조가 포피(包被)된 모든 장치의 밑바닥에 놓여 있다. 그 저수조 뒤쪽에는 관이 연결되어 있어서 물이 증발하는 대로 다시 보급되도록 되어 있다. 밖으로 보이는 굴뚝은 없고 벽 뒤쪽에 직접 구멍이 뚫려 있다. 하지만 우선 먼저의 이야기로 되돌아가기로 하자. 다시 계속하기로 하자.

이번 항해에서 처음으로 피쿼드 호의 기름솥에 불을 넣은 것은 밤 아홉 시경이었다. 이 작업의 감독은 스텁이었다.

"준비 됐나? 자, 뚜껑을 열어라. 일을 시작하자. 쿡, 불을 때!"

이것은 편한 작업이었다. 왜냐하면 목수가 항해하는 도중 그 대팻밥을 아궁이에 던져 넣어 두었기 때문이다. 여기서 미리 말해 두겠는데 포경선에서는 기름솥에 최초의 불을 땔 때에는 나무를 태우게 되어 있다. 그 뒤에는 불붙이는 연료에 빨리 불을 붙이기 위한 경우 이외에는 나무를 쓰는 일이 없다. 즉 기름을 짜낸 뒤의 '기름 찌꺼기'나 '저민 조각'이라 불리는 쭈글쭈글하게 오그라든 지방은 아직 꽤 많은 기름기를 지니고 있기 때문에 그것을 때는 것이다. 불붙는 순교자나 스스로를 소진시키는 염세주의자처럼, 고래는 한번 점화되면 스스로 연료를 공급하며 자기 스스로 불타는 것이다. 불타는 김에 자신의 연기까지 삼켜 버리거나 소진해 준다면 더 바랄 것도 없다. 왜냐하면 고래의 연기를 마시게 될 경우 건강에 퍽 해롭다고는 하지만, 그렇다고 그것을 마시지 않을 수 없고, 몇 시간 동안이나 그 안에 있어야 하기 때문에 그것을 마시지 않을 수는 없다. 그것은 뭐라고 말할 수 없이 끔찍한 인도의 화장터 주위에 감도는 것 같은 냄새와 악취를 풍긴다. 또한 심판의 날의 무신론자처럼 냄새를 풍긴다. 그것은 지옥의 존재를 입증하는 것이다.

한밤중까지 작업은 활기차게 진행되었다. 우리는 돛을 올리고 고래의 시체에서 멀어져 갔다. 바람의 기세는 점점 수그러들기 시작했고, 한없이 크고 넓게 펼쳐진 바다는 칠흑같이 어두웠다. 하지만 훨훨 타오르는 화염이 가끔 그 어둠을 핥았고, 저 유명한 그리스 인의 화염(불붙는 배로 적함을 태우는 것)처럼 삭구가 있는 높은 곳의 밧줄도 샅샅이 비추었다. 불타는 배는 그 어떤 참극을 향해 미친 듯 돌진하는 것처럼 돛을 올리고 계속 달렸다. 그 모습은 대담한 히드라 섬 사람 카나리스가 역청과 유황을 실은 배를 몰고 심야에 모항을 떠나 돛을 불태우며 터키 군함에게 덤벼들어 대화염 속에 몰아 넣은 광경을 방불케 했다.

용광로의 상부에서 들어낸 덮개는 그 정면에서 커다란 아궁이 바닥 노릇을 대신했다. 그 위에는 언제나 포경선의 화부 역할을 하는 이교도 작살잡이의 지옥 같은 모습이 우뚝 서 있었다. 그들이 굵고 긴 막대기를 가지고 쉿쉿 소리 내는 기름 덩어리를 부글부글 끓는 솥에 던져 넣기도 하고 밑의 불을 휘젓기도 할 때에는 뱀 같은 불길이 몸을 도사리며 아궁이에서 뛰쳐나와 그들의 발을 감으려 하는 것처럼 보였다. 연기는 겹겹이 쌓여 굽이쳐 흘렀다.

배가 상하로 흔들릴 때마다 끓어오르는 기름도 상하로 흔들렸고, 그들의 얼굴에 튀려고 덤비고 있는 것처럼 보였다. 이 용광로의 아궁이 반대쪽 커다란 마루 저쪽에는 양묘기가 있었다. 그것은 해상의 안락의자를 대신했다. 야간 당직자는 특별한 볼일이 없을 때면 거기에 기대어 빨갛게 타오르는 불길을 바라보았는데, 그럴 때면 얼굴이 타는 것처럼 느껴지곤 했다. 그들의 볕에 그은 얼굴은 연기와 땀으로 미끈거렸으며 그 수염은 모두 한데 엉키고 그 야만스러운 이빨은 한층 더 윤기를 내며 빛났는데, 그 모든 것들은 기름솥의 변덕스러운 조명 속에서 이상한 화면을 그려 내고 있었다. 그들이 그 난폭한 모험에 대한 공포를 농담처럼 주고받을 때, 또 그들의 야비한 너털웃음이 아궁이에서 나오는 불길처럼 입에서 튀어나올 때, 또 그들의 앞에서 작살잡이들이 굵고 긴 갈고리와 국자를 들고 이리저리 심한 동작으로 움직일 때, 바람은 계속해서 무섭게 울부짖고 파도는 거세게 일렁거렸으며 배는 신음하며 기울곤 했다.

더욱이 그 벌겋게 불타는 지옥을 바다와 밤의 암흑 속으로 자꾸만 밀어내며 그 입에는 거만하게 백골을 물고 사방으로 증오에 가득 찬 타액을 내뱉는다. 야만족을 싣고 화염에 싸여 주검을 태우면서 칠흑의 어둠을 헤치고 가는 이 배야말로 그 편집광적인 지휘자의 영혼을 물질적으로 표시한 것이라 할 만했다.

나는 키잡이로서 여러 시간을 서 있는 동안 이 불타는 배의 항로를 묵묵히 인도하면서 그렇게 느꼈다. 그사이 나 자신은 어둠 속에 싸여 있었는데, 그렇기 때문에 오히려 다른 자들의 진홍빛 광기 어린 요기(妖氣)를 뚜렷이 볼 수가 있었다. 눈앞에 그런 악귀 같은 그림자가 반은 연기 속에서 반은 불 속에서 날뛰고 있는 것을 보고 있는 동안, 나는 지금까지 심야의 키를

250

잡고 있을 때면 언제나 느끼곤 했던 말할 수 없이 졸린 기분에 빠져 들곤 했는데, 그러자 곧 이번에는 내 영혼 속에 똑같은 환영이 떠오르는 것이었다.

그렇기는 하지만 특히 그날 밤에는 이상한(그리고 뒷날에도 밝혀 내지 못한) 어떤 일이 나에게 일어났던 것이다. 잠깐 사이에 선 채로 깜빡 잠이 든 후 다시 흠칫하며 눈을 떴을 때, 나는 무엇인가 치명적인 재난의 느낌을 느꼈다. 나는 온몸에 소름이 끼치는 듯했다. 고래의 턱뼈로 만든 키의 손잡이가 거기에 기대 있던 내 옆구리를 쳤다. 지금 막 바람에 떨기 시작한 돛의 낮은 신음 소리가 내 귀로 흘러들어왔다.

나는 내 눈이 떠진 것으로 생각하고 있었다. 나는 거의 무의식적으로 손가락을 눈꺼풀로 가져가며 더욱 크게 눈을 뜨려고 했다. 하지만 키를 잡기 위해 나침반을 보려 해도 — 불과 일 분쯤 전에 나침반용 램프로 그것을 읽었는데 — 아무리 해도 보이지 않았다. 내 앞에 있는 것은 다만 캄캄한 어둠뿐이었으며, 가끔 그것이 빨간 섬광으로 음산하게 찢겨 나갈 뿐이었다. 나는 순간적인 환상에 사로잡히고 말았다.

내가 지금 발을 딛고 있는 것이 어떤 것이든 그것은 전방의 어느 항구를 향해 달리고 있는 것이 아니라, 모든 항구를 뒤로 하고 달리고 있다는 환상이었다. 죽음과 같은 암담한 절망감이 나에게로 덮쳐 왔다. 경련을 일으키는 듯한 내 두 손은 키의 손잡이를 잡았는데, 그때 나는 그것이 어떤 저주에 걸려 거꾸로 돌고 있는 것이라는 미친 사람 같은 망상에 사로잡혔다.

미칠 것 같은 느낌이었다. '오오, 신이시여, 이게 도대체 어찌된 일이오니까.' 하고 나는 생각했다. 저런! 잠깐 깜빡하는 사이에 나는 몸을 한 바퀴 돌려 뱃고물 쪽을 향하고 있었고, 뱃머리와 나침반을 뒤에 두고 있었던 것이다. 순간적으로 나는 원위치로 돌아와 배가 역풍을 받아 전복되려는 것을 가까스로 막을 수가 있었다. 이날 밤의 기괴한 환각에서 그리고 역풍에 의한 재난에서 구원받았다는 것을 진심으로 기뻐할 뿐이다.

인간들이여, 불길을 너무 오랫동안 들여다보지 말아야 한다! 손을 키 위에 놓은 채로 잠들어서는 안 된다! 키 손잡이의 움직임이 최초에 암시하는 것을 놓치지 마라. 인공의 그 붉은 빛으로 사물을 음산하게 비치는 화염을 믿어서는 안 된다. 내일은 여전히 태양에 의해 하늘이 빛나고, 뱀의 혀 같은 불길 속에서 악마처럼 비치던 것도 아침에는 훨씬 다른, 적어도 잔잔한 모습으로 보이게 될 것이다. 찬란하게 빛나는 황금빛 태양, 그것만이 참다운 등불일 뿐, 다른 모든 것은 거짓이다.

하지만 그 태양도 버지니아의 대습지, 로마의 저주받은 황야, 또는 광막한 사하라, 그리고 이 세계에 몇백만 마일이나 계속되는 황폐와 비애를 감추지는 못한다. 태양도, 빛이 못 미치는 지구의 암흑면과 지구의 3분의 2를 차지하는 바다를 감추지는 못한다.

그러므로 만일 언젠가는 죽어야 할 인간이 그 마음속에 슬픔보다 기쁨을 더 많이 가진다면 그 사람은 진실할 수 없으며, 진실하지 못한 사람, 또는 미개인이라 할 수 있다.

서적의 경우도 마찬가지이다. 모든 사람들 가운데 가장 진실한 존재가 '슬픔의 인간 그리스도'인 것처럼 모든 서적 가운데 가장 진실한 것은 솔로몬이 쓴 책이며, 그가 쓴《전도서》는 순수한 비애의 강철이다. '헛되고 헛되며 헛되니 모든 것이 헛되도다.' 모든 것이 건방진 현대 세계는 그리스도를 알지 못했던 솔로몬의 지혜마저도 아직 파악하지 못하고 있다. 어떤 부류의 인간은 병원이나 감옥을 잘도 피해 다니고, 묘지는 급히 달려서 피해 가며, 지옥에 대한 것보다 오페라에 대한 소문을 더 좋아하고, 쿠퍼나 영이나 파스칼, 루소 등을 환자에 바보 녀석이라 말하고, 그 한가로운 생애 동안 줄곧 라블레의 이름으로, 더없이 현명한 자만이 명랑한 자라고 단언한다.

이런 인간은 묘석 위에 앉아서 측량할 수도 없이 위대한 솔로몬과 함께 푸른 풀포기가 돋은 습토를 파헤치는 데 적당하지 않다.

그러나 솔로몬도 말했다. '깨달음의 길을 떠난 사람은 살아 있을 때에도 사망의 회중에 거하리라(《구약성서》〈잠언〉21장 16절)' 그러니 그대는 불에 패배하여 한때의 나처럼 등을 돌리고 서서 죽는 일이 있어서는 안 된다. 예지가 즉 비애일 수는 있다. 그러나 비애가 광기일 수도 있다. 또 어떤 사람들의 마음속에는 캐스킬 산(뉴욕 주에 있는 산)의 독수리가 살고 있어서 가장 어두운 계곡에 뛰어내릴 수도 있고, 거기서 다시 날아올라 햇빛도 눈부신 공중에 모습을 감출 수도 있다. 그리고 그 독수리가 설사 영원히 계곡 밑을 날고 있다 하더라도 그 계

곡은 산에 있으므로 그 독수리는 가장 낮게 날 때조차도 평원
의 다른 새들이 높게 나는 것보다 더 높은 곳에 있게 된다.

97장 | 등불

만일 누구인가 피쿼드 호의 기름솥을 떠나 그 앞돛대 언저리로 내려가 비번인 자들이 자고 있는 것을 보았다면, 그 찰나에 그는 성도(聖徒)가 된 왕이나 추기경들이 있는 신전의 등불 속에 자기가 서 있다고 느낄 것이다. 떡갈나무로 된 저마다의 동굴 속에 선원들은 석고상처럼 입을 다물고 있고, 숱한 등불은 그들의 눈가리개 위에 그 불빛을 쏟아 놓고 있는 것이다.

상선에서는 선원용의 기름이 왕비의 젖보다도 더 귀하다. 어둠 속에서 옷을 입고, 어둠 속에서 먹으며, 어둠 속에서 침대로 굴러 들어간다. 그것이 일상사(日常事)이다. 그러나 고래잡이는 광명의 원료를 구하는 것이며 따라서 광명 속에 살고 있다. 그의 침대는 알라딘의 램프처럼 빛나고 그는 거기에 눕는다. 따라서 칠흑같이 깜깜한 밤이라 할지라도 배의 거뭇

거뭇한 선창에는 밝은 빛이 가득 차 있다.

고래잡이들이 조금도 꺼리지 않고 몇 개의 램프를— 램프라
고는 해도 그것은 낡은 항아리인 경우가 많지만— 손에 들고
기름솥 옆에 있는 구리로 된 냉각기로 가서 마치 큰 술통에서
맥주를 퍼내듯이 기름으로 램프를 채우는 광경을 보라. 뿐만
아니라 그는 아직 정제되지 않은, 그래서 아무것도 섞인 것이
없는 가장 순수한 기름— 육지에서도 태양에서도 별에서도 달
에서도 찾아볼 수 없는 액체— 을 태우고 있는 것이다. 그것은
4월의 새싹을 먹은 소젖으로 만든 버터처럼 향기롭다. 그는
마치 광야의 나그네가 자기가 저녁에 먹을 식사로서 짐승을
잡을 때처럼 기름은 신선하고 순수한 것이어야 한다고 확신하
며 기름을 채취하러 나선다.

98장 | 쌓아 넣기와 치우기

지금까지 말한 바로써 밝혀진 것은, 어떻게 거경이 돛대 위에서 발견되는가, 어떻게 그는 망망한 대해의 황야에서 쫓기어 깊은 골짜기에서 죽음을 당하는가, 어떻게 그는 그런 뒤에 뱃전에 끌려가 목이 잘리는가, 옛날의 사형 집행인이 목 잘린 사형수의 의복을 취득하는 권리를 가졌던 것처럼 어떻게 그의 거대한 살덩이가 들어 있던 외투가 그 사형 집행인의 재산이 되는가, 또 어떻게 그는 적당한 시간이 지난 뒤에 솥에 넣어져서 사드락, 메삭, 아벳느고(《구약성서》〈다니엘서〉에 나오는 그의 세 친구)와 같이 그 경뇌와 기름과 뼈가 상처도 받지 않고 불을 지나갈 수 있는가, 하는 것들이었다. 그러나 아직 남아 있는 것은 이런 설명에 있어서의 마지막 부분, 다시 말해서 그 기름이 둥근 나무통에 넣어져 선창 깊숙이 던져지고 그리하여 남은 뼈대만 그 옛날처럼 수면 아래로 돌아가는 것이지만, 그러나 가엾도다! 다시는 파도 사이에 떠올라 물보라를 뿜어 올릴 수는 없구나, 하는 낭만적인 일을 낭독하는 것이 남아 있다.

기름은 아직 더울 때 따뜻한 펀치 술처럼 6배럴이나 들어가는 큰 통에 부어지는데, 배가 심야의 바다에서 이리저리 가로세로로 흔들림에 따라 그 거대한 통은 마구 나뒹굴고 거꾸로 뒤집어지며, 또 어떤 때는 갑판 위를 미끄러져 다니다가, 결국은 사람 손에 잡혀 제자리에 놓이면, 모두들 몰려들어 바깥 테두리를 망치로 쾅쾅 친다. 그리하여 모든 선원은 통장이가 되는 것이다.

마침내 최후의 1파운드까지 통에 담기고 모두 냉각되었을 때, 커다란 선창의 입구가 열리며 배의 복부는 그 속을 드러내게 되고, 그 통들은 그 밑으로 종국의 휴식을 위해 떨어져 내리는 것이다. 그 작업이 끝나면 선창 입구는 다시 원상태로 단단히 밀폐되고 사방을 발라 버린 밀실처럼 된다.

향유 포획 작업 중 아마 이것이 가장 눈부신 일일 것이다. 언젠가 갑판에는 피와 기름의 강이 흐르고 성역인 뒷갑판에는 놀라울 만큼 커다란 고래의 머리가 쌓이게 될 것이다. 거대하지만 낡은 나무통들이 양조장 안마당처럼 뒹굴고 기름솥에서 나오는 기름은 모든 뱃전을 그을리게 할 것이다.

선원들은 연기에 눈을 비비며 움직이고 배 전체가 마치 거대한 고래로 보이게 될 것이며 결국 귀가 찢기는 듯한 굉음이 울려 퍼질 것이다.

그러나 하루나 이틀이 지나서 주위를 둘러보고 이 배에서 귀를 기울여 보라. 만일 낯익은 보트와 기름솥이 없다면, 자기가 지금 갑판을 거닐고 있는 이 배는 어느 선장, 좀더 세심하고 청결한 어느 선장 휘하의 조용한 상선이라고 믿고 싶어질 것이다. 정제되지 않은 경뇌유는 신비한 세척력이 있다. 그렇기 때문에 갑판은 이 '기름 작업'이라 불리는 작업 뒤처럼 희게 빛날 때가 없다. 게다가 잘게 잘린 고래 조각이 타고 남은 재에서는 손쉽게 강력한 잿물이 생겨, 만일 고래 등에서 나오는 점액질이 선복에 붙어 있기라도 하면 선원들은 부지런히 뱃전을 움직이며 들통의 잿물로 깨끗하게 청소한다. 선원들은 삭구의 먼지를 털어 내고, 사용했던 모든 도구도 똑같이 잘 씻어 간수한다. 커다란 뚜껑은 씻어서 기름솥 위에 놓아 솥을 완전히 덮는다. 통은 모두 자취를 감추고 밧줄은 말려 눈에 띄지 않는 곳에 넣는다.

이렇게 전 선원의 협력에 의해 이 양심적인 임무가 마침내 종료되었을 때라야 선원들은 머리끝에서부터 발끝까지 온몸을 씻고 옷을 갈아입은 뒤 마치 세상에서 가장 깨끗한 네덜란드에서 온 신랑처럼 산뜻하고 점잖게 티 하나 없는 모습으로 갑판에 나타난다.

그리하여 가벼운 발걸음으로 갑판을 두세 사람씩 짝 지어 거닐며 익살스런 농담을 던지며 응접실, 안락의자, 융단, 마직물 따위에 대해 이야기하고, 장루(檣樓)에 벽장식을 할까 생각하기도 하며, 갑판 광장에서 차를 마시는 것도 나쁘지 않다고 생각하기도 한다. 이 점잖은 선원들에게 기름이라든가 뼈라든가 지방이라든가 하는 말을 꺼낸다는 것은 난폭하기 그지없는 짓이다. 가만히 암시해 보아도 그런 것은 모른다는 얼굴을 한다. 저쪽에 가서 냅킨이나 갖다 주게나!

그러나 보라. 세 개의 돛대 위 높은 곳에는 세 사람이 버티고 서서 여전히 고래 찾기에 혈안이 되어 눈을 크게 뜨고 있다. 만일 잡힌다면 틀림없이 다시금 낡은 떡갈나무 재료를 더럽히고 적어도 어딘가 상당한 부분을 작은 기름방울로 적실 것이다. 그렇다. 가끔 있는 일이지만 밤낮을 가리지 않고 아흔여섯 시간이나 계속된 고된 임무가 끝났구나 하고 생각될 때, 또 그들이 적도 바로 밑에서 종일 노를 저어 손목이 부어오른 채 작은 보트에서 배로 올라와 쉴새없이 커다란 쇠사슬을 잡아끌고 무거운 양묘기를 움직이며 고래를 썰어 내고 그리하여 땀에 범벅이 되어 있을 때, 적도 밑의 기름솥에 햇볕까지 가열된 화력으로 볶이고 구워지고 있을 때, 또는 이런 모든 작업이 끝나고 겨우 배를 씻을 단계에 이르러 그곳을 한점의 티도 없는 착유장(搾乳場)처럼 만들고 비로소 그 깨끗한 옷의 윗단추를 막 채우려 하고 있을 때, 가끔 있는 일이지만, 갑자기 '물 뿜기다!' 하는 외침이 들려온다. 그러면 그들은 금세 새로운 고래와의 전투에 돌진해야 하며 다시금 그 지겨운 대작업을 되풀이하게 되는 것이다. 오오, 여러분들이여, 이것이야말로 살인이 아닌가! 하지만 이것이 인생이다. 연연한 노력 끝에 현세의 거체(巨體) 속에서 한 조각 귀중한 경뇌를 끄집어내고 참을성 있게 자신의 몸에서 그 더러워진 것들을 씻어낸 뒤, 마침내 청결한 영혼의 집에서 사는 것을 배우며 성공했다는 생각을 할까 말까 할 즈음 들려오는 '물 뿜기다!' 하는 외침. 정령은 불려가고 우리는 또 새로운 어느 세계에서의 전투를 향해 돌진해야 하며 그리하여 또다시 젊은날 되풀하던 일을 행하게 된다.

아아, 윤회여! 아아, 피타고라스여, 2천 년 전의 그 옛날, 빛나는 그리스에서 그토록 착하고 슬기롭고 평화롭게 죽은 이여, 나는 지난번 항해에서 페루 해안을 당신과 함께 달렸고, 아무것도 모르는 순진한 소년이던 당신에게 밧줄 매는 법을 가르쳐 주었다.

99장 | 스페인 금화

에이허브가 뒷갑판의 나침 상자와 큰 돛대를 그 양 끝으로
하여 그 사이를 규칙적으로 왕래하는 습관이 있다는 것은 이
미 이야기했다. 그러나 그 밖에도 설명을 필요로 하는 것이 너
무나 많았으므로 아직 자세히 언급하지 못한 것이 있는데, 그
는 이렇게 갑판을 걷는 경우 이따금 자신만의 생각에 깊이 잠
기게 되면 그 되돌아서는 지점에서 가만히 멈추어 선 채 눈앞
에 있는 어떤 사물에 시선을 던지곤 했다. 그가 나침반 상자
앞에 멈춰 서서 그 시선을 나침반의 바늘 끝에 집중할 때 그
눈빛은 그의 강한 집념에 응고되어 투창처럼 뻗어 나갔다. 또
거기서 걸어 나가 다시금 큰 돛대 있는 곳에서 정지하여 마찬
가지로 집중된 시선을 거기에 못질된 금화에 쏟아 놓을 때에
도 역시 그는 꼼짝할 줄 모르는 완고함에 불타고 있었으며, 다

만 그 어딘가에 희망의 빛이라고 할 수는 없을망정 무엇인가 가눌 길 없는 소망의 빛이 엿보이곤 했다.

그러나 어느 날 아침, 그 금화 앞을 지나게 되었을 때, 그는 거기에 새겨진 기인 상(像)이며 글자에 새삼스러운 호기심을 느낀 듯한 표정을 보이며, 마치 지금 비로소 그 고집스러운 마음에 의하여 거기에 숨겨진 어떤 의미를 나름대로 해독하기 시작한 것 같았다. 물론 모든 것에는 무엇이든 어떤 의미가 숨겨져 있다. 그렇지 않다면 그 어떤 것에든 아무런 값어치도 없고, 이 원형의 세계도 공허한 무(無)와 같으며, 기껏해야 사람들이 보스턴 근교의 언덕에서 하듯이 짐수레에 실어다가 은하의 어느 습지를 메우는 허망함밖에는 소용이 없을 것이다.

그 금화는 순금이었고, 그것이 채굴된 곳은 아마 사금의 벌판을 지나 서쪽으로 동쪽으로 흐르는 수없는 황금의 강(고대 소아시아 리디아의 강. 거기서 채굴된 황금이 크로서스 왕의 부의 원천이 되었다고 함)의 수원(水源)을 이루는, 어느 산악의 깊은 곳이었으리라. 지금 녹이 잔뜩 슨 쇠못과 부식된 구리못에 못 박혀 있으면서도 아직 조금도 손타지 않고 옛날 그대로의 키토 냄새를 유지하고 있었다. 게다가 또 야만스러운 선원들 사이에서 끊임없이 야만스러운 손길에 둘러싸이고, 긴 밤이면 어떤 도둑이 가까이 와도 모를 만큼 어둠이 짙었음에도 불구하고, 언제나 매일 아침 일어나 보면 이 금화는 전날 저녁때의 모습 그대로였다. 그 까닭은 금화는 특별히 따로 내어 놓은 것으로서, 어떤 엄숙한 목적을 위해 특별히 간직하고 떠받

들고 있었으므로, 직업상 불량하기 짝이 없는 선원들이었다고
는 하나 그들 모두 그것이 '백경'의 부적이라 두려워하고 있
었던 것이다. 가끔 그들은 한밤중의 지루한 당번 같은 때 그
문제에 대하여 이야기하며 그것이 최후에 누구의 손에 들어갈
것인가, 그 사나이는 그것을 쓰게 될 때까지 살아남을 것인가
하며 고개를 갸웃거려 보기도 했다.

이 고귀한 남아메리카의 금화는 또 태양과 열대의 추억의
기념패이기도 했다. 야자수, 알파카, 화산, 태양과 별, 그런
것들이 가득히 화려하게 조각되어 있었으므로, 이 고귀한 황
금은 더없이 스페인 시적(詩的)인, 그런 환상의 조금술(彫金
術)에 의해 한층 고귀함과 영예를 더하고 있는 것처럼 보였
다.

마침 이 피쿼드 호의 금화는 그런 것들 중에서도 가장 고귀
한 일품이었다. 그 둥근 가장자리에는 '에콰도르 공화국 -키
토(Republica Del Ecuador-Quito)'라는 글자가 새겨져 있
었다. 그러니까 그 찬란한 화폐가 세계의 한가운데인 적도 아
래에서 만들어져 거기에 연유한 이름의 국가에서 온 것임을
알 수 있었고, 안데스 산맥의 중턱, 가을을 모르는 풍만한 대
기 속에서 주조된 것임을 알 수 있었다. 이들 글자에 둘러싸여
안데스의 세 봉우리 같은 것이 보이는데, 그 하나에서는 불이
뿜어져 나오고 있었으며, 다른 하나에는 탑이 솟아 있었고, 나
머지 하나에는 때를 알리기 위해 홰를 치고 있는 닭이 있었는
데, 그 모든 위를 둥글게 덮고 있는 것은 하늘의 12궁도(宮圖)

의 구분, 즉 어디서나 볼 수 있는 신비적 상징을 표시한 그림이었으며, 핵심을 이루는 태양은 천칭궁(天稱宮)이 있는 곳에서 춘추(春秋) 분기점에 들어서려 하고 있었다.

이 적도적(赤道的) 금화를 앞에 놓고 에이허브가 다음과 같이 중얼거리고 있을 때, 그것을 관찰하고 있는 자가 있었다.

"산봉우리와 탑과 그 밖에 크고 높은 것에는 언제나 자아의 강함이 어딘가 모르게 나타나 있다. 보라, 세 개의 봉우리는 마왕처럼 잔뜩 뻐기고 있다. 저 튼튼한 탑, 그게 에이허브다. 불을 뿜는 산, 그게 에이허브다. 대담하고 무적인 승리를 자랑하는 새라, 그것도 또 에이허브다. 모두 에이허브다. 그리고 이 둥근 황금은 둥그런 지구의 초상이고, 그것이 마법사의 거울처럼 그 누구랄 것도 없이 각각 그 자체의 신비로운 자아를 반영하고 있는 것이다. 세계에 대하여 신비를 가르쳐 달라고 부탁하는 녀석들은 큰 고생을 하고도 조금밖에 얻을 수 없다. 세계는 자기를 해명할 수 없기 때문이다. 그러나 이 금화의 태양은 적어도 내게는 찬란한 얼굴을 하고 있는 것처럼 보인다. 하지만 보아라! 그는 분기점, 태풍의 표시가 있는 곳으로 뛰어든다! 그것도 좋으시. 진통 속에 태어나는 인간은 고통 속에 살다가 아픔 속에 죽는 것이 어울린다. 그것도 좋겠지. 여기에 내리덮이는 비극을 멋지게 이겨 내는 자가 있다. 그것도 좋겠지."

스타벅은 뱃전에 기대면서 다음과 같이 혼잣말을 했다.

"요정의 손이 저 금을 만진 건 아니겠지. 하지만 언제부턴가 악마의 손톱이 자국을 내고 있음에 틀림없어. 영감은 벨사자르(고대 바빌론의 마지막 왕. 향연의 자리를 베푼 벽에서 망국을 예언하는 글자가 나타났다고 함) 왕의 무시무시한 글자를 읽고 있는 모양이군. 난 저 금화를 자세히 조사한 일이 없다. 영감이 아래로 내려가는군. 어디 나도 한번 읽어 보자. 하늘 높이 치솟은 세 개의 높은 봉우리 사이의 어두운 골짜기다. 그것은 이 지상에서의 희미한 삼위일체를 나타내는 것일까. 다시 말해서 이 죽음의 골짜기에 있는 우리들을 신께서 가까이서 지켜 주시어 우리들을 둘러싼 어둠을 물리치는 정의의 태양으로서 희망이 되어 빛나고 있는 거다. 우리가 아래를 내려다보면 어두운 골짜기 밑의 곰팡내 나는 진흙이 보이지만 눈을 들어 보면 번쩍이는 태양이 우리들 눈에까지 비치며 기운을 북돋아 준다. 하지만 위대한 태양이라고 해서 움직이지 않는 것은 아니다. 만일 우리가 밤중에 태양의 위로를 받고 싶어진다면 아무리 경배해 봐도 소용이 없지 않겠는가. 이 금화가 말하는 바는 현명하고 다정하고 진실이지만 역시 나에게는 슬퍼. 난 달아나겠다. 진실이라는 게 나를 두렵게 하는 모양이다."

스텁은 기름솥 언저리에서 혼잣말을 한다.

"모걸 영감이군. 지금까지 금화를 노려보고 있었던 모양이군. 저런, 스타벅도 거기서 오는군. 어느 쪽이나 모두 얼굴이 아홉 발이나 될 만큼 길게 늘어졌군. 기껏 금화 하나를 보고 말이야. 그까짓 것 만일 내가 지금 니그로 언덕이나 콜라 강 언저리에서 저런 것을 가지고 있었다면 쳐다볼 사이도 없이 곧장 써 버릴 텐데 말이야. 하지만 내 보잘것없는 조그만 지혜로 볼 때, 이건 좀 이상한걸. 난 지금까지 몇 번에 걸친 항해에서 금화쯤은 보아 왔단 말이야. 오래된 스페인 금화라는 것도, 칠레 금화라는 것도, 볼리비아 금화라는 것도, 포파얀 금화라는 것도, 그리고 모이도어 금화(옛 포르투갈과 브라질의 금화)라는 것도, 피스톨 금화도, 조우 금화도, 반(半)조우 금화도, 4분의 1조우 금화도 실컷 봐 왔단 말이야. 그런데 저 적도 금화 어디에 그다지 놀랄 데가 있단 말인가. 제기랄! 내가 다시 한 번 읽어 주지. 자! 이것이 계시이고 기적이라는 건가. 이게 보우디치 영감(미국의 수학자)이 그 저작 속에서 12궁도라든가 뭐라든가 한 건데, 내가 저 아래에 갖고 있는 달력에서도 같은 말을 하고 있지. 좋아, 달력을 가져와 봐야지. 난 언젠가 들은 적이 있는데, 다볼(항해술의 전문가)의 산수를 이용해서 악마를 불러낼 수도 있다더군. 그렇다면 나는 매사추세츠의 달력으로 이 괴상한 조각품의 수수께끼를 풀어 내야겠군. 이게 그 책이다. 자, 어디 보자. 계시와 기적, 그리고 태양이 언제나 한패가 되어 있군. 이것이군. 모두 한데 늘어서 기운이 팔팔한걸. 백양궁(白羊宮)에, 금우궁(金牛宮)에, 게다가 또 쌍자궁(雙子宮)이라. 그리고 태양이 그 사이를 헤엄쳐 다닌다. 과연 이 금화는 삥 둘러 둥글게 된 열두 개의 거실의 두 문턱을 넘으려고 하고 있군. 이봐, 이 책 녀석! 넌 거짓말쟁이야. 도대체 너희들은 자기가 할 바도 모르고 있잖아. 너희들은 그저 있는 그대로를 말하면 된단 말이야. 생각하는 건 이쪽에서 할 일이야. 왜냐하면 난 매사추세츠 달력과 보우디치의 항해술과 다볼의 산수책을 읽고 알게 되었으니까 말이야. 계시와 기적이라. 계시에도 아무런 위력이 없고 기적에도 아무런 의미가 없다고 하면 참으로 비참할 거다. 가만, 가만 있어. 뭔가 단서가 있을 것 같군. 가만 있어 봐, 저런 고마우셔라, 있었어. 이봐, 금화, 네 그 12궁도는 말이야, 인간의 일생을 처음부터 끝까지 그린 것이군. 내가 그것을 잘 읽어 볼 테다. 자, 이리와, 달력! 우선 백양궁이군. 화냥년, 개 같으니, 이게 우릴 낳는단 말이지. 그리고 금우궁이라, 이 녀석이 우리를 치고 덤빈단 말이야. 그리고 쌍자궁이라, 즉 선과 악이군. 우린 선 쪽으로 가겠어. 하지만 봐라! 큰 게궁의 업고(業苦)와 질병이 와서 우리를 도로 끌고간다. 그래서 선을 떠나가게 되면 사자궁이 짖어 대며 길에서 기다리다가 우릴 질근질근 씹고는 앞발로 꽝 하고 때린다. 우린 도망친다. 야아, 처녀궁! 우리들의 첫사랑이다. 결혼해서 언제까지나 행복할 작정이었지. 그런데 거기에 천칭궁(天秤宮)이 불쑥 얼굴을 내밀고 행복을 달아 보았더니 무게가 모자라 우리가 비관하고 있는데, 이 무슨 일이람! 천갈궁(天蝎宮)이 나타나 볼기짝을 쏘는 바람에 우린 껑충 뛰어올랐지. 그리고 상처를 치료하고 있는데 사방에서 화살이 날아왔지. 사수궁(射手宮)이 장난치고 있었단 말이야. 그 화살을 빼고 있으려니, 저런, 쿵 하고 부딪친 건 마갈궁이군. 전속력으로 달려와 부딪쳤기 때문에 우리가 곤두박질쳤단 말이야. 그러자 보병궁(寶瓶宮)이 물을 잔뜩 끼얹어서 우리는 그만 물에 빠져 쌍어궁(雙魚宮)에 말려 들어가 잠들고 마는 거지. 어쨌든 이게 하늘에 씌어 있는 설교인데, 태양은 글쎄 매년 거길 통과하고는 생생하게 방글거리며 또 나온단 말이야. 하지만 그게 높은 곳에서 명랑하게 헤엄쳐 다닌다면 이 땅 위에 계시는 스텁 님께서도 마찬가지지. 암, 명랑해야 하고말고. 잘 있게나, 금화 씨! 아니야 잠깐 기다려. 왕대공 녀석이 오는군. 기름솥 그늘에라도 숨어서 나리가 무슨 말을 하는지 어디 한번 들어 봐야겠는걸. 저것 봐, 저 앞에 섰어. 뭔가 내뱉을 게 틀림없어. 옳지, 옳지, 입을 열었군."

"여기서 내 눈에 띄는 건 금으로 된 동그란 것뿐이야. 그 고래를 잡은 녀석이 이 동그란 것을 가지게 되는 거지. 그런데 왜들 모두 이걸 노려보기만 하는 걸까? 분명히 이건 16달러어치의 값은 되니까, 2센트짜리 잎담배라면 960개 몫이군. 난 스텁의 것처럼 냄새가 고약한 파이프는 싫지만 잎담배는 좋아하거든. 그 잎담배가 960개라. 자아, 플라스크 님께서 순시하러 나오시는군."

"저 녀석은 영리한 걸까 바보인걸까. 정말로 영리하다면 겉보기가 얼마간 바보스럽고, 정말로 바보라면 겉으로는 약간 영리한 체하고 있어. 하지만 저건 또 누군가. 맨 섬의 영감이 오고 있잖아. 바다에 나오기까지는 관을 나르던 녀석임에 틀림없어. 금화를 올려다보고 있군. 어, 돛대 저쪽으로 가는데? 옳지, 저쪽에는 말발굽이 못에 박혀 있었지. 다시 되돌아왔구나. 도대체 무슨 영문이란 말인가. 어디 들어 보자. 중얼중

얼…… 망가져 가는 커피 가는 기계 같은 소리로 지껄이기 시작했군. 어디 귀를 기울이고 들어 보자!"

"백경을 잡게 된다면 그건 이 태양이 이 그림의 어디론가 들어설 때, 즉 정월과 초하루 사이다. 난 그림을 연구했기 때문에 그 표가 있는 곳은 알고 있거든. 40년쯤 전에 코펜하겐의 무당 할멈에게 배웠지. 자, 그러면 태양이 어떤 표가 있는 데까지 오면 좋단 말인가. 그래, 금화 바로 뒤에 말발굽 표가 있잖아. 그럼 말발굽은 무슨 표시인가. 짖어 대고 삼켜 버리는 사자가 말발굽 표시이다. 배여, 비참한 배여, 너를 생각하면 이 늙은것의 머리가 지끈지끈 아프구나!"

"그것도 읽어 내는 한 가지 방법은 되는군. 하지만 책은 하나다. 하나의 세계 안에 사람은 갖가지인 법이지. 자, 또 숨자! 저것 봐, 퀴퀘그가 오고 있다. 문신투성이인 네 녀석이 바로 12궁도 그대로군. 식인종이 무슨 말을 하려나? 과연 기호를 조사하기 시작했어. 넓적다리뼈를 보고 있는데, 태양이 넓적다리로, 아니면 종아리로, 그것도 아니면 장(腸) 속에라도 들어가는 줄 아는 모양이지. 산골 구석의 할머니들이 외과의사의 천문학 이야기를 하듯이 말이야. 저런, 녀석, 넓적다리 근처에서 뭔가 발견했군. 사수궁이 아닐까? 아니야, 녀석은 금화가 뭔지 모르는 거야. 어느 임금님의 바지에 달린 낡은 단추인 줄 아는 모양이야. 그런데 또 숨어야겠다! 유령 악마 녀석인 페댈라가 나왔어. 여전히 꼬리는 말아 감추고 구두의 발가락 사이에는 베 헝겊 조각을 채워 넣었군. 굉장히 무시무시한 낯짝으로 뭘 지껄이려는 걸까. 아, 저런, 그림에 신호를 하고 절을 하는구나. 금화에 태양이 있다. 틀림없이 배화교도군. 제기랄, 또 누가 나올 모양인데, 이번엔 핍 꼬마께서 나오셨군. 꼬마 녀석, 죽어 버리는 편이 좋았을 텐데. 아니 내가 죽는 편이 더 좋았을까. 난 사실 조금은 저 꼬마가 두렵거든. 나까지 포함해서 우리 모두가 그림을 읽는 걸 보았단 말이야. 어디 어쩌자는 건지 두고 봐야지. 저런, 사람의 낯짝 같지 않은 바보 같은 얼굴로 그림을 보기 시작했다. 숨어라, 숨어. 녀석이 하는 말을 들어 보자, 어서!"

"나 본다, 당신 본다, 그 사람 본다, 우리들 본다, 당신들 본다, 그 사람들 본다."

"뭐라고! 머레이(미국의 문법학자)의 문법 공부를 하고 있는 건가. 가엾게도 머리를 좋게 하려는 것이군. 그런데 뭐라고 또 말하기 시작했잖다. 조용히!"

"나 본다, 당신 본다, 그 사람 본다, 우리들 본다, 당신들 본다, 그 사람들 본다."

"저런, 저걸 암송하는 건가. 쉬잇, 또 뭔가 말하는군."

"나 본다, 당신 본다, 그 사람 본다, 우리들 본다, 당신들 본다, 그 사람들 본다."

"거 참, 재미있는걸."

"나, 당신, 그리고 그 사람, 우리들, 당신들, 그리고 그 사람들, 모두 박쥐, 나는 까마귀, 가끔 이 소나무 꼭대기에 머물러 있다. 까옥, 까옥, 까옥, 까옥, 까옥, 까옥! 난 까마귀잖아. 허수아비 어디 있어? 저기 있어. 너덜너덜한 바지에 뼈가 두 개 꽂히고, 누더기 셔츠에 또 두 개 꽂혔어."

"내 말을 하는 게 아닐까? 아이고 맙소사! 꼬마 녀석 같으니. 난 목을 매고 싶어졌는걸. 아무튼 일단 핍에게서 달아나기로 하자. 난 말이야, 다른 녀석들, 머리가 제정신인 녀석들하고 있는 건 아무렇지도 않지만, 저 녀석 같은 미친 놈한테는 제정신인 녀석이 질 수밖에 없잖아. 그래, 그래, 이 녀석이 마음껏 혼자 지껄이게 내버려 두자."

"이 금화, 배의 배꼽이다. 모두를 빼내려 하고 있어. 하지만 배꼽을 빼면 나중엔 어떻게 돼? 하지만 여기에 두면 보기 흉해. 돛대에 못 박아 놓거나 하면 무서운 일이 다가오는 표시가 돼. 하하하, 에이허브, 백경이 당신을 못 박을 거야. 이건 소나무야. 우리 아빠는 톨랜드의 고향에서 소나무를 잘랐는데, 그 속에서 은반지가 나왔지. 검둥이가 신부를 맞아들일 반지였지. 어째서 거기에 있었을까. 하지만 만일 부활의 날에 모두가 이 돛대를 캐내어 털투성이 나무껍질에 굳이 달라붙게 하고, 그 속에 이 금화가 들어 있는 것을 본다면 같은 소릴 할 거야. 오오, 금! 고마운 금! 이제 곧 욕심꾸러기 바보가 널 챙겨 갈 거야. 쉿, 쉿! 하느님이 세계를 밟아 버리려고 걸어오신다! 요리다, 요리다! 우릴 요리하신단 말이야! 제니야! 히, 히, 히, 히, 히, 제니야! 옥수수 빵을 구워 줘!"

100장 | 다리 없는 피쿼드 호 선장과 팔 없는 엔더비 호 선장이 만나다

"이봐, 백경 보았나?"

다시 한 번 에이허브는 뱃고물을 스치며 달려가는, 영국기를 단 배를 향해 소리를 질렀다. 이 노인은 나팔을 입에 대고 매달린 고물의 보트 속에 서 있었다. 그 배의 뱃머리에 기대선 상대방 선장에게 자기의 고래뼈 다리를 감추려고 하지도 않았다. 상대는 볕에 그을어 검은 살갗이 되어 있었으며, 건강하고 사람 좋아 보이는 60세 정도의 품위 있는 사나이였다. 입고 있는 푸른 감색 나사지 재킷은 몸 둘레에서 풍신한 느낌을 주고 있었다. 그 재킷의 팔이 없는 쪽 소매는 경기병의 수놓은 저고리 소맷자락처럼 바람에 날려 뒤쪽으로 나부끼고 있었다.

"백경 보았나?"

"이걸 보시오!"

상대방은 지금까지 소매 속에 감추고 있던 것—향유고래의 뼈로 만들어진, 망치같이 생긴 나무로 된 머리가 끝에 달린 팔—을 쳐들어 보였다.

"내 보트를 내려라!"

에이허브는 숨 가쁘게 외치면서 가까이에 있던 노를 휘둘렀다.

"보트 내려, 준비!"

일 분도 안 되어 작은 배에 탄 채, 그와 그의 선원들은 수면 위로 내려지고 곧 영국 배의 뱃전에 닿았다. 그러나 여기서 아주 기묘한 일이 일어났다. 에이허브는 자기 한쪽 다리를 잃은 뒤로는 자기 배 이외의 배에 승선한 적이 없었고, 또 자기 배에서는 피쿼드 특제라고나 할 손쉽고 교묘한 여러 가지 장치를 이용하고 있었지만, 그 물건은 급할 때 다른 배에 갖다가 쓸 수는 없다는 것을 너무 흥분해서 까맣게 잊고 있었던 것이다. 하지만 바다 위의 보트에서 큰 배의 뱃전을 오른다는 것은 고래잡이들처럼 끊임없이 습관이 되어 있는 자들이 아니면, 누가 하더라도 매우 어려운 일이었다. 커다란 파도가 지금 막 보트를 뱃전 높은 데까지 밀어 올리는가 하면 금세 또 배 밑 용골 가까이까지 밀어 떨어뜨리는 것이었다. 그러므로 한쪽 다리밖에 없는 에이허브로서는 그 배에는 자신이 활동하기에 편리한 어떤 장치 같은 것이 없었으므로 가엾게도 무능력한 육지 사람의 신세로 떨어져 버린 꼴이 되어 도저히 오를 수 없

을 것 같은 끊임없이 움직이는 뱃전을 맥없이 바라볼 뿐이었
다. 앞에서도 조금 이야기했을 것으로 생각되지만 아무튼 에
이허브는 대수롭지 않은 일, 자기의 서툰 실수에서 일어난 일
이라도 자기를 곤란하게 하거나 하면 거의 언제나 안절부절못
하고 짜증을 냈다. 게다가 또 이번에는 그 배의 두 고급 선원
이 더욱 그를 화나게 했던 것이다. 그 두 고급 선원은 수직으
로 고정된 줄사다리 옆에서 난간에 기대어 있었는데 그들은
처음 이 외다리 사나이가 밧줄을 붙잡고 설 수 없을 정도의 불
구자라는 것을 몰랐기 때문에 그를 향해 기분 좋은 장식이 달
린 한 쌍의 밧줄을 흔들었던 것이다. 그것이 더욱 그를 짜증스
럽게 하고 화나게 했다. 그러나 이 어색함은 일 분 정도밖에
계속되지 않았다. 영국 선장은 한눈에 상황의 전말을 알아차
리고 외쳤다.

"알았어, 알았어! 밧줄로 끌어 올리려고 하지 마라! 서둘러
고패를 내려라!"

다행스럽게도 며칠 전에 고래를 뱃전에 끌어 와야 할 일이
있었으므로 아직 큰 고패는 돛대에 걸려 있었으며, 커다란 지
방(脂肪) 갈고리의 그 구부러진 부분이 깨끗이 마른 채 매달
려 있었다. 그것이 급히 에이허브 쪽으로 옮겨 내려지고 에이
허브는 그 자리에서 모든 것을 이해하고 한쪽 다리를 구부러
진 부분에 밀어 넣고(그것은 닻 갈고리나 사과나무 가지 사이에
걸터앉는 거나 같았다) 그러고 나서 구령에 맞춰 단단히 달라
붙어 자신의 체중을 위로 올리는 데 가세하기 위해 도르래로

움직이는 한쪽 밧줄을 열심히 잡아당겼다. 이윽고 그는 조심스럽게 뱃전 너머로 흔들리며 조용히 교반 위로 내려졌다. 영국 선장은 부끄러워하지도 않으며 고래뼈 팔을 환영의 표시로 내밀며 다가왔다. 에이허브는 고래뼈 다리를 내밀어(두 마리의 새치 다래처럼) 고래뼈로 된 팔과 교차시키며 해상(海象)처럼 소리를 질러 댔다.

"아아, 유쾌하군! 뼈끼리 악수를 하세. 팔과 다리일세. 오므릴 수 없는 팔, 그리고 달릴 수 없는 다리. 백경, 어디서 보셨나? 오래전 일인가?"

"백경."

영국인은 고래뼈 팔로 동쪽을 가리키며 그것이 망원경이기나 한 듯 그 팔을 따라 분노의 눈길을 보냈다.

"지난번 어기(漁旗)에 저기 저, 적도에서 봤소."

"녀석이 팔을 가져갔나?"

에이허브는 교반에서 미끄러져 내려 영국인의 어깨에 기대며 물었다.

"그렇소. 적어도 녀석이 원인이 되었소. 그런데 그 다리도?"

"이야기해 주시오."

에이허브는 말했다.

영국인은 이야기를 시작했다.

"난생 처음 적도를 항해했소. 당시에는 백경에 대해선 아무것도 몰랐었소. 그래서 어느 날, 보트를 내려 네댓 마리의 고

276

래를 추적하고, 내 보트는 그 중의 한 마리에 작살을 찔러 넣었소. 그게 또 튼튼한 곡마단의 말 같은 녀석이어서 배의 균형을 잡는 데 정신이 없었지. 그때 느닷없이 바다 밑에서 굉장한 기세로 커다란 고래가 솟아올랐소. 머리와 혹이 젖빛처럼 희고, 그리고 온몸이 주름투성이였지."

"그놈이요, 바로 그놈이요!"

에이허브는 지금까지 참고 있던 숨을 한꺼번에 내뱉으며 외쳤다.

"오른쪽 지느러미 가까이에 작살이 몇 개인가 박히고."

"그래, 그래, 그건, 내 것이야. 내 무쇠야."

에이허브는 기뻐 날뛰며 외친다.

"그럼, 이야기를 계속하겠소."

영국인은 미소를 지으며 말했다.

"그런데 그 흰 머리, 흰 혹을 가진 굉장히 나이가 많은 할아범 고래는 주위에 온통 거품을 일으키며, 고래 무리 속으로 달려들어 와서는 우리 밧줄에 무서운 기세로 덤벼들었소."

"아아, 알겠군. 떼어 놓으려 했던 거야. 작살에 찔린 고래를 도우려 했던 거야. 언제나 하는 짓을 난 알고 있어."

"어떻게 했는지 확실히는 모르지만, 밧줄을 물자 그게 녀석의 이빨에 걸려 얽힌 모양이었소. 하지만 이쪽에서는 그걸 미처 알아차리지 못했소. 그래서 나중에 밧줄을 끌어당기자 금세 녀석의 혹에 쾅 하고 부딪쳤지. 잡으려던 고래는 꼬리를 흔들면서 바람이 불어오는 쪽으로 달아나 버렸소. 그때 비로소 보니 그 얼마나 커다란 고래였던지, 본 적도 없을 정도였소. 난 그 녀석이 사납게 들끓는 걸 알면서도 '어디 한번 잡아 보자.' 하고 결심했던 거요. 얽힌 밧줄은 벗겨질 것이고 이빨도 빠질 테니까. 왜냐하면 노련한 선원들은 고래 밧줄 끌기엔 귀신 같은 녀석들이니 말이오. 그리고 나는 일등 항해사의 보트에…… 선장, 잠시 소개하겠소. 마운톱입니다. 다시 말해서 마운톱의 보트가 그때 내 보트와 뱃전이 닿을 만큼 가까이 와 있었으므로 그 보트로 옮겨 타고는 닥치는 대로 작살을 잡고 그 늙은 너구리 할아범에게 한 방 먹였소. 그런데 글쎄, 내 말 좀 들어 봐요. 정말 굉장했소. 눈 깜짝할 사이에 나는 박쥐처럼 소경이 되었소. 어느 쪽 눈이고 보이지 않았소. 캄캄한 거품 같은 것으로 가득 찬 어둠뿐이고, 다만 그 속에서 고래의 꼬리가 대리석 첨탑처럼 공중에 수직으로 불쑥 솟아 있었소. 그렇게 된 이상 물러설 수도 없었소. 그래서 난 밝은 한낮 태양이 왕관의 보석처럼 번들번들 빛나고 있는 속에서, 손으로 더듬어 두 번째 작살을 잡으며 던져야겠다고 생각하고 있는데, 꼬리가 리마(페루의 수도)의 탑처럼 엄습해 왔소. 그리하여 내 보트를 두 동강 내어 산산조각으로 만들고는 꼬리를 앞으로 한 채 깨진 보트를 티끌처럼 밀어붙이며 역행해 왔소. 우리는 모두 헤엄을 쳤지. 난 녀석의 무서운 공격을 피해 녀석에게 꽂혀 있는 내 작살자루를 움켜쥐고 죽기 살기로 매달려 있었지. 하지만 파도가 나를 때리며 거기서 떼어 놓는가 싶더니, 그때 고래가 앞으로 불쑥 한번 나갔다가 광선처럼 밑으로 들어갔소. 그리고 아주 괘씸했던 것은 두 번째 작살의 날이 나의 가까이로 끌려와 여기에 걸린 일이었지(하면서 그는 한쪽 손으로 어깨 바로 아래를 가리킨다). 난 그만 지옥의 불 속에 떨어진 것 같은 생각이 들었지. 그런데 그 순간에 고마우신 하느님의 은총으로 작살의 날이 살을 찢고 내 팔을 위에서 아래까지 좌악 가르고, 손목에서 떨어져 나가는가 싶더니 나는 물 위로 불쑥 떠올랐소. 그리고 그 뒤에 있었던 일은 저기에 있는 사람에게 들으시면 됩니다. 잠깐 소개하겠습니다. 선장, 우리 배의 의사인 번거 박사요. 이봐, 번거, 선장님이시다. 자, 번거, 자네가 나머지 이야기를 해 보게나."

그런 투로 친밀하게 소개된 의사는 아까부터 줄곧 두 사람 가까이에 서 있었는데, 그 배 안에서 높은 위치에 있음을 나타내는 건 아무것도 없었다. 그 얼굴은 유별나게 둥글고 그리고 진지했다. 푸른색의 빛이 바랜 털 셔츠를 입었고, 조각을 대고 기운 바지를 입고 있었다. 손에 든 환약 상자를 번갈아 보기도 하고, 또 두 불구 선장의 고래뼈로 된 팔과 다리를 유심히 바라보기도 했다. 그러나 상급자에 의해 에이허브에게 소개되자 겸손하게 인사를 하고는 곧 선장이 명령한 이야기를 하기 시작했다.

"굉장한 중상이었지요. 그래서 내 충고를 받아들여 부머 선장은 사미이 녀석을……."

"우리 배의 이름은 사무엘 엔더비입니다."

외팔 선장이 참견을 했다.

"이야기를 계속하게."

"이 사미이 녀석은 적도의 그 찌는 듯한 공기에서 빠져 나가 북쪽으로 이물을 돌렸던 겁니다. 하지만 그래도 상태가 호전되지는 않았지요. 전 모든 노력을 다했지요. 매일 밤 옆에 지켜 서 있었고, 음식물에 대해서도 엄격하게 했지요."

"엄격했고말고!"

환자 스스로가 맞장구를 치더니 갑자기 목소리를 바꾸었다.

"나와 함께 매일 밤 뜨거운 럼주를 만들어 마셔서 나중에는 붕대도 보이지 않게 되었지. 그러고는 반쯤 비틀거리게 된 나를 잠재운 건 새벽 세 시가 지나서였지. 정말이야! 밤새도록 간호해 주고 음식물은 말할 수 없이 엄격하게 통제했었지. 이 번거 선생께서는(번거, 강아지, 웃어라! 어째서 웃지 않나? 넌 몹시 명랑한 악당이잖아!). 하지만 어쨌든 이야기를 계속하게. 나는 말이야, 다른 녀석에게 목숨을 건지기보다는 자네한테 목숨을 잃는 편을 더 좋아해."

공손한 얼굴을 한 번거는 조금도 동요하는 빛이 없이 에이허브에게 약간 인사를 하며 말했다.

"우리 선생님은 말입니다, 당신께서는 이미 아셨겠지만, 가끔 농담을 잘하셔서 말입니다. 저런 그럴듯한 이야기로 슬쩍 사람들을 속이는 게 자랑이신 겁니다. 하지만 '안바산(이야기가 나온 김에)' 하고 프랑스식으로 말한다면, 나는, 즉 원래는 목사인 자크 번거는 전혀 한 방울도 마시지 못하는 금주가이기 때문에 술이라곤 지금껏……"

"물이다!"

선장이 외쳤다.

"선생은 물을 마시지 않지. 물을 마시면 학질에 걸리는 모양이야. 맹물을 마시면 공수병(恐水病)에 걸리고, 하지만 아무튼 이야기를 계속하게. 팔에 대한 이야기를 계속하게."

"하지요."

의사가 조용히 말했다.

"부머 선장이 농담으로 말을 가로막지만 않았다면 계속했을 테니까요. 내가 힘이 닿는 한 그렇게 엄격하게 했어도 상처는 점점 나빠질 뿐이었죠. 정말 그렇게 보기 흉한 상처를 벌리고 있는 건 어떤 배의 의사도 본 적이 없었을 겁니다. 2피트 몇 인치나 되었으니까요. 난 해심(海深)을 재는 연줄로 재어 봤단 말입니다. 한마디로 상처는 새까맣게 되어 있었지요. 그래서 난 위험을 알아차리고는 할 수 없이 잘라 버렸습니다. 하지만 저 고래뼈 팔을 배에 싣는 데는 난 전혀 관계하지 않았습니다. 그런 건 도리에 어긋나죠. (그물 깁는 바늘로 그것을 가리키며) 그건 선장이 한 짓이었죠. 내가 하지 않았어요. 선장이 목수한테 만들게 한 거죠. 그리고 앞끝에 저 망치를 달게 했는데, 아마 그건 어느 녀석인가의 머리를 부숴 버리기 위해서였겠죠. 사실은 나도 한 번 그런 꼴을 당할 뻔했지요. 선장은 가끔 마음이 사나워지고 미친 것처럼 된단 말입니다. 이 상처 구멍 좀 봐요."

그는 모자를 벗고 머리칼을 헤치고 머리 정수리의 움푹 팬 곳을 보여 주었지만, 거기에는 상처 자국 같은 것은 없었고, 아무리 보아도 지난날 상처였다고 생각되는 것조차 보이지 않았다.

"이 선장님께서 어찌하여 이것이 생겼는지 가르쳐 드릴 겁니다. 잘 알고 계시니까요."

"알게 뭐야. 네 에미가 알고 있겠지. 태어날 때부터 있었던 걸. 에라, 이 속 검은 악당 같으니. 번거 녀석! 이 넓은 바다에 글쎄, 이런 번거 같은 녀석이 또 있을까. 번거야, 네가 죽게 되면 소금에 절여서 후세에 대한 경고로 남겨 두어야겠다. 악당 같으니!"

선장이 말했다.

"백경은 어떻게 되었나?"

에이허브는 지금까지 안절부절못하며 두 영국인의 희곡 대사를 듣고 있다가 마침내 견딜 수 없어 외쳤다.

"오오!"

외팔이 선장이 외쳤다.

"오오, 그 이야길 하고 있었지. 결국 녀석은 물속으로 잠기더니 잠시 모습을 보이지 않았소. 사실 나는, 아까도 말했지만, 나를 그토록 심한 꼴로 만든 고래가 어떤 녀석인지 몰랐소. 겨우 적도로 돌아왔을 때, 모비 딕이라고 누군가 말하는 걸 듣고 그 녀석인 줄 알게 되었소."

"그 뒤엔 그놈을 만나지 못했소?"

"두 번 만났소."

"작살을 박아 넣지 않았소?"

"하고 싶지도 않았소. 한 팔로 충분해. 한 팔마저 없어지면 어떻게 하겠소? 게다가 생각해 보니 모비 딕은 물어뜯는 것뿐 아니라 삼키는 걸 더 잘하는 것 같았소."

"그렇다면, 왼쪽 팔을 미끼로 해서 오른쪽 팔을 되찾는 게 어떨까요? 두 분께서도 아시겠지만⋯⋯."

번거가 참견을 했다. 그러고는 몹시 거드름을 피우며 똑같이 두 선장에게 인사를 하며 말했다.

"아시겠지만 고래의 소화 기관이란 거룩하신 하느님의 섭리에 의해 참으로 이상하고 불가사의하게 만들어져 있어서 인간의 팔 하나도 완전히 소화시킬 수가 없습니다. 그리고 고래 스스로도 그 점은 잘 알고 있지요. 그러니 당신네들께서 백경의 포악이라 생각하는 것은 결국 그가 실수한 것에 불과한 겁니다. 도저히 팔이든 다리든 삼켜 버릴 마음이 없었을 테니까요. 그저 그렇게 하는 체하고 겁주려 했던 것뿐이지요. 옛날 실론 섬에서 내가 본 요술쟁이는 속임수로 단검 삼키기를 하다가 그만 진짜로 한 자루를 뱃속에 넘겨 버리고는 12개월이나 거기에 지니고 다녔는데, 그 고래는 어쩌면 그 흉내를 낸 건지도 모르지요. 그 엉터리 요술쟁이는 그 뒤 내가 토하는 약을 먹였더니, 글쎄 조그만 못 같은 것을 토해 냈단 말입니다. 하지만 고래 녀석은 그 단검을 소화해서 자신의 몸 조직 속에 넣을 수는 없는 겁니다. 그렇습니다. 부머 선장, 만일 당신께서 그 한쪽 팔을 걸어 보신다면 그 팔은 아마 되돌아오게 될 겁니다. 그저 다시 한 번 고래 녀석의 도전에 응하기만 하면 되는 거요. 그것뿐이죠."

"아닐세, 아예 질색이라네. 사양하겠어, 번거. 이미 삼켜 버린 팔은 녀석에게 선사하겠네. 글쎄, 그때는 어쩔 수가 없었고 난 그 녀석이 누군지 몰랐었거든. 하지만 남은 한 팔마저 선사할 수는 없어. 난 이제 백경은 딱 질색일세. 한 번 쫓아 본 것만으로 충분해. 녀석을 죽이는 건 글쎄, 대단한 명예이긴 하겠지. 그건 알고 있네. 고급 경뇌가 한 배 가득 찰 거야. 하지만 들어 보게. 녀석은 그대로 내버려 두는 게 좋아. 안 그래요, 선장?"

그는 고래뼈 다리에 눈길을 주며 말했다.

"그렇소, 그건 그래요. 하지만 그래도 역시 쫓아야 하오. 그 저주받은 녀석은 확실히 내버려 두는 게 좋긴 하지만, 강하게 마음을 끌어당긴단 말이오. 녀석은 자석이오. 그놈을 본 지 지금 며칠이 되었소? 어디로 갔소, 선장?"

"오오, 이 무슨 일이람! 몸이 떨립니다."

번거는 그렇게 외치며 몸을 굽혀 에이허브의 주위를 맴돌고 개처럼 이상한 콧소리를 내면서 냄새를 맡는다.

"이 사람의 혈액이 문제다. 이봐, 체온계를 가져와! 피가 끓고 있어! 이 사람의 맥박으로 갑판의 판자가 소리를 내며 떨고 있다. 자, 어서."

그는 주머니에서 바늘을 꺼내며 에이허브의 팔 앞으로 다가섰다.

"비켜! 보트에 올라라! 녀석은 어느 쪽으로 갔소?"

에이허브는 소리를 지르며 상대방을 밀어 뱃전에 부딪치게 했다.

"아니, 저런!"

질문을 받은 영국 선장이 외쳤다.

"아니, 그걸 쫓으려고? 그 녀석은 동쪽으로 갔을 테지만, 그런데 너희 선장은 미치광이냐?"

그는 낮은 목소리로 페댈라에게 질문을 던졌다.

그러나 페댈라는 손가락으로 입술을 누른 채 뱃전을 미끄러져 넘으며 내려가 보트의 노를 잡았고, 에이허브는 그가 있는 쪽으로 고패를 흔들어 아래로 내릴 준비를 하라고 선원들에게 명령했다.

얼마 뒤, 그는 보트 고물에 서 있었고 마닐라 인들은 노를 잡았다. 영국 선장이 큰 소리로 말을 걸어도 소용없었다. 영국 배에서는 등을 돌린 채, 얼굴은 무쇠 덩어리처럼 굳게 자기 배 쪽으로 돌리고 에이허브는 피쿼드 호의 뱃전에 닿기까지 꼿꼿이 부동자세로 움직일 줄 몰랐다.

101장 | 술병

영국 배가 우리의 시야에서 사라지기 전에 언급해 두겠는
데, 그 배는 런던에 선적을 두고 있고, 그 이름은 런던 시의
거상(巨商) 고(故) 사무엘 엔더비에서 연유하는 것이며, 그는
저명한 포경업 엔더비 부자(父子) 상회의 창립자이다. 그 상
회는 일개 고래잡이에 지나지 않는 나의 견해로는 참다운 역
사적 흥미를 끄는 점에 있어서의 튜더와 부르봉의 두 왕조를
합친 것에 못지않은 것이었다. 이 대포경업자가 1775년 이전
어느 해부터 존재하고 있었는지는 내가 찾아본 기록에서는 분
명치 않다. 그러나 그해(1775년)에는 최초의 영국 배가 정식으
로 향유고래 포획을 위해 의장되었다. 단 그 몇십 년 전부터
(1726년 이후에는 줄곧) 우리나라의 난터케트와 비녀드의 용감
한 코핀 일가, 메이시 일가가 대선단을 만들어 북부 및 남부

대서양에 한정되어 있기는 했지만, 거경의 무리를 쫓고 있었다. 아무튼 난터케트 인만이 인류 중에서는 최초로, 문명의 이기인 강철 살촉을 큰 향유고래에게 찔러 넣었던 것이며, 반세기 동안은 전 세계에서 오직 그들만이 작살을 던지고 있었음을 여기에 명확히 적어 두지 않으면 안 된다.

1778년 우수한 선박 아밀리아 호가 특히 포경 목적을 위해 의장되었고, 유력한 엔더비 상회의 전면적인 후원에 의해 대담하게도 케이프 혼을 돌아 다른 나라들보다 앞서서 고래 추적용 보트라 이름 지을 수 있는 것을 대남해에 내려놓게 되었다. 익숙한 항해였고, 행운도 뒤따랐기 때문에, 아밀리아 호는 선창 가득히 귀중한 경뇌를 싣고 모항에 돌아올 수 있었다. 그러자 곧 영국, 미국의 많은 배들이 그 뒤를 따르게 되어 마침내 태평양의 큰 향유고래 어장으로 향하는 문이 열렸던 것이다. 더욱이 이 공적에 만족하지 않고 불굴의 그 상회는 다시 활약을 개시했다. 사무엘과 아들들 중 몇 사람―몇 명이었는지는 그 어머니만이 아는 바이지만―의 직접적인 후원 아래, 또 내가 생각건대 그들의 출자에 의해, 영국 정부는 슬루프 형 군함 라틀러 호를 남해의 포경 어장 발견을 위해 항해시킬 것을 승인했던 것이다. 어느 준함장(準艦長)의 지휘하에 라틀러 호는 원기왕성하게 항해 길에 올랐고, 얼마간은 공을 세운 모양이지만 어느 정도인지는 알려져 있지 않다. 하지만 그것으로 끝난 것은 아니다. 1819년에 동 상회에서는 자력으로 포경 어장 발견선을 만들어 먼 일본 해역에까지 시험 항해를 하게 했다. 배는 '사이렌'이라는 이름―사이렌이란 참으로 잘 지은 이름이다―으로 멋진 시험 항해를 하고, 그로 인하여 일본의 대포경 어장이 비로소 세계에 알려지게 되었다. 사이렌 호의 이 유명한 항해는 난터케트 인인 코핀 선장이 지휘했다.

그렇기 때문에 엔더비 일족에게 경의를 표하는 것인데, 그들의 상회는 아마 오늘날에도 존재하리라 생각된다. 물론 창립자 사무엘은 아득한 옛날에 저승의 대남해에 이미 그 밧줄을 내려 버렸지만 말이다.

그의 이름을 붙인 배는 과연 그 영광을 손상시키지 않을 만한 것으로, 쾌속이었으며, 모든 면에서 우수했다. 나는 언젠가 한번 파타고니아(남아프리카 최남단에 있는 지역) 앞바다 어디선가 한밤중에 그 배를 방문하여 앞갑판 선원들과 술을 실컷 마신 적이 있다. 굉장한 교환이었다. 그들은 모두 멋진 사나이들이었다. 굵고 짧게 살다가 명랑하게 죽는 친구들이었다. 그 멋진 교환은 에어허브 영감이 고래뼈 다리로 그 배의 갑판을 밟고 나서 훨씬 뒤의 일이었지만 그 고매하고 충실한 색슨적 환영은 지금도 눈앞에 선하게 떠오른다. 만일 내가 그것을 상기하지 않게 된다면, 나는 마땅히 목사에게 버림받고 악마에게 잡혀 가야 할 것이다. 술? 술을 마셨던 것일까? 그렇고말고. 우리는 한 시간에 10갤런이나 마셔 댄 셈이었다. 그러다가 갑자기 비바람이 몰아쳐―파타고니아 근처의 앞바다에는 비바람이 잦다―모두들(방문객도 함께) 윗돛을 줄이라는 명령을 받았을 때 완전히 비틀거리는 상태여서 서로 돛줄에 매달려 그네를 타야만 했다. 게다가 그만 잘못하여 자신들의 재킷 자락을 돛 속에 함께 말아 넣었기 때문에, 돛 속에 감겨 들어가 포효하는 질풍 속에 매달려 주정뱅이 선원들의 경고용 구경거리가 되었다. 그러나 돛대가 부러져 넘어지지는 않았으므로 우리는 한 명씩 기어 내려왔는데, 그땐 이미 완전히 술이 깨어 있었으므로 다시 술을 마셔야 했다. 그러나 사납게 몰아치는 바닷물의 찝찔한 물결이 이물의 천창으로부터 쏟아져 들어왔기 때문에 몹시 싱겁고 찝찔한 술을 마셔야만 했다.

고기는 맛있었고, 단단하긴 했지만 씹는 데는 그만이었다. 그들은 쇠고기라고 했지만 어떤 자는 낙타고기라고도 했다. 나로서는 어떤 고기인지 알 수도 없었다. 만두도 있었다. 작지만 속이 알찼고 동그란 것이 두드려도 터지지 않을 것 같았다. 그것을 삼킨 뒤 뱃속에서 그 장소를 알아낼 수도 있으리라 생각되었다. 만일 몸을 지나치게 앞으로 굽히면 당구알처럼 입으로 굴러 나올까 두려울 지경이었다. 빵, 참지 않을 수가 없었다. 게다가 괴혈병 예방용이었다. 즉, 이 빵이 배 안에서 유일하게 신선한 식품이었던 것이다. 그러나 앞갑판은 밝지 않았으므로 먹을 때 어두운 그늘로 피하기는 쉬운 노릇이었다. 어쨌든 결국 이 배는, 돛대 덮개로부터 키까지 몽땅 통틀어 말할 때, 또 요리실의 냄비 크기를 자신의 뱃속에 있는 냄비 크기와 견주어 생각할 때, 나는 굳이 말하겠는데, 사무엘 엔더비 호는 머리끝에서 발끝까지 유쾌한 배였다. 식품은 고급으로 얼마든지 있었으며, 술맛은 그만이었고 잘 취했다. 사람들은 모두 절도 있으면서도 구두 밑창에서부터 모자 끈에 이르기까지 참으로 훌륭했다.

그렇긴 하지만, 이 사무엘 엔더비와 그 밖의 —전부는 아니지만 —영국 포경선이 널리 알려진 손님 애호가들로, 고기와 빵과 술잔과 농담을 주고받으며, 언제까지나 먹고 마시고 웃고 싫증을 내지 않는 것은 무슨 연유에서인가? 그것은, 즉 영국 포경선 선원들의 쾌활함과 친절성은 어디서 유래된 것인지 역사적 연구를 할 가치가 있다. 어쨌든 나는 지금까지 필요한 경우라면 포경에 대한 역사적 고찰을 게을리 하지 않았다.

영국인은 포경에 있어서는 네덜란드 인, 젤란드 인(네덜란드 남서부 지역), 덴마크 인의 뒤를 이은 사람들이며, 그들에게서 빌려 온 포경 용어가 지금도 남아 있다. 또 그들의 많이 먹고 많이 마시는, 예로부터의 대범한 습관까지 차용해 왔던 것이다. 왜냐하면 일반적으로 영국 상선은 선원들의 식량을 최소한으로 줄이지만, 영국 포경선은 그렇지 않기 때문이다. 그러므로 영국인들에게 이 포경선의 성대한 접대는 평범하고 자연스러운 일이 아니라 예외적이고 보기 드문 일인 것이다. 따라서 여기에 지적하고 또 부연할 그런 특별한 원인에 기인한다고 해야 할 것이다.

나는 고래사를 연구하던 중, 언젠가 오래된 네덜란드의 책을 대한 적이 있는데, 향유 냄새가 나는 것으로 보아 포경에 대한 책임에 틀림없다고 생각했다. 제목은 《Dan Coopman》이었으므로 내 생각으로는 포경선을 탔던 암스테르담 근처의

통장이(Cooper)가 쓴 귀중한 회상기인 것 같았다—어느 포
경선이나 반드시 통장이를 태우는 것이었으므로. 게다가 그
저자가 피츠 스와크해머, 즉 망치 휘두르는 데 명수였다는 것
이 내 자신감을 더욱 굳혀 주었다. 그러나 내 친구이며 산타클
로즈와 성 포츠 대학의 저지 네덜란드 및 고지 독일어 교수인
석학 스노드헤드 박사에게 내가 그 책을 주고, 그 수고에 대하
여는 경지랍(鯨脂蠟) 한 상자로 보답하기로 하고 번역을 의뢰
했을 때, 그 스노드헤드 박사는 그 책을 보자마자 'Dan Coo
pman'은 통장이란 뜻이 아니라 상인이라고 나한테 가르쳐
주었다. 즉 이 오래되고 심원한 저지 네덜란드의 책은 네덜란
드의 상업에 대한 것을 기술하고 있었는데, 몇 가지 주제 속에
포경에 대한 극히 흥미 있는 기술이 포함되어 있었다. '지방
(脂肪)'이라는 제목이 붙은 장에서 내가 본 것은 180척의 네
덜란드 포경선의 식량 창고에 비치된 물건을 상세히 적은 퍽
긴 메모였다. 그것을 스노드헤드 박사의 번역에 의하여 여기
에 옮겨 적어 본다.

쇠고기	40만 파운드
프리슬란드 돼지고기	6만 파운드
건어(乾漁)	15만 파운드
비스킷	55만 파운드
말랑말랑한 빵	7만 2천 파운드
버터	2천8백 통

텍셀 및 라이덴의 치즈	2만 파운드
치즈(하급품)	14만 4천 파운드
네덜란드산 진	550앵커
맥주	1만 8백 배럴

　흔히 통계표란 무미건조하기 마련이지만 이것은 그렇지 않다. 독자는 관(管)에서, 통에서, 항아리에서 넘쳐 나며 그치지 않는 고급 진과 진미의 홍수를 느낄 수 있다.

　당시 나는 사흘 동안이나 서재에 틀어박혀 이 맥주, 쇠고기, 빵을 마구 먹어 댔는데, 그동안 뜻밖에도 내게는 많은 영감이 떠올랐으며, 그것은 경험을 초월한 플라톤적인 길로도 통하는 것이었다. 그리고 또 나는 이것을 보충하여 나 자신이 통계표를 만들어 이 저지 네덜란드 작살잡이 한 사람 한 사람이 옛 그린란드와 스피츠베르겐(노르웨이 영토의 북빙양의 섬)의 고래 어장에서 소비하는 건어와 그 밖의 양을 추측해 내려 했다. 우선 버터와 텍셀 및 라이덴(네덜란드의 작은 섬)의 치즈 소비량은 놀라웠다. 나는 그 이유가 여기에 있다고 생각한다. 즉 그들은 본래 기름기가 많은 체질인 데다 그들의 작업상 더욱 기름기를 많이 필요로 하며, 특히 그들이 목표물을 쫓는 곳이란 얼음에 덮인 북극양이고, 그곳 바닷가의 에스키모 나라에서는 술 잔치를 즐기는 토인들이 교우의 맹세로 고래기름으로 건배를 한다는 것이다.

　맥주의 양도 1만 8백 배럴이라니, 대단하다. 그러나 이들 북양 어업은 그 방면의 기후 관계상 아주 짧은 여름 동안에만 이루어지므로, 이들 네덜란드 포경선 중 한 척의 전 항해는 스피츠베르겐 바다의 출입까지도 포함하여 석 달 이상을 넘지는 못할 것이다.

그렇다면 이 180척의 선단 각 배에 30명이 승선한다고 치면, 모두 5천4백 명의 저지 네덜란드 인이 되는 셈이며, 따라서 정확하게 한 사람 앞에 두 통의 맥주가 12주분 할당되고, 그 밖에도 550앵커(술의 양을 재는 단위. 미국은 1앵커를 10갤런으로 함)의 진이 푸짐하게 기다리고 있기도 하다. 이토록 진과 맥주를 마셔 대는 작살잡이들이 아마 술에 취해 있을 것이라는 상상은 어렵지 않지만, 그 친구들이 그러면서도 이물에 서서 질주하는 고래를 겨누어 작살을 잘 던질 수 있었을지는 다소 의심스럽다.

하지만 어쨌든 겨냥을 하고 맞추기도 했다. 그러나 잊지 말아야 할 것은 거기가 북극이며 맥주가 체질에 가장 좋다는 점이다. 하지만 우리들 남해 포경의 적도 언저리에서는 맥주가 작살잡이를 돛대 위에서 꾸벅꾸벅 졸게 하고 보트 안에서 비틀거리게 하기도 하여 난터케트와 뉴베드퍼드에 중대한 손실을 끼치게 될 것은 틀림없는 사실이다.

이것으로 이 장의 이야기를 끝내자. 2, 3세기 전의 네덜란드 고래잡이들은 사치스러운 친구들이었으며, 영국의 고래잡이들이 이런 사치를 싫어하지 않았다는 것을 보여 주는 것으로 충분할 것이다.

아무튼 만일 빈 배로 항해하여 이 세상의 좋은 것을 아무것
도 얻지 못하는 경우에는 맛있는 것이라도 먹자는 셈이었다.
그래서 술병은 비게 마련인 것이다.

102장 | 아서사이데즈 섬의 나무 그늘

　지금까지 향유고래에 대한 서술에 있어서 나는 주로 그의 외모에 대하여 이야기하고, 또 군데군데에서는 약간이긴 하지만 그 체내의 구조에 대하여 얼마간 상세히 언급했다. 그러니 그를 광범위하게 또 완전히 파악하기 위해서 당연히 나는 그의 단추를 좀더 풀고 바지를 벗기고 양말도 벗게 함으로써, 그의 가장 깊은 안쪽 뼈의 접합점에 있는 갈고리와 작은 구멍까지 파헤쳐서 여러분 앞에 그 궁극의 모습인 해골도 보여야 할 것이다.

　하지만 이봐, 이스마엘, 고래잡이라고는 해도 한낱 보트 선원에 불과한 네가 고래의 깊은 속을 알고 있다는 듯이 큰소리치는 것은 어쩐 일인가? 박식한 스텁이 교반(絞盤) 위에 걸터앉아 고래류의 해부에 대한 강의를 하고 양묘기의 힘을 빌려 표본이 되는 늑골을 전시하기라도 했단 말인가. 스스로 설명을 해라, 이스마엘아. 너는 요리 당번이 구운 돼지고기를 접시에 올려놓듯 성숙한 고래를 갑판 위에 놓고 검사라도 할 수 있단 말인가? 할 수 없겠지. 이스마엘아, 지금까지 너는 신용할 수 있는 증인이었다. 그러나 예언자인 요나에게만 허락된 특권을 획득하려는 것은, 즉 거경의 체구를 구성하는 것인 대들보며, 서까래며, 받침대에 대하여 논하고 또 거경의 뱃속에 있는 기름 항아리와 착유실(搾乳室)과 식량 창고와 치즈 창고에 대하여 논하려는 건 삼가라.

물론 나도 솔직하게 말해서 요나 이래로 성숙한 살 속까지 깊이 헤치고 들어갔던 고래잡이는 거의 없다는 것을 알고 있다. 그러나 나는 그 작은 모형을 해부할 행운을 만난 적이 있었다. 내가 타고 있던 배에서 향유고래의 새끼를 잡아 올린 적이 있었는데, 그것은 그 부낭(浮囊)을 떼어 내어 작살 주머니로 쓰기도 하고 창날을 싸기도 하기 위해서였다. 그때 내가 팔짱을 끼고 기회를 놓쳐 버렸고, 도끼와 나이프를 손에 들지도 않았으며, 그 새끼 고래를 절개하여 그 내용을 조사하지도 않았으리라고 생각하지는 말아 주기를 바란다.

그리고 완전히 성장한 고래의 거대한 골격에 대해 가지고 있는 보기 드물게 정확한 지식에 대하여는 아서사이데즈 군도(남양 솔로몬 군도 가까이에 있는 섬) 중의 하나인 트랑크 섬의 트랑코 왕이라는 가장 소중한 옛 벗에게서 배운 것이 많다. 몇 해 전인가 무역선 '알제리아 태수 호(太守號)'를 타고 트랑크 섬에 갔을 때, 나는 트랑코 왕의 초대를 받아 아서사이데즈적인 휴일을 즐기고자 푸펠라라고 하는 고장의 야자수에 둘러싸인 조용한 별장에 갔었는데, 그곳은 뱃사람들 사이에 '대나무 숲 거리'라 불리는 그 나라의 수도에서 그다지 멀지 않은 곳에 있는 바다가 바라보이는 골짜기였다.

내 가장 소중한 벗 트랑코는 많은 장점을 지니고 있었지만, 특히 온갖 만족적(蠻族的) 미술 골동품에 대해 열렬한 사랑을 가지고 있었으므로, 그 푸펠라에는 그의 주민들 중 재능이 있는 사람들이 갖은 고생을 해 만든 훌륭한 일품이 잔뜩 수집되어 있었다. 그것은 주로 절묘한 구상으로 조각된 목각품, 조각된 조개껍질, 상감한 창, 고귀한 노, 향나무로 된 통나무배 따위였지만, 그 밖에도 경이에 넘치는 공물을 운반하는 파도가 해안으로 밀어 올린 여러 가지 자연의 영묘한 작품들이 수두룩하게 쌓여 있었다.

후자 중에서도 가장 중요한 것은 큰 향유고래였다. 그것은 이상하게 오랫동안 사납게 날뛰던 폭풍 뒤에 죽어서 바닷가로 떠밀려 올라왔고, 그 머리 부분을 야자나무에 들이받고 있었는데, 그 야자나무의 무성하게 늘어진 잎은 마치 그 고래의 물보라가 녹색으로 변한 것처럼 보였다. 그 거대한 체구의 몇 발이나 되는 가죽과 살의 층이 마침내 벗겨지고 뼈가 햇볕에 바싹 말랐을 때 그 해골은 조심스럽게 푸펠라의 골짜기로 운반되고 야자나무가 마치 신전처럼 그것을 에워싸게 되었다.

늑골에는 전리품이 진열되고, 척추에는 기이한 상형문자로

아서사이데즈 연대기가 새겨졌으며, 머리뼈 속에선 신관들이 꺼지지 않는 향불을 피웠으므로, 그 신비로운 머리는 다시금 향기로운 물보라를 내뿜게 되었다. 한편 무시무시한 아래턱은 나뭇가지에 걸려 참배자의 머리 위에서 마치 다모클레스의 간담을 서늘케 했던 머리칼에 매달린 칼(그리스 전설 시라쿠사의 왕 디오니소스의 중신이 왕에게 아첨하며 왕 된 자의 행복을 칭송하므로 왕은 그를 옥좌에 앉히고, 그 머리 위에 머리칼로 검을 매달아 놓고 왕 된 자의 생활은 이런 것이라 했다)처럼 흔들리고 있었다.

그것은 경이로운 광경이었다. 숲은 빙곡(氷谷. 매사추세츠 주의 아이시 글렌)의 이끼처럼 푸르렀고, 나무들은 생명의 수액(樹液)을 들이마시며 곧게 솟아 있었으며, 그 밑에서 대지는 부지런한 베틀처럼 호화로운 양탄자를 펼쳐 놓았는데, 땅 위를 기어가는 덩굴은 씨줄, 날줄이 되었고, 곱게 핀 꽃송이들이 그 무늬를 이루고 있었다. 무겁게 가지를 늘인 모든 교목, 모든 관목, 양치류, 풀, 무엇인가를 속삭이는 바람, 이런 모든 것들은 부단한 생명에 넘쳐 있었다. 우거진 나뭇잎의 레이스의 그물눈 사이를 태양은 북처럼 날아 영겁의 푸르름을 짜내고 있었다.

아아, 그야말로 바쁜 직공이여, 눈에 보이지 않는 직공이여! 잠깐 기다려라! 한 마디만 하겠다! 천은 어디로 흘러가는 것인가? 어느 궁전을 장식하기 위한 것인가? 무슨 까닭으로 싫증 낼 줄 모르는 노동을 하고 있는 것인가? 말하라, 직공이

298

여! 잠시 손길을 멈추어라. 단 한마디만 말해 보고 싶다! 아아, 북은 날고 베틀 위에서 무늬는 달려 나가고 양탄자는 도도히 끊이지 않고 흐른다. 짜고 있는 것은 직조신(織造神)이다. 베 짜는 소리에 귀가 멀어 인간의 목소리를 듣지 못한다. 그리고 베틀을 바라보는 우리도 그 울려오는 소리 때문에 귀머거리가 되었으며, 다만 거기서 도망쳐 나왔을 때만 그 사이에 흐르는 숱한 목소리를 들을 수가 있으리라. 물론 현실 세계의 공장도 마찬가지이다. 엇갈려 나는 방추(紡錘) 속에서는 이야기 소리가 들리지 않지만, 그 말은 열려진 창문으로 흘러나와서 벽 밖에서 들리게 된다. 마찬가지로 악업(惡業)은 언제나 밝혀지게 마련이다. 아아, 인간이여, 주의하여야 한다. 역시 마찬가지로 이 커다란 세계의 베틀이 울리는 굉음 속에서의 가장 은밀한 그대의 생각도 멀리서 알아듣고 있는지도 모를 일이다.

아, 그 아서사이데즈의 멈추지 않는 푸른 생명의 베틀 속에 거대하고 희고 신성한 해골이 지독한 게으름뱅이처럼 매달려 있었다. 그러나 쉴새없이 짜여 나오는 녹음의 씨줄, 날줄이 그 주위를 오가면서 소리를 냄에 따라 이 지독한 게으름뱅이는 교활한 직공이나 된 듯하다. 그리고 스스로가 온몸을 덩굴풀로 감고, 날이 갈수록 맑고 푸른빛을 더해 가지만, 그러나 그 자신은 해골에 불과하다. '삶'에 싸인 '죽음', 죽음'의 창살에 싸인 '삶', 젊은 '삶'을 아내로 삼고 굽이치는 머리칼로 아름다운 영광을 낳은 암울한 신.

그런데 내가 트랑코 왕과 함께 이 놀라운 고래를 찾아가서 제단이 된 두개골을 보고, 진짜 물보라가 뿜어져 나오던 곳에서 인공의 연기가 피어오르고 있는 것을 보았을 때, 나는 이 왕이 신전마저 골동품으로 보는 것인가 하고 놀랐다. 그는 웃었다. 게다가 나는 신관들이 이 연기의 물보라야말로 진짜라고 외치는 것을 듣고 더욱 놀라고 말았다. 그리하여 이 해골 앞을 헤매어 거닐고 아서사이데즈의 실 꾸러미(그리스 전설)를 손에 든 채 방황했으며, 그 수없이 많은 미로, 그늘 짙은 회랑, 정자 등의 사이를 오래도록 걸었다. 그러나 이윽고 내 실 꾸러미의 실이 동났으므로, 나는 그것을 다시 더듬어 먼저 들어왔던 입구로 나갔다. 그동안 안에서는 살아 있는 것을 하나도 보지 못했다. 그곳엔 뼈 이외엔 아무것도 없었다.

나는 나무를 잘라 푸른 자를 만든 다음, 다시금 해골 속으로 들어갔다. 신관들은 두개골 입구에서 내가 마지막 늑골의 높이를 재고 있는 것을 보았다. "뭘 하지?" 하고 물으며 그들은 나를 노려보았다.

"우리들 신의 치수를 재는 건가! 그건 우리들 일이야."

"야아, 성직자님들, 그렇다면 당신네들은 이 치수를 알고 있나요?"

그러자 그들 사이에 그 치수에 대한 굉장한 논쟁이 일어나 각자 자기의 자로 서로의 머리통을 두들기고, 그래서 그 거대한 두개골은 요란하게 진동하고, 나는 그 기회를 놓칠세라 급히 내 측량을 마쳤다.

그 측량 결과를 여기서 여러분 앞에 제시하고 싶다. 그러나 우선 먼저 적어 두어야 할 것은 이 문제에 대하여 나는 내 멋대로 치수를 말하는 자유는 가지고 있지 못하다는 점이다. 여러분이 만일 내 정확성을 검사하고 싶다면 참고로 할 수 있는 권위 있는 곳을 여기에 안내하겠다. 사람들이 하는 말에 의하면, 영국의 포경 근거지 가운데 하나인 헐 항(영국 북해 해안에 있는 항구)에는 고래 박물관이 있고, 거기에는 고래의 훌륭한 표본이 있다는 것이다. 마찬가지로 뉴햄프셔의 맨체스터 박물관에는 그 소유자가 '미국에 있어서 유일하고 완전한 그린란드 또는 참고래의 표본'이라 부르는 것이 있다고 한다. 또 그 외에도 영국 요크셔의 버튼 콘스타블이라는 곳에 사는 클리포드 콘스타블이라는 사람이 향유의 해골을 가지고 있다고 한다. 단 그것은 그다지 크지 않으며, 우리 벗 트랑코 왕의 완전하고 웅위한 고래뼈와는 도저히 견줄 바 못 되는 볼품없는 것이다.

그 두 경우 다 해골을 가진 고래가 바닷가로 올라왔을 때, 현재의 소유자가 서로 비슷한 이유에 의해 자기 것으로 했다고 한다. 트랑코 왕은 자기가 갖고 싶었기 때문에 가졌다. 클리포드 경은 그 근처의 영주이기 때문에 가졌다. 클리포드 경의 고래는 모두 관절로 이어져 있었으므로, 커다란 상자로 된 서랍처럼 그 골격 중에서 구멍이 나 있는 곳을 열었다 닫았다 할 수 있으며 —그 늑골을 거대한 부채처럼 펼치기도 하고— 종일토록 아래턱에 걸터앉아 그네를 탈 수도 있었다. 그 윗뚜

껑과 덧문이 있는 곳에는 자물쇠도 채울 수 있다니, 장래에는 사환이 열쇠 꾸러미를 허리에 철컥거리며 참관자들을 안내하게 될 것이다. 클리포드 경의 계획으로는 2펜스의 돈을 내면 척추가 나란히 서서 바람 소리를 일으키는 회랑을 들여다보게 하고, 3펜스를 내면 소뇌부의 구멍에 울리는 메아리를 듣게 하고, 6펜스를 내면 가장 훌륭한 앞머리 부분으로부터의 광경을 보게 해 준다는 것이다.

이제부터 적는 뼈의 크기는 내 오른팔에 있는 문신에서 차례로 옮겨 적는 것인데, 그 엉터리 방랑을 할 무렵에 그 귀중한 통계를 확실히 보존하기 위해서는 그 밖에 달리 방법이 없었다. 하지만 내 몸의 공간은 혼잡했고, 그리고 몸의 다른 부분 ─적어도 아직 문신이 새겨지지 않고 남겨져 있던 곳─은 당시 내가 완성하는 도중이던 시(詩)를 위해 백지로서 남겨 두고 싶었기 때문에 끝자리의 인치 따위는 떼어 버렸다. 게다가 고래를 고래답게 측량할 경우에는 인치 따위가 개입할 여지가 없다.

103장 | 고래뼈의 측량

간단하게나마 고래의 뼈를 측량하려면 우선 살아 있는 고래의 크기에 대해 친절하고도 명백한 기술을 해 두고 싶다. 그것이 이 경우에는 유익할 것이다.

내가 주의 깊게 관찰한 바에 따르면, 또 얼마간은 스코어스비 선장의 관찰에 의한다면, 60피트의 신장을 가진 최대형의 긴 수고래라면 중량이 70톤이라 보아야 할 것이다. 또한 이 주의 깊은 계량을 기초로 밀한다면 최대형인 향유고래의 신장은 85피트 내지 90피트이며 최대의 몸통 둘레는 40피트에 약간 못 미치는데, 이 경우의 중량은 적어도 90톤은 되는 것이다. 따라서 만일 13명의 몸무게의 합을 1톤이라 한다면, 그 고래는 천백 명을 주민으로 가지는 마을의 총인구를 훨씬 능가하는 중량이 된다.

그런데 사람들은 이런 거경이 움직일 때, 거기에는 많은 뇌가 타수(馱獸)처럼 매여 있어야 할 게 아니냐고 생각할 것이다.

나는 이미 고래의 머리뼈, 분조 구멍, 턱, 이빨, 꼬리, 이마, 지느러미, 그 갖가지 부분을 여러 가지 형태로 제시했으므로 여기에서는 단지 골격을 통틀어 전체의 모양 중에서 가장 흥미 있는 점만을 지적하는 데 그치기로 하겠다. 그러나 방대한 두개골은 해골 전체 중에서도 매우 큰 부분을 차지하고, 또 다른 곳과 비교할 수도 없을 만큼 복잡한 부분이긴 하지만 이제 이 장에서는 그 점에 대해서는 두 번 다시 되풀이하지 않을 작정이므로 여러분은 내 서술을 보아 나가면서 자신의 머릿속에 또는 겨드랑이 밑에 다음과 같은 사실을 똑똑히 기억해 두기 바란다. 그렇지 않으면 이제부터 전망하려는 전 구조를 완전히 파악할 수가 없을 것이다.

트랑크 섬에 있는 향유고래의 뼈 길이는 72피트였다. 따라서 살아 있을 때, 충분히 살을 뒤집어쓰고 누워 있다면 90피트는 되었을 것이다. 왜냐하면 고래의 경우, 죽은 후 뼈가 살아 있는 몸에 비해 5분의 1정도 작아지기 때문이다. 그 72피트 중에서 머리뼈와 턱이 약 20피트를 차지하므로, 등뼈의 길이는 50피트라는 계산이 나온다. 이 등뼈의 약 3분의 1에 이르도록 튼튼한 늑골의 테가 달려 있었는데, 그것은 지난날 그의 생명 기관을 싸고 있었던 것이기도 하다.

이 커다란 상아 늑골의 흉강(胸腔)과 거기서부터 똑바로 기다랗게 뻗어 가는 척추는 나에게 조선대(造船臺)에 갓 놓인 거선의 선체의, 아직 아무것도 칠하지 않은 늑재가 스무 개가량 끼어지고 용골은 아직도 매이지 않은 목재로서 길게 놓여 있는 그런 상태를 연상하게 했다.

늑골은 한쪽에 열 개씩 있었다. 최초의 목에서부터 첫 번째 것은 약 6피트 정도의 길이였고, 두 번째, 세 번째, 네 번째로 감에 따라 차례로 길어져 다섯 번째, 즉 중앙 늑골에 이르면 8피트 몇 인치가 되었다. 그 부분부터 차례로 늑골은 다시 작아져 마지막 열 번째 것은 5피트하고 몇 인치인가밖에 되지 않았다. 그 굵기도 모두 길이에 알맞게 비례하고 있었다. 중앙의 늑골은 가장 많이 아치형으로 구부러져 있었다. 아서사이데즈의 여러 고장에서는 그 고래뼈를 작은 시내에 걸치는 다리의 대들보로 사용하고 있었다.

이들 늑골을 조사하면서 내가 새삼스럽게 놀란 것은, 고래의 해골은 살이 달렸을 때의 외형과는 전혀 다른 것이라는 점이었다. 트랑크 고래의 늑골 중 가장 큰 것, 즉 중앙의 그것은 살아 있을 때의 가장 굵은 부분에 해당된다.

그런데 그 부분은 살이 붙어 있을 때에 가장 굵은 데가 적어도 16피트는 되었을 것이다. 그러니까 이 늑골은 살아 있을 때에 비하면 절반 정도에 지나지 않는 것이다.

다시 또 눈길을 돌려 보면 지금 내가 다만 벌거벗은 척추를 보는 이곳은 지난날 몇 톤에 이르는 살, 힘살, 피, 장 따위가 층층으로 말려 싸여 있던 곳이다. 게다가 또 풍만한 지느러미가 있던 곳에서 나는 몇 개의 흩어진 관절을 보고, 그리고 묵직하고 장대하고 뼈가 없는 찢어진 꼬리가 있던 곳에서는 오직 공백을 볼 뿐인 것이다!

나는 그때 생각하지 않을 수가 없었다. 만일 견문이 좁은 겁쟁이가 이 평화로운 숲 속에 편히 누운, 죽어 야윈 뼈를 보고서 이 고래의 위용을 올바르게 짐작해 보려는 것이 얼마나 부질없고 어리석은 일인가를. 그렇다. 다만 가장 격렬한 위험의 한가운데에서만, 그의 격노한 꼬리가 내리치는 밑에서만, 망망한 심해에서만, 풍요하게 살이 찐 고래의 참다운 살아 있는 모습을 발견할 수 있는 것이다.

그리고 또 척추에 대해서 알아보자. 이것을 조사하는 가장 좋은 방법은 기중기로 뼈들을 높이 쌓아 올리는 것이다. 손쉽게 할 수 있는 작업은 아니다. 하지만 그것이 가능하다고 한다면 폼페이의 기둥돌(이집트에 있는 화강암의 고탑)과 매우 흡사할 것이다.

모두 합쳐 마흔 몇 개의 추골이 있는데, 해골일 때는 연결되어 있지 않다. 그것들은 고딕 첨탑의 매듭진 고리 하나하나처럼 위엄 있는 석조의 힘찬 흐름을 이루며 누워 있다. 한가운데의 것은 폭이 3피트에 조금 모자라고 두께는 4피트 이상이나 된다.

척추가 꼬리가 되어 사라지는 곳에 있는 가장 작은 것은 겨우 2인치의 폭을 가지고 있는 데 불과하며 흰 당구공같이 보인다. 더 작은 것이 몇 개인가 있었다고 하는데, 식인종의 아

이들, 즉 신관의 아이들이 훔쳐서 공기놀이를 했다고 전해진
다. 그것을 보더라도 지상 최대의 생물에 달려 있던 등뼈조차
끝내는 어딘가의 코흘리개 꼬마의 장난감이 되어 버리고 마는
것이다.

104장 | 화덕고래

우리는 고래의 거구를 통해, 마음껏 펼쳐 보고 확대시키며 골고루 설명해 갈 주제를 찾아냈다. 아무리 해도 단적으로 요약해서 이야기할 수는 없다. 그는 당연한 권리에 의하여 초대형 2절판으로만 취급되어야 하는 것이다. 여기서 다시금 그의 분조 구멍으로부터 꼬리까지의 길이와 그 몸통 둘레에 대하여 되풀이하지는 않지만, 다만 그 방대한 장이 구불구불 말려 있어 마치 전투함의 어두운 맨 아래에 있는 큰 밧줄 뭉치들 같다는 점만 알아주기 바란다.

나는 이 큰 고래를 취급하기로 뜻을 세운 이상, 이 일에 있어 전부 다 알고 있다는 것을 증명하기 위해서, 그의 혈액에서 극히 미세한 생명 분자까지도 놓치지 않고 또한 그의 장(腸)의 마지막 얽힘까지 펴 늘이면서 모조리 다루도록 하겠다. 이미 그의 현재의 서식 상태와 해부상의 특성에 대하여 많은 것을 이야기했으므로, 이제 그 고고학적 · 화석적(化石的) · 시원적(始原的)인 관점에 초점을 맞추어야 할 것이다. 물론 거경 이외의 것—개미라든가 벼룩 같은 생물—에 적용한다면 이런 당당한 말은 꼴사납게 거창하다고 생각될 것이다. 그러나 거경이 주제인 이상 상황은 다르다. 과감하게 나는 사전 속에서 가장 장중한 말로 무장하고 이 모험을 향해 비틀거리는 발길을 내디딜 것이다. 그리고 여기서 미리 양해를 얻고 싶은 것은 이 논술을 해 가는 과정에 있어서 사전의 도움이 필요해지면 그 목적을 위해 구입해 두었던 사무엘 존슨(18세기 문단의 중심가. 사전을 만듦)의 거대한 4절판을 사용할 것이라는 점인데, 그 까닭은 저 유명한 사전학자의 뛰어난 거구야말로 나와 같은 고래 저술가가 쓰는 사전을 편찬하기에 가장 어울렸기 때문이다.

어떤 제재를 얻으면 다른 사람에게는 그것이 평범한 것으로밖에는 보이지 않는 데 대해 흥분을 나타내는 작가가 있기도 하나. 그러면 거경에 대하여 쓰는 나는 어떤가? 나도 모르게 내가 쓰는 글자는 현수막의 대문자처럼 된다. 콘도르의 깃털 펜이 갖고 싶어지며 베수비오의 분화구를 잉크병으로 삼고 싶어지는 것이다! 벗이여, 내 팔을 붙들어 주게! 이 거경에 대한 나의 생각을 쓰는 것만으로도 팔은 나를 지치게 하며, 나는 숨이 턱에 닿아 기진맥진한 가운데, 팔이 뻗어 나가 널리 모든 것을—모든 과학 분야를 답사하고 과거, 현재, 그리고 미래의 모든 고래와 인간과 거상(巨象)의 연대기를 포함하여 거상의 모든 제국의 성쇠뿐 아니라, 전 우주와 그 저변까지—그려 내려 하는 데 미처 따라가지 못하는 것이다. 광범위하고 자유로운 주제의 덕이란 그토록 절대적인 것이다. 우리도 그 크기와 함께 커진다. 웅대한 책을 낳기 위해서는 웅대한 주제를 선택해야만 한다. 벼룩에 대해서 시도해 본 사람은 별로 없을 테지만 지금까지 웅대한 불후의 명작이 만들어졌다는 말은 듣지 못했다.

화석고래의 주제로 들어가기에 앞서서 나는, 지질학자로서의 신임장을 제출하는 의미에서, 석공(石工)을 하기도 하고, 모든 종류의 호(濠)와 운하와 우물과 술 저장고, 지하수, 수조 등을 많이 파 본 자(젊은 시절 멜빌은 토목기사가 되려 한 적이 있었다)라는 것을 말씀드리고 싶다. 더불어 또한 미리 말씀드리고 싶은 것은 다음 사항, 즉 오래된 지층에는 오늘날 완전히 사멸한 괴물의 화석이 발견되지만 거기에 이어서 제3기층에서 발견되는 유물은 역사 이전의 생물과 그 먼 후손이 노아의 방주에 들어갔다고 일컬어지는 자들과 연결되어지는 것, 적어도 연관성이 있는 것으로 생각되며, 그리고 오늘날까지 발견된 화석고래는 지표층의 직전의 것인 제3기층에 속해 있다는 사실이다. 그것들 중 어느 것도 현재 우리가 보는 어떤 종류의 것과도 완전히 부합되지는 않고 있지만 전반적으로 볼 때 비교적 많이 닮았으므로 그것들을 고래의 화석으로서 취급하는 것이 가능해지는 것이다. 아담 이전에 있던 고래의 조각으로 된 화석, 즉 그 뼈의 조각은 지난 30년 동안에 때때로 알프스 산맥, 롬바르디아, 프랑스, 영국, 스코틀랜드, 그리고 루이지애나, 미시시피, 앨라배마 주 등에서 발견되었다. 그런 유골 중 재미있는 것을 들어 본다면 파리의 튈르리 궁전과 거의 정면으로 부딪치는 곳인 도피네 가(街)에서 1779년에 발견된 두개골의 일부, 그리고 나폴레옹 시대의 안트워프 항의 큰 독을 준설할 때 발굴된 배의 무리가 있다. 퀴비에는 이 단편들은 전혀 알려지지 않은 고래의 종류에 속하는 것이라 했다.

  그러나 모든 고래의 유물 중 빼어나게 경이로운 것은 1842년에 앨라배마 주의 크레이 판사의 농장에서 발견된 것으로, 사멸 괴물의 거의 완전한 해골이다. 주위의 미신을 믿는 노예들은 겁에 질려 그것이 타락한 어느 천사의 뼈일 것이라고 했다. 앨라배마의 의사들은 그것이 큰 파충류의 것이라 하여, 마룡사(魔龍蛇)라고 이름을 붙였다. 그러나 얼마간의 뼈가 표본으로서 바다를 건너 영국의 해부학자 오웬에게 운반되어 비로소 알게 된 바지만 이 파충류라 일컬어지던 것은 사멸한 고래의 일종이었다. 이야말로 이 책에서 자주 되풀이해 온 사실, 즉 고래의 해골에서 완전한 외형을 알아낸다는 것은 참으로 어렵다는 점을 여실히 증명해 주는 것이다. 오웬은 이 괴물을 주글로돈이라 개명하여 런던 시질학협회에서 연구 결과를 발표, 이것은 그야말로 지구의 변천에 의하여 존재가 없어진 것 중 가장 경탄해야 마땅한 것이라고 선언했다.

  이 웅대한 고래의 해골, 두개골, 송곳니, 늑골 사이에 서서,

그 모든 것들이 조금씩 현재의 해마의 종류와 닮은 성질을 나타내는 한편, 그와 동시에 그 유원(悠遠)한 선조인 선사 시대의 거경과도 유사점이 발견되는 것을 볼 때, 나는 대홍수에 의하여 '때'가 아직 시작했다고 할 수도 없는 ― '때'는 인간과 함께 시작하므로―경이의 시대로 다시 밀려 되돌아가는 것이었다. 악마의 어두운 혼돈이 내 위에서 소용돌이치고 나는 캄캄한 극지의 영겁의 섬광을 들여다보고 전율한다. 왜냐하면 빽빽하게 들어선 얼음 덩어리는 오늘날의 열대에까지 세차게 밀어닥쳐, 이 세계 2만 5천 마일의 주변에는 살 수 있는 한 줌의 땅도 볼 수 없는 것이다. 이때 전 세계는 고래에게 속해 있었으며 그는 피조물의 왕자로서 그 항적을 오늘날의 안데스와 히말라야 산맥을 따라 남기기도 했던 것이다. 누가 감히 고래와 같은 가계를 자랑할 수 있을 것인가. 에이허브의 작살은 고대 이집트의 왕보다도 오래된 피를 흘리게 했던 것이다. 므두셀라(《구약성서》에 나옴. 노아 이전의 족장) 따위는 초등학교 아동에 지나지 않는다. 나는 뒤돌아보며 셈(《구약성서》에 나옴. 노아의 맏아들)과 악수한다. 나는 그 기원으로 거슬러 올라갈 수도 없는 모세 이전적인 고래의 공포에 마구 떠는 것이지만, 그것은 모든 시간 이전에 존재했던 이상, 모든 인간의 세기가 끝난 뒤에도 존재할 것임에 틀림없다.

그러나 이 거경은 그 아담 이전적인 흔적을 자연의 스테레오 판(版)에 남기며, 석회암이나 진흙 속에 그 고색창연한 상(像)을 새겨 놓았을 뿐 아니라, 이집트의 갓돌에―그 오래됨

은 거의 화석적인 성질에 이르고 있다고 해도 좋을 것이다 ─
틀림없는 그 지느러미의 흔적을 보이는 것이다. 50년쯤 전에
단데라의 대사원(이집트에 남아 있는 거대한 신전) 안 한 방의
화강암 천장에서 채색된 별자리 그림 조각이 발견되었는데,
거기에는 근대인이 그린 천체도의 괴이한 그림 못지않게 반수
신(半獸神), 날개 달린 사자, 돌고래 따위가 가득히 조각되어
있었다. 그리고 그것들의 사이를 태곳적의 고래가 생생한 모
습으로 유영하고 있었다. 솔로몬이 살던 몇 세기 전에도 그 별
자리 그림 속에서 분명히 헤엄치고 있었던 것이다.

  또 잊어서는 안 될 것은 옛 바바리(북아프리카의 지중해 연
안 지방)의 존경할 만한 여행가 존 레오가 기술한 대로 고래는
대홍수 이후에도 뼈의 실체로써 그 고색창연한 역사를 기적적
으로 증명하고 있었다.

  "해안에서 그다지 멀지 않은 곳에 신전이 있나니, 대들보와
서까래를 고래뼈로 만들었다. 그 해안에는 놀랄 만큼 거대한
고래의 시체가 떠밀려 올라오는 일이 자주 있었기 때문이다.
그 지방 사람들이 믿는 바에 따르면 그 신전에는 신으로부터
주어진 신비한 힘이 있어, 어떠한 고래일지라도 이곳을 지날
때면 즉시 목숨을 잃는다는 것이다. 하지만 진실은 신전 양쪽
에 바다로 돌출한 2마일의 암초가 있어서 그곳으로 들어서는
고래에게 상처를 입혔던 것이었다. 그들은 기적이라 하며 말
할 수 없이 장대한 고래 늑골을 헌납하였는데, 그것은 만곡부
(彎曲部)를 위로 하여 아치형으로 지상에 놓여 설사 낙타 등

에 탈지라도 사람은 그 꼭대기에 이를 수가 없다. 이 늑골은 내가 그것을 보았을 때보다 백 년이나 전에 처음 놓였다고 한다. 이 고장의 역사가들은 마호메트를 예언한 예언자들이 이 신전에서 나왔노라고 증언하고, 또 예언자 요나는 고래에 의해 이 신전의 주춧돌 있는 데로 토해진 것이라고 서슴지 않고 주장한다."

나는 독자 여러분을 이 아프리카의 고래 신전 속에 남겨 두고 올 것이다. 만일 여러분이 난터케트 사람이라면 그리고 고래잡이라면 말없이 그 앞에 꿇어 경배할 것이다.

105장 | 고래는 축소되어 가고 있는가, 멸망할 것인가

고래가 영겁의 수원(水源)에서부터 우리 시대까지 굽이굽이 헤엄쳐 온 것이라면 그 대대의 긴 흐름 속에 그 조상들의 원시적인 거체를 차차 상실해 온 것이 아닌가 하는 질문이 나오는 것도 당연한 일이다.

그러나 연구해 보면 알겠지만 현대의 고래 쪽이 제3기층(분명히 인류 이전의 지질 시대를 포함한다)에 화석으로 남겨진 것보다 그 크기에 있어서 뛰어날 뿐만 아니라, 그 제3기층 가운데 발견되는 고래 중에서도 후기의 지층에 속하는 것은 전기의 것보다도 크다.

지금까지 발굴된 아담 이전의 모든 고래 중에서 뛰어나게 큰 것은 앞 장에서 언급한 앨라배마의 것인데, 그것도 해골의 길이가 70피트도 안 된다. 그러나 이미 보아 온 것처럼 현대의 대형 고래의 해골을 재어 보면 72피트는 된다. 또 내가 포경계의 권위자에게 들은 바로는 거의 100피트에 달하는 향유고래도 있다고 한다.

그러나 현대의 고래는 모든 태곳적 지층 시대의 것보다는 커졌다고 하더라도 아담 시대의 것보다는 축소되어 있는 것이 아닐까?

만약에 우리가 플리니와 같은 현자(賢者), 또는 일반적인 고대 박물학자가 일찍이 저술한 바를 믿는다면, 그와 같이 결론짓지 않을 수가 없다. 왜냐하면 플리니는 산 몸뚱이가 몇 에이커씩이나 되는 고래에 대하여, 또 알드로반디는 길이가 8백 피트나 되는 것에 대하여 이야기하고 있기 때문이다. 그렇다면 마치 밧줄 제조소와 같은 고래, 템스 강 터널(템스 강의 런던 탑 근처에 처음으로 터널이 만들어진 것은 1843년이었다)과 같은 고래란 말이 아닌가. 게다가 쿠크의 박물학자 번크스와 솔랜더의 시대에도 한 덴마크 과학원 회원이 어느 아이슬란드 고래(reydan-siskur 또는 그 주름진 배)를 120야드로 기술했는데, 그건 360피트가 된다는 이야기다. 또 프랑스 학자 라세페드는 그 고래의 역사에 대한 노작(勞作)의 첫머리에 참고래를 1백 미터, 즉 328피트라 적고 있다. 더욱이 그 작품은 1825년인 최근에 발간된 것이다.

하지만 그런 이야기를 믿는 고래잡이가 있을까? 없다. 오늘날의 고래는 플리니 시대와 같은 정도의 크기이다. 만일 내가 플리니가 있는 곳으로 간다고 하면 고래잡이인 나는 감히 그렇게 말할 것이다. 왜냐하면 플리니가 태어나기 몇천 년이나 전에 매장된 이집트의 미라 관을 들여다보면 지금의 켄터키 사나이의 실제의 신장만큼 크지 못하기 때문이다. 또 가장 오래된 이집트와 니네베의 갓돌에 새겨진 소와 그 밖의 짐승을 거기에 나타난 비율로 조사해 볼 때, 런던의 중앙 육시장(肉市場)인 스미드필드의 유서 있는 외양간에서 키워진 수상우(受賞牛) 쪽이 파라오의 가장 살찐 소와 같기는커녕 그 크기에 있어서 훨씬 우수하다. 이 모든 사실을 종합해 보면 모든 동물 중에서 고래만이 축소되어 왔다는 것을 인정할 수는 없다.

그러나 또 한 가지 검토해야 할 점이 있는데, 그것은 사려 싶은 난터케트 인들이 번번이 문제 삼는 일이다. 포경선의 돛대 위 감시원은 거의 모든 것을 통달한 정도에 이르렀는데, 이제 베링 해협을 지나 세계에서 가장 먼 비밀의 서랍과 상자 속에까지 들어가, 몇천 개의 작살과 창이 모든 대륙의 기슭에서 던져지는 것을 문제 삼지 않을 수 없다. 고래가 이런 난폭한 추적에 더 이상 견딜 수 있을 것인지, 그는 마침내 해양에서 소멸해 버리는 것은 아닌지, 그리고 최후의 고래는 인간처럼 그 최후의 파이프를 피우고 그 마지막 한 모금과 함께 연기처럼 사라져 버리는 것이 아닌지 하고 말이다.

혹 달린 고래 무리를 혹 달린 들소 떼에 비교해 보자. 그 들소들이 40년도 채 못 되는 예전에는 일리노이와 미주리의 초원에 몇만 마리씩 몰려 그 억센 깃털을 흔들어 대며 벼락을 숨긴 이마로 노려보고 강가의 호화로운 거리를 위협했었는데,

지금은 그 근방의 땅에서 태도도 부드러운 복덕방 주인이 1인치에 1달러의 비율로 토지를 팔고 있지 않은가. 그런 점을 감안해 볼 때 쫓기는 신세인 고래도 급속한 멸망의 운명을 피할 수 없다는 결론이 나올 수도 있다.

그러나 이 문제는 여러 각도에서 바라보지 않으면 안 된다. 분명히 불과 얼마 전—사람의 일생만큼도 길지 않은 얼마 전—까지는 일리노이 주의 들소 수가 오늘날의 런던 인구를 능가했다. 그러나 지금은 그 지방 어느 곳에도 뿔 하나, 발굽 하나 남아 있지 않다. 그 가공할 괴멸의 원인은 인간의 창 외에 어떤 것에서도 찾을 수 없다. 그러나 고래잡이에 있어서는 그 양상이 매우 다르므로, 고래 떼가 그와 마찬가지로 불명예스러운 최후를 맞는다는 것은 있을 수 없는 일이다. 한 척에 40명이 타는 배에서 48개월 동안 향유고래를 쫓던 자가 귀로에 올랐을 때 40마리 분의 기름을 실었다면 참으로 잘했다고 생각하고 신에게 감사를 드린다. 그러나 지난날의 캐나다나 인디언 사냥꾼, 그리고 서부의 함정 사냥 시대, 즉 멀고 먼 서부(해가 진 뒤에도 사냥꾼의 모닥불이 꺼지지 않는다)가 황야이며 처녀지였던 무렵에는 짐승 가죽으로 만든 구두를 신은 40명의 사나이가 같은 달수 동안 배로 항해하는 것이 아니라 말을 타고 여행한다면 40마리 정도가 아니라 4만 마리 이상의 들소를 죽였을 것이다. 이것은 필요하다면 통계로써 나타낼 수도 있는 사실이다.

또 예를 든다면 옛날에는(가령 지난 세기의 후반에는) 작은 무리를 이룬 고래와는 자주 만날 수 있었기 때문에 항해는 그다지 장기간 계속되지 않았으며, 이익 할당도 좋았다. 이러한 사실이 향유고래가 차차 소멸해 가고 있다는 주장을 뒷받침하는 것이라 생각함은 옳은 것일까. 하지만 그 이유는 앞쪽 어디에선가도 적은 것처럼 이들 고래는 어떤 안전감 때문에 오늘날에는 방대한 집단을 이루어 헤엄치는 것이며, 그래서 예전의 바다 가득히 흩어져 있던 외로운 고래, 두 마리씩 짝지은 고래, 그 밖의 갖가지 작은 무리 따위의 대부분은 이제는 무수한 대군에 흡수되어 서로 멀리 떨어진 모습을 좀처럼 보이지 않는 부대가 된 것이다. 그것이 모든 이유이다. 그리고 또 소위 수염고래 따위가 옛날에 밀집해 있던 어장의 대부분에 나타나지 않게 되었다는 이유로 그 종류도 또한 감소되고 있다고 생각하는 것은 잘못된 생각이다. 그들은 다만 한 곳에서 다른 곳으로 흘러가고 있을 뿐이며, 만약 어떤 해안에 왕성한 물 뿜기가 보이지 않는다 하더라도 틀림없이 어느 먼 해안에서는 최근 보지 못했던 낯선 광경에 놀라고 있을 것이다.

다시 한마디 더 한다면 마지막에 말한 고래는 두 개의 견고한 성채로 되어 있어, 어떤 인력으로도 영원히 함락시킬 수 없는 것임을 알아야 할 것이다. 그리고 완고한 스위스 인들이 골짜기를 침략당하면 산악으로 물러났듯이 수염고래는 대양의 초원이나 숲 사이에서 추적을 당한다면 마지막에는 그 극지(極地)의 성채로 퇴각할 수도 있는 것이며, 거기 있는 막다른 방책과 벽 아래 잠기기도 하고 빙원이나 부빙(浮氷) 사이에 떠오르기도 하면서 영원히 섣달 그믐날의 마법 테 속에서 인간의 온갖 공격을 비웃는 것이다.

그러나 향유고래 하나에 대하여 50정도의 비율로 수염고래는 작살에 찔리므로 몇 사람의 앞돛대 철학자들은 이 강력한 섬멸전이 그들의 대대에 현저한 손해를 주고 있는 것이라 결론지었다. 하지만 북서 해안에서 미국의 어부들만으로도 최근에는 일 년에 1만 3천을 넘는 수염고래가 포획당하고 있는 것이 사실인데, 그것을 다른 각도에서 고찰해 볼 때 이와 같은 사태조차도 그 문제에 대한 논거로서는 아주 무력한 것이 된다.

지표상의 거체 동물이 얼마나 수가 많은가에 대하여 의심을 품게 되는 것도 무리는 아니지만, 그렇다면 이제 고아(인도에 있는 포르투갈 영지)의 역사가 하르토가, 태국 왕이 한 번의 사냥에 4천 마리의 코끼리를 잡았고, 그런 지방에서의 코끼리는 온대 지방의 가축들 무리만큼이나 많다고 기록한 데 대해 뭐라고 대답할 수 있겠는가. 그리고 만일 그 코끼리들이 지난 몇천 년 동안 세미라미스, 포러스, 한니발, 그리고 또 그 뒤를 이어 동방의 왕들 모두에게 포획당해 왔다고 한다면, 그리고 또 아직도 그들이 숱하게 서식하고 있다면, 그 고래의 무리는 유영을 위한 목장으로서 모든 아시아, 남북아메리카, 유럽, 아프리카, 뉴 네덜랜드(오늘날의 오스트레일리아 대륙을 가리킨다), 그 밖에 해상의 모든 섬을 모조리 합친 것의 정확히 2배를 가지고 있는 셈이니, 그들이 모든 추적을 이겨 내고 살아갈 것을 의심함은 무리가 아닌가.

또 생각해야 할 점이 있다. 고래는 매우 장수한다고 추정되고 있으며 아마도 백 살, 또는 그 이상에 달하는 모양이므로 어느 때든 몹시 오래된 세대의 고래가 많이 생존하고 있을 것이다.

그것이 무엇을 뜻하고 있는가 하면, 만일 세상의 모든 묘지, 분묘, 가족 묘지가 75년 전에 살고 있던 모든 남녀와 어린아이의 생명을 되돌려 주었다고 하고 그 무수한 사람의 수를 현재의 지구상 인구에 더해 본다면 가히 어떨 것인지 짐작할 수 있을 것이다.

그러므로 우리는 여러 가지로 생각한 끝에 고래는 설사 개체로서는 멸망하기 쉬운 것일지라도 종족으로서는 불멸의 것이라 생각하게 되었다. 그것은 대륙이 물 위로 머리를 쳐들기 전부터 헤엄치고 있었다. 지난날에는 튈르리 궁전이나 윈저 성, 그리고 크렘린 궁전 위에서 헤엄치고 있었다. 노아의 홍수 때, 그것은 노아의 방주 따위는 돌아보지도 않았다. 그러니 설혹 세계가 다시금 네덜란드처럼 그 쥐 새끼들을 죽여 없애기 위해 홍수에 잠길지라도 불멸의 고래는 여전히 살아남아서 적도의 굽이치는 파도 위로 높이 머리를 쳐들고 하늘을 향해 불굴의 물보라를 계속 뿜어 낼 것이다.

106장 | 에이허브의 다리

에이허브 선장은 나는 듯이 런던의 사무엘 엔더비 호를 물러났는데, 그로 인해 몸에 다소 타격을 입었다. 굉장한 기세로 보트의 선원석에 뛰어내렸으므로 고래 뼈 다리가 반쯤 부러질 정도로 충격을 받았다. 게다가 모선의 타수(舵手)에게 급한 명령들을 내리기 위해(그것은 언제나처럼 조타가 분명치 않다는 따위의 것이었지만) 급히 회전했으므로, 이미 금이 가 있던 고래뼈는 더욱 비틀렸고, 겉보기에는 모양이 망가지지 않고 튼튼해 보였지만 에이허브는 안심할 수 없었다.

그리고 이렇게 말한다고 해서 놀랄 것은 없으리라고 생각되지만, 에이허브는 참으로 미친 것 같은 난폭함이 있는 반면 때로는 자신을 반쯤 지탱하고 있는 그 죽은 뼈의 상태에 대하여 무척 세심한 주의를 기울이는 것이었다. 왜냐하면 다음과 같은 기억이 있었기 때문이다. 피쿼드 호가 난터케트를 출범하기 얼마 전의 어느 날 밤, 그는 지상에서 정신을 잃고 누워 있었다. 그리고 뭔가 알 수 없는, 설명할 수도 없고 상상할 수도 없는 참사에 의하여 그 고래뼈 다리가 무서운 힘으로 떨어져 나가면서 말뚝처럼 그를 부딪치는 바람에 하마터면 맨살을 찔릴 뻔했던 것이다. 그 끔찍한 부상을 완전히 치유하는 것은 여간 어려운 일이 아니었다.

또 그때 필연적으로 그의 뇌리를 스친 것은 지금의 재난과 고통은 그 이전의 고통의 직접적인 결과라는 생각이었으며, 그럼으로써 그가 너무나 명백하게 보았던 것은, 말하자면 소택지의 맹독을 품은 뱀도 목소리가 아름다운 숲 속의 새와 마찬가지로 그 종속을 낳지 않으면 안 되고 또 모든 비참한 일은 행복과 마찬가지로 그 자손을 낳지 않으면 안 된다는 사실이었다. '아니, 같은 정도가 아니야.' 하고 에이허브는 생각했다. 왜냐하면 슬픔의 조상과 자손은 기쁨의 조상과 자손보다 훨씬 오래된 것이기 때문이다. 그것은 다음과 같은 것으로 암시할 필요조차 없을 것이다. 어느 경전이 가르치는 바에 의하면 이 지상에서 생물이 쾌락을 가지는 경우 다음 세계에서는 그 자손을 가질 수 없을 뿐 아니라, 기쁨의 흔적조차 끊긴 지옥의 절망 일색으로 점철되는 것이며, 반면에 갖가지 죄업이 많은 인간의 고통과 비참은 묘지 저 멀리까지도 슬픔의 자손을 영원히 번식시킨다는 것이다. 하지만 그런 데까지 생각이 미치지 않아도 사태를 깊이 파내려 가면 아무래도 불균형은 있다고 생각되었다. 왜냐하면 ─ 하고 에이허브는 생각한다 ─ 이 지상에서의 최고의 행복이라 할지라도 그 속에는 언제나 뭔가 이유를 알 수 없는, 작고 천한 것을 숨기고 있는 데 반해, 마음의 모든 슬픔은 그 밑바닥에 신비로운 의미를 가지며, 어떤 사람들의 경우에는 천사와도 같은 장엄함을 가지기 때문이다. 사람들이 아무리 연구해 보아도 이 명백한 추리를 뒤집을 수는 없는 것이다. 이 숭고한 인간 비극의 계보를 따라가 보면 마침내 우리는 그 근원조차 측량할 길 없는 신들의 족보에 도달하게 된다. 그러므로 태양이 제아무리 기쁜 듯이 목초를 비추고, 달이 부드러운 심벌즈처럼 그 수확물을 비춰 준다 할지라도 우리는 다음 사항, 즉 신들 자신이라 할지라도 언제나 기쁨에 넘쳐 있는 것은 아니라는 것을 알아야 할 것이다. 태어날 때부터 인간의 이마에 새겨진 씻을 수 없는 낙인은 그것을 새긴 바로 그 사람 자신의 비애를 증명하는 데 지나지 않는다.

뜻밖에도 여기에 한 가지 비밀이 드러났는데, 그것은 아마 적당하게 고정된 형태로 옛날부터 밝혀져 있던 것이리라. 에이허브의 많은 기행(奇行)과 함께 사람들에게 신비로 남겨졌던 것은, 어째서 그가 피쿼드 호의 출범 전후에 대라마처럼 깊숙이 몸을 숨겼는지, 말하라면 왜 그동안 소위 명부(冥府)의 대리석 원로원에 묵묵히 도피해 있었는가 하는 점이었다. 거기다 필레그 선장이 퍼뜨린 내용도 결코 적절하다고 생각되지는 않았다. 하지만 원래 에이허브의 깊은 곳을 더듬어 보려는 설명은 밝은 빛보다 암시적인 어둠의 성질을 띠고 있었다. 하지만 나중에는 모든 것이 밝혀졌다. 적어도 그 한 가지만은 명백하게 밝혀졌다. 그가 한때 몸을 숨긴 것은 그 무서운 참사가 원인이었다. 하지만 그것뿐이 아니었다. 고향에는 그 수가 차차 줄어들고 있기는 했지만 그래도 비교적 그와 가까이 지낼 수 있는 특권을 가진 사람들이 남아 있었고, 그 겁 많은 한 무리의 사람들에게 있어서 그 참사는—무뚝뚝한 에이허브는 그 일에 대해 이야기한 적이 없었으므로—무엇인가 망령과 통곡의 나라에서 떠돌아 온 것 같은 두려움에 싸이게 했다. 그래서 그들은 에이허브에 대한 애정 때문에 서로 힘껏 애써서 그 일이 남의 귀에 들어가지 않도록 노력했다. 따라서 그것은 퍽 오랜 시간이 흐를 때까지 피쿼드 호의 선원들에게조차 알려지지 않았던 것이다.

하지만 그건 그렇고 허공 속의, 눈에 보이지 않는 요사스러운 신들의 모임이나, 겁화(劫火) 속의 망집(妄執)의 제왕제마(諸王諸魔)가 이 지상의 에이허브에게 볼일이 있건 없건 간에 아무튼 지금의 경우 그는 다리의 문제에 대하여 명쾌하고 실제적인 행동을 취했다. 그는 목수를 불렀던 것이다.

목수가 에이허브 앞에 나타나자 그는 즉시 새로운 다리를 만들 것을 명령하고, 항해사들로 하여금 지금까지의 항해에서 모아 두었던 크고 작은 갖가지 것을 가져오게 한 다음, 가장 견고하고 질이 좋은 재료를 얻기 위해 세밀하게 골라 내도록 시켰다. 그 일이 끝나자 목수는 그날 밤 안으로 다리를 만들 것, 더욱이 지금 이 다리에 있는 부속품은 일체 사용하지 않고 새로운 부속품으로 만들 것을 명령받았다. 또 선창 속에서 잠시 잠자고 있던 용광로를 꺼내 오라는 그리고 작업을 빨리 진행시키기 위해 대장장이에게 필요하다고 생각되는 철구(鐵具)는 무엇이든 즉시 만들라는 명령이 내려졌다.

107장 | 목수

　여러분이 토성(土星)의 위성군(衛星群) 속에 새털처럼 앉아 인류 중의 최고 전형인 한 사람을 집어 들어 본다면 그것은 아마 경이롭고, 장엄하고 그리고 슬픈 일로 느껴질 것이다. 그러나 같은 입장에서 인류를 군중으로서 퍼 올려 보라. 그것은 동시대사에, 그리고 유전적으로 중복된 적도 없는 어리석은 자들의 억지라고밖에 할 수 없을 것이다. 피쿼드 호의 목수는 아주 미천하여 고귀한 인간성의 전형이리는 것과는 아무 상관도 없는 존재였지만, 상스럽지는 않았다. 그러한 까닭으로 그는 한 인간으로서 여기에 서는 것이다.

　모든 배의 목수와 마찬가지로 특히 포경선에 오르는 모든 목수와 마찬가지로 그는 보잘것없지만 반드시 필요한 정도의 그 본직과 관련되는 잡다한 경험을 쌓고 있었다. 사실 목수란 직업은 역사가 깊은 것으로서, 그것을 줄기로 해서, 많든 적든 간에 나뭇가지처럼 목재를 보조 재료로 하는 많은 수공업으로 나뉘어 있다. 하지만 이 피쿼드 호의 목수는 그와 같은 일반적인 일들은 물론이고, 3년이고 4년이고 커다란 배가 문명과는 동떨어진 원양을 항해할 때, 그 배에서 쉴새없이 일어나는 수없이 많고 하나하나 이름 붙일 수도 없는 기공(機工)상의 급무(急務)에 대해서 이상하리만큼 유능했다. 그 통상적인 임무 ─구멍이 뚫린 보트나 부러진 돛가름대의 수선, 널찍한 부분이 떨어져 나간 노의 모양을 고치는 일, 갑판에 둥근 창문을 내는 일, 뱃전의 판자에 못을 박는 일, 그 밖에 직접적으로 그의 직능(職能)에 속해 있는 일─를 그때그때 척척 해낸 것은 말할 것도 없다. 게다가 유용한 일이건 대수롭지 않은 일이건 간에 온갖 종류의 기능에 즉각적으로 그의 솜씨를 발휘했다.

그가 이토록 다양한 여러 가지 기능을 보인 주 무대는 그의 고정기(固定機)가 달린 벤치─길고 거칠게 다듬은, 묵직한 대(臺)─였는데, 거기에는 철제, 목제로 된 크고 작은 여러 가지 고정기가 설치되어 있었다. 벤치는 고래가 뱃전에 묶여 있을 때 이외에는 언제나 이 기름솥 뒤편에 가로놓여 있곤 했다.

가령 밧줄을 멈추는 마개가 지나치게 커서 구멍에 잘 안 들어간다면 목수는 그 상비된 고정기 하나에 그것을 물리고 즉석에서 가늘게 깎을 것이다. 또 털빛이 신기한 길 잃은 새가 배에 날아들어 잡힌다면 목수는 고래의 뼈로 곱게 다듬은 막대기와 향유고래의 상아뼈로 된 대들보를 이용하여 탑 모양으로 된 조롱을 만들 것이다. 보트 선원이 손목을 삐면 목수는 진통제를 조제하기도 한다. 스텁이 자기 보트의 노에 모두 붉은빛 별표를 붙이고 싶다면 목수는 그 노 하나하나를 목제 고정기에 물리고 똑같이 그 넓은 부분에 별표를 할 것이다. 어떤 선원이 고래뼈로 된 귀걸이를 달고 싶어 한다면 목수는 그 귀에 구멍을 뚫어 주기도 할 것이다. 또 누군가가 치통을 앓는다면 쇠집게를 꺼내 들고 한 손으로 벤치를 두드리며 여기에 앉으라고 할 것이다. 그러나 그 변변치 못한 친구는 수술이 시작되기도 전부터 어떻게 할 수 없을 만큼 겁을 내므로 목수는 자기의 목제 고정기 손잡이를 빙글빙글 돌리면서, 만일 이를 빼고 싶다면 턱을 그 고정기 속에 집어넣으라고 엄숙하게 신호를 할 것이다.

이렇게 이 목수는 무엇이든지 만능이었고, 한편으로는 무관심해서, 모든 것에 큰 의미를 부여하지 않았다. 이빨은 상아 조각이라 생각하고 머리는 돛대의 도르래 정도로밖에 여기지 않았으며, 인간 그 자체를 교반(絞盤)이라 여기며 깔보고 있었다. 그렇지만 이토록 광범위하게 갖가지 기능에 숙달하고 더욱이 이토록 생생하게 묘기를 발휘한다는 것은 어딘가 모르게 비범한 천재적 능력을 갖고 있는 것으로 보아야 할 것이다. 그러나 반드시 그렇지도 않다. 이 사나이에게는 초인간적인 둔감함 이외에 뚜렷한 특징은 없었다. 그 초인간적인 둔감함은 마치 어두운 그림자처럼 주변의 온갖 사물에 녹아들어 이 가시적인 세계의 보편적인 둔감함과 일치되어 있었다. 그 보편적 둔감함은 알 수 없는 형태로 끊임없이 활동하고 있으면서도 영원한 안정 속에 자리 잡아서 설사 그대가 대성당을 짓기 위해 기초를 파고 있을지라도 그대를 무시해 버릴 것 같은 그런 것이었다.

이 사나이의 지나칠 정도의 둔감함은 그 속에 사방으로 가지를 뻗친 냉정함을 포함하는 것 같이 보였다. 때로는 이상스럽게 약동하여 원시적이고 곰팡내 나는 해학을 뱉어 내기도 했으며, 또 때로는 늙은이 같은 기지를 발휘하기도 했는데, 그것들은 낡아 빠진 노아의 방주 앞갑판에서 심야의 당직을 할 때 심심풀이로 소용되었을지 모를 정도의 것이었다. 이 늙은 목수는 평생을 방랑으로 보냈으며, 이리저리 전전하느라 이끼가 끼지 않았을 뿐 아니라, 본래는 그에게 부대(附帶)되어 있었을 것으로 생각되는 외적 속성(屬性)이라고 할 수 있는 것까지 모두 털어 없애 버린 것 같았다.

그는 적나라한 추상(抽象)이며, 분할할 수 없는 완전체이다. 타협성이 없기로는 갓 태어난 갓난아이 같았으며, 현세에도 내세에도 타성에 젖지 않고 한결같이 살아가고 있었다. 이 사나이의 괴상한 비타협성은 일종의 우둔함을 포함하고 있었다고 해도 좋을까. 왜냐하면 그가 갖가지 기능에 솜씨를 부리는 것을 볼 때, 그것은 이성에 의한 것도, 본능에 의한 것도 아니었고, 또 그저 배웠기 때문도 아니었다. 또는 그것들 모두의 균등, 혹은 불균등한 혼합에 의한 것도 아니었고, 그것은 단지 벙어리처럼 귀머거리처럼 저절로 되는 기계적인 동작이라고나 할 수 있는 것이었다. 그는 순수한 공작자였으며 만일 그에게 두뇌라 불리는 것이 있었다면 그것은 이미 오래전에 그의 손가락에 있는 근육 사이로 흘러 들어가 있는 것임에 틀림없었다. 그는 셰필드(영국 요크셔의 도시로, 철공업의 중심지)에서 고안된, 불합리하지만 극히 편리한 만능 기구—모양은 보통 나이프를 조금 크게 한 정도이지만 갖가지 크기의 칼날뿐 아니라 드라이버, 병마개 따개, 족집게, 송곳, 펜, 자, 손톱줄칼, 나사구멍 뚫기 등을 갖고 있는 것—와 흡사했던 것이다. 그러므로 만일 상급자가 이 목수를 드라이버로 사용하고 싶을 때면 단지 그 부분을 꺼내어 펴면 되는 것으로, 그렇게 하면 나사못은 단단히 죄어지는 것이다. 족집게가 필요하다면 그의 다리라도 붙잡으면 거뜬히 족집게가 된다는 것이다.

하지만 이미 암시를 해 놓은 대로 이 만능 기구적인 여닫기가 손쉬운 목수도 결국 단순한 기계적 자동 인형만은 아니었다. 그는 남들과 같은 마음을 속에 지니지는 못했을망정 무엇인가 미묘한 것을 갖추고 있었으며, 그것이 저절로 이상스럽게도 기능을 발휘하곤 했던 것이다.

그것이 무엇이었는지—수은(水銀)의 정(精)이었는지 녹각의 정이었는지—는 짐작이 가지 않는다. 하지만 있기는 있었던 것이다. 그리고 다름 아닌 바로 그것—이 설명하기 어려운 교활한 생명 원리, 그것—이 거의 언제나 그로 하여금 혼잣말을 중얼거리게 하고 있는 것이다. 그러나 그것은 이성이 없는 둥근 테가 윙윙거리는, 혼잣말 같은 것이었다. 어쩌면 그의 육체는 당번 초소이고 이 혼잣말을 중얼거리는 자가 당번을 서면서 언제나 그의 눈을 떠 있게 하기 위해서 중얼거리고 있었다고 해도 좋을 것이다.

108장 | 에이허브와 배의 목수, 갑판 위에서의 첫 당직 때

목수는 고정기 벤치 앞에 서서 두 개의 각등 불빛 아래 분주하게 일하고 있다. 고래뼈 대들보에 줄칼질을 하여 다리를 만들고 있었으며, 그 대들보는 단단히 고정기에 물려 있다. 고래뼈를 깎아 낸 부스러기, 가죽끈, 천, 나사못, 그 외에 갖가지 도구가 벤치 주위에 널려 있다. 이물 쪽에는 용광로의 빨간 불길이 보이며, 거기시는 대장장이가 일을 하고 있다.

"이 빌어먹을 줄칼! 빌어먹을 뼈! 말랑말랑한가 하면 단단하고, 단단한가 하면 연하단 말야. 턱뼈니, 종아리뼈를 깎는 건 그런 일이란 말일세. 어디 다른 걸 하나 해 볼까? 그래, 이건 좀 잘되는걸. (재채기를 한다) 이런, 뼈 먼지군. (재채기)

이런, (재채기) 이런,(재채기) 제기랄, 말도 못하겠군. 늙은이한테 죽은 뼈로 일을 시켜 이런 꼴을 당하게 할 게 뭐람. 살아 있는 나무라면 이렇게 먼지가 나지는 않을 텐데. 살아 있는 뼈를 잘라 봐. 이런 먼지는 안 나와. (재채기) 종아리 녀석은 만들기가 좀 힘들거든. 하지만 종아리뼈 따위는 버팀대 만들듯이 쉽지. 하지만 마지막 손질에 공을 들여서 해 볼까. 천천히 해 주기만 하면 예쁜 다리를 만들 수 있는데. (재채기) 응접실에서 예쁜 아가씨한테 비벼 댈 것 같은 걸 말이야. (재채기) 난 가게 창문에 놓인, 사슴의 가죽으로 만든 다리랑 종아릴 본 적이 있는데, 이것과는 상대도 안 되지. 그것들은 물만 묻어도 푹 젖어 버리는가 하면 신경통에 걸리고, 그래서 의사한테 가서 (재채기) 마치 살아 있는 다리처럼 씻어 내고 약을 발라야 하거든. 이젠 저 모걸 대장더러 와 달래야겠는걸. 와서 길이가 맞는지 어떤지 봐야지. 혹시 약간 짧은 건 아닐까? 저런! 뒤꿈치 소리군. 운이 좋은데. 온 모양이군. 설마 다른 녀석이야 아니겠지."

에이허브 앞으로 나오고, 이 광경이 계속되는 동안 목수는 가끔 재채기를 한다.

"이봐, 인간 목수!"
"마침 잘 오셨습니다. 선장님, 미안하지만요, 길이가 알고 싶단 말입니다. 재도록 허락해 주시겠습니까?"

"다리 치수 말인가? 좋아? 이게 처음도 아니지. 어서 해라. 그래, 거길 손가락으로 누르게. 목수, 자넨 단단한 고정기를 갖고 있군. 어디 죄는 힘을 한 번 시험해 보세. 그래, 그래, 아, 제법 집어뜯는걸."

"오오, 선장님, 뼈가 상합니다. 조심해요, 조심."

"걱정 말게. 단단히 물려서 기분이 좋다네. 이 의지할 길 없는 세계에서 단단히 붙들어 주는 게 있다는 것은 기쁜 일일세. 저기 프로메테우스는 뭘 하고 있나. 아니, 대장장이 말일세. 뭘 하고 있는 건가?"

"지금 나사못을 달구고 있는 중입니다, 선장님."

"좋아, 협동 작업 중에서 저 녀석이 근육 부분을 맡고 있는 것이로군. 굉장히 빨간 불이 타고 있는걸."

"예에, 선장님, 이런 꼼꼼한 작업에서는 높은 열이 필요합니다."

"그래, 그래, 그렇겠지. 이제야 알 것 같군. 그리스의 옛 이야기에 나오는, 사람을 만들었다는 프로메테우스가 대장장이였다는 걸 말이야. 불로써 인간에게 생기를 넣어 준 거야. 그래서 불 속에서 만들어진 선 불로 되돌아가야 하니 지옥도 있어야 한다는 이치겠지. 그을음이 몹시 나고 있군. 목수 영감, 만일 저 녀석이 나사못을 다 만들고 나면 말이야, 쇠로 어깨받침을 한 쌍 만들라고 하게. 이 배에는 말이야, 어깨에 멘 짐으로 짓눌린 것 같은 상인 나그네가 있거든."

"아니, 선장님?"

"기다려 봐. 프로메테우스가 일하는 동안에 나는 나의 소망대로 인간을 통째로 하나 만들라고 주문하겠다. 우선 첫째로 신장이 50피트이고 가슴은 템스 강의 터널 모양으로 해야 해. 그리고 다리는 한 군데 서 있도록 뿌리가 나게 하고, 그리고 손목 두께는 3피트여야 해. 심장은 필요 없어. 이마는 놋쇠로 만들고 뇌는 고급품으로 4분의 1에이커 정도면 돼. 그리고 가만 있자, 바깥을 볼 눈을 주문할까? 아니지, 정수리에 하늘로 난 창문을 내어 속을 비추게 해야지. 자, 주문을 받아 가게, 어서."

"도대체 무슨 이야길 하고 계시는 걸까? 통 알 수가 없군. 여기 서 있어도 괜찮을까 모르겠군."(독백)

"그따위 눈먼 머리를 만들다니, 참 신통치 않은 설계군. 그렇군, 그래. 난 각등을 들어야 해."

"예, 예, 그렇습니다. 두 개가 있습니다. 선장님, 저는 하나만 있어도 충분합니다."

"이봐, 어째서 내 코앞에 그 도둑을 잡는 도구를 내미는 건가? 등불을 코앞에 들이대는 건 권총을 들이대는 것보다 더 나쁜 짓이야."

"선장님, 목수한테 말씀하신 게 아니었습니까?"

"목수? 그럴 리가…… 아니야. 그렇잖아. 좀더 깨끗한, 내가 말한다면 몹시 점잖은 일이지, 목수 자네에게 시키는 일은 말이야……. 아니면 진흙으로 일이라도 하고 싶단 말인가?"

"선장님, 진흙이라고요? 진흙? 선장님, 그건 진창입니다요.

그런 건 도랑을 파는 사람들이나 하는 일입니다."

"신을 두려워하지 않는 녀석 같으니! 어째서 재채기만 자꾸 하는 건가?"

"뼈에 먼지가 많아서입니다요, 선장."

"그렇다면 기억해 두게. 자네가 죽게 되면 자네 뼈를 살아 있는 자의 코 바로 밑에 묻지 말게."

"뭐라고요? 오오, 아아, 그렇군요. 그래요, 오오, 헤헤헤 헤."

"이봐, 목수, 자넨 스스로 진짜 틀림없는 직공다운 직공이라고 했다. 그렇다면 말이지, 만일 내가 네가 만드는 새 다리를 달았다고 했을 때 말이야, 그때에도 역시 같은 그 자리에서 다른 또 하나의 다리, 즉 피와 살이 붙은 다리가 생각나서 견딜 수가 없다고 한다면 자네의 솜씨가 훌륭하다고 할 수 있을까? 자넨 그 옛 상처를 쫓아낼 수는 없겠나?"

"과연 그렇군요, 선장님. 조금 알 것 같군요. 그 점에 대해서는 괴상한 이야기를 들은 적이 있습니다요. 손이나 다리가 부러진 사람이 옛날 손이나 팔의 느낌이 전혀 없어지는 일은 없는 법이라고요. 가끔 뜨끔뜨끔하다고 하는데, 선장, 그게 사실입니까?"

"그렇다네. 이봐, 자네의 그 살아 있는 다리를 여기에, 내 다리가 예전에 있던 데 놓아 보게. 눈으로 보기에는 확실히 한 개의 다리가 있을 뿐이지만 영혼에는 두 개가 있는 걸세. 자네가 약동하는 생명을 느끼는 바로 그 장소에 털끝만큼도 어긋

남이 없이 나도 느끼고 있다네. 이게 수수께끼란 말인가, 영
감?"

"알아맞히기라고 말씀드리고 싶습니다, 선장님."

"그렇다면 들어 봐. 지금 자네가 서 있는 바로 그 자리에 무
엇인가 완전하고, 생각할 수 있고, 살아 있는 것이 눈에는 보
이지 않고 자네를 속이는 일도 없이 서 있지 않다고 장담할 수
있겠나? 자네가 거기 서 있음에도 불구하고 말일세. 그리고
또 자네가 정말 혼자 있을 때 누군가 엿듣고 있는 것 같은 기
분이 들지는 않는가? 잠깐, 지껄이지 말게! 그런데 내가 그
부서진 다리를 그 녀석이 이미 오래전에 자취도 없이 사라져
버렸는데 아직 절실하게 느끼고 있다면 자네로서도 설사 육체
는 멸망할망정 지옥의 불에 타는 고통을 영원히 느끼지 않는
다는 법은 없는 걸세. 어떤가?"

"오오, 하느님! 선장님, 참으로 그렇게 된다면 전 다시 생각
해야 할 겁니다. 저도 그렇게 형편없는 놈이라고는 생각하지
않습니다."

"이봐, 이봐. 그 바보 머리로는 장담을 하지 않는 게 좋을
걸세. 다리는 언제 되는가?"

"선장님, 한 시간 정도만 있으면 되겠습니다."

"그럼, 어서 기운을 내어 뚝딱거려 보아라. 그리고 다 되거
든 가져와. (걸어가 버리려 한다.) 오오 생명이여! 이 그리스의
신처럼 자랑스러운 내가 뼈 위에 올라앉기 위해 이 바보의 신
세를 져야 하다니! 인간 세상의 대차(貸借) 관계에 언제까지

나 잔고가 없어지지 않는다는 것은 저주스럽기 한이 없군. 난 대기처럼 자유롭고 싶은데 전 세계의 대차 장부에 기록되어 있다니. 나는 부자다. 로마 제국의—즉, 세계의—경매에서 그 어떤 부자 집정관과도 훌륭하게 겨루어 볼 수 있는데, 그런데 도 이 큰소리만 치는 혓바닥한테만은 빚을 지게 된단 말이야. 신에게 맹세코! 용광로가 있었으면 좋겠군. 거기에 뛰어들어 녹아내려 한 개의 작고 간편한 척추골만 남고 싶어, 정말."

목수, 다시 작업을 시작한다.

"힝, 힝, 힝. 저 사람에 대해서는 스텁이 제일 잘 알고 있는 데, 그 스텁은 언제나 저 사람은 별나다고 했지. 언제나 별나 다는 그 한 마디로 충분한 모양인지 그 말밖에 안 해. 별나다, 하고 스텁은 말한다. 별나다, 별나다, 별나다, 하고 스텁은 일 년 내내 스타벅의 귀에 대고 말한다. 이게 저 사람의 다리라! 그래, 난 지금 알아차렸는데, 이건 저 사람의 침대 벗이며, 고 래의 턱뼈가 마누라란 말이야. 아무튼 이게 다리이고 여기에 올라선다. 그런데 외다리가 세 군데에 서 있고, 그 세 군데가 모두 한 군데 지옥 속에 서 있다. 그게 뭐였더라? 그래, 저 사 람이 나를 노려본 것도 무리가 아니야. 나도 가끔 기묘한 생각 을 한다고 모두들 말하는데, 그거야 어쩌다 우연히 그런 거지. 사실, 나 같은 작달막한 꼬마 영감은 말이야, 멀쑥하게 키가 크고 황새 다리를 하고 있는 선장과 함께 깊은 물로 뛰어들려는 생각은 해서는 안 되는 거였어. 금시 물이 턱 언저리를 간지럽게 해 살려 달라고 외쳐야 하니까 말이야. 이것 봐, 이게 황새 다리야. 정말로 기다랗고 미끈하군. 그런데 대개의 사람들은 두 다리를 일생 동안 가지고 있는 법인데, 그건 말이야, 마음씨 착한 할머니가 마차를 끄는 몸집이 커다란 늙은 말을 다루듯이 정을 쏟곤 하기 때문이지. 한쪽 다리는 죽여 버리고 다른 한쪽은 평생 너무나 써서 몽땅 닳아 빠졌어. 이봐, 이봐! 스마트! 그 나사못으로 좀 도와주게. 어서 빨리 해치우지 않으면 말이야, 부활 나으리가 말이야, 마치 맥주 장수가 한 번 더 담아야겠다고 낡은 맥주통 모으듯이 나팔을 불어 대며 진짜든 가짜든 다리를 모두 모으러 올 테니까 말이야. 이건 참으로 훌륭한 다리군! 살아 있는 진짜 다리를 뼛속까지 깎아 마무리한 것 같군. 아 참, 잊어버릴 뻔했군. 저 사람이 위도(緯度)를 조사할 때 쓰는, 번쩍거리도록 닦은 뼈로 만든 계란 모양의 작은 판자는 어디 있지? 아, 저거군. 자, 어서."

109장 | 선장실에서의 에이허브와 스타벅

관습에 따라 이튿날 아침에는 펌프로 배 밑바닥의 물을 퍼
냈다. 그러자 놀랍게도 물과 함께 적지 않은 양의 기름이 나왔
다. 배 밑바닥에 있는 통이 새고 있음에 틀림없었다. 매우 걱
정이 되었다. 그래서 스타벅은 이 불상사를 보고하기 위해 선
장실로 갔다.

피쿼드 호는 이때 남서쪽으로부터 대만과 바시 군도(대만과
필리핀 사이에 있다)에 접근하고 있었는데, 그 사이에는 남지
나해로부터 태평양의 열대 해역에 걸치는 출구가 하나 있었
다. 스타벅이 들어가 보니 에이허브는 자기 앞에 동양의 여러
군도가 그려진 일반 해도(海圖)와 또 다른 한 장, 일본 군도의
긴 동해안—니폰, 시코쿠, 마츠마이—을 나타내는 분도(分
度)를 펼쳐 놓고 있었다. 이 이상한 노인은 그 눈처럼 희고 새

로운 고래뼈 다리를 테이블의 다리에 기댄 채 기다란 낫과 같은 잭나이프를 손에 들고 등을 돌린 모습으로 이마에는 주름 살을 지으며 예전의 항로를 다시 더듬고 있던 참이었다.

"누구냐?"

문 쪽으로부터 발소리를 듣기는 했지만 에이허브는 뒤돌아 보지는 않았다.

"갑판으로 나가라!"

"에이허브 선장, 접니다. 선창의 기름이 새고 있습니다. 고 패를 감아 선창에서 통을 꺼내 보아야 할 것 같습니다."

"고패? 꺼내 보라고? 지금 일본이 가깝단 말이야! 그런데 배를 일주일 동안이나 세우고 낡은 통을 수선하잔 말인가?"

"선장, 그것을 하지 않으면 일 년에 잡는 것보다 더 많은 기 름을 하루에 흘려 버린단 말입니다. 2만 마일이나 항해한 끝 에 겨우 얻은 기름이니 소중히 해야 합니다."

"그렇지, 그렇고말고. 그 녀석이 손에 들어온다면 말이야."

"선장, 제가 말씀드리고 있는 건 선창의 기름입니다."

"난 그따위는 처음부터 말하지도 않았고 생각하지도 않아. 가라! 새면 내버려 둬. 나도 줄곧 새기만 하고 있는걸. 그렇고 말고! 새고 또 새고 통이 샐 뿐 아니라 그 통을 싣고 있는 배 도 새고 있는걸. 그건 피쿼드 호의 문제가 아닌 재난이야. 하 지만 난 내가 새고 있는데 마개를 막지는 않아. 내 깊은 안쪽 에 숨겨진 새는 곳을 누가 발견한단 말인가. 아니 발견한다손 치더라도 이 인생의 울부짖는 태풍 속에서 어떻게 마개를 한단 말인가. 스타벅, 난 고패를 감게 하지는 않겠어."

"선장, 선주들은 뭐라고 할까요?"

"선주들은 난터케트의 기슭에서 태풍이 무색할 정도로 짖어 대게 내버려 두면 돼. 에이허브가 알 일이 아냐. 선주, 선주라, 스타벅, 넌 언제나 나한테 저 욕심쟁이 선주들이 마치 내 양심이기나 한 것처럼 지껄여 대고 있다. 하지만 잘 들어 둬. 모든 소유권은 그 지휘자에게 있는 법이야. 명심해 둬. 내 양심은 이 배의 용골에 있는 거야. 어서 나가!"

"에이허브 선장."

항해사는 얼굴을 붉히면서 방 안으로 더 들어갔다. 그 대담함은 이상할 정도의 존경과 사려에 싸여 있었고 온 힘을 다해 그 대담함이 밖으로 조금이나마 보이는 것을 피하려 하고 있을 뿐만 아니라 내부에서도 거의 스스로를 의심하고 있는 듯했다.

"제가 좀 더 훌륭한 사람이었다면, 좀 더 젊은, 즉 좀 더 행복한 에이허브 선장에 대해서였다면, 내가 화를 냈다 하더라도 당신께서는 괘념치 않았을 겁니다."

"악마 같으니! 그럼 자네는 감히 나를 비난할 생각이란 말이지. 어서 나가!"

"안 됩니다, 선장, 기다려 주십시오. 부탁입니다. 나는 죽을 힘을 다해서 참고 있습니다. 에이허브 선장, 우리 지금까지보다 좀더 서로를 잘 이해했으면 합니다!"

에이허브는 총가(銃架) ─ 거의 모든 남양 항해의 배에서 선실 가구의 일부를 이루고 있는 것―에서 총알을 재며 머스킷 총을 꺼내 스타벅을 향해 겨누며 외쳤다.

"오직 한 신만이 땅 위를 주재하신다. 오직 한 사람의 선장만이 피쿼드를 주재한다. 어서 나가 버려! 어서!"

갑자기 항해사의 눈은 섬광을 내고 뺨은 불처럼 타올랐다. 그 모습을 본 사람이라면 실제로 그가 겨누어진 총구로부터 총알 세례를 받은 것이라고 생각했을 것이다. 스타벅은 자신의 격정을 누르며 비교적 조용히 방을 나가려 하다가 잠시 멈춰 서서 말했다.

"선장, 당신은 저를 모욕하셨다기보다 어이가 없게 했습니다. 그러나 이런 일로 스타벅을 경계할 필요는 없습니다. 그저 웃고 계시면 됩니다. 그러나 에이허브 씨 당신을 경계하시오. 노인장, 자신을 두려워하십시오."

"용감하군 그래, 그래도 복종했어. 음, 몹시 신중한 결정이야!"

스타벅이 사라지자 에어허브는 혼자 중얼거렸다. 뭐라고 했더라. 에이허브, 당신을 경계하라고? 음, 뼈가 있는 말이군. 그리고 무의식적으로 그 머스킷 총을 지팡이 삼아 좁은 방 안을 왔다 갔다 했다. 그러나 이윽고 그 이마에 겹겹이 잡혀 있던 주름살을 펴고 총을 총가에 도로 놓은 후 갑판으로 나갔다.

"자넨 너무나도 훌륭해." 하고 낮은 목소리로 스타벅에게 말한 에이허브는 소리 높여 선원들에게 외쳤다.

"윗돛을 감아라. 앞쪽, 뒤쪽, 중간돛을 줄여라. 큰 돛대 아래 가름대는 뒤로 돌려라. 고패를 감아라. 선창에서 짐을 끌어내!"

　에이허브가 스타벅에게 그렇게 대한 이유가 어디에 있었는가, 그것을 올바로 추측하기는 어려운 것이다. 그의 속에 있는 판단력의 편린이 번쩍인 것이었는지도 모르고, 아니면 이런 조건 아래서는 설사 일시적이라 할지라도 배의 최고 중요 선원이 명백하게 반대 의사를 표명하는 일은 절대 피하지 않으면 안 된다는, 심사숙고의 결과에 기인한 것인지도 모르는 일이었다.

　어쨌든 그의 명령은 시행되고 고패는 감기기 시작했다.

110장 | 관 속의 퀴퀘그

조사해 보니 마지막에 집어넣은 통들은 모두 이상이 없었으므로 새는 것은 훨씬 더 밑의 것임에 틀림없었다. 그래서 그들은 마침 물결도 잔잔했으므로 깊이 파 내려가 최하층의 큰 통들이 잠들어 있는 것을 깨워서 그 암흑의 깊은 밤에서 그 거대한 두더지들을 백일하에 끄집어내어 올렸다. 그들은 참으로 깊이 내려갔는데, 그 가장 깊은 내부의 통들은 고색창연했고 부식되었으며 이끼가 낀 느낌이었으므로, 바로 코앞에 노아 선장(물론 《구약성서》에 나오는 노아이다)의 화폐를 담은 곰팡내 나는 통이 있어 거기에 사리에 어두운 구세계에 보람 없이 대홍수를 경고한 게시문이라도 붙어 있지나 않을까 하고 생각될 정도였다. 한 층, 또 한 층, 물과 빵과 쇠고기가 담긴 통, 그리고 통을 만들 판자들, 쇠테 묶음 등이 실려 올라오고, 아득히 쌓여 올려진 갑판은 마침내 걷기조차 불편하게 되었다. 속이 비어 버린 선체는 밑이 텅 빈 지하 묘혈(墓穴) 위를 밟을 때처럼 메아리치며 공기가 들어 있는 항아리처럼 파도 위에서 가로세로로 흔들리고 있었다. 배는 마치 아리스토텔레스 생각으로 머리가 가득 찬 허기진 학생처럼 위쪽만이 무거워지고 말았다. 그때 태풍이 몰아쳐 오지 않았던 것은 참으로 행운이었다.

그런데 바로 이때, 내 가엾은 이교도인 반려, 그리고 맹세도 굳은 친구인 퀴퀘그가 열병에 걸려 거의 종말을 고하려 하고 있었다.

말할 것도 없이 이 포경이라는 천직에는 한직(閑職) 같은 게 따로 없다. 위엄과 위험은 서로 맺어져 있는 법, 선장이 되기까지는 오르면 오를수록 노고가 많아지게 마련인 것이다. 그러므로 사랑하는 퀴퀘그만 해도 작살잡이로서 살아 있는 고래의 온갖 포악과 싸워야 할 뿐 아니라—이미 보아 온 바이지만—굽이치는 해면에서 죽은 고래의 등에 오르기도 하고, 끝내는 선창의 어둠 속으로 내려가 그 지하의 동굴 같은 곳에서 종일도록 땀에 빔빅이 되어 일하기도 하며, 쉴 사이도 없이 너러운 통을 끌어안고 그 저장 작업을 하지 않으면 안 된다. 포경자 사이에서 작살잡이를 하필이면 선창 사나이라 부르는 까닭이 바로 여기 있다.

배의 창자가 반쯤 비었을 때, 해치에서 목을 들이밀고 아래에 있는 불쌍한 퀴퀘그를 한 번 내려다보라! 그곳에서 문신투성이 야만인이 털실 팬티 하나만 입고 미끈미끈한 습기 속을 기어 다니고 있는 꼴은 우물 밑에 있는 도마뱀과 마찬가지였다. 분명히 불쌍한 이교도에게 있어서 그곳은 우물이나 얼음 창고와 다름이 없었다. 왜냐하면 그는 거기서 찌는 듯한 더위에 땀을 비 오듯 흘리고 있음에도 불구하고 기괴하게도 무서운 한기(寒氣)를 느끼고 있었고, 그것이 이윽고 열병이 되어 마침내 며칠 동안인가 병마에 시달리게 되었고, 해먹에 들어갔을 땐 죽음의 문턱 바로 앞에까지 이르게 된 것이었다. 그 며칠 동안 그는 야윌 대로 야위어 갔고 나중에는 뼈대와 문신만이 남은 것같이 보였다. 그리고 이상하게도 부드러운 빛에 젖어 들며, 조용히 깊은 눈초리로 이쪽을 보고 있었다. 그것은 안에서 멸망하지도 쇠퇴하지도 않는, 불멸의 힘을 여실히 증명하고 있었다. 그리고 또 수면 위 파문이 약해지면서 차차 퍼져 나가듯이 그의 눈도 영겁의 테처럼 그 원을 넓혀 갔다. 그 쇠약해져 가는 야만인 옆에 앉아, 저 조로아스터(기원전 1000년경에 살았던 사람. 그 가르침은 선과 악과의 신을 가진 이원교〔二元敎〕)의 임종에 입회했던 사람들이 본 것이 과연 이런 것이었을까 하고 생각되는 불가사의한 음영을 그의 얼굴에서 보았을 때, 말로 나타낼 수 없는 두려운 마음이 스며드는 것이었다. 인간에게 있어서 참으로 경이롭고 두려운 것은 결코 말이나 글로써 나타낼 수 있는 것이 아니다. 그리고 누구에게나 고르게 찾아오는 죽음은 그 모든 것에게 있어 역시 마찬가지로 최후의 계시를 주는 것인데, 정확하게 전할 수 있는 것은 명부

(冥府)에서 돌아온 작가이기 전에는 불가능한 것이다. 그렇기 때문에, 되풀이하여 말하는데, 가엾게도 퀴퀘그가 흔들리는 해먹에 조용히 몸을 누이자 파도의 흔들림은 그를 최종의 안식으로 인도하는가 싶었으며, 대양의 보이지 않는 조류는 조용히 그를 운명의 하늘로 밀어 올리고 있었다. 그때 그의 얼굴 위에 조용히 다가든 신비의 그림자를 수반한 사상보다도 더 높고 성스러운 것을 과연 어느 빈사(瀕死)의 칼데아 인(고대 바빌로니아를 지배한 일이 있다. 점성술에 능했다고 함)이나 그리스 인이 가질 수 있었단 말인가.

선원 중 누구 하나 그를 단념하지 않는 사람은 없었다. 그리고 본인인 퀴퀘그는 어쨌는가 하면, 스스로의 병세를 어떻게 생각하고 있었던가 하는 점이 그 이상스러운 자신의 소망에 강하게 나타나고 있었다. 즉 하루가 또 시작되려고 하는 동틀 무렵, 어두침침한 새벽 불침번 때, 그는 한 선원을 불러 손목을 잡으며 다음과 같은 말을 하는 것이었다. 그가 난터케트에 있을 때, 어느 때인가 검은 재목으로 된 작은 통나무배를 봤는데, 그것은 그의 고향 섬에 있는 용수재(鎔樹材)와 똑같았다. 물어보니 난터케트에서 죽는 고래잡이는 모두 이런 검은 통나무배에 담겨진다는 것인데, 그 장례 이야기는 몹시 그의 마음에 들었다. 그것은 그의 종족이 지닌 관습과 아주 다른 것도 아니었다. 왜냐하면 그들은 죽은 전사(戰士)를 향료로써 방부(防腐)한 다음, 통나무배에 입관(入棺)시켜 바다로 떠내려 보내 그가 별처럼 많은 섬들 저쪽에 표류하는 대로 맡겨 두는 것이다. 그들의 신앙에 의하면 별은 섬일 뿐 아니라, 눈에 보이는 수평선 저 너머에 평온하고 육지라곤 없는 대해(大海)가 푸른 하늘과 뒤섞여 있으며, 거기에는 은하의 흰 파도가 일고 있다는 것이었다. 게다가 그가 덧붙여 말하기를 항해의 관습에 따라 해먹에 쌓인 후 오물처럼 바다로 던져져 주검을 좋아하는 상어의 먹이가 되는 것은 생각만 해도 소름이 끼친다는 것이었다. 그는 난터케트식으로 통나무배에서 장사지내지기를 무척 바랐다. 그 통나무배 관(棺)이 포경용 보트와 함께 흔들리고 가끔 바람에 밀려 캄캄한 영겁 속에 들어가게 된다는 점이 고래잡이로서 참으로 어울린다는 것이었다.

이 기묘한 이야기는 선미에 있는 지휘부에 전해졌고, 목수는 그것이 어떤 것이든 간에 퀴퀘그의 주문대로 만들어 보라고 명령을 받았다. 배에는 어딘가 모르게 사교적인 느낌이 드는 관 빛깔의 낡은 목재가 있었다. 그것은 지난번 항해 중에 래커데이 섬(인도 남서양에 있는 래커다이브 섬으로 보인다)의 원시림에서 벌채된 것인데, 모두들 그 거무튀튀한 목재로 관을 만드는 것이 좋을 것이라고 했다. 명령을 받자마자 목수는 지체하지 않고, 자를 들고 그의 독특한 기계 같은 민첩성으로 앞돛대로 가서 퀴퀘그의 치수를, 자를 움직일 때마다 연필로 표시하면서 정확하게 쟀다.

"아아, 참, 불쌍한 녀석이야. 이젠 가야 할 때가 됐나 봐."

롱아일랜드 출신 선원이 외쳤다.

목수는 고정기 벤치로 오자, 잊어버리지 않기 위해 관 길이의 정확한 약도를 그 벤치 위에 그리고, 그 약도가 잘못되지 않도록 양쪽 끝에 각각 눈금을 새겼다. 그리고 판자와 도구를 갖추고 작업에 착수했다.

마지막 못을 박고 뚜껑에도 충분히 대패질을 한 다음 마무리를 하자 그는 가볍게 관을 어깨에 메고 앞갑판으로 가서 그곳 친구들에게 "준비가 됐는가?" 하고 물었다.

갑판에 있던 친구들이 화가 난 듯이, 그러나 얼마간은 농담조로 목소리를 돋우어 그를 쫓아 버리려 하는데, 그 소리를 들은 퀴퀘그가 그것을 어서 가져오라고 하자 모두들 깜짝 놀랐다. 하지만 거절할 수는 없었다. 본시 인간들 중 죽어 가고 있는 자는 얼마간은 가장 폭군적인 것이며 게다가 아무리 보아도 잠시 뒤면 영원토록 우리를 괴롭히지 않을 터이므로 그 가엾은 자들에게는 져 주는 것이 옳으리라.

퀴퀘그는 해먹에서 목을 길게 뽑고 오랫동안 주의 깊게 관을 바라보더니 작살을 가져오게 한 다음, 그 나무자루는 빼게 하고 쇳날 부분만을 그가 보트에서 젓곤 하던 노와 나란히 관 속에 놓도록 했다. 그러고는 관 내부 주변에 비스킷을 가지런히 놓고, 맹물을 담는 병을 머리 부분에 놓으며, 선창에서 끌어 모은, 나무 부스러기가 섞인 흙을 담은 자루를 발 부분에 놓아 달라고 요구했다. 그리고 편안한지 시험해 보기 위해 그 마지막 침대로 옮겨 달라고 부탁했다. 그는 그 속에 2, 3분 동안 가만히 누워 있더니 이윽고 누군가를 그의 자루가 있는 곳으로 보내어 자기의 조그만 신(神) 요조를 가져오게 했다. 그리하여 가슴 위에 손을 모으고 요조를 그 속에 놓은 다음, 관 뚜껑(그는 그것을 해치라 불렀다)을 덮으라고 말했다. 가죽으로 만든 경첩에 의해서 뚜껑의 머리 부분은 열려 있었기 때문에, 관 속에 누운 퀴퀘그의 태연자약한 얼굴만이 보이게 되었다.

"라르마이(좋아, 편하군)."

그는 이윽고 중얼거리며 해먹으로 돌려보내 달라는 신호를 했다.

그러나 그렇게 하기도 전에 아까부터 줄곧 근처를 몰래 배회하고 있던 핍이 느닷없이 퀴퀘그가 누워 있는 곳으로 다가와, 한 손에는 탬버린을 쥐고 다른 한 손으로 그의 손을 잡고는 비실비실 웃음을 터뜨리며 중얼거리는 것이었다.

"불쌍한 방랑자여, 아직도 싫증을 내지 않고 흘러가는군요. 가나요? 만일 바다 물결이 당신을 그 아름다운, 해변에 연꽃만이 떠 있다는 그 아름다운 앤틸리즈(서인도 제도. 쿠바, 하이티, 자마이카 등) 군도로 데려간다면 내 부탁 좀 들어주실래요? 핍을 찾아 줘요. 핍이 오랫동안 보이지 않았어요. 내 생각엔 멀고 먼 그 앤틸리즈 쪽에 있는 것 같은데, 만나게 되면 위로해 줘요. 그는 무척 슬퍼할 거예요. 이것 봐요! 탬버린을 잊고 갔단 말이에요. 내가 찾아냈어요. 릭그 아 디그, 디그, 디그! 자, 퀴퀘그, 죽어 줘요. 내가 임종의 행진곡을 쳐 드릴게요."

그것을 본 스타벅이 현창(舷窓)으로 내려다보면서 중얼거렸다.

"언젠가 들은 적이 있는데, 완전히 백치가 된 자가 높은 열이 있을 때면 옛날 투의 말로 이야기할 때가 있다고 했어. 그 수수께끼를 잘 조사해 봤더니, 지금은 완전히 잊어버린 옛날 어릴 적에, 어떤 훌륭한 학자가 그 옛날 투의 말로 이야기하는 걸 분명히 들은 적이 있었다는 것이었어. 그래서 난 믿고 싶은데 말이야, 이 핍 녀석은 미치광이의 기묘한 고상함으로써 우리들의 천상의 고향의 신성한 증거를 보여 주고 있는 게 아니겠나. 천상이 아니고 어디서 저런 걸 배웠겠어? 들어 봐, 또 말하기 시작했어. 그런데 이번엔 더 괴상한 말이군."

"두 줄로, 두 줄로 서라! 저 사나이를 장군으로 삼아라! 저런, 그의 작살이 어디 있나! 여기에 뉘어라. 릭그 아 디그, 디그, 디그, 만세! 그의 머리에 투계(鬪鷄)를 올려놓아라. 그리고 노래하게 하라! 퀴퀘그는 투사로서 죽는 거다. 기억해 둬라, 퀴퀘그. 너는 투사였다. 잊어서는 안 된다. 퀴퀘그는 투사로서 죽는다! 아아, 투사, 투사! 하지만 더러운 핍 꼬마 녀석, 그 녀석은 비겁자로서 죽었다. 덜덜 떨며 죽었다. 부끄럽지도 않으냐, 핍! 들어 줘요, 만일 당신께서 핍을 만나면 앤틸리스 섬 가득히 저놈은 탈주자였다고 외쳐 줘요. 비겁자, 비겁자, 비겁자! 저놈은 포경 보트에서 뛰어내렸다고 외쳐 줘요! 설사 그놈이 지금 여기서 다시 한 번 죽는다 하더라도 난 비겁한 핍 한테는 탬버린을 울리며 '장군 만세!'라고 외쳐 주지 않을 테다. 아아, 비겁자에겐 어느 누구든 치욕이 있으라. 치욕이 있으라! 보트에서 뛰어내린 핍처럼 모두 빠져 버려라. 수치욕이다, 치욕이다!"

그러는 동안 줄곧 퀴퀘그는 꿈속을 헤매는 듯 눈을 감고 있었다. 핍은 끌려가고 환자는 다시 해먹으로 되돌려 보내졌다.

하지만 이렇게 그가 죽음을 위한 모든 준비를 끝내고, 그 관도 매우 만족스러웠다는 것이 증명되자, 별안간 퀴퀘그는 정기(精氣)를 회복했다. 금시 목수가 만든 관은 필요 없게 되었다. 그래서 몇 사람인가 놀라움과 기쁨의 소리를 질렀을 때, 그는 갑작스러운 회복의 원인은 다음과 같다고 말했다. 마침내 숨이 넘어가려 할 때, 그는 문득 육지에 약간 남기고 온 의무가 생각이 나서 마음을 바꾸어 아직 죽을 수는 없노라고 스스로에게 말했다는 것이다. 그래서 모두들 도대체 죽는다든가 산다든가 하는 것을 네 멋대로 의지나 기분으로 할 수 있는 것이냐고 물었다. 그렇다고 그가 대답했다. 한마디로 말하면 퀴퀘그의 의견이란, 만일 사람이 살겠다고 결심한다면 고래라든가, 태풍이라든가, 그 밖에 인간의 힘으로 어쩔 수 없는 천재지변을 제외한 병 따위로는 죽지 않는다는 것이었다.

여기에 야만인과 문명인 사이의 명백한 차이가 있는 것이다. 병든 문명인이 회복되는 데 6개월이 걸린다면 병든 야만인은 대체적으로 하루 사이에 본래의 원기를 반쯤은 되찾는다. 그러므로 우리 퀴퀘그는 얼마 안 되어 원기를 되찾았다. 그리고 거의 며칠 동안은 멍하니 앉아 있곤 했다(식욕은 대단히 왕성했다). 그러다가 갑자기 뛰어오르며 팔과 다리를 앞으로 뻗어 보고, 기지개를 켜고, 하품을 하고, 그러고는 매달아 놓은 자기의 보트에 뛰어 들어가 작살을 겨누는 흉내를 내며 언제든지 싸울 수 있다고 호언장담하는 것이었다.

야만적인 취미에서 그는 그 관을 의복 상자로 쓰기로 하고 캔버스 자루 속의 의복류를 그 손으로 옮겨 정돈해 넣었다. 그리고 많은 시간을 소비하여 그 뚜껑에 온갖 형태의 무늬며 선들을 조각했는데, 그는 거기에 자기 나름대로의 거친 솜씨로 자신의 몸에 새겨진 복잡한 문신 중 몇 군데를 모사(模寫)하려고 시도하는 것 같았다. 그런데 그 문신을 새긴 자는 그의 섬의, 지금은 죽은 예언자였는데, 그 사람은 이 상형(象形)으로써 퀴퀘그의 육체 위에 하늘과 땅의 모든 원리와 진리에 이르기 위한 신비적 방법론을 모두 써 넣었던 것이다. 따라서 퀴퀘그는 그 온몸이 온통 풀어야 할 수수께끼, 즉 한 권의 경이에 찬 책이었다. 그러나 그의 심장이 그 신비를 향해 계속 고동치고 있었지만, 그 자신도 그 신비를 읽을 수 없었다. 또 그 신비는 결국 그것이 씌어진 살아 있는 양피지와 함께 멸망하여 최후까지 해독되지 못하고 만다는 운명에 처해 있었다. 그리고 그런 생각을 한 에이허브가 어느 날 아침 기련한 퀴퀘그를 두루 살펴본 뒤에 옆을 보며, "오오, 신(神)들의 저주받은 비참함이여!" 하고 기괴한 소리를 지르기에 이르렀던 것이다.

111장 | 태평양

바시 제도 옆을 스치듯 빠져 나가 우리 배가 마침내 망망한
남해로 나아갔을 때, 달리 마음 끌리는 데가 없었다면, 나는
이 동경의 태평양에 대하여, 거기서부터 동쪽으로 몇만 리그
인가를 푸르디푸르게 굽이치고 있는 정밀(靜謐)의 대양에 대
하여, 지금이야말로 내 청춘의 오랜 소망이 이루어졌노라고
무한한 감사를 담아 인사를 보냈을 것이다.

이 바다에는 무엇인지 모르지만 아름다운 신비가 숨어 있었
고, 그 점잖고도 무서운 파도는 바다 깊숙이 숨어 있는 혼을
얘기하는 듯했다. 그것은 전설적인 복음의 사도 성 요한을 묻
은 에베소의 흙을 방불케 했다. 그리고 이 바다라는 대목장,
수없이 굽이치는 물의 대초원, 4대륙 모든 곳의 공동묘지에
쉴새없이 파도가 치솟았다 가라앉았다 하고 밀려왔다가 밀려

가고 하는 것은 참으로 훌륭한 모습이었다. 왜냐하면 여기에는 몇억인지도 모르는 물체의 그림자와 어둠이 뒤섞이고, 꿈, 속임수, 환상이 쌓이며, 우리가 삶이라 부르고 영혼이라 부르는 모든 것이 잠겨 언제까지나 꿈꾸고 있으며, 침대에서 낮잠 자듯이 돌아눕기를 되풀이하고 있는데, 영원한 굽이침이란 그것들의 불안에 의해서만 야기되고 있기 때문이다. 방랑과 명상을 사랑하는 신비가가 한 번만 이 고요한 태평양을 바라보았다면, 그는 평생토록 이것을 마음의 바다로 삼았을 것이다. 그것은 세계 수역(水域) 한가운데서 굽이쳤기 때문에 인도양과 대서양은 다만 그 두 팔에 지나지 않는 것이다. 가장 새로운 민족에 의하여 불과 어제 세워진 캘리포니아 거리의 방파제를 씻는 똑같은 파도는 아브라함(《구약성서》〈창세기〉에 등장)보다도 더 옛날의, 멸망한 뒤에도 여전히 호화로운 바닷가에 굽이치고 있으며, 그리고 그 중간에는 산호초 무리의 은하수와 낮게 끝없이 누운 미지의 섬들, 또는 금단의 일본 제도가 떠 있다. 이리하여 신비롭고 신성한 태평양은 세계의 모든 몸체를 띠처럼 감으며 모든 바닷가를 자신의 한 만(灣)으로 삼고 그 파도 소리를 지구의 심장 소리를 방불케 만든다. 이 영원한 파도에 들어 올려지는 사람은 유혹적인 신의 존재를 인정하지 않을 수 없을 것이다.

그러나 에이허브의 뇌리에는 신의 생각 따위는 안중에도 없었다. 그는 뒷돛대 밧줄 근처에 여느 때와 다름없이 철상(鐵像)처럼 서서 그 한쪽 콧구멍으로 자신도 모르게 바시 제도—

그 아름다운 숲에는 연인들이 다정하게 거닐고 있었으리라—
의 설탕같이 달콤한 향기를 마시고 있었으며, 다른 한쪽의 콧
구멍으로는 충분히 의식한 상태에서 새로 보는 바다—가증스
러운 백경이 지금 어디선가 헤엄쳐 다니고 있을 바다—의 짭
짤한 공기를 들이마시고 있었다. 이 노인은 드디어 이 마지막
바다에 들어섰으며 일본 해역을 향해 달림에 따라 그 목적을
한층 강하게 의식하는 것이었다. 굳게 다문 입술은 고정기처
럼 죄어 있었고, 이마의 혈관은 그물눈처럼 얽힌 채 물이 넘치
는 강물처럼 부풀어 있었다.

"뒤로! 백경이 피를 뭉게뭉게 뿜고 있다!"

112장 | 대장장이

　그을음투성이에다 불에 덴 흉터투성이인 늙은 대장장이 퍼
즈는 에이허브의 다리를 만드는 봉사가 끝난 뒤에도, 이 근처
위도에서는 언제나 그렇듯이 날씨가 좋고 또 서늘한 편이었기
때문에, 특히 얼마 뒤에는 특별히 바쁜 작업이 시작될 것을 알
고 있었으므로, 그 이동식 용광로를 선창으로 옮기지도 않고
갑판에 둔 채 앞돛대 옆의 고리 달린 볼트에 단단히 매어 두었
었는데, 이번에는 보트장이니 작살잡이니 일반 선원들이 줄지
어 찾아와서는 자기들의 갖가지 무기와 보트 용구의 모양을
바꾸어 달라든가, 수선해 달라든가, 새로 맞추어 달라든가 하
는 자질구레한 일을 부탁하는 것이었다. 가끔 그가 있는 곳에
서는 자기 차례를 기다리다 못해 안달이 난 친구들이 제각기
손에 고래 절단 삽이라든가, 창날이라든가, 작살이라든가, 창

따위를 들고 그 주위에 둥그렇게 서서, 그가 그을음투성이가 되어 일하는 일거수일투족을 짜증스럽게 쳐다보곤 했다. 그러나 노인은 그저 침착한 솜씨로 침착하게 해머를 휘두를 뿐이었다. 그에게서는 중얼거림, 짜증, 성냄 따위가 새어 나오는 법이 없었다. 그저 묵묵히, 천천히, 무뚝뚝하게, 고질적으로 뼈가 일그러진 등을 더욱 구부리고 앞으로 내민 채 잠시도 쉬지 않는다. 그것은 마치 일하는 것은 삶 그 자체이고, 해머의 무거운 일격은 그 심장의 무거운 고동이라는 것 같았다. 확실히 그랬다. 이 무슨 비극이란 말인가.

이 늙은이의 이상한 걸음걸이, 희미하고도 애처로워 보이는 비틀거리는 걸음걸이, 그것은 항해 초기에 선원들의 강한 호기심을 끌었었다. 그리고 그들이 언제까지나 집요하게 물어보았기 때문에 그는 마침내 항복하고, 그래서 그 부끄럽고 비운에 찬 이야기는 모두에게 알려지고 말았다.

자신이 초래한 과실 때문이긴 했지만 엄동설한의 깊은 밤 두 시골 거리 사이의 노상에서 이 대장장이는 거의 감각이 상실되고 죽음의 마비가 찾아드는 것을 느끼고 기울어져 쓰러지려는 헛간에 피신했다. 그때 두 발의 발가락은 떨어져 버리고 말았다. 그 고백에서 시작하여 차례차례 밝혀진 것은 그의 생애라는 연극에 있어서의 기쁨에 찬 4막과 아직 대단원에 들어서지 않은 길고 긴 제5막이었다.

그는 60세 가까이 되어 느지막하게 슬픔의 술어로는 파멸이라 불리는 것에 부딪친 노인이었다. 그때까지는 그도 누구에게나 인정받던 직공이었으며, 일은 얼마든지 있었다. 정원이 있는 집을 가졌었고, 젊고 앳된 처를 거느리고 있었으며, 건강하고 명랑한 세 아이도 있었다. 그리고 일요일마다 숲 속에 있는 즐거운 교회에 가곤 했다. 그러나 어느 날 밤, 어둠을 틈타 가장 야비한 무장을 한 흉악한 강도가 그의 집으로 들어와 모든 것을 빼앗아 갔다. 무엇보다 어리석었던 것은, 대장장이 자신이 어리석게도 그 강도를 집 안의 깊숙한 곳으로 끌어들였다는 것이다. 그것은 '마법의 술병'이었다. 그 치명적인 마개가 펑 하고 열리는 날이면 악마가 뛰쳐나와 그 일가를 메마르게 해 버리는 것이었다. 본래 대장장이의 작업장은 심사숙고한 끝에 현명하게도 경제적인 이유에서 집의 지하실에 마련되어 있었으며, 집과는 별도로 출입구가 있었다. 그렇기 때문에 젊고 건강한 아내는 신경을 쓰는 일 없이 발랄한 즐거움과 함께 늙은 남편의 젊은이 같은 팔이 휘두르는 망치의 힘찬 울림에 귀를 기울이는 것이었다. 그 메아리는 방바닥과 벽을 넘을 때 소리를 낮추었고, 그녀가 아기를 키우고 있는 방에 나쁘지 않은 가락이 되어 흘러왔으므로, 대장간 아이들은 이 튼튼한 '노동'의 소리를 자장가 삼아 달콤한 잠에 빠지곤 하는 것이었다.

아아, 그런데 이 무슨 불행이란 말인가! 오오, 죽음이여, 너는 가끔 적절한 때에 찾아올 수는 없단 말인가! 만일 네가 이 늙은 대장장이를 그 완전한 파멸이 오기 전에 불러들였다면, 젊은 과부는 감미로운 슬픔에 취했을 것이고, 아이들은 뒷날 참으로 존경할 만한 전설적인 아버지를 꿈꾸었을 것이며, 그리고 모두들 그다지 고생하지 않아도 될 유산을 받을 수도 있었으리라. 그러나 죽음은 어딘가의 유덕(有德)한 젊은이를─그 사람의 매일의 바쁜 노동에 가족에 대한 책임이 걸려 있었는데─앗아가 버리고, 무익할 정도가 아니라 유해한 노인은, 좀 더 뒤에 아주 맥이 없어진 다음에라야 뽑기 쉽다는 이유에서인지 남겨 두었던 것이다.

이제 모든 것을 이야기할 필요도 없으리라. 지하실의 망치 소리는 하루하루 멀어져 가고, 일격 일격마다 약해져 갔으며, 아내는 얼어붙은 듯한 심정으로 울 힘마저 없이 창가에 앉아 울고 있는 아이들의 얼굴을 눈물로 범벅이 된 눈으로 하염없이 바라보고 있었다. 풀무는 아무 소용도 없었고, 아궁이에는 재가 쌓였으며, 집은 남의 손에 넘어갔다. 어머니는 묘지의 무성한 풀숲 사이로 들어가고, 두 번에 걸쳐 아이들도 그곳에 따라 들어갔다. 집과 가족이 없는 노인은 상복을 입은 채 비틀거리며 방랑자로서 나섰지만 그의 불행을 동정하는 사람조차 없었으며, 그의 잿빛 머리는 젊은이들의 모멸에 찬 눈초리의 대상이 되고 말았다.

이런 입장에 놓인 자에게는 죽음만이 바람직한 결말인 듯 보인다. 그러나 죽음이란 이제까지 가 보지 못한 낯선 곳으로 떠나는 것에 지나지 않으며, 한없는 요원함, 황량함, 망망함, 두절됨의 가능성에 대한 첫 번째 만남에 불과한 것이다. 그러므로 그런 인간이 만일 마음속에 자살에 대한 양심의 가책을 느끼고 있다면, 그들의 죽음을 동경하는 눈에는, 모든 것이 흘러 들어가고 모든 것을 받아들이는 대양이 매혹에 가득 차 상상하기조차 어려운, 끌어들이는 듯한 그 공포와 새로운 생명이 약동하는 모험의 대수면이 전개될 것이다. 그리고 끝없는 태평양의 심장부에서 몇천의 인어(人魚)가 그를 향해 노래할 것이다.

"마음이 찢긴 사람을 우리는 손짓해 불러요. 여기에서 죽음의 대가를 치르지 말고 딴 세상의 놀라움을 봐요. 이리로 와요. 이곳의 생명에 몸을 묻으면 당신이 싫어하고 당신을 싫어한 육지 세상을, 죽었을 때보다 더 잘 잊어버리게 돼요. 이리로 와요. 묘지에는 당신의 묘비를 세우고 이리로 와요. 우리를 신부로 맞아요!"

이런 속삭임을 동에서도 서에서도 해가 뜰 때에도 해가 질 때에도 듣고 대장장이의 마음은 대담했다.

"암, 가고말고."

이리하여 퍼즈는 마침내 포경선에 올랐던 것이다.

113장 | 용광로

정오쯤 되었을 때 수염이 텁수룩한 퍼즈가 꺼칠한 상어 가죽으로 만든 앞치마를 두르고 용광로와 견목(堅木) 재목 위에 놓인 쇠모루 사이에 서서, 한 손으로는 살촉을 석탄불 속에 집어넣고, 다른 손으로는 풀무를 돌리고 있을 때, 에이허브가 다가왔다. 그는 손에 작고 낡은 가죽 주머니를 들고 있었다. 용광로에서 아직 조금 떨어진 곳에서 에이허브는 무뚝뚝하게 멈춰 섰는데, 그러자 퍼즈는 불 속에서 살촉을 꺼내어 쇳더미 위에 놓고 두드리기 시작했다. 벌겋게 단 쇳덩어리에서 튀어나오는 불꽃은 마구 튀어서 그 중 몇 개인가는 에이허브가 있는 가까이에까지 날아가기도 했다.

"퍼즈, 이건 자네의 바다제비인가? 언제나 자네 뒤에서 날고 있군. 길조(吉兆)의 새이겠지만, 하지만 누구에게나 그런 것은 아닐세. 보게, 저기 타고 있네. 하지만 자네는, 자네란 사나이는 그 한가운데에서 화상도 안 입는군."

"저는 온몸이 다 그을려 있으니까요, 에이허브 선장님."

퍼즈는 잠깐 망치질을 멈추고 말했다.

"이제 화상은 졸업했는걸요. 상처 자국은 웬만해서는 다시 화상을 입지 않으니까요."

"좋아, 좋아, 그만해 두게. 자네의 그 목소리는 너무나 가라앉아 있어서 나는 더욱 슬픔을 느끼게 된다네. 나도 낙원에 살고 있지는 않아. 멀쩡한 자들의 비참함을 보면 참을 수가 없네. 대장장이, 자네는 미치는 게 좋을걸세. 이봐, 어째서 미치지 않는 건가? 어떻게 미치광이가 되지 않고 견디어 가는 건가? 자네가 미치광이가 되지 않은 건 하늘이 아직 자네를 미워하고 있기 때문인가? 자넨 지금 뭘 만들고 있지?"

"낡은 살촉을 용접하고 있습니다. 금이 가고 팬 곳이 있어서요."

"그럼 자네는 그토록 망그러진 것을 다시 아주 매끈하게 할 수 있단 말인가?"

"예, 그렇습니다, 선장님."

"대장장이, 자네는 어떤 금이 간 것이건 팬 곳이건 매끈하게 할 수 있다는 건가? 설사 아무리 쇠가 단단할지라도 말이지?"

"예, 선장님, 그렇습니다. 다만 하나를 제외하곤, 어떤 금 간 것이건 팬 곳이건."

"이걸 보게."

에이허브는 미친 듯이 다가서서 퍼즈의 두 어깨에 손을 얹고 외쳤다.

"이봐, 보게. 이걸 보게, 대장장이. 자넨 이렇게 금 간 것을 매끈하게 할 수 있는가?"

그는 한 손으로 자기의 주름진 이마를 만지며 말했다.

"대장장이, 자네가 만일 그것을 할 수 있다면 나는 매우 기뻐하며 이 머리를 자네의 쇳더미에 놓고 자네의 가장 무거운 망치를 이마에 받겠네. 말하게! 이 금 간 것을 고칠 수 있는가?"

"오오, 선장님, 그게 단 하나…… 제가 말하지 않았습니까? '다만 하나를 제외하곤, 어떤 금 간 것이건 팬 곳이건'이라고 말입니다."

"그래, 대장장이, 이게 그 하나지. 그래, 이걸 매끈하게 할 수는 없다네. 왜냐하면 자네에겐 내 육신의 주름살밖에 보이지 않겠지만 이건 내 두개골까지 새겨져 있으니 말일세. 그건 그야말로 주름투성이라네! 이제 아이들 장난은 그만하세. 오늘은 낚시나 살촉은 그만 만들고 이걸 보게나!"

에이허브는 가죽 자루에 마치 금화가 가득 들어 있기나 한 듯이 짤랑짤랑 흔들었다

"나도 작살을 만들었으면 해, 퍼즈. 천 마리 악귀가 덤벼도 빼내지 못할 걸 말일세. 고래의 몸 속에 그 녀석의 뼈처럼 박히는 걸 말일세. 이게 그 재료라네. 보게나, 이것은 경주마(競

走馬)의 편자 조각을 모은 거라네."

그는 가죽 자루를 쇳더미 위에 던져 놓으며 말했다.

"편자 조각이라고요, 선장님? 그건, 에이허브 선장님, 당신이 모으신 건, 우리들 대장장이에겐 가장 좋은 재료로서, 강하기가 더할 나위 없는 물건입니다."

"영감, 알고 있군. 이 조각들을 살인자들의 뼈를 녹여 만든 아교처럼 단단히 용접해 주게. 자, 내 작살을 벼리게. 우선 몸집을 만들기 위해서 열두 가닥의 쇠줄을 만드세. 그리고 그 열두 가닥을 밧줄의 날실 모양으로 꼬아서 두드리세. 자, 내가 불을 붙여 주겠네!"

이윽고 열두 가닥의 쇠줄이 만들어지자 에이허브는 그 하나하나를 자기 손으로 잡아 길고 무거운 철봉 주위에 감아 보며 시험했다.

"금이 가 있어. 다시 한 번 해라, 퍼즈!"

그는 마지막 것을 내던지며 말했다.

그것도 완료되고 퍼즈가 열두 개를 하나로 용접하려 하자 에이허브는 그 손길을 막으며 자기 손으로 자기 쇠를 용접하겠노라고 했다. 그리고 그가 박사를 낮추듯이 헐떡이며 망치로 쇳더미를 두드리고, 퍼즈가 하나, 또 하나 벌겋게 단 쇠줄을 그에게 건네주었다. 강한 압력을 받은 용광로가 거센 불꽃을 똑바로 뿜어내고 있을 때, 묵묵히 배화교도가 지나가다가 불 쪽으로 머리를 숙였는데, 그건 마치 이 노동에 대하여 어떤 저주나 축복을 올리고 있는 것 같았다. 그러나 에이허브가 고개를 들자 그는 미끄러지듯 옆으로 사라져 갔다.

"저 악마의 부하는 왜 저 언저리를 방황하고 있는 걸까?"

스텁이 앞돛대 부근에서 내려다보며 중얼댔다.

"저 배화교도 녀석은 사냥개처럼 불 냄새만 맡고 다니는군. 그리고 불탄 총의 화약 접시처럼 자기도 불 냄새를 풍기고 있어."

마침내 몸체는 한 자루의 완전한 막대기가 되어 마지막으로 불길 속에 넣어졌다가, 퍼즈가 담금질을 하기 위해 옆에 놓인 물통으로 쉿 하는 소리와 함께 집어넣자, 뜨거운 수증기와 함께 에이허브의 엎드린 얼굴에 뿜어졌다.

"내게 소인(燒印)을 찍을 셈이군." 하면서 그는 아픔에 얼굴을 일그러뜨렸다.

"그렇다면 내게 찍을 소인을 자네는 날카롭게 다듬고 있었단 말인가?"

"그럴 리가 있겠습니까? 하지만 저는 약간 두려워졌습니다. 에이허브 선장님, 이 작살은 혹시 백경용이 아닙니까?"

"백마용(白魔用)일세! 자 이제부터 날을 갈아야 하네. 자네가 그걸 만드는 걸세. 자, 여기 내 면도칼을 모아 두었네. 더없이 훌륭한 강철일세. 날은 말일세, 빙해(氷海)의 진눈깨비 바늘처럼 날카롭게 해야 하네."

한동안 늙은 대장장이는 아깝다는 듯이 면도칼 뭉치를 보고 있었다.

"어서 쓰게. 글쎄 나한테는 이제 소용이 없다네. 난 그때까지는…… 면도도, 식사도, 기도도 안 하겠네. 자, 어서 일을 하게."

이윽고 화살 모양으로 만들어진 그것을 퍼즈가 몸체에 용접 하자 쇠로 된 몸체 끝에 강철날이 만들어졌다. 대장장이는 담 금질을 하기 전에 그것을 마지막으로 불에 넣으려 하면서, 에 이허브에게 물통을 좀 이쪽으로 밀어 달라고 부탁했다.

"아닐세, 아니야, 물은 안 쓰겠네. 이름 그대로 진짜 죽음의 담금질을 해야겠네. 이봐, 이봐, 태쉬테고, 퀴퀘그, 대그! 이 이교도 녀석들아, 어때 너희들, 나한테 이 작살날을 흠뻑 적실 만한 피를 주지 않겠나?"

에이허브는 이렇게 말하고 작살날을 높이 들었다.

흑인의 무리는 좋다고 고개를 끄덕였다. 이교도들의 살을 세 번 찌르고, 그리하여 백경용 작살날의 담금질은 끝났다.

"주님의 이름으로가 아니라, 악마의 이름으로 그대에게 세 례를 주노라!"

벌겋게 단 사악한 칼날이 세례의 피를 남김없이 마셔 버렸 을 때, 에이허브는 황홀한 낯빛으로 그렇게 절규했다.

그리고 에이허브는 선창에서 아직 사용하시 않은 막대기를 가져오게 하고 그 중에서 아직 껍질이 붙어 있는 히코리 나무 를 골라 그 끝을 작살을 꽂는 구멍에 끼우도록 했다. 새로운 예인줄 한 타래가 풀려 몇 발인가가 양묘기에 감기고 팽팽하 게 당겨졌다.

에이허브는 그 줄을 한 발로 밟으며, 나중에는 하프의 현

(絃)처럼 소리가 나게 잡아당겼다. 그러고는 눈을 빛내며 몸을 굽히고 들여다보고는 완전하다고 외치는 것이었다.

"좋아, 자, 어서 묶자!"

밧줄 한쪽 끝의 꼬임을 풀어 가닥가닥으로 풀린 줄을 작살을 꽂는 구멍 주위에 다시 엮고 짜고 해서 철봉은 단단히 구멍에 꽂히고, 밧줄은 그것을 빙글빙글 옆으로 감아 가며 얽어맸다. 그 일이 끝나자 철봉과 강철과 밧줄은 운명의 세 여신(그리스 로마 신화. 클로소는 생명의 실을 뽑아내고, 라체시스는 그 길이를 정하고, 아토로포스가 실을 끊어 냈다고 한다)과 같이 서로 헤어질 수 없는 몸이 되었고, 에이허브가 그 무기를 들고 무뚝뚝하게 걸어갈 때, 그 고래뼈 다리의 울림과 히코리 나무의 울림은 갑판의 판자 하나하나를 구성지게 울리곤 했다. 그러나 그가 자기 선실로 들어가기 전에 희미하고 부자연스러운, 반은 장난치는 것 같은, 그러면서도 말할 수 없이 애처로운 소리가 들려왔다. 아아, 핍! 너의 그 비참한 울음, 어렴풋하고 그리고 침착하지 못한 눈빛, 그리고 또 너의 그 모든 기이한 희극 대사는 우울한 배의 어두운 비극과 의미심장하게 어울려 그것들을 비웃고 있었던 것이다.

114장 | 도금장이

점차 일본 해역의 심장부에까지 진입했을 때 피쿼드 호는 어획으로 큰 소란을 피웠다. 따뜻하고 쾌적한, 좋은 날씨가 계속되어서 가끔 그들은 단숨에 12, 15, 18, 20시간이나 보트를 저어 고래를 추적하곤 했는데, 천천히 저어 가기도 했고, 되는 대로 저어 보기도 했고, 또는 60~70분 동안이나 고래가 떠오르기를 가만히 기다리기도 했다. 하지만 그 노고에 대한 보답은 크지 못했다.

이럴 때면 잔잔한 햇살 아래 종일토록 부드럽게 굽이치는 파도에 몸을 맡긴 채 떠돌고, 자작나무 껍질로 된 흰 통나무배와 같이 가벼운 보트에 앉아 다정한 파도와 벗이 되어 친해지고, 그리고 파도는 화롯가의 고양이처럼 목소리를 굴리면서 뱃전에 재롱을 떨고…… 이 꿈결 같은 정적 속에서 사람들은 대양의 표면이 지닌 조용함과 아름다움과 빛남을 바라보며 그 속에서 헐떡이고 있는 호랑이의 심장을 잊어버리고, 이 비단 결 같은 손바닥이 잔인한 손톱을 감추고 있다는 사실을 떠올리려 하지 않았다.

이런 때에는 포경선상의 방랑자 무리도 뭔지 모르게 자식이 부모에게 느끼는 그런 감정, 신뢰감, 이런 육지에서와 같은 감정을 바다에 대해 품기도 한다. 바다는 꽃에 뒤덮인 대지로 보이고, 돛대 꼭대기만을 보이는 아득한 배는 파도 사이를 헤치고 가는 것이 아니라 풀숲이 파도치는 대초원의 풀밭을 가는 것처럼 보이는데, 그것은 마치 서부로 가는 이주자들의 말 떼가 다만 꼿꼿이 일어선 귀만을 보일 뿐 몸은 눈이 부실 듯한 녹음 속에 숨어 가는 것과 흡사했다.

길게 뻗어 있는 처녀지의 골짜기, 푸른 언덕의 비탈, 그런 것들 위에 고요한 자장가가 흐를 때, 사람들은—장난에 지친 아이들까지도—즐거운 5월의 어느 날, 숲의 꽃들이 사라진 뒤 그 고요 속에 잠깐 잠이 든 것은 아닌가 하고 생각할 것이다. 그리고 이 모든 것이 사람의 심오한 신비감과 조화되어서 사실과 환상이 서로 가까이 만낭 융합되고, 이은 자국조차 없는 하나의 완전체(完全體)가 되는 것이다.

물론 이처럼 마음을 아늑하게 하는 광경은 잠시 동안뿐이었지만, 에이허브에게도 얼마간의 영향을 주지 않을 수가 없었다. 그러나 이 비밀스러운 황금의 열쇠가 그의 내부에 있는 황금 재보(財寶)의 비밀 문을 여는 것으로 보일지라도 역시 그가 그 위에 끼얹는 입김은 그 빛을 흐리게 하는 것이었다.

아아, 풀이 우거진 숲 사이의 땅이여! 영혼 속, 영원한 봄의 끝없는 풍경이여! 네 안에서—이미 오래도록 지상 생활은 죽음의 바람 때문에 메말라 있긴 했지만—인간들은 지금도 상쾌한 아침의 마굿간의 망아지처럼 뛰놀며, 그리고 급히 지나쳐 버리는 한순간에 영원한 삶의 차가운 안개 방울이 자기에게 떨어졌던 것을 생각하곤 하는 것이다. 이 지극히 행복한 정적이 오래오래 계속되기를 신에게라도 기도드리자. 그러나 우리 인생을 얽히게 하기도 하는 꼬인 실은 날줄과 씨줄로 짜여져, 잔잔한 바다는 태풍에 뚫리고, 하나의 잔잔한 바다는 하나의 태풍을 불러온다. 우리의 삶에는 후퇴가 없는 확고한 진보란 없다. 우리는 정해진 계단을 따라 올라가긴 하지만 마지막에 멈추게 되는 것은 아니다. 즉 갓난아기의 무의식적인 졸음, 소년의 사려 없는 믿음, 청년의 의혹(만인의 영원한 벌이다)과 회의가 불신을 거쳐 마침내 성인의 '만일에'라는 침착한 숙려(熟慮)에 의하여 정지하는 것은 아닌 것이다. 한번 그것을 거친 뒤에는 우리는 다시금 움직이기 시작하여 갓난아기가 되고, 소년이 되고, 청년이 되고, 성인이 되어 영원히 '만일에'를 되풀이하는 것이다. 이제는 떠나지 않아도 될 마지막 항구는 어디에 있는 것인가. 권태를 느낀 자가 이제는 권태를 느끼지 않게 된다는 세계는 그 어떤 황홀한 에테르 속을 달리고 있는 것인가. 버려진 아이의 아버지는 어디에 숨어 있단 말인가. 우리의 영혼은 결혼하지 않은 어머니가 낳으면서 죽어 간 고아와 같은 것이다. 누가 아버지인가 하는 비밀은 그 어머니의 무덤 속에 있는 것이며 그것을 알기 위해서 우리는 그곳에 가야만 한다.

또한 같은 날에 스타벅은 그의 보트 뱃전에서 그 금빛 바다를 바라보며 낮게 속삭였다.

"너의 그 끝없는 사랑스러움―사랑하는 자가 자기 신부의 눈 속에서 발견해 내는 것 같은 사랑스러움. 네가 지니고 있는 이빨이 잔뜩 난 상어와 네가 저지른 사랑을 훔쳐 가는 식인종 같은 행동 등은 생각해 보고 싶지 않다. 신앙으로써 사실을 몰아내자. 공상으로써 기억을 몰아내자. 나는 깊이 바라보며 굳게 믿는다."

그리고 스텁은 비늘을 빛내는 물고기처럼, 그와 같은 금빛 광선 속에 뛰어올랐다.

"나는 바로 스텁이시다. 이미 산전수전 다 겪으셨단 말이야. 하지만 오늘 이 스텁 님께서 맹세하는데, 나는 옛날부터 언제나 명랑했었어!"

115장 | 피쿼드 호, 베췌러 호와 만나다

에이허브의 작살이 날카롭게 갈아진 몇 주일 뒤에 순풍을 타고 나타난 광경과 소란은 확실히 유쾌한 것이었다. 그것은 '베췌러 호'라는 난터케트 배였는데, 마침 마지막 기름통을 쐐기로 막음으로써 터질 듯한 창구(艙口)의 뚜껑을 빗장으로 걸고, 지금은 정장으로 몸을 단장한 채 즐거운 듯이, 얼마간 건방지게, 배들이 점점이 떠 있는 어장을 달려 이제는 뱃머리를 고향으로 돌리려는 참이었다.

돛대 위에 있는 세 사람은 그 모자에 빨간색의 좁고 기다란 장식 리본을 나부끼고 있었다. 선미에는 보트가 달려 있었고 뱃머리의 사장(斜檣)에는 마지막으로 잡은 고래의 긴 아래턱이 어획물의 표시로 매달려 있었다. 배의 돛대와 밧줄에는 온갖 빛깔의 신호기와 국기와 함선기(艦船旗)가 가득 휘날리고 있었다. 바구니 모양으로 된 세 개의 돛대 위에는 경뇌유를 담은 통이 두 개씩 옆에 붙들어 매어져 있었고, 그 위의 돛대 꼭대기 가름대에는 역시 그 귀중한 기름통이 보였으며, 큰 돛대 꼭대기에는 놋으로 만든 램프가 걸려 있었다.

나중에 안 일이지만 베췌러 호는 참으로 놀라운 성공을 거둔 배였다. 더욱이 놀라운 것은 다른 많은 배들은 같은 해역을 항해하면서도 몇 달 동안 한 마리도 잡지 못했다는 점이었다. 게다가 그 배에서는 쇠고기와 빵이 담겼던 통들이 훨씬 귀중한 경뇌유 때문에 비워졌을 뿐 아니라, 만난 배로부터 여분의 통을 교역(交易)으로 양도받았으며, 그 통들은 갑판에 줄지어 놓였고, 선장실과 고급 선원실에도 놓였다. 선장실의 식탁까지도 부수어서 장작으로 사용했기 때문에 선장과 고급 선원들은 방 중앙에 놓인 기름통 위에서 식사를 해야 했다. 앞갑판의 선원들은 자기들의 의복 상자에 헝겊과 역청(歷靑)을 두루 바른 뒤 그 속에까지 기름을 채워 넣어야 했다. 그리고 농담 삼아 들려준 말로는 요리사는 가장 큰 솥에 술통 뚜껑을 덮고 기름을 넣었고, 급사는 빈 커피통에 마개를 만들고 기름을 넣었으며, 작살잡이는 작살 꽂는 구멍에까지 넣었고, 이렇게 온갖 곳에 경뇌유를 흘려 넣어 드디어 남은 것은 선장의 바지 주머니 뿐이었는데, 그것만은 선장이 만족해서 으스대고 싶을 때 두 손을 찔러 넣게 하기 위해 그냥 놔두기로 했다는 것이었다.

이 행운으로 환희에 차 있던 배가 침울한 피쿼드 호에 가까워졌을 때, 그 뱃머리의 다락에서는 북의 울림이 들렸는데, 더욱 가까이 가 보았더니 많은 선원이 거대한 기름솥 주위에 서 있는 것이 보였고, 그 솥에는 양피지 같은 '포우크', 즉 검은 고래의 위(胃) 가죽이 덮여 있었으며, 녀석들이 주먹으로 칠 때마다 커다란 음향을 내고 있었다. 뒷갑판에서는 항해사와 작살잡이들이 폴리네시아 섬에서 가출해 온 올리브 빛 살갗의 아가씨들과 춤을 추고 있었다. 그리고 한 척의 보트가 앞돛대 와 큰 돛대 사이에 단단히 매어져 높이 매달려 장식되어 있었고, 롱아일랜드에서 온 세 흑인이 고래뼈로 만든 바이올린 활을 번쩍이며 미친 듯 추는 춤에 장단을 맞추고 있었다. 한편 다른 선원들은 커다란 솥을 떼어 낸 뒤의 착유(搾油) 시설을 급히 두들기고 있었다. 그들은 저주받은 바스티유 감옥을 허물고 있는 것이 아닐까 하고 생각될 정도로 굉장한 소리를 질러 대며 이미 쓸모 없게 된 벽돌과 모르타르를 바다로 던져 버리고 있었다.

이 모든 광경을 주재(主宰)하는 자로서 선장은 뒷갑판 높은 곳에 가슴을 펴고 서 있었으며, 이 환희에 찬 연극은 모두 마치 그 사람 개인의 위안을 위해 이루어지고 있는 듯이 그의 앞에 펼쳐지고 있었다.

한편 에이허브는 어떤가 하면 그도 또한 뒷갑판에 서 있었지만 수염이 무성했고 살갗은 검은빛이 되어 있었으며, 지워 버릴 수 없는 우울 속에 잠겨 있었다. 그리고 이 두 척의 배가, 하나는 지난 일의 기쁨에 넘치고, 하나는 다가올 일에 대한 예감에 떨며 서로의 항적(航跡)을 가로지르려 할 때, 그 두 선장은 각기 그 몸에, 그토록 상반되는 대조, 각각 다른 처지를 상징하고 있었다.

"이 배로 오시오! 환영하오!"

명랑한 베췌러 호 선장은 술잔과 병을 높이 들어 올리며 소리쳤다.

"백경을 보았소?"

에이허브는 이를 가는 듯한 목소리로 말했다.

"아니, 이야긴 들었소만, 그런 것은 절대로 믿지 않소. 이리 오시오!"

상대방은 기분 좋은 말투로 대답했다.

"당신은 너무 지나치게 명랑하군. 선원을 잃지는 않았소?"

"말할 정도는 못 되오. 섬의 토인 둘, 그뿐이오. 하지만 친구여, 아무튼 오시오, 환영하겠소. 당신 이마에 서린 검은 구름, 내가 금세 없애 주겠소. 아무튼 재미있는 곳이오, 여긴. 만선이라 귀항하는 중이오."

"바보란 언제나 선심을 잘 쓰는 법이지."

에이허브는 중얼거렸다. 그러고는 목소리를 높였다.

"만선이라 귀항하는 중이라고? 내 배는 텅 빈 채 가는 길이오. 그러니 당신은 그리로 가시오. 난 이쪽으로 가겠소. 이봐, 앞갑판, 돛을 올려라, 바람이 부는 쪽으로!"

이리하여 한쪽 배가 명랑하게 순풍을 타고 갈 때, 다른 하나는 완고하게 그것을 거슬렀고, 그래서 두 배는 갈라지게 되었다. 피쿼드 호의 선원들은 무겁고 미련이 남은 듯한 시선을,

사라져 가는 베췌러 호에 보내고 있었지만 베췌러 호의 선원들은 그 떠들썩한 잔치에 취해 이쪽은 안중에도 없었다. 에이허브는 선미(船尾)의 난간에 기대어 고국으로 서둘러 돌아가는 배를 전송하며 주머니 속에서 작은 병을 꺼내 들었다. 그는 병과 배를 번갈아 보며 멀리 떨어져 있는 두 가지를 연상(聯想)으로 연결시키려 하고 있는 것처럼 보였다. 그 병에는 난터케트의 바닷가 모래가 들어 있었다.

116장 | 죽어 가는 고래

　인생 항로에 있어서 우리의 우현(右舷) 가까이 행운이 가득한 배가 달려갈 때, 우리는 상대적으로 완전히 의기소침해 있었지만, 그 배가 스치고 지나가는 바람의 여운으로 우리 배의 돛이 부푸는 것을 보고 어쩐지 마음이 뛰는 것을 느낄 때가 가끔 있다. 피쿼드 호의 경우도 그랬다. 왁자지껄하던 베춸러 호를 만났던 이튿날에는 고래를 네 마리나 잡았다. 그 중의 하나는 에이허브의 손에 의해서였다.

　매우 늦은 오후였다. 창을 휘두르며 선혈에 물들던 투쟁도 끝나고 태양과 고래는 아름다운 일몰(日沒)의 바다와 하늘 사이에 떠돌며 더불어 조용히 죽어 갔다. 그때 장밋빛 하늘에는 말할 수 없이 묘하고 가련한 무엇인가, 되풀이되는 기도 같은 무엇인가가 피어올랐는데, 그것은 멀고 아득한 마닐라 섬 수도원에 서 있는 신록의 골짜기에서 스페인(필리핀은 20세기에 들어서기까지 스페인 영토였음)적인 육지 바람이 마음이 들뜬 선원이 되어 저녁 기도를 드리며 바다로 흘러나온 것이 아닌가 하고 생각되었다.

고래와의 치열한 싸움을 끝낸 에이허브는 마음이 가라앉고, 그리고 다시 깊은 우수 속으로 가라앉으며, 지금은 조용해진 보트에 앉아 고래의 최후를 가만히 보고 있었다. 왜냐하면 모든 향유고래의 죽음 직전에 볼 수 있는 이상한 광경 ─ 머리를 태양 쪽으로 향하고 숨을 거둔다는 사실 ─ 그 신비한 광경을 이렇게 적막한 저녁에 바라볼 때, 에이허브의 마음에는 뭔가 모르게 미지의 경이감이 느껴졌기 때문이다.

"또, 또, 몸을 그쪽으로 돌리는군. 매우 천천히, 하지만 매우 확실히 죽음 직전의 몸부림을 치면서 무릎 꿇고 경배하는 듯 이마를 돌리는군. 너도 또 불을 경배하는구나. 가장 충실하고, 거대하고 존귀한 태양의 신하! 아아, 내 눈이 신의 은총을 받았기에 이 행운의 경관을 볼 수 있었으리라. 보아라! 이 광대무변한 바다의 한가운데 인간의 기쁨과 슬픔의 소리도 들리지 않는 곳, 이 가장 공평하고도 사심 없는 대해, 역사에 비식으로 쓸 바위 하나 없는 곳, 대대로 파도는 언제나 말이 없었고, 말도 없이 니제르(아프리카 서해안으로 흐르는 큰 강)의 아무도 밟은 일이 없는 수원(水源)에 별이 빛나듯이 굽이치는 곳, 여기에서 삶은 신앙에 불타며 태양을 향해 멸망해 가는 것이다. 하지만 보아라! 죽었는가 싶더니 죽음이 몸을 감아 돌려 머리가 다른 쪽을 향하는구나. 오오, 그대 자연의 반쪽인 어두운 힌두여, 그대는 이 황량한 바다의 깊은 곳 어딘가에 그대 한 사람만의 옥좌를 익사한 자의 뼈로 세워 올린다. 그대는 신을 모른다. 그대는 태후(太后)다. 그대는 포악한 태풍의 울림 소리로 또 그 뒤의 잔잔한 장례식과도 같은 침묵으로 나에게 진실을 고하려 한다. 그렇다, 그대의 고래가 죽어 가는 머리를 태양에게로 향하고, 이윽고 또 다른 데로 돌려 버린 것에도 내게 대한 계시가 없지는 않구나. 오오, 몇 겹으로 갑옷이 둘러지고 단련된 강력한 허리여! 하늘 높이 동경의 무지개를 이루는 물보라여! 어떤 것은 높이 솟고 어떤 것은 그저 쓸모없이 물을 뿜을 뿐이다. 오오, 고래여, 네가 저 아득한, 삶의 근원인 태양에게 잘 보이려 해도 결국은 헛된 것이다. 저건 생명을 주긴 하지만 두 번 주지는 않는다. 그리고 암흑을 반쯤 지닌 자, 고래여. 너는 거무죽죽하기는 하지만 보다 자랑스러운 신앙으로 나를 일깨운다. 네 말에는 말할 수 없는 혼돈이 있다. 그건 내 안 깊숙이 떠돌고 있다. 나는 일찍이 대기로써, 지금은 물이 되어 버린 생물의 숨결에 의해서 떠 있는 것이다. 그러니 바다여, 만세. 네가 일으키는 영원한 파도야말로 사나운 새들의 유일한 보금자리다. 지상에서 태어나긴 했지만 나도 바다의 손에 키워졌다. 산과 골짜기가 내 어머니였다면 이 큰 파도는 나와 생사를 함께한 형제들이다."

117장 | 야간 고래 당직

그날 저녁에 잡은 네 마리의 고래는 서로 몹시 떨어진 곳에서 죽었다. 한 마리는 바람이 불어오는 쪽 멀리, 한 마리는 좀더 가까운 바람이 부는 쪽, 한 마리는 뱃머리 쪽, 한 마리는 선미 쪽에서 죽은 것이다. 나중 세 마리는 해가 지기전에 뱃전까지 끌어 올 수 있었지만 바람이 불어오는 쪽에 있던 것은 아침까지 끌어 올 수가 없었으므로, 그 고래를 죽인 보트는 밤새도록 그 곁에 머물게 되었다. 보트는 에이허브의 것이었다.

표지용 장대가 죽은 고래의 분조 구멍에 꽂히고, 그 꼭대기에 매달린 각등(角燈)은 심하게 흔들리는 불빛을 검고 반들거리는 고래의 등에 던지고 있었으며, 그 빛은 더욱 멀리 심야의 파도 위로 흘러가고 있었다. 그 파도는 기슭에 몰려드는 잔물결처럼 고래의 커다란 옆구리에 부드럽게 밀려들고 있었다.

에이허브 휘하의 보트 선원들은 잠들어 있는 것처럼 보였지만, 다만 배화교도만은 뱃머리에 쭈그리고 앉아 상어 떼가 고래 주위에서 장난치며 그 꼬리로 노송(老松) 판자를 찰싹찰싹 치는 모습을 보고 있었다. 용서받지 못하는 고모라(《구약성서》〈창세기〉. 주민의 억압 때문에 신의 손으로 멸망당한 거리)의 망령이 아스펠타이트 호(사해의 옛 이름) 위에서 무리지어 슬피 우는 것과도 흡사한 소리가 공기를 흔들며 지나갔다.

졸다가 문득 깨어난 에이허브는 배화교도와 눈이 마주쳤다. 밤의 암흑에 싸인 두 사람은 대홍수 때 살아남은 마지막 두 사람처럼 같이 보였다.

"또 그 꿈을 꾸었다."

에이허브가 말했다.

"관(棺) 말인가요? 나리, 내가 언젠가 말했지만 나리에게는 관이고 뭐고 필요 없을걸요."

"바다에서 누가 관 속에 들어간단 말인가?"

"하지만 나리, 내가 전에도 말했지만 나리가 이 항해에서 죽게 되면 어떤 일이 있더라도 관을 두 개 봐야 할 겁니다. 그 하나는 사람의 손으로 만든 게 아니오. 그 다음 관의 재목을 보면 그건 미국에서 자란 나무일 것이오."

"좋아, 좋아, 배화교도여. 그건 참 기묘한 구경거리겠군. 관과 깃털 장식이 바다에 떠서 파도가 그걸 짊어지고 가다니…… 참 멋진 취미인걸. 하하하! 그런 구경거리는 그다지 쉽게 볼 수 없을 거야!"

"나리, 곧이들으실지 어떨지는 모르지만 아무튼 나리께서는 그걸 보지 않고는 죽지 않을 겁니다."

"그리고 네 녀석은 어떻게 된다고 그랬지?"

"마지막 벌을 받을 때가 와도 난 뱃길 안내자니 나리보다 먼저 갈 거요."

"그렇다면 네 녀석이 먼저 간다 치고, 만일 그런 일이 일어난다고 하면, 나도 따라서 그곳으로 갈 때까지는 네 녀석이 줄곧 내 옆에서 뱃길 안내를 해 주겠단 말인가? 그랬었지? 좋아, 바로 그거야. 난 네 녀석이 지껄이는 걸 모두 믿기로 하겠네. 오오, 나의 뱃길 안내자여! 내 여기서 두 가지 맹세를 하겠다. 난 모비 딕을 쓰러뜨리고 그리고 살아남을 것이다."

"나리, 또 하나 맹세해야 해요."

배화교도가 이렇게 말했을 때 에이허브의 눈은 반딧불처럼 어둠 속에서 빛났다.

"삼베 밧줄만이 나리를 죽일 수 있다는 걸."

"네 녀석은 교수대를 말하는 모양이지? 하지만 나는 육지에서든 바다에서든 불사신일세."

에이허브가 크게 비웃으며 외쳤다.

"육지에서든 바다에서든 나는 불사신이다."

다시금 두 사람은 입을 다물었다. 잿빛 새벽이 다가오고 보트 바다에서 졸고 있던 선원들도 일어나 마침내 정오까지는 죽은 고래를 배로 끌어 올 수가 있었다.

118장 | 사분의

적도 해역에서의 어획기가 가까워 왔다. 날마다 에이허브가 선실에서 나와 높이 올려다볼 때마다, 부지런한 타수는 몸짓을 크게 놀려 키의 손잡이를 돌렸고, 긴장한 선원들은 급히 방향 전환 밧줄로 달려가 거기에 서면서 지금껏 눈길을 끌고 있던 금화에 눈길을 쏟으며, '뱃머리를 적도로'라는 명령을 애타게 기다리고 있었다. 그 명령은 곧 내려졌다. 한낮이 다 되어서였다. 에이허브는 높이 매달아 놓은 보트 뱃머리에 서서 늘 하듯이 태양을 관측하여 위도를 정하려 하고 있었다.

저 일본 해역에서는 여름의 나날이 빛살의 물결이었다. 깜박거리지도 않는 생생한 그 지역의 태양은 푸르디푸른 대양이라는 가없는 하늘 렌즈의 초점으로 생각되었다. 하늘은 푸르고 구름의 그림자조차 없었으며, 수평선은 허공에 떠 있었다.

이 벌거벗은, 조금도 완화될 줄 모르는 찬연한 빛살은 마치 직시(直視)할 수 없이 번쩍이는 신의 옥좌를 생각하게 했다. 에이허브의 사분의(四分儀)가 태양의 불길을 관측하기 위해 색칠한 유리로 되어 있는 것도 이것을 감안한 것이었다. 에이허브는 지금 앉은 채, 배가 흔들리는 대로 몸을 내맡기면서 천문학적인 위엄을 갖춘 도구를 눈에 대고, 잠시 그 자세로 태양이 정확하게 자오선(子午線)에 이르는 정밀한 시간을 포착하려고 기다리고 있었다. 이렇게 그의 온 신경이 집중되어 있는 동안 줄곧 배화교도는 그의 발아래 갑판에 꿇어앉아 에이허브와 마찬가지로 하늘을 올려다보며 태양을 보고 있었는데, 다만 그 눈꺼풀은 반쯤 내리덮이고 있었으며, 그 야만스러운 얼굴은 대지와 같은 무표정 속에 빠져 있었다. 이윽고 소기의 관측은 완료되고, 에이허브는 바로 그 시각에 어느 위도에 있는가를 자기의 고래뼈 다리에다 연필로 적으며 계산해 냈다. 그리고 얼마 동안 명상에 잠겼다가 다시금 태양을 쳐다보며 혼잣말을 중얼거리는 것이었다.

"그대, 바다의 표적이여, 하늘 높은 곳에 있는 강대한 뱃길 안내자여, 너는 진실로 내가 어니에 있는가를 가르쳐 주기는 한다. 그러나 내가 어디로 갈 것인가를 조금이라도 암시해 줄 수는 없는가? 그리고 내가, 아니 그 어떤 것이 지금 어디에 있는지 가르쳐 줄 수는 없는가? 모비 딕은 어디에 있는가? 이 순간에도 너는 그 녀석을 보고 있을 것임에 틀림없다. 내 눈은 지금도 그 녀석을 보고 있는 그 눈을 들여다보고 있는 것이다.

아니, 저쪽 알려지지 않은 심연의 사물을 가만히 보고 있는 네 눈을 지금도 나는 들여다보는 것이다."

그리고 자기의 사분의(四分儀)를 쳐다보고 그 비의적(秘儀的)인 장치의 하나하나를 만지작거리며 또 명상에 잠겨 중얼거리는 것이었다.

"어린아이들 것과 같은 장난감! 세상을 내려다보며 호령하는 장군이나 선장들의 심심풀이 장난감! 세상은 너를, 네 지혜와 능력을 자랑하지만, 결국 무엇을 할 수 있단 말인가? 다만 너 자신과 너를 잡고 있는 손이 이 넓은 유성 위의 어느 가엾고 비참한 점에 와 있는가를 말할 수 있을 뿐이다. 그 이상은 아무것도 하지 못한다. 너는 물 한 방울, 모래 한 알이 내일 낮에는 어디에 있을 것인지 가르쳐 줄 수 없다. 더욱이 그 무능한 몸으로 태양을 깔보기까지 하고 있다. 과학! 저주받아라, 무익한 장난감이여. 인간의 눈을 높은 하늘로 향하게 하는 모든 것에 저주 있으라. 하늘의 활기는, 지금 나의 이 눈을 태양 광선이 태워 버리듯이 인간을 불태울 뿐이다. 인간의 시선은 본래 이 지구의 수평선을 더듬게 되어 있다. 그렇지 않고 신(神)이 저 푸른 하늘을 바라보라고 했다면 시선은 아마 머리 꼭대기에서부터 열려 있었을 것이다. 저주 있으라, 사분의 녀석아!"

그러고는 갑판으로 사분의를 집어 던졌다.

"이제 나는 나의 세계를 가는 데 네 녀석의 신세를 지지 않을 테다. 수평선을 달리는 배의 나침반 측정기와 측정선으로 수평을 달리는 배 위치 추산, 그것으로 나를 인도하게 하고 바다 위에서의 위치를 알아내겠다. 그렇고말고."

그는 보트에서 갑판으로 내려온다.

"겁먹은 듯 하늘을 엿보는 이 변변찮은 놈아! 이렇게 밟아주고, 두드려 부수고, 깨뜨려서 망가뜨려 주겠다!"

광기에 찬 노인이 그렇게 내뿜으면서 살아 있는 발과 죽은 발로 사분의를 짓밟을 때, 배화교도의 꿈쩍도 하지 않는 얼굴에는, 에이허브에게 향한 듯 보이는 조소적인 승리의 빛과 자기 자신에게 향한 듯 보이는 치명적인 절망의 빛이 흐르고 있었다. 그리고 그는 아무도 보지 못하는 사이에 일어나 미끄러지듯 걸어가 버렸다. 그 무렵 선원들은 그들의 지휘자가 보이고 있는 모습에 경악하며 앞갑판에 모여들었다. 그러자 에이허브가 갑판을 걸으면서 큰소리로 외쳤다.

"방향 전환 밧줄로! 키, 위쪽으로 돌려! 방향 전환 밧줄을 돌려!"

순식간에 돛가름대가 회전하며 배는 그 선체를 돌리기 시작했다. 그리고 배가 방향을 반쯤 바꾸었을 때, 세 개의 단단히 뿌리박은 아름다운 돛대는 늑재(肋材)로 죄어진 기다란 선체 위에 높고 곧게 솟으면서 마치 세 사람의 호라티우스 형제(로마 전설의 삼형제 용사)가 거대한 말에 올라 군마(軍馬)를 급선회시키고 있는 것처럼 보이기도 했다.

스타벅은 뱃머리의 보조 늑재 사이에 서서 피쿼드 호 선원의 소란을, 또 갑판을 비틀거리며 돌아다니는 에이허브의 모습을 담담히 보고 있더니 이렇게 말했다.

"석탄의 강한 불길 앞에 서서 그것이 생명의 불꽃으로 가득 차서 빛을 내는 것을 본 적이 있다. 하지만 끝내는 쇠약해져서 가라앉고 소리 없는 먼지로 돌아가 버리는 것도 보았다. 바다의 노인이여! 당신의 그 불꽃 같은 생애도 마침내는 한 줌의 재 말고는 무엇을 남기겠습니까?"

그 말을 듣고 스텁도 외쳤다.

"하지만 스타벅, 석탄의 재란 말이오. 저런 숯에서 나온 재가 아니라 석탄재란 말이오. 그래, 그래, 에이허브가 말하는 걸 들은 적이 있소. '나의 늙은 손에 이런 카드를 내밀고는 다름 아닌 이것으로 승부를 겨루자고 하는 녀석이 있다.' 라고. 정말 에이허브여, 당신이 하는 일엔 틀림이 없소. 승부에 살고 승부에 죽는 거요."

119장 | 양초

가장 따뜻한 곳은 가장 잔인한 이빨을 지니고 있다. 벵골의 호랑이는 녹음도 향기로운 끝없는 숲 속에 숨어 있다. 햇살이 넘치는 하늘은 위험하기 그지없는 번개를 품고 있으며, 현란한 쿠바 섬은 평범한 북쪽 나라에선 부는 일 없는 큰 회오리바람을 알고 있다. 그리하여 이 빛나는 일본 해역에서 항해자들은 모든 폭풍 가운데 가장 처참한 것인 태풍과 조우한다. 때로 그것은 멍하니 잠자고 있는 거리에서 폭탄이 터지듯이 구름 한 점 없는 하늘에서 폭발해 온다. 그날 저녁 무렵에 피쿼드 호는 돛을 찢기고 벌거벗은 돛대가 된 채 맞부딪쳐 오는 태풍과 싸워야만 했다. 캄캄한 밤이 되자 하늘과 바다에는 번개와 천둥이 요란스러워졌다. 그리고 번개가 칠 때 사방을 휘 둘러보니 꺾인 돛대 여기저기에서 사납게 날뛰는 폭풍에 찢긴 돛

조각이 넝마처럼 펄럭이고 있었다.

돛줄을 움켜쥐면서 스타벅은 뒷갑판에 서서 번개가 번쩍일 때마다 위를 쳐다보며 그 복잡한 의장(艤裝)에 어떤 새로운 재액이 닥쳐오지는 않는지 살펴보곤 했다. 한편 스텁과 플라스크는 선원들을 지휘하여 보트를 보다 높이 매달고, 보다 단단히 매어 두고 있었다. 그러나 그 어떤 분투도 모두 허사로 보였다. 바람이 불어오는 쪽에 있던 뒤쪽 보트(에이허브의 것)는 기중기가 있는 곳까지 올려져 있었지만 재난을 면할 수는 없었다. 거대한 파도가 비틀거리는 보트의 윗부분에 부딪쳐와 보트의 뒷부분 아래쪽에 구멍을 뚫었고, 그 물결이 물러간 뒤, 보트는 체처럼 물이 새고 있었다.

스텁은 파괴된 무참한 꼴을 보고 말했다.

"엉망이야, 엉망이야, 스타벅! 하지만 바다가 하는 건 우리 힘으로는 어떻게 할 수가 없소. 이 스텁으로서도 손을 쓸 수가 없단 말이오. 글쎄, 스타벅, 파도란 녀석은 뛰어오를 때까지 길게 주욱 달리다가 세계를 한 바퀴 돌고 그 여세를 몰아 처얼썩 하고 뛰어오른단 말이오. 그런데 내가 그것과 겨루어 보려고 뛰는 건 이 갑판 안에서밖에 안 되지. 하지만 걱정해서 뭘 하겠소. 얼마나 재미있는 일이냐고. 이것을 노래한 옛날 노래를 들려주겠소."

그리고 그는 노래한다.

명랑한 폭풍우다.

재롱떠는 고래다.
꼬리가 세차구나.
우스꽝스러운, 절도 있는, 원기 왕성한, 익살스러운, 뛰노는
장난꾸러기 꼬마 녀석아,
오오, 바다 녀석!

구름이 난다.
거품 이는 술인가.
구름이 휘젓는다.
우스꽝스러운, 절도 있는, 원기 왕성한, 익살스러운, 뛰노는
장난꾸러기 꼬마 녀석아,
오오, 바다 녀석!

천둥이 배를 깨뜨렸다.
입맛을 다셨다.
맛있는 술이구나.
우스꽝스러운, 절도 있는, 원기 왕성한, 익살스러운, 뛰노는
장난꾸러기 꼬마 녀석아,
오오, 바다 녀석!

"스텁, 잠깐."
스타벅이 소리 질렀다.
"노래하며 밧줄을 하프처럼 울리는 건 태풍만으로도 지긋

지긋해. 자네가 용감하다면 잠자코 있어!"

"하지만 난 용감하지 못해요. 용감하다고 말한 적이 없어요. 난 겁쟁이야. 그래서 기운 내려고 노래하는 거요. 그러니 스타벅, 말씀드리겠는데요, 이 세상에서 내가 노래하는 걸 멈추려거든 내 목을 따는 수밖에 없어요. 그렇게만 하면 틀림없이 난 이별의 찬송가라도 불러 드리지요."

"미친 놈! 이봐, 내 눈을 가만히 보게. 자네에게도 눈이 있는지 어떤지 말이야."

"뭐라구요! 상대방이 아무리 바보고 내가 아무리 변변치 못하다지만, 당신은 캄캄한 밤에 다른 사람보다 잘 보인단 말이오?"

스타벅은 "이봐!" 하고 스텁의 어깨를 거머쥐며 다른 손으로 바람에 얻어맞은 뱃머리를 가리키며 외쳤다.

"자넨 모르겠나? 폭풍은 동쪽에서, 에이허브가 뒤쫓고 있는 동쪽에서 불어오고 있어. 오늘 낮부터 방향을 바꾸었던 바로 그쪽에서 불어오고 있단 말이야. 그런데 저 에이허브의 보트를 보게나. 구멍이 어디에 뚫려 있는가. 보트 고물 쪽이야. 알겠나? 그가 언제나 서 있는 곳이란 말이야. 그가 서 있는 자리에 구멍이 났단 말이야! 자, 노래를 불러야겠다면 바다에 들어가 거기서 실컷 불러 봐라!"

"당신이 말하는 것, 반도 못 알아듣겠소. 바람이 도대체 어떻게 되었단 말이오?"

"그래, 그래, 희망봉을 도는 게 난터케트로 가는 지름길이야."

갑자기 스타벅은 스텁의 질문도 잊고 혼잣말을 했다.

"지금 우리를 몰아치고 구멍을 뚫어 놓으려 하고 있는 이 폭풍을 우리는 순풍으로 삼아 그걸 타고 고향에 돌아갈 수도 있는 거야. 저쪽 바람이 불어오는 곳에는 다만 암흑에 찬 파멸이 있을 뿐이다. 그렇지만 바람이 불어 가는 고향 쪽에는 빛이 빛나고 있다. 번갯불이 아닌 진정한 빛이 말이야."

그때 번갯불이 번쩍인 뒤, 갑자기 끝없는 어둠 속에서 인기척이 났다. 그러자 거의 동시에 천둥소리가 얼마 동안 머리 위에서 울려 퍼졌다.

"누구냐?"

"천둥 영감이다."

에이허브는 그렇게 말하면서 뱃전을 따라 고래뼈 다리를 넣을 구멍을 찾고 있었는데, 곧 번갯불의 굽은 불빛에 의해서 길이 또렷하게 보였다.

육상의 탑 꼭대기에 있는 피뢰침은 위험한 전류를 흙으로 몰아넣기 위한 것이지만, 해상의 배 중 어떤 것이 가지는 마찬가지 피뢰침은 그것을 물로 이끌기 위한 것이다. 그러나 그 유도체(誘導體)는 극히 깊은 곳까지 내려 보내 그 끝이 선체와는 절대로 접촉하지 않도록 해야 한다. 게다가 만약 항상 물에 넣어 두어야 한다면 삭구에 걸려 적지 않은 방해가 되기도 하고, 배의 행진을 많든 적든 간에 방해하거나 하는 외에도 많은 불상사를 일으키지 않는다고 장담할 수 없다. 그렇기 때문에 배의 피뢰 장치 말단부는 언제나 바다에 내려져 있는 것이 아니라 보통은 길고 가는 쇠사슬로 만들어져 있어 필요에 따라 즉시 바깥쪽 장치에 연결하기도 하고 바다로 던져 넣기도 하게 되어 있다.

"피뢰 장치, 연쇄 장치." 하고 스타벅이 외친 것은 에이허브에게 그의 거점(據點)을 비추어 준 강렬한 번갯불 때문에 아차 하는 생각이 들어 경계하려 했기 때문이었다.

"바다에 던져져 있나? 던져 넣어라, 앞에도 뒤에도. 서둘러라!"

"그만둬. 정정당당하게 하자. 설사 우리 쪽이 약하더라도 말이다. 나는 말이야, 전 세계를 구하기 위해서라면 히말라야에도 안데스에도 피뢰침을 세우는 걸 돕겠지만 이런 흥정은 안 해. 내버려 둬 주옵소서, 하느님!"

에이허브가 외쳤다.

"위를 봐요! 성 엘모의 불(폭풍우의 밤에 배의 돛대 위 같은 곳에 나타나는 전광)이다. 불덩어리다, 불덩어리!"

스타벅이 외쳤다.

모든 돛가름대 끝에는 파란 불이 타고 있었다. 높은 세 개의 돛대는 각각의 세 갈래 피뢰침 끝에 끝이 가늘어진 인(燐) 기운을 품은 불꽃을 희게 빛내면서 공중에서 조용히 불탔고, 그것은 마치 제단 앞에서 타고 있는 세 개의 커다란 양초처럼 보였다.

"이 빌어먹을 보트! 집어던져 버려!"

스텁이 외쳤다. 이때 격한 파도가 그의 보트를 밑에서부터 밀어 올려 그 뱃전에 걸려고 하던 밧줄이 그의 손을 세차게 쳤기 때문이다.

"제기랄, 빌어먹을!"

그러나 갑판으로 뒷걸음쳤을 때 위를 올려다본 그는 도깨비불을 보았다. 그래서 곧 목소리를 바꾸어 외쳤다.

"불덩어리여, 제발 부탁이다. 살려 줘!"

뱃사람의 저주와 고함은 일상다반사이다. 조는 듯이 잔잔한 날씨 속에서도, 사납게 날뛰는 태풍 속에서도, 윗돛의 가름대 끝에서도, 거품 이는 파도 위에 흔들리면서도 욕설을 퍼붓는다. 그러나 내 전 항해의 경험으로 보아도 신의 불타는 손길이 배 위에 놓이고, 그 '메네, 메네, 테켈 우파르신(바빌로니아 왕의 페르시아 향연 때 벽에 나타난 큰 글자. 학자도 풀 수 없었지만 다니엘만이 신으로부터 받은 지혜로 풀 수가 있었다. '세었노라, 달았노라, 헤어졌노라.' 즉 왕의 다스림은 이미 다 세어지고, 왕의 무게는 모자라는 것이 알려져, 나라는 분할되리라는 바빌로니아 멸망의 암시였음)'이라는 말이 밧줄에 새겨져 있을 때와 같은 경우에 함부로 고함치는 깃을 들은 직은 거의 한 번도 없다.

그 새파란 불꽃이 위에 타고 있을 때, 주문에 묶인 것 같은 선원으로부터는 거의 아무 소리도 들리지 않았다. 그들은 앞 갑판에 모여 서로 부여안은 채, 모든 눈이 창백한 인광 속에 요원한 하늘의 성좌(星座)처럼 반짝이고 있었다. 그 요사스러운 빛 속에 떠오른 시커먼 흑인 대그는 실제 키보다 세 배나 더 커 보였고, 천둥이 치는 것은 이 검은 구름에서인가 하고 생각될 정도였다. 태쉬테고의 벌어진 입에서는 하얀 상어 이빨이 드러나 보였고, 그것들은 불덩어리에 둘러싸인 것처럼 기괴하게 빛나고 있었다. 또 퀴케그의 문신은 초자연의 광선에 비추어져서 그 몸의 표면에서 악마의 시퍼런 불꽃이 불타고 있는 것처럼 보였다.

그러나 이윽고 그 극적인 장면은 위의 창백한 불과 함께 쇠약해져 갔고, 다시금 피쿼드 호와 그 갑판 위의 전원은 음산함 속에 휩싸였다. 조금 후에 스타벅은 뱃머리 쪽으로 걸어가다 누군가와 부딪쳤다. 스텁이었다.

"이봐, 이번엔 어떻든가? 자네 울고 있더군. 아까 부른 노래와는 상당히 다르던걸."

"원 천만에, 그렇지 않소. 난, 불덩어리여, 제발 부탁이다, 우리한테 복수하지 말아 다오, 했을 뿐이오. 지금도 난 그것만 빌 뿐이오. 그런데 그건 찡그린 얼굴에만 편을 드는 모양이오. 그건 웃는 걸 싫어하나요? 봐요, 스타벅, 아니, 또 어두워져서 안 보이는군. 그럼, 듣기만 해요. 난 저 돛대 위의 불은 행운을 알리는 거라고 생각해요. 왜냐하면 말이지, 저 세 개의 돛대는, 경뇌유로 가득 찬 선창에 뿌리가 있으니까 말이오. 그래서 그 경뇌유는 나무의 수액처럼 돛대를 오르는 셈이지요. 그래서 세 개의 돛대는 이제부터 정말 세 개의 촛불처럼 되는 겁니다. 그런 걸 본 게 아니겠소, 글쎄."

그 순간 스타벅은 상대방인 스텁의 얼굴이 어느 사이엔가 또 엷은 빛을 받아 환해지는 것을 보았다. 그는 위를 보고 외쳤다.

"보라, 보라!"

다시금 거기엔 뾰족한 불꽃이 높게 타오르고 있었지만 그 창백함은 한층 초자연스러운 기운을 띠고 있었다.

"불덩어리여, 제발 살려 줘요."

스텁이 또 말했다.

큰 돛대의 밑, 옛 금화와 불꽃의 바로 아래에서 배화교도는 에이허브 바로 앞에 꿇어앉아 있었다. 그리고 가까이에 있는, 구부러져 늘어진 삭구 있는 데서는 조금 전까지 둥근 목재를 완전히 붙들어 매려 하고 있던 선원들이 마치 늘어진 과수 가지에 묻은 꿀에 모여들어 사지가 마비된 꿀벌 떼처럼 모여 있었다. 다른 자들은 또 저마다 일어서기도 하고 걷기도 하고 달리기도 하여 헤르쿨라네움(79년에 베수비오 화산의 분화에 묻힌 도시)의 해골처럼 저주에 묶인 듯이 갖가지 자세로 갑판에 꼼짝 않고 있었으며, 다만 그 눈빛만을 하늘을 향해 움직일 줄 모르고 던지고 있었다.

에이허브가 크게 소리쳤다.

"이봐, 이봐, 너희들, 저걸 봐 둬라. 그리고 잘 기억해 둬. 흰 불꽃은 백경에게로 가는 길을 비추고 있는 것이다. 내게 그 큰 돛대에서 내려오는 피뢰침의 쇠사슬 고리를 다오. 난 그 맥박 소리를 듣고 싶다. 내 맥박을 거기에 대고 싶다. 자, 이렇게 피를 불에 대는 거란 말이야."

그러고는 마지막 고리를 왼손에 굳게 거머쥐면서 돌아보더니 그 한쪽 다리를 배화교도 위에 놓고 유심히 위를 보며 오른팔을 높이 휘두르고 가슴을 편 채, 하늘 높이 오르는 세 개의 세 갈래 불길에 마주 섰다.

"오오, 투명한 불의 투명한 영혼이여, 나는 전에도 해상에서 페르시아 인(배화교도와 같은 뜻으로 사용되고 있다)처럼 너를 경배했었는데, 그 예배에서 너한테 심한 화상을 입고 지금도 상처가 남아 있다. 그런데 이제야말로 너를 알겠다. 투명한 영혼이여, 너를 올바르게 경배하려면 너를 거역하는 수밖에 없다. 너는 사랑에도 존경에도 마음이 움직이지 않는다. 증오하게 되면 죽이는 것밖에 몰라. 그리고 너는 모조리 죽인다. 지금 네 앞에 서 있는 건 철없는 바보가 아니다. 난 너의 불가사의하며 막강한 힘은 인정한다. 그러나 그 힘이 나를 무조건 무자비하게 억누르려 하면 말이야, 지진(地震)과도 같은 내 마지막 생명이 다할 때까지 싸울 것이다. 인간이면서도 비인간으로 보이는 그 한가운데에 인격이 버티고 서 있단 말이야. 기껏해야 하나의 점, 어디서 왔다가 어디로 가는 건지 모르는 존재이긴 하지만 내가 이 지상에 있는 한은 왕비 같은 고상한 인격이 안에 살고 있어서 무한히 높은 인격을 품고 있단 말이다. 그러나 싸움은 괴롭고 미움은 슬프다. 네가 설사 가장 저급하더라도 사랑의 형태로 다가온다면 난 무릎을 꿇고 너에게 입이라도 맞출 것이다. 그러나 가장 고상한, 이 세상 것이 아닌 힘을 휘두르며 올지라도, 또 설사 네가 막강한 세계의 대군사들을 몰고 올지라도 여기서는 조금도 두려워하지 않고 있단 말이다. 오오, 투명한 영혼이여, 너는 그 불로 나를 만들었다. 그렇기 때문에 참다운 불의 아들답게, 나는 그것을 너한테 되돌려 보낸다."

갑자기 번개가 몇 번인가 번쩍인다. 아홉 가닥의 불길은 길게 춤추며 지금까지의 높이보다 세 배나 높아진다. 에이허브는 다른 사람들과 마찬가지로 눈을 감는다. 그의 오른손은 단단히 눈을 누르고 있다.

"나는 너의 그 불가사의한 막강한 힘을 인정한다고 했다. 그러나 내 힘도 나한테 빠져 나가지 않았고, 나는 그 고리를 떨어뜨리지도 않았다. 너는 사람의 눈을 멀게 할 수가 있을 것이다. 그러나 나는 손으로 더듬을 수가 있다. 너는 태워 버릴 수가 있다. 나는 재가 될 수 있다. 너는 이 불쌍한 눈과 손의 항복을 받아들이는 게 좋을 것이다. 나는 받아들이고 싶지도 않다. 네 번개의 광선이 내 두개골을 꿰뚫어 내 눈알은 아프고, 내 얻어맞은 머리는 목이 잘려 땅 위를 뒹굴고 있는 것 같다. 오오, 눈이 멀면서도 나는 너와 이야기하고 싶구나. 너는 빛이긴 하겠지만 암흑 속에서 나온 것이다. 그러나 나는 광명 속에서 뛰쳐나온 암흑이다. 바로 네 속에서! 불의 화살이 그쳤군. 눈을 뜨자. 보이는가, 보이지 않는가. 아아, 불길이 타

고 있다. 오오, 너는 관대하구나. 그래서 나는 나의 부모를 찬
양한다. 그러나 너는, 너라는 불은 내 아버지일 뿐이다. 내 다
정한 어머니를 나는 모른다. 이 얼마나 끔찍한 일이냐! 너는
그녀를 어쨌는가. 그게 의문이다. 하지만 네게 대한 의문은 더
크다. 너는 도대체 어디서 왔는지도 모르고, 누구의 몸을 빌리
지도 않았다고 일컬어지고 있다. 아니, 시작도 모를 터, 그래
서 시작이 없는 자라 일컬어지고 있다. 오오, 전능하신 이여.
그러나 나는 네가 나에 대하여 알고 있지 못하는 것을 알고 있
다. 투명한 영혼이여. 너의 저쪽에는 무언가 충만하지 않은 것
이 있고, 그것에 비하면 너의 영겁은 시간의 흐름에 불과하고
너의 모든 창조는 장난에 불과하다. 나의 이 타 버린 눈이 너
를 통하여, 네 불길의 몸집을 통하여 어렴풋이 그것을 보고 있
는 것이다. 버려진 불이여, 나이를 모르는 은자(隱者)여, 너도
네 나름대로 수수께끼를 가졌고, 남에게 알릴 수 없는 슬픔을
가지고 있다. 거기에서 나는 또 거만하게 마음 아파하며 나의
아버지를 읽어 내는 것이다. 날아라, 날아 올라라, 하늘을 날
아라! 나도 너와 함께 불타서 기꺼이 너와 융합하리라. 거역
하면서도 나는 너를 경배한다!"

"보트, 보트! 선장, 당신의 보트를 보시오."

스타벅이 외쳤다.

퍼즈의 불로 만들어진 에이허브의 작살은 보트의 커다란 십
자 기둥에 단단히 매여 있었으므로, 그것은 뱃머리에서 앞으
로 불쑥 뻗어 나가고 있었다. 또 파도 때문에 보트 밑에 구멍

이 나 있었는데, 그 여파로 헐거운 덮개가 빠져 있었다. 그리고 예리한 강철날 끝에서 지금 옆으로 새파랗게 갈라진 불길이 흘러나오고 있었다. 그 작살이 소리도 없이 뱀의 혀처럼 타는 것을 보면서 스타벅은 에이허브의 팔을 잡았다.

"하느님이, 하느님이 당신을 꾸짖고 계시는 겁니다. 선장, 그만둬요. 이건 나쁜 항해요. 시작도 나빴고, 그 뒤로는 줄곧 나쁜 일이 계속되었소. 지금이라도 돛가름대를 돌려서, 이 바람을 집으로 돌아가는 순풍으로 삼아, 지금보다는 좋은 항해를 하도록 합시다."

스타벅의 이 말을 듣자 공황에 빠져 있던 선원들은 한 조각의 돛도 남아 있지 않는데도 금세 방향 전환 밧줄이 있는 곳으로 달려갔다. 그들은 갑자기 항해사와 같은 공포를 느꼈던 모양으로 반란 같은 고함을 질러 댔다. 그러나 에이허브는 피뢰침의 쇠고리를 갑판에 내려쳐 울리며 불꽃을 내는 작살을 움켜쥐고 모두들 속에 횃불처럼 치켜들더니, 밧줄의 매듭을 푸는 녀석들은 즉석에서 찔러 버리겠다고 고함쳤다. 선원들은 그 무서운 형상에 겁이 나서, 또 그보다도 그가 들고 있는 불의 작살에 전율하며 마구 흩어져 달아나기 시작했다. 에이허브는 다시 입을 열었다.

"백경을 잡겠다던 네 녀석들의 맹세는 내가 한 맹세와 마찬가지로 깨뜨릴 수 없다. 그리고 이 늙은 에이허브는 말이야, 심장도 영혼도 육체도 또 폐도 생명도 그 맹세에 단단히 묶여 있단 말이다. 자, 이 심장이 얼마나 격렬하게 울리고 있는지 알려줄 테다. 지금의 이 공포를 없애 줄 테다."

그는 그러고는 단숨에 그 불길을 꺼 버렸다.

태풍이 평야를 마구 휩쓸 때, 사람들은 홀로 서 있는 느릅나무 거목으로부터 멀리 달아난다. 왜냐하면 그 높음과 강함이 벼락의 표적이 되어 더욱 위험해지기 때문이다. 마찬가지로 이 에이허브의 마지막 말을 듣자 선원들은 극도의 공황과 혼란을 일으키며 그에게서부터 달아나 버렸다.

120장 | 초저녁 당직이 끝날 무렵의 갑판

에이허브, 키 옆에 서 있고, 스타벅, 그에게 다가간다.

"선장, 큰 돛대의 중간 가름대를 내려야 합니다. 띠밧줄이 헐거워져서 바람이 불어 가는 쪽의 밧줄이 많이 닳았습니다. 내릴까요, 선장?"

"일체 내리지 마라. 붙들어 매라. 만일 여기 윗가름대 기둥이 있다면 당장 올리겠다."

"선장, 제발, 선장."

"왜 그러나?"

"닻이 걸렸습니다. 배로 올려놓는 게 어떨까요?"

"아무것도 내리지 마라. 아무것도 움직이지 마라. 모두 붙들어 매라. 바람이 불기 시작한다. 하지만 아직 내 고원(高原)

까지는 도달하지 않았다. 어서 갔으면 좋겠군. 그런데 이 사나이는 나를 하필이면 연안 항로를 다니는 조그만 배의 꼽추 선장 정도로 생각하고 있군. 내 큰 돛대의 중간 가름대를 내린단 말인가! 젠장, 아교 냄비 같으니! 진정한 돛대는 말이야, 맹렬한 바람을 위해 있는 거야. 그리고 내 마음의 돛대는 앞을 다투어 나아가고 있는 구름 사이를 달리고 있단 말이야. 그걸 내리라고! 오오! 병신들만 태풍 속에서 마음의 돛을 내리지. 제기랄, 하늘이 왜 이다지 소란스럽담. 복통이 심각한 병이라 할 수 없다면 저건 그래도 점잖다고 해야겠군. 오오, 약을 잡수시오, 소화제를 잡수시오!"

121장 | 심야, 앞갑판의 방어벽

스텁과 플라스크가 뱃전에 올라, 매달린 닻을 고정시키고 있다.

"글쎄, 스텁, 그 밧줄의 매듭이라면 마음대로 얼마든지 두드려 붙여도 좋지만, 자네가 지금 말한 것을 나한테 두드려 넣을 수는 없네. 그와 아주 반대인 말을 한 지 며칠이나 되었나? 자네가 그러지 않았나? 에이허브가 타는 배는 뒤에 화약통을 싣고 앞에 성냥통을 산더미처럼 실은 거나 마찬가지니 보험료를 몇 갑절 더 지불해야 한다고 말이야. 이봐, 자네가 그러지 않았는가?"

"그래? 그랬을지도 모르지. 그게 어쨌다는 건가? 그 뒤로 내 육신은 몇 번인가 바뀌었으니 마음도 변했겠지. 게다가 분명히 앞에는 화약통, 뒤에는 성냥통을 실었다 하더라도, 이렇게 흠뻑 젖었는데 어떻게 성냥으로 불을 붙이겠는가 말이야. 이봐요, 젊은 형씨, 그 머리칼이 좀 붉긴 하지만 그렇다고 불이 붙지는 않을 거야. 머릴 흔들어 봐. 자넨 보병궁(寶甁宮)일세, 즉 수병좌(水甁座)란 말일세. 플라스크, 네 옷의 칼라가 있는 데까지 물병이 가득 차 있는 걸세. 그래도 모르겠어? 위험이 많으면 많은 대로 보험 회사는 틀림없이 보증을 하고 있단 말이야. 보게, 물마개가 얼마든지 있어. 플라스크, 하지만 좀더 들어 봐, 다른 것도 가르쳐 줄 테니. 그런데 그보다 먼저 이 밧줄을 걸어야 하니까, 자네의 다리를 닻 위에서 좀 치우게. 좋아, 들어 봐, 도대체 폭풍이 심할 때 돛대의 피뢰침을 손으로 움켜쥐는 것과 피뢰침 따위는 아무것도 없는 돛대의 바로 옆에 서 있는 것과 얼마나 큰 차이가 있다는 건가. 돌대가리 같으니, 그래도 모르겠어? 피뢰침을 갖고 있더라도 돛대에 벼락이 떨어지지 않는다면 아무것도 겁날 게 없잖아. 그러니 말이야, 갈팡질팡하지 말란 말이야. 피뢰침을 가지고 다니는 배는 백 척 중 하나도 없어. 그러니 에이허브는, 아니 너하고 우리들 모두도 말이야, 우리의 바보 같은 머리로 생각할 때, 얼마나 위험했는가 하면 말이야, 지금쯤 바다 위를 헤매고 있는, 만 명가량의 배에 타고 있는 다른 친구들과 마찬가지란 말이야. 그런데 왕대공, 자네는 온 세계의 누구나 모자 구석에 조그만 피뢰침을 마치 주군(州軍) 장교들이 다는 깃털처럼 달고, 또 끄트머리는 허리띠처럼 끌고 다녀야 한단 말인가? 플

라스크, 좀 영리해지게. 영리해진다는 건 아무것도 아냐. 그래
도 모르겠어? 눈을 절반만 떠도 영리해진단 말이야."

"모르겠군, 스텁. 너도 가끔 난처해질 때가 있잖아."

"그렇지. 온몸이 물에 젖으면 영리해질 수가 없어. 정말이
야. 저런, 파도에 젖을 뻔했는걸. 하지만 괜찮아. 이봐, 그 고
리를 잡고 이리 보내게. 그런데 우린 이 닻을 두 번 다시 쓰지
못할 만큼 붙들어 매고 있는 것 같지 않은가. 어쩌면 주먹이
이렇게도 크단 말인가. 정말 그래, 야, 이게 네 주먹이냐? 와
아, 정말로 크구나! 그런데 플라스크, 도대체 이 세계는 어디
에 닻을 내리고 있는 걸까? 만일 닻을 내렸다면 말로 할 수 없
을 만큼 긴 케이블을 늘어뜨리고 있을 거야. 이봐, 그 매듭을
넣게. 됐어, 그걸로 끝이야. 갑판으로 내리는 건 육지에 내리
는 것 다음으로 즐거운 일이지. 이봐, 잠깐, 내 재킷 자락을
좀 쥐어 짜 주게. 미안하네. 축 늘어진 옷을 입고 있으면 녀석
들이 웃어 대니까 말이야. 플라스크, 하지만 내 생각으로는 태
풍이 불 때 배 위에서는 기다란 연미복 같은 걸 입는 게 좋을
거야. 뾰족한 꼬리가 물을 흐르게 하는 데 아주 좋거든. 마치
처마 끝의 물받이가 되는 격이지. 플라스크, 난 짧은 윗도리에
방수모 같은 건 딱 질색이야. 난 연미복을 입고 실크 모자를
쓰겠어. 자, 자! 방수모는 바다에 던져 버렸네. 하느님이여,
하늘에서 불어오는 바람이 약간 심술궂습니다요. 빌어먹을 밤
이군. 안 그런가?"

122장 | 심야, 돛대 위—천둥과 번개

큰 돛대 중간 가름대 옆에서 태쉬테고가 새로 밧줄을 감고 있다.

"그래, 그래, 그래, 천둥, 좀 그만해! 여기에 올라오니 천둥 때문에 너무나 시끄러운걸. 천둥이 무슨 소용이 있담. 천둥은 필요 없어. 럼주가 있었으면 좋겠군. 한 잔 주게나. 그래, 그래, 그래."

123장 | 머스킷 총

태풍에 가장 심한 타격을 받고 있을 때, 피쿼드 호의, 고래
턱뼈로 된 키 손잡이를 잡고 있던 자는, 그 요란스런 격동 때
문에 비틀거리며 갑판 위로 몇 번씩이나 나동그라졌다. 키에
는 보조 고패 밧줄이 매여 있었지만, 키 손잡이는 어느 정도
자유롭게 해 둘 필요가 있었으므로 그 밧줄은 많이 늦추어져
있었던 것이다.

이 같은 폭풍우로 배가 질풍에 휩쓸리는 깃털에 불과할 경
우에는 나침반의 바늘이 가끔 생각난 듯이 빙글빙글 도는 것
을 볼 수가 있었다. 피쿼드 호의 그것도 역시 마찬가지였다.
심한 충격을 받으면 거의 언제나 바늘이 지시반 위를 눈부시
게 선회하는 것이 키잡이의 눈에 들어오곤 했지만, 그걸 볼 때
마다 무엇인가 이상스러운 감정에 사로잡히지 않는 자는 거의

없었다.

한밤중을 조금 지났을 무렵, 태풍은 몹시 약화되고, 그래서 스타벅과 스텁의 맹렬한 수고—한 사람은 앞쪽에서, 또 한 사람은 뒤쪽에서—에 의하여 너덜너덜해진 삼각돛과, 또 앞돛, 큰 돛의 찢긴 조각은 돛대에서 떼어 내어져 바람이 불어 가는 쪽의 해면으로 날아갔다. 그것은 마치 앨버트로스가 태풍에게 시달리다 날아갈 때 흩어지는 깃털들과 흡사하게 보였다.

그리고 새로이 세 개의 돛이 접혀 올라가고, 바람이 사나울 때 쓰이는 강한 돛이 그 뒤쪽에 올려졌으므로, 다시금 배는 정상 궤도대로 파도를 가르고 나아갔다. 진로는 지금 현재 동남동이었는데—그것이 가능하다면 말이지만—키잡이는 다시금 그 명령을 받았던 것이다. 왜냐하면 폭풍이 심할 때면 그는 그저 바람이 움직이는 대로 배를 조종하고 있는 데 불과했기 때문이다. 그러나 지금 그는 가능한 한 배를 그 진로에 가깝게 해야 하며, 그래서 나침반을 보고 있었는데, 고맙게도 바람은 뒤쪽에서 불어오려 하고 있지 않은가. 역풍이 바뀌어 이제 순풍이 되어 준 것이다.

지금까지 암담해 보였던 앞길이 그토록 빨리 변하여 호조를 띠게 되었으므로, 모두들 너무나 기쁜 마음에 "저런 순풍이다! 오오, 잘됐어, 기운을 내서 가세." 하고 노래하고, 그 기운찬 노래와 함께 돛가름대는 직각으로 돌려졌다.

스타벅이 돛가름대를 순풍에 맞추자마자, 그의 상관이 언제나 내리는 변함없는 명령, 즉 24시간 중 언제든지 갑판 위의 명백한 사태 변화에 대하여는 즉시 보고하라는 것에 —내키지 않는 마음으로 기분이 불쾌했지만— 따르지 않을 수가 없어 기계적으로 에이허브 선장에게로 내려가 그 사태를 알렸다.

그 선장실의 문을 노크하려는 찰나, 그는 자기도 모르게 그 앞에 멈춰 섰다. 방의 램프는 좌우로 크게 흔들리며 자꾸만 껌벅거렸고, 노인이 닫은 문 —윗부분에는 판자 대신 고정된 덧문을 끼워 넣은, 그다지 두껍지 않은 문— 위에 흘끔흘끔 그림자를 던지고 있었다. 지하에 따로 격리된 듯한 이 선장실은 바다와 하늘의 온갖 울부짖음에 둘러싸여 있으면서도 그곳만은 설명할 수 없는 침묵의 울림 같은 것이 지배하고 있었다. 총가 (銃架)에는 총알을 잰 머스킷 총이 몇 자루인가 똑바로 기대어 번쩍번쩍 빛나고 있는 것이 보였다.

스타벅은 정직하고 성실한 인간이었다. 그러나 그 머스킷 총을 본 순간 스타벅의 마음에는 이상하게도 불순한 생각이 생겨났다. 그러나 그와 함께 어느 쪽인지 알 수 없는 관념, 또 올바른 생각도 들어와 섞였으므로 잠시 동안 그는 그 사념을 알아차리지 못하고 있었다.

그는 중얼거렸다.

"언젠가 그는 나를 쏘려고 했어. 저걸 봐, 저건 나한테 겨냥했던 머스킷 총이다. 개머리판에 장식이 달린 바로 저거야. 어디 만져 보자. 들어 올려 보자. 이상하군. 무시무시한 창을 겁 없이 휘둘러 온 내가 지금 이렇게 떨고 있다니 이상한걸. 총알이 들어 있는가 보자. 어디 보자. 그래, 그래, 화약 접시엔 화약이 들어 있군. 이건 그리 좋지 않군. 쏟아 버리는 게 낫지 않을까. 잠깐, 똑바로 정신을 차려야 해. 이 총을 단단히 쥐고 생각해 보는 거야. 나는 순풍을 보고하러 왔다. 그런데 그게 어떤 순풍인가. 죽음과 지옥에의 순풍, 그야말로 모비 딕에게는 순풍이다. 저 저주받은 큰 물고기에게 있어서만은 그래야 마땅한 순풍이다. 이 총신을 그는 나한테 겨누었었어! 바로 그걸 나는 지금 쥐고 있다. 내가 지금 손에 들고 있는 이것으로 그는 나를 죽이려 했던 거야. 그뿐 아니라, 그는 선원 모두를 죽이려는 거야. 어떤 태풍에서도 돛을 내리지는 않겠다고 그가 말하지 않았는가. 고귀한 사분의를 그는 던져 버리지 않았는가. 그리고 다른 곳도 아닌 예측할 수 없는 이 바다 안을 틀리기 쉬운 측정기(測程器)로 주먹구구식으로 헤매고 있지 않은가. 그리고 이 태풍 한가운데서 피뢰 장치는 필요 없다고 지껄여 대지 않았는가. 그러니 이런 광기 서린 노인이 배의 전 선원을 지옥으로의 길동무로 삼으려는 데 얌전하게 순종만 하란 말인가. 그렇다, 만일 이 배가 파멸의 종국으로 떨어져 버린다면 그는 서른 몇 사람을 고의적으로 죽인 인간이 되는 것이다. 그리고 단언해서 말하겠는데 만일 저 에이허브에게 맡겨 둔다면 이 배는 틀림없이 파멸의 구렁으로 빠지게 될 것이다. 그렇다면 이 순간에 그가 제거되면 그는 더 이상 죄를 저지르지 않아도 되는 셈이지. 어! 그가 잠꼬대를 하는 건가? 그래, 분명히 저기에 잠들어 있는 거다. 잠들어 있지만 살아 있으니 곧 눈을 뜰 것이다. 그렇게 되면, 노인이여, 나는 당신의 적수가 되진 못한다. 이치를 따져도, 충고를 해도, 탄원해도 당신은 들어주지 않는다. 모두 업신여긴다. 한 마디로 명령하면 한 마디로 복종해라, 그것을 당신은 좋아한다. 그렇다, 선원들은 모두 자기와 똑같이 맹세했다고 당신은 말한다. 우리가 모두 에이허브라는 것이다. 오오, 신이여, 이 얼마나 무서운 일이오니까! 그렇다면 다른 길은 없는가? 계율을 어기지 않는 길은? 그를 붙잡아 고국으로 보낼까? 뭐라고? 이 노인의 생생한 팔에서 그 자신의 생생한 힘을 비틀어 떼자는 건가? 그런 걸 생각하는 건 바보뿐이야. 글쎄, 설사 밧줄로 묶었다고 해 보자. 온몸이 밧줄투성이가 되어 그가 이 선장실의 마룻바닥에 고리가 달린 쇠사슬로 묶였다 할지라도 아마 우리 속의 호랑이보다 더 사납고 무서울 것이다. 그 길고 견딜 수 없는 항해 중, 내 평화, 수면, 귀중한 이성(理性)은 모두 없어질 것이다. 그럼 어떻게 해야 하는가? 육지는 몇백 리그나 떨어져 있고, 가장 가까운 일본은 쇄국주의다. 난 홀로 대양 속에 서 있고, 나와 법률 사이에는 두 개의 대양과 한 개의 대륙이 가로놓여 있다. 그래, 그래, 그렇고말고, 이제부터 벼락이 살인을 하려는 자의 침내에 떨어서 홑이불도 피부도 태워 버렸다고 해서 하늘을 살인자라 할 수 있을까? 그렇다면 나도 살인자라 할 수 있을까? 만일……."

그는 이렇게 말하고 천천히 반쯤 곁눈질을 하면서 총알이 재어진 머스킷 총의 끝을 벽으로 향했다.

"이러한 높이쯤에서 에이허브의 해먹이 흔들리고 있고, 머리는 이쪽이다. 손가락만 움직이면 스타벅은 살아서 다시 아내와 아들을 안아 볼 수 있는 것이다. 아아, 메리야, 메리! 아가야, 아가! 그러나 노인이 죽지 않고 눈을 뜬다면 스타벅의 몸은 다른 사람들과 함께 다음 주 이 시간쯤은 어딘지도 모르는 깊은 바다에 가라앉아 있을지도 모른다. 신이여, 지금 어디에 계시나이까? 해야 합니까, 하지 말아야 합니까? 선장님, 바람이 자고 방향이 바뀌었습니다. 앞돛, 가운데돛, 그리고 큰 돛의 중간돛은 줄여서 올렸습니다. 배는 예정된 진로를 취하고 있습니다, 선장님!"

"후방으로! 오오, 모비 딕 녀석, 드디어 네 심장을 쥐었다!"

마치 스타벅의 목소리가 길고 묵묵한 꿈에 찾아든 것처럼 노인의 괴로운 잠 속에서 울려 퍼지고 있었다.

아직 겨누어진 채 있는 총은 주정뱅이의 팔처럼 문틀에 닿아 덜덜 떨고 있었다. 스타벅은 천사와 싸움을 벌이고 있는 듯했다. 그는 이내 문에서 뒤돌아서서 죽음의 파이프를 제자리에 놓고는 그 자리를 떠났다.

"너무 잘 자고 있어. 스텁, 자네가 내려가 깨우게. 난 이 갑판에 볼 일이 있네. 무엇을 보고해야 하는지는 알고 있겠지?"

124장 | 나침반의 바늘

이튿날 아침, 아직 완전히 잔잔해지지 않은 바다는 거대한 기복을 이루며 길고 완만하게 굽이치고, 피쿼드 호의 소란스러운 항적에 바짝 다가와 활짝 편 거인의 손바닥처럼 배를 뒤에서 마구 밀고 있었다. 강하고 똑바로 달리는 바람이 가득 차 있었으므로 하늘과 대기는 배가 잔뜩 부푼 것 같았고, 온 세계는 바람에 휘말려서 울부짖고 있었다. 태양의 모습은 넘쳐 나는 아침 햇살 속에 숨어 있었고, 다만 그 태양이 있는 곳이리 생각되는 언저리에는 강렬한 번쩍임이 퍼지고 있었으며, 그 총검 같은 광선은 다발을 이루며 움직이고 있었다. 만물의 위를 바빌로니아의 왕과 왕비의 문장(紋章) 모양이 덮고 있었다. 바다는 도가니 속에 용해되어 있는 황금처럼 빛과 열로 거품을 일으키며 약동하고 있었다.

에이허브는 사람들로부터 홀로 떨어져서 매혹된 듯이 오랫동안 침묵을 지키고 있었다. 흔들리며 전진하는 배가 그 뱃머리의 돌출부를 조심조심 낮게 기울이며 굽힐 때마다 그는 전면에 태양 광선이 솟아오르는 것을 확인하려 했으며, 또 배가 그 고물을 낮게 내릴 때는 뒤를 돌아보면서 태양 광선의 행방을 보고, 그 황금의 선이 똑바로 뻗은 항적(航跡)과 한데 융합되는 것을 바라보고 있었다.

"하하하, 내 배여! 마치 바다 위를 가는 전차(戰車)처럼 보이는군. 어이, 내 뱃머리 앞쪽에 있는 만국민이여! 나는 태양을 당신들이 있는 곳으로 안내하겠소. 저쪽을 가는 큰 파도와 함께 가시오. 그리고 마차야, 바다 위를 진군하라."

하지만 갑자기 뭔가 마음에 걸린 듯, 그는 서둘러 키 있는 데로 가서 숨 가쁘게 배의 진로에 대해 물었다.

"동남동이오, 선장."

키잡이가 놀라면서 말했다.

"거짓말쟁이 같으니!"

그는 주먹을 움켜쥐고는 키잡이를 쥐어박았다.

"아침 이 시각에 동쪽을 향했는데 어째서 태양이 고물 쪽에 있단 말인가?"

그 말을 들었을 때 모두가 놀랐다. 왜냐하면 지금 에이허브가 말한 내용은 어떻게 된 영문인지 아무도 알아차리지 못하고 있었기 때문이다. 아마도 바보스러울 만큼 너무나 명료했던 것이 그 원인이었을까?

에이허브는 머리를 나침 상자에 반쯤 집어넣고 그 바늘을 한번 훑어보았다. 들어 올렸던 팔은 힘없이 푹 꺾이고 순간 그는 비틀거리는 것처럼 보였다. 그 뒤에는 스타벅이 서서 바라보고 있었는데, 오오! 이 무슨 변고람, 두 개의 나침반 바늘은 동쪽을 가리키고 있었고, 피쿼드 호는 분명 서쪽을 향해 달리고 있었다.

그러나 최초의 충격이 선원들에게 전해지기도 전에 노인은 불굴의 미소를 지으며 외쳤다.

"알았어! 전에도 이런 일이 있었다. 스타벅, 알겠나, 어젯밤 벼락이 나침을 거꾸로 돌게 했어. 그것뿐일세. 자네도 그런 이야기를 들어 본 적이 있겠지?"

"예, 하지만 제 배에서 직접 일어났던 일은 없었습니다, 선장."

항해사는 창백한 얼굴로 걱정스러운 듯이 말했다.

여기서 말해 두어야 하는데 심한 폭풍우인 경우에는 이와 비슷한 사고가 가끔 일어나곤 하는 것이다. 나침반의 바늘에 주어져 있는 자력은 우리가 알고 있듯이 본질적으로는 하늘 위에서의 전기와 같은 것이다. 그러니 이런 일이 있다고 해서 괴이하게 생각할 건 없다. 번개가 실제로 배를 쳐서 돛대나 삭구를 파괴하는 경우에는 나침반의 바늘에 대한 영향이 더욱 치명적이다. 천연 자석의 온갖 기능은 무로 돌아가고 지난날 자력을 가진 강철이었던 것은 할머니의 뜨개질 바늘과 같은 무력한 것이 되어 버린다. 그리고 어쨌든 바늘은 한번 손상되면 잃어버린 기능을 자기 힘으로 되찾지는 못한다. 그리고 만일 나침반의 바늘이 잘못되었다면 배 안에 있는 다른 모든 것에도 같은 운명이 찾아들게 되며, 심지어 내용골(內龍骨)에 박힌 맨 밑바닥의 것이라 할지라도 예외가 될 수는 없다.

노인은 침착하게 나침반 앞에 서서 역방향을 가리키는 바늘을 바라본 후 손을 뻗쳐 그 가장자리 선으로 태양의 정확한 위치를 알아냈다. 바늘이 정확하게 반대쪽을 가리키고 있음을 확인한 노인은 큰 소리로 배의 진로를 바꾸라는 명령을 내렸다. 돛가름대는 일제히 올려졌다. 그리하여 피쿼드 호는 그 겁 없는 뱃머리를 역풍으로 돌리게 되었다. 그동안 순풍이라고 생각되었던 것은 그들의 착각이었다.

그러는 동안, 스타벅은 내심 어떻게 생각했든 아무 말도 없이 필요한 명령을 내리고 있을 뿐이었다. 한편, 스텁과 플라스크도 스타벅과 얼마간 같은 감정을 느꼈던 모양으로, 역시 투덜대지 않고 명령에 따르고 있었다. 낮은 목소리로 중얼대고 있기는 했지만, 그들이 에이허브에게 품는 두려움은 운명에 대한 두려움보다 컸다. 그러나 언제나 그렇듯이 이교도인 작살잡이들은 전혀 마음이 흔들리지 않고 있었다. 설사 흔들리는 일이 있다면 그것은 불굴의 에이허브로부터 그들의 마음을 향해 발사되는 힘에 의해서일 것이다.

잠시 동안 노인은 흔들리는 갑판을 생각에 잠긴 채 걷고 있었다. 그러다 고래뼈 다리가 그만 미끄러졌을 때, 전날 갑판에 던져 버렸던 사분의의 그 망가진, 구리로 된 관측관이 눈에 띄었다.

"이 보잘것없는 건방진 하늘을 우러르는 자여, 태양의 졸개 같으니! 어제는 내가 네 녀석을 부숴 버리고, 오늘은 나침반의 바늘이 나를 부숴 버리려고 했어. 하지만 에이허브는 말이야, 조준(照準)의 자철(磁鐵) 따위는 마음대로 할 수 있다네. 스타벅, 자루를 뺀 창과 망치와 그리고 돛을 꿰매는 가장 작은 바늘을 주게. 어서 빨리 주게!"

그로 하여금 이 작업을 하게 만든 충동에는 아마 어떤 은밀한 동기가 결부되어 있을 것이고, 또 선원들의 사기를 회복하기 위해 나침반 바늘의 역전이라는 이상한 사태 아래서 자신의 묘기라고 할 만한 것을 실현해 보이려는 목적도 결부되어 있었으리라. 게다가 노인은 잘 알고 있었던 일인데, 역전된 바늘로 키를 조종한다는 것은 서투르긴 하지만 불가능한 것은 아니었다. 그러나 그런 짓을 하면 미신을 잘 믿는 선원들에게 공포나 흉조를 불러일으킬 가능성이 있었다.

그는 항해사로부터 자기가 주문했던 물건들을 받아 들자, 선원들 쪽을 똑바로 돌아보며 말했다.

"모두들 듣거라! 번개가 이 에이허브 노인의 바늘을 비틀어 놓았지만 이 에이허브는 이 쇳조각으로 정직하게 방향을 가리킬 줄 아는 바늘을 만들어 낼 수 있다."

그 말을 듣자 선원들은, 참으로 놀랐습니다, 이젠 두 손 들었습니다, 하는 듯이 눈을 크게 뜨며 서로의 얼굴을 쳐다보았다. 그리고 매혹된 눈빛으로 어떤 마술이 시작될지를 기다렸다. 그러나 스타벅은 옆으로 얼굴을 돌린 채, 딴 곳을 바라볼 뿐이었다.

에이허브는 망치로 일격을 가해 강철의 끝을 떼어 내고 나머지 기다란 쇠막대기를 항해사에게 건네주며, 그것을 갑판에 닿지 않도록 똑바로 세워서 들고 있으라고 일렀다. 그리고 망치로 몇 번씩이나 그 쇠막대기의 윗부분을 두드린 뒤, 거기에 굵고 짧은 바늘을 거꾸로 놓고는 다시 또 몇 번을 두드렸다. 그러나 그 다음번에는 그 힘을 약간 약하게 하여 두드리는 것이었다. 그리고 그 바늘에 대하여 뭔가 괴상한 주문 같은 것을 외고는 그 강철에 자성(磁性)을 주기 위해서인지 다만 선원들에게 공포와 존경심을 더욱 갖게 하려는 속셈에서인지는 알수 없지만 삼베 실을 가져오라고 명령했다. 그리고 나침반이들어 있는 곳으로 가 그 두 개의 역전된 바늘을 빼내고는 돛꿰매는 바늘의 한가운데가 나침반의 중심점 위에 오도록 하여수평으로 놓았다. 처음에 그 강철 바늘은 양 끝을 자꾸만 진동시키면서 빙글빙글 회전하더니 나중에는 그 정확한 위치에 고정되었다. 에이허브는 줄곧 그 결과가 어떻게 될 것인가 하고열심히 주목하고 있었는데, 제자리에 바늘이 정착하자 기분좋게 나침반 앞에서 물러나 그쪽을 가리키며 외쳤다.

"모두들 보아라. 눈으로 똑똑히 보아라, 에이허브가 조준의 자철(磁鐵)을 어떻게 마음대로 다루었는지를. 태양은 동쪽이다. 자, 보아라. 저 바늘이 가리킨다!"

모두들 한 사람씩 바늘을 들여다보았다. 그들의 눈만이 자신들의 무지를 설득시킬 수가 있었던 것이다. 그리고 한 사람씩 눈치를 보며 그 자리를 떠나갔다.

에이허브는 멸시와 승리감으로 두 눈을 빛내며 오만하게 서 있었다.

125장 | 측정기와 측정선

숙명의 피쿼드 호가 바다에 뜬 지도 이제는 오랜 시일이 경과되고 있었지만 측정기와 측정선은 전혀 사용되고 있지 않았다. 배의 위치를 결정하는 데는 신뢰할 만한 또 다른 방법도 있었으므로 얼마간의 상선 그리고 많은 포경선은 순항(巡航) 중에는 더욱이 측정기를 바다에 넣는 일을 하지 않는다. 하지만 가끔 단순히 형식적으로 배에 비치된 석반(石盤) 위에 규칙적으로 배의 진로를, 또 한 시간마다 추정 평균 속도를 기입하곤 했다. 피쿼드 호도 그런 식이었다. 나무 실타래와 거기에 달린 네모난 측정기는 오랫동안 아무도 만지는 일 없이 뱃고물 쪽 뱃전의 난간에 매달려 있었다. 비와 파도가 그것을 적시고 태양과 바람이 그것을 말라 비틀어지게 했으며, 모든 자연의 힘은 그토록 쓸모없이 매달려 있는 것을 모두 부패시키고 노후시키고 있었다. 그러나 자석 사건이 일어난 지 몇 시간 뒤에 우연히 그 실타래를 보았을 때, 지금까지 그런 것에는 아랑곳하지 않았던 에이허브는 마음이 움직였고, 자기의 사분의가 이미 없다는 것, 측정기와 측정선에 대해 그가 선언한 것들을 생각해 냈다. 배는 지금 덜컹덜컹거리며 돌진하고 있었으며 선미에는 큰 파도가 날뛰고 있었다.

"앞갑판에 있는 녀석, 이봐, 측정기를 던져라!"

두 선원이 왔다. 황금빛 살갗을 한 타히티 섬 사람과 반백이 된 맨 섬 사람이었다.

"누구든 한 사람, 실타래를 들어라! 내가 던지겠다."

그들은 바람이 닿지 않는 맨 뒤쪽으로 갔다. 거기는 비스듬히 부는 바람의 힘을 받아 갑판이 거의 파도 속으로 가라앉을 것 같았다. 그 파도는 흰 거품을 일으켰고 배는 그 파도를 가르며 비스듬히 달리고 있었다.

맨 섬의 사나이가 실타래를 들고는 끈이 둘둘 말려 있는 굴대 끄트머리의 손잡이를 높이 쳐들어, 네모진 측정기를 밑으로 늘어뜨렸다. 그러자 에이허브가 그 사나이 옆으로 다가왔다.

에이허브는 그 앞에 서서 가벼운 솜씨로 30~40번가량 감긴 것을 풀고 바다에 던지기 위해 손에 말아 쥐었는데, 그때 반백의 맨 섬 사나이가 유심히 그와 끈을 보더니 용기를 내어 에이허브에게 말했다.

"선장님, 걱정이군요. 이 끈은 너무 낡았습니다. 오랫동안 뜨거워졌다 물에 젖었다 해서 많이 낡았습니다요."

"할아범, 이건 충분히 견딜 수 있어. 자네 또한 오랫동안 뜨거워졌다 물에 젖었다 했지만 충분히 견디고 있지 않나! 아니지, 자네가 견디고 있는 게 아니라 목숨이 자네를 지탱하고 있다는 게 맞겠지."

"내가 가지고 있는 건 실타래입니다, 선장님. 하지만 나같이 머리가 잿빛이 되면 논쟁을 해도 소용없습니다요. 더욱이 상대가 패배를 인정하지 않는 윗사람이고 보면 말입죠."

"뭐라고? 아니, 자넨 화강암으로 세운 자연 대학의 너덜너덜 박사란 말인가? 하지만 자네는 좀 지나치게 비굴한 것 같군. 자넨 어디서 왔나?"

"맨(아일랜드에 있는 작은 섬. '맨'을 '인간'에다 견주는 익살)이라는 바위투성이 작은 섬입니다요, 선장님."

"좋아, 멋지군! 자넨 세계에 한 방 먹인 셈일세."

"뭐가 말입니까, 선장님? 난 거기서 태어났을 뿐입니다요."

"그래, 맨 섬 말이지. 하지만 그건 딴 이야길세. 어쨌든 좋아. 여기에 맨에서 온 인간이 있다. 그자는 예전엔 독립해 있던 섬, 지금은 인간도 없는 인간(맨) 섬으로 들어가고 말았지. 하지만 무엇한테? 실타래를 들게! 결국은 죽은 눈먼 벽이 생각하는 머리를 눌러 버리는 거지. 자, 높이 들게나. 좋아!"

측정기는 바다에 던져졌다. 풀린 끈은 즉시 뻗어 내려 배의 뒤쪽에 기다란 선을 만들고 당겨졌다. 그러자 또 금세 실타래가 회전하기 시작했다. 끌려가면서도 저항하는 것처럼 측정기

426

가 큰 파도에 의해 올라갔다 내려갔다 했으므로 실타래를 든 노인은 기묘한 꼴이 되어 자꾸만 비틀거렸다.

"단단히 잡아!"

툭! 너무 강하게 당겨지던 끈은 느슨해져서 긴 밧줄처럼 되었다. 뒤에서 끌고 있던 측정기는 떨어져 나가고 말았다.

"내가 사분의를 망가뜨리고, 벼락이 바늘을 거꾸로 돌리고, 이번에는 미쳐 버린 바다가 측정선을 끊었다. 그러나 이 에이허브는 뭐든지 수선한다. 타히티 사람이여, 그 끈을 끌어당겨라. 맨 사람이여, 감아라. 그리고 목수한테 측정기를 하나 더 만들라고 해라. 끈은 자네가 수선해라. 알겠나? 그렇게 하게."

"저 꼬마 녀석이 걸어오고 있군. 저 녀석에겐 아무 일도 일어나지 않은 모양이지. 하지만 나에게는 세계의 축(軸)의 꼬챙이가 빠진 거나 마찬가지지. 타히티여, 당겨라! 이놈의 끈, 이 녀석이 나갈 때는 나는 듯이 풀려 달리더니 돌아올 때는 느릿느릿 끌리고, 그나마 끊긴 나머지야. 그래, 핍이냐? 도우려 왔느냐, 핍?"

"핍? 누굴 보고 핍이라는 거예요? 핍은 포경 보트에서 뛰어들었어요. 핍은 없어요. 어부 아저씨, 보여 줘요. 당신 거기서 핍을 낚지 않았나요? 마구 당기고 있군. 그 녀석이 잡고 있을 거예요. 타히티, 힘껏 당겨요. 그리고 때려 내쫓아요. 비겁자는 여기에 들어올 수 없어요. 저런! 저 녀석의 팔이 물을 가르고 있네요. 도끼, 도끼, 끈을 잘라요. 비겁한 자는 여기 들여

놓을 수 없어요. 에이허브 선장님, 선장님! 저것 봐요, 핍이 다시 배로 돌아오려고 하네요."

"닥쳐, 미친 녀석 같으니! 뒷갑판에 오지 마!"

맨 사람은 그의 팔을 잡고 외쳤다.

"큰 바보가 작은 바보를 꾸짖는군."

에이허브는 그렇게 중얼거리며 앞으로 나아갔다.

"그 성자님으로부터 손을 떼라! 아이야, 핍이 어디에 있다고 그랬느냐?"

"선미, 선미에요! 저것 봐요, 저기!"

"그래, 아이야, 넌 누구냐? 너의 그 흐리멍덩한 눈동자엔 내 모습이 비치지 않는구나. 오오, 신이여! 인간은 죽음을 모르는 영혼이 슬쩍 들어갈 수 있는 구멍 뚫린 체가 될 수는 없는 겁니까? 아이야, 넌 누구냐?"

"종지기예요, 선장님. 배를 부르는 아이예요. 딩동, 딩동, 딩동! 핍, 핍! 보수는 흙이 백 파운드예요. 키는 5피트, 비겁한 얼굴, 핍을 못 보셨나요?"

"설선(雪線)에는 인정 있는 심장은 있을 수 없는 법이지. 오오, 얼어붙은 하늘이여, 여길 내려다봐라. 그대 도락자(道樂者)인 조물주여, 그대는 이 불행한 아이를 낳고 그리고 버렸도다. 아이야, 이제부터는 에이허브가 살아 있는 한 에이허브의 선실이 곧 핍의 선실이 될 것이다. 아이야, 넌 내 마음 깊은 곳까지 와 닿았다. 너는 끈으로 나의 마음과 연결되어 있다. 자, 선실로 내려가자."

"이건 뭐예요? 비단 같은 상어 가죽."

소년은 에이허브의 손을 가만히 보며 쓰다듬었다.

"아아, 저 핍이 이 다정한 것을 만져 보았다면 없어지진 않았을 텐데. 선장님, 이거 맨로프(사다리 옆에 있는 붙잡고 오르내리는 데 사용하는 밧줄) 같네요. 약한 사람이 이걸 잡으면 좋아요. 아아, 선장님, 퍼즈 영감을 불러서 이 검고 흰 두 손을 징으로 박게 해 줘요. 난 이걸 놓고 싶지 않아요, 선장님."

"오오, 아이야, 나도 그것으로 너를 이보다 더 무서운 곳으로 끌어들이게 되지 않는다면 너를 놓고 싶진 않구나. 자, 선실로 가자. 이봐, 그대들, 신에게 모든 선이 있고 인간에게 모든 악이 있다고 믿는 자들이여, 보아라, 전지(全知)의 신은 괴로워하는 인간을 버렸고, 자기가 무엇을 하는지도 모르는 백치의 인간이 사랑과 감사의 아름다움에 차고 넘치는 것을. 자, 어서 가자! 너의 검은 손을 잡고 가는 것이 황제의 손을 잡고 가는 것보다 내게는 자랑스럽구나."

그것을 보던 맨 섬의 할아범이 낮은 목소리로 말했다.

"저런, 미치광이가 둘 가는군. 한 미치광이는 강하고, 한 미치광이는 악하다. 그런데 이 빌어먹을 밧줄도 이제 끝장이군. 흠뻑 젖어 버렸어. 수선을 하라고? 몽땅 새것으로 바꾸면 될 것 아냐. 어서 스텁하고 의논을 해야지."

126장 | 구명 부표

　지금 피쿼드 호는 에이허브의 바늘의 조준에 따라 남동쪽을 향하고 있었고, 에이허브의 측정기와 측정선으로 진행도를 정확하게 정하고 적도를 향해 달리고 있었다. 이처럼 인적이 끊긴 바다를 배의 그림자조차 보는 일 없이, 또 줄곧 옆에서 불어오는 무역풍을 받으며 평탄하고 단조로운 파도 위를 긴 시간 동안 항해하노라니, 이 모든 것이 그 어떤 무서운 참사의 전조처럼 느껴졌다.

　마침내 배는 적도 어장의 외곽부라고 할 수 있는 곳 가까이에 이르렀다. 그리하여 새벽이 오기 전의 캄캄한 어둠 속을 한 무리의 암초를 스치며 나아갈 때 불침번은—야간 당직은 플라스크가 지휘하고 있었는데—어떤 외침 소리에 놀랐다. 그것은 뼛속까지 스며들듯이 슬프고, 무시무시하고, 이 세상 것이 아닌, 마치 헤롯에게 살해된 어린아이(《신약성서》〈마태복음〉. 예수의 탄생을 듣고 헤롯 왕은 모든 갓난아이를 살육했음)들의 망령의, 의미를 알 수 없는 통곡 소리를 생각나게 하는 것이었으므로, 그들은 모두 꿈에서 깨어나 서 있는 자나, 앉아 있는 자나, 무엇에 기대 있는 자나, 모두 로마 노예의 조각처럼 굳어 버린 채 그 괴기한 외침에 귀를 기울이고 있었다. 그리스도교도, 즉 문명인인 선원들은 그것이 인어(人魚)라며 전율했다. 그러나 이교도인 작살잡이들은 공포의 빛조차 보이지 않았다. 다만 맨 섬 출신의 반백의 할아범은—선원 중에서 가장 나이 많은 이 늙은이는—그 괴상하게 소름끼치는 소리를 들으며 그것이 새로 물에 빠진 자들의 것이 분명하다고 단언했다.

아래쪽 해먹에서 자고 있던 에이허브는 잿빛 새벽이 되어 갑판에 나오기까지 그 사실을 몰랐다. 에이허브가 일어나자 플라스크는 무서운 미신을 섞어 가며 그에게 보고했다. 그러자 그는 껄껄 웃으며 그 괴이함에 대하여 설명했다.

배가 스치고 지나온 암초의 무리는 바다표범의 대군(大群)이 모여드는 곳으로, 어미를 잃은 어린 바다표범과 새끼를 잃은 어미가 배 가까이 떠올라서 헤엄쳐 따라오며 그들 특유의 사람 목소리 비슷한 소리로 울부짖은 것임에 틀림없다는 것이었다. 이 설명은 그러나 선원들 일부에게는 더욱 심한 충격을 주었다. 왜냐하면 선원들 대부분은 바다표범에 대하여 매우 미신적인 감정을 가지고 있었기 때문이다. 그것은 바다표범이 슬퍼할 때의 음조가 일종의 특이성을 가지고 있을 뿐 아니라, 뱃전의 파도 사이에 떠서 이쪽을 올려다볼 때의 그 둥근 머리라든가 무엇인가 지혜가 있어 보이는 얼굴 생김새의 인간다운 모습에서 비롯되는 것이었다. 바다에서는 그런 상황 때문에 바다표범이 사람과 혼동되는 일이란 그렇게 드물지 않았다.

선원들이 느낀 흥조는 그날 아침에 그들 중의 한 사람에게 밀려든 운명에 의하여 더욱 확실하게 입증되었다. 그 사나이는 해돋이와 함께 해먹에서 빠져 나와 앞갑판으로 갔는데, 그는 아직 잠에서 깨어 있지 않았는지(때로 선원들은 비몽사몽 중에 올라간다), 아니면 이 사나이는 언제나 그랬는지 거기까지는 전혀 알 수가 없었지만, 아무튼 그가 돛대 위에 오른 지 얼마 안 되어 외침 소리, 아니 외침 소리와 질주(疾走)의 울림이 들려 선원들이 올려다보니, 공중에서 어떤 물체가 떨어졌고, 잠시 후 푸른 해면에 흰 거품이 조그맣게 뭉쳐 오르는 것을 볼 수 있었다.

구명 부표─길고 가는 나무통─가 뱃고물에 교묘하게 장치된 스프링에 언제나 명령을 기다리며 매달려 있어서 곧 그것이 던져졌지만 그것을 잡으려고 물에서 뻗어 나오는 손길은 없었다. 그리고 태양이 이 통을 바싹 말려 버린 데다 오랫동안 내리쬐어 왔으므로 바다에 떨어진 통은 천천히 물기를 빨아들이기 시작했고, 또 햇볕에 마른 목재도 그 구멍마다 물을 빨아들였다. 그래서 쇠테를 징으로 박아 둘러놓은 그 통은 선원의 뒤를 쫓아 바다 밑으로 가라앉기 시작했는데, 아무리 보아도 그것은 좀 딱딱하긴 해도 그의 베개 역할을 할 것 같았다.

이리하여 백경이 있다는 그 근처의 해면에서 그 백경을 감시하기 위해 첫 번째로 피쿼드 호의 돛대 위로 올라간 인간은 깊은 바다로 한입에 삼켜져 버린 것이다. 그러나 그때의 일에 별다른 의미를 부여한 자는 거의 없었다. 뿐만 아니라 그들은 어쩐지 적어도 이 사건을 흉조로 슬퍼하지는 않았다. 그 까닭은 그들은 그것을 미래에 대한 흉조로 보지 않고 이전에 예고되었던 흉조가 실현된 것이라 보았던 것이다. 그들은 어젯밤에 들었던 그 굉장한 외침의 의미를 알았다고 주장했다. 그러나 맨 섬의 사나이만은 그렇지 않다고 말했다.

잃어버린 구명 부표는 보충되지 않으면 안 된다. 스타벅이 그 작업을 지시받았다. 그러나 모두 다 이 항해에서 가장 중요한 장면이 가까워지고 있다는 느낌 때문에 흥분 상태가 되어, 그것이 과연 무엇이든 그 바싹 다가온 결말과 직접적으로 관계가 있는 일 이외에는 일할 마음이 없어진 상태였으므로, 결국 그들은 선미에 부표를 달지 않은 채 가려고 했는데, 퀴퀘그가 괴상한 손짓과 얼굴 표정으로 자기의 관을 가리켰던 것이다.

"관으로 만든 부표라니!"

스타벅이 경악에 차서 외쳤다.

"꽤 근사한 생각이군그래. 그렇지 않은가?"

스텁이 말했다.

"아주 좋은 것이 되긴 하겠는걸. 우리 목수가 문제없이 만들어 줄 거야."

플라스크도 말했다.

"가져와. 다른 게 없겠구나."

스타벅은 잠시 어두운 얼굴을 한 뒤 말했다.

"만들어 주게, 목수. 이봐, 내 얼굴을 그렇게 보지 말게. 관으로 만들라고 했네. 들었나? 어서 만들게."

"항해사 양반, 뚜껑에 못질을 해 버릴까요?"

망치질을 하듯이 손을 흔들며 목수가 말했다.

"그래."

"그리고 헝겊으로 물이 새지 않게 할까요?"

이번에는 헝겊을 밀어 넣는 끌을 가진 듯이 손을 움직이며 말했다.

"그래."

"그리고 역청(歷靑)으로 온통 칠할까요?"

이번에는 역청 항아리를 손에 든 것처럼 손을 움직이며 묻는 것이었다.

"시끄러워! 무엇에 홀려 지껄이고 있는 거야! 그저 관으로 구명 부표를 만들어 주기만 하면 된단 말이야. 스텁, 플라스크, 자, 함께 저쪽으로 가세나."

"화가 잔뜩 나서 가 버렸군. 공적인 일에는 느긋하면서도 이런 일에는 투덜댄단 말이야. 어쨌든 난 이 일은 싫어. 내가 에이허브 선장에게 다리를 만들어 드렸더니 그는 신사처럼 걸었어. 내가 퀴퀘그에게 통을 만들어 주었더니 그는 거기에 머

434

리를 처넣으려 하지 않았어. 내가 저 통으로 관을 만든 건 헛수고였을까. 그런데 이번에는 그걸로 구명 부표를 만들라고 하다니. 이건 헌 코트를 뒤집으란 것과 마찬가지가 아니냔 말이야. 난 이런 수선 목수가 하는 것 같은 일은 좋아하지 않아. 정말 싫어. 너무 싸구려가 아니냔 말이야. 내가 할 일이 아니야. 수선은 수선을 하는 자에게 맡기면 되잖아. 난 더 위대하단 말이야. 내가 손 대고 싶은 건 그저 아직 싱싱한 숫처녀 같은, 정직하고 꼼꼼한, 명분이 있는 일이란 말이야. 시작은 제대로 하고 싶고 중간은 중간대로 그리고 나중에는 또 제대로 끝내고 싶어. 그런데 수선장이의 일은 중간에서 끝났나 하면 끝이 시작되거나 한단 말이야. 수선 따위를 내놓는 건 늙은 할멈들이나 하는 일이지. 하느님! 할멈이란 수선장이를 좋아한단 말이야. 예순다섯이나 된 할머니가 대머리인 젊은 수선장이와 가출한 것을 알고 있어. 그래서 나는 육지인 비녀드에서 가게를 내고 있을 때에도 의지할 데 없는 과부 할멈의 일만은 받지 않았거든. 적적한 김에 나하고 사랑의 도피 행각을 하고 싶다고 할지도 모르니까 말이야. 하지만 봐, 바다엔 두건 같은 선 없어. 있는 건 흰 파도의 두건뿐이야. 그린데 뚜껑은 못질하고, 틈새에는 헝겊을 채우고, 역청을 온통 바르고, 뗏목으로 단단히 죄어서 스프링 갈고리로 뱃고물에 매달란 말인가. 관에다 그런 일을 한 녀석이 지금까지 있었을까. 만일 허풍쟁이 할아범 목수였다면 그런 짓을 하기 전에 밧줄로 매달아 달라고 했을 거야. 하지만 나는 애루스툭(북아메리카 메인 주에 있는 마을 이름)의 솔송나무처럼 옹이투성이의 억센 사나이다. 겁내지는 않아. 말구유처럼 관을 매다는 거지! 묘지 도구를 매달고 항해를 하는 거지. 하지만 아랑곳할 것 없어. 우리들 목수는 관도 만들고 신혼의 침대도 만드는가 하면 트럼프 탁자도 만든단 말이야. 난 그날그날 일하는 거야. 아니, 일 나름으로 돈벌이 나름으로 일하는 거야. 무슨 이유에서냐, 무엇 때문이냐 하는 건 우리가 생각할 게 아니지. 물론 너무나 많이 고쳐야 할 일이라면, 그때는 될 수 있으면 사양하겠어. 하지만 이 일은 얌전하게 해 주자. 그러니까, 가만 있자, 배의 선원이 모두 몇 명이었더라. 저런 감쪽같이 잊었군. 아무튼 터번 같은 매듭을 맨 밧줄을 30개, 각각 3피트의 길이로 잘라서 사방으로 관에 매달자. 그렇게 되면 말이야, 만일 배가 가라앉는다면 살아 있는 30명의 남자가 겨우 관 하나를 가운데 두고 싸우겠지. 이 세상에서는 그리 쉽게 볼 수 있는 광경이 아닐 거야. 자, 망치, 헝겊을 끼워 넣은 끌, 역청 항아리, 밧줄을 꿸 바늘이 있어야겠군! 자, 어서 서두르자!"

.

127장 | 갑판

관이 고정기 벤치와 열어 놓은 승강구 사이에, 두 개의 밧줄 통 위에 놓여 있다. 목수는 그 관의 틈새에 헝겊을 채우고 있다. 그의 작업복 가슴 언저리에 놓인 뭉치에서 천천히 헝겊 조각이 줄어들고 있다. 에이허브가 선장실 입구에서 나와 천천히 걸어가며 뒤따라오는 핍을 알아차린다.

"돌아가라, 아이야. 곧 너한테로 돌아갈 테니. 그래, 알았다고! 손마저도 저 아이처럼 유순하게 내 맘대로 움직이지 않는군. 아니, 교회 안인가, 이건 뭔가?"

"선장님, 구멍구입니다. 스타벅의 명령입니다. 아! 조심하세요. 거긴 승강구입니다요!"

"미안하군, 걱정시켜서. 그런데 이 관은 무덤 구멍에 아주 잘 맞을 것 같은데."

"예? 승강구에 말입니까? 과연 딱 들어맞는군요."

"자넨 다리를 만든 사나이가 아닌가? 그렇지, 이봐, 이 의
족(義足)은 자네 가게에서 만든 게 아닌가?"

"선장님, 그런 것 같군요. 쇠테는 괜찮습니까요?"

"괜찮다네. 하지만 자네는 장의사도 했었잖아?"

"예, 선장님, 이 물건은 퀴퀘그의 관으로 쓰려고 만든 것입
니다요. 그런데 이번엔 또 이걸 다른 것으로 고치라는군요."

"그렇다면 말이다, 그렇게 어느 날은 다리를 만들고 어느
날에는 그걸 집어넣을 관을 만들고 그리고 또 이번에는 그 관
으로 구명구를 만들어 내다니, 자네란 사람은 말이지, 지나치
게 탐욕스럽고 주제넘고 건방지고 신도 두려워하지 않는 악당
이로군. 자네는 신들처럼 제멋대로이고 그리고 무엇이든 참견
하는 친구군."

"하지만 내게는 아무런 생각도 없습니다요. 난 그저 시키는
대로 이렇게 하고 있을 따름입니다."

"그게 신이다. 잘 듣게. 자네는 관을 만들 때 언제나 노래를
부르지 않는가? 들은 바로는 거인족(그리스 신화. 올림피아의
신들과 싸워 패배했다)들은 화산의 분화구를 팔 때면 노래를
불렀다고 했고, 연극에서 무덤 파는 인부들도 괭이를 들고 노
래한다고 하더군. 자네는 노래를 안 부른다는 말인가?"

"노래 말입니까, 선장님? 내가 노래를 부른다구요? 난 그런
건 조금도 재미가 없습니다요. 무덤 파는 녀석들이 노래하는

438

건 녀석들의 괭이에 노래가 없기 때문이지요. 하지만 헝겊 채우기는 노래로 가득 찼습니다요. 들어 보세요."

"그래, 그건 그 뚜껑이 울림판이기 때문이지. 그런데 모름지기 울림판이 생기는 건 그 밑에 아무것도 없기 때문일세. 하지만 관만은 그 속에 시체를 넣어도 역시 퍽 잘 울린다네. 목수, 자네는 관을 메고 가는 걸 돕다가 그 관이 무덤에 들어가기 전에 문기둥에 부딪쳐 소리 나는 것을 들은 적이 있겠지?"

"신이여, 선장님, 나는……."

"신이여? 무슨 신인가?"

"아니, 선장님. 그건 감탄할 때 나오는 말일 뿐입니다요. 그것뿐일 따름입니다요."

"그래, 그래, 어서 말을 계속하게."

"선장님, 내가 말하려 했던 것은 그저 다만……."

"아니, 자넨 누엔가? 자넨 자기 몸에서 실을 토해 내어 자신의 수의(壽衣)를 짜는 건가? 자네 가슴을 보게. 그리고 어서 일하게. 그 물건은, 그 가슴에 있는 물건은 참으로 보기 흉하네."

"선미로 가 버렸다. 정말 갑작스러웠어. 하지만 열대에선 태풍이 언제나 갑작스럽게 오지. 살라빠고스(남아메리카 에콰도르 앞바다에 위치) 군도 중의 앨버마를 섬은 바로 그 한복판을 적도가 지나고 있다더군. 나에겐 저 늙은이의 한가운데를 적도가 지나고 있는 것 같은 생각이 들어. 언제나 적도 바로 아래 있단 말이야. 불처럼 뜨겁잖아. 이쪽을 보는군. 자, 뱃밥이다, 어서 서두르자. 일을 해야지. 이 나무 망치는 코르크이고, 난 악기를 다루는 명연주자이다. 탭! 탭!"

에이허브의 독백

  "볼 만하군! 들을 만해! 회색 머리의 딱따구리가 속이 빈
나무를 두드리고 있다. 이렇게 되면 소경이나 벙어리에게 부
러움을 살 정도군. 보라! 저 물건은 밧줄이 가득 담긴 두 개의
통 위에 놓여 있다. 저 녀석이야말로 세상에서 가장 성미가 사
나운 광대 녀석이야! 퉁탕! 퉁탕! 이렇게 인간의 세월은 지나
가는 거다. 오오, 만물은 이 얼마나 공허한가! 측량할 길 없는
사념 말고 현실성이 있는 게 뭐람. 지금 여기에선 엄숙한 죽음
의 무서운 상징이 우연한 기회에 위험에 떨어진 생명의 구제
와 희망을 표시하고 있다. 관으로 만든 구명 부표! 아니 좀 더
깊은 의미가 있다. 정신적인 의미로서는 관이란 결국 불멸성
의 보존자가 되는 것인가. 어디 한번 생각해 보자. 아니, 안
되겠다. 나는 지구의 어두운 면으로 너무나 들어갔기 때문에
다른 면, 즉 신학적인 밝은 면이란 나로서는 믿을 수 없는 희
미한 빛으로밖에는 생각되지 않아. 목수여, 자네는 그 저주받
은 울림을 걷어치울 수 없겠는가. 나는 아래로 내려가겠다. 다
시 왔을 때 그걸 보고 싶지 않다. 자, 핍아, 그 문제에 대하여
이야기를 나누자. 난 너한테서 더없이 훌륭한 철학을 깨닫는
다. 알려지지 않은 세계로부터의 알려지지 않은 세계가 너를
향해 쏟아지고 있음에 틀림없어."

128장 | 피쿼드 호, 레이첼 호와 만나다

어느 날 레이첼(《구약성서》〈창세기〉'예레미야서' 등에 나오는 부인. '예레미야서' 31장에 죽은 아이들을 한탄하는 대목이 있음)이라는 커다란 배가 똑바로 피쿼드 호를 향해 다가오는 것이 보였는데, 그 모든 돛가름대에는 사람이 가득 매달려 있었다. 그때 피쿼드 호는 쾌속으로 물을 가르며 나아가고 있었는데, 돛을 펼치고 바람이 불어오는 쪽에서 배가 접근했을 때, 그 펼쳐진 돛은 모두가 찢겨져서 바람이 빠진 튜브처럼 축 늘어져 있었고, 힘을 잃은 선체에서는 모든 생기가 사라지고 없었다.

"나쁜 소식이다. 나쁜 소식을 가지고 왔어."

맨 섬의 할아범이 혼잣말을 했다. 그러나 저쪽 선장이 확성 나팔을 입에 대고 소리 지르려 한 것보다도 빠르게 에이허브의 목소리가 울려 퍼졌다.

"백경을 보았소?"

"그래, 어제 보았소. 표류하는 포경선을 보았소?"

끓어오르는 환희를 누르며 에이허브는 그 뜻밖의 질문에 아니라고 대답했다. 그리고 상대방의 배에 가고 싶다는 기색을 나타냈는데, 그때 상대방 선장이 배의 진행을 멈추고 뱃전을 내려오는 것이 보였다. 잠시 힘껏 노를 저은 뒤, 그의 보트 갈고리는 피쿼드 호의, 큰 돛대 밧줄을 뱃전의 판자에 매기 위한 철판에 와 걸리고, 그는 갑판으로 빠르게 뛰어올랐다. 금시 에이허브는 아는 사이인 난터케트 인을 만나게 되었다. 틀에 박힌 인사는 한 마디도 교환되지 않았다.

"어디 있던가? 살아 있던가? 아직 살아 있던가?"

에이허브가 다가서며 외쳤다.

"그래, 어떤 형편이었소? 어서 말해 보게!"

이야기를 들으니, 전날 오후도 한창 때를 넘어선 무렵, 그 배의 보트 세 척이 고래 한 무리를 상대로, 모선에서부터 4~5마일이나 떨어져 바람이 불어오는 쪽을 향해 추적하고 있을 때, 별안간 모비 딕의 흰 혹과 머리가 푸른 수면 아래에서 떠올랐는데, 그것은 바람이 불어 가는 쪽과 꽤 가까운 곳이었다고 한다. 그래서 의장(艤裝)된 제4번 보트(예비용 보트)가 그를 추적하기 위해 즉각 내려졌다. 바람을 등에 지고 빠른 속도로 무섭게 달린 뒤, 이 제4번 보트 —가장 쾌속이었다— 는 작살을 꽂는 데 성공한 것으로 보였다. 적어도 모선의 돛대 위에 있던 자가 보기에는 그런 것 같았다. 그 감시원은 아득한 수면 위에 조그마한 하나의 점 같은 보트를 보았는데, 그때 거품 이는 물이 한 번 번쩍이더니 그 뒤엔 아무것도 보이지 않았다고 한다. 그래서 작살에 맞은 고래가 흔히 추적자를 끌고 가듯, 멀리 달리기 시작했나 보다고 생각했다. 그때는 얼마간 걱정은 했지만 공황에 빠질 정도는 아니었다는 것이다. 돛대 위에서 돌아오라는 신호를 보냈다. 어둠이 밀려왔다. 아득한 바람이 불어오는 쪽에 있는 세 척의 보트를 정반대쪽에 있는 제4번 보트를 찾으러 가기 전에 거두어들여야 했으므로, 모선은 그 제4번 보트를 한밤중이 되도록 운명의 손에 맡겨야 했을 뿐 아니라 거기서부터 더 멀리 떨어지지 않으면 안 되었다. 그러나 다른 보트의 선원이 무사히 귀선한 뒤에는 돛을 가득히 —보조 돛에 보조 돛을 겹쳐서— 올려 집 잃은 미아가 된 보트를 찾아 나섰고, 기름솥에 불을 붙여 횃불 대신으로 삼고 두 사람 중 한 사람은 돛대 위에서 망을 보게 했다. 그리고 한참을 달려 행방불명된 친구들이 마지막으로 그 모습을 드러내었다고 추측되는 지점까지 도달하여 거기서 배를 멈추고 예비 보트를 모두 내려 주위를 살펴보게 했나. 아무리 찾아도 보이지 않았으므로 다시금 급히 전진하여 배를 멈추고 보트를 내리고 그렇게 밤이 새도록 계속 살펴보았지만, 잃어버린 보트의 그림자조차 발견할 수 없었다.

상대방 선장은 이 이야기를 한 뒤, 곧 그가 피쿼드 호에 올라온 목적을 고백하기 시작했다. 그것은 그 보트의 수색에 협

력해 주기 바란다는 것이었으며 바다를 3~4마일 떨어져서 평행으로 진행함으로써, 말하자면 시야를 두 배로 넓혀서 샅샅이 이 잡듯이 찾아보고 싶다는 것이었다.

스텁은 플라스크에게 속삭였다.

"난 뭐든지 걸어도 좋아. 그 길 잃은 보트의 어느 녀석인가 저 선장 녀석의 하나밖에 없는 양복저고리를 입고 나갔든가, 아니면 시계인지도 모르지. 그래서 그걸 몹시 되찾고 싶어 하는 걸세. 당당한 포경선 두 척이, 그것도 어획기가 한창인 때, 길 잃은 보트를 찾아 헤맨다는 건, 들어 본 적도 없네. 보게, 플라스크, 무척 창백한 얼굴이야. 아, 눈알까지 파랗군. 이건 저고리가 아닌데. 그래, 어쩌면 혹시……."

"아들입니다. 아들이 보트에 있습니다. 신에게 맹세코, 부탁입니다. 이렇게 두 손 모아 빌겠습니다."

이때 선장은 지금껏 그저 차갑게 탄원을 듣고 있던 에이허브를 향해 외쳤다.

"48시간만 당신의 배를 빌려 주십시오. 기꺼이 충분히 보상하겠습니다. 아무 보람이 없었다 하더라도 말입니다. 48시간만, 그저 그동안만 부디, 부디, 아니, 어떤 일이 있더라도 꼭 해 주셔야겠습니다."

"아들이라고! 오오, 아들이 행방불명인가? 난 저고리와 시계라고 한 말을 취소하겠네. 에이허브가 뭐라고 할까. 우리는 그 아들을 구출하러 가야 해."

스텁도 외쳤다.

444

"그 아이는 어제저녁 다른 자들과 함께 물에 빠졌어. 난 들었다. 모두 녀석들의 유령 소리를 들었을 텐데."

그들의 뒤에 서 있던 맨 섬의 할아범이 말했다.

그리고 곧 알게 된 일이지만 이 레이첼 호의 참사를 더욱 우울하게 한 일이 있었다. 그것은 다름 아니라, 선장의 아들 하나가 행방불명된 보트에 타고 있었을 뿐 아니라 그와 동시에 다른 방향에서 무서운 추적의 파란(波瀾) 속에 모선에서 멀리 떨어진 다른 보트의 선원 중에 또 한 명의 아들이 있었던 것이다. 그러므로 얼마 동안 이 불행한 아버지는 가장 잔인한 번민의 나락으로 떨어져야만 했다. 다만 그것을 해소시켜 준 것은 그의 일등 항해사가 본능적으로 이와 같은 변고의 경우에 포경선이 취하곤 하는 통상적인 습관, 즉 서로 떨어져 위험에 빠진 보트 사이에 모선이 있을 때는 언제나 인원수가 많은 쪽부터 구출한다는 평소의 관습을 취한 일이었다. 그러나 선장은 무슨 심각한 이유에서인지 그런 모든 사정에 대하여 말하려 하지 않았다. 다만 에이허브의 냉담함에 쫓겨 마침내 또 한 명의 아들마저 행방불명되었다는 것을 고백했을 뿐이었다. 그 아이는 겨우 열두 살이었다. 선장은 열렬히지민 가차 없는 엄격함을 지닌 난터케트 사람다운 부성애를 지닌 사람으로, 그토록 어린 나이에 창세기 때부터의 그 일족이 지닌 운명이라고도 할 천직의 위험과 경이를 배우게 했던 것이다. 난터케트의 선원이라면 그토록 어린 자식을 자기 품에서 내보내 3년이나 4년이라는 긴 시간에 걸쳐 다른 사람의 배에 넣어 두는 예도 결코 드물지 않았는데, 그것은 부친으로서는 자연스런 것이지만, 혹시 잘못된 편애(偏愛)라든가, 과도한 걱정과 관심 탓에 그 아이의 포경자로서의 생애를 위한 첫 훈련이 약해질까 두려워했기 때문이었다.

한편 그 선장은 여전히 불쌍하게도 에이허브의 동정을 구걸하고 있었으며, 에이허브는 그 나름대로 대장간의 쇠모루처럼 버티고 서서 모든 충격을 받으면서도 꼼짝도 않고 서 있었다.

"당신이 승낙하실 때까지는 가지 않겠습니다. 만일에 같은 경우를 당했을 때, 당신이 나한테 원하는 그대로 해 주십시오. 에이허브 선장이여, 당신도 아들이 있습니다. 아직 매우 어리고 지금은 집에서 무사히 자라고 있지만, 늘그막에 낳은 아드님 말입니다. 아아, 당신의 마음이 움직였습니다. 나에게 그것이 보입니다. 자아 여러분, 뛰어가십시오. 달리십시오. 어서 돛가름대를 직각으로 돌릴 준비를!"

그 선장은 말했다.

"가 주게! 밧줄 하나도 손 대지 말게."

에이허브가 외쳤다.

이어서 그의 목소리는 한 마디 한 마디를 씹는 것처럼 차근차근 뱉어져 나왔다.

"가디너 선장, 난 사양하겠습니다. 지금의 이 시간도 헛되이 보내고 있는 것이오. 안녕히 가십시오. 하느님께서 은총을 내리시길 빕니다. 내 횡포는 용서해 주기를 바라오. 나는 가야 합니다. 스타벅, 나침반의 시계를 보여 주게. 지금 이 시각부터 3분 이내에 다른 모든 자를 쫓아내게. 그리고 돛가름대를 전진 방향으로 돌리고 지금까지의 진로를 계속하게."

에이허브는 얼굴을 돌리고는 급히 몸을 돌려 선장실로 내려갔다. 뒤에 남은 선장은 자기의 충심으로부터의 애원이 이토록 완강히 거부된 데 대해 그저 망연히, 어이없이 서 있었다. 그러나 이윽고 그 상태에서 깨어난 가디너 선장은 잠자코 뱃전으로 걸어가, 자기 보트에 내려간다기보다 떨어져 들어가 그의 배로 돌아갔다.

이윽고 두 배는 그 항적(航跡)을 서로 교차시켰다. 저쪽 배는 오랫동안 보였는데, 바다가 검게 보이는 곳에서는 뱃머리를 이리저리 돌리고 있었다. 그 돛가름대는 한쪽 또 다른 쪽으로 흔들렸고, 배는 우현과 좌현으로 머리를 돌리며 밀려오는 파도를 거슬러 나아가는가 하면 곧 그 파도에 밀려 달리곤 했다. 그러는 동안 줄곧 그 돛대와 가름대에 사람이 가득 매달려, 마치 세 개의 높은 앵두나무 사이에 아이들이 매달려 앵두를 따고 있는 것 같았다.

더욱이 그 배가 그 자리에서 떠나지 않고 슬픈 듯이 방황하고 있는 것을 보면 그토록 쏟아지는 눈물을 흘리면서도 아직도 그 눈물에 보답받지 못하고 있다는 것을 알 수 있었다. 그 배는 잃어버린 아이들 때문에 눈물 흘리는 레이첼이었다.

129장 | 선실

에이허브는 갑판으로 가려고 몸을 움직인다. 핍이 그 손에 매
달려 따라간다.

"아이야, 아이야, 알겠니? 이제는 이 에이허브를 따라와서
는 안 된단다. 드디어 때가 오고 있는데, 이 에이허브는 말이
야, 너를 그자한테서 달아나게 하고 싶지도 않고, 그렇다고 해
서 너를 그자 손에 맡기고 싶지도 않아. 불쌍한 아이야, 네 속
에는 무엇인가 내 병을 치유해 주는 힘 같은 게 있어. 비슷한
것끼리는 서로 고치게 마련이지. 이 사냥에서는 내 병이 내가
항상 바라던 건강으로 바뀌었다. 네가 아래쪽인 여기에만 있
으면 모두들 네가 선장인 듯이 섬겨 줄 거다. 그래, 아이야,
이 나사로 고정시킨 의자에 앉아 있거라. 너는 또 하나의 나사

448

못이 되는 거다."

"싫어, 싫어, 싫어! 선장님, 당신 몸은 온전치 못해요. 내 쓸모없는 몸을 다리 대신 써 줘요. 나를 밟고 서면 돼요. 선장님, 부탁은 그것뿐이에요. 나를 당신의 한 부분으로 써 줘요."

"오오, 이 말을 들으니 세상에 백만 명의 악한이 있다 해도 나는 인간의 불멸의 진실에 대하여 열렬한 믿음을 지닌 신자가 되지 않을 수 없군. 게다가 검둥이인 미치광이! 하지만 비슷한 것끼리는 서로 고치게 마련이라는 말은 지금과 같은 경우에 딱 들어맞는걸. 이 녀석은 마치 다시금 제정신을 되찾은 것 같군."

"선장님, 제가 언젠가 들었는데요, 스텁이 그러더군요, 불쌍한 핍 꼬마란 애를 버렸는데, 그 녀석의 물에 빠진 뼈가 눈처럼 새하얗게 되었다고 말이에요. 그 녀석이 살아 있을 때의 피부는 새까맸지만 말이에요. 선장님, 스텁은 그 녀석을 버렸지만 난 당신을 버리지 않아요. 언제나 어디든지 함께 갈 거예요."

"만일 네가 그런 식으로 이야기를 계속한다면 이 에이허브의 몸 안에 있는 일념도 사라져 버릴 것 같구나. 안 돼! 너한테 말해 두겠는데 그럴 수는 없어!"

"너무 친절한 아저씨, 아저씨!"

"너무 울면 죽여 줄 테다. 조심해라. 에이허브도 역시 미치광이란 말이야. 귀를 기울여 봐. 그러면 내 이 고래뼈 다리가 갑판에서 토닥거리는 게 들리고 내가 아직 거기 있다는 걸 알게 될 거야. 그럼, 잘 있거라. 악수하자. 좋아, 아이야, 넌 마치 원둘레가 중심에 대한 것처럼 진실하구나. 좋아, 신의 가호가 네게 있기를, 그리고 때가 와서 무슨 일이 일어나든 하느님께서 언제나 너를 구해 주시길 빌겠다."

에이허브 나간다. 핍은 한 걸음 전진한다.

"지금, 저 사람은 여기에 서 있었다. 나, 그 몸이 서 있던 자리에 선다. 하지만 나는 혼자 있다. 그 쓸모없는 핍이라도 여기 있다면 도움이 되겠는데, 그 녀석은 어디론가 가 버렸어. 핍, 핍! 딩, 동, 딩! 누군가 핍을 못 보았을까? 이 근처에 있을지도 몰라. 문을 열어 보자. 아니, 자물쇠도 빗장도 없단 말인가? 그래도 안 열리는걸. 저주를 받은 모양이군. 저 사람은 여기에 가만히 있으라고 했어. 그래, 그리고 이 나사로 고정시킨 의자가 내 것이라고 그랬지. 그럼 이렇게 여기에 앉기로 하자. 고물의 가름대에 등을 돌리고 배 한가운데의 용골과 세 개의 돛대를 주욱 둘러보며, 그래, 늙은 뱃사람들이 이르기를 74문의 대포가 있는 시커먼 군함 테이블에 대제독이 버티고 앉아 함장과 장교들을 줄지어 세워 놓고 굽신거리게 한다. 하! 이게 뭐냐? 견장이다. 견장이다! 견장이 밀고 제치고 몰려오는군. 술병을 돌리시오. 뵙게 되서 반갑습니다. 자아, 가득 부어요. 여러분! 저런 검둥이 꼬마가 금 레이스를 잔뜩 늘어뜨린 백인에게 대접하는 건 좀 이상하지 않은가. 여러분, 핍이라는 애 봤습니까? 조그만 검둥이 꼬마, 신장은 5피트, 천한 얼굴 생김, 그리고 비겁한 자! 언젠가 포경선에서 뛰어내렸는데 보았습니까? 못 보았다고요? 좋아, 그럼, 함장들, 잔을 가득 채우고 모든 비겁자에게 치욕이 있을지어다, 하고 건배합시다! 일일이 이름을 들 수는 없군요. 그들에게 치욕이 있으라! 쉿, 조용히! 위쪽에서 고래뼈가 울린다. 오오, 아저씨, 아저씨! 당신이 머리 위를 걸으시면 내 마음은 우울해집니다. 그러나 나는 설사 이 고물이 바위에 부딪쳐 깨져서 나한테 달라붙게 되더라도 여기에 머물 것입니다!"

130장 | 모자

자, 에이허브는 이리하여 지금까지 오랫동안 대항해에 의해 넓은 해역에 걸친 다른 모든 고래 어장을 돌아다닌 끝에 바야흐로 절호의 시기와 장소에서 자기의 불구대천의 원수를 바다의 한곳으로 몰아넣어 틀림없이 죽일 수 있는 상황에 놓이게 되었다. 또 정작 와 보니 그곳은 그가 그 애처로운 상처를 입은 적이 있는 그 위도 경도와 가까운 곳임을 알 수 있었고, 또 불과 하루 전에 바로 모비 딕을 만났다는 배와 이야기를 나누었던 것이며, 게다가 그때까지 가끔 만났던 배에서 들었던 이야기들을 종합해 볼 때, 백경은 자기를 뒤쫓는 자를—죄가 그들에게 있었는지는 별도로 치고—악마적으로 오만하게 대했다는 점에서는 모두 일치하고 있었다. 그러나 이때 노인의 눈에는 마음이 약한 자로서는 도저히 똑바로 볼 수 없는 빛이 깜박거리고 있었다. 가라앉을 줄 모르는 북극성이 극지에서의 길고 긴 6개월 동안 찌르는 듯한 굳은 집중된 눈길을 보내듯이, 에이허브의 일념도 지금 한데 엉켜 우울한 선원들의 마음 속에 가득 찬 심야를 쏘아보고 있었다. 그것은 그들을 제압하고 덮어 누르고 있었으므로 그들의 예감, 의혹, 우려, 공포 등은 그 마음속 깊은 곳으로 달아나서 숨었으며, 아무리 작은 싹이나 풀조차도 내보이려고 하지 않고 있었다.

이 암시적인 시간의 흐름 속에 모든 해학은 만들어진 것이든 자연스러운 것이든 사라져 버리고 말았다. 스텁은 이미 웃는 얼굴을 보이려 애쓰던 노력을 그만둬 버렸고, 스타벅은 웃는 얼굴을 억제하려고 애쓸 필요가 없었다. 마찬가지로 기쁨, 슬픔, 소망, 두려움도 지금에 이르러서는 에이허브의 강철 같은 영혼에 달라붙은 절구에 갈려 아주 미세한 분말이 된 것 같았다. 모두들 기계적으로 묵묵히 갑판을 움직여 다녔고, 끊임없이 노인의 폭군적인 눈빛이 자기들을 쫓고 있음을 의식하고 있었다.

그러나 만일 그 혼자만의 비밀의 시간에, 그가 다만 한 사람의 눈빛 외에는 그 누구의 것도 받지 않고 있다고 생각하고 있을 때, 충분히 주의를 기울였다면, 그 에이허브의 눈이 선원들을 두렵게 했던 것과 마찬가지로 요사스러운 배화교도의 눈이 그를 두렵게 하고 때로는 무엇인가 이상한 형태로 그에게 영향을 끼치고 있음을 알았을 것이다. 새롭게 이와 같이 은밀한 괴이함이 야윈 페댈라의 몸을 감싸기 시작했고 또 그칠 줄 모르는 격렬한 전율이 그를 사로잡게 되었으므로 사람들은 그를 수상쩍게 쳐다보았다. 도대체 그는 육체가 있는 생물인지, 아니면 무엇인가 눈에 보이지 않는 존재가 갑판에 던지고 있는 그림자인지 알 수 없다는 생각이 들었다. 그러나 그 그림자는 끊임없이 거기에 꿈틀거리고 있었다. 한밤중이 되어도 페댈라가 잠자는 것, 아래로 내려가는 것을 똑똑히 본 사람은 없었다. 몇 시간씩이나 가만히 선 채 앉지도 않고 기대지도 않으며, 그 걱정스러운 그러나 경이에 찬 눈은 분명히 말하고 있었다. 우리 두 사람의 불침번은 휴식하는 일이 없다고.

그리고 선원들이 밤이든 낮이든 갑판에 올라가 보면 거기엔 늘 에이허브가 나와 있었다. 예의 그 회전 구멍에 똑바로 서 있거나, 불변의 두 점, 큰 돛대와 뒷돛대 사이의 갑판을 규칙적으로 왕래하고 있거나, 아니면 선장실의 승강구에 살아 있는 다리를 갑판에 막 내딛는 듯한 모습으로 서 있든가 했다. 그 모자는 눈 바로 위까지 깊숙이 덮여 있었다. 그러므로 그가 아무리 부동자세로 서서 많은 낮과 밤을 보내며, 그러는 동안에 그가 비록 해먹에 몸을 눕히는 일이 없었다 해도, 그 눈이 그 모자 차양 그늘에 숨어서 가끔 감겼었는지 아니면 언제나 격렬하게 부릅뜨고 있었는지 그것을 정확하게 말할 수 있는 사람은 아무도 없었다. 또 그는 한 번에 한 시간이나 승강구에 가만히 서 있어서 어느 틈엔가 밤의 습기가 그 석상 같은 저고리나 모자에 이슬방울이 되어 맺힐지라도 전혀 아랑곳하지 않았다. 밤이 적신 의복은 이튿날 햇볕에 말렸고, 그리하여 낮에 또 낮이 이어지고, 밤에 또 밤이 이어져서, 그는 이제 갑판에서 내려오는 일 없이 선장실의 무엇이든 필요하게 되면 누군가를 시켜서 가져오게 하는 것이었다.

식사도 그 노천에서 취했다고는 하지만, 하루 두 번, 아침과 점심뿐으로, 저녁은 절대로 손도 대지 않았다. 수염을 깎지도 않았으므로 잔뜩 자라서 거무튀튀하게 말려 곱실거렸는데, 마치 바람에 뽑힌 나무뿌리가, 나뭇가지의 잎사귀들이 떨어져 간 뒤에도 땅에 떨어진 채 자라는 것처럼 보였다. 이제 그의 생활이란 갑판에서 망보는 일, 단 한 가지였다. 또 배화교도의 신비로운 감시도 역시 마찬가지로 계속되고 있었는데, 그러면서도 이 두 사람은, 뭔가 하찮은 용건 외에는 어느 쪽에서도 이야기를 거는 것 같지 않았다. 매우 강한 주문이 남몰래 두 사람을 붙들어 매고 있었음에 틀림없었지만, 겉보기에는 그리고 두려워하고 있는 선원들 앞에서는 서로 양극인 양 떨어져 있었다.

그들은 벙어리가 되었으며, 입 밖에 내서 말을 주고받는 일은 전혀 없었다. 때로는 한참 동안 말 한 마디 없이 별빛 아래서, 에이허브는 승강구에, 배화교도는 큰 돛대 언저리에 서로 멀리 떨어져 서서, 그리고 서로 눈길을 모아, 아마 에이허브는 배화교도에게 던져진 자기 그림자를, 그리고 배화교도는 에이허브에게 자기가 벗어 버리고 온 본체를 서로 지켜보고 있는 듯 보이기도 했다.

아무튼 에이허브는 나날이 시시각각으로 지휘자로서의 본

질을 그 부하들 앞에 보였는데, 그의 모습은 마치 자유분방한 왕으로 보였으며, 배화교도는 다만 그의 노예 정도로밖에 보이지 않았다. 그러면서도 여전히 두 사람은 하나의 멍에에 매이고 눈에 보이지 않는 폭군이 그들을 몰아세워 야윈 그림자와 건장한 몸이 나란히 달리고 있는 것처럼 보였다. 배화교도가 설사 어떤 자였던 간에 단호한 에이허브야말로 그 실체를 이루는 근간이었다.

새벽의 희미한 빛이 아물거릴 무렵, 그의 강철 같은 목소리가 선미에서 울려왔다.

"돛대 위에 올라라!"

그로부터 하루 종일 해가 지고 황혼의 빛도 사라져 버리기까지 같은 목소리가 쉴새없이 타수가 치는 종소리에 맞추어 울려 퍼졌다.

"뭔가 보이지 않나? 조심해서 감시해라! 주의를 기울여라!"

그러나 아이들을 찾는 레이첼을 만난 지 사흘이 지나고 나흘이 지나도 한 줄기의 물보라도 보이지 않았으므로, 이 고집불통의 노인은 그의 선원, 적어도 이교도인 작살잡이를 제외하고는 거의 전 선원의 충성을 신용하지 못하고 있는 것처럼 보였다. 스텁과 플라스크가 일부러 그가 찾고 있는 광경을 못본 체하고 있는 것은 아닌지 의심하는 눈치였다. 그러나 그는 사실 그런 의혹을 품고 있었다 해도, 은연중에 태도에서 그것을 나타내 보였을지는 모르지만 현명하게도 그런 말을 입에 올리지는 않았다.

"내가 제일 먼저 고래를 발견해 내겠다! 그렇고말고. 에이
허브가 금화를 차지할 것이다!"

그는 말했다.

그리고 손수 새 둥지 같은 바구니를 밧줄로 만들고는 한 선
원을 시켜 큰 돛대 꼭대기에까지 올라가게 하여 매달아 놓게
하고, 자기는 도르래를 통해 늘어진 두 가닥의 밧줄을 잡았다.
그리고 그 한쪽 밧줄에는 바구니를 달고 다른 밧줄에는 고리
를 달았다. 그 일이 끝나자 그는 선원들의 얼굴을 차례차례 둘
러보았다. 대그, 퀴퀘그, 태쉬테고가 있는 곳에서 잠시 머물
고, 그러고는 페댈라에게서 눈길을 뗀 다음 마지막으로 신뢰
를 가득 담아 일등 항해사를 바라보며 에이허브는 말했다.

"자네, 이 밧줄을 가지고 있게. 스타벅, 난 이것을 자네 손
에 맡기겠네."

그러고는 자기 몸을 바구니 속에 넣고 모든 선원들에게 자
신을 위의 감시소까지 끌어올리도록 명령했다. 스타벅이 마지
막으로 밧줄을 붙잡아 매었고, 그리고 그 뒤에도 줄곧 그 옆에
서 있었다. 이리하여 에이허브는 한쪽 손으로 맨 위의 돛대 꼭
대기에 매달린 채, 주위의 해면을 몇 마일에 걸쳐, 앞쪽도 뒤
쪽도 오른쪽도 왼쪽도 이 놀라운 고지에서 가리키고 지휘할
수 있는 한 넓고 광대한 둘레를 둘러보았다.

바다의 의장 중에서 가장 높이 올라간, 발판도 없는 곳에서
두 손을 모두 놀려 일해야 하는 경우에는 선원의 몸을 매달아

올려 밧줄로 잡아당김으로써 그 위치를 유지하게 된다.

이 상황 아래서 밧줄의 갑판에 매인 한쪽 끝은 누군가 특별한 감시를 명령받은 자의 엄격한 책임 아래 놓인다. 종횡으로 달리는 삭구의 굉장한 복잡함 속에서는 갑판에서 본 것만으로 그 위의 밧줄들이 지니는 상호 관계를 실수 없이 알아본다는 것은 힘든 일이고, 또 갑판 위에 매인 그 밧줄 끝은 때때로 잡아맨 쇠붙이에서 떨어져나갈 가능성이 있으므로 특별히 감시하는 사람이 없다면 위에 매달려 있는 선원이 어떤 부주의에 의해 공중에 내던져져 돌멩이처럼 바다로 떨어질 것은 당연한 운명이었다.

그러므로 이 경우에 에이허브가 취한 조치가 이상한 것은 아니었다. 다만, 이 경우에 한 가지 이상했던 것은 다름 아닌 스타벅, 아주 약간이기는 하지만 결의에 가까운 무엇으로서 감히 에이허브에게 거역하는 용기를 가진 유일한 인물, 그리고 또 고래 감시원으로서의 성실성을 평소에 그가 의심하고 있던 한 사람인 바로 그자를 자신을 위한 감시원으로 하고, 자신의 전 생명을 서슴없이 맡겼다는 그 점이었다.

자, 그런데 이 에이허브가 처음으로 하는 돛대 위의 감시가 시작된 지 불과 10분도 못 되어, 한 마리의 사나운 붉은 부리의 바다매 — 이 근처의 바다에서 포경선의 돛대 위 언저리를 귀찮게 따라다니며 날고 있는 새 — 가 눈에도 띄지 않을 만큼 급속한 선회를 하면서, 그의 머리 주위를 울어 대며 날기 시작했다.

이윽고 바다매는 똑바로 1천 피트 상공으로 날아오르는가 싶더니 이번에는 나선형을 그리며 급강하하여 다시금 그의 머리 주위를 회오리바람처럼 날곤 하였다.

그러나 에이허브는 그 두 눈을 아득히 광막한 수평선에 붙박은 듯, 이 야만스러운 새를 보고도 전혀 아랑곳하지 않았다. 아니 이건 별로 이상한 현상도 아니었으니 누구라도 그다지 신경쓰지 않았을 것이다. 그러나 이때만은 세상에서 가장 멍청하다고 불릴 만한 사나이라도, 보면 볼수록 거기서 어떤 무서움을 느낄 만했다.

"선장님! 모자, 모자!" 하고 갑자기 외친 것은 시실리 섬 출신 선원이었다. 그는 그때 뒷돛대 꼭대기의 에이허브의 바로 뒤쪽, 그보다 약간 낮은 위치에 서서 공기의 심연을 사이에 두고 있었다.

그러나 이미 시커먼 날개는 노인의 눈앞에서 펄럭이고, 기다란 갈고리 모양의 부리는 에이허브의 머리에 육박했으며, 한 번 높이 울어 대는 것처럼 보이더니 검은 바다매는 그 목표물을 낚아채어 쏜살같이 날아가 버렸다.

지난날 독수리기 세 번 타퀸(로마 초기의 루치우스 타르퀴니우스 왕)의 머리 주위를 날고 그 모자를 빼앗고 그리고 다시 그것을 되돌려 주었을 때, 그의 아내인 타나퀸은 타퀸이야말로 로마의 왕이 될 것이라고 단언했다.

그러나 그 징조가 길조로 해석된 것은 모자를 되돌려 주었기 때문이었다. 하지만 에이허브의 모자는 결코 돌아오지 않았다. 야만스러운 매는 그것을 빼앗아 멀리멀리 날아가 뱃머리 훨씬 앞쪽에서 마침내 그 모습을 감추었고, 그 사라져 버린 곳에서 매우 작은 점 하나가 희미하게 보였는데, 그것은 그 구천의 높이에서 바다로 낙하해 버리고 말았다.

131장 | 피쿼드 호, 환희 호와 만나다

피쿼드 호는 격렬한 항해를 계속했다. 굽이치는 파도와 날들은 지나갔고, 구명 부표인 관은 언제나 가볍게 흔들리고 있었다. 그때 비참하게도 이름만은 그럴듯한 환희 호가 나타났다. 그 배가 가까워짐에 따라 모두의 눈은 '가위'라 불리는 그 커다란 대들보에 쏠렸는데, 그 대들보는 어떤 종류의 포경선에서만 볼 수 있는 것으로서, 8~9피트의 높이에서 갑판 위에 가로질러 있었고, 포경용 보트와 그 밖에 아직 의장되지 않았거나 망가진 보트 등을 올려놓는 데에 쓰였다.

그 배의 '가위'에는 지난날 포경선의 잔재인 가루가 된 흰 늑재와 몇 개의 찢긴 판자 재목이 보였는데, 그 파괴된 배는 가죽이 벗겨지고 거의 산산조각이 되어서 허옇게 드러난 말의 해골처럼 균열투성이였다.

"백경을 보았소?"

"보시오!"

볼이 우묵하게 팬 선장은 뱃고물의 난간에서 대답하며, 그 나팔로 깨진 배를 가리켰다.

"죽였소?"

"그렇게 할 수 있는 작살 같은 걸 아직 아무도 준비하지 못했소."

상대방은 그렇게 대답하며 슬픈 듯이 갑판 위에 동그랗게 놓여 있는 해먹을 바라보았다. 선원이 소리도 없이 분주하게 그 해먹의 가장자리를 서로 맞물려 깁고 있었다.

"준비하지 못했다고?"

에이허브는 퍼즈가 날카롭게 갈아 만든 강철을 그 작살 받침에서 집어 들면서 외쳤다.

"난터케트 사람들이여, 이걸 보시오! 난 지금 이 손 안에 그 녀석의 죽음을 담당하고 있다네. 이 작살날은 피로써 담금질을 하고, 번개로써 담금질을 한 물건이오. 세 번째 담금질은 백경 녀석의 그 저주받은 삶을 가장 가까이 느끼는 곳, 지느러미 뒤쪽의 뜨거운 곳에서 할 거요."

그러자 선장이 해먹을 가리키며 말했다.

"노인이여, 하느님께서 당신을 지켜 주시길 빌겠소. 저것 보셨소? 어제까지는 펄떡펄떡 뛰던 다섯 사람의 힘센 사나이가 오늘은 해가 지기도 전에 죽어 버렸소. 저건 그 중 한 사람의 장례식이오. 장례식은 그 사나이뿐이지. 다른 사람들은 죽기 전에 묻혀 버렸지. 당신은 녀석들의 무덤 위를 달리게 될 거요."

그러고는 자기 배의 선원을 향하여 "이봐, 준비가 되었나? 난간 위에 판자를 놓아라. 시체를 들어 올리자. 좋아, 아아, 하느님." 하고 말하고는 손을 치켜들며 해먹 쪽으로 가서 말을 이었다.

"부활과 삶과……."

이때 에이허브가 자기의 선원들을 향해 번개처럼 외쳤다.

"돛가름대 앞으로! 키를 바람이 불어오는 쪽으로!"

그러나 이렇게 갑자기 움직이기 시작한 피쿼드 호가 아직 속력을 제대로 내기도 전에, 철썩 하고 시체가 해면을 치는 소리가 귀에 들렸다. 사실, 그 소리는 아주 빠르지는 않았지만, 그 튀어오른 물방울이 죽음의 세례수를 이 배에 끼얹은 것인지도 모르는 일이었다.

절망한 환희 호를 에이허브가 뒤로하고 나아갈 때 피쿼드 호의 선미에 매달린 기괴한 구명 부표가 또렷이 보였다.

"저런! 아니! 저것 봐, 모두들!"

피쿼드 호의 뒤쪽에서 불길한 목소리가 들렸다.

"이봐, 그 배에 탄 친구들, 너희들은 우리의 이 괴로운 장례식에서 달아나는 셈이지만 어림도 없지. 너희들 꽁무니에는 너희들 관이 척 달려 있잖아?"

132장 | 교향곡

티 없이 맑고, 강철같이 푸른 날씨였다. 대기와 물 위의 창공은 무엇에나 스며들 것 같은 푸른빛이 녹아들어 그 경계를 분간할 수가 없었다. 다만 수심에 잠긴 하늘은 투명하고 부드러워 여인의 얼굴을 방불케 했고, 그와 대조적으로 억세고 씩씩한 바다는 잠자고 있는 삼손의 가슴처럼 넓고 강하게 천천히 파도치고 있었다.

여기저기 하늘 높은 곳에는 눈처럼 흰 날개를 가진 티 없는 작은 새가 날고 있었다. 그것은 여인다운 하늘의 아름다운 상념이었다. 그러나 바다 여기저기의 깊이를 알 수 없는 푸르디푸른 곳에서는 거경, 황새치, 상어가 오가고 있었다. 그것은 남성다운 바다의 강하고 살육적인 사상이었다.

그러나 내면적으로는 그처럼 상반되고 있었지만, 겉으로 나

464

타나는 것은 다만 미묘한 음영적인 대비에 지나지 않았다. 두 개는 하나로 보이고 그것을 가르는 것은 다만 성(性)과 같은 것이라 생각되었다. 하늘 위의 태양은 제왕처럼 부드러운 하늘을, 마치 신랑에게 신부를 넘겨주듯이 용감하게 파도치는 바다에 건네주려는 것처럼 보였다. 그리고 여자의 허리띠와 같은 수평선은 이 적도 언저리에서 흔히 볼 수 있는 것으로, 부드럽게 떨리듯이 움직이고 있었는데, 그것은 가엾은 신부가 그 앞가슴을 맡기면서, 다정하게 아양을 떨며 괴로운 듯이 흐느끼는 것처럼 보였다.

에이허브는 아침의 태양빛 속에 꼼짝도 않고 부동자세로 서 있었다. 단단하고 다부진, 주름투성이의 울퉁불퉁하고 마른 나무처럼 굳고 거만한 눈은 불탄 자리의 잿더미 속에서도 여전히 타고 있는 석탄처럼 반짝이고 있었다. 그러다가 이윽고 상처 나고 찢긴 갑옷 같은 이마를 하늘 소녀의 이마 쪽으로 치켜드는 것이었다.

창공의 불멸의 젊음, 순수함이여, 우리가 이르는 곳마다 날고 있는 날개의 천사여, 대기와 하늘의 아름다운 동심이여, 그대들은 늙은 에이허브 속에 자리 잡고 있는 고통과 비참함을 조금도 몰랐던 것이다. 그러나 해맑게 웃는 작은 눈을 가진 요정 같은 미리엄이나 마사가 늙은 아버지 주위에서 무심히 재롱떨며, 벌거벗은 분화산 같은 아버지의 머리 가장자리에 말려 있는 곱슬머리의 머리칼을 만지작거리는 모습을 나는 본 적이 있었다.

에이허브는 승강구를 나와 천천히 갑판을 가로질러 뱃전에서 아래를 내려다보았다. 그가 바다의 깊이를 알아내려는 듯 눈길을 고정시킴에 따라 그의 그림자는 물 속으로 더욱 깊이 잠겨 들었다. 그때 잠시 동안은 매혹된 공기 속의 아름다운 향기가 그의 영혼 속에 있는 독물을 쫓아 버리는 것처럼 생각되었다. 그 기쁨에 찬 밝은 대기, 사랑스러운 하늘이 마침내 그를 애무하고, 세계 ─ 오랫동안 냉담하게 그를 가까이 오지 못하게 하던 계모 ─ 는 바야흐로 자비로운 팔을 뻗어 완고한 그의 목을 감고, 아무리 제멋대로이고 잘못이 많은 인간일지라도 그를 구원해 주고 축복해 줄 마음이 있다는 듯, 그 위에 기쁜 눈물을 쏟고 있었다. 깊이 눌러쓴 모자 밑에서 에이허브는 바다에 눈물을 떨어뜨렸는데, 한없이 넓은 태평양도 그 작은 한 방울을 능가하는 부를 포함하고 있지는 못했다.

스타벅은 노인을 보았다. 노인은 난간에서 깊숙이 머리를 숙이고 있었다. 그는 그 진심 속에서 주변의 적막함 가운데 슬며시 다가오는 무한한 흐느낌 소리를 듣고 있는 듯했다. 스타벅은 그를 방해하지 않도록, 또 그에게 들키지 않도록 가만히 다가가 그 뒤에 조용히 섰다.

에이허브가 돌아보았다.

"스타벅!"

"예."

"오오, 스타벅, 이 얼마나, 얼마나 잔잔한 바람이냐? 이 얼마나 잔잔해 보이는 하늘이냐? 마침 이런 날에, 정말 이렇게 청명한 날에 난 최초의 고래를 쏘았던 걸세. 난 그때 열여덟의 소년 작살잡이였다네. 40…… 40년 전이라네. 옛날이었네! 40년 동안 고래를 쫓아 왔지. 40년 동안의 고생과 결핍, 고난 그리고 삶의 폭풍우. 40년 동안을 난 냉혹한 바다에 있었다네. 40년 동안 나는 해양의 공포에 도전하고, 40년 동안 평화로운 지상을 떠나 있었다네. 사실 말이지, 스타벅, 나는 지난 40년 동안 단 3년도 뭍에 있어 본 적이 없네. 내 생애를 생각하면 황량한 고독이라 할 수 있지. 선장의 고독이란 돌로 쌓이고 성벽에 둘러싸인 도시와도 같은 것이어서 외부의 푸른 들판으로부터의 동정 같은 건 거의 들어올 틈새도 없었어. 외로움, 고통스러움, 이런 걸 생각하면 기니아 해안(아프리카의 서해안에 있는 고장. 여기서 많은 노예가 배에 태워졌음)을 떠나온 노예와 같은 고독한 지휘의 나날이었네. 그것을 나는 지금까지 뼈저리게 느끼는 일도 없이 그저 어렴풋이 느꼈을 뿐이고, 뭐라고 할까, 그 40년 동안 나는 말라 빠지고 찝찔한 것만을 씹어 왔던 것이네. 내 메마른 영혼에 과연 어울리는 양식이었던 모양일세! 육지에선 아무리 가난한 사나이라도 매일 신선한 과일을 손에 넣고, 신선한 빵을 쪼개어 먹는데, 나는 곰팡이투성이인 빵 부스러기를 먹고, 50세가 지나서 맞아들인 소녀 같은 아내를 떠나 대양을 몇 개씩이나 사이에 두고 있는 거야. 좀더 정확하게 말한다면, 결혼한 그 이튿날에 침대 베개에 움푹 팬 자국을 하나 남기고는 케이프 혼을 향해 떠났던 것일세. 아내 말인가, 아내? 살아 있는 지아비를 가진 과부라고 하는 게 옳지 않을까? 그래, 옳아. 스타벅, 나는 그 아가씨를 결혼과 동시에 과부로 만들었어. 그러고 나서는 다만 미칠 듯한 열정, 혼란한 마음, 들끓는 피, 그을린 이마가 있을 뿐이었고, 이 늙은 에이허브는 천 번이나 보트를 내려 분노에 떨며 거품을 일으키는 바다에서 원수를 추적했었네. 사람이라기보다는 악마였네! 그래, 옳아. 그 얼마나 어리석은 40년이었나? 어리석은 일, 에이허브는 늙어 빠진 바보였어! 무엇 때문에 이토록 바쁜 추적을 하는 건가? 무엇 때문에 노를 젓는 손, 작살을 잡는 손, 창을 드는 손이 저려 오는 것인가? 지금 에이허브는 그래서 얼마나 넉넉해지고 선량해졌단 말인가? 보게, 스타벅, 이 무겁고 단단한 짐을 진 나에게서 그 불쌍한 다리 하나를 떼어 가다니 너무 심하다고 생각되지 않나? 자, 이 늙은이의 머리카락을 헤쳐 주게. 눈이 보이지 않으니 울고 싶어지는군. 이런 잿빛 머리카락은 재(영어의 '재'에는 슬픔이나 회한의 뜻이 포함되어 있음)에서가 아니면 나지 않을 걸세. 하지만 스타벅, 내가 그렇게 나이 들어 보이나? 몹시? 나는 낙원에서 쫓겨난 뒤 세상 무게에 눌려 비틀거리는 아담이 된 것처럼, 심하게 숨이 가빠지고 등이 굽어 마치 꼽추가 된 것 같은 생각이 드네. 신이여, 신이여, 신이여, 내 심장을 찢고 내 머리통을 깨뜨려 버리소서! 조롱, 조롱이여! 잿빛 머리칼의 괴로운 몸을 휘감는 조롱이여! 난 그토록 행복했기 때문에 너를 머리에 이게 되고, 견딜 수 없도록 늙어 빠진 것처럼 보이게 되고, 그 나이 듦을 몸에 느끼게 되었단 말인가? 스타벅, 가까이, 가까이 와 주게. 인간의 눈을 들여다볼 수 있게 해 주게. 바다나 하늘을 쳐다보기보다 그편이 좋다네. 오, 이건 마법의 거울인가! 푸른 대지여, 밝은 화롯가여, 난 네 눈동자 속에 내 아내와 아이를 본다. 그래, 그래, 낙인이 찍힌 에이허브가 모비 딕을 뒤쫓을 때는 자네가 배에 남아 있어야 하네. 내가 보트를 내려도 절대로 쫓아와서는 안 되네. 그런 위태로움이 자네에게 쏟아져서는 안 되는 것일세. 그래, 그래, 내가 자네의 눈동자 속에서 찾은 머나먼 내 집에 재난이 닥쳐서는 안 된단 말일세!"

"오오, 선장, 선장! 고귀하신 분, 훌륭하신 노인이여! 결국 무엇 때문에 저 저주받은 고래 따위를 뒤쫓아야 합니까? 저와 함께 떠납시다. 이 지옥의 바다를 벗어납시다. 집으로 돌아갑시다. 아내와 아이, 스타벅의 아내와 아이는 그 형제나 자매들의 친구들과 같은 청년기의 동반자인 것입니다. 그것은 마치 선장님, 당신의 부인과 아이가 당신의 사랑에 차고, 동경에 찬, 부성적인 노년의 동반자인 것처럼 말입니다. 갑시다. 어서 가요! 지금 이 순간 내가 항로를 바꾸게 해 주십시오. 오, 선장님, 다시금 그리운 난터케트를 보기 위해 그 얼마나 유쾌하고 명랑하게 우리 배는 바다를 헤쳐 갈지 모릅니다. 선장님, 난터케트에도 꼭 이처럼 잔잔하고 화창한 날씨가 있지 않습니까."

"있고말고, 있고말고. 난 보았다네. 여름날 아침에는 말이야, 아마 지금쯤은…… 그래, 지금은 아이들이 낮잠 잘 시간이군. 그 녀석은 기운차게 일어나 침대에 앉고, 그 녀석의 어미는 그 녀석에게 내 이야기를, 식인종 같은 영감 이야기를 할 걸세. 그분은 지금 바다에서 배를 타고 계시지만 언젠가는 돌아와 아기와 함께 뛰어놀 거라고."

"내 메리! 내 메리가 보입니다! 그녀는 약속했습니다. 매일 아침 아기를 데리고 언덕에 올라 아버지의 배를 제일 먼저 발견하겠다고. 아아, 이젠 그만하십시오, 이젠 됐소! 우리 난터케트로 향합시다. 자, 선장, 진로를 정하고 돌아가는 겁니다. 보인다, 보여! 창가에 선 아가의 얼굴, 언덕 위에서 흔들어 대는 아기의 손길!"

그러나 에이허브는 얼굴을 돌리고 병든 과일나무처럼 떨면서 최후의 검은빛 열매(Appie. 여기에는 눈동자란 뜻도 있음)를 땅 위로 떨어뜨렸다.

"이게 누구란 말인가. 그 어떤 알 수 없고, 측량할 길 없는 이 세상 것이 아닌, 어떤 기만의 보이지 않는 주인인 잔악무도한 황제가 나에게 명령하여 나로 하여금 온갖 본연의 사랑과 정을 배반하게 하고 이 몸을 쉴새없이 밀고 나가 부딪치게 하고, 내 바른 본심으로는 꿈에도 생각지 못한 것을 향해 어리석게도 서둘러 가게 하는 건가? 에이허브가 과연 에이허브란 말인가? 지금 이 팔을 드는 것이 나인가, 신인가, 아니면 누구인가? 그러나 만일 웅위한 태양도 스스로 움직이는 것이 아니라 하늘의 심부름꾼에 불과하다고 하면, 또 다른 하나의 별일지라도 그 어떤 보이지 않는 힘에 의하지 않고는 회전할 수 없는 것이라면, 이 조그만 하나의 심장이 맥박을 울리고 이 하나의 조그만 두뇌가 사색하는 것도, 다만 신이 그 맥박을 울리게 하고 그 사색을 시키기 때문이며, 삶을 영위하는 것은 내가 아니라 신일 것이리라. 신에게 맹세코 말하겠는데, 우리는 이 세상에 있어서 저기에 있는 양묘기 같은 것이고, 운명이 그 지렛대라 할 수 있다. 그리고 보라. 영원히 유유히 미소 짓는 저 하늘과 측량할 길 없는 바다를 보라. 저 물고기 앨비코어를. 누가 저 녀석더러 저 비어(飛魚)를 쫓아 공격하게 하는가. 살인자가 가는 길은 어디인가. 심판받아야 할 자가 법정에 끌려 나올 때 벌을 받는 건 누구인가. 그렇긴 하지만 잔잔하고 잔잔한 바람이여, 잔잔하게 빛나는 하늘이여, 공기는 먼 목장에서 흘러오듯 향기롭다. 스타벅, 어느 안데스 산의 비탈에서 건초를 거두어들이는데, 풀 베던 인부들이 갓 베어 놓은 풀 속에서 잠이라도 자고 있는 걸까. 잠이라, 과연 우리는 아무리 일할지라도 결국에는 들판에서 자게 되는 것이다. 잠이라, 과연 내던져진 작년의 큰 낫이 베다 남은 풀 그늘에 누워 있듯이 푸르디푸르게 녹슬어 가는 거다, 스타벅!"

그러나 일등 항해사는 절망한 나머지 주검처럼 창백하게 되어 가만히 그 자리에서 물러갔다.

에이허브는 갑판을 가로질러 반대쪽 뱃전에서 바다를 들여다보았는데, 그 수면에 비친 번들번들 빛나는 두 개의 눈동자를 보고 깜짝 놀랐다. 페댈라가 꼼짝도 않고 같은 난간에서 수면을 들여다보고 있었던 것이다.

133장 | 추적, 제1일

　그날 밤, 한밤중이 되어 영감은 평소의 습관대로 기대고 있던 승강구에서 걸어 나와 그 뱃머리의 다리뼈 구멍에까지 오는가 싶더니, 곧 굉장한 기세로 얼굴을 앞으로 내밀며 마치 배에서 기르는 영리한 개가 해양의 대기 속에 가까워진 야만인의 섬을 냄새로 찾아내려는 것 같은 표정을 지었다. 그는 고래의 낌새가 느껴진다고 단언했다. 얼마 되지 않아 살아 있는 향유고래가 매우 먼 곳까지 발산하는 특이한 냄새가 감시원들의 코를 찔렀다. 이윽고 에이허브가 나침반과 풍향기를 조사하여 되도록 정확하게 냄새의 방향을 확인한 뒤, 곧 배의 진로를 약간 돌리고 돛을 당기도록 명령했을 때, 그것을 수상쩍게 생각하는 선원은 하나도 없었다.

　이런 행동을 독촉한 긴급 방침이 옳았다는 것은 새벽이 다가옴에 따라 이미 명백한 것이 되어 있었다. 눈앞 파도 위에 한없이 길게 세로로 줄무늬를 이루는 미끄러운 수면이 발견되었는데, 그것은 기름을 흘려 놓은 것처럼 매끈했으며, 그 주위에 부글부글 끓어오르는 파도가 둘러싸고 있는 모습은 마치 급류를 이루는 하구에서 서로 격렬하게 부딪치는 물결 속의 잘 닦아 놓은 금속판 같은 얼룩 무늬와 흡사했다.

"돛대 위로 올라가라! 전원 집합!"

세 갈래 창살의 끝으로 앞갑판을 요란스럽게 두드리며 대그가 대심판에서의 천둥소리와도 같이 잠자는 사람들을 급히 깨웠으므로, 모두들 당황하여 옷을 미처 다 입지도 못한 채 마치 승강구에서 뿜어져 나오는 것처럼 쏟아져 나왔다.

"어떤 녀석이 보이나?"

에이허브가 얼굴을 하늘로 향하고 물었다.

"아무것도 안 보입니다."

위에서 커다란 소리로 대답해 왔다.

"뒷돛 올려! 보조 돛! 위도 아래도! 양 현 모두!"

모든 돛이 올려졌을 때, 그는 주돛대 꼭대기에 몸을 매달기 위해 일찍부터 준비해 두었던 구명 밧줄을 풀었다. 곧 그는 매달려 올라가기 시작했는데, 3분의 2쯤 올라갔을까 말까 했을 때 첫째 돛대와 둘째 돛대 사이의 수평 공간에서 안쪽을 내다보며 갈매기 같은 소리를 질러 대는 것이었다.

"물보라다! 내뿜고 있다! 눈에 덮인 산 같은 혹이다. 모비 딕이다!"

세 개의 망루에서 거의 동시에 일어난 외침 소리에 이끌려 갑판에 있던 자들은 오랜 세월을 추적해 온 유명한 고래를 보고자 저마다 삭구에 매달렸다. 에이허브는 지금 다른 감시 장소보다 몇 피트 높이 정해 놓았던 곳에 자리 잡았고, 태쉬테고는 그 바로 아래 둘째 돛대의 꼭대기에 서 있었으므로, 이 인디언의 머리는 에이허브의 뒤꿈치와 닿을락 말락 하고 있었다. 이 높은 곳에선 고래는 뚜렷이 몇 마일 앞에 보였고, 큰 파도가 굽이칠 때마다 높이 빛나는 혹을 드러내면서 묵묵히 규칙적으로 물보라를 하늘에 뿜어 올리고 있었다. 미신을 곧잘 믿는 선원들에게는 그것이 훨씬 전에 달 밝은 대서양이나 인도양에서 본 그 적막한 물보라와 같은 것으로 보였다.

　"누구도 지금까지 몰랐었나?"

　에이허브는 주위의 감시 선원들에게 소리를 질러 댔다.

　"바로 선장님이 발견하는 그 순간 함께 발견했습니다. 그래서 외친 거죠."

　태쉬테고가 말했다.

　"함께라니, 동시에 발견한 게 아니야. 스페인 금화는 이제 내 것이야. 그 녀석은 내 것이 될 운명이었어. 나 말고는 아무도 백경을 발견하지 못했어. 봐라, 뿜는다, 뿜어. 잔뜩 뿜는다. 또 뿜었어. 저것 봐."

　길게 꼬리를 끌며 파도치는 듯한 목소리로, 규칙적으로 고래가 뿜어 올리는 물보라가 차례차례 휘어져 오르내림에 맞추어 에이허브는 외친다.

"가라앉는다. 보조 돛을 내려라! 둘째 돛도 내려라! 보트 세 척 준비, 알겠나? 스타벅, 갑판에 남아서 배를 지켜라. 이봐, 키! 바람이 불어오는 쪽으로 1포인트. 이봐, 기운을 내. 오오, 꼬리가 나왔다. 아니야, 아니야, 제기랄 검은 파도다. 보트 준비되었나? 준비, 준비! 스타벅, 내려 주게. 좀더 빨리, 좀더 빨리!"

그는 공중에서 갑판으로 미끄러져 내려왔다.

"녀석이 바람이 불어 가는 쪽으로 직행하고 있습니다. 선장. 우리한테서 자꾸 달아나고 있습니다. 우릴 보았을 리가 없는데."

스텁이 외쳤다.

"이봐, 조용히 해. 닥쳐. 돛가름대 밧줄 준비. 키는 바람이 불어 가는 쪽으로! 가름대를 돌려라! 펄럭펄럭 바람을 받아야 해. 좋아, 좋아, 이젠 보트다, 보트!"

곧 스타벅의 보트를 제외하고는 모두가 내려지고 이내 모든 돛이 올려졌으며, 모든 노는 물살을 헤치며 쏜살같이 바람 아래쪽으로 나아갔다. 에이허브는 선두에 서서 돌격했다. 페댈라의 움푹한 눈에는 죽음의 그림자 같은 창백한 아지랑이가 피어오르고, 그 입가에는 침울한 경련이 일고 있었다.

뱃머리들은 앵무조개의 껍질과도 같이 소리도 없이 파도를 헤치고 달렸지만 원수에게 다가가기에는 상당한 시간이 걸렸다. 이윽고 가까이 가 보니 해면은 한층 매끄러워지고 파도 위에 융단을 깐 것처럼, 또 한낮의 초원처럼 다만 적막에 싸여 있었다. 마침내 숨을 죽인 사냥꾼과 그것을 알아차리지 못한 것처럼 보이는 목표물과의 거리는 좁혀지고 낱낱이 보이는 혹의 전모가 눈부시게 드러났는데, 그것은 마치 딴 세계에서 온 것처럼 유유히 파도 사이를 헤치며 정교하고 아름다운 양털 같은 창백한 포말 속에 에워싸여 있었다. 또한 저쪽에는 약간 쳐든 머리 부분의 주름살마저 보였다. 그 훨씬 앞쪽의 부드러운 터키 융단 같은 파도 위에서는 유백색 머리의 번쩍이는 큰 그림자가 널따랗게 퍼져 있었으며, 잔물결은 가락에 맞춰 그 그림자와 장난을 치고 있었다. 또 뒤쪽에는 그 당당한 항적(航跡)이 이동하면서 계곡을 만들고, 푸른 파도는 교대로 그곳에 뛰어들곤 했다. 양쪽에는 빛나는 포말이 그 옆구리에 약동하고 있었다. 그러나 그 눈부신 경관은 부드럽게 해면을 덮는 숱한 해조의 가벼운 발걸음이나 그 변덕스러운 무리들로 인해 자꾸만 교란되었다. 그리고 중세 이탈리아 상선단(商船團)의 울긋불긋한 선체가 내건 좁고 가는 깃대처럼 보이는 부러진 창자루가 백경의 등에 높직이 솟아 있었다. 그러다가는 가끔 구름처럼 하늘을 덮으며 고래 위를 이리저리 이동하는 해조 무리 중의 한 마리가 소리도 없이 그 창자루에 앉아 흔들리며, 기다란 꼬리 깃털을 깃발처럼 휘날리고 있었다.

잔잔한 환희가, 질주 그 자체 속에 담긴 강하고 평화로운 안정감이 활주하는 고래에게 넘치고 있었다. 폭력으로 정복한 유로파(그리스 신화의 페니키아의 여신. 주피터에게 유괴되어 크레타 섬으로 운반됨)를 자기의 아름다운 뿔에 매단 채 한 헤엄쳐 가는 흰 황소, 즉 주피터 신. 처녀에게 쏠리는 그 뜨겁고 아름다운 눈초리, 크레타 섬의 혼인 잔치 마당으로 쏜살같이 잔물결을 헤치고 가는 매혹적이고 부드러운 질주, 아니 그 주피터, 저 위대하고 숭고한 신 주피터조차도 거룩하게 파도를 헤치고 가는 이 빛나는 백경을 능가할 수는 없었다.

부드러운 양쪽 옆구리, 거기서부터 한없이 퍼져 가는 굽이침과 아울러 그 눈부신 양 옆구리에서 고래는 미혹을 흘리는 것이다. 사냥꾼 중 어떤 자가 이 조용함에 자신도 모르게 황홀해져 공격하려고 했지만, 그 평정이 분류(奔流)의 가면에 지나지 않음을 운명적으로 발견했다 한들 조금도 이상할 것은 없었다. 그렇긴 하지만 조용히, 매혹하듯이 조용히, 오오, 고래여! 처음으로 너를 보는 만인의 앞을 이 얼마나 조용히 흐르고 있는가. 일찍이 그런 방법으로 얼마나 많은 사람을 속이고 파멸케 했는가.

이리하여 열대의 한없이 평화로운 파도가 환희에 싸여 그 물결의 움직임도 잠시 잊어버리는 속을 모비 딕은 유유히 헤엄치면서 그 파도 밑에 숨긴 몸체의 흉포함을 끝내 보이지 않고, 비꼬인 턱의 처참함을 완벽하게 감추고 있었다. 그러나 곧 그 앞쪽을 물에서 천천히 쳐들더니 대리석 빛의 몸체로 버지니아 주의 천연교(석회암의 침식에 의해 생김) 같은 반원을 높이 그리고, 깃발 같은 꼬리를 위협적으로 공중에 흔들어 댔다. 그 거신은 그의 몸체 전부를 드러내 보이고는 속으로 들어가서 보이지 않게 되었다. 흰 바닷새들은 고래가 숨은 소용돌이 위를 아쉬운 듯 배회하며 날고 있었다.

노를 세우고, 키는 물에 담그고, 돛은 그대로 놀려 둔 채. 세 척의 보트는 그저 조용히 모비 딕이 다시 나타나기만을 기다리고 있었다.

"한 시간."

보트의 고물에 버티고 서 있는 에이허브는 말하고, 고래의 주위보다는 훨씬 저쪽, 바람이 불어 가는 쪽의 어두컴컴하고 잔물결 치는 해면을 바라보고 있었다. 그러나 그것도 잠시뿐, 소용돌이치는 물을 타고 넘었을 때 그의 눈은 빙글빙글 돌고 있는 듯이 보였다. 그때 바람은 세차게 불어왔고 바다의 물결은 거세졌다.

"새들이다! 새들!"

태쉬테고가 외쳤다.

백로가 날아갈 때와 같이 길게 한 줄을 지으며 새의 무리는 모두 에이허브의 보트를 향해 날아왔다. 3야드 이내로 접근하자 물 위에서 날갯짓을 하며 무언가를 기다리는 것처럼 기쁜 듯한 소리를 지르며 빙글빙글 돌기 시작했다. 그들의 시력은 인간의 시계보다도 날카로웠다. 에이허브는 해면에서 아무 전조도 발견하지 못했다. 그러나 그가 바다 밑을 뚫어지게 들여다보는 순간 흰 족제비보다도 더 작은, 생동하는 하얀 한 점이 놀랄 정도로 빠르게 솟아오르는 것이 희미하게 보였다. 그것은 올라옴에 따라 확대되었고, 이윽고 한 바퀴 돌자 측량할 수 없는 심연에서 떠올라 온 이빨을 번쩍이면서 흰색의 기다랗게 구부러진 두 줄을 드러냈다. 그것은 모비 딕이 그 웅대하고 쓸쓸한 거체를 아직도 거의 짙푸른 물속에 담근 채 딱 벌리고 있던 비틀린 턱이었다. 번쩍이는 입을 보트의 밑바닥에서 문을 활짝 열어 놓은 대리석 무덤처럼 잔뜩 벌리고 있었다. 그러자 에이허브는 키를 한 바퀴 돌리고 보트를 이 끔찍한 괴물로부터 피해서 선회하게 했다. 그리고 페댈라와 자리를 바꾸고 이물로 나가 퍼즈의 작살을 쥐고는, 선원들에게는 노를 단단히 붙잡고 뒤로 물러갈 준비를 하라고 명령했다.

그런데 이 위험한 순간에 보트가 위험을 느끼고 그 뱃머리를 축으로 하고 한 바퀴 돌았기 때문에 아직 물 밑에 있던 고래의 머리와 정면으로 마주치게 되었다. 그러나 모비 딕은 이 전술을 다 알아챈 듯 그 유명하고 사악한 지혜로, 순간적으로 머리를 홱 돌려 주름살투성이의 머리를 배 밑바닥에 바싹 들이밀었다.

선체를 통하여, 온갖 판자와 늑골을 통해 순간적으로 전율이 스쳐 갔다. 고래는 공격하는 상어의 자세를 취하며 비스듬히 위를 보고 몸을 눕혀, 천천히 맛을 보듯이 뱃머리를 통째로 입에 물었다. 길고 가늘고 구부러진 주름살투성이의 아래턱은 공중에 높이 굽어서 솟아 있고, 한 개의 이빨은 노받이에 걸려 있었다. 푸른빛이 도는 진주 빛 턱의 내부는 에이허브의 머리에서 채 6인치도 떨어지지 않은 곳에서 위에서부터 내려다보고 있었다. 이런 자세로 백경은, 이윽고 부드러우면서도, 잔인한 고양이가 생쥐를 희롱하듯 연한 노송나무 재목을 흔들었다. 페댈라는 조금도 당황하지 않는 눈빛으로 이를 응시하며 팔짱을 끼고 있었으나 선원들은 서로의 머리를 짓밟으면서 고물 끝으로 달렸다.

고래는 너무나 잔인한 방법으로 불쌍한 배를 희롱했는데, 그때마다 연하고 부드러운 양쪽 뱃전은 부풀었다 오므라들었다 했다. 더욱이 그 몸통은 배 밑의 물속에 감추어져 있어 뱃머리가 마치 그 고래의 뱃속에 들어간 것처럼 보였으므로 뱃머리에서 그놈을 향해 작살을 찌른다는 것은 도저히 불가능한 일이었다. 한편 다른 보트는 적대(敵對)하기 어려운 위기 앞에 본의 아니게 망설이고만 있는 형편이었고, 편집광 에이허브는 이 적의, 사람을 초조하게 하는 것 같은 육박에 격분했으나, 자신의 몸은 산 채로 가증스러운 백경의 턱 속에 갇혀 있는 상태였으므로 완전히 미쳐 버린 것 같았다. 그는 맨손으로 고래의 긴 이빨을 움켜잡고 고래의 입에서 비틀어 뽑으려고 열심히 몸부림치고 있었다. 그 몸부림이 헛된 일이라고 생각된 순간, 그는 결국 턱 쪽에서 떨어져 나갔다. 부드러운 뱃전은 휘어져서 부러져 버렸고, 그때 양쪽 턱은 거대한 가위처럼 고물 쪽으로 미끄러져 가면서 보트를 완전히 절단해 버렸다. 이윽고 표류하는 두 개의 파편과 파도 사이에서 백경의 두 입술은 굳게 다물어졌다. 파편은 부서진 앞쪽으로 기울어진 채 나란히 떠돌고, 선원들은 고물의 파괴된 뱃전 판자에 매달려 본선으로 가기 위해서 필요한 노를 두 뱃전에 붙들어 매려고 안간힘을 쓰고 있었다.

보트가 둘로 꺾이기 바로 직전, 고래의 움직임을 보고 누구보다도 먼저 그 의도를 알아챈 에이허브는 고래가 교활하게 머리를 쳐들고 있었기 때문에 잠시 몸이 자유로워진 틈을 이용해 지체하지 않고 보트를 적의 이빨 사이에서 밀어내려고 있는 힘을 다했다. 그러나 보트는 오히려 더 고래의 입 속으로 미끄러져 들어갔고, 미끄러지면서 옆으로 기울어졌다. 기우는 대로 흔들리는 바람에 고래의 입에서 손을 놓친 그는, 고래를 떠밀려고 몸을 숙이는 찰나 고래에게 내동댕이쳐져서 파도 속에 빠지고 말았다.

물살을 일으키며 적에게서 물러선 모비 딕은 약간 떨어진 곳에 몸을 뉘어 그 장방형의 허연 머리를 큰 파도 속에서 똑바로 내밀기도 하고 감추기도 하면서 방추형의 온몸을 빙글빙글 회전시키고 있었다. 그래서 거대한 주름살투성이 이마를 20피트 이상이나 물에서 쳐들고 튀어오를 때에 높아진 물결은 그것과 뒤섞이는 물결과 부딪쳐 번쩍번쩍 빛을 발하면서 고래의 몸에 떨어지고, 심하게 회오리치는 파도를 끈질기게 더 높게 공중으로 치솟게 했다. 그것은 폭풍이 일 때의 영국 해협에 극히 조그맣게 일었던 파도가 에디스톤의 제방에서 눌러섰지만, 곧 다시 의기양양하게 그 포말을 일으키며 꼭대기를 넘어서는 것 같았다.

그러나 모비 딕은 곧 수평 자세로 되돌아가서 난파한 선원들의 주위를 빙글빙글 돌아다녔다. 그 지나간 자리 양쪽에 이는 심술궂은 물결은 고래가 한층 더 흉포한 공격을 하기 위해 새롭게 기세를 돋우고 있는 것이 아닌가 생각하게 했다. 마카비스 서에 안티오쿠스의 코끼리들은 포도며 뽕나무 열매의 빨간 즙을 피로 잘못 보고 미쳤다고 했는데, 부서진 보트를 본 고래도 또한 마찬가지였을 것이다. 그런데 에이허브는 오만한 고래의 꼬리가 만드는 물거품에 거의 숨이 막히고, 헤엄을 치려 해도 절름발이였기 때문에, 그저 이 끔찍스러운 소용돌이 한복판에 가까스로 떠 있을 수밖에 없었다. 그의 머리는 작은 충격에도 사그라져서 없어지는 포말처럼 맥없이 떴다 가라앉았다 했다. 페댈라는 파편이 되어 버린 고물에서 냉랭하게 태연히 바라보고 있을 뿐이었고, 한편의 뱃머리 파편에 매달린 선원들은 그를 구하기는커녕 간신히 자신의 몸을 지탱하는 게 고작인 상태였다. 이때의 백경의 모습은 그야말로 참으로 처절하기 짝이 없었다. 이 어지러울 정도의 반전, 역전의 선회야말로 별의 운행과 비슷하여, 실로 수평선을 덮고 덤벼들려고 한다고밖에 생각되지 않았다. 그러니까 아직 무사했던 다른 두 척도 주위를 먼 곳에서 에워쌀 뿐, 소용돌이 속으로 뛰어들어 공격할 용기는 없었다. 그렇게 한다면 죽음의 문턱에 들어서 허덕이는 에이허브 이외의 모든 표류자들을 오히려 괴멸로 이끌 뿐 아니라, 자기들이 빠져나갈 수 있을지에 대해서도 자신이 없었다. 따라서 그들은 에이허브 노인의 머리를 중심으로 소용돌이치는 불쾌한 수면의 바깥 한쪽 끝에서 망연히, 어쩔 수 없이 눈을 부릅뜨고 쳐다보고 있을 뿐이었다.

한편 모선의 돛대 위에서도 이 광경을 볼 수 있었다. 그래서 돛가름대를 똑바로 향하게 하며 현장 가까이로 왔으므로 에이허브는 물속에서 머리를 들고 "어서, 어서!" 하고 외치려 했다. 그러나 그 순간에 모비 딕 주위에서 밀려오는 파도가 그에게 부딪쳐 그는 파도 속으로 잠겨 버렸다. 그러나 이윽고 또 허우적거리며 떠올라 와 운 좋게도 높은 파도 꼭대기에 "고래를 향해 쭉 달려라! 마구 와서 쫓아 버려!" 하고 외쳤다.

피쿼드 호의 뱃머리는 뾰족했다. 피쿼드 호는 마(魔)의 소용돌이를 넘어서 무사히 백경과 그 희생자들과의 사이를 차단할 수 있었다. 고래가 불쾌한 듯이 헤엄쳐 가 버린 뒤 급히 선원들을 구조하기 위해 여러 척의 보트가 물에 띄워졌다.

스텁의 보트에 의해 구조된 에이허브의 눈은 핏발이 서 아무것도 보이지 않았으며, 소금물이 하얗게 주름살에 엉겨 붙어 있었는데, 오랫동안 긴장한 탓인지 체력이 일시에 무너져 그만 혼수상태에 빠져 버리고, 잠시 동안 스텁의 보트 바닥에 마치 코끼리 떼에게 짓밟힌 것처럼 쓰러져 있었다. 계곡에서 울리는 듯한 속이 텅 빈 소리와도 같은 뭐라 말할 수 없는 통곡이 그 몸 깊은 곳에서 흘러나오고 있었다.

그러나 이 피로의 강렬함 그 자체는 오히려 그 피로한 순간을 단축해 주었다. 약자에 대해서는 동정을 해서 그 전 생애에 걸쳐 고루 나누어진 가벼운 고통의 전량을, 초인적인 친구들은 순간적이고도 심각한 고뇌로 응축시키곤 하는 것이다. 그러니 이런 친구들은 그 개개의 고통은 그때그때 해결하지만, 만일 신의 뜻이라면 일생 동안 강렬한 매순간을 거듭해서 몇

대에 걸쳐 비통을 쌓아올릴 것이다. 어쩌면 이들 고매한 친구들은 이 임의의 한 점 한 점에서 열등한 자의 전 원주(全圓周)를 포함하고 있다고 해도 좋은 것이다.

"작살은…… 작살은 무사한가?"

에이허브는 구부린 팔꿈치에 비틀비틀 몸을 기대고 반쯤 몸을 일으킨 뒤 말했다.

"예, 던지지 않았으니까요. 이겁니다."

스텁은 그것을 내밀었다.

"내 앞에 놔둬라. 행방불명된 자는?"

"하나, 둘, 셋, 넷, 다섯. 노가 다섯 개 있었는데, 지금은 사람이 다섯, 여기에 있습니다."

"좋아. 이봐, 손을 좀 빌려 주게. 일어서고 싶다네. 좋아, 좋아, 저 녀석이 보이는군. 저것 봐, 아직 바람이 불어 가는 쪽으로 가고 있다. 굉장한 물보라군. 이봐, 손을 놓게. 에이허브 님의 뼛속에는 불멸의 생명수가 흐르기 시작했다. 자, 돛을 올려라. 노를 저어라! 그리고 키를 잡아라!"

부서진 보트의 선원이 다른 보트에 의해 구출되었을 때, 구출된 배의 일을 돕는 것은 그다지 신기한 일은 아니다. 그래서 추적은 소위 이중 노라 불리는 형식으로, 나란히 앉아 노를 젓는 가운데 계속된다. 지금도 그랬다. 그러나 보트에 가중된 힘은 고래에게 가중된 힘에 미치지는 못했고, 고래는 그 지느러미 하나하나를 삼중으로 한 것처럼 보였다. 그 진행의 속도를 볼 때 만일 이런 조건에서 뒤쫓는다면 전혀 절망은 아닐지라도 한없이 길어질 것임은 명백한 일이었다. 첫째로 어떤 선원이든 그렇게 긴 시간 동안을 끊임없이 긴장하여 극히 짧은 시간의 교대로도 무리일 정도의 힘으로 계속해서 노를 젓는다는 것부터가 불가능한 이야기였다. 그러니 이 경우는 추적을 하기에 가장 적당한 중계 수단으로 모선을 택해야 한다는 많지 않은 예 중의 하나였다. 그래서 보트는 모선으로 다가갔고, 이윽고 기중기에 매달려 올려졌다. 깨어진 보트의 두 파편은 각각 그전에 끌어올려져 있었다. 이리하여 모든 것을 주워 올린 뒤에 피쿼드 호는 돛을 높이 올리고 보조돛을 옆으로 잔뜩 내민 채 앨버트로스가 2단 관절로 된 날개를 편 것처럼 바람이 불어 가는 쪽으로 가고 있는 모비 딕을 향했다. 고래의 빛나는 물보라는 누구나 잘 아는 저 규칙적인 간격을 두고, 돛대 꼭대기의 사람들로부터 시시각각으로 보고되었다. 또 물에 잠겼다고 보고된 순간부터 에이허브는 나침반 상자의 시계를 손에 들고 갑판을 걸으면서 시간을 재어 보고 그 예정된 기간이 되자마자 소리 높여 외치곤 하였다.

"이번 스페인 금화는 누구 것이냐? 보이는가?"

만일 아니라는 대답이 나오게 되면 즉시 자기를 망루 위로 끌어올리라는 명령을 내리곤 했다. 이러는 동안 시간은 흘러 갔다. 즉 에이허브는 어느 순간 돛대 위에 있었는가 하면 다음 순간에는 갑판을 성급하게 걷곤 하면서 시간을 보냈다.

그렇게 걸으면서 그는 가끔 침묵을 깨뜨리고는 돛대 위의 감시원에게 말을 걸기도 하고 돛을 더 높이라든가 더 넓히라고 명령을 내리곤 했다. 그렇게 모자를 깊숙이 눌러쓰고 성급하게 걸으면서 뒷갑판에 나동그라져 있는 보트의 파편 옆을 지나기도 했다. 마침내 그는 그 앞에 섰다. 노인의 얼굴에는 이미 구름이 끼어 있는 하늘에 다시금 새로운 구름의 그림자가 흐르듯이 더욱 우울하고 짙은 그늘이 드리워졌다.

스텁은 장승처럼 선 에이허브를 보았다. 반드시 허세라고 할 수는 없었으나 자신의 용기가 조금도 줄어들지 않았음을 보여 선장에게 대담하다는 말이라도 듣고 싶었는지, 스텁은 가까이로 가서 파편을 바라보며 목소리를 돋우어 말했다.

"당나귀도 안 먹는 엉겅퀴라. 녀석의 입을 호되게 찌른 셈이군요. 하하!"

"조난자를 앞에 두고 웃는군. 정말 사람도 아닐 만큼 인정머리 없는 녀석이군. 네 녀석은 불덩어리처럼 두려운 걸 모르는 녀석인 줄 예전부터 알고 있었으니 망정이지(불덩어리처럼 인정이 없기도 하지만 말이야), 그렇지 않다면 겁쟁이라고 소리라도 질러 주고 싶을 판이야. 난파선을 눈앞에 두고는 우는 소리도 웃는 소리도 듣고 싶지 않은 법이다."

"정말 그렇습니다, 선장님. 엄숙한 일입니다. 전조란 말입니다. 흉조예요."

가까이 다가온 스타벅이 말했다.

"흉조? 흉조? 교과서적인 이야기는 하지 마라. 신이 만일 사람에게 하고 싶은 말이 있다면 분명히 정면으로 앞에 두고 말할 것이다! 고개를 갸우뚱거리거나 할머니처럼 징조를 들먹

거릴 리가 없어. 꺼져 버려! 너희들 두 사람은 막대기의 양쪽 끝과도 같다! 스타벅은 스텁을, 스텁은 스타벅을 뒤집어 놓은 거야. 하지만 너희들 두 사람이 전 인류를 대표하고 있는 거다. 에이허브는 무수한 인간들이 득실거리고 있는 세계 가운데 혼자 서 있단 말이야. 하느님과도 인간과도 교제가 없어! 춥다, 추워. 떨린다. 어찌된 걸까? 이봐, 감시원, 보았나? 물보라가 올라오거든 소리를 질러라! 설사 1초에 열두 번을 뿜더라도 말이야."

날은 거의 저물고 다만 그 황금빛 옷깃만이 반짝거리고 있었다. 곧이어 날은 어두워지려 하고 있었는데, 감시원들은 언제까지나 그 자리에서 움직일 줄 몰랐다.

"물보라가 안 보입니다, 선장. 어두워서 안 보입니다."

공중에서 들려오는 감시원의 목소리.

"마지막으로 보였을 때 어느 쪽을 향하고 있었나?"

"그전대로입니다, 선장. 똑바로 바람이 불어 가는 쪽."

"좋아! 녀석도 밤이 되면 천천히 달리겠지. 스타벅, 주돛대와 윗돛대의 돛을 내리게. 밤 사이에 녀석보다 먼저 가면 큰일이야. 지금은 녀석이 달리고 있지만 잠시 휴식을 취할지도 모르거든. 키를 잘 잡아라! 바람을 가득 받도록 키를 잡아! 위의 감시원 내려와. 스텁, 모든 돛대에 있는 사람을 교체시키고 아침까지 감시하게 해라."

그리고 큰 돛대의 스페인 금화가 있는 곳으로 갔다.

"모두들 듣게. 이 금화는 내 공훈으로 말미암아 내 것이 되었다. 그러나 모비 딕 녀석이 죽을 때까지는 여기에 이대로 두겠다. 그러니까 그 녀석이 죽는 날에 최초로 그 녀석을 발견한 자에게 이 금화가 돌아가게 되는 거다. 하지만 그날에 또 내가 발견하게 되면 말이야, 그 10배의 금액을 너희들 모두에게 나누어 주겠다. 자, 물러가라! 전투 준비가 완료되었다!"

그렇게 말하면서 그는 승강구 중간에 앉고는 모자를 푹 눌러쓴 채, 새벽이 오기까지 가끔 일어나 밤이 지나가는 광경을 조사해 볼 뿐이었다.

134장 | 추적, 제2일

동이 트기 무섭게 세 개의 돛대에는 새로운 인원이 교대되었다.

"보이나?"

에이허브는 빛이 조금 밝아지는 것을 기다려 문을 열고 다급히 외쳤다.

"아니요, 아무것도."

"전원 제자리에. 돛을 올려라! 녀석은 의외로 빨리 달리고 있다. 둘째 돛대…… 그렇군, 밤새도록 달아놓을 걸 그랬군. 하지만 괜찮아, 돌격 전의 약간의 휴식이었으니까."

여기서 말해 두겠는데, 이처럼 어느 특정 고래 한 마리를 밤낮을 가리지 않고 계속하여 추적한다는 것은 남해 포경에 있어서 결코 전례가 없는 게 아니다. 왜냐하면 난터케트의 선장들 중 천부의 소질을 타고난 우수한 친구들은 놀라운 숙련과 체험에서 오는 선견과 불굴의 자신을 가지고 있어, 고래를 마지막으로 보았을 때의 간단한 관찰을 통해서 그 고래가 언제 그림자를 감추었는지, 그리고 그 나아가는 방향과 대체적인 진행 속도는 어떤지를 주어진 조건 아래서 비교적 정확하게 예언할 수 있기 때문이다. 그런 점에서는 뱃길 안내자의 성격과 몇 가지 비슷한 점이 있다. 그 특질을 손바닥 들여다보듯 알고 있는 바닷가가 바야흐로 시야에서 사라지려 할 때, 그 뱃길 안내자가 나중에 이 해안의 현재에 있는 곳과는 다른 어떠한 점에 배를 대기로 계획했다고 하자. 그는 나침반 옆에 서서 지금 보이고 있는 곳의 방위를 정확하게 보아 두는데, 그것은 이제 앞으로 보일 위치를 정확하게 가늠해 두기 위해서이다.

나침반을 앞에 놓고 서 있는 포경자도 고래를 대할 때 그와 같다. 낮에 몇 시간 동안 추적되고 자세히 겨냥되어 온 뒤 밤의 어둠 속으로 거경이 숨어 들어갔을 때, 사냥꾼의 민첩한 마음이 어둠 속에서의 추적을 거의 정확하게 이끌어 가는 것은 뱃길 안내자가 바닷가를 가리켜 지적하는 것과 똑같다. 그러니 이 놀라운 사냥꾼의 노련함에 이르러서는 세상에서 흔히 허무한 것의 예로 들곤 하는 물에 씌어진 것이라든가(예를 들면 영국 시인 키츠의 묘비명은 '물에 그 이름이 씌어진 자'로 이것은 덧없음을 뜻함), 항적 등도 사실상 견고한 대지와 거의 마찬가지로 신뢰할 수 있게 된다. 그것은 또 근대의 철도라는 위대한 거경에 대하여 볼 때, 그 진행은 모두 명료하게 사람들에게 알려져 있으며, 사람들은 시계를 손에 들고 갓난아기의 맥박을 대하듯 계측하며, 아무런 문제도 없이 상행열차, 또는 하행열차는 이러이러한 시간에 이러이러한 지점에 닿는다고 하는 그것과 마찬가지로, 그들 난터케트 인들은 심해의 거경에 대하여 그 속도의 가감을 관측한 결과, 이제부터 몇 시간 뒤면 이 고래는 200마일쯤 갈 것이고, 이윽고 대략 위도 얼마, 경도 얼마의 언저리를 방황할 것이라고 중얼대는 것이다. 그러나 일시적이나마 이 정확한 지식을 궁극의 성공으로 인도하기 위해서는 바람과 파도가 사냥꾼의 편을 들어 주어야 한다. 예를 들면 지금 정확하게 항만을 떠난 93리그 4분의 1의 거리에 있음을 숙련에 의하여 알았다 하더라도 그 선원이 잔잔하게 바람이 불지 않는 가운데 있었다든가 또는 바람의 방해를 받고 있었다든가 하게 되면, 현실적으로는 아무런 소용이 없지 않겠는가. 그리고 그런 일들은 고래를 추적하는 데 있어서의 갖가지 복잡 미묘한 사항과도 밀접한 관련이 있는 것이다.

배는 돌진한다. 그 뒤에는 깊은 고랑이 남고 그것은 마치 포탄이 삽날 대신이 되어 평화를 온통 뒤엎어 놓는 것 같았다.

"제기랄! 이 갑판, 정말 굉장히 요동치는군. 다리가 미끄러지고 정신이 아찔해질 정도야. 배하고 나만이 건강하고 기운이 좋은 모양이군. 하하하! 누군가 나를 붙잡아서 자빠뜨리고 바다에 처넣어 보면 어떨까? 에누리 없이 내 등뼈는 용골이야. 하하하! 우린 뒤에 티끌도 남지 않는 길을 돌진한단 말이야."

스텁이 외쳤다.

"물 뿜기다! 뿜었어! 똑바로 정면이다."

돛대 위에서 외치는 소리가 들려왔다.

"알았어. 알고 있었지. 달아날 수는 없지. 뿜어라, 뿜어, 찢어지도록 뿜어라. 이봐, 고래, 미친 악마가 널 노리고 있다. 뿜어라, 찢어라. 가슴이 찢길 정도로 말이야. 에이허브가 네 피를 멈춰 줄 테니까. 물레방아가 갑문(閘門)으로 강을 막듯이 말이야."

스텁의 목소리다.

스텁의 이 감상은 거의 전원의 마음을 대표하고 있다 해도 과언이 아니다. 이때 이미 미친 듯한 추적은 시작되었고, 전원이 모두 다시 쥐어 짠 낡은 포도주처럼 땀투성이가 되어 혹사당하고 있었다. 그 중의 몇 사람이 그 어떤 재난의 징조를 어렴풋이 느끼고 있었다 해도 그런 것은 이미 에이허브의 가중된 위압 앞에 날아가 버릴 정도가 아니라 가루가 되어, 마치 덤벼드는 들소 앞에 광야를 이리저리 도망다니는 겁쟁이 토끼처럼 사방으로 흩어져 버릴 것이었다.

운명의 손이 모든 영혼을 거머쥐고 있었다. 전율적이었던 어제의 초조, 달아나는 표적을 향해 돌진하는 무법선의 맹목과 완고함과 대단함이 무작정 선원들의 심장을 들끓게 하고 있었다. 바람은 모든 돛을 풍선처럼 부풀리고 있었으며, 눈에 보이지도 않는 항거할 수 없는 손길에 의하여 배는 돌진했다. 그것은 그들을 이 추적에 붙들어 맨 알 수 없는 마력을 상징하는 것이라 생각된다.

그들은 30명이 아니라 한 사람이었다. 그것은 그들 모두를 태운 하나의 배와 같았다. 배, 그것은 여러 가지 잡다한 것 — 떡갈나무, 단풍나무, 소나무, 역청, 삼베, 그 밖의 모든 것 — 을 주워 모은 것이라고는 하지만, 그 모든 것이 취합되어 하나의 단단한 선체를 형성하고 기다란 중심 용골에 의하여 균형이 잡혀져서 앞을 향해 돌진하는 것이다. 그와 똑같이 선원들의 모든 개성 — 이 녀석의 담력, 저 녀석의 게으름, 또 죄와 형벌, 그 다양한 것 — 이 하나로 녹아 하나의 주재자이며 용골인 에이허브가 가리키는 대로 궁극의 숙명을 향해 달리고 있는 것이다.

삭구에는 선원들이 몰려 있었다. 돛대 꼭대기는 높은 야자수 가지처럼 손발을 벌린 채 흔들리고 있었다. 어떤 자는 한 손으로 가름대에 매달리면서 흥분하여 손을 휘저으며 동료에게 신호를 보내고 있었다. 또 어떤 자는 강렬한 햇살로부터 눈을 피하여 흔들리는 가름대 위에 나와 앉아 있다. 모든 가름대는 각각의 운명을 기다리는 인간들로 가득하다. 아아, 자신들을 파면시킬지도 모르는 저 한 놈을 수석하며 푸르고 푸른 무한을 뚫고 어디까지 돌진하려는 건가.

"발견했는데 왜 아무 말이 없나?"

최초의 신호로부터 몇 분이 지나도록 아무 소리가 없자 에이허브가 성을 내며 소리를 질렀다.

"나를 달아 올려라. 네 녀석들은 속고 있는 거야. 모비 딕이 그런 식으로 어쩌다 물보라를 한 번 뿜고 달아날 리가 없어. 절대로."

그의 말은 사실이었다. 조금 뒤에 알게 된 일이지만 너무나 열중한 나머지 무엇인가 다른 것을 물보라로 혼동했던 것이다. 에이허브가 높은 곳에서의 감시하자마자, 그리고 그 밧줄이 갑판 위의 막대기에 붙잡아 매이자마자, 그는 소리를 질렀고, 그것이 선창이 되어 대기는 마치 일제 사격 때처럼 크게 진동했다. 아까 물보라가 보였다고 여겨졌던 곳보다도 훨씬 배 쪽으로 가깝게, 1마일도 안 되는 곳에 불쑥 모비 딕이 모습을 나타냈을 때, 30명 선원들은 마음속으로 개가를 울렸다. 잔잔하고 조는 듯한 물보라, 그 머리의 신비로운 샘에서 천천히 뿜어 오르는 물보라, 그런 것으로 백경의 접근을 알아낸 것은 아니었다. 압도적으로 굉장한 대도약의 위용으로써 그것을 나타낸 것이다. 측량할 길 없는 심연에서 온 힘을 다해 뛰어오른 이 향유고래는 그 거대한 온몸을 해맑은 허공에 굉음과 함께 높이 솟구쳐 하얗게 빛나는 산더미 같은 비말을 끓어오르게 했고, 자신의 위치를 7마일도 넘는 먼 곳에서도 알아볼 수 있게 하고 있었다. 그때 그가 튕겨 흩어지게 한 노도 광란은 마치 그 갈기로 보였다. 어떤 면에서 이 도약은 하나의 시위이기도 했다.

"뛰어올랐다, 뛰어올랐어!"

말로 다할 수 없는 호기로움으로 백경이 연어처럼 하늘 높이 그 몸을 도약시켰을 때 터져 나온 외침이었다. 너무나도 갑작스럽게 시퍼런 바다 위에 나타났고, 더구나 새파란 하늘로 떠올랐으므로 끓어오르는 물결은 가끔 빙하처럼 눈이 아플 만큼 번쩍이고, 이윽고 그 끓어오르던 강력함을 잃으며 차차 희미하게 사라지더니 마침내 계곡으로 밀려오는 소나기와도 같은 자욱한 구름 안개가 되는 것이었다.

"모비 딕 녀석! 태양과 작별을 고하는 도약이라도 해라! 최후가 왔다! 작살이 왔다, 이 녀석아! 이봐, 모두 내려. 한 사람만 앞돛대에 남고 모두 내려라. 보트! 서둘러!"

에이허브가 외쳤다.

선원들은 한 발 한 발 내려가야 할 줄사다리는 쳐다보지도 않고 유성처럼 밧줄을 타고 갑판으로 미끄러져 내렸다. 에이허브도 그처럼 재빠르지는 못했지만 비교적 민첩하게 위에서 내려왔다.

"내려라."

어제 오후 의장되어 있던 예비 보트까지 오자 에이허브가 외쳤다.

"스타벅, 모선은 자네에게 맡기겠네. 보트를 피해서, 하지만 너무 멀리 떨어져 있지 않도록 하게. 자, 어서 내려라!"

이때 이미 공격 태세를 갖춘 모비 딕은 몸을 날려 상대방에게 맹렬한 공포를 가해 주기 위해서 세 척의 보트를 향해 달려오고 있었다. 에이허브의 보트가 한가운데였다. 선원들을 격려하면서 이번에는 그야말로 박치기, 즉 고래의 앞머리 부분을 돌격해 가는 방법으로 해치우겠노라고 작정하고 있었다.

이 방법은 그다지 드문 일이 아니었다. 일정 거리 안에 육박했을 때는 고래의 옆에서부터의 시야를 이용해서 일격에 물리치는 수단이 되기도 한다. 그러나 그 근접점에 이르기도 전에 세 척의 보트는 고래의 눈에 배 위의 세 돛대처럼 그 실체가 속속들이 드러나 있었다. 그때 고래는 무시무시한 속도로 몸을 몰아 대며 거의 눈 깜짝할 사이에 턱을 잔뜩 벌리고 몰려드는 보트들 속으로 진격해 들어와 꼬리를 흔들고는 사방을 향해 처절한 투쟁을 벌였다. 어느 보트에서나 빗발처럼 쇠붙이의 날카로운 날이 쏟아져 왔지만 조금도 물러서지 않으며 다만 그 보트들의 판자 조각 하나까지 남김없이 부숴 버리겠다는 모습이었다. 그러나 보트는 백전노장의 군마처럼 끊임없이 선회하면서 훌륭한 조종 솜씨를 보였고, 잠시 동안은 적의 마수를 판자 하나의 차이로 피하고 있었다. 에이허브의 악마적인 절규만이 다른 모든 소리를 갈기갈기 찢어 날려 보내고 있었다.

그러나 마침내 무시무시한 소용돌이를 그리면서 백경은 종횡무진으로 날뛰며 복잡하기 그지없는 교묘함으로써 자기에게 묶인 세 가닥의 밧줄을 단단히 끌어당겼으므로, 밧줄은 차차 짧아져 그 밧줄의 다른 한쪽 끝에 있는 세 척의 보트를 자기에게 꽂힌 작살날 앞으로 당겨 놓고 말았다. 그러나 잠시 고래는 한쪽으로 몸을 비켜 다시금 새로운 돌격을 위한 몸가짐을 하는 것처럼 보였다. 그 기회를 놓치지 않고 에이허브는 우선 밧줄을 길게 풀어 늦추었다가 갑자기 팽팽하게 당김으로써 그것으로 얽힌 것을 풀려고 시도했다. 그런데 보라! 전투하는 상어의 이빨보다도 더 사나운 광경이 펼쳐졌다.

손에서 던져진 작살과 창들은 그 날과 창끝을 곤두세우면서 얽히고, 얽힌 밧줄 속에 말려 비틀리고 휘둘려지고 섬광을 내며 물방울을 일으키면서, 에이허브의 보트 밧줄걸이에 부딪쳐 오고 있었다. 다만 한 가지 일만이 가능했다. 그는 선원용 나이프를 빼 들고 아슬아슬하게 방사성 모양으로 움직이는 많은 강철 속에 들어갔다가 빠져나오고 다시 바깥쪽으로 나가 그 앞쪽 밧줄을 당겨 보트 안에서 뱃머리 선원에게 건네주고, 그리고 밧줄걸이 근처에서 두 번 밧줄을 절단하여 걸려 있는 작살과 많은 창을 바닷속으로 떨어뜨렸다. 이리하여 모든 것은 무사히 끝났다. 그러자 그 순간 백경은 아직 얽혀 있는 다른 밧줄들 속으로 별안간 돌진하여 가장 심하게 밧줄에 얽혀 있던 스텁과 플라스크의 보트를 항거할 수 없는 힘으로 자기의 꼬리 끝으로 당겨 놓고는 그것을 마치 파도가 밀려오는 바닷가에 뒹구는 두 개의 조개껍질처럼 맞부딪치게 했다. 그리고 자기는 바닷속으로 잠겨 끓어오르는 소용돌이 속에 모습을 감추었다. 그 소용돌이 속에서는 잠시 동안 난파한 보트의 향기로운 나무 파편이 마치 세차게 휘젓는 펀치 볼 속의 장과(漿果)처럼 빙글빙글 춤추고 있었다.

이렇게 두 보트의 선원들이 바닷속에서 떠돌며 빙글빙글 춤추는 밧줄통이나 노 같은 부유물에 매달리려고 허우적거리고 있었다. 몸집이 작은 플라스크는 비스듬히 빈 항아리처럼 떴다 가라앉았다 하면서 상어의 먹이가 되지 않기 위해 두 다리를 꼬아 위로 올리고 있었으며, 스텁은 누구든 건져 달라고 소리 지르고 있었다. 노인의 밧줄이 지금은 절단되어 있었으므로 누군가 근처의 선원을 구출하기 위해 거품이 들끓는 소용돌이 속에 들어갈 수도 있었는데, 아무튼 이 순간에 벌어진 극심한 혼란 한가운데에서, 에이허브의 아직 부서지지 않은 보트는 눈에 보이지 않는 쇠줄로 높은 창공에 끌어올려지는 것처럼 보였다. 왜냐하면 이때 백경이 바다 밑에서 수직으로 화살처럼 밀고 올라와 거대한 앞머리 부분을 보트 아래쪽에 넣어 휘두르며 보트를 공중으로 던져 올렸기 때문이다. 이윽고 보트는 뱃전을 밑으로 하고 떨어졌고, 에이허브와 그 부하들은 해변의 동굴에서 나오는 바다표범처럼 허우적거리며 그 밑에서 빠져나왔다.

고래의 최초의 부양 운동은 그가 수면을 받았을 때 방향을 바꾸었기 때문에 조금 아까 그가 파괴 작업을 한 중심점보다 약간 떨어진 곳에 그를 떠오르게 했다. 그리고 지금은 그 중심에 등을 돌리고 잠시 그 찢긴 꼬리를 이리저리 흔들며 떠 있었는데, 흐르는 노라든가, 판자 조각이라든가, 보트의 극히 작은 파편이나 조각 같은 것이 피부에 닿기만 하면 즉시 그 꼬리를 휘둘러 옆치기로 해면을 두드려 댔다. 그러나 이제 이번 일도 끝났으니 만족스럽다는 듯 주름투성이 이마로 대양을 가르며 얽힌 밧줄을 끌면서 규칙적인 여행자의 속도로 바람이 불어가는 쪽을 향한 여행을 계속하였다.

지난번과 마찬가지로 시종일관 관망하고 있던 모선은 모든 투쟁을 지켜본 후, 구조를 위해 다가와 한 척의 보트를 내리고 떠 있는 선원, 통, 노 그 밖에 주워 올릴 수 있는 것이면 무엇이든 다 갑판으로 건져 올렸다. 거기에는 삔 어깨와 손목, 발목 그리고 온갖 타박상을 입은 선원과 휘어 버린 작살, 창, 풀 수도 없이 얽힌 밧줄, 부서진 노와 판자 등 모든 것이 있었다. 그러나 누구 하나 치명상은커녕 중태에 이른 자도 없었다. 에이허브는 마치 어제의 페댈라처럼 자기의 깨진 보트 조각을 비교적 안전한 부표로 삼아 씁쓸한 표정으로 매달려 있었다. 그는 어제의 참사만큼 타격을 받지는 않은 듯싶었다.

그러나 갑판에 들어 올려지자 모두의 눈이 그에게로 집중되었다. 왜냐하면 그는 혼자서 서지 않고 지금까지도 가장 충실한 조수였던 스타벅의 어깨에 반쯤 기대어 서 있었기 때문이다. 그의 고래뼈 다리는 잘려 버리고 하나의 짧고 날카로운 파편이 남겨져 있을 뿐이었다.

"아아, 스타벅. 남에게 기대서는 건 즐거운 것이군그래. 기대는 상대가 누구든 말이야. 이 에이허브 노인도 지금까지 좀 더 기댈 걸 그랬군."

"쇠테가 지탱하지 못했군요. 그 다리는 공들여서 작업한 선데."

가까이 다가온 목수가 말했다.

"선장, 어디든 뼈가 부러지지는 않았겠지요?"

스텁도 진심으로 위로를 했다.

"뭐라고, 스텁? 완전히 가루가 되었잖나. 그게 안 보이나?

하지만 말이야, 한쪽 뼈는 부러졌지만 이 에이허브 노인은 상처를 안 입었네. 그렇긴 해도 이 잃어버린 죽은 뼈는 내 어느 산 뼈보다도 내 본체에 가까웠는데, 어쨌든 백경이든, 인간이든, 악마든, 이 에이허브 노인의 진짜 가까이 할 수 없는 본체에는 상처 하나 입힐 수가 없었지. 어느 납 덩어리가 저 심해의 깊은 바닥에 닿을 수가 있단 말인가. 그 어떤 돛대 꼭대기가 저 하늘의 큰 지붕에 닿을 수 있겠는가. 이봐, 돛대 위 감시원, 고래는 지금 어디에 있나?"

"똑바로 바람이 부는 쪽입니다."

"키, 위로. 배에 남아 있던 자는 즉시 돛을 올려라! 예비 보트를 모두 내려서 의장해라. 스타벅은 저쪽에 가서 보트 선원들을 집합시켜 주게."

"선장, 그것보다도 먼저 당신이 뱃전에 기댈 수 있도록 돕게 해 주십시오."

"오오, 오오, 이 뼛조각이 나를 참으로 짜증나게 하는군. 무적의 영혼을 가진 선장이 이런 약골의 조수를 가지다니, 행운이 따르지 않는군!"

"무슨 말씀입니까?"

"아닐세. 내 육체에 대한 이야기지. 자네 이야기가 아닐세. 뭐든 지팡이가 될 것을 주게. 그 부러진 창이면 되겠네. 선원들을 모으게. 그런데 분명히 그 녀석이 안 보여. 하지만 신에게 맹세코, 그런 일이 있겠는가! 보이지 않나? 어서! 전 선원을 모아라! 모두 모여라!"

노인의 마음을 스치고 간 생각은 옳았다. 선원들을 모두 모아 보니 배화교도가 없었다.

"배화교도 녀석! 녀석은 마침내 붙들려……."

스텁이 외쳤다.

"녀석, 황열병에라도 걸려 뒈져라! 모두들 위로, 아래로, 선실로, 앞갑판으로 달려가라. 녀석을 찾아라. 없을 리가…… 그럴 리가 없다!"

하지만 이윽고 모두들 돌아와 보고하는데, 배화교도는 아무데도 없다는 것이었다.

"글쎄, 선장, 당신의 밧줄이 얽힌 데 걸려서 질질 끌려가는 걸 본 것 같습니다."

스텁이 말했다.

"내 밧줄! 내 밧줄? 끌려갔다고? 그 한 마디는 무엇을 의미하는 것인가? 그 어떤 조종(弔鐘)이 울리기에 이 에이허브 노인은 종탑처럼 부들부들 떠는가. 오오, 작살도 안 보이는군! 저기 저 판자 조각들을 들춰 보아라. 없나? 저 백경을 목표로 만든 작살, 강철인데…… 아니, 아니 바보 같으니! 이 손으로 던지지 않았나? 고래 녀석에게 썰렀단 말이야. 돛대 위의 녀석들! 고래한테서 눈길을 떼지 마라. 작살잡이들, 날에 조심해라, 날에! 제일 위의 돛도 올려라. 밧줄을 모두 당겨라! 키잡이, 잘해라, 잘. 목숨을 걸고 해라! 나는 이제 아무도 못 가본 지구의 곳곳을 열 번이라도 돌 테다. 아니 그 한가운데를 뚫고 들어가는 한이 있더라도 반드시 저 녀석을 죽이고야 말겠다!"

"전능하신 신이여. 단 한 순간만이라도 모습을 보여 주시옵
소서. 노인장, 절대로 저 녀석을 잡을 수는 없습니다. 예수님
의 이름을 걸고 이제 이 일은 그만둡시다. 이건 악마의 광란보
다도 더 나쁩니다. 이틀 동안 쫓아서 두 번 모두 산산조각이
나 버렸습니다. 당신의 다리는 다시금 몸에서 떨어져 나갔습
니다. 당신의 그 기분 나쁜 그림자는 실종되었습니다. 모든 착
한 천사가 당신에게 경고하며 당신에게 모여들고 있습니다.
이 이상 당신은 더 무엇을 잃고 싶단 말입니까? 이 살인 물고
기를, 녀석이 마지막 한 사람까지 물에 빠뜨릴 때까지 추적해
야 합니까? 녀석한테 바다 맨 밑바닥까지 끌려 들어가야 한다
는 겁니까? 지옥의 세계까지 함께 가야 합니까? 오오, 이 이
상 녀석을 몰아 대는 것은 신을 두려워하지 않는 짓, 신을 모
독하는 짓입니다."

스타벅이 외쳤다.

"스타벅, 나는 자네에게 지난번부터 기묘하게 마음이 움직
이고 있네. 자네도 알고 있겠지만 서로의 눈을 들여다본 뒤부
터 말일세. 하지만 이 고래에 관한 한 자네의 얼굴이 이 손바
닥처럼 입술도 눈도 코도 없는 공백이었으면 하네. 알겠나?
에이허브는 어디까지나 에이허브라네. 이 연극의 모든 것은
변경 없이 진행되어야 하네. 이건 자네에 의해 나에 의해 이
바다가 파도를 치기 시작한 억만 년이나 전부터 미리 예비되
어 있었던 일일세. 바보 같으니라고! 난 운명의 부하다. 그 명

령으로 움직이는 거야. 자네들, 송사리여, 정신 바짝 차리고 나를 따르라. 모두들 내 주위에 서게. 모두들 봐라. 한 늙은이 가 나무 그루터기처럼 되어 부러진 창에 기댄 채 외다리로 서 있다. 그게 에이허브, 그의 육체가 해야 할 역할일세. 하지만 그의 영혼은 다리를 백 개나 가지고 움직이는 지네라네. 너희 들이 보기에 나는 폭풍우 속에서 돛대가 부러진, 쾌속함을 끄 는 밧줄처럼 망가져 버리고, 반은 패배한 것으로 보일 것이다. 그러나 내가 깨지기 전에는 탕 하고 소리를 낼 거다. 아니 너 희들에게 그걸 들려주기 전에 에이허브의 굵은 밧줄은 목표물 을 어디까지나 끌고 간다는 것을 보여 줄 테다. 너희들은 계시 라는 걸 믿고 있나? 그렇다면 큰 소리로 웃고, 또 한 번 더, 하고 외쳐라! 왜냐하면 가라앉는 것은 가라앉기 전에 두 번 수면 위로 떠오르고, 그리고 영원히 가라앉는 법이다. 모비 딕 도 마찬가지다. 이틀에 걸쳐 뜨고 내일은 세 번째가 된다. 그 래, 녀석은 다시 한 번 더 나온다. 단말마의 물 뿜기를 위해 서. 너희들, 한 번 더 용기를 내지 않겠는가!"

"두려운 건 하나도 없는 불덩어리군."

스텁이 큰 소리로 말했다.

"그리고 기계로 만들어진 것처럼 말이야."

에이허브가 중얼거렸다.

그러면서 모두 다 걷기 시작했을 때 다시 말을 이었다.

"계시인가 하는 것, 어제도 나는 저 스타벅에게 내 부서진 보트에 대해 같은 말을 했네. 오오, 나는 얼마나 열성적으로 남의 마음에서 몰아내려고 했는지 모른다! 배화교도, 배화교도! 없어져 버렸어. 없어져 버렸다고! 그 녀석은 내 앞을 가기로 되어 있었지. 그리고 만일 내가 멸망할 때는 그 직전에 다시 한 번 나타날 예정이었지. 그건 어떤 의미일까? 이건 대단한 수수께끼인걸. 조상 대대로 판관의 영혼들에게 후원을 받고 있는 변호사들조차도 이걸 풀 수는 없을 거야. 그게 마치 매의 부리처럼 내 뇌를 쪼고 있다. 아니야, 어떤 일이 있어도 어떻게 해서든지 그걸, 그 수수께끼를 풀어야만 해."

저녁 그림자가 다가오고 있어도 고래는 아직 바람이 불어가는 아래쪽에 보이고 있었다.

다시금 돛은 줄여지고 모든 것은 어제저녁과 거의 같았지만, 다만 새벽이 오기까지 사람들이 각등(角燈)의 불빛으로 예비 보트의 완전한 의장을 하기도 하고, 내일을 위해 새로운 무기의 날을 손질하고 있었으므로, 그 망치 소리와 숫돌의 울림이 계속되고 있었다. 그동안에 목수는 에이허브의 보트에서 부러져 나온 용골로 새 다리를 만들고 있었다. 그리고 에이허브는 전날과 마찬가지로 모자를 깊이 눌러쓰고는 승강구에 장승처럼 서 있었다. 그 숨은 해바라기 같은 시선은 예감에 가득 차서, 최초의 서광을 찾아 동쪽으로 향하고 있었다.

135장 | 추적, 제3일

셋째 날의 아침은 갠 채 상쾌하게 밝아 왔고, 앞돛대 위에서 홀로 감시를 하고 있던 자는 일을 끝냈으며, 그와 교대하여 주간의 감시원들이 모든 돛대와 가름대에 매달렸다.

"보이나?"

에이허브가 외쳤지만 고래는 아직 보이지 않았다.

"하지만 틀림없이 그 녀석이 지나간 자리에 있을 거야. 그 항적을 뒤따르기만 하면 돼. 그저 그것뿐이다. 이봐, 키잡이, 지금까지처럼 단단히 잡아야 해. 오늘은 참 좋은 날씨군. 갓 만들어진 신세계에 천사들을 위한 정자가 생기고 오늘 아침이 그 축하 잔치라 해도 이토록 좋은 날씨가 되지는 못할 것이다. 만일 에이허브가 사색에 잠길 시간을 갖는다면 이야말로 사색의 제목이다. 하지만 에이허브는 사색을 하지 않는다. 다만 느끼고 느낄 뿐이다. 그것만으로도 죽어 가는 인간에겐 부질없는 것이지. 사색한다는 건 건방진 것이다. 신만이 그 특권을 갖는다. 사색이란 냉정, 평온한 것이며, 또 그래야만 하는 것이다. 그런데 우리의 불쌍한 심장은 고동치고 가엾은 두뇌는 울리고 있어 도저히 사색에 견디지 못한다. 더욱이 가끔 나의 두뇌는 얼어붙은 것처럼 평온해서, 마치 속에 든 것이 얼어붙은 유리병처럼 딱딱거리며 떨고 있는 것 같은 생각이 든다. 하지만 지금도 이 머리카락은 자라고 있다. 이 순간에도 자라고 있다는 것은 열이 키워 주고 있음에 틀림없어. 아니다, 이건 마치 쓸모없는 잡초가 그린란드의 얼음 틈바구니의 흙 속이든, 베수비오의 용암 속이든, 아무 데서나 마구 뻗어 나가는 것이나 마찬가지야. 사나운 바람이 그것을 뒤흔든다. 그것은 마치 찢긴 돛 조각이 흔들리는 배에 매달리면서 몰아붙이듯 내 주위를 두드리고 있다. 더운 바람이다. 여기에 오기까지 복도와 독방과 병원의 병실을 지나왔으면서도 여기서 양털처럼 순진한 얼굴을 하고 있다. 어디로든 어서 가 버려! 더럽다, 더러워. 만일 내가 바람이었다면 이 사악하고 비참한 세계에 불려 다니지는 않을 거야. 그러나 바람은 씩씩하고 고상한 것이다. 그 누가 바람을 정복할 수 있었는가? 어떤 싸움에서도 최후의 아픈 일격을 주는 것은 바람이다. 창을 들고 덤벼들어 보아라. 그저 허공을 빠져 나가게 될 뿐이다. 하하하! 바람은 비겁하기도 해. 왜냐하면 벌거벗은 인간을 휘갈기기는 하지만 자기는 단 일격도 견디어 낼 생각은 없으니까. 에이허브라도 그보다는 용감하고 그보다는 고상하다. 바람에 실체가 있기만 하면 좋을 텐데……. 그러나 사람을 화나게 하고 해치는 온갖 것들은 실체를 가지고 있지 않네. 더욱이 그것은 '물체'로서는 실체를 갖지 않지만 '힘'으로서는 실체를 가지고 있다. 거기에는 가장 특수하고 교활하고 그리고 가장 사악한 차이가 있는 것이다. 하지만 나는 거듭 말하고 그리고 맹세라도 하겠는데, 바람이라는 것에게는 어딘가 매우 빛나는 아름다운 데가 있어. 적어도 이 따뜻한 무역풍, 그것은 강하고 확고해서 발랄한 온화함을 지니고 하늘을 한 줄기로 똑바로 불어, 해양의 비천한 해류가 아무리 굴절하고 선회한다 해도, 지상의 미시시피들이 세차게 흐르고 굽어도, 그 목적에서 벗어날 때가 없다. 자, 영원한 양극에 걸고! 이 내 배를 한결같이 밀어 주는 무역풍, 또는 그것과 비슷한 그 무엇이, 조금도 변화하는 일 없이 힘에 넘치는 그 무엇이 배와도 같은 내 영혼을 양쪽으로 불어서 보내고 있는 것이다. 저쪽으로! 돛대 위에 있는 자들이여, 무엇이 보이는가?"

"아무것도 안 보입니다, 선장."

"아무것도! 한낮이 되어 오는데! 스페인 금화가 가져갈 사람이 없다고 울고 있네. 태양을 보라! 그렇다, 그래, 그게 틀림없어. 지나쳐 온 거야. 추월한 셈이지. 그래, 지금은 녀석이 나를 추적하고 있는 셈이군. 내가 그 녀석을 추적하는 게 아니다. 괘씸하다, 좀더 일찍 알아차렸어야 했는데. 바보 같으니! 그 녀석은 밧줄이며 작살을 느릿느릿 끌고 다닐 게 아니냔 말이야. 그래, 어제저녁 사이에 지나쳐 버린 거야. 뱃머리를 돌려라, 뱃머리를! 뱃머리에 정해진 감시원만 남기고 모두 내려와라! 모두들 돛대에 붙어 서라!"

지금까지의 진행에 있어서는 바람이 대체로 피쿼드 호의 뒤쪽에서 불어왔으나, 지금 반대로 방향을 바꾸고 보니 배는 미풍을 안고 나가게 되어, 흰 배가 지나간 자리에 다시금 크림 같은 거품을 일게 했다.

"바람까지 거스르며 그놈의 벌린 턱을 향해 간다. 신이여, 지켜 주옵소서. 하지만 이미 내 몸 속의 뼈는 축축해지고 안쪽에서부터 내 살을 적셔 오고 있는 것 같다. 난 이제 뭐가 뭔지 모르게 되었다. 나는 그를 따름으로써 신을 거역하고 있는 게 아닐까?"

스타벅은 새로 내려진 큰 돛대의 방향 전환 가름대를 난간에 감으며 혼잣말을 했다.

"나를 끌어올릴 준비를 해라! 이제 곧 녀석을 만나게 돼!"

에이허브가 삼베 밧줄로 만든 바구니 쪽으로 가며 외쳤다.

"예, 예, 선장."

스타벅은 즉시 에이허브의 명령에 따라 다시금 에이허브를 높이 끌어올렸다. 한 시간은 충분히 지났다. 그것은 마치 두들겨서 편 금박처럼 몇 세기의 길이로 늘어난 것처럼 느껴졌다. 시간 그 자체가 견딜 수 없는 긴박감에 오랫동안 숨을 죽이고 있었다. 그러나 마침내 뱃머리의 바람이 불어오는 쪽에서 약간 떨어진 곳에서 에이허브는 다시금 물보라를 발견했다. 즉

시 세 개의 돛대 위에서 세 개의 전규가 혀마저 불태우려는 것
처럼 뜨겁게 끓어올랐다.

"모비 딕 녀석! 이번 세 번째에는 나와 네 녀석이 서로 이마
를 부딪쳤군. 이봐, 갑판 위에 있는 녀석! 이봐, 돛가름대를
더 돌려라. 돛을 전부 올리고 바람이 불어오는 쪽으로 향해라.
스타벅, 아직 보트를 내리기에는 너무 이르네. 돛이 떨리고 있
다. 곤봉을 가지고 키잡이를 감독하게. 그래, 그래, 녀석은 빠
르군. 난 이제 내려야겠네. 하지만 한 번만 더 이 높은 데서
찬찬히 바다를 바라보자. 그럴 시간은 있으니까 말이야. 너무
도 낯익은 광경, 그러면서도 어쩐지 낯설군. 그렇군, 내가 어
렸을 때 난터케트의 모래 언덕에서 처음 보았을 때와 조금도
달라지지 않았어. 똑같아, 똑같아! 노아에게나 나에게나 마찬
가지다. 바람이 부는 쪽은 소나기가 조금 오는 모양이군. 참으
로 훌륭한 광경이다. 그것은 어딘가 세상에 흔히 있는 열대림
의 섬보다도 더 향기로운 땅으로 인도하는 것임에 틀림없다.
바람이 불어 가는 쪽! 백경은 그리로 가고 있다. 그러면 바람
이 불어오는 쪽을 보자. 험하긴 하지만 좋은 방향이다. 하지만
안녕, 안녕, 정든 돛대 꼭대기여! 이건 또 뭔가? 파란빛이군.
아아, 나무가 찢긴 사이에 조그만 이끼가 났군. 에이허브의 머
리에는 그런 파란빛은 없다. 거기에 인간의 노령과 물질의 노
령과의 차이가 있거든. 하지만 낡은 돛대여, 우린 서로 함께
늙어 왔다. 그렇지만 내 배여, 우리의 선체는 아직 건전하지
않은가. 단 하나, 다리가 없을 뿐이지. 신에게 맹세코 이 죽은

나무 쪽이 내 살아 있는 고기보다 우수하다. 난 상대도 안 돼. 죽은 나무로 된 배 속에는 가장 용감한 아버지의 정기(精氣)로 만들어진 인간의 생명보다도 오래 지탱해 주는 것이 있는 법이다. 그래, 그 배화교도는 뭐라고 했던가. 언제나 내 뱃길 안내자가 되어 내 앞을 가며 또 한 번 나타난다고 했다. 어디서 말인가? 내가 끝없는 계단을 내려간다고 가정하면 바다 밑바닥에서도 볼 수 있을까? 게다가 그 녀석이 빠진 곳이 어디인지, 나는 밤새도록 너무 멀리 와 버리지 않았나. 그래, 그래, 배화교도여, 자네도 다른 많은 자들과 마찬가지로 자신에 대해서는 슬픈 진실을 말했지만, 다만 에이허브에 대해서는 자네 화살이 과녁을 빗나갔네. 안녕, 돛대 꼭대기여. 내가 없는 동안에도 고래를 잘 감시해 주게. 내일, 아니 오늘 밤에라도 백경 녀석이 머리도 꼬리도 묶여서 발아래 누워 있을 때 다시 이야기하세."

그는 명령을 내렸다. 그리고 여전히 주위를 둘러보며 푸른 공기를 헤치고 서서히 갑판으로 내려갔다.

이윽고 보트가 내려졌다. 그러나 에이허브는 그 고물에 선 채 하강하려다 잠시 주저하며 항해사—그때 갑판에서 고패 밧줄 하나를 쥐고 있었는데—를 향해 손을 흔들며 중지를 명령했다.

"스타벅."

"예, 선장님."

"세 번째 나의 영혼의 배는 항해를 떠난다네, 스타벅."

"예, 선장께선 그걸 바라시겠지요."

"어떤 배는 항구를 출범하여 영원히 행방을 모르게 된다네, 스타벅."

"진실입니다, 선장님. 가장 슬픈 진실입니다!"

"어떤 자는 썰물 때에 죽는다. 어떤 자는 물이 완전히 빠졌을 때, 또 어떤 자는 밀물 때에…… 나는 지금 부서져 버리려는 파도 꼭대기 같은 기분이 드네. 스타벅, 난 이제 늙었네. 나와 악수를 해 주지 않겠나?"

그들은 손을 잡고 서로 눈을 떼지 못했는데, 스타벅의 눈물이 그것을 연결하는 아교가 되었다.

"오오, 선장, 선장님. 위대한 분이여, 가지 말아요, 가지 말아요! 보십시오, 용감한 사나이가 울고 있는 겁니다. 애끓는 마음으로 당신을 설득하고 있는 겁니다."

"보트 내려! 추적 준비!"

에이허브는 이렇게 외치고 항해사의 팔을 뿌리쳤다.

얼마 뒤, 보트는 고물에 닿을 듯 말 듯 물 위에 떴다.

"상어! 상어!"

갑자기 이때 낮은 선장실 창문으로 외치는 소리가 들렸다.

"오오, 아저씨, 돌아와 줘요!"

그러나 에이허브는 듣지 못했다. 왜냐하면 그 자신이 크게 소리를 지르고 있었으며, 보트는 돌진하고 있었기 때문이다.

그러나 그 목소리는 진실을 알리고 있었다. 그가 모선에서 떨어지자마자 많은 상어가 마치 모선 밑부분의 어두운 물속에서 나온 것처럼 보트의 노 끝이 물속으로 들어갈 때마다 그걸 물려 했고, 그렇게 계속하면서 보트의 뒤를 따랐다. 고래가 많은 해역의 포경선에서는 이런 일이 드물지 않게 일어나곤 했다. 그들은 때로 행진하는 군대의 깃발 위를 나는 독수리처럼 어떤 선견지명을 가지고 따라오는 모양이었다. 그러나 백경을 발견한 이래, 피쿼드 호가 상어를 본 것은 처음이었다. 에이허브의 선원들은 모두 무시무시한 누런색의 야만인들이어서 그 살이 상어들에게 특히 향기롭기 때문인지, 아무튼 상어들은 다른 보트에는 몰려들지 않고 그 한 척에만 따라붙었다.

"수없이 단련된 철의 심장이군."

스타벅은 뱃전에서 내다보며 멀어져 가는 보트를 눈으로 좇으며 중얼거렸다.

"저 광경을 보고도 여전히 기운차게 짖어 대고 있는 건가? 허겁지겁 삼키려고 침 흘리는 상어 떼 한가운데에 보트를 내리고 그 입을 벌린 녀석들이 따라다니는 속에서 고래를 쫓는 건가. 더욱이 이 죽느냐 사느냐의 셋째 날에 말이야. 격렬한 추적이 계속해서 사흘간 지속될 때에 기억할 만한 건, 첫날이 아침이고, 가운데 날이 낮이고, 셋째 날이 밤이자 마지막 종국이 된다는 것이다. 그게 어떤 결말이든 간에 말이다. 오오, 하느님! 내 몸 속을 꿰뚫고 지나가는 게 뭡니까? 더욱이 나는 죽은 것처럼 조용하고, 그러면서도 가슴을 두근거리고—전율의 절정에 머무는 정적인가? 미래의 일들이 텅 빈 윤곽과 뼈대만으로 눈앞에서 빙글빙글 춤출 뿐, 과거는 어쩐지 희미하게 지워져 버릴 것 같다. 메리야! 귀여운 것! 넌 내 뒤쪽으로 푸른빛에 싸여 사라져 간다. 아가야! 네 눈이 이상하리만큼 파랗게 보이는 것 같구나. 지금, 인생의 가장 신비로운 것이 명백해지려는 것 같다. 하지만 구름이 소용돌이치며 밀려와 방해하고 있다. 내 여로의 종말이 오는 건가? 다리는 종일 걸음을 걸은 것처럼 힘이 없다. 심장은 어떤가? 아직 맥박은 뛰고 있는가? 스타벅, 기운을 내라! 뿌리쳐 버려라! 움직여라, 움직여! 큰 소리로 외쳐라! 이봐, 돛대 위! 보트를 잘 감시해라. 고래도 단단히 감시해라. 저런, 또, 저 매를 쫓아 버려. 저런, 부리로 쪼고 있잖아. 풍향 깃발을 찢겠군."

그러면서 그는 큰 돛대 꼭대기에 휘날리는 붉은 깃발을 가리켰다.

"깃발을 낚아채 달아났군. 지금 노인은 어디쯤 있나? 저걸 보았습니까, 에이허브 씨? 전율입니다, 전율!"

보트가 그다지 멀리 가지도 않았을 때, 돛대 꼭대기에서의 신호에 의해 에이허브는 고래가 물에 잠겨 들어간 것을 알았다. 그러나 다음에 떠오를 때에 가까이에 있기 위해 그는 모선으로부터 약간 비스듬히 저어 나갔다. 주문에 묶인 듯한 선원들은 파도가 그것을 거스르는 뱃머리에 쾅 하고 부딪칠 때, 깊은 침묵에 잠겨 있었다.

"이봐, 파도들이여! 네 녀석들의 못을 박아라, 박아. 못대가리가 보이지 않도록 두들겨 넣어라. 하지만 네 녀석들은 뚜껑이 없는 것을 두드리고 있을 뿐이다. 관도 관을 놓을 대(臺)도

내겐 소용이 없다는 걸 알아야지. 삼베 밧줄이 나를 죽일 것이다, 하하하!"

곧 그들 주위의 해면이 커다란 원을 몇 겹으로 그리면서 천천히 부풀어 오르는가 싶더니, 금세 마치 빙산이 물속에서 급속히 수면에 떠오를 때처럼 비스듬히 밀리며 달리듯이 한꺼번에 솟아올랐다. 곁에서 울리는 소리가 땅속 울림처럼 들려왔다. 모두들 숨을 죽였다. 거대한 물체가 보기 흉하게도 꼬리를 끄는 밧줄이며 작살이며 창에 얽혀 말린 채, 바다 밑에서 비스듬히 솟아올랐다. 무척 길게 느껴지는 시간이었다. 그 물체는 엷게 늘어선 안개의 베일을 수의처럼 걸치고 한순간 무지갯빛 하늘에 걸려 있더니 곧 바닷속으로 털썩 떨어졌다. 30피트나 밀려 올라갔던 바닷물은 잠시 동안 산더미 같은 분천(噴泉)을 이루며 반짝이더니 차차 흩날리는 눈발이 되어 무리 지어 쏟아져 내리며, 원을 그리며 출렁대는 해면의 대리석 빛 고래의 몸 주위를 갓 짜낸 우유와도 같은 크림 빛으로 가득 채워 놓았다.

"저어라!"

에이허브가 선원들에게 외치자 보트는 쏜살같이 돌격했다. 그러나 모비 딕은 어제 새롭게 찍혀 썩어 들어가고 있는 쇠 때문에 사납게 광란하여, 마치 하늘에서 떨어져 온 온갖 천사의 무리에 둘러싸여 있는 것 같았다. 훤히 트이고 흰빛으로 빛나는 앞이마 전면을 덮어 층을 이루는 힘살은 투명한 피부 밑에서 모두 하나로 묶여 있는 것처럼 보였다. 고래는 그 머리를 물 위로 들어 올리고 꼬리와 보트 사이의 수면을 휘저으며 진

격해 오더니, 이번에도 또다시 보트들을 교란시키며, 두 항해
사의 보트에서 작살과 창이 떨어져 나가게 하고, 그 두 보트의
뱃머리 윗부분을 한쪽에서 쳐 망가지게 했다. 그러나 에이허
브의 보트만은 거의 아무런 상처도 입지 않았다.

대그와 퀴퀘그가 쪼개진 배의 판자를 막고 있고, 그들에게
서 멀리 떨어져 가려던 고래가 되돌아서서 옆쪽으로 돌진하면
서 그 동체의 한쪽 전부를 보였을 때, 느닷없이 울부짖는 소리
가 들렸다. 큰 물고기의 등에, 몇 겹으로 묶이고 어젯밤 그 물
고기가 얽히는 밧줄 속에서 마구 몸부림쳤기 때문에 생긴, 무
수하게 엉킨 밧줄에 걸려서 거의 찢겨져 나간 배화교도의 시
체가 보였다. 그 새카만 옷은 갈기갈기 찢겨 있었고, 그 툭 불
거져 나온 눈은 쏘는 듯이 에이허브 쪽을 보고 있었다. 작살이
그의 손에서 떨어졌다. 그는 길고 희미하게 숨을 들이켰다.

"해치웠군, 해치웠어! 그래, 배화교도 녀석! 또 만났구나.
과연 네 녀석은 먼저 갔다. 그래, 그게 네 녀석이 약속한 관
받침대로군. 하지만 난 네 녀석의 마지막 한 마디까지 따져 보
아야겠다. 두 번째 관 받침대는 어디 있느냐? 이봐, 항해사들,
배로 돌아가라! 자네들의 보트는 이제 쓸모가 없다. 끝나기
전에 수선할 수 있다면 다시 한 번 더 나와라. 만일 안 온다면
죽는 건 에이허브만으로 충분하네. 이봐, 내 보트에 탄 자들,
앉아라! 내가 서 있는 이 보트에서 뛰쳐나가려는 녀석이 있으
면 나는 발견하는 대로 그 녀석을 이 작살로 찔러 버리겠다.
너희들과 나는 별개의 인간이 아니다. 너희들은 나의 팔이며

다리이다. 그러니 복종해라. 나를 따르라. 고래는 어디 갔나? 또 물속으로 잠겨 들었나?"

그러나 그는 보트 근처만을 보고 있었다. 모비 딕은 짊어진 시체와 더불어 달아날 생각이었을까? 아까 만났던 지점은 그가 바람이 불어 가는 쪽으로 가는 여로에서의 한 정류장에 불과했던 것일까? 그는 다시금 착실히 전진하기 시작하여 거의 모선 ─지금까지 그와 반대 방향으로 전진하다가 조금 아까부터 잠깐 정지하고 있던 모선 ─가까이를 지나고 있었다. 그리고 전속력으로 헤엄치면서 오직 해상의 자기 길을 재촉하고 있는 것 같았다.

"오오, 에이허브! 지금이라도, 이 사흘째 되는 날에 포기해도 늦지 않습니다. 생각을 바꾸기에 늦지 않습니다. 저것 보시오, 모비 딕은 당신을 쫓고 있지 않습니다. 미치광이처럼 쫓고 있는 건 당신 쪽이오. 당신, 당신 쪽이란 말이오."

스타벅이 외쳤다.

불어오는 바람에 돛을 달고 외로운 보트는 노와 돛의 힘에 의하여 바람이 불어 가는 쪽으로 신속히 밀려갔다. 마침내 에이허브가 모선 곁을, 난간에서 바라보는 스타벅의 얼굴을 분간할 수 있을 만큼 가까이 지나게 되었을 때, 그는 스타벅을 불러 모선을 돌려 적당한 간격을 두고 너무 빠르지 않도록 조심하여 뒤를 따라오도록 명령했다. 위를 올려다보니 거기에는 태쉬테고, 퀴퀘그 그리고 대그가 열심히 돛대 위로 올라가려던 참이었다. 한편 보트 선원들은 지금 막 뱃전으로 끌어올려진 두 개의 보트에서 흔들리며 분주하게 수선을 하고 있었다. 또 그가 차례차례로 뱃전의 창문 앞을 급히 지나갈 때, 그 창들로부터 스텁과 플라스크가 갑판의 새 작살과 창 더미 속에서 바쁘게 일하고 있는 것이 힐끗힐끗 보였다. 그가 이런 모든 것을 보고, 망가진 보트 안에 울리는 망치 소리를 들었을 때, 그것과는 전혀 다른 망치가 그의 심장에 못을 박아 넣고 있는 듯싶었다. 그러나 그는 다시 기운을 되찾았다. 그리고 큰 돛대 꼭대기 위에 풍향 깃발이 없어진 것을 확인하자, 그때 마침 거기에 올라가 있던 태쉬테고에게 소리를 질러 다시 한 번 깃발과 망치와 못을 가지러 내려와서 달아 놓으라고 명령했다.

백경은 사흘간의 추적을 받고, 또한 그에게 달라붙은 짐들이 헤엄치는 데 방해가 되어 지쳐 버렸는지, 아니면 안에 숨은 간사한 꾀와 속임수 때문인지, 아무튼 그 어느 쪽이 진실이었는지는 분명치 않지만, 그 백경이 다시금 급속히 따라오는 보트를 떼어 놓는 간격은—본래 추적 직전의 사이가 그다지 멀지는 않았지만—지금은 퍽 줄어들고 있었다. 한편 에이허브가 파도 사이를 나아갈 때, 무시무시한 상어들은 언제까지나 따라다니며 참으로 집요하게 보트 언저리를 배회했다. 그리고 물을 젓는 노를 쉬지 않고 물어뜯었으므로 그 노의 끝은 마치 톱날처럼 되어 노를 저을 때마다 작은 파편을 주위에 흩어 놓곤 했다.

"신경 쓰지 마라! 걱정할 것 없어! 이 녀석들의 이빨이 너희들의 노받이가 되어 주는 거야. 저어라, 저어! 반응이 없는 물보다는 상어의 턱이 오히려 노에는 적격이지."

"하지만 선장, 물어뜯을 때마다 얇은 노가 자꾸만 작아지는 걸요."

"그래도 충분해. 그것으로 저어라, 저어! 하지만 이건 좀 모르겠는데…… 이 상어 녀석들이 헤엄치고 있는 건 고래를 먹으려는 건가, 아니면 이 에이허브를 먹으려는 건가? 제기랄, 아무튼 저어라! 이봐, 모두들 기운을 내라. 녀석은 이제 가까워졌다. 키! 키를 잡아라, 내가 앞으로 갈 테니."

그는 중얼거렸다.

그러자 두 선원이 그를 도와 질주하는 보트의 뱃머리로 가게 했다.

마침내 보트가 한쪽으로 기울며 백경의 옆구리와 평행으로 달리기 시작했는데, 그러자 고래는—가끔 일어나는 일이긴 하지만—이상하게도 앞으로 가기를 잊은 듯 진행을 멈추었으며, 그래서 에이허브는 고래가 뿜는 물보라에서 날아오는 거대한 모내드녹 산과 같은, 그 등 주위에 뭉게뭉게 감도는 안개 속에 거의 파묻히고 말았다. 그리하여 이토록 근접했을 때를 이용하여 그는 등을 구부리고 두 손을 들어 높이 펴서 균형을 잡으며 날카로운 작살을 투사하고 다시 또 날카로운 저주를 가증스러운 고래에게 내뱉었다. 그 쇳날과 저주가 고래의 눈구멍에 마치 습지에 빠져 들듯 꽂혔을 때, 모비 딕은 옆으로 몸을 비틀어 그 왼쪽 옆구리에 경련을 일으키듯 돌면서 보트 뱃전에 부딪쳤다. 그러나 구멍을 뚫지는 않고 보트가 뒤집힐

만큼 밀어 기울였다. 그때 에이허브는 뱃전의 경사진 곳에 달라붙어 있었는데, 만일 그렇지 않았다면 다시 바다에 내동댕이쳐졌을 것이다. 그 대신 세 사람의 선원이 작살이 투사되는 순간을 미리 알지 못했기 때문에 이어서 일어나는 사태에 자세를 가누지 못하고 바다로 내던져졌다.

너무 갑작스럽게 당했기 때문에 그 중의 두 사람은 곧 뱃전을 잡았다가 끓어오르는 물결을 타고 올라 뱃전의 높이에 이르러 배 안으로 굴러 들어 왔다. 셋째 사나이는 뱃고물 쪽으로 떨어져 헤엄치고 있었다.

거의 그와 동시에 백경은 느닷없이 뛰어오르며 신속 강력한 결의와 함께 거품 이는 해면을 질주하기 시작했다. 그러나 에이허브가 키잡이에게는 밧줄을 따라 방향을 바꾸어 끝까지 뒤쫓으라고 외치고, 또 선원들에게는 그 자리에 다시 앉아서 보트가 목표를 향해 끌려가도록 하라고 명령한 순간, 밧줄은 맹렬히 당긴 힘에 견디지 못하고 허공에서 끊어지고 말았다.

"내 안에서 부러진 게 뭔가? 근육이 딱 하고 울렸도다! 아니, 아직 괜찮아. 저어라! 저어! 녀석에게로 어서 돌격하라!"

파도를 깨뜨리는 보트의 굉장한 소리를 듣자 고래는 몸을 한바퀴 돌려 자세를 바로잡으며, 그 백색의 앞머리를 불쑥 내밀어 덤벼들려고 했다. 그러나 그 회전의 순간에 가까이 접근해 오는 모선의 검은 선체를 보자, 아마 거기에 자신을 박해하는 원인의 모든 것이 있다고 느꼈는지 또는 보다 거대하고 고귀한 적이라고 느꼈는지, 갑자기 그는 불길 같은 거품의 소나기 속에 턱을 부딪치며, 접근해 오는 모선의 뱃머리에 부딪쳐 가려 했다.

에이허브는 비틀거리며 한쪽 손으로 이마를 쳤다.

"눈이 보이지 않는다. 이봐, 그래도 나는 전진하고 싶다. 내 앞쪽을 더듬어 봐라. 벌써 밤이 되었단 말인가?"

"고래! 고래! 노를 잡아라, 노를! 오오, 바다여, 밑바닥의 또 밑바닥까지 기울여 다오. 이 에이허브가 더 늦기 전에 적에게 마지막으로 한 번 더 돌격하고 싶다네. 아, 보인다. 모선이다! 모선이다! 모두들 죽을힘을 다해 가자! 모선을 구해야 한다!"

선원들은 몸을 움츠리며 절규했다.

그러나 선원들이 전력을 다해 방해하는 파도 속을 필사적으로 돌진했을 때, 조금 아까 고래에게 얻어맞았던 뱃머리의 판자 두 장이 떨어져 나와 눈 깜짝할 사이에 불구가 된 보트는 거의 물결에 닿을 듯 말 듯 떠 있었고, 선원들은 반쯤 물에 잠겨 철벅거리면서 열심히 구멍을 메우기도 하고 밀려드는 바닷물을 퍼내기도 했다.

그때 그 무서운 순간, 돛대 위에 있던 태쉬테고의 망치는 손에서 축 늘어져 있었고, 마치 격자무늬의 모포처럼 반쯤 그를 감싸고 있던 붉은 깃발은 흡사 그의 심장이 앞으로 밀려나오기나 한 것처럼 그의 몸에서 똑바로 뻗어 나와 나부끼는 것이었다. 한편 스타벅과 스텁은 그 밑의 제1사장(第一斜檣)에 서서 그와 동시에 모선으로 덤벼들고 있는 괴마를 보았다.

"고래다! 고래다! 키를 위쪽으로! 키를 위쪽으로! 오오, 하늘 위의 자비로운 모든 신들이여, 저를 보살펴 주옵소서. 스타벅이 죽어야 한다면 적어도 연약하게 한숨을 쉬며 죽음을 맞게 하지는 말아 주십시오. 바보! 키를 뒤쪽으로 돌려! 턱이다, 턱! 이게 내가 절실하게 기도드린, 나의 평생의 진실의 결과란 말인가? 오오, 에이허브, 당신이 한 짓을 봐요. 키잡이여, 단단히 잡아. 아니, 아니, 한 번 더 키를 위쪽으로! 녀석이 이쪽으로 향했다! 끔찍스러운 이마를 부딪쳐 오는데, 결단코 우리는 달아날 수 없다. 아아, 신이여, 제 옆에 지켜 서 주시옵소서!"

"누구든지 좋아. 스텁을 도울 생각이 있는 자는 곁이 아니라 밑에 서 있어 주게. 스텁도 여기에서 움직이지 않겠다. 고래 녀석, 쓴웃음을 짓고 있군. 나도 네 녀석한테 쓴웃음을 지어 줄 테다. 도대체 이 스텁을 도와 온 것, 스텁의 눈을 뜨게 하고 있던 것은 스텁의 방심하지 않는 눈뿐이었지. 그런데 한심하게도 스텁이 이제부터 잠을 자야 하는데, 이불이 너무나 부드럽단 말이거든. 하다못해 덤불이라도 깔려 있으면 좋았을 텐데, 쓴웃음 고래 녀석, 나도 쓴웃음을 짓겠다. 이봐, 해, 달, 별들아! 너희들은 말이야, 지금까지 숨진 어느 녀석보다도 선량한 사나이의 하수인이 되는 거다. 하지만 말이야, 너희들이 잔을 들 수 있다면 이별을 고하며 건배하고 싶군. 오오, 오오, 오오, 오오, 히죽거리고 있군. 고래 녀석, 이제 그 입 하나 가득히 삼키겠단 말이지. 이봐요, 에이허브 씨, 어째서 달아나지 않소? 나는 말이오, 양말과 재킷을 벗고 뛰어들고 싶군요. 스텁은 팬티 하나만 입은 채 죽고 싶단 말이오. 매우 곰팡내 나고 소금 냄새를 풍기는 죽음이지만 말이오. 버찌, 버찌, 이봐 플라스크, 죽기 전에 한 개라도 좋으니 새빨간 버찌가 먹고 싶군."

"버찌! 나는 그저 그게 자라고 있는 곳에 가고 싶을 뿐이야. 스텁, 내 불쌍한 어머니가 내 봉급을 얼마만이라도 찾아 두었더라면 좋겠군. 왜냐하면 이것이 나의 마지막 항해가 될 테고, 이젠 동전 한 푼도 가져다 드리지 못할 테니 말이네."

거의 모든 선원이 뱃머리 쪽에서 멍하니 바라다볼 뿐, 망치, 판자 조각, 창, 작살 등은 그들이 각자의 일을 내던지고 뛰어왔을 때 그대로 기계적으로 손에 들려 있을 뿐이었다. 저주의 마법에 걸린 그들의 눈은 모두 한결같이 고래를 들여다보고 있었다. 고래는 운명을 손아귀에 쥔 듯 머리를 괴이하게 좌우로 흔들며 돌진해 와, 그 전면에 반원을 이루며 펼쳐지는 커다란 거품의 층을 뿜어 올리고 있었다. 그 모습에는 박해에 대한 보복, 험악한 복수, 영원한 악의 같은 것이 넘치고 있었으며, 육신을 가진 인간의 힘으로는 아무런 저항도 할 수 없었다. 그 견고하고 흰 성벽 같은 앞머리가 배의 오른쪽 뱃머리를 때려 사람도 목재도 모두 세차게 비틀거렸다. 어떤 자는 엎드린 채 고꾸라졌다. 작살잡이의 머리는 떨어진 돛대 씌우개처럼 그 황소 같은 목 위에서 떨렸다. 부서진 구멍으로부터는 바닷물이 계곡의 급류를 이루며 소리 내어 밀려들고 있었다.

"관 받침대다. 두 번째 관 받침대다! 그야말로 미국산 목재다!"

에이허브가 보트에서 외쳤다.

고래는 가라앉는 선체 밑으로 들어가 용골을 따라 진동하면서 달리다가, 물속에서 회전하며 뱃머리 쪽 좌현 먼 곳에서 화살처럼 튀어올랐다. 그곳은 에이허브의 보트에서 불과 몇 야드의 거리였다.

"나는 태양에게 등을 돌린다. 어찌된 건가, 태쉬테고. 네 망치 소리를 들려주게. 오오, 내 세 개의 불굴의 첨탑이여, 깨어지지 않는 용골이여, 신만이 상하게 할 수 있는 선체여, 견고한 갑판, 오만한 키, 북극성을 가리키는 뱃머리, 죽어도 빛나는 배여! 이제 너도 멸망해야 하는가? 더욱이 나와 따로따로? 나에게는 가장 비참한 난파선의 선장에게 주어지는 그런 마지막 절절한 명예조차도 주어지지 않는단 말인가? 오오, 고독한 생애 끝의 고독한 죽음! 오오, 내 최고의 위대함은 내 최고의 슬픔 속에 있다고 느끼도다. 하하하, 내 지난 생애에서의 거친 파도여, 저 끝없는 곳에서 다시 밀려와 이 높고 높은 나의 죽음의 파도를 더욱 높이 솟게 하라! 네 녀석은 막강한 파괴력을 휘두르지만 정복할 힘은 없다. 나는 네 녀석을 향해 돌격하고 네 녀석과 맞붙어 싸워 지옥의 한가운데에서 너를 찔러, 다만 증오만으로 숨을 거두는 마지막 순간까지 너를 몰아붙이겠다. 모든 관도 관 받침대도 한 군데 커다란 물웅덩이에 묻어라. 나에게는 그런 건 아무 상관도 없다. 저주받은 고래 녀석아, 산산조각으로 가루가 되는 거다. 자, 이 창을 받아라!"

작살은 던져지고, 찔린 고래는 달아났으며, 밧줄은 불이 붙은 듯 홈을 달리다 엉키고 말았다. 에이허브는 그것을 풀기 위해 몸을 굽혔고 멋지게 풀어 냈다. 그러나 밧줄의 고리가 그의 목에 감겨 터키의 벙어리(터키에서는 벙어리를 군주들의 종으로서 삼았다고 함)가 희생자를 교살할 때처럼 소리도 없이, 그리고 선원들이 그가 없어진 것을 알아차리기도 전에 보트에서 내던져졌다. 다음 순간 밧줄의 무거운 쇠테가 완전히 텅 비어버린 밧줄통에서 튀어 나가 한 사람의 선원을 쓰러뜨리고 해면을 치고는 바닥으로 깊이 가라앉아 갔다.

갑자기 멍해진 선원들은 장승처럼 서 있다가 잠시 후 뒤를 돌아보았다.

"배는? 하느님, 배는 어디에?"

어렴풋이 눈을 흐리게 하는 물안개를 통해 곧 비스듬히 사라져 가는 물체의 그림자가 보였다. 그것은 안개 속의 신기루 같은 것이었다. 다만 그 돛대 꼭대기가 물 위에 나와 있을 뿐이었고, 그때 이교도인 작살잡이들은, 지난날 높이 솟아 있던 그들의 발판에 매혹되어서인지 충실한 마음에서인지 운명에서인지 꼼짝도 않고 가라앉으며 해상의 감시를 계속하고 있었다. 그리고 이윽고 동심원을 그리는 소용돌이가, 떨어져 표류하던 보트도, 그 선원들도, 떠 있던 노도, 창대도 한꺼번에 사로잡아 그들이 살아 있건 죽어 있건 간에 하나의 소용돌이 속에 휘말리게 해, 피쿼드 호에 속한 것이라곤 나뭇조각 하나도 남기지 않고 시야에서 쓸어 가 버렸다.

마지막으로 휩쓸어 가는 물결이 어지럽게 엇갈리면서 큰 돛대 위에 마지막 가라앉아 가는 인디언의 머리 위를 덮었고, 남아 있는 것이라곤 다만 곧게 서 있는 둥근 목재 몇 인치와 또 거의 같은 높이로 아슬아슬하게 밀려온 무서운 파도에 박자를 맞추며 얄궂게 나부끼던 기다란 깃발뿐이었다. 그 순간, 붉은 빛 팔과 뒤로 들어 올린 망치가 공중으로 밀려 올라오면서 그 깃발을 서서히 가라앉으려는 그 둥근 목재에 더욱 단단히 못 박아 놓으려 하고 있었다. 한 마리의 매가 별 사이의 자신의 보금자리에서 내려와 큰 돛대 꼭대기로 다가오더니 비웃듯이 깃발을 부리로 쪼아 보기도 하며 태쉬테고를 방해하고 있었는데, 그 새가 어쩌다가 그 커다란 날개를 망치와 목재 사이에 끼워 넣자, 금세 물속의 야만인이 죽음의 숨결을 헐떡이며 그 망치를 거기에 내려치다가 그대로 굳어 버렸다. 하늘 위의 새는 대천사 같은 소리를 지르며 왕자다운 부리를 하늘로 쳐들고, 그 사로잡힌 몸은 에이허브의 깃발에 싸여 그의 배 ─ 악마처럼 살이 있는 하늘의 한 조각마저 끌어넣고, 그것도 모자라서 결코 지옥에 가라앉지 않겠다는 그 배 ─ 의 길동무가 되어 가라앉아 갔다. 이때 작은 해조의 무리가 아직도 입을 벌리고 있는 심연 위를 소리 높이 울어 대며 날고 있었다. 깊고 깊은 물가의 험한 측면에서는 슬픈 듯 흰 파도가 굽이쳐 부딪치고 있었다. 이제 모든 것은 무너졌고, 바다의 커다란 수의는 5천 년 전에 굽이치던 것과 마찬가지로 굽이치고 있었다.

끝맺는 말

'이 사실을 주인께 고하기 위해 나만 홀로 피해 왔노라.'
―《구약성서》〈욥기〉1장

극(劇)은 끝났다. 그렇다면 무엇 때문에 여기에 한 사람이
나오는 것인가. 한 사람만 그 난판에서 살아남았기 때문이다.

배화교도가 실종된 뒤, 에이허브의 선원이 그 공석을 메우
고 뜻밖에도 내가 운명에 의해서 그 자리를 메우게 되었다. 최
후의 날에 흔들려 기울어진 보트에서 세 사람이 내던져졌을
때, 그 중 뱃고물 쪽에 떨어진 사나이가 바로 나였던 것이다.
나는 그때 내가 떨어진 뒤에 일어난 일을 그 주변에서 떠돌며
자세히 바라보고 있었다. 그러다가 마침내 배가 침몰할 때 으
레 생기기 마련인 모든 것을 빨아들이는 힘에 나도 말려들었

는데, 이미 그때는 빨아들이는 힘이 약해지기 시작할 무렵이었다. 나는 천천히 닫히려 하고 있는 소용돌이 속으로 말려들어 갔다. 그러나 내가 그 소용돌이 속으로 들어갔을 때, 이미 그 힘은 약해져 흰 거품이 부글거리는 연못처럼 되어 있었다. 나는 거기서 마치 이 익시온(그리스 신화에 나오는 악독한 왕)처럼 빙글빙글 돌려졌고, 차차 그 원은 수축되어 마침내 완만한 소용돌이의 축(軸)인 단추와도 같은 검은 거품에 가까워졌다. 그리고 드디어 그 활발한 중심점에 이르렀을 때 검은 거품은 한꺼번에 높이 솟아오르고, 그때 저 관(棺)으로 만든 구명 부표가 그 교묘한 탄력에 의해 배에서 떨어져 나와, 커다란 부양력으로 힘차게 퉁겨져 해면 높이 치솟았다가 내 앞으로 떨어져 떠내려 왔다. 나는 내 옆에 떠돌게 된 관을 구명 부표로 삼아 거의 하루 밤낮을 바다에서 표류했다. 상어 떼들도 나를 해치지 않았고, 마치 입에 자물쇠라도 잠근 듯 내 옆을 조용히 헤엄쳤으며, 흉맹한 도둑갈매기들도 부리를 자루에 넣은 것처럼 얌전히 날곤 했다. 이틀째 되는 날에 한 척의 배가 다가 나를 주워 올렸다. 그것은 우회하면서 항해하고 있던 레이첼 호였는데, 그 배는 왔다 갔다 하면서 잃어버린 자기 아들을 찾아 헤매다가 결국은 다른 집의 고아를 발견했던 것이다.

작품 해설 및 작가 연보

．．．

작품 해설

《백경(白鯨)》의 저자 허먼 멜빌은 1819년 8월 1일 뉴욕에서 태어났다. 아버지는 스코틀랜드계, 어머니는 네덜란드계 귀족의 후예로서 훌륭한 가문이었다. 아버지는 무역회사를 경영하고 있었으나, 1830년 불황으로 사업에 실패하자 가족을 이끌고 뉴욕 주 올바니 시의 교외로 터전을 옮기게 된다. 그러나 1832년 뜻하지 않게 아버지가 정신발작을 일으켜 세상을 떠나자 어머니는 8명의 아이들을 혼자의 힘으로 키워야 했다.

이때 13세던 멜빌은 다니던 중학교를 중퇴하고 모자점의 점원, 은행의 급사 등 여러 직장을 전전하면서 세파에 시달려야만 했다. 그러나 틈틈이 책을 읽고 열심히 공부하여 17세 때는 박봉이나마 학교 교사가 되었다. 그러나 그는 이 직업에 만족할 수가 없었다. 그리하여 울적한 마음을 달래기 위해 18세 되던 해 여름, 뉴욕에서 영국 리버풀로 떠나는 상선의 직원이 되어 처음으로 대서양을 항해한다. 항해에서 돌아온 그는 다시 교사로 복직하여 미국 사회의 움직임을 살피면서 자기의 살아갈 길을 골똘히 연구했다.

당시의 미국은 공업을 중심으로 하는 북부와 농업을 중심으로 하는 남부가 대립하고 있었고, 산업혁명에 따른 기계화로 말미암아 노동 문제가 대두되는 한편 토지는 매점되고 투기가 횡행하고 있었다. 특히 재계의 부패는 말할 수 없이 심각한 상태였다. 그리하여 정의도 도덕도 유린될 대로 유린되어 온 세상은 물질만능주의가 만연하고 있었다.

20세가 된 멜빌은 일자리를 찾아 일리노이 주로 떠났는데, 그곳에서도 노예처럼 몸을 혹사시키지 않고는 호구지책을 얻을 길이 없었다. 그래서 다시 뉴욕으로 되돌아와 직업을 찾아 거리를 헤매었으나 일자리를 찾을 수 없었다. 그는 결국 육지를 단념하고 바다에서 운명을 개척해 보려고 결심했다. 그리하여 1841년 1월, 포경선 아쿠시네트 호의 선원이 되어 뉴베드퍼드를 출범했다. 그때 그의 나이 21세였다. 케이프 혼을 돌아 태평양으로 나선 그는 절해(絶海)의 한가운데에서 비로소 낡은 인습의 굴레로부터 벗어날 수 있었고, 자기 나름의 독자적인 사고방식과 진리를 터득하는 심안(心眼)을 계발할 수 있었다.

그러나 아쿠시네트 호의 선장은 선원들을 매우 혹사시키고 학대하였기 때문에 그는 약 1년 6개월이 지난 1842년 7월, 배가 마침 남태평양 마퀴사스 군도에 기항했을 때, 동료 한 사람과 함께 탈출하여 계곡의 원주민 마을로 피신했다. 그곳은 야만적인 식인종 마을로서 동료는 다행히도 도망을 쳤으나, 그는 붙들려서 이 야만족들과 함께 살게 되었다.

원래 그는 당시의 그리스도교 문명에 의혹을 품고 미국의 물질지상주의 · 황금만능주의 풍조에 반발을 느끼고 있던 터라, 이교도인 타이피 족과 함께 생활함으로써 새로운 가치를 발견하게 되었다. 말하자면 문명의 때에 물들지 않고 황금을 숭상하지 않으며 건강한 생을 영위하는 미개 민족 속에서, 새로운 미덕과 선 그리고 진정한 행복과 진리의 한 면을 발견했던 것이다.

그 후 얼마 안 되어 오스트레일리아의 포경선에 구출되어 이 섬을 떠났으나, 그는 여기에서도 아쿠시네트 호 이상으로 혹사를 당했다. 그리하여 여기에 분개하고 있는 선원들과 합세하여 타이피 섬에서 반란을 일으켰다가 유치장에 감금되고 말았다. 그러나 그는 이내 탈출하여 인근 섬에서 2주일가량 방황한 끝에 포경선 찰스 앤드 헨리 호에 구출, 1843년 5월, 하와이에 상륙한다. 그 무렵의 하와이는 독립국이었으나 미국 선교사들이 지배 계급을 충동질하여 민중을 선동하고 있었다. 멜빌은 이곳에서 스코틀랜드 인의 상점에 점원으로 들어갔다. 그러나 두어 달가량이 지나자, 다시 물이 그리워졌다. 이번에는 미국 군함에 삼등 수병을 가장하여 승선, 하와이를 떠나 약 14개월 동안 멕시코, 페루 등지의 항구를 순항하게 되었다. 여기서도 그는 주변의 풍문에 세심한 주의를 기울여 관찰했다. 너무 지나친 훈련에는 저항감을 느끼기도 했지만 몇 사람의 재미있는 사람과 사귈 수도 있었다. 보스턴에 입항하여 병역을 마친 것이 1844년 10월, 그의 나이 25세 되던 해 가을이었다.

　그는 올바니 시 근처에 있는 자기 본가로 돌아왔다. 형은 이미 정계에서 활약 중이었고, 동생은 뉴욕에서 변호사로 개업하고 있었다. 그가 가족들에게 4년간에 걸친 모험담을 들려주자, 모두들 배꼽을 잡고 눈물을 찔끔거리면서 웃어 댔다. 여기에서 그는 무엇인가를 깨닫고 식인종들과 함께 생활하면서 관찰한 체험을 소재로 하나의 모험담을 쓰기로 했다. 그리고 이것이 탈고되자 그의 형은 런던의 모 출판사와 교섭하여 1846년 2월, 책으로 간행하게 되었다. 자신의 모험담을 그린 책 《타이피(Typee)》가 바로 그것이다.

몇 주 후에는 이 소설이 뉴욕에서 다시 간행되었는데, 곧 독자들의 호평을 얻어 큰 성과를 거두었다. 27세 청년 작가 멜빌은 매우 만족하여 타이피 섬에서 치른 모험을 토대로 또다시 《오무(Omoo)》라는 모험담을 이듬해 봄에 간행했다.

이상의 두 모험담은 자신의 체험에다 다른 많은 여행기에서 빌려 온 풍부한 자료와 픽션을 가미하여 그의 재능을 유감없이 발휘한 것이었다. 28세 되던 1847년 8월, 매사추세츠 대법원장의 딸인 엘리자베스 쇼와 결혼한 그는 그해 가을 뉴욕 시로 옮겨가 여러 종류의 서적을 탐독하여 정치 사회 문제를 날카롭게 비판하기 시작했다. 그리하여 1849년 봄, 세 번째 작품인 《마디(Mardi)》를 발표하였다. 이것은 앞의 두 작품과는 어조가 완전히 다른 우화적인 작품으로서, 배경은 역시 태평양이었으나 내용은 생명을 잃은 종교와 부패한 정치 풍토를 풍자한 것이었다.

특히 캘리포니아의 금광 발견을 계기로 그 소유권을 둘러싸고 멕시코와 싸우는 미국의 광신적인 애국주의를 신랄하게 비판하는 것이었다. 이 《마디》는 흥미 위주의 멜로드라마적 모험담을 기대하던 일반 독자층에게 그다지 큰 호응을 이끌어내지는 못했다. 이 책이 출판되기 직전 멜빌 부부 사이에서는 장남 말컴이 태어났다. 소설이 호평을 받지 못하자 멜빌은 자신이 진정으로 쓰고 싶은 책은 돈이 되지 않는다는 사실과 가족의 부양에 책임을 져야 한다는 현실 속에서 극심한 스트레스를 받았다. 돈에 시달리던 그는 일반 독자들의 흥미를 만족시켜 줄 《레드번(Redburn)》(1849), 《흰 재킷(White jacket)》(1850)을 서둘러 발표했다. 물론 멜빌 자신은 그 소설을 예술적으로 높이 평가하지 않았다. 그러나 그의 예상은 적중하여 이 작품들을 통해 문명(文名)을 크게 떨치게 되었다. 그는 복잡한 심정으로 필생의 대작에 착수했다.

1850년 여름, 멜빌은 매사추세츠 피츠필드 근처의 농원을 사들여 이사한 뒤,《주홍 글씨》의 저자 호돈과 교제하고 셰익스피어를 깊이 연구하여 작가 정신을 새롭게 하면서 집필 중인《백경(Moby dick)》을 계속 써 나갔다. 이 대작은 멜빌 자신이 포경에서 얻은 체험과 오랜 세월에 걸쳐 연구해 온 고래에 대한 지식을 토대로 한 것이었다. 그 내용은 거대한 향유고래로 말미암아 바닷속의 쓰레기가 되어 버린 난터케트의 엑세스 호의 기록과 모비 딕이라는 태평양의 백경에 관한 기록들이었다. 그는 이들 재료를 종합하여 충분히 구상한 끝에 심혈을 기울여《백경》을 집필했다. 이 필생의 대작이 완성된 것은 1851년 8월, 그가 32세 되던 해였다.

그가 친구 호돈에게 띄운 편지에서 "내가 가장 쓰고 싶은 것은 쓰지 못하게 금지되어 있습니다. 돈이 되지 않기 때문입니다. 그러나 나로선 다른 것을 쓰고 싶은 생각은 없습니다." 라고 토로하고 있는 것을 보더라도,《백경》은 잘 팔리지 않을 것을 각오하고 쓴 작품임을 알 수 있다. 과연 이 작품은 호돈에게도 인정을 받지 못하였을 뿐만 아니라, 일반 독자들에게서도 그 진가를 인정받지 못해, 모처럼 얻었던 명성조차도 그

빛을 잃어버렸다. 이듬해 발표한 비극소설 《피에르(Pierre)》역시 호평을 받지 못했다. 그리고 잇달아 《이스라엘 포터 (Israel Potter)》(1855), 《피애저 이야기(The Piazza Jales)》(1856), 《사기꾼(The Confidence Man)》(1857) 등의 작품을 세상에 내놓았으나, 세평은 좋은 편이 아니었다.

절망하여 건강을 해치게 된 그는 주위의 권유에 따라 지중해 연안으로 휴양을 떠나게 되었다. 여비는 그의 장인이 대 주었다. 이듬해 봄, 고향으로 되돌아온 그는 국내 각지를 돌아다니며 강연을 하고 시(詩)를 발표했다. 생활비는 농원을 판 돈으로 간신히 충당할 수 있었다.

1861년 4월, 남북전쟁이 일어나자 미국의 장래를 위해 전쟁을 반대하고 나선 멜빌은 자신의 애국 충정을 시로 읊었으며, 링컨 대통령을 만나기도 했다. 1863년 가족과 함께 다시 뉴욕으로 옮겨 온 그는 1865년 《전쟁 시와 전쟁의 양상》을 출판했다. 그리고 곧 뉴욕 세관의 지방 감독관으로 일하게 되었다.

그로부터 약 10년 후, 인간정신 문제를 깊이 추구한 장편 시 《클라렐(Clarel)》 2권을 출판했으나, 세인의 주목을 끌지 못했다. 1885년 말, 세관직을 사직한 그는 1888년에 시집을 발표했고, 1891년까지 3년에 작업한 걸쳐 중편 소설 《빌리버드 (Billy Budd)》를 유고로 남긴 채, 1891년 9월 28일, 72세로 세상을 떠났다.

그가 죽자 어느 조그만 신문사에서 그의 사망을 가볍게 보도했을 뿐, 문예 편집자까지도 멜빌이 작가라는 사실을 몰랐을 정도로 그는 세상에서 잊혀진 존재였다.

《백경》은 한 마리의 거대한 백경을 쫓아 오대양을 누비며 범주하는 장쾌한 해양소설이자 우주와 인생의 진리를 선명히 드러낸 역작이라 할 수 있다.

대강의 줄거리를 살펴보면 괴이한 포경선 피쿼드 호의 선장 에이허브와 아름답고도 거대한 백경과의 대결을 그린 것이지만, 이 백경과 에이허브가 무엇을 의미하는가에 대해서는 이론이 분분하다. 백경은 원시적인 자연의 힘, 우주의 신비, 운명 등을 나타내는 것이고, 에이허브는 여기에 대항하는 인간의 사상, 감정, 의욕 등을 나타내고 있다는 주장이 있는가 하면, 백경은 그리스도교의 신을, 에이허브는 이에 대항하는 자아주의자를 나타낸다는 견해도 있다. 또 백경은 그와 투쟁하는 힘의 상징이라 하기도 하고, 백경을 악(惡), 에이허브를 선

(善)이라 규정하는 비평가도 있다. 그리고 백경을 양심, 에이허브를 악마적인 마음으로 보는 반대 주장도 있어 갈피를 잡을 수가 없을 지경이다.

이와 같은 사고방식은《백경》에 등장하는 여러 소재에 반영되고 있다. 진선미(眞善美)는 행복을 낳고 위악추(僞惡醜)는 불행을 낳는 법이지만, 좀더 세밀히 분석하면 에이허브와 백경뿐만 아니라 항해사, 작살잡이, 목수, 대장장이 등 그들 모두가 그 나름대로 이와 같은 양면성을 갖추고 있는 존재로 묘사되고 있는 것이다.

바다는 한번 폭풍이 일면 배도 선원들도 모조리 집어삼키는 악마 같은 존재이지만, 일단 바람이 자면 선원들에게는 마치 꽃 피는 대지나 믿음직스러운 어버이의 가슴팍과도 같은 존재가 된다. 이렇듯 우주의 삼라만상과 인생의 모든 사상에는 진선미와 위악추의 두 가지 면이 겹쳐 있음을 작자는 드러내고 있다. 즉 이 두 가지 면에 대해 인간이 어떠한 자세를 가지고 그것을 이용하고 조작하느냐에 따라 인간은 행복하게도 되고 불행하게도 될 수 있다는 사실을 그리고 있다고 할 수 있다.

《백경》은 셰익스피어의《리어 왕》에 비길 만한 비극이라고 할 수 있으며, 작가의 휴머니즘과 따뜻한 인간미가 도처에 흐르고 있다. 뿐만 아니라 곳곳에 주옥같은 진리의 아름다움이 아로새겨져 있어, 열의를 가지고 있는 독자라면 깊은 감동과 감명을 느끼게 될 것이다.

오늘날 단테나 셰익스피어에 비길 만하다고 평가되는 멜빌의 이 작품이, 오랜 세월 동안 망각 속에 파묻혀 있다가 멜빌 탄생 백 주년(1919)을 맞아서야 겨우 그 진가가 인정되고, 작품 출판 후 백 년(1951)이 지나서야 비로소 불멸의 세계 고전으로 꼽히게 된 것은 아이러니한 현상이라 아니할 수 없다.

《백경》이 백 년 후에야 그 진가가 알려지게 된 것은 멜빌의 사상이 시대보다 백 년을 앞서 있었다고 할 수 있다. 그러므로 이 작품은 시간이 흐를수록 그 진정한 가치를 나타낼 것임에 틀림없다.

작가 연보

1819년 8월 1일, 무역상인 아버지 알렌과 어머니 마리아
        사이의 3남으로 뉴욕 펄 가(街) 6번지에서 태어남.
        위로 형과 누나가 한 사람씩 있고, 아래로 두 남동
        생과 세 여동생이 있었음. 친가인 멜빌 가는 스코
        틀랜드계, 외가인 갠즈보트 가는 네덜란드계로서,
        양가 모두 독립전쟁에 참전하여 혁혁한 공을 세운
        장군의 집안이었음.

1823년 형제들과 함께 어머니를 따라 외가에서 살게 됨.
        이 무렵 그는 몸이 몹시 허약했음.

1824년 초등학교 입학. 독서는 그다지 좋아하는 편이 아니
        라고 어머니가 그의 형에게 편지로 알림.

1826년 성홍열을 앓음. 그 해 여름에 외가로 감.

1827년 여름, 보스턴에 사는 조부모를 찾아감.

1830년 아버지의 사업이 부진하여 뉴욕 주의 올바니 시로
이사함. 멜빌은 이곳 중학교에 입학, 글짓기에 뛰
어난 재질을 보임.

1832년 1월, 사업 부진 때문에 아버지가 사망함. 형과 함
께 학교를 중퇴하고 뉴욕 주립은행 올바니 지점에
서 근무. 가을, 조부 멜빌 소령 사망.

1833년 미국 작가 페니모어 쿠퍼의 소설을 애독함.

1835년 올바니로 옮겨가 형이 경영하는 모피 상점에서 일
하며 틈틈이 올바니의 학교에서 고전어 등을 배움.

1837년 경제공황의 여파로 형의 가게가 문을 닫게 되자 멜
빌은 피츠필드의 초등학교에서 30명가량의 학생을
가르침.

1838년 집안 형편이 날로 어려워지자 어머니와 여동생과
함께 랜싱버드로 이사함. 그곳 학교에서 토목공학
을 공부함.

1839년 생활이 어려운 데다 항해에 대한 동경으로 6월에
뉴욕으로 나와 대서양 항로 세인트로렌스 호의 급

사가 되어 리버풀로 떠남. 가을에 귀국. 잠시 교편
을 잡음. 공황이 계속됨.

1840년   교편 생활을 청산하고 중부 및 대호 지방을 여행
함. 이후의 작품 속에 이곳의 풍경이 묘사되어 있
음을 볼 수 있음.

1841년   1월, 매사추세츠 주 뉴베드퍼드 부근의 페어헤븐에
서 포경선 아쿠시네트 호의 선원이 되어 출항함.

1842년   18개월간의 대서양·태평양 항해를 끝내고 6월, 남
태평양 마퀴사스 군도의 누크히바 섬에서 동료들
과 함께 탈주. 여기에서 겪은 원시 인들과의 생활
체험이 후일《타이피》로 작품화됨. 수주일 후 오스
트레일리아 포경선 루시안 호에 의해 구출. 9월,
타이피 섬에서 반란을 일으켜 동료들과 함께 탈선,
상륙 후 유치장에 수감되었다가 다시 탈주함. 훗날
발표한 작품《오무》는 이때의 체험을 토대로 한 것
임. 모레아 섬에서 매사추세츠 난터케트의 포경선
찰스 앤드 헨리 호에 의해 구출됨.

1843년   잠시 동안 호놀룰루 등을 전전하며 여러 직업에 종

사함. 아쿠시네트 호가 들어온다는 소식에 붙잡힐
까 염려하여 유나이티드 스테이트 호에 승선함.

1844년 유나이티드 스테이트 호는 남태평양에서 타이티
등지의 지방을 돌아 페루의 카야오, 브라질의 리오
를 거쳐 10월에 보스턴으로 돌아옴. 이 항해의 체
험으로 작품《흰 재킷》을 집필함. 친구 존 헤이즈
(《빌리 버드》의 모델이라 전해짐)를 처음 알게 된
것도 이 항해에서임. 랜싱버그에 있는 가족(어머니
와 여동생)에게로 돌아옴.

1845년 《타이피》 탈고 후 뉴욕의 하퍼 사(社)에 원고를 보
냈으나 되돌아옴. 다시 주영(駐英) 미국 공사관(公
使館) 서기관인 형의 주선으로 런던의 존 마레 사
(社)와 출판 계약을 맺음.

1846년 《타이피》 미국판이 나와 호평을 받음. 그의 문명
(文名)이 널리 알려지고 뉴욕의 문인들과도 사귀게
됨. 휘트먼으로 추측되는 사람의 호의에 찬 서평을
받음.

1847년 《오무》를 3월에 런던, 5월에 뉴욕에서 발표함. 비

교적 호평을 받지만 전작(前作) 《타이피》와 마찬가지로 내용이 부도덕하다고 비난하는 사람도 있었음. 8월, 아버지의 친구인 매사추세츠 주 대법관 레뮤엘 쇼의 딸 엘리자베스와 결혼함. 신혼여행을 마치고 뉴욕에 정착함.

1849년 2월, 장남 출생. 4월, 환상적 소설 《마디》가 런던과 뉴욕에서 발표됨. 판매는 부진. 10월, 《흰 재킷》의 원고를 런던으로 가지고 갔다가 파리, 쾰른 등지를 거쳐 연말에 귀국. 이해 8월 런던에서, 2월 뉴욕에서 《레드번》이 출판됨.

1850년 《흰 재킷》이 런던, 뉴욕 두 곳에서 출판됨. 여름, 매사추세츠 주의 구릉지대 피츠필드로 옮겨 전원생활을 시작함. 8월, 부근의 레녹스에 살고 있는 15년 연상인 호돈과 알게 되어 교우하기 시작함. 이해 2월경부터 《백경》의 집필에 착수.

1851년 8월에 《백경》 탈고 후 10월에 《고래》란 표제로 런던에서, 2월에 《모비 딕》이란 표제로 뉴욕에서 출판되었으나, 극소수 독자의 주목을 끌었을 뿐임. 2

월, 호돈이 레녹스를 떠나게 되고 두 사람의 관계가 소원해짐. 차남 스탠웍스 출생.

1852년   8월, 뉴욕에서 장편《피에르》가 간행되었으나 호평을 받지 못함. 장인(丈人) 쇼와 그 밖의 인사들의 도움으로 호놀룰루의 영사직(領事職) 등 여러 직장을 구했으나 뜻을 이루지 못함.

1853년   하퍼 사의 화재로 멜빌의 저서가 소실됨. 장녀 엘리자베스 출생.

1855년   장편《이스라엘 포터》가 런던, 뉴욕 두 곳에서 간행되지만 역시 호평을 받지 못함. 차녀 프랑시스 출생.

1856년   《피애저 이야기》가 뉴욕에서 출판됨. 그 작품 안에 〈바틀비〉, 〈베니토 세레노〉, 〈마술의 섬〉 등이 수록됨. 10월, 유럽 여행을 떠남. 리버풀에서 당시의 영사인 호돈과 만나 쓸쓸히 헤어짐. 그로부터 이듬해까지 지중해에서 근동 지역 일대를 답사함. 팔레스타인 여행의 경험으로《클라렐》을 씀. 다시 이탈리아, 스위스, 독일, 영국 등을 순방함.

1857년 5월, 장기간에 걸친 유럽·근동 여행에서 돌아옴.
        풍자소설 《사기꾼》을 간행했으나 실패하고, 이후
        부터 3년간에 걸쳐 아메리카 각지를 돌아다니며 강
        연을 하였으나 그다지 호평을 받지는 못함.

1858년 전국 각지에서 강연을 계속했으며, 이것이 그의 주
        된 생활이었음.

1859년 지난해에 이어 강연을 계속하는 한편으로 상당량
        의 작품을 발표함.

1860년 남미 혼 곳을 돌아 샌프란시스코를 여행함. 강연
        신청을 받았으나 거절한 후 파나마 지협을 거쳐 배
        편으로 뉴욕으로 돌아옴.

1861년 다시 영사직을 구하러 워싱턴을 방문, 링컨 대통령
        도 만났으나 뜻을 이루지 못함. 물심양면으로 도와
        주던 장인 레뮤엘 쇼가 사망함. 남북전쟁이 발발하
        자 강한 충격을 받음.

1863년 10월, 알로우헤드 가에서 뉴욕 동 26번가 104번지
        로 이사하여 이곳에서 생애를 마침.

1864년 4월, 친척인 군인을 위문하기 위해 특별 허가를 받

아 전선(前線)을 둘러봄. 그랜트 장군을 면회했다
는 설도 있음.

1866년 《전쟁 시와 전쟁의 양상》을 발표함. 소재는 남북전
쟁에서 취재한 것으로 그다지 호평을 받지 못함. 3
월, 뉴욕 세관의 감독관이 됨.

1867년 18세의 장남 말컴이 권총으로 머리를 쏘아 죽음.
자살인지 오발사(誤發死)인지 원인이 밝혀지지 않
았으며, 멜빌 부부는 몹시 상심함. 말컴은 아버지
를 닮아 예민한 청년이었음.

1868년 시골에서 살던 노모 마리아가 뉴욕으로 와 함께 살
게 됨.

1870년 선원인 둘째 아들 스탠웍스가 바다에 빠졌다가 다
행히 구조되었으나, 그 후 여러 직업을 전전하여
가족들을 몹시 불안하게 함.

1872년 어머니 마리아 별세.

1876년 장편시 《클라렐》 발표.

1882년 뉴욕 작가협회가 창립되어 가입 권유를 받았으나
거절함.

1885년 12월, 세관직을 청산하고 은거 생활을 시작.

1886년 차남 스탠웍스 사망.

1888년 시집《존 마르와 선원들》발표.

1891년 시집《티몰레온》발표. 4월, 유고(遺稿)《빌리 버
       드》탈고. 9월 28일 작고.

1896년 아내 엘리자베스 사망.

1921년 레이몬드 위버에 의한 평전 및 연구서가 발표되면
       서 비로소 작가로서 인정을 받게 됨.

현영민

- 한남대 영문과 졸업
- 미국 웨스트텍사스주립대에서 석사학위
- 미국 미시간주립대 대학원에서 영문학 박사학위
- 현재 충남대 영문과 교수
- 저서 : 《미국문학개관》(공저)

권	사	유
판	본	소

밀레니엄북스 48

백경 2

초판1쇄 발행 | 2005년 9월 20일
초판3쇄 발행 | 2011년 9월 12일

지은이 | 허먼 멜빌
옮긴이 | 현 영 민
펴낸이 | 신 원 영
펴낸곳 | (주)신원문화사
책임편집 | 박 순 철

주   소 | 서울시 영등포구 당산동 121-245 신원빌딩 3층
전   화 | 3664-2131~4
팩   스 | 3664-2130

출판등록 | 1976년 9월 16일 제5-68호

＊잘못된 책은 바꾸어 드립니다.

ISBN 89-359-1291-3 04840
       89-359-1289-1 04840 (세트)